Michael Peinkofer
Kampf der Könige

PIPER

Zu diesem Buch

Die düstere Ära des Kontinents Erdwelt geht weiter und die Helden um den Krieger Dag und seine Gefährtin Aryanwen kehren zurück, um die nächste Schlacht zu schlagen: Das Reich ist zersplittert. Alchemisten betreiben dunkle Magie, und die Stadt Tirgas Winmar erzittert unter der Schreckensherrschaft des Dunklen Königs. Dag und Aryanwen ziehen durch das Land auf der Suche nach ihrem Kind, das sie einst den Orks Balbok und Rammar anvertrauten. Doch vor ihnen liegt nicht nur ein gefahrvoller Weg, sondern auch das finsterste Geheimnis Erdwelts …

Michael Peinkofer, geboren 1969, studierte Germanistik, Geschichte und Kommunikationswissenschaften und arbeitete als Redakteur bei der Filmzeitschrift »Moviestar«. Mit seiner Serie um die »Orks« avancierte er zu einem der erfolgreichsten Fantasyautoren Deutschlands. Seine Romane um »Die Zauberer« wurden ebenfalls zu Bestsellern. Mit seiner Reihe um »Die Könige« führt Michael Peinkofer in ein neues Zeitalter von Erdwelt.
Weiteres zum Autor: www.michael-peinkofer.de

Michael Peinkofer

KAMPF DER KÖNIGE

Roman

Mit einer Karte

PIPER

Entdecke die Welt der Piper Fantasy:

Piper Fantasy.de

Von Michael Peinkofer liegen bei Piper und ivi vor:
Die Zauberer
Die Zauberer. Die Erste Schlacht
Die Zauberer. Das dunkle Feuer
Das Zauberer-Handbuch
Die Rückkehr der Orks
Der Schwur der Orks
Das Gesetz der Orks
Die Herrschaft der Orks
Die Ehre der Orks
Unter dem Erlmond. Land der Mythen 1
Die Flamme der Sylfen. Land der Mythen 2
Die Könige (Die Könige 1)
Kampf der Könige (Die Könige 2)
Sieg der Könige (Die Könige 3)
Tote Helden. Die Legenden von Astray 1
Tiefer Zorn. Die Legenden von Astray 2
Splitterwelten
Splitterwelten 2. Nachtsturm
Phönix
Invisibilis (Invisibilis 1)
Venatum (Invisibilis 2)
Caligo (Invisibilis 3)

FSC www.fsc.org
MIX
Papier aus verantwortungsvollen Quellen
FSC® C083411

Ungekürzte Taschenbuchausgabe
März 2018
ISBN 978-3-492-28139-3

Umschlaggestaltung: Guter Punkt, München
Umschlagabbildung: Dirk Schulz, Bielefeld
Karte: Daniel Ernle
Satz: Satz für Satz, Wangen im Allgäu
Gesetzt aus der Janson
Druck und Bindung: CPI books GmbH, Leck
Printed in the EU

Dramatis Personae

Menschen

Daghan, genannt Dag	Herzog von Ansun
Aryanwen	Königin von Tirgaslan
Alured	Vertrauter Dags
Gladwyn	Krieger Ansuns
Henquist	ein Veteran
Anghas Ca'Dur	Clansherr, Lord von Tarnag
Catriona Ca'Dur	seine Tochter
Ferghas Ca'Dur	sein Bruder
Yorus Ca'Gor	Clansherr, Lord des Südens
Niall Ca'Bra	Clansherr, Lord des Purpurclans
Dugay	Clansmann
Ringelschwanz	Sklavenhändler
Gunan	Anführer der Nordmänner
Suvat Ramil	ein Junge aus Tirgas Winmar

Zwerge

Vigor	ein Verstoßener
Bertin Zwergenhammer	ein Freiheitskämpfer
Dado	dessen Freund
Runward Eisenherz	ein Waffenschmied
Waldrada	eine Kriegerin
Dankrad Steinhag	ein Krieger
Crodegang	Oberpriester des Schattenkults

Orks

Rammar	ein Krieger
Balbok	sein Bruder
Kurok	ein Medizinmann

Alchemisten und Zauberkundige

Dwethan	ein alter Druide
Lord Ansgar	Meister der Alchemisten
Seumas	Druide und Zeremonienmeister
Lyrx	ein Wechselbalg
Nagaya	ein Wesen aus alter Zeit

Prolog

Dag merkte, wie die Luft aus seinen Lungen gepresst wurde, als das Luftschiff plötzlich an Höhe verlor.

Er hörte die Rufe seiner Kameraden, ihre hektischen Schritte auf den Trittbrettern – ebenso, wie er die markerschütternden Schreie der Bestien vernahm, die aus den grauen Wolken herabstürzten, bereit, jeden Feind mit ihren schwarzen Klauen zu zerreißen.

Dag wusste, dass es keine Gegenwehr gab.

Sie hatten sich mit allem zur Wehr gesetzt, das ihnen geblieben war, doch nun gab es kein Entrinnen mehr. Die Schattenbestien waren zu stark geworden. Einer der Ihren hatte im Kampf gegen sie bereits sein Leben verloren. Nun wollten die schrecklichen Kreaturen auch noch den Rest der Gefährten vernichten, um sie an ihrem Vorhaben zu hindern – und Dag und seine Leute hatten den Angreifern nichts mehr entgegenzusetzen.

»Dwethan!«, brüllte Dag den Namen seines Mentors, doch der Alte antwortete nicht. Stattdessen flirrten Pfeile von Bogensehnen und flogen durch die kalte Luft – ob sie ihr Ziel erreichten, wusste Dag nicht zu sagen.

Auch ohne sehen zu können wusste er um den Abgrund, der unter ihnen klaffte, ein Loch aus teeriger Schwärze, das den einzigen Ausweg zu bieten schien. Und doch war das, was sie dort in der Tiefe erwartete, womöglich schlimmer als alle Schattendrachen zusammen.

Der Urgrund des Bösen …

»Spring!«, schrie irgendjemand und drückte ihm ein Seil in die Hand. Dag fühlte den rauen Hanf in seinen Händen, während er bereits hören konnte, wie sich die ersten Gefährten über die Reling stürzten, ihre Kampfesrufe, mit denen sie sich selbst Mut zu machen versuchten, verloren sich in der Tiefe.

Wieder ein grässlicher Schrei – die Schattendrachen waren ganz nah! Dag konnte ihre dunkle Aura fühlen, roch den Odem des Todes, der ihnen stets vorauseilte.

Er wusste, dass es keinen anderen Ausweg gab.

Die Entscheidung war längst gefallen.

Er schlüpfte in die Schlinge, die das Seil formte, dann kletterte er auf die Bordwand, und obwohl er mit den Augen ohnehin nichts sehen konnte, ertappte er sich dabei, dass er sie fest zukniff.

»Jetzt!«, schrie jemand neben ihm.

Und indem er das Seil mit beiden Händen umklammerte, so als wäre es nicht nur ein Stück Hanf, sondern sein nacktes Leben, ließ er sich nach vorn in den bodenlosen Abgrund fallen, nur einen Herzschlag, ehe die schwarzen Klauen die Blase des Luftschiffs zerfetzten.

Dag spürte, wie er fiel.

Zukunft und Gegenwart wurden eins.

Der Tag der Entscheidung war gekommen.

Und während er in die bodenlose Schwärze stürzte, rasten Dags Gedanken zurück in die Vergangenheit, zu jenem Tag, an dem all dies seinen Anfang genommen hatte …

BUCH I

Pelantyni’y’natha

(Kinder der Schlange)

I

Zwei Monde zuvor

Schattendrachen!«
Der Warnruf scholl über das flache Grasland.
Die vier Männer und die Frau, die sich im Gänsemarsch durch das wogende Meer der gelbgrünen Halme bewegt hatten, warfen sich augenblicklich zu Boden – doch die beiden grässlichen Kreaturen, die unvermittelt am grauen Himmel aufgetaucht waren, hatten sie bereits erspäht.

Unter markerschütterndem Geschrei, die weiten Schwingen ausgebreitet, stießen sie herab, bereit, sich mit ihren mörderischen Klauen auf alles zu stürzen, was sich am Boden bewegte – doch die Wanderer waren nicht so wehrlos, wie es den Anschein haben mochte.

»Wartet«, zischte der alte Mann mit dem verwilderten schwarzgrauen Haar, das ihm bis über die Schultern hing. Der Blick seiner dunklen Augen war zum Himmel gerichtet, seine knochige Rechte umfasste den Wanderstab aus Lindenholz wie eine Waffe. »Wartet ab«, schärfte er seinen Gefährten ein, die sich neben ihm im hohen Gras duckten. »Bis ich das Kommando gebe!«

Die Kreaturen näherten sich.

Wer sie aus der Ferne sah, hätte sie für schwarzen Rauch halten mögen, dem eine Laune der Natur zufällig Form und Kontur gegeben hatte, doch sie waren ungleich mehr als das. Denn mit jedem Schrei, den sie ausstießen, und mit jedem Flügelschlag wuchs ihre körperliche Präsenz.

Die Aura des Todes, die ihnen vorauseilte, stülpte sich über die Wanderer wie ein dunkler Sack. Sie verfinsterte die fahle Scheibe der Sonne, machte den Tag zur Nacht und ließ das Gras verfaulen. Maden und Würmer wanden sich auf dem Boden, der Odem von Fäulnis und Verwesung breitete sich aus, Furcht griff mit klammer Hand nach den Herzen der Wanderer.

»Jetzt!«, schrie der Alte.

Die Pfeile schnellten von den Sehnen.

Steil stiegen sie in den Himmel und fanden ihr Ziel, durchbohrten schwarze Reptilienhaut, doch für die Ungetüme schienen es nur Nadelstiche zu sein. Einen Lidschlag später waren die Bestien heran und hätten die Wanderer mit ihren Klauen zerfetzt, hätte sich ihnen nicht etwas in den Weg gestellt.

Die Erkenntnis, dass die Pfeile nur der Ablenkung gedient hatten, dass sie nur dazu da gewesen waren, den Zorn der Schattendrachen auf sich zu ziehen, kam den grässlichen Kreaturen vermutlich nie – sie waren nur tumbe Diener, vom bösen Willen eines anderen gelenkt. Der Schlag, der sie traf, war so gewaltig, dass er einen von ihnen auf der Stelle zerschmetterte.

Der Kampfschrei des Schattendrachen endete jäh, als sein Angriff nur wenige Mannslängen über dem Boden abgefangen wurde. Die Kreatur schlug mit den Flügeln, als versuchte sie, einer unsichtbaren Fessel zu entfliehen, dann schien etwas sie zu packen und in der Luft zusammenzupressen. Ihre Flügel wurden gebrochen, ihr schlanker Körper zerquetscht. Dann jagte ein Lichtblitz zum Himmel, der die Kreatur einhüllte und verzehrte.

Auch der andere Schattendrache wurde von der unsichtbaren Faust getroffen, dem Blitz jedoch entging er knapp. Er schlug zu Boden, nur um sich sogleich wieder zu erheben und sich mit weit aufgerissenem, stinkendem Schlund auf die Wanderer zu stürzen. Erneut flogen Pfeile, dann wurden die Klingen aus ihren Scheiden gerissen.

Fauchend griff die Bestie an, ihr mörderischer, zackenbewehrter Schwanz wischte heran. Einer der Männer wurde getroffen und von den Beinen gerissen. Rücklings landete er auf dem Boden, die Augen vor Entsetzen aufgerissen, während der Schattendrache über ihm emporwuchs, bereit, ihn zu zermalmen. Doch schon waren die Gefährten des Verwundeten zur Stelle, allen voran ein junger Mann, der die Augen verbunden hatte – blind war er dennoch nicht. Er hatte gelernt, auf andere Weise zu sehen, durch Bilder, die sein Gehör und sein Geruchssinn ihm offenbarten, aber auch durch ein Empfinden, das weit jenseits gewöhnlicher Sinneseindrücke lag.

Sein Schwert beidhändig umklammernd, stürzte er sich auf die Kreatur, um sie von dem wehrlosen Kameraden abzulenken. Mit blitzschnellen Bewegungen brachte er ihr zwei Schnittwunden bei, ehe das grässliche, zackenbewehrte Haupt mit den glutrot leuchtenden Augen zurückpendelte und nach ihm schnappte. Gleichzeitig war ein heiseres Zischen zu hören, als das Schattenwesen die kalte Luft einsog, um Tod und Verderben aus seinem Pestrachen zu speien – doch dazu kam es nicht.

Ein weiterer, gleißender Blitz zuckte heran und fuhr in den Schlund der Kreatur, die heiser aufschrie.

»Jetzt!«, brüllten die Gefährten und stürzten sich gleichzeitig auf die riesenhafte Bestie, stießen ihre Klingen bis zum Heft in ihren Leib.

Schwarzer Lebenssaft quoll hervor, wo die Klingen wieder herausgerissen wurden. Der Schattendrache bäumte sich auf, schlug mit den Flügeln, als könnte er so seinem Schicksal entgehen – aber es war zu spät. Ein mächtiger Axthieb zertrümmerte seinen linken Flügel, dann schwirrte eine Schwertklinge heran und durchtrennte seinen Hals. Das Haupt fiel auf den von Fäulnis durchdrungenen Boden, wo es kullernd liegen blieb. Das Leuchten in den Augen erlosch – und schließlich starb, was schon seit Äonen hätte tot sein sollen.

»Verdammt, Druide«, rief einer der Männer, ein ergrauter Hüne mit fast kahlem Haupt und dafür umso üppigerem Bart, »Ihr habt Euch Zeit gelassen!«

»Nicht alles liegt in meiner Macht, mein guter Henquist«, versicherte der Alte, der so entkräftet war, dass er sich auf seinen Stab stützen musste. »Diesen Kreaturen standzuhalten, wird von Tag zu Tag schwerer. Einst waren sie nichts als Schatten, die sich nur des Nachts fortbewegen konnten – nun sind sie im hellen Tageslicht unterwegs, und ihre Stärke wächst beständig. Nur einen konnte ich sogleich vernichten, für den anderen haben meine Kräfte nicht mehr ausgereicht.«

»Aye, Druide, grämt Euch nicht«, knurrte ein anderer, der die derbe Kleidung und lederne Rüstung eines Hochländers trug. Sein ergrautes Haar war schulterlang und zum Zopf gebunden, sein Blick klar und direkt, beinahe stechend. »Wir sind auch so mit dem Vieh fertiggeworden.« Wie um seine Worte zu bestätigen, ließ er seine Axt noch einmal niedergehen und senkte sie in den Kadaver.

»Das darf uns kein rechter Trost sein, tapferer Ferghas.« Der Alte schüttelte den Kopf. »In den vergangenen Wochen sind wir mehr von diesen Kreaturen begegnet als all den Monden zuvor. Ihre Macht wächst.«

»Dann sollten wir zusehen, dass wir weiterkommen«, drängte Daghan von Ansun, der Mann mit der Augenbinde.

Er hatte sich von dem Kadaver abgewandt, der bereits begann, zu zerfallen, und war zu der Frau getreten, die die Gruppe begleitete. Wie Daghan und der Druide trug sie grüne Waldläuferkleidung, die sie den Blicken neugieriger Beobachter entziehen sollte. Und wie die Männer hatte auch sie ihr Schwert gezogen, bereit, ihr Leben teuer zu verkaufen. Sie war von ruhiger Schönheit, mit grünen, an ihr elfisches Erbe gemahnenden Augen und langem schwarzem Haar, das sie zu einem Zopf geflochten hatte. Ihre einstmals vornehm blassen Züge waren sonnengebräunt und von anhaltender Strapaze gezeichnet. Dennoch stand eiserne Entschlossenheit darin zu lesen.

Ihr Name war Aryanwen, und sie war die rechtmäßige Erbin des Throns von Tirgaslan. Doch in diesen Tagen spielte das keine Rolle. Die Machtverhältnisse in Erdwelt hatten sich geändert – und mit ihnen auch die Dinge, die wichtig waren.

»Alles in Ordnung?«, erkundigte sich Dag und drehte den Kopf in ihre Richtung.

»Ja«, versicherte sie, aber dem Beben in ihrer Stimme war zu entnehmen, dass das nur die halbe Wahrheit war. Nur mit Mühe konnte sie die Tränen zurückhalten.

»Die Biester sind tot«, versicherte Dag. »Sie können uns nichts mehr anhaben.«

»Das ist es nicht, und das weißt du auch«, widersprach sie. »An die ständige Bedrohung durch die Schattendrachen habe ich mich gewöhnt. Aber jedes Mal, wenn sie uns angreifen, habe ich schreckliche Angst, dass … dass …« Sie unterbrach sich, wollte die Worte nicht aussprechen.

»Dass wir unsere Suche womöglich nie zu Ende bringen werden«, fügte Dag hinzu.

Er konnte nicht sehen, wie sie nickte, aber sie kannten einander so lange und gut, dass das auch nicht nötig war.

Schon damals, als der Krieg zwischen den Menschenreichen Tirgaslan und Ansun getobt hatte, war es ihre Liebe gewesen, die alle Gegensätze überbrückt und die einstigen Feinde zusammengeführt hatte, damit sie sich gemeinsam der Bedrohung durch die Zwerge entgegenstellten. Und als die Menschen den Krieg verloren hatten und der Zwergenkönig Winmar durch Verrat und dunklen Zauber triumphierte, hatte ihnen dieser unlösbare Bund Mut und Hoffnung gegeben. Nie hatte ihre Liebe in Zweifel gestanden, selbst dann nicht, als Aryanwen nach dem Tod ihres Vaters Tandelor dem Marionettenkönig Lavan zur Frau gegeben worden war, und als Dag, der einzige Sohn Herzog Osberts von Ansun, nicht nur seines Titels und Besitzes, sondern auch seines Augenlichts beraubt worden war und sich in den östlichen Wäldern verkrochen hatte, in Selbstmitleid und Verzweiflung versunken. Dort hatte Dwethan ihn schließlich gefunden, der alte Druide, und ihm die Augen für die Wahrheit geöffnet.*

Doch das lag lange zurück.

Zwei Sommer und zwei Winter waren seither vergangen, in denen Dag und Aryanwen alles darangesetzt hatten, das Kostbare wiederzufinden, das ihnen genommen worden war. Nur für kurze Zeit war es Aryanwen vergönnt gewesen, ihr neugeborenes Kind in den Armen zu halten, jenes winzig kleine und doch so lebendige Wesen, dem vom ersten Atemzug an ihre ganze Liebe gehört hatte.

Ihre gemeinsame Tochter … Alannah.

Vor die Wahl gestellt, ihr Kind in tödliche Gefahr zu bringen oder sich von ihm zu trennen, hatte sich Arynwen für Letzteres entscheiden müssen. In höchster Bedrängnis hatte sie Alannah zwei Gestalten anvertraut, die von allen

* nachzulesen in DIE KÖNIGE

Kreaturen Erdwelts wohl am ungeeignetsten waren, um für ein Menschenkind zu sorgen: den Orks Balbok und Rammar.

In ihrer Verzweiflung und dem womöglich völlig unberechtigten Vertrauen darauf, dass die beiden halten würden, was die Geschichtsbücher über sie behaupteten, hatte Aryanwen ihnen ihr Kind geben müssen – und diese Entscheidung hatte sich bitter gerächt. Denn die Orks hatten Alannah nie in die Hügellande gebracht, wie es vereinbart gewesen war. Jedenfalls waren sie dort niemals angekommen. Oder an sonst einem Ort, von dem eine Nachricht zu ihr hätte dringen können.

Entweder, ihnen war unterwegs etwas zugestoßen und sie waren dem Angriff eines Schattendrachen oder einer Kaldrone zum Opfer gefallen. Oder aber – und darin lag Aryanwens letzte, leise Hoffnung – die Orks hatten einen anderen Weg eingeschlagen.

Zwar konnte sie sich keinen vernünftigen Grund dafür denken, jedoch waren Balbok und Rammar, wie sie stets behaupteten, zwei Orks aus echtem Tod und Horn, und das bedeutete, dass sie nicht nur die ihrem Volk eigene Schlichtheit, sondern auch dessen Sturheit besaßen.

Anfangs war Aryanwen noch guter Dinge gewesen, dass sie die Orks noch einholen und das Kind rasch zurückbekommen würden. Doch jeder volle Mond, der verstrich, ohne dass sie die kleine Alannah wieder in ihren Armen hielt, hatte an ihrer Zuversicht genagt, und längst war es die Furcht, die alles überwog.

Nachdem sie die Hügellande abgesucht hatten, ohne auch nur auf einen Klauenabdruck der beiden Orks zu stoßen, hatten sie sich nach Osten gewandt. Die Städte der Menschen, von Arquat bis Suquat und von Girnag bis Suln, hatten sie ebenso aufgesucht wie Dags Heimatstadt Andaril, die inzwischen fest in der Hand der Zwerge war. Von der kleinen Alannah jedoch fehlte jede Spur.

Also hatten sie ihre anstrengende Suche noch weiter ausgedehnt, hatten sich die Siedlungen im Süden vorgenommen und den Wald von Trowna bis an die Gestade des Meeres; wann immer sich ein Hinweis ergeben hatte, waren sie ihm gefolgt, doch am Ende hatte sich alles als Irrweg erwiesen.

Schließlich hatten sie sich nach Norden gewandt und die weite Ebene von Scaria durchkämmt, die durch den Krieg zwischen Menschen und Zwergen zum Ödland geworden war. Die Felder waren verwüstet; Tod und Pestilenz herrschten, wo Äcker einst reiche Frucht getragen hatten; Schattendrachen und plündernde Orksöldner, die keinen Herren mehr hatten, verbreiteten Angst und Schrecken. Nur Tirgaslan, die alte Königsstadt, hatte noch Bestand; nach dem Tod König Lavans war dort ein Statthalter des Zwergenkönigs an die Macht gelangt, der über den riesigen steinernen Moloch herrschte. Daran, dass es ihr Recht gewesen wäre, den Thron von Tirgaslan zu besteigen, dachte Aryanwen nicht. Ihre Gedanken galten allein ihrem Kind, das sie seit mehr als zwei Jahren nicht mehr gesehen hatte und dessen Antlitz ihr ständig vor Augen war, davon abgesehen, dass es heute ganz anders aussehen würde. Wenn es noch lebte.

»Verdammte Biester.« Henquist trat mit dem Fuß gegen den Kadaver. »Was treiben sie so weit im Westen?«

»Die Schattendrachen sind die Augen unseres Feindes«, entgegnete der alte Dwethan düster. »Und sie suchen dasselbe wie wir. Winmar weiß, dass euer gemeinsames Kind der Erbe der Menschenreiche ist – und dass es ihm eines Tages gefährlich werden könnte. Also lässt er seine Schergen danach suchen.«

»Er darf Alannah nicht vor uns finden«, erinnerte Aryanwen ihn, wie so oft zuvor. »Auf keinen Fall.«

»Wenn es überhaupt noch etwas zu finden gibt«, knurrte Henquist mürrisch, um gleich darauf ein halblautes »Verzeiht, Königin«, hinterherzuschicken.

»Nenn mich nicht so. Du weißt, dass ich keine Königin mehr bin. Und streng genommen war ich es nie.«

»Für mich werdet Ihr immer eine Königin sein«, beharrte Henquist. »So wie ich jederzeit mein Leben opfern würde, um Euch oder den jungen Herzog zu retten. Aber unsere Suche währt nun bereits zwei Sommer, und ich frage mich ob wir nicht ...«

»Aufgeben sollten?« Aryanwen sah ihn unverwandt an.

»In all der Zeit haben wir nichts gefunden«, gab der Kämpe zu bedenken. »Von den beiden Grünhäuten keine Spur, dafür Zerstörung, wohin das Auge blickt. Und diese Kreaturen.« Er stieß abermals mit dem Fuß gegen die jetzt rasch zerfallenden Überreste des Schattendrachen. »Wie lange wollen wir noch so weitermachen?«

»Bis wir entweder tot sind oder gefunden haben, wonach wir suchen«, antwortete Dag an Aryanwens Stelle.

»Fünf von uns haben diese Suche bereits mit dem Leben bezahlt, Herr! Dugay – tot, von einer Donnerbüchse niedergestreckt. Gladwyn – von einer Kaldrone zermalmt. Der Rest – gestorben an Entbehrung und an vergiftetem Wasser. Der Tod ist wohlfeil in diesen Tagen.«

»Aye.« Ferghas, der leibliche Bruder des Clansfürsten Anghas Ca'Dur, nickte nachdenklich. »Auch ich bin müde«, gestand er. »Meine Glieder schmerzen, und ich habe es satt, ruhelos umherzuwandern. Verzeiht, aber ich möchte endlich wieder nach Hause und die grünen Hügel meiner Heimat sehen ...«

»Das kann dir niemand verdenken«, erwiderte Aryanwen.

»Aber«, fuhr er fort, »wenn auch nur die geringste Hoffnung besteht, dass Euer Kind noch am Leben ist, würde ich mir lieber die Beine abhacken, als unverrichteter Dinge nach Hause zu gehen. Die Frage ist nur, wie unsere Suche weitergehen soll. Womöglich hat Henquist recht, und die Grünhäute haben das Kind irgendwo zurückgelassen, um sich selbst zu retten – wie können wir dann jemals hoffen, es zu finden? Was meint Ihr, Druide? Ihr wisst doch sonst auch alles.«

»Manches in der Tat«, verbesserte Dwethan, »aber längst nicht alles. Einst vermochte ich die Zukunft zumindest in Teilen vorherzusehen, aber meine Kräfte haben nachgelassen. Durch das Eingreifen der Orks ist das Element des Chaos hinzugekommen, das sich nur schwer voraussehen lässt. Auch ich vermag deshalb nicht zu sagen, was der kleinen Alannah widerfahren ist.«

»Sie ist am Leben«, beharrte Aryanwen leise.

»Aye, das hoffen wir«, räumte Ferghas ein, »vielleicht aber auch nicht. Die Grünhäutigen sind schwer zu durchschauen. Es wäre nicht das erste Mal, dass ein Ork aus einer Laune heraus eine Katastrophe vom Zaun bricht.«

Aryanwen nickte. »Dennoch dürfen wir nicht an Balbok und Rammar zweifeln. Unser Kind ist am Leben, irgendwo auf dieser Welt. Das spüre ich.«

»Ich wünschte, ich könnte dasselbe sagen«, gestand Dwethan leise. »Inzwischen sind viele Dinge geschehen, die ich nicht vorhergesehen habe. Die Welt hat sich verändert, und nicht zum Guten.«

»Die Dunkelkeit ist auf dem Vormarsch, das habt Ihr selbst gesagt, Druide«, stimmte Henquist zu. »Sollten wir also nicht lieber heimkehren, um unsere Familien zu beschützen?«

»Diesen Wunsch kann ich gut nachvollziehen«, versicherte Dag. »Meine Familie ist hier, deshalb bin ich am rechten Ort, aber für euch gilt das nicht. Wenn ihr also gehen wollt, steht euch das frei. Ihr habt uns lang und treu gedient, wir stehen tief in eurer Schuld.«

»Und Ihr?«, fragte Henquist. »Was werdet Ihr tun?«

»Weiter nach Westen gehen. Auf die andere Seite des Schwarzgebirges.«

»Ihr … Ihr wollt in die Modermark?«, fragte Henquist unngläubig. »Nachdem wir den Schattendrachen nur mit knapper Not entkommen sind, habt Ihr jetzt vor, in die Modermark zu marschieren? In die angestammte Heimat von allem, was uns Menschen feindlich gesinnt ist?«

»Balbok und Rammar stammen von dort«, stimmte Aryanwen zu. »Vielleicht sind sie in ihre Heimat zurückgekehrt und haben Alannah mitgenommen.«

»Selbst wenn – die Modermark ist auch die Heimat von Gnomen, Trollen und anderen Kreaturen, deren Namen wir noch nicht einmal kennen! Glaubt Ihr im Ernst, dass ein Menschenkind dort überleben kann?«

»Das muss ich wohl«, erklärte Aryanwen mit bebender Stimme.

»Wir zwingen niemanden, mit uns zu kommen«, stellte Dag klar. »Ihr alle habt uns lange begleitet und mehr getan, als wir jemals erwarten konnten. Vielleicht ist es uns bestimmt, von nun an allein zu gehen.«

»Da würdet ihr nicht weit kommen«, war Ferghas überzeugt und schwang seine Axt. »Deine Fertigkeiten in allen Ehren, aber gegen eine Horde wilder Orks hättet ihr allein keine Chance. Ich komme also mit euch – zumal ich meinem Bruder und Clansherrn einen Schwur geleistet habe, wie ihr wisst.«

»Sei's drum.« Henquist trat ein drittes Mal nach dem Kadaver, der auf unheimliche Weise bereits fast vollständig zerfallen war. Die Natur holte sich innerhalb von Augenblicken zurück, was dunkle Magie ihr über Jahrhunderte vorenthalten hatte. »Ich bin ebenfalls dabei. Ich habe dem Haus Ansun Treue geschworen – ich werde es nicht ausgerechnet jetzt im Stich lassen.«

»Also bleiben wir zusammen.« Dwethan nickte.

»Ihr wirkt darüber nicht überrascht«, stellte Ferghas fest.

»Natürlich nicht – weil es irrig wäre zu glauben, dass wir eine Wahl haben.«

»Was meint Ihr damit?«

»Dass wir gar nichts anderes tun können, als weiter nach diesem Kind zu suchen. Dieses Mädchen, meine Freunde, ist die Zukunft von Erdwelt, wir brauchen es so notwendig wie die Luft zum Atmen. Es trägt das Erbe von Elfen und Menschen in sich und vereint das Blut beider Herrschergeschlechter. Sollte es nicht mehr am Leben sein, so bedeutet es auch für Erdwelt das Ende.«

»Und das heißt?«, fragte Henquist.

»Dass dieselbe Finsternis, die die Schattendrachen hervorbringt, uns alle verschlingen wird«, antwortete der Druide.

2

»Sie kommt.«

Der Warnung, die Bertin seinen Leuten zuraunte, hätte es nicht bedurft – das stampfende Geräusch, mit dem sich die Kaldrone ankündigte, war unüberhörbar, ebenso wie das grässliche Zischen, das den Kampfkoloss auf seinem Weg über die Brücke begleitete.

Es war ein Kriegsgerät der ersten Generation – ein kugelförmiges, eisernes Gebilde, das auf kurzen Beinen ging und mechanische Arme hatte, mit denen es eine riesige Axt und einen Hammer schwang. Gesteuert wurde die Kaldrone von einem Zwergenkrieger, der im Inneren der Kugel kauerte und die todbringenden Vorrichtungen lenkte. Ein Gittervisier, das über den breiten Bauch der Kaldrone verlief, sorgte dafür, dass der Steuermann Sicht nach vorn hatte – und war zugleich der verwundbarste Punkt des Kolosses.

Bei den Kaldronen neuester Bauart war das Gitter deshalb durch eine mit Sichtlöchern versehene Panzerplatte ersetzt worden; doch die Kampfmaschinen, die in der Festung Gorta Ruun ihren Dienst versahen, gehörten fast ohne Ausnahme der älteren Baureihe an. Der Grund dafür lag auf der Hand: Winmar, der Herrscher der Zwerge und Menschen, war aus Gorta Ruun abgezogen und residierte jetzt in Tirgas Anar, das er nach sich selbst in »Tirgas Winmnar« umbenannt hatte. Die Kampfmaschinen der neuen Generation hatte er mitgenommen, auf dass sie auch an seinem neuen Herrschersitz Angst und Schrecken verbreiten – die alten hingegen hatte er zurückgelassen. Im Auftrag von Winmars Hofalchemisten, die seither über die Festung herrschten, unterdrückten sie die Bevölkerung – aber es regte sich Widerstand.

Gleich mehrere Rebellengruppen gab es inzwischen, die der Schreckensherrschaft der Alchemisten trotzten. Doch keine war auch nur annähernd so berüchtigt wie jene Bertins.

»Brüder des Zorns« nannten sie sich.

Und diese Bezeichnung hatte sie nicht grundlos gewählt …

Das Stampfen der Kaldrone schwoll an und wurde ohrenbetäubend laut, bei jedem ihrer Schritte fauchte heißer Dampf aus ihren Gelenken. Es musste dieselbe Kaldrone sein, die in Schieferhall, einem der höher gelegenen Bezirke der Stadt, ein furchtbares Blutbad unter der Bevölkerung angerichtet hatte. Und dabei hatten die Leute dort nur zu fragen gewagt, wann sie endlich wieder Brot zu essen bekämen. Die riesige Axt, an der noch trockenes Blut klebte, verriet, welche Antwort die Kaldrone ihnen gegeben hatte.

»Nur weiter«, knurrte Bertin in seinen Bart, der inzwischen bis zum Kinn reichte und sein blasses Gesicht zur Hälfte bedeckte. »Nur noch ein kleines Stück weiter …«

Vorsichtig spähte er über den Rand des Felsblocks. Dado auf der linken Flanke war bereit zum Losschlagen, ebenso wie Runward Eisenherz, der die andere Seite übernommen hatte. Obwohl Runward älter war als Bertin und seinen Bart bereits geflochten trug, akzeptierte er ihn als Anführer, ebenso wie all die anderen, die sich seiner Gruppe angeschlossen hatten. »Bertin Zwergenhammer« nannten sie ihn, nach dem Werkzeug, das er von seinem Vater, dem Steinmetz Drogo, geerbt hatte. Es trug den Namen Martog und hatte einst dazu gedient, dem Fels der Berge unsterbliche Kunstwerke zu entlocken – nun schlug der Hammer die Schädel jener ein, die das Volk grausam unterdrückten. Auf diese Weise war er zum Symbol des Widerstands gegen König Winmar und seine Alchemistenbrut geworden.

Aber Martog war nicht die einzige Waffe, derer sich Bertin bediente. Zwar trug er den Hammer stets bei sich, doch die Donnerbüchse, die er vor zwei Monden bei einem Überfall erbeutet hatte, verrichtete noch weitaus zuverlässigere Dienste. Ein schwarzgraues, hochentzündliches Pulver sorgte dafür, dass Kugeln aus Blei oder Eisen aus dem trichterförmigen Lauf der Donnerbüchse jagten – und beim Gegner entsetzlichen Schaden anrichteten. Das Getöse, das eine solche Waffe veranstaltete, war unbeschreiblich, die Wirkung war es ebenso. Keine Armbrust konnte es an Wucht und Durchschlagskraft mit einer guten Donnerbüchse aufnehmen. Und Bertin hatte gelernt, gut damit zu zielen.

Die Kaldrone war jetzt nah genug heran.

Sie hatte mehr als die Hälfte der Brücke überquert, die sich über den achtzig Schritt breiten Abgrund spannte – und war damit in Reichweite von Bertins Kugeln.

Geladen hatte er die Waffe bereits. Jetzt ging er in Stellung, presste den mit reichen Schnitzereien verzierten Kolben an seine bärtige Wange, hielt die Luft an und zielte.

Gleich, nur noch ein Augenblick …

Jetzt.

Bertins Finger rissen am Abzughebel. Ein Funke, ein Feuerstoß, und die Wucht der Donnerbüchse fuhr ihm in die Schulter. Dazu ein infernalischer Knall, der von der gegenüberliegenden Wand der Schlucht zurückgeworfen wurde – aus dem Trichter war, viel zu schnell für zwergische Augen, ein kantiges Stück Eisen gefegt, zur Brücke hinübergeflogen und durch das Gitter der Kaldrone geschlagen.

Schon wollte Bertin die Arme hochreißen und sich selbst zu diesem Meisterschuss gratulieren, als er begriff, dass die

Kaldrone unbeirrt weiterstampfte – geradewegs in das Seil, das quer über die Brücke gespannt war.

Das Geflecht aus Höhlenwurmgedärm, das eigentlich dazu hatte dienen sollen, den Sturz der Kaldrone aufzufangen, spannte sich zum Zerreißen, gab jedoch nicht nach. Und so strauchelte die Kaldrone und kam zu Fall, schlug zu Boden, wo sie, einem feisten Käfer gleich, mit hilflos um sich schlagenden Armen liegen blieb.

»Angriff!«, brüllte Bertin aus Leibeskraft.

Die Büchse warf er sich kurzerhand über die Schulter und griff stattdessen nach Martog, der schon bereitlag. Den Hammer mit beiden Händen umklammernd, setzte er über die Felsen, hinter denen er sich verschanzt hatte, und rannte auf die Brücke zu. Gleichzeitig kamen auch Dado und Runward mit ihren Leuten aus den Verstecken, und alle stürzten sie sich auf die Kaldrone, die vergeblich versuchte, wieder auf die Beine zu kommen.

Der Zusammenstoß war ebenso kurz wie heftig.

Funken stoben, als Äxte und Hämmer der Freiheitskämpfer auf die Waffen des Kampfkolosses trafen, der zwar am Boden lag, jedoch alles andere als wehrlos war. Einer von Bertins Leuten, der so unvorsichtig war, sich der Axt zu nähern, wurde von ihrem Blatt erfasst und enthauptet. Unter fürchterlichem Wutgebrüll stürzten sich seine Gefährten daraufhin auf die waffenstarrenden Gliedmaßen der Kaldrone und schlugen so lange darauf ein, bis sie sie vom Rumpf getrennt hatten.

Dann wälzten sie den Koloss herum und droschen auf das Gitter, bis es aus den Scharnieren brach. Bertin setzte vor, bereit, den Steuermann im Inneren der Kaldrone, der wie durch ein Wunder dem Geschoss der Donnerbüchse entgangen sein musste, mit dem Hammer zu erschlagen.

Doch es kam anders.

Denn in der Kaldrone befand sich kein Zwerg aus Fleisch und Blut – sondern nur ein Schatten.

Eine Kreatur, die zwar die Umrisse und Formen eines Zwergenkriegers besaß, jedoch kein Gesicht hatte. Schwärze klaffte dort, wo das Antlitz des Mannes hätte sein sollen.

»Was bei den Feuern von Karak Nor …?«

Einen Augenblick lang war Bertin zu entsetzt, um zu reagieren. Dann fielen seine Mundwinkel vor Abscheu nach unten, und er hieb mit dem Hammer zu.

Martog fuhr nieder – den Schattenkrieger traf er jedoch nicht. Denn in dem Augenblick, da der Hammer sie zu berühren drohte, verflüchtigte sich die dunkle Gestalt, wurde zu einem schwarzen Schemen, der aufstieg und davonwehte wie Kaminrauch im Abendwind. Bertin stieß eine Verwünschung aus, Dado und einige andere Zwerge warfen sich erschrocken zu Boden und schirmten die Häupter mit den kurzen Armen. Doch schon Augenblicke später war der Spuk vorbei und die schattenhafte Gestalt verschwunden.

»Was, beim großen Hammer, war das?«, wetterte Runward, der als Erster die Sprache zurückgewann. Sein pechschwarzes Haar hatte er zu einem Schopf gebunden, sein von der Arbeit an der Esse gezeichnetes Gesicht war mit der Rune seiner Familie tätowiert.

»Ich weiß es nicht«, stieß Bertin unter heftigem Herzklopfen hervor, Martog noch immer in seinen Händen haltend. »Aber Kreaturen wie diese sind nicht natürlichen Ursprungs, das steht fest.«

»Elendes Alchemistenpack«, maulte Dankrad Steinhag, ein weiterer Kämpfer aus Bertins Reihen. »Das ist ihr Werk!«

»Ohne Zweifel«, stimmte Bertin grimmig zu. »In all den Jahrhunderten, die unser Volk schon in Gorta Ruun weilt, haben Zauberei und dunkle Magie hier nie etwas zu suchen gehabt. Stets sind wir ehrliche Handwerker gewesen,

Schmiede und Steinmetze. Wir haben Bergbau betrieben und Schätze gehortet, haben Waffen geschmiedet und Kriege geführt – aber niemals in all dieser Zeit haben wir dunklem Zauber gefrönt. Bis die Alchemisten kamen.«

»Ansgar und sein elendes Pack.« Runward spuckte aus. »Wie sollen wir sie jemals besiegen, wenn sie jetzt schon vermögen, Krieger aus dem Nichts zu erschaffen? Die nur aus Bosheit und dunklem Rauch bestehen?«

»Ich weiß es nicht, meine Brüder«, gab Bertin offen zu. Ein kalter Schauer durchfuhr ihn dabei.

Seit etwas mehr als zwei Jahren leisteten sie den Alchemisten nun Widerstand, hatten ihnen unzählige Nadelstiche versetzt und sogar manch empfindliche Niederlage beigebracht. Doch in all dieser Zeit hatten sie es stets mit Gegnern aus Fleisch und Blut zu tun gehabt.

Das hatte sich nun offenbar geändert.

Ansgar und seine Brut zeigten ihr wahres Gesicht.

Der Kampf um Gorta Ruun war in eine neue Phase getreten.

3

Es war eine eigentümliche Prozession, die durch die Straßen von Tirgas Anar marschierte.

Tirgas Anar ...

Schon den Namen auszusprechen, galt in diesen Tagen als todeswürdiges Verbrechen. Denn seit Winmar der Steinerne, der sich zum König über ganz Erdwelt aufgeschwungen hatte, seinen Herrschersitz von Gorta Ruun auf die andere Seite des Reiches verlagert hatte, hieß die Stadt »Tirgas Winmar«. Wer sie bei ihrem alten Namen nannte, fand seinen Kopf über den hohen Klippen aufgespießt, die südlich der Stadt aus den Wellen der Ostsee aufragten und sie mit einem natürlichen Schutzwall umgaben. »Pfeiler des Todes« waren sie in den alten Tagen genannt worden, und das nicht von ungefähr, denn manche feindliche Flotte war an den schwarzen Klippen zerschellt.

Ein Leben galt nicht viel in diesen Tagen – vor allem dann nicht, wenn es einem Menschen gehörte. Winmar und seine Zwerge hatten eine wahre Schreckensherrschaft in der Stadt errichtet, die sich nach Norden hin eng an die Hänge des Feuerberges schmiegte.

Die Zwerge hatten ihre eigene Geschichte darüber, wie der Feuerberg entstanden war. Am Anbeginn der Zeit, so hieß es, als unzähliger Schmiede Arbeit dafür gesorgt hatte, dass das Feuer im Inneren der Welt eingeschlossen wurde, ließ ein Schmied, den die Überlieferung nur schlicht den »Hammermann« nannte, eine Lücke im Schild der Erde.

Dort erhob sich das Feuer aus dem Inneren und formte einen Vulkan, in dessen Tiefen bis zum heutigen Tag flüssiges Gestein in glühenden Pfuhlen brodelte. Und wehe, wenn es an die Oberfläche stieg.

Der letzte Ausbruch des Feuerbergs lag mehr als fünfhundert Jahre zurück. Zur Regierungszeit König Corwyns war dies geschehen*, als Tirgas Anar schon einmal in Dunkelheit und Chaos versunken war. Nach erbittertem Kampf war die Stadt damals erobert worden. Doch das Böse war zurückgekehrt, wenn auch anders als zuvor.

Was Winmar den Steinernen dazu bewogen hatte, seinen Herrschersitz hierherzuverlegen, konnte Alured nur vermuten. Er musste gute Gründe dafür gehabt haben, denn durch den Umzug hatte sich der Zwergenkönig angreifbar gemacht, wie nicht zuletzt die Seeschlacht an der Engwacht bewiesen hatte. Lavan, der von Winmars Gnaden eingesetzte Marionettenkönig von Tirgas Lan, hatte eine Chance gewittert, seinen Herrn vom Thron zu stoßen. In aller Eile hatte er Schiffe ausgerüstet und Winmars Flotte bei der Insel Olfar aufgelauert. Nicht viel hätte gefehlt, und die Aufständischen hätten den Sieg davongetragen, aber dann hatte sich das Schlachtenglück gewendet und Winmar war entkommen.

Zwei Jahre waren seither vergangen, aber noch immer wusste Alured, der sich als blinder Passagier auf eines von Winmars Schiffen geschlichen hatte, um die Absichten des Zwergenkönigs auszukundschaften, beim besten Willen nicht, was damals wirklich geschehen war. Geflügelte Kreaturen waren aufgetaucht, Schattenwesen wie aus einer anderen Welt und Wirklichkeit, und hatten Lavan und seine Leute in die Flucht geschlagen. Damit war vor aller Welt

* nachzulesen in DER SCHWUR DER ORKS

klar geworden, dass Winmar mit dunklen Mächten im Bunde stand.

Die Niederlage seiner Feinde war vollkommen gewesen, ebenso wie sein Sieg. Als Triumphator war er in Tirgas Anar eingezogen, dessen Bewohner sich ihm bereitwillig unterworfen hatten.

Seit diesem Tag hatte ihn niemand mehr gesehen.

Dennoch war Winmar der Steinerne allgegenwärtig.

Von dem großen Turm aus, der sich hoch über den an den Hängen emporwachsenden Häusern erhob, herrschte er mit eiserner Hand über die Stadt. Furcht hielt die Einwohner gefangen, denn die Schergen des Dunklen Königs, wie man Winmar inzwischen nannte, waren überall. Wer seine Stimme erhob oder auch nur den Eindruck erweckte, kein loyaler Untertan zu sein, verlor die Zunge oder gleich den Kopf. Noch schlimmer jedoch war der Kult, der zusammen mit Winmar Einzug gehalten hatte.

An allen öffentlichen Plätzen der Stadt waren Statuen errichtet worden, die den Zwergenherrscher zeigten. Wer eine solche Statue passierte, war angehalten, niederzuknien und Winmar zu huldigen; wer sich weigerte, verlor das Leben. Nackte Furcht hatte daraufhin um sich gegriffen, genährt von Zwergenpriestern, die durch die Straßen zogen und die Menschen ängstigten. »Diener des Schattens« nannten sie sich und erzählten, dass das Ende der Menschen gekommen sei, wenn sie sich ihnen nicht anschlossen und dem Dunklen König Treue schworen.

Anfangs waren es nur ein paar gewesen, die ihnen folgten, doch dann war die Angst, die in den Straßen herrschte, in puren Fanatismus umgeschlagen. Immer mehr Menschen hatten sich dem Kult der Schatten angeschlossen. In lärmenden Prozessionen zogen sie durch die Stadt, angeführt von Zwergenpriestern, zum Turm hinauf, wo sie dem Dunklen Herrscher huldigten und Opfergaben brachten.

Anfangs waren dies nur materielle Dinge gewesen: Gold, Edelsteine und andere Habe aus dem Besitz der Menschen, die Winmars Schergen bereitwillig entgegengenommen hatten – die ohnehin schon prall gefüllte königliche Schatzkammer musste bereits aus allen Nähten platzen.

Doch dann hatte es geheißen, dass der Dunkle König von den Einwohnern seiner Stadt noch größere Opfer forderte, wenn sie ihn ihrer Loyalität versichern wollten – und er hatte damit begonnen, Menschenleben zu verlangen.

Das Entsetzen unter der Bevölkerung war groß gewesen, aber wiederum nicht so groß wie ihre Furcht. Schon am nächsten Tag hatten sie ihm einen der Ihren ausgeliefert, einen Dieb, der wenige Tage zuvor auf dem Marktplatz gefasst worden war. So hatten sie sich eine Weile lang beholfen und ihrem Herrscher die ungeliebten Kinder der Stadt geschickt. Doch irgendwann waren ihnen die Mörder und Diebe, die Betrüger und Vergewaltiger ausgegangen. Deshalb bestimmte seit einigen Monaten das Los darüber, wer sich opfern, wer den Priestern durch das Tor der Schatten ins Innere von Winmars Turm folgen musste. Was dort mit ihnen geschah, wusste niemand, aber Alured bezweifelte, dass es ein erstrebenswertes Schicksal war.

Mehrmals hatte er erfolglos versucht, sich ins Innere des Turmes zu schleichen, von dem es hieß, dass sich seine Wurzeln bis weit ins Innere des Feuerberges erstreckten; beim letzten Versuch war Alured um ein Haar erwischt worden. Seither versuchte er, sich unauffällig zu verhalten und möglichst unsichtbar zu bleiben – sein ganzes Bestreben war inzwischen darauf gerichtet, aus Tirgas Anar zu entkommen.

In den ersten Tagen, nach Winmars Sieg über König Lavan, als die Zwergenflotte im Hafen von Tirgas Anar angekommen und die ganze Stadt in Aufruhr gewesen war, wäre dies noch ein Leichtes gewesen. Damals aber war Alured geblieben; der Auftrag, den Daghan von Ansun ihm erteilt hatte, lautete, möglichst viel über die Stärke und die Pläne König Winmars herauszufinden, und diese Aufgabe hatte er noch längst nicht erfüllt.

Also war Alured geblieben – ein Entschluss, den er inzwischen bitter bereute.

Denn herausgefunden hatte er nichts, dafür saß er jetzt hier fest, in dieser Stadt, in der Angst und Furcht regierten. Wer hinauswollte, musste es entweder mit den schroffen Hängen des Feuerberges oder den Pfeilern des Todes aufnehmen, vor allem aber mit den Wachen, die die Tore, Mauern und Türme besetzten und jeden töteten, der sich unerlaubt näherte.

Die Schlinge zog sich immer enger um seinen Hals, Alured konnte sie bereits fühlen. Die belebten Viertel der Stadt mied er längst, trieb sich lediglich in den dunklen Ecken herum, und das meist nur nach Einbruch der Dunkelheit. Die Gesellschaft, in der er sich befand, war entsprechend geartet, Gauner, Betrüger und Fremde, die danach trachteten, dem Lostopf zu entgehen. Das wenige Geld, das sie besaßen, saß locker bei diesen Leuten, ebenso wie der Dolch; man lebte das Heute und scherte sich einen Dreck um das, was kommen würde, kannte weder Skrupel noch Mitgefühl. Es war ein täglicher Kampf ums Überleben, den nur überstand, wer stets wachsam war. Entsprechend hatte Alured sich angewöhnt, niemandem zu vertrauen und seinen Aufenthalt stetig zu wechseln; Ruhe fand er nur selten, und auch dann schlief er meist nur für Augenblicke, während seine übrigen Sinne alarmiert blieben und auf der Hut …

So wie jetzt.

Unter dem Vorsprung eines der schindelgedeckten, nach oben gewölbten Dächer, die für die Bauweise dieser Gegend typisch waren, hatte er vor dem Regen Zuflucht gesucht, der am späten Nachmittag eingesetzt hatte. Die umliegenden Dächer lagen hinter grauen Schleiern, in den Schmutzrinnen der steilen Gassen plätscherten Sturzbäche zu Tal. Dennoch suchte sich die Prozession unbeirrt ihren Weg hinauf zum Turm, der spiralförmig war, gewunden wie der Körper einer Schlange. Wer ihn einst errichtet hatte, war nicht bekannt, aber es hieß, dass er alt war.

Sehr alt …

Ein Zwergenpriester ging voraus, eine Laterne in der Hand, die der Dunkelheit und dem Regen trotzte. Gefolgt wurde er von rund fünfzig Sektierern, allesamt Menschen. Ihre Kleider waren bis auf die Haut durchnässt, was ihnen aber gleichgültig zu sein schien. Monoton wiederholten sie den Singsang, den der Zwergenpriester ihnen vorgab, Alured sah den Fanatismus in ihren Augen leuchten.

In ihrer Mitte führten sie einen Karren, der von zwei Ochsen gezogen wurde. Darauf stand, mit Ketten gefesselt, eine junge Frau. Ihr zarter Wuchs, die schmalen Augen und das pechschwarze Haar kennzeichneten sie als Tochter der Stadt. Das graue Hemd, das sie trug, war vom Regen durchnässt und der Stoff dadurch durchsichtig geworden, sodass sie eigentlich nackt auf dem Karren stand. Dennoch strahlte sie eine Ruhe und Würde aus, für die Alured sie bewunderte – und für die er ihre Häscher umso mehr verabscheute.

Instinktiv fühlte er sich an eine andere junge Frau erinnert, die er gekannt hatte.

Und geliebt …

Er wischte den Gedanken sofort wieder beiseite, denn er bereitete ihm nur Schmerz. Wer an diesem Ort überleben wollte, der musste lernen, Gefühle zu verdrängen.

Allein das Überleben zählte.

Dennoch: der Anblick der jungen Frau ließ ihm keine Ruhe.

Von seinem hohen Versteck aus blickte er ihr nach, bis sich der Zug mit dem Karren die Straße hinaufgeschleppt und um eine Biegung verschwunden war. Ein Teil von ihm erwog, den Sektierern zu folgen und den Versuch zu unternehmen, die Gefangene zu befreien, aber er verwarf den Gedanken gleich wieder.

Was für einen Unterschied hätte es gemacht, ein Leben zu retten in dieser Stadt, in der das Böse regierte und die ohnehin vor die Hunde ging?

Auch Alured war abgestumpft, war gleichgültig geworden gegenüber dem Schicksal anderer. Es gefiel ihm nicht, aber es störte ihn auch nicht so sehr, dass er etwas dagegen unternommen hätte. Warum auch? Es war eine weitere wichtige Voraussetzung, wenn man in der Stadt des Dunklen Königs überleben wollte.

Aber warum fühlte er sich dann schlecht deswegen?

Warum regte sich sein Gewissen?

Alured ahnte, dass es nicht so sehr mit der Frau auf dem Karren zusammenhing, sondern mit jener anderen, die er zurückgelassen hatte …

Der Schmerz kehrte zurück, diesmal so heftig, dass er ihn nicht einfach beiseitewischen konnte. Wem versuchte er, sich etwas vorzumachen? Sich selbst? Oder allen anderen?

Er war ein menschliches Wesen, aber diese elenden Zwerge brachten ihn dazu, nach und nach zu einem der Ihren zu werden, innerlich wie äußerlich zu versteinern.

Alured erwog, von seinem hohen Sitz herabzuklettern und eine Spelunke aufzusuchen, die einigermaßen genießbaren Wein ausschenkte. Aber vielleicht gab es auch noch eine andere Möglichkeit …

Vorsichtig erhob er sich auf dem schmalen Balken und beugte sich so weit nach vorn, wie er es riskieren konnte, ohne das Gleichgewicht zu verlieren und in die Gasse zu stürzen. Zwischen Türmen und schiefen Dächern hindurch erheischte er einen Blick auf den Zug der Sektierer.

Und fasste einen Entschluss.

4

Der heisere Kriegsschrei des Orks verstummte jäh. Dag hörte das hässliche Geräusch, als seine Klinge in den Hals des Unholds fuhr, spürte den Widerstand, als die Klinge auf das Rückgrat traf, und dann das hässlich lapidare Geräusch, mit dem das Haupt des Orks auf dem Boden landete, gefolgt von einem satten Schlag, als der kopflose Torso folgte.

Der Gestank des Unholds und des frischen Orkbluts brannte in Dags Nase, in seinen Schläfen hämmerte wilde Kampfeslust. Den Griff des Schwerts beidhändig umklammernd, fuhr er herum, bereit für den nächsten Gegner. Obwohl er nichts sehen konnte, wusste er genau, was ihn umgab. Er stand auf einer Lichtung, spürte die wärmenden Strahlen der Frühlingssonne im Gesicht. Rings stand der dunkle Wald wie eine unbezwingbare Mauer, dort hatten sich die Orks verborgen, um über die vermeintlich wehrlosen Wanderer herzufallen.

Den Grenzfluss hatten sie überquert, befanden sich jetzt in dem ebenso zerklüfteten wie bewaldeten Niemandsland, hinter dem das Schwarzgebirge wie eine gewaltige Reihe messerscharfer Zähne aufragte. Jenseits davon lag die Modermark, das angestammte Land der Orks und anderer Kreaturen, in das Menschen nur selten einen Fuß setzten – wenn sie es doch taten, hatten sie ihn meist nicht mehr lange.

Ein Geräusch zu seiner Linken ließ Dag herumfahren, aber seine alarmierten Sinne gaben Entwarnung. Es war die beruhigende Aura Dwethans, die er fühlte, auf eine Art und Weise, die er selbst nicht ganz begreifen konnte. Nicht nur, dass der Verlust seines Augenlichts die verbliebenen Sinne geschärft hatte; er hatte darüber hinaus auch die Fähigkeit entwickelt, seine unmittelbare Umgebung zu *erahnen* …

»Lass es gut sein, Junge«, beschied ihm Dwethan. »Der Kampf ist vorüber, alle sind wohlauf.«

»Ich weiß«, versicherte Dag – auch das gehörte zu den Dingen, die er erspürt hatte.

»Diese Orks haben wohl nicht damit gerechnet, auf so heftige Gegenwehr zu treffen«, stellte der Druide fest. »Zudem waren sie ziemlich abgemagert und entkräftet, sodass sie unseren Klingen nichts entgegenzusetzen hatten.«

»Der Krieg hat damit aufgehört, seine Kinder zu ernähren«, stellte Dag fest, während er seine Klinge am Leichnam des enthaupteten Orks abwischte und dann wieder zurück in die Scheide schob.

»Wir haben einen Gefangenen«, sagte Dwethan. »Vermutlich der Medizinmann des Trupps.«

»Abergläubisches Pack«, knurrte Dag. »Wo ist er?«

»Folge mir.« Dwethan führte ihn zum nahen Waldrand, wo der Gefangene auf dem Boden kauerte, die Hände auf den Rücken gefesselt. Der Weg dorthin war mit unterschiedlichsten Gerüchen gespickt, und keiner davon war angenehm. Überall lagen erschlagene Orks im Gras, Dag musste aufpassen, nicht über sie zu fallen.

Der Gefangene war – wie am Geruch deutlich zu erkennen war – ein ziemlich betagter Ork, was ungewöhnlich war. Orks wurden für gewöhnlich nicht sehr alt, zumal, wenn sie einem Söldnertrupp angehörten. Ihre rauflustige Natur stand dem entgegen. Dieser Ork jedoch schien sich aus allen Kämpfen sorgsam herausgehalten zu haben, was ihm ein langes Leben ermöglicht hatte. Geduldet wurde dies gemeinhin nur, wenn die anderen Orks sich einen Nutzen davon versprachen, was beispielsweise dann der Fall war, wenn jemand in der Heilkunst bewandert war. Die Arbeit eines orkischen Heilers beschränkte sich zwar meist darauf, den Patienten zur Ader zu lassen und dabei dunkle Beschwörungsformeln zu murmeln, aber es war besser als nichts.

»Kannst du mich verstehen?«, fragte Dag den Ork ungehalten.

»Korr«, gurgelte es zurück. Die Amulette um den Hals des Medizinmanns klapperten, als er nickte.

»Und sprichst du auch unsere Sprache.«

»Ja«, kam es einigermaßen verständlich zurück. »Kurok versteht dich, *dunn eugash sul'hai.*«

»Wie nennst du mich?«

»Dunn eugash sul'hai«, wiederholte der Ork mit leiser, lauernder Stimme. »Bedeuten ›Mann ohne Augen‹. Der bist du doch, oder nicht?«

Dag horchte auf. »Du hast von mir gehört?«

Der Ork kicherte. »Überall im Grenzland man erzählt vom ›Mann ohne Augen‹.«

»Unsinn.«

»Kurok sprechen Wahrheit«, versicherte der Ork.

»Aye«, knurrte Ferghas, »aber erst, wenn ich dir den Schaft meiner Axt zu fressen gebe.«

»Haben Zwerg getroffen, Händler mit Waffen … erzählen von ›Mann ohne Augen‹, der nach zwei Orks sucht. Zwei Brüder.«

»Bei allen Ahnen«, hauchte Aryanwen, bestürzt und hoffnungsvoll zugleich.

»Was weißt du darüber?« Dag verlor die Beherrschung. Er griff dorthin, wo er die Schulterpartie des Orks vermutete, packte ihn am Kragen seines rostigen Kettenhemdes und riss ihn zu sich empor. »Sag mir alles! Sofort!«

»›Mann ohne Augen‹ hat große Kräfte«, säuselte Kurok. »Mächtig, wirklich mächtig …«

»Was weißt du über die beiden?«, herrschte Dag ihn an, die Schmeicheleien überhörend. »Hast du sie getroffen?«

»Wenn Kurok verrät – lässt du ihn dann frei?«

»Nur das nicht«, meinte Henquist. »Sobald wir ihm die Fesseln abnehmen, wird er loslaufen und uns verraten.«

»Kurok kennt niemanden in dieser Gegend«, versicherte der Ork. »Außerdem, ›Mann ohne Augen‹ ist sein Freund …«

»Menschen und Orks sind keine Freunde, das wurde mir immer wieder gesagt«, knurrte Dag. »Außerdem habe ich gute Gründe, jedem Einzelnen von euch die Kehle durchzuschneiden.«

»Nein!«, rief Aryanwen ängstlich, »tu das nicht! Bitte sag uns, was du über die beiden Orkbrüder weißt«, wandte sie sich an den Medizinmann.

»Zwei Orks«, erwiderte dieser. »Einer fett wie Gonz der Fresssack, anderer dürr wie Narkod.«

»Das sind sie«, flüsterte Aryanwen. »Bei den Elfenkönigen, das sind sie.«

»Was weißt du über sie?«, wollte Dag wissen. »Rede, Unhold, oder ich schneide dir die Kehle durch!«

»Dann wird ›Mann ohne Augen‹ nichts mehr erfahren«, konterte der Ork mit entwaffnender Logik.

»Und du bist dann tot.«

Der Ork grunzte. »Wahr.«

»So wie ich es sehe, gibt es zwei Möglichkeiten«, zischte Dag. »Entweder, du lässt gleich heraus, was du weißt, oder ich prügle es aus deinem elenden Kadaver heraus. Hast du mich verstanden?«

»K-korr«, machte der Ork. »Kurok wird reden. Vor einigen Monden wir treffen auf Trupp von Orks … selber Stamm,

deshalb nicht töten, sondern reden. Nicht alle Orks im Krieg. Orks ehrenhafte Geschöpfe. Wenn selber Stamm, nicht töten.«

»Schon gut. Und?«

»Erzählen von zwei Orks, denen begegnet, einer fett wie Gonz der Fresssack, anderer dürr wie Narkod.«

»Und hatten sie ein Kind dabei?«, fragte Aryanwen. »Ein Menschenkind? Ein Mädchen?«

Kurok zögerte einen Moment. Dag hatte das Gefühl, zusehen zu können, wie es in den Augen des Orks aufblitzte. *»Korr«*, sagte er dann. »Woher wissen? Da war ein Menschenkind.«

»Ich warne dich«, zischte Dag. Seine Rechte griff nach dem Dolch, zückte ihn und presste ihn an Kuroks Kehle. »Bleib bei der Wahrheit, oder ich …«

»Kurok spricht die Wahrheit«, versicherte der Ork.

Aryanwen flüsterte einen Dank an ihre Ahnen und die Könige der alten Zeit.

»Kind ist dein Kind?« Der Medizinmann lachte leise. Dag roch seinen stinkenden Atem. »Deins und das von ›Mann ohne Augen‹. Euer armes kleines Kind …«

»Wohin sind die Orks mit dem Kind gegangen?«, stellte Dag die entscheidende Frage. »Weißt du das auch?«

»Der Blutsonne entgegen … zum Modersee.«

»Und das ist die Wahrheit?«

»Warum sollte Kurok lügen?«

»Zum Beispiel, weil er uns tief in die Modermark locken will, wo uns seine grünhäutigen Kumpane den Hals aufschlitzen«, schlug Ferghas vor. »Am Modersee wimmelt es von Orks.«

»Nicht Kuroks Schuld«, versicherte der Medizinmann.

»Vielleicht spricht er tatsächlich die Wahrheit«, ließ sich Dwethan vernehmen, der bislang geschwiegen hatte. »Womöglich haben sich Balbok und Rammar nach Westen gewandt, weil sie sich unter ihresgleichen sicher glaubten.«

»Das könnte sein«, stimmte Aryanwen zu. »Jedenfalls klingt es sehr nach Rammar.«

Dag konnte nicht widersprechen. Einst war er aufgebrochen, um die Unholde kennenzulernen, die in den Büchern der Geschichte als unsterbliche Helden verehrt wurden – nur um festzustellen, dass sie nur allzu sterblich waren, mit allzu sterblichen Schwächen.* Und zumindest was Rammar betraf, kam auch ein gerütteltes Maß an Feigheit hinzu …

»Was weißt du sonst noch?«, wollte er von Kurok wissen.

»Das nicht genug, mich am Leben zu lassen?«

»Nein«, wehrte Ferghas ab. »Wir können ihn nicht einfach laufen lassen.«

»Aber wir können ihn auch nicht kaltblütig töten«, wandte Aryanwen ein. »Schließlich hat er uns geholfen.«

»Danke, Milchgesicht-Frau.«

»Wir lassen ihn hier«, entschied Dag kurzerhand. »Bindet ihn an den nächsten Baum, dann kann er vorerst keinen Schaden anrichten.«

»Aber – Kurok wird verhungern«, wandte der Medizinmann ein, während Ferghas und Henquist ihn bereits banden.

»Du wirst einen Weg finden, um am Leben zu bleiben, Medizinmann«, versicherte Dag mitleidlos. »Wenn nicht, gibt es ein grünhäutiges Scheusal weniger auf dieser Welt.«

»Dag«, mahnte Aryanwen.

»Es geht nicht anders«, beharrte er.

»Das dein Dank, ›Mann ohne Augen‹«, begann Kurok daraufhin zu grollen. »So danken Verrätermenschen? Indem lügen und Wort brechen?«

* siehe DIE HERRSCHAFT DER ORKS

Dag zog es vor, nicht zu antworten. Er machte auf dem Stiefelabsatz kehrt und entfernte sich.

»Kurok verflucht dich, ›Mann ohne Augen‹«, schrie der Ork ihm hinterher. »Wirst dein Kind niemals mit eigenen Augen sehen, niemals!« Daraufhin begann er zu lachen, dass sich seine Stimme überschlug, lauthals und voller Häme.

Dag blieb stehen.

»Hör nicht auf ihn, Junge«, meinte Ferghas. »Wir werden ihm einen Knebel in den Schlund stopfen und dann ...«

»Du wirst deinem Kind niemals begegnen, ›Mann ohne Augen‹«, bekräftigte der Ork schadenfroh, »und das Milchgesicht-Weib ebenfalls nicht, niemals!«

Dag machte kehrt und ging zu dem Ork zurück. Den Dolch hielt er immer noch in der Hand. »Schweig«, verlangte er.

»Glaubst du wirklich, kleines Menschenkind kann in der Modermark überleben?«, fuhr Kurok unbeirrt fort und lachte heiser. »Blutorks haben längst seinen Geruch gewittert ... werden es vor euch finden und es dann auffressen, bei lebendigem Leib ... armes kleines Mädchen ... wie es schreit und immerzu schreit ...« Er unterbrach sich und begann elend zu wimmern, was sich tatsächlich nach einem hilflosen kleinen Kind anhörte. »Es schreit nach seiner Mutter, aber es ist niemand da, um es zu retten ... nur die Orks, nur die gefräßigen Orks, die ...«

Weiter kam er nicht.

Der Dolch, der in seinem Hals steckte, hatte ihn jäh verstummen lassen. Mit einem Ruck zog Dag die Waffe wieder heraus. Ein hässliches Gurgeln zeugte davon, dass schwallweise dunkles Orkblut aus der Kehle des Schamanen schoss, während er an den Baum gefesselt dastand.

»Aye«, sagte Ferghas nur.

»Was hast du getan?«, fragte Aryanwen entsetzt.

Dag wischte seinen Dolch ab, dann steckte er ihn wieder ein und wandte sich ab. Doch Aryanwen war nicht gewillt, ihn einfach gehen zu lassen.

»Was sollte das?«, wollte sie wissen.

»Hast du ihn nicht gehört?«, erinnerte Dag sie wütend.

»Ich habe gehört, was er sagte«, versicherte sie, »und er ist Abschaum, ohne Zweifel. Aber er hat uns auch geholfen.«

»Uns geholfen? In den sicheren Untergang wollte er uns schicken, das ist alles.«

»Aber er hat von Balbok und Rammar gewusst!«

»Er hat von ihnen gehört«, verbesserte Dag.

»Und von unserem Kind!«

»Davon hast du ihm verraten. Den Rest konnte er sich zusammenreimen. So dumm wie die anderen Orks war er nicht.«

»Aber vielleicht hat er auch die Wahrheit gesagt«, beharrte sie. »Das wäre eine erste Spur, ein Anzeichen dafür, dass sie noch am Leben sind.«

»Er hat uns lediglich bestätigt, was wir hören wollten«, konterte Dag. Er hatte die andere Seite der Lichtung erreicht und war stehen geblieben. Er konnte hören, wie Aryanwen vor ihn trat. Dann spürte er ihre Berührung an seiner Wange.

»Geliebter«, sagte sie so leise, dass die anderen sie nicht hören konnten. »Ich erkenne dich kaum wieder. Es ist so viel Wut in dir, so viel Zorn.«

»Und das verwundert dich?«

»Wir haben viel durchgemacht«, räumte sie ein. »Aber das bedeutet nicht, dass es keine Hoffnung mehr gibt. Es gibt sie noch, Dag.«

»Hoffnung.« Er schnaubte verächtlich. »Ich erinnere mich an eine Zeit, da habe ich ebenfalls gehofft, aber jetzt …« Er unterbrach sich und tat so, als würde er zu Boden starren.

»Willst du die Suche aufgeben?«, fragte sie leise, fast ängstlich. »Gerade jetzt, wo wir eine Spur gefunden haben?«

»Nein«, versicherte er bitter. »Ich werde weitersuchen, was auch sonst? Mein ganzes Leben lang habe ich nichts anderes getan, als zu suchen.«

»Du hast dich verändert«, stellte sie fest. »Damals, als Winmar dich blenden ließ und dir dein Augenlicht nahm, wurdest du dir selbst gleichgültig. Nun jedoch scheint dir auch alles andere gleichgültig geworden zu sein.«

»Das ist nicht wahr«, versicherte er und berührte ihr Gesicht. »Du nicht.«

Es war feucht.

Tränen …

»Wenn das stimmt«, sagte sie leise, »kann dir auch unser Kind nicht gleichgültig geworden sein.«

»Natürlich nicht«, versicherte er. »Könnte ich das Leben unserer Tochter retten, indem ich das meine gebe, würde ich …«

»So geht es aber nicht«, fiel sie ihm ins Wort. »Du musst leben, um unsere Tochter zu retten, verstehst du? Du musst deine Kraft und Zuversicht wiederfinden, Geliebter, nicht nur für dich selbst und für unser Kind, sondern auch für unsere Welt!«

Einen Augenblick lang herrschte Stille.

»Die Welt«, erwiderte Dag dann, »hat mich längst vergessen. Weder wollte sie mich noch meine Hilfe. Oder weißt du nicht mehr, was geschehen ist …?«

Zwischengesang
Daghans Klagelied

Zwei Jahre zuvor

Dag atmete tief ein und aus.

Dies war der Moment, auf den sie gewartet hatten. Der Vollmond stand hoch am Himmel und tauchte das Hochplateau, auf dem der Elfenkreis stand, in unwirkliches Licht. Niemand wusste genau, welchem Zweck die riesigen, rund zwanzig Mannslängen hohen Steinsäulen, die zu einem weiten Kreis angeordnet waren, einst gedient hatten. War es eine Verteidigungsanlage gewesen, errichtet, um Riesen zu trotzen? Eine Kultstätte, an der man alten, längst vergessenen Gottheiten gehuldigt hatte? Oder ein Ort der Wissenschaft, an dem sich Gelehrte getroffen und ausgetauscht hatten?

Dag bezweifelte, dass selbst die letzten Elfen, die Erdwelt verließen, den Zweck des Steinkreises noch gekannt hatten; das Wissen um diese Dinge war abhandengekommen, wie so vieles verloren im Nebel der Zeit. Aber noch immer schien eine geheimnisvolle Kraft diesen Ort zu durchdringen, und das war wohl auch der Grund dafür, dass die Clans des Hochlands ihm solch große Bedeutung beimaßen. Bei jedem vollen Mond kamen ihre Anführer hier zusammen, um sich zu beraten, zu verhandeln und Zwistigkeiten beizulegen. So auch in dieser Nacht, die jedoch nicht nur über das Schicksal der Clans, sondern über die Zukunft von ganz Erdwelt entscheiden würde.

»Bist du bereit, junger Herzog?«

Ferghas Ca'Dur stand neben ihm.

Der Bruder von Lord Anghas Ca'Dur, dem Oberhaupt des roten Clans von Tarnag, war ihm ein treuer Gefährte geworden. Gemeinsam hatten sie sich auf eine gefahrvolle Mission ins Feindesland begeben. Nun waren sie zurückgekehrt, um den versammelten Clansherren Bericht zu erstatten.

Und sie hatten keine guten Nachrichten mitgebracht.

»Ich denke schon, dass ich bereit bin.« Dag nickte.

»Das genügt nicht. Wer vor die Clanlords tritt, sollte entweder verdammt überzeugend sein – oder es gleich bleiben lassen. Hast du verstanden?«

Dag nickte.

»Also?«

Dag schloss die Augen, rief sich noch einmal all das ins Gedächtnis, was er den Clansherren sagen wollte. Schließlich nickte er. »Ich bin bereit.«

»Aye«, knurrte Ferghas.

Sie konnten hören, wie die Stimme des alten Mannes über das Plateau hallte, auf dem der Elfenkreis stand. Der Alte war ein Druide, einer jener Männer, die Gelehrte, Heiler und Dorfälteste zugleich waren. Unwillkürlich musste Dag an Dwethan denken – was hätte er darum gegeben, den alten Zauberer jetzt bei sich zu wissen. Doch Dwethan hatte eine andere Mission zu erfüllen, und sie war nicht weniger wichtig – er half Aryanwen bei der Suche nach ihrem Kind, das sie in der Stunde höchster Not den Orks Balbok und Rammar anvertraut hatte.

Unser Kind, dachte Dag.

Eine Tochter, Alannah, benannt nach der letzten Elfenkönigin, die über Erdwelt geherrscht und zusammen mit ihrem Gemahl Corwyn, einem Menschen, eine Ära des Friedens und des Glücks begründet hatte.

Fünf Jahrhunderte lag dies zurück.

Die Erben Corwyns und Alannahs hatten die Traditionen fortgeführt, und über eine lange Zeit hinweg hatte das Reich von Tirgaslan Bestand gehabt – bis es aus seinem Inneren heraus zerfallen war. Von Neid und Missgunst getrieben, hatten die einzelnen Teile des Reiches begonnen, untereinander Krieg zu führen, und schließlich war Winmar gekommen, der Herrscher des Zwergenreichs, der die durch ihren Zwist geschwächten Menschen besiegt und unterworfen hatte. Nicht aus eigener Kraft, wie Dag inzwischen wusste, sondern mithilfe von etwas, das ebenso alt war wie böse – und dem Einhalt geboten werden musste.

Aus diesem Grund war Dag zum Elfenkreis gekommen, seinen eigenen Zweifeln zum Trotz. Und er konnte nur hoffen, dass seinem Vorhaben Erfolg beschieden sein würde.

»... ist zurückgekehrt, um vom Ausgang seiner Mission zu berichten«, hörte er die Stimme des Druiden Seumas, der als Zeremonienmeister fungierte, durch das weite Rund hallen. »Lords und Krieger, empfangt in Eurer Mitte Daghan von Ansun!«

Ferghas stieß ihn sanft in den Rücken. Dag tat ein paar vorsichtige Schritte, trat aus dem Schatten des Felsens. Er spürte Wärme im Gesicht und glaubte, ein wenig Helligkeit wahrzunehmen – die freie Fläche zwischen den riesigen Steinquadern wurde offenbar von Feuern beleuchtet.

Im Zentrum des Runds, das Ferghas ihm genau beschrieben hatte, stand ein steinernes Podium. Umgeben war es von den Elfensteinen, zwölf gigantischen Monumenten aus einer vergessenen Zeit. Wofür die Zahl in den alten Tagen gestanden hat, wusste niemand mehr – jetzt repräsentierte sie die zwölf Clans des Nordens, entsprechend war jeder Quader in einer anderen Farbe markiert.

Rot stand für den Clan Ca'Dur, zu dem auch Ferghas

gehörte; ein dunkles Grün für den Clan Ca'Gor aus dem südlichen Hochland; Braun für den Stamm Ca'Dal, der das Waldland besiedelte; Blau für die Krieger von Ca'Har, ein sattes Gelb für das Feuervolk von Ca'Tein; Schwarz für die Todeskämpfer des Clans Ca'Bas und die Farbe weiß für die Ca'Deig von den schneebedeckten Hängen des Ostgebirges. Ferghas hatte Dag auch noch die übrigen Clans aufgezählt, aber er konnte sich nicht an alle erinnern, besonders jetzt nicht, da sein Pulsschlag hämmerte und ihm das Herz bis zum Hals schlug.

Die Krieger der jeweiligen Clans umlagerten den Fuß des Felsens, wenn auch unbewaffnet. Die Regeln des Elfenkreises sahen vor, dass hier niemand Waffen tragen durfte. Wer es dennoch tat, wurde mit dem Tod bestraft, den ebenso einfachen wie unbarmherzigen Gesetzen des Hochlands gemäß.

Um den Fuß der Steinsäulen hatten sich die Krieger der jeweiligen Clans geschart – oben auf der Plattform standen die Clansherren und ihre engsten Berater. Die Vorstellung, dass sie in diesem Augenblick auf ihn herunterblickten, misstrauisch und mit der den Hochländern eigenen Strenge, machte es Dag nicht leichter.

»Ruhig, Junge«, raunte Ferghas ihm zu, der neben ihm ging und seine Nervosität zu spüren schien. Er half Dag dabei, den Weg zur Mitte des Platzes zu finden, wo Seumas der Druide sie bereits erwartete.

»Daghan von Ansun«, sagte er, »nur selten wird einem Fremden die Ehre zuteil, hier zu sprechen, und auch nur dann, wenn sich einer der Clanlords für ihn verbürgt. In deinem Fall hat Lord Anghas von Tarnag seinen Namen und den seines Clans eingesetzt, um dir dieses Privileg zu verschaffen. Bist du dir der Ehre bewusst und der Verantwortung, die damit auf dir ruht?«

Dag nickte.

»Die dich anhören, sind die Anführer unseres Volkes, die Hüter unserer Traditionen«, fuhr Seumas fort, dessen Stimme ihn als ebenso alten wie wachen Geist kennzeichnete. »Aber wisse, dass jeder, der hier spricht, der Wahrheit verpflichtet ist. Lüge oder arglistiges Verschweigen werden an diesem Ort nicht geduldet.«

»Ich verstehe.«

»So trete denn vor und sprich laut und deutlich, auf dass dein Wort bis zu den Clansherren hinaufdringe«, forderte der Druide ihn auf, und Dag konnte hören, wie der Alte den Weg frei machte, sodass er selbst das Podium besteigen konnte. Ferghas blieb dicht hinter ihm, während Henquist, Gladwyn und Dugay außerhalb der Rednerbühne zurückblieben. Sie alle waren mit dabei gewesen. Sie alle hatten mit ihm gekämpft und geblutet und waren als Einzige von der Mission zurückgekehrt …

»Hohe Herren, versammelte Clans«, erhob Dag zaghaft seine Stimme – es war, als ob die Worte seinen Mund gar nicht verließen. Kaum waren sie ausgesprochen, trug der kühle Nachtwind sie ungehört davon. Ungeduldiges Gemurmel war ringsum zu hören.

»Sprich lauter«, raunte Ferghas ihm zu. »Wer die Wahrheit spricht, soll dies laut und deutlich tun. So lautet das Gesetz.«

Dag atmete tief durch und fasste sich ein Herz. »Hohe Herren, versammelte Clans«, begann er noch einmal und versuchte, sein ganzes Selbstvertrauen in seine Stimme zu legen, was nicht einfach war, wenn man von Hunderten von Augenpaaren gemustert wurde, aber selbst nichts sehen konnte. Dag machte aus der Not eine Tugend und stellte sich vor, dass er allein am Strand des Ostmeeres stünde und gegen das Rauschen der Brandung anschreien müsste.

»Ich danke euch für die Gelegenheit, hier und heute vor euch zu sprechen, in dieser Nacht des vollen Mondes, die über alles entscheiden kann!«

»Aye«, flüsterte Ferghas hinter ihm. »So ist es besser.«

»Ich weiß, dass Ihr einen anderen erwartet habt«, fuhr Dag fort. »Die Mission, mit der ich betraut wurde, lautete, nach Gorta Ruun zu gehen und meinen Vater Osbert zu befreien, den Herzog von Ansun, den der Zwergenkönig Winmar dort gefangen setzen ließ, nachdem die Schlacht um Ansun verloren war. Ihr alle kanntet meinen Vater. Ihr alle wisst, dass er ein harter und streitsüchtiger Mann war. Aber auch ein Mann mit Überzeugungen, auf dessen Wort Verlass war.«

Zustimmendes Gemurmel setzte ein.

»Warum sprichst du von deinem Vater in der Vergangenheit, Daghan von Ansun?«, wollte jemand wissen.

»Weil«, – Dag zögerte einen Moment. Es laut auszusprechen, kostete Überwindung –, »mein Vater nicht mehr am Leben ist.«

»Der Herzog … tot …« Man konnte hören, wie reihum geflüstert wurde.

»Mein Ziel war es, Herzog Osbert zu befreien und ihn hierherzubringen, auf dass er den edlen Lords von den Vorgangen im Reich berichte und sie um Hilfe bitte im Kampf gegen Winmar und seine Horden. Dieses Ziel ist gescheitert«, bekannte Dag. »Zwar ist es mir gelungen, meinen Vater in den finsteren Kerkern der Zwergenfestung ausfindig zu machen. Jedoch war er schon zu lange dort, sein Geist war dem Wahnsinn verfallen.« Dag unterbrach sich.

»Dennoch«, zwang er sich schließlich dazu, seinen Bericht fortzusetzen, »hat er sich in einem heldenhaften Akt selbst geopfert, um uns die Flucht zu ermöglichen. Die letzten Worte, die er auf dieser Welt sprach, galten seiner Sorge um Erdwelt. Er gab mir auf, den Kampf un die Freiheit fortzuführen und die Tyrannei nicht triumphieren zu lassen. Deshalb bin ich heute hier, um den Auftrag zu erfüllen, den mein Vater mir gegeben hat. Es ist mir nicht gelungen, ihn zu befreien und hierherzubringen, auf dass er die freien Stämme überzeuge, dass nur Einigkeit uns retten kann. Aus diesem Grund stehe ich nun selbst hier vor euch, Lords und Krieger, als Herzog Osberts Sohn und Erbe, und rufe euch zu, mir zu folgen, auf dass wir Erdwelt den Klauen Winmars entreißen und unsere Freiheit zurückerobern!«

Die Worte verhallten über dem Plateau, es blieb totenstill. Wenn Dag gehofft hatte, dass er für seine Rede Beifall oder auch nur Zustimmung ernten würde, so hatte er sich geirrt. Die Clansleute waren bekannt dafür, Fremden zu misstrauen, und sie schienen nicht gewillt, von dieser Regel Abstand zu nehmen.

Um ihn herum herrschte Schweigen.

Augenblicke dehnten sich zu Ewigkeiten.

»Du willst, dass wir uns mit dir verbünden«, tönte es schließlich von einem der Felsen.

»Yorus Ca'Gor«, raunte Ferghas Dag zu, »Oberhaupt des Grünen Clans.«

Dag nickte. Der Grüne Clan hatte sein Revier nördlich des Smaragdsees, und die Seeleute waren die erbittertsten Gegner des Roten Clans …

»Genau das«, bestätigte er mit fester Stimme.

»Und was gedenkst du uns im Gegenzug zu bieten?«, wollte Yorus weiter wissen. Seiner Stimme nach war er hager und um die fünfzig Winter alt. Unwille schwang in seiner Frage mit. »Welche Mittel hast du zu deiner Verfügung, Sohn des Herzogs? Was für eine Armee kannst du aufbieten?«

»Keine«, gab Dag zu, worauf ein Raunen durch das Rund ging. »Mir ist nur eine Handvoll Gefährten geblieben«, sagte er, auf Henquist und die anderen deutend, »die den Rest von dem stellen, was von der einstmals stolzen Streitmacht Ansuns geblieben ist. Der Rest wurde in alle Winde zerstreut, liegt gefallen oder wird vermisst, so wie mein getreuer Freund Alured und Cailan Ca'Dur, Lord Anghas' leiblicher …«

»Lass es gut sein, Daghan von Ansun«, fiel Anghas selbst ihm vom roten Felsen herab ins Wort. »Die Vergangenheit soll ruhen. Wir wollen über die Zukunft sprechen, dazu sind wir zusammengetreten. Was alle Anwesenden wissen wollen, ist, ob du nur große Worte im Munde führst, oder ob du auch halten wirst, was du versprichst. Du willst ein Bündnis gegen den Zwergenkönig und seine Schergen formen – aber wirst du auch zu Ende führen, was du so leichtfertig beginnst?«

»Ich bin weder leichtfertig noch bin ich ein Großmaul«, erwiderte Dag. »Hinter mir liegen Wochen des Kampfes, der Strapaze, der Entbehrung, der Trauer und der tödlichen Gefahr. Dennoch habe ich mich nicht zurückgezogen, um meine Wunden zu lecken, sondern bin hierhergekommen, um mit euch zu reden und euch zu warnen, edle Herren!«

»Wovor?«, wollte Lord Yorus wissen.

»In Gorta Ruun gehen dunkle Dinge vor sich«, erwiderte Dag düster. »König Winmar hat die Feste verlassen, um in Tirgas Anar Zuflucht zu suchen. In Gorta Ruun herrschen jetzt die Alchemisten, die dort ihr dunkles Handwerk betreiben. Die Erfindungen, die die Zwerge in jüngster Zeit machten und die den Kampf um Ansun entschieden haben, sind ihr Werk – Kaldronen, Donnerbüchsen und andere fürchterliche Waffen. Und das ist noch nicht alles. Wir wissen nicht, was Winmar tatsächlich plant, aber alles deutet darauf hin, dass er sich mit dunklen Kräften verbündet hat, die Erdwelt in ein neues Zeitalter der Finsternis stürzen wollen.«

Wieder gab es Gemurmel, diesmal voller Unruhe. Mit Genugtuung nahm Dag zur Kenntnis, dass seine Worte Wirkung zeigten. Endlich …

»Aber noch ist es nicht so weit«, fügte er hinzu. »Noch ist Zeit, Winmars Pläne zu verhindern. Aber dazu müsst ihr aufhören, einander gegenseitig zu bekämpfen und damit anfangen, eure Kräfte zu bündeln!«

»Warum?«, fragte Yorus misstrauisch. »Weil du es sagst?«

»Nein, sondern weil ihr die Zeichen der Zeit erkennen müsst«, hielt Dag dagegen. »Auch an anderen Orten Erdwelts regt sich Widerstand. Selbst unter den Zwergen gibt es welche, die gegen Winmar sind und sich gegen ihn erheben. Und selbst Lavan, der Marionettenkönig von Tirgaslan, hat sich jüngst gegen seinen König gewandt und ist ihm an der Engwacht in einer gewaltigen Seeschlacht begegnet …«

»… die verloren ging«, ergänzte Yorus. »Wir haben die Kunde aus dem Süden erhalten. Wie es heißt, stehen Winmar geheimnisvolle Schattenkreaturen zu Gebote.«

»Das ist wahr«, stimmte Dag zu. »Wir sind diesen Kreaturen mehrfach begegnet. Dwethan der Druide, den ihr alle kennt und dessen Wort ihr schätzt, sagt, dass es immer mehr werden, und dass ihre Macht wächst.«

»Wenn das so ist, warum ist der Druide dann nicht hier, um uns das selbst zu sagen?«

»Weil andere Belange seine Aufmerksamkeit erfordern«, erwiderte Dag. »Jedoch soll ich euch seinen Gruß entbieten und euch in seinem Namen bitten, dem Bündnis zuzustimmen.«

»Was du vorschlägst, ist kein Bündnis«, widersprach Lord Yorus. »Ein Bündnis kann nur unter Gleichberechtigten zustande kommen. Was du von uns verlangst, ist ein Geschenk. Wir sollen geben, und du willst nehmen.«

»Auch ich werde geben, seid unbesorgt«, versicherte Dag. »Ich werde an eurer Seite kämpfen, werde mit euch bluten und nötigenfalls auch mit euch sterben.«

Einen Moment lang herrschte Stille.

Dann: »Du bist ein Krüppel.«

»Das tut nichts zur Sache«, gab Ferghas zur Antwort, noch ehe Dag etwas erwidern konnte. »Der Junge kämpft wie ein tollwütiger Warg, das kann ich selbst bezeugen.«

»Und selbst wenn er wie zehn Warge kämpfen würde«, tönte eine andere Stimme herab, »würde es doch nicht genügen, um mich zu überzeugen!«

»Warum nicht?«, rief Ferghas hinauf. »Ist der Anführer des Braunen Clans ein Feigling?«

»Hüte deine Zunge, Ca'Dur!«, kam es zurück. »Sonst komme ich zu dir hinunter und reiße sie dir heraus!«

»Das versuch nur«, knurrte Ferghas.

Geschrei erscholl von allen Seiten, Tumult drohte im Elfenkreis auszubrechen.

»Ruhe! Ruhe!«, verschaffte sich der Druide Seumas Gehör. »Gegenseitige Beschimpfungen führen zu nichts! Dies ist ein Ort des Friedens, das sollten wir nicht vergessen! Junger Herzog von Ansun, das Anliegen, das Ihr vorbringt, ist von großem Gewicht. Und Euer Vorhaben ehrgeizig.«

»Dessen bin ich mir bewusst«, gestand Dag zu.

»Unsere Antwort muss wohlerwogen werden«, meinte der Druide. »Wir sollten ...«

»Was gibt es da zu erwägen?«, fiel Lord Anghas ihm unwirsch ins Wort. Dag konnte sich gut vorstellen, wie der Herr von Ca'Dur dort oben stand, eine eindrucksvolle Gestalt mit langem Haar und vollem Bart, mit Augen wie glühende Kohlen und die Pranken zu Fäusten geballt. »Wir müssen losschlagen, müssen den Feind vernichten, ehe er uns venichtet. Eine andere Möglichkeit gibt es nicht!«

Aus Richtung des Roten Clans kam Beifall, die anderen Stämme schwiegen.

»Das sagst du, weil du schon immer leichtgläubig warst!«, konterte Yorus. »Der junge Narr und der alte Druide haben dich so lange beschwatzt, bis du ihnen geglaubt hast. Aber du bist ja noch nie der Hellste gewesen, Ca'Dur!«

Vereinzelt gab es Beifall, einige lachten.

»Und du hast so viel Angst, dass du dir schon in den Rock machst«, erwiderte Anghas ungerührt. »Ich kann den Gestank deiner Pisse bis hierher riechen!«

Nun war es der Rote Clan, der lachte – und Dag wurde schmerzlich bewusst, dass die Rede, die er so sorgsam vorbereitet und in die er so große Hoffnung gesetzt hatte, nichts bewirkt hatte. Die Bewohner des Hochlands waren nach wie vor in ihrem alten Denken gefangen und nicht willens oder nicht in der Lage, sich davon zu lösen.

»Hört auf, euch zu streiten, und versteht endlich, dass ihr nur gemeinsam stark seid!«, rief er in seiner wachsenden Verzweiflung. »Ihr habt noch nicht begriffen, wie wichtig ihr seid! Die freien Clans sind die letzte verbliebene Macht in Erdwelt, die Winmars Armeen noch nicht unterworfen haben!«

»Und das wird auch immer so bleiben!«, brüllte jemand, den Ferghas rasch als Niall Ca'Bra vorstellte, den Anführer des Purpurclans.

»Aber nur, wenn ihr zusammensteht und euch gegenseitig helft«, beharrte Dag. »Wenn die Armee der Kaldronen erst anrückt, ist es zu spät. Winmars stählerne Kampfmaschinen werden euch auslöschen, zumal, wenn sie mit Donnerbüchsen schießen. Das sind Waffen, die auf die Ferne töten, schneller und genauer als jeder Pfeil! Wenn ihr Winmar besiegen wollt, müsst ihr ihm zuvorkommen!«

»Sagt der Mann, dem es nicht einmal gelungen ist, seinen eigenen Vater zu retten«, konterte Yorus hämisch. »Und jetzt will er ganz Erdwelt retten.« Der Herr des Grünen Clans lachte auf. »Empfinde nur ich so, oder haben auch andere das Gefühl, dass wir einen Versager vor uns haben? Doch statt sein Scheitern offen einzugestehen, will er uns noch mit in den Abgrund reißen, dem er selbst nur mit knapper Not …«

»Nein, so ist es nicht«, fiel Dag ihm energisch ins Wort, »ich habe nicht …«

»Niemand unterbricht einen Clansherren an diesem Ort, Daghan von Ansun«, wies Seumas ihn zurecht.

»Verzeiht«, sagte Dag und deutete eine Verbeugung an.

»Wie steht es also, ihr Clansherren?«, wandte sich Yorus Ca'Gor an die Versammelten. »Wollt ihr euch dem Ersuchen dieses Krüppels beugen, der uns alle anführen will und dabei noch nicht einmal seine eigene Hand vor Augen sehen kann?«

Es gab Gelächter, das von allgemeiner Ablehnung zeugte. Hier und dort wurden auch derbe Beschimpfungen gerufen. Dag versuchte sich dagegen zu wappnen, aber es gelang ihm nur teilweise. Die Worte trafen ihr Ziel wie Pfeile.

»Haltet ein!«, rief Lord Anghas noch einmal. »Habt ihr denn nicht zugehört? Habt ihr nicht verstanden, was der Junge euch zu sagen versucht? Wir müssen unseren Streit begraben und uns verbünden, wenn wir überleben wollen!«

»Das kannst du gerne tun, es steht dir frei«, tönte Yorus zu ihm hinüber. »Aber der Grüne Clan wird sich nicht fügen, nur weil ein Knabe aus Ansun es sich wünscht. In ihrem Hochmut wollten die Westmenschen nie etwas mit uns Clansleuten zu tun haben, stets haben sie auf uns herabgeblickt – jetzt ist es an uns, darauf eine Antwort zu geben!«

Zustimmung brandete auf, und das nicht nur bei den Angehörigen seines eigenen Stammes.

»Der Braune Clan wird sich ebenfalls nicht beteiligen!«, scholl es aus einer anderen Richtung.

»Und auch der Schwarze Clan nicht!«

»Dann wird Winmar uns alle vernichten«, prophezeite Lord Anghas düster. »Vielleicht nicht heute und nicht morgen, vielleicht auch noch nicht im nächsten Jahr. Aber irgendwann wird es so weit sein. Ihr alle wählt unseren Untergang.«

»Wenigstens treffen wir eine Wahl«, konterte Niall Ca'Bra vom Purpurclan. »Du hingegen bist den Schmeicheleien und Halbwahrheiten der Westmenschen verfallen!«

»Das ist nicht wahr!«, widersprach Anghas, sich nur noch mühsam zur Ruhe zwingend. »Versteht ihr denn nicht, dass es hier nicht um mich geht oder um das, was ich denke? Hier geht es um unser ganzes Volk!«

»Sagst du«, versetzte Yorus genüsslich. »Und ich sage, dass du ein Heuchler bist!«

Um Anghas Ca'Durs Beherrschung war es geschehen. »Diese Unverschämtheit bezahlst du mit deinem Leben!«

»Nur zu, ich kann es kaum erwarten. Schon viel zu lange sind wir einander nicht mehr mit dem Schwert in der Hand begegnet! Wozu all dies Reden? Lasst den Stahl entscheiden!«

Beifall wurde laut, auf beiden Seiten wurden Kampfesrufe gebrüllt. Das hitzige Gemüt der Hochländer drohte sich blutig zu entladen – und Dag begriff, warum es verboten war, Waffen zum Elfenkreis zu bringen.

»Nein!«, rief er laut und riss die Arme hoch, um auf sich aufmerksam zu machen. »Haltet ein, ich bitte euch! Das habe ich nicht gewollt! So darf es nicht enden …«

Es dauerte eine Weile, bis die Clansleute auf ihn aufmerksam wurden. Das Geschrei und der Tumult legten sich ein wenig.

»Was hast du erwartet?«, fragte Lord Niall spöttisch.

»Dass du nur aufzutauchen brauchst und alle deinem Ruf folgen und in den Krieg ziehen würden? Für wie verrückt hältst du uns?«

»Nicht von ungefähr haben sich unsere Clans über Generationen die Freiheit bewahrt«, fügte Yorus hinzu. »Oder hast du etwa gedacht, dass du zu Höherem berufen wärst? Dass es deine Bestimmung sei, die Stämme zu einen und in den Kampf gegen Winmar zu führen? Dann bist du ein noch größerer Narr, als ich dachte. Blind, wie du bist, taugst du doch nur dazu, in der Gosse von Andaril zu sitzen und um Almosen zu betteln!«

Dröhnendes Gelächter von allen Seiten.

Wie die Wogen sturmgepeitschter See schlug es über Dag zusammen, so voller Häme, dass er glaubte, darunter zu ersticken.

Auch Ferghas schien es so zu gehen. Dag merkte, wie sich der Freund neben ihm verkrampfte und leise Verwünschungen ausstieß. Er schien eingreifen und für Dag Partei ergreifen zu wollen, doch Dag hielt ihn zurück.

»Nicht«, raunte er Ferghas zu.

»Aber Yorus hat …«

»Yorus mag recht haben oder nicht, das wird die Geschichte zeigen«, erwiderte Dag. »Aber ich will nicht, dass meinetwegen unter den Hügelclans Zwist ausbricht.«

»Was willst du tun?«

»Ich werde gehen. Zurück nach Westen.«

»Du … willst aufgeben?«

»Um hierherzukommen«, brachte Dag ihm in Erinnerung, »habe ich die Frau, die ich liebe, verlassen, statt gemeinsam mit ihr nach unserem Kind zu suchen. Das war ein Fehler, und er wurde bestraft. Hör nur, wie sie mich auslachen – und es geschieht mir recht.« Damit wandte er sich ab, verließ mit vorsichtigen Schritten das Podium.

»Wo willst du hin?«, fragte Ferghas hinter ihm.

»Habe ich es nicht gerade erklärt?«

»Aye«, gab Ferghas zu. »Yorus ist zwar ein Schwachkopf, aber mit einem hatte er immerhin recht – du bist blind, Junge. Du wirst Hilfe brauchen, wenn du zurückgehst.«

»Das ist nicht mehr deine Sache, mein Freund«, versicherte Dag. »Du hast genug getan.«

»Noch längst nicht. Außerdem habe ich meinem Bruder versprochen, nach seiner … seinem Sohn zu suchen. Vielleicht ist Cailan noch am Leben.«

»Ich werde dich ebenfalls begleiten«, versicherte Henquist. Dein Vater hat mir einst das Leben gerettet. Das werde ich nie vergessen.«

»Und wir sind auch dabei«, versicherten Dugay und Gladwyn in seltener Einmütigkeit.

Dag musste lächeln. Der Zuspruch seiner Gefährten war tröstend – auch wenn ihm die Niederlage noch immer als dröhnendes Gelächter in den Ohren lag.

»Geh nach Hause, Herzogsohn!«, schrien sie.

»Zurück, von wo du hergekommen bist!«

»Die freien Clans lassen sich nichts vorschreiben!«

»Nicht von einem blinden Krüppel!«

So verließ Dag den Elfenkreis.

Nicht als Hoffnungsträger und neuer Anführer, wie er gehofft hatte. Sondern als Narr, von allen verlacht.

5

»Vorschläge?«

Bertin blickte in die Runde der ausgezehrten, bleichen Mienen, die sich im Fackelschein um ihn versammelt hatten. Wilde, meist ziemlich ungepflegte Bärte wucherten in den Gesichtern, und das war gut so – andernfalls hätte jeder Gegner sofort gesehen, dass viele von Bertins Streitern noch jung waren und die Steinweihe erst wenige Winter zurücklag. Doch was die Freiheitskämpfer an Erfahrung nicht vorweisen konnten, das wogen sie gewöhnlich durch ihren Mut und ihre Tapferkeit auf – die Begegnung mit der Kaldrone und ihrem unheimlichen Lenker allerdings schien selbst die Unerschrockensten unter Bertins Leuten tief erschüttert zu haben. Und schlimmer noch, selbst der Anführer der Rebellen spürte Furcht in seinem Herzen, ein unbestimmtes Grauen vor dem, was in den Tiefen der Festung lauern mochte.

»Was gibt es da vorzuschlagen?«, knurrte Runward. Seine blauen Augen blitzten im Halbdunkel. »Was können herkömmliche Waffen ausrichten gegen Gegner, die nicht einmal einen Körper haben?«

Dumpfes Gemurmel bekundete Zustimmung. Doch keiner der Kämpfer wagte es, Bertin dabei in die Augen zu sehen.

»Es ist wahr«, stimmte er zu. »Wir haben es mit einer neuen Sorte von Gegner zu tun – aber das bedeutet nicht, dass er nicht getötet werden kann. Oder besiegt.«

»Nein?«, fragte Runward spitz dagegen und hob demonstrativ die Axt, auf die er sich bislang gestützt hatte – ein schweres, mit reichen Ziselierungen versehenes Modell, das er selbst angefertigt hatte. Es war einst seine Meisterarbeit gewesen, in glücklicheren Tagen ... »Wie willst du hiermit einen Schatten töten? Wie damit bloßen Rauch erschlagen?« Er schüttelte den rabenschwarzen Schopf. »Unsere Waffen sind solide gefertigt und mehrfach gehärtet – aber selbst sie vermögen nichts auszurichten gegen dunkle Magie.«

»Ich fürchte, er hat recht«, pflichtete Dado mit bebender Stimme bei. »Gegen einen solchen Feind gibt es keine Gegenwehr.«

»Wir haben die Kaldrone bezwungen«, brachte Bertin in Erinnerung.

»Die Kaldrone, ja«, stimmte Dankrad zu, »aber nicht ihren Steuermann. Womöglich ist dieser elende Schatten schon in diesem Augenblick dabei, eine neue Kaldrone zu bemannen, um gegen uns loszuschlagen.«

»Oder er ist zu seinen Auftraggebern zurückgekehrt, um ihnen von uns zu berichten«, gab Runward zu bedenken. »Womöglich ging es überhaupt nur darum, uns anzulocken und unsere Stärke auszukundschaften. Womöglich«, fügte er leiser hinzu, wobei er sich vorsichtig im Halbdunkel umblickte, »sind wir bereits von jenen Schattenkreaturen umzingelt und wissen es nur noch nicht.«

Der Gedanke hatte etwas zutiefst Erschreckendes, und er blieb nicht ohne Wirkung. Ein Raunen ging durch die Reihen von Bertins Kämpfern. Leder knarrte, als die Männer unruhig von einem Bein auf das andere traten, Blicke flackerten wie verlöschende Kerzen. Der Anführer der Widerstandskämpfer fühlte förmlich, wie die Furcht um sich griff. Und er wusste, dass er etwas dagegen unternehmen musste.

»Ich kann euch gut verstehen, meine Freunde«, versicherte er deshalb, »und ich kann euch versichern, dass ich ebenso empfinde wie ihr. Auch mich hat die Begegnung mit jenem Wesen zutiefst erschreckt, ich müsste ein Narr sein oder ein Lügner, wollte ich dies nicht eingestehen. Aber womöglich ist es genau das, was unsere Feinde damit bezwecken.«

»Was meinst du?«, wollte Dankrad wissen.

Bertin trat in die Mitte der Versammlung, wissend, dass die Wahl der nächsten Worte entscheidend sein würde. »Mit Waffengewalt haben sie uns beizukommen versucht«, erwiderte er und ballte dabei die Fäuste, »mit den Äxten ihrer Kaldronen und dem Blei ihrer Donnerbüchsen. Als ihnen das nicht gelang, haben sie unsere Verstecke in den oberen Regionen der Festung ausfindig gemacht und uns ausgeräuchert wie Ungeziefer. Aber auch das haben wir überstanden und uns schließlich hierhergeflüchtet, in die alten Schmelzöfen. Einst wurde hier der Stahl für Schwerter und Äxte gekocht, von denen einige von Königen geführt wurden. Heute sind die Öfen erkaltet, so wie der Mut unseres Volkes. Furcht hat sich in die Herzen der Männer und Frauen eingesenkt, nur wir sind noch hier, um Widerstand zu leisten! Nur wir stehen noch zwischen dem Volk der Zwerge und jenen, die vorgeben, ihm zu dienen und in Wahrheit nach seiner Vernichtung trachten!«

»Schöne Worte«, anerkannte Waldrada, die einzige Frau unter den Widerstandskämpfern, die ihre Axt allerdings nicht weniger beherzt einzusetzen wusste als ihre männlichen Kameraden. »Aber was folgerst du daraus? Sollen wir einen Krieg führen, den wir nicht gewinnen können? Runward hat recht – womöglich sind die Schattenkrieger bereits hier und beobachten uns.«

»Hier sind wir sicher«, sagte Bertin und gab sich Mühe,

möglichst viel Überzeugung in seine Worte zu legen – tatsächlich hatte er keine Ahnung, ob es sich tatsächlich so verhielt. »Dieser Ort mag nach Ruß und Schlacke riechen, aber es gibt nur einen Weg hinein, und der wird ohne Unterlass bewacht. Zur Sicherheit habe ich die Wachen verdoppelt, seid also unbesorgt. Aber ich gebe dir recht, Waldrada – unser Plan kann nicht darin bestehen, gegen einen Gegner zu kämpfen, den unsere Waffen nicht erreichen können. Aber wir wissen, wer ihn uns geschickt hat.«

»Schön und gut«, blaffte Runward. »Aber was nützt uns dieses Wissen?«

»Wissen nützt gegen Angst«, konterte Bertin.

»Ich habe keine Angst.«

»Ach nein?« Bertin sah den grimmigen Schmied herausfordernd an. »Dann bist du allein, mein Freund, denn alle hier fürchten sich. Es liegt in unserer Natur, das Unbekannte zu fürchten. Aber die Söhne und Töchter des Berges haben sich trotzdem nie davon abhalten lassen, in Regionen vorzustoßen, in die sich kein anderes Volk Erdwelts gewagt hätte: Die Menschen nicht, groß und ungeschickt, wie sie sind; nicht die Orks, die sich in der Dunkelheit verlieren und niemals wieder zurückfinden würden; und erst recht nicht die Elfen mit ihrer Lust an allem, was klar und hell ist. An uns, den Zwergen ist es stets gewesen, in die Tiefen vorzudringen. Dort haben wir nicht nur Erz gefunden, um unsere Waffen zu schmieden, und Geschmeide, um unsere Schatzkammern zu füllen, sondern auch unseren Mut – und diesen Mut, meine Freunde, kann uns niemand nehmen. Was wir tun müssen, ist einmal mehr unerschrocken dorthin vorzustoßen, wohin sich sonst keiner wagt. Wir müssen herausfinden, was die Alchemisten dort unten in den alten Stollen treiben.«

»Du... du willst dich in die Tiefen des Berges begeben?«, fragte Dado, in dessen Gesicht noch immer kaum ein Bart spross – auf den Flaum an seiner Oberlippe war er entsprechend stolz. »In den inneren Kern von Gorta Ruun, wo das Alchemistenpack haust?«

»Es wird uns nichts anderes übrig bleiben«, bestätigte Bertin und ließ seinen Blick reihum schweifen. »Wenn wir die Schatten wirkungsvoll bekämpfen wollen, müssen wir herausfinden, woher sie kommen.«

»Das klingt vernünftig«, gab Waldrada zu.

»Nein«, widersprach Runward, »das klingt nur nach einer Gelegenheit, vorzeitig in Granit zu beißen.«

»In der kommenden Nacht könnten wir aufbrechen«, regte Bertin unbeirrt an. »Ein kleiner Trupp, bestehend aus Freiwilligen. Der Rest wird hier die Stellung halten.«

Niemand sagte etwas.

»Ich bin dabei«, erklärte Runward schließlich.

»Du?« Waldrada betrachtete ihn von der Seite. »Ich dachte, es wäre nur eine weitere Möglichkeit, auf Granit zu beißen?«

»Ist es vermutlich auch. Aber Bertin hat recht: unser Volk ist zu mutig, und zu neugierig, als dass es immer vernünftig handeln würde. Und ich will wissen, was dort unten vor sich geht.«

»Ich auch«, versicherte sie.

Bertin nickte zufrieden.

»Überleg's dir gut, holde Waldrada«, knurrte Runward und entblößte die vom Rußbier dunklen Zähne zu einem Grinsen. »Wenn sie dich dort unten erwischen, schneiden sie dir die hübschen Zöpfe ab.«

»Was du nicht sagst«, konterte die Zwergin scheinbar ungerührt, während sich ihre flaumbedeckten Wangen spöttisch blähten. »Wenn sie dich erwischen, werden sie dir vemutlich noch ganz andere Dinge abschneiden. Also sieh dich vor.«

Runward lachte spöttisch. »Niemals.«

»Was w-würden sie uns antun?«, fragte Dado.

»Wenn wir in die Hände der Alchemisten geraten, haben wir keine Gnade zu erwarten«, stellte Bertin klar. »Auf jeden von uns ist ein Kopfgeld ausgesetzt, und Ansgar wird keinen Augenblick zögern, uns hinrichten zu lassen – und das auf möglichst bestialische Art und Weise, damit jeder, der mit dem Gedanken spielt, sich dem Widerstand anzuschließen, davon abgeschreckt wird.«

»Dann sollten wir uns besser nicht erwischen lassen«, meinte Dankrad achselzuckend und trat ebenfalls vor. »Ich will ebenfalls mit.«

»Ich nicht«, gab Dado zu. »Aber … ich begleite euch trotzdem.«

»Bist du sicher?«, fragte Bertin.

»Ganz und gar nicht.« Der jüngste Zwerg der Gruppe schüttelte den Kopf. »Aber mein Entschluss steht fest.«

Bertin nickte. »Dann ist es entschieden. Wir fünf werden gehen, der Rest bleibt so lange hier. Sollten wir innerhalb von fünf Tagen nicht zurückgekehrt sein …«

Er brachte den Satz nicht zu Ende, seine Leute wussten auch so, was er meinte.

»Und wie wollen wir es anstellen?«, fragte Runward. »Die Zugänge zum inneren Kern werden allesamt bewacht, oder nicht?«

»Das werden sie«, stimmte Bertin zu. »Aber vergessen wir nicht, dass wir eine Kaldrone erbeutet haben.«

»Gut so.« Waldrada schlug die Faust in ihre hohle Hand. »Du willst dir den Weg freikämpfen.«

»Nein«, entgegnete Bertin mit verwegenem Grinsen. »Eigentlich hatte ich mir das etwas eleganter vorgestellt …«

6

Da waren sie – und der Fanatismus brannte noch immer ungebrochen in ihren Augen.

Durch die dunklen Gassen der Stadt war Alured der Prozession gefolgt, immer weiter hinauf, dem Schlangenturm entgegen. Dann hatte er eine Abkürzung genommen, die durch enge und steile Gassen führte, und die Sektierer auf diese Weise überholt.

In einer Nische kauernd, lauerte er ihnen auf. Die Straße wies an dieser Stelle mehrere Stufen auf, um den beträchtlichen Höhenunterschied zu überwinden. Der Karren mit der Gefangenen würde vor jedem Absatz kurz zum Stehen kommen – die beste Gelegenheit für einen Überfall.

Die Hand am Griff seines Schwerts, schmiegte sich Alured eng in das Halbdunkel und wartete. Sein Herz schlug heftig, sein Mund war trocken. Er hatte lange nicht gekämpft, konnte nur hoffen, dass seine Reflexe nicht eingerostet waren. Sein stärkster Verbündeter war die Überraschung: Wenn es ihm gelang, auf den Wagen zu springen und die Frau zu befreien, ehe die Sektierer recht begriffen, was vor sich ging, hatte er eine Chance. Falls es Verzögerungen gab, würden sich die Fanatiker auf ihn stürzen, und gegen ihre erdrückende Übermacht würde er nicht bestehen können.

Was geschah, wenn er gefasst wurde, darüber wollte er nicht nachdenken. Der Tod war ihm gewiss, vorher würde er vermutlich noch gefoltert. Da er zwei Jahre lang nichts von Dag und den anderen gehört hatte, gab es nichts, das er ausplaudern konnte, insofern bestand keine Gefahr – allerdings wäre es ihm bedeutend lieber gewesen, nicht auf der Folterbank der Zwerge zu enden. Er war dort schon einmal gewesen …

Die Prozession kam die Straße herauf.

Wie Alured vermutet hatte, hielt der Ochsenkarren vor jeder Stufe an, und die Sektierer mussten Hand anlegen, um den großen Rädern darüber hinwegzuhelfen. Die Gefangene ließ alles mit bewundernswerter Ruhe geschehen. Aufrecht stand sie da und harrte der Dinge, die kommen würden – Alured bezweifelte, dass es gute Dinge waren. Noch niemals war jemand, den man dem Dunklen König als Opfer dargebracht hatte, wieder aus der Festung zurückgekehrt.

Alured wischte sich über das Gesicht. Er hatte die Kapuze seines Umhangs hochgeschlagen, aber der Regen war bereits durchgedrungen, sodass der Stoff keinen Schutz mehr bot. Durchnässt und frierend harrte Alured aus, während die Sektierer näher kamen und ihn schließlich erreichten.

Der Zwerg, der dem Zug vorausging, passierte als Erster das Versteck. Alured hätte nicht übel Lust gehabt, dem feisten kleinen Kerl, der sich Priester nannte und in Wirklichkeit nur Winmars Scherge war, an die Kehle zu gehen. Aber er beherrschte sich, ließ sowohl ihn als auch die erste Hälfte der Sektierer unbehelligt vorbeiziehen – in ihrem Wahn blickten sie starr geradeaus, sodass er nicht fürchten musste, entdeckt zu werden.

Jetzt kam der Wagen.

Alured fletschte die Zähne wie ein Raubtier, seine Muskeln und Sehnen spannten sich. Bereit, das Schwert zu ziehen und sich damit auf die Bewacher der jungen Frau zu stürzen, wollte er aus seinem Versteck setzen – doch gerade, als er sich nach vorn werfen wollte, hielt ihn jemand zurück.

Zwei fremde Hände packten ihn an den Armen und hielten ihn fest. Alured, völlig überrascht, wollte sich ihrem Griff entwinden, aber es gelang ihm nicht. Wie Schraubstöcke hielten ihn die beiden Hände umklammert, bis der Zug der Sektierer die Gasse passiert hatte.

»Verdammt! Loslassen!«, zischte Alured – aber sein unsichtbarer Häscher hörte nicht auf ihn. Stattdessen riss er ihn nach hinten, tiefer hinein in das Dunkel. Dann folgte ein harter Stoß, sodass Alured taumelte und stürzte.

Er fand sich in einem Strohhaufen wieder. Verwirrt sah er auf. Die Silhouette, die über ihm stand, gehörte einem Zwerg.

»Verdammt, wer …?«, wollte Alured fragen, als sich der fremde Zwerg zu ihm herabbeugte. Ein Streifen fahlen Mondlichts erfasste die bärtigen Züge und riss sie aus der Dunkelheit – und Alured sog nach Luft.

Er kannte diesen Mann!

Diese dunklen, stechenden Augen!

Die von rotem Haar und Bart umrahmte Visage!

Er hatte sie hassen gelernt, als seine Familie umgebracht und er selbst grausam gefoltert worden war – die Spuren jener Misshandlung trug er bis heute im Gesicht.

»Vigor«, stieß er voller Abscheu hervor.

»Du hast mich nicht vergessen.« Der Zwerg, den Alured als Winmars obersten Folterknecht kennen und fürchten gelernt hatte, schnitt eine Grimasse. »Das ehrt mich.«

»Kaum«, widersprach Alured und griff nach dem Schwert an seinem Gürtel. »Denn wenn ich mit dir fertig bin, wird man nicht mehr genug von dir finden, um die Schweine damit zu füttern.«

»Noch immer der Ungestüme.« Vigor hob beschwichtigend die Hand. »Ich weiß, dass es in der Vergangenheit gewisse … Unstimmigkeiten zwischen uns gab.«

»Das trifft es nicht annähernd.« Alured hatte die Klinge schon halb aus der Scheide gezogen.

»Aber vergiss nicht, dass ich dir soeben das Leben gerettet habe.«

»Soll das ein Witz sein?«

»Hättest du dich dort hinausgestürzt, um diese zum Untergang verurteilte Kreatur zu befreien, wärst du jetzt tot, niedergestreckt von den Dolchen der Sektierer.«

Alured blickte auf den Zug, der die oberste Stufe erreicht hatte und seinen Weg fortsetzte.

Zu spät.

»Und? Was geht es dich an?«

»Manches«, entgegnete der Zwerg. »Jener Frau hättest du nicht helfen können, ihr Schicksal ist besiegelt. Schon bald erreicht der Zug den Turm, und sie wird dem Oberpriester übergeben.«

»Weil du mich davon abgehalten hast, sie zu befreien«, knurrte Alured.

»Ist das dein Ernst?« Vigor legte den Kopf schief. »Wir wissen doch beide, dass du nicht wirklich vorhattest, sie zu befreien. Und selbst, wenn es dir gelungen wäre, was hättest du dann mit ihr angefangen?«

»Ich wäre mit ihr geflohen.«

»Aus einer Stadt, aus der es keinen Fluchtweg gibt.« Vigor schüttelte das rote Haupt, wobei er tadelnd mit der Zunge schnalzte. »Halte mich nicht zum Narren. Wir wissen beide, dass es dir nicht darauf ankam, die Frau zu retten. Du wolltest die Konfrontation, wolltest die Gefahr. Wie es ausgehen würde, war dir völlig gleichgültig.«

»Noch ein Wort, du Abschaum.«

»Das ist typisch für euch Menschen – ihr lasst euch von

spontanen Empfindungen leiten und denkt die Dinge nie zu Ende. Das ist letztlich auch der Grund dafür, dass ihr den Krieg gegen uns verloren habt.«

»Und um mir das zu verkünden, bist du hier?« Alured lachte freudlos auf, dann riss er jäh seine Klinge heraus und richtete sie auf Vigor. »Was willst du wirklich? Rede schnell, ehe ich dich durchbohre.«

»Keine schöne Aussicht«, meinte der Zwerg denkbar unbeeindruckt. »Dabei habe ich dir ein Angebot zu machen.«

»Ausgerechnet du? Der Mörder meiner Familie?«

»Ich habe nur getan, was mein König mir befahl«, stellte Vigor klar, »und genau darüber möchte ich mit dir sprechen. Denn ich bin nicht länger Winmars Untertan. Du und ich, wir stehen nun auf derselben Seite.«

Alured lachte spöttisch auf.

»Es ist die Wahrheit«, versicherte der Rote und streckte demonstrativ die Hände aus. »Sieh her, ich bin unbewaffnet. Lass mich dir sagen, was ich zu sagen habe. Danach kannst du, wenn du willst, mich immer noch durchbohren.«

»Das werde ich«, versicherte Alured grimmig. »So oder so.«

Zwischengesang
Vigors Weise

Zwei Jahre zuvor

Noch immer konnte er das Rauschen hören, das grässliche Tosen des Meeres, begleitet von den entsetzlichen Schreien der Männer, die von den Schattendrachen zerfetzt wurden.

In Todesangst war Vigor von Bord gesprungen, hinein in die brodelnde See, worauf seine Rüstung ihn hinab zum Grund gezogen hatte. Seine Sinne drohten ihm bereits zu schwinden, als es ihm endlich gelungen war, sich vom Kettenhemd und den Beinschienen zu befreien. Hastig war er zurück an die Oberfläche geschwommen, wo er sich inmitten zertrümmerter Schiffsplanken und lebloser Körper wiedergefunden hatte, die wie Korken auf den Wogen tanzten, während ringsum der mörderische Kampf weitertobte.

Sich tot zu stellen, mochte nicht ehrenvoll gewesen sein, aber es hatte die besten Aussichten aufs Überleben geboten. Vigor hatte nach einem der größeren Trümmer gegriffen und sich mit dem Gürtel daran festgebunden. Dann hatte er sich einfach treiben lassen – und infolge der Erschöpfung und der durchlebten Schrecken irgendwann das Bewusstsein verloren.

Nun, da er erwachte, spürte er, wie es zwischen seinen Zähnen knirschte. Befremdet nahm er wahr, dass er bäuchlings im Sand lag, während er gleichzeitig merkte, wie etwas an seinem rechten Bein zupfte. Zuerst nur zaghaft, dann immer heftiger.

»Was beim großen Hammer ...?«

Beißender Schmerz brachte seine Lebensgeister zurück. Vigor riss die Augen auf – um eine mehr als faustgroße Krabbe zu erblicken, die unmittelbar vor seinem Gesicht kauerte und ihre Scheren drohend auf seine Nase zubewegte!

Mit einem Schrei fuhr der Zwerg hoch und sprang auf die kurzen Beine, nur um festzustellen, dass er von Krabben umzingelt war! Mindestens zwei Dutzend der spinnenbeinigen, schwarz-rot gefleckten Kreaturen waren von allen Seiten herangekrochen, um mit ihren Zangen das Fleisch von seinem Körper zu lösen ...

»Zurück!«, rief Vigor heiser. »Macht dass ihr fortkommt, ihr elenden Biester!«

Die Krabbe, die vor seinem Gesicht gelauert hatte, beförderte er mit einem Fußtritt hinweg, zwei andere stampfte er kurzerhand in den Sand. Die übrigen Tiere sahen daraufhin ein, dass das Opfer nicht so leblos war wie angenommen, und ergriffen die Flucht, indem sie sich in die Wellen des Ostmeeres stürzen, die sanft an das flache Ufer brandeten.

Mit fiebrigen Blicken vergewisserte er sich, dass er die Aasfresser alle vertrieben hatte, dann sah er sich um. Dem Stand der Sonne nach war es noch vor Mittag. Jenseits des Strands erhoben sich von gelbem Gras bedeckte Hügel, was vermuten ließ, dass Vigor irgendwo an der Südküste an Land gespült worden war. Und in der Ferne, wo Land und Meer im Dunst verschmolzen, glaubte er einen Turm zu erkennen, der vermutlich zu einer der Küstenfestungen gehörte.

Dass diese Festungen, die einst zum Gebiet von Tirgaslan und damit den Menschen gehört hatten, inzwischen von Zwergen besetzt wurden, verschaffte ihm keinen Trost – im

Gegenteil. Die Zeit, in der er ein treuer Diener des Zwergenkönigs gewesen war, lag hinter ihm. Er hatte sich offen gegen Winmar gestellt und war damit ein Feind des Reiches. Wenn Winmar jemals erfuhr, dass er noch am Leben war, würde er nichts unversucht lassen, dies auf möglichst grausame und schmerzhafte Weise zu ändern.

Vigor spürte, wie ihm die Knie weich wurden. Seufzend ließ er sich wieder in den Sand fallen, wo er kauernd auf die weite See hinausstarrte.

Seltsamerweise empfand er keine Erleichterung darüber, dass er noch am Leben war und ihn eine günstige Strömung an Land getrieben hatte. Die Schmach der Niederlage vergällte ihm jede Freude über seine Rettung. Wie, so fragte er sich, hatte es nur so weit kommen können?

Stets war er ein Mann gewesen, der nichts dem Zufall überlassen hatte. Wann immer er ein Ziel vor Augen hatte, hatte er so lange geplant, verhandelt und intrigiert, bis er es erreicht hatte, und zwar zu seinen Bedingungen. In der Wahl seiner Mittel und Verbündeten war er dabei nie zimperlich gewesen. Lavan, der Marionettenkönig von Tirgaslan, war gewiss nicht seine erste Wahl gewesen, aber sie war folgerichtig, gemäß der Logik, dass der Feind eines Feindes ein Freund war.

Doch zum ersten Mal in seinem Leben hatten Vigors Instinkte ihn getrogen. Zwar war Lavan ein durchaus brauchbarer und dienstbarer Verbündeter gewesen, Winmars Macht jedoch hatte Vigor bei Weitem unterschätzt – ein verhängnisvoller Fehler.

Natürlich hatte er gewusst, dass Winmar der Steinerne sein Volk verraten und sich einer dunklen Macht verschrieben hatte. Aber niemals hätte er vermutet, dass diese Macht ihm im Augenblick der Bedrängnis zu Hilfe kommen würde.

Wenn Winmar seltsame Stimmen gehört und sich mit

ihnen unterhalten hatte, so hatte Vigor dies stets für Zeichen einsetzenden Wahnsinns gehalten. Der Verlauf der Seeschlacht jedoch hatte ihm klargemacht, dass mehr dahinterstecken musste. Wie aus dem Nichts waren jene fliegenden Schatten aufgetaucht und über die Flotte der Menschen hergefallen. Lavan selbst war einer der Ersten gewesen, die ihnen zum Opfer gefallen waren, danach hatten sie sich auf seine Streitmacht gestürzt – und sie vernichtet.

Nur mit knapper Not war Vigor dem Tod entgangen, womöglich als Einziger. Wollte ihm das Schicksal damit etwas sagen, vor dem er seine Ohren bislang verschlossen hatte? Dass der Kampf um den Zwergenthron entschieden war? Dass er ihn nicht mehr gewinnen konnte und seine Rachepläne und Machtgelüste deshalb fahren lassen sollte?

Nicht, dass Vigors Hass auf Winmar kleiner geworden wäre oder seine Gier nach Herrschaft weniger verzehrend. Aber er war nicht der zweitmächtigste Zwerg des Reiches geworden, indem er Kämpfe ausgetragen hatte, die er nicht gewinnen konnte. Bis zu dem Zeitpunkt, da die Alchemisten ihm das Wasser abgegraben und ihn beim König in Missgunst gebracht hatten, hatte er es stets verstanden, die Dinge zu seinen Gunsten zu beeinflussen – aber damit schien es vorbei zu sein.

Der Schrecken über das, was auf See geschehen war, steckte Winmars einstigem Berater tief in den Knochen. Bei aller Lust nach Rache und Macht verspürte er kein Verlangen danach, von einem lebenden Schatten zerfetzt zu werden. Vielleicht war der Zeitpunkt gekommen, um der Bühne der Welt zu entsagen. Vigors Feinde glaubten, er sei in den Wirren der Schlacht ertrunken, niemand würde es jemals erfahren, wenn er sich heimlich in die Südlande absetzte und dort ein neues Leben begann.

Die Möglichkeiten, dort binnen kurzer Zeit ein kleines

Vermögen zusammenzuraffen, sei es als Sklavenhändler oder als Verkäufer des Schwarzen Lotus, waren sicher gegeben. Sollte Winmar auch noch den Rest von Erdwelt an sich reißen, ihm konnte es egal sein, wenn er erst …

Dumpfer Hufschlag unterbrach seinen Gedankengang.

Vigor wandte das von verfilztem Haar bedeckte Haupt und erblickte zwei Gestalten, die auf dem Hügelkamm aufgetaucht waren. Das Blut gefror ihm in den Adern, denn es waren Zwerge, vermutlich Späher aus dem nahen Fort.

Erneut schoss Vigor in die Höhe, wie zuvor, als ihn die Krabbe gebissen hatte.

Sein erster Gedanke war Flucht, aber er wäre nicht weit gekommen. Die beiden waren beritten, saßen auf gedrungenen Ponys, die ihn mit Leichtigkeit eingeholt hätten, zumal in seinem geschwächten Zustand und mit den noch immer feuchten, sandpanierten Kleidern am Leib.

Da trieben die Späher ihre Tiere bereits den Hügel herab und kamen auf ihn zu!

Im ersten Moment fühlte Vigor nichts als Panik. Dann trat sein Verstand hinzu und machte ihm klar, dass er noch nichts zu befürchten hatte. Nur ein Tag war seit der Schlacht an der Engwacht vergangen – dass die Späher bereits wussten, dass sich unter den Menschen auch ein Zwerg befunden hatte, den man mit etwas Übelwollen als Verräter bezeichnen konnte, war mehr als unwahrscheinlich. Also rief er sich zur Ruhe und blickte der Begegnung mit den beiden Spähern so gelassen entgegen, wie er es nur vermochte.

»Glück auf deinen Wegen, Freund«, grüßte einer der Reiter schon von Weitem.

»Glück auf euren Wegen«, erwiderte er den traditionellen Gruß und wartete, bis sie ganz heran waren.

»Wir kommen aus Möwenhall«, erklärte der Reiter, »und suchen nach Überlebenden der Schlacht auf See.«

»Tut ihr das?« Vigor hob die buschigen Brauen. »Ich würde sagen, ihr seid fündig geworden.«

Die beiden stiegen aus den Sätteln. Der eine brachte einen Schlauch mit Wasser, der andere einen Beutel mit Käse und Speck, den er öffnete und Vigor hinhielt.

Der Verräter bediente sich, stopfte das eine wie das andere gierig in sich hinein. Erst jetzt wurde ihm klar, wie ausgehungert er gewesen war, und sofort spürte er, wie ein Teil seiner Kräfte wieder zurückkehrte – und damit auch seine Zuversicht.

»Welch ein Glück, dass du nicht ertrunken bist«, meinte der Späher.

»Mhm«, bestätigte Vigor kauend.

»Ist es schlimm gewesen dort draußen? Wir haben Menschen am Strand gefunden … jedenfalls das, was noch von ihnen übrig war«, fügte er mit vor Abscheu verzerrten Zügen hinzu.

»Es heißt, die Menschen hätten versucht, unserem geliebten Herrscher auf See einen Hinterhalt zu bereiten«, wusste der andere Zwergenkrieger, dessen blonder Bart zu einem dicken Zopf geflochten war.

Vigor beschloss, seine Mahlzeit zu beenden.

»Das stimmt«, gab er zu, während er seine fettigen Hände rieb. »Und ihr habt sicherlich davon gehört, wer ihnen half? Von dem niederträchtigen Zwerg, der sich mit ihrem König Lavan verbündet hatte? Ihr gemeinsames Ziel war es, unseren geliebten Herrscher Winmar den Steinernen vom Thron zu stoßen.«

»I-ist das wahr?« Die Späher sahen zuerst sich, dann Vigor entsetzt an. »Wie heißt dieser Verräter?«

»Er nennt sich Vigor«, beschied er ihnen. »Einst war er des Königs oberster Berater und rechte Hand.«

Der Späher mit dem Bartzopf spuckte aus. »Wenn ich den

in meine Hände bekäme, würde ich ihn auf einen Spieß stecken und über kleiner Flamme rösten.«

»Das hätte er verdient«, sagte Vigor nur.

»Nun, bist du kräftig genug, um zu reiten, Freund?«

»Ich denke schon.«

»Dann komm und setzt dich auf mein Pony«, bot der Späher an. »Du bist sicher erschöpft.«

»Ein wenig«, gab Vigor zu.

»Wenn wir erst in Möwenhall angekommen sind, kannst du dich in ein richtiges Bett legen und erst mal schlafen, das wird dir guttun. Danach kannst du dann dem Festungskommandanten Bericht erstatten.«

»Natürlich«, erklärte sich Vigor bereit, worauf der andere ihm ermunternd auf die Schulter klopfte und ihn in Richtung der beiden wartenden Ponys schieben wollte.

In diesem Moment handelte Vigor.

Mit einer einzigen fließenden Bewegung packte er den Griff des Dolches, der am Gürtel des Soldaten befestigt war, riss ihn aus der Scheide und schnitt dem Mann damit nicht nur seinen Bartzopf, sondern auch die darunter liegende Kehle durch.

Der Späher starrte ihn aus vor Entsetzen geweiteten Augen an, während er nur dastand und an seinem Blut würgte.

»Wolltest du mich nicht auf einen Spieß stecken und mich bei kleiner Flamme rösten?«, fragte Vigor ungerührt.

Der Mann brach gurgelnd zusammen. Sein Kamerad brauchte einige Augenblicke, um zu begreifen, was geschehen war – Augenblicke, die Vigor nutzte, um dem sterbenden Krieger die Axt zu entringen.

Als sich der verbliebene Späher seiner eigenen Waffe entsann, schlug Vigor bereits zu.

Den ersten Hieb vermochte der Soldat noch halbwegs

abzuwehren. Den zweiten, der gegen seine Beine geführt war, schon nicht mehr.

Vigors Hieb durchtrennte das eine Bein, im anderen blieb die Axt stecken. Der Späher schrie fürchterlich und stürzte, worauf Vigor die Axt herausriss und sich über ihm aufbaute, die Waffe zum finalen Schlag erhebend.

Mit vor Schmerzen und Verzweiflung verzerrtem Gesicht sah der Späher zu ihm auf, Entsetzen sprach aus seinen Augen. »Verräter!«, schrie er.

»In der Tat«, bestätigte Vigor. »Und ich schulde euch Dank. Dank für das Wasser, den Proviant und die Ponys«, sagte er dann. »Und für euer Leben.« Er schlug noch einmal zu.

Von plötzlicher Heiterkeit erfüllt, ging er zu den Tieren, die blutige Axt noch in der Hand.

Jeder Zweifel an seiner Stärke war vergangen. Welchen ernsthaften Grund sollte er haben, seine Rachepläne und seine Ambitionen auf den Thron von Erdwelt so plötzlich aufzugeben?

Sein Weg führte nach Tirgas Anar.

Oder Tirgas Winmar, wie es jetzt hieß.

7

Der Pfad führte steil bergan.

Die dunklen Tannen, die die östlichen Hänge des Schwarzgebirges bewaldeten und ihm seinen Namen gegeben hatten, standen so dicht, dass das Sonnenlicht kaum durchdrang. Dies bot den Vorteil, dass die Gefährten aus der Luft nicht zu sehen waren, weshalb kaum Gefahr von den Schattendrachen drohte; doch mit jedem Schritt, den Dag und die Seinen taten, näherten sie sich dem Stammland der Orks, und der Wald schien noch dichter und urwüchsiger zu werden. Schließlich war von den Tannen kaum noch etwas zu sehen; Meuchelmoos hing von den Ästen, Giftfarn und andere Schlinggewächse überwucherten die Stämme und den Boden, sodass das Weiterkommen immer mühsamer wurde. Einen erkennbaren Weg gab es nicht mehr, er hatte sich längst im Dickicht verloren.

»Wie lange geht das noch so weiter?«, fragte Ferghas vom Ende der Kolonne.

»Lange«, versicherte Dwethann, der vorausging. Mit dem Stab in Händen, der ungleich mehr zu sein schien als ein gewöhnlicher Wanderstock, teilte er den Wildwuchs, sodass es zumindest ein schmales Durchkommen gab. »Die Modermark ist im Grunde ein einziger Wald, bis hinüber zum See und bis zu den Schluchten, die die Orks ›Torgas Eingeweide‹ nennen.«

»Torga?«, fragte Aryanwen, heftig atmend vor Strapaze. »Wer soll das sein?«

»Nach den Mythen der Unholde war Torga ein Dämon, der mit Kurul dem Donnerer um die Herrschaft stritt«, erklärte Dwethan bereitwillig. »Als er Kurul jedoch betrügen wollte, durchschaute ihn dieser und revanchierte sich, indem er Torga tötete, ausweidete und seine giftigen Gedärme über die Landschaft verstreute. So entstanden die Schluchten.«

»Aye«, meinte Ferghas. »Eine schöne Gutenachtgeschichte. Ihr solltet sie euch für die kleine Alannah aufheben.«

»Nein danke«, lehnte Dag ab. »Wenn wir unser Kind jemals finden, werden wir ihm ganz gewiss nichts erzählen von …«

Er verstummte, als Dwethan, der unmittelbar vor ihm marschierte, plötzlich einen Zischlaut ausstieß und verharrte.

»Dwethan?«

Statt zu antworten, wandte sich der Druide um. Der Blick, den er seinen Gefährten sandte, genügte, um diese sofort die Schwerter zücken zu lassen, vorsichtig, damit der Gesang des Stahls sie nicht verriet. Zwar war fraglich, ob die Klingen in der drückenden Enge des Unterholzes von großem Nutzen sein würden, aber es war besser, als mit leeren Händen dazustehen.

Reglos verharrten sie und warteten ab, beobachteten das Dickicht ringsum und das Moos, das in grauen Fetzen bis zum Boden hing, wie ein Vorhang, der sich jederzeit teilen und eines jener Monstren entlassen mochte, an denen im Schwarzgebirge gewiss kein Mangel herrschte. Nicht nur Orks hausten hier, sondern auch Gnome und andere, noch grausamere Wesen, deren Namen in zivilisierten Gegenden längst vergessen worden waren. Auch sie drangen hin und wieder auf die andere Seite des Gebirges vor …

Doch es waren keine Gnome, die jenseits des Vorhangs lauerten, und auch keine Ghule, Trolle, Warge oder Harpyen.

Als es im Unterholz raschelte, stellten sich die Gefährten Rücken an Rücken, um sich nach allen Seiten verteidigen zu können – doch als sich das dichte Schlingwerk teilte, trat eine Gestalt hervor, die wenig gefährlich aussah.

Es war ein Kobold.

Jedenfalls nahmen die Gefährten das an, denn sie waren noch nie zuvor einem Kobold begegnet. Aber das Wesen, das plötzlich vor ihnen stand, entsprach ziemlich genau der Beschreibung, die in der Überlieferung von den kleinwüchsigen Bewohnern der Wiesen und Wälder gegeben wurde. Mit etwas mehr als zwei Fußlängen war der Kobold zwar ungewöhnlich groß, aber er hatte ein pausbäckiges Gesicht, eine runde Knollennase und Kulleraugen, die die Gefährten mit einer Mischung aus, so schien es, Furcht und Neugier anstarrten. Seine Kleidung bestand aus Blättern, die über den ganzen Körper verteilt waren, einschließlich einer Kopfbedeckung, die wie ein umgestürzter Blütenkelch aussah. Der kleine Kerl war unbewaffnet, was ihm eine harmlose, fast mitleiderregende Anmutung gab.

»Hallo, du«, sagte Aryanwen und ließ unwillkürlich ihr Schwert sinken. »Wer bist du denn?«

»Vorsicht«, zischte Ferghas neben ihr.

»Natürlich«, versicherte sie. »Der Kleine sieht ja auch aus, als würde er jeden Moment über uns herfallen, nicht wahr?«

Sie steckte demonstrativ ihr Schwert weg und ging in die Hocke, um weniger bedrohlich zu wirken und mit dem Kobold annähernd auf Augenhöhe zu kommen.

»Hallo«, sagte sie noch einmal. »Kannst du mich verstehen? Wie ist dein Name?

Der Kobold sah zuerst sie, dann ihre Gefährten unsicher an. Seine Nasenflügel zuckten dabei unruhig.

»Kannst du nicht sprechen?«, fragte sie und deutete auf sich selbst. »Nein Name ist Aryanwen, und wer bist du?«

»Lyrx«, kam es mit einer seltsam krächzenden Fistelstimme zurück.

»Lyrx«, wiederholte sie. »Ist das dein Name?«

Er nickte.

»Und was tust du hier?«

»Ich lebe hier«, erklärte der Kobold schlicht. »Und ihr?«

»Wir sind auf der Suche«, erwiderte Aryanwen ausweichend.

»Wonach?« Der Kobold legte neugierig den Kopf schief.

Aryanwen sah fragend zu Dag, der ihr instinktiv zunickte.

»Wir suchen nach einem Menschenkind«, eröffnete sie.

»Ein Menschenkind?«

»Hast du vielleicht eins gesehen? Vielleicht in Begleitung zweier Orks?«

»Nein.« Der Kobold schüttelte den Kopf, dass der umgedrehte Blütenkelch wackelte. »Aber auf der anderen Seite des Gebirges gibt es viele Orks.«

»Das wissen wir. Deshalb sind wir hier.«

»Und warum benutzt ihr nicht die Straße über den Pass?«

»Es gibt eine Straße?«

»Aber natürlich.«

»Ist sie weit weg von hier?«

»Nicht weit«, beteuerte der Kobold, »ich kann euch führen. Ist eine einsame Gegend hier. Ich bin froh, wenn ich ein bisschen Gesellschaft habe.«

»Hast du denn keine Familie?«, wollte Aryanwen wissen. »Gibt es kein Dorf, in dem du wohnst?«

»Nein, ich bin allein«, erklärte der Kobold schlicht und ein bisschen traurig. »Kommt ihr jetzt mit?«

»Moment noch«, verlangte Dwethan. »Wer sagt, dass du uns nicht in eine Falle lockst? Man muss vorsichtig sein in diesen Tagen. Eine Menge Gesindel treibt sich im Grenzland herum.«

Der Kobold legte den Kopf schief und sah die Gefährten mit großen Augen an. »Eine Falle? Was ist das?«

»Er weiß es nicht einmal.« Aryanwen sandte dem Druiden einen vorwurfsvollen Blick.

»Das bezweifle ich«, knurrte Dwethan. »Los, raus mit der Sprache: Wohin genau willst du uns bringen?«

»Zur Straße«, beharrte der Kleine.

»Es gibt keine Straße über das Schwarzgebirge. Nicht seit den Tagen König Parthalons, und das ist schon sehr lange her.«

Der Kobold horchte merklich auf. »Du bist schon mal hier gewesen?«

»Ja. Aber auch das ist schon sehr lange her.«

»Dann haben sich die Dinge vielleicht geändert«, gab Lyrx zu bedenken.

Dwethan nickte. »Manche Dinge ändern sich, das stimmt. Aber manche auch nicht. Kobolde beispielsweise pflegen ihre Namen immer nach ihren alten Königen zu wählen – Argyll, Ariel, Colm und andere. Mir ist nicht bekannt, dass einer unter ihnen war, der Lyrx hieß.«

Die Unruhe des Kobolds schien zu wachsen. Seine Blicke flogen zwischen den Gefährten hin und her, wobei sie sich ständig veränderten. Bei Aryanwen waren sie flehend, bei Dwethan furchtsam, bei den Übrigen abschätzig,

»Ihr macht ihm Angst«, stellte Aryanwen fest. Das kindliche Äußere des Kobolds weckte bei ihr das dringende Bedürfnis, ihn in Schutz zu nehmen.

»Und das ist gut so«, konterte der Druide, »dann wird er vielleicht damit aufhören, uns zu belügen. Wer bist du,

Kerl?«, fragte er den Kleinen streng. Sein Blick wurde stechend, seine buschigen Brauen zogen sich drohend zusammen. »Was willst du wirklich von uns?«

»Nu-nur euer Freund sein und euch helfen.«

Dwethan lachte freudlos auf. »In diesem finsteren Winkel der Welt, Kobold, ist niemand eines Fremden Freund.«

»Ich glaube ihm«, wandte Aryanwen ein.

»Dann, Königin, ist der Wunsch der Vater Eurer Gedanken. Was immer dieses Wesen sein mag, es ist nicht das, was es zu sein vorgibt.«

»Was soll das heißen?«, fragte Dag.

»Weißt du noch? Damals, in deiner Einsiedlerhöhle?«, fragte der Alte dagegen.

»Tiffor«, flüsterte Dag.

»Du hättest Stein und Bein geschworen, dass dein Gefährte ein Mensch war – und doch war er es nicht.«

»Ihr meint …?«

Der Druide senkte seinen Stab, um ihn wie eine Waffe auf den vermeintlichen Kobold zu richten, dessen Gesichtsausdruck sich daraufhin veränderte. Nicht mehr nur Furcht stand darin zu lesen, sondern auch blanke Wut.

»Lass es«, schärfte Dwethan ihm ein. »Es ist vorbei.«

Resignation hielt in dem pausbäckigen Gesicht Einzug – dann begann es sich zu verformen, als bestünde es aus Wachs, das schmolz und seine Form verlor.

Aryanwen stieß einen entsetzten Schrei aus und prallte zurück. Doch nicht nur das Gesicht des Kobolds veränderte sich, sondern seine ganze Gestalt. Urplötzlich wuchs sie an, dehnte sich, streckte sich innerhalb von Augenblicken auf das Zweieinhalbfache ihrer ursprünglichen Größe.

»Zauberei!«, rief Henquist aus.

»Ein verdammter Wechselbalg!«, fluchte Ferghas.

»Habe ich mich so leicht verraten?«, erkundigte sich das

Wesen, das jetzt annähernd menschliche Gestalt hatte, dabei jedoch spindeldürr war und gänzlich unbehaart. Seine Haut war glatt und von grünlich schimmernder Farbe, eine Geschlechtszugehörigkeit war nicht zu erkennen. Die Gesichtszüge waren schmal und seltsam konturlos, die Augen schienen ihre Farbe beständig zu wechseln.

Dwethan hielt den Stab abwehrbereit. »Du magst das Aussehen eines Kobolds annehmen können, aber nicht seine Fähigkeiten. Kobolde sprechen nicht, das erachten sie als unter ihrer Würde. Stattdessen pflegen sie ihre Gedanken zu übertragen. Und jetzt sag uns, was du im Schilde führst, garstige Kreatur – oder ich werde dich bei lebendigem Leibe rösten, so wahr ich vor dir stehe.«

»Wenn du dich da nicht irrst«, konterte Lyrx. Die glatten Gesichtszüge verrieten keinerlei Regung.

Dann ging es blitzschnell.

Dag fühlte das Aufflackern von etwas, das ihn warnen wollte, eine unheilvolle Ahnung, die ihn durchzuckte – dann spürte er bereits den Stich in seinem Nacken.

Er hörte Aryanwens Schrei und das Stöhnen seiner Gefährten, als sie niedersanken. Er wollte sich ihnen zuwenden, wollte ihnen helfen – da brach er selbst bewusstlos zusammen.

Ein Hinterhalt, war das Letzte, das er dachte.

8

Es war das erste Mal, dass Alured eine barbusige Zwergin sah.

Der Anblick der mit Flaum behaarten, ziemlich üppigen Brust war weniger verstörend, als er befürchtet hatte, allerdings auch in keiner Weise anregend, sodass es ihn keine Überwindung kostete, den Blick abzuwenden und sich wieder dem Mann zu widmen, der ihm an dem kleinen Tisch in der hintersten Nische der Spelunke gegenübersaß.

Vigor hatte sich verändert.

Das letzte Mal, als Alured dem Zwerg begegnet war, hatte er als Anführer von Winmars gefürchteter Geheimpolizei die vornehme Kleidung eines Hofbeamten getragen und war wohlgenährt gewesen, mit gepflegtem Haar und Bart. Der Vigor, der jetzt vor ihm hockte, war ein Zerrbild all dessen. Seine Züge waren abgemagert, das Haar verfilzt, der Bart erinnerte an altes Moos. Von seinen abgetragenen, mehrfach ausgebesserten Kleidern ganz zu schweigen. Der Geruch, den der Zwerg verbreitete, war entsprechend streng – fast ebenso streng wie der, den Alured selbst am Leibe hatte. Nur mit dem Unterschied, dass Vigor auch noch der ekelerregende Gestank des Mörders anhaftete …

»Gefällt dir die Taverne, die ich ausgewählt habe?«, erkundigte sich der Zwerg mit öliger Beflissenheit, für die Alured ihm am liebsten die Zähne eingeschlagen hätte.

»Es geht«, erwiderte er lakonisch.

»Ich gebe zu, es ist mehr ein Ort für meinesgleichen«, gestand Vigor mit Blick auf die überwiegend zwergische Kundschaft des heruntergekommenen Lokals, das sich in der Hafengegend befand und in dem nicht nur Speisen und Getränke, sondern auch andere Dienstleistungen feilgeboten wurden – die vielen spärlich bekleideten Zwerginnen, die sich um die Gäste drängten, legten darüber ein beredtes Zeugnis ab. »Aber er hat die nötigen Qualitäten, denn er ist dunkel und unauffällig«, fügte Vigor hinzu.

Alured nickte nur und starrte in seinen Bierkrug.

»In Anbetracht der Tatsache, dass ich dir das Leben gerettet habe, könntest du ruhig etwas dankbarer sein, Mensch.«

Alured blickte auf. »Wie könnte ich dir jemals dankbar sein? Du bist nichts als feiger Abschaum.«

Vigor lachte auf. Es war dasselbe Lachen, das Alured auch gehört hatte, als er auf der Folterbank gelegen hatte und der Zwerg ein glühendes Eisen in den Händen hielt … Allein die Erinnerung genügte, um Alured bis ins Mark erschaudern zu lassen.

»Ich weiß, dass es für dich schwer vorstellbar ist, Mensch – aber wir beide, du und ich, haben gemeinsame Interessen.«

»Das bezweifle ich.« Alured nahm einen Schluck Bier, um zu verbergen, wie sehr ihn die Gegenwart des anderen in Unruhe versetzte.

»Als ich dich vor einigen Wochen unten am Hafen sah, da war mir augenblicklich klar, welch große Chance sich aus dieser Begegnung ergibt«, beharrte der Zwerg. »Seither bin ich dir gefolgt und habe dich beobachtet.«

»Danke für das Interesse.« Alured schnaubte spöttisch. »Ein Spitzel bleibt eben ein Spitzel, nicht wahr?«

»Manche Gewohnheiten wird man nur schwer wieder los«, gab Vigor grinsend zu.

»Und? Solltest du mich nicht an die königliche Wache

verpfeifen? Ich bin sicher, du würdest dafür eine hübsche Belohnung bekommen.«

»Du verkennst sowohl meine Absichten als auch meine Möglichkeiten, Mensch«, wehrte Vigor ab und senkte verschwörerisch seine Stimme. »Ich habe dir doch erzählt, was geschehen ist. Ich stehe längst nicht mehr auf Winmars Seite. Der Zwergenkönig ist mein erklärter Feind, so wie der deine.«

»Vielleicht«, meinte Alured, »vielleicht auch nicht. Wer sagt mir, dass das nicht alles gelogen war? Ein Trick, um mich in eine Falle zu locken?«

»Das alles soll nur ein Trick sein?« Er machte eine Handbewegung, die sein ganzes desolates Äußeres umfasste, vom wirren Scheitel bis hinunter zur fast durchgelaufenen Sohle. »Wenn du das denkst, dann überschätzt du deine Bedeutung bei Weitem, Mensch.«

Alured biss sich auf die Lippen, seine Hand ging zu der Klinge an einem Gürtel. Am liebsten hätte er den Zwerg einfach durchbohrt und dieser Unterhaltung ein Ende gesetzt, er wusste selbst nicht, was ihn davon abhielt.

»Ich weiß, was du denkst«, versicherte Vigor.

»Kaum«, widersprach Alured.

»O doch. Du erwägst, mir die Kehle durchzuschneiden. Das wäre wohl dein gutes Recht nach allem, was ich dir angetan habe. Aber du solltest bedenken, dass ich lediglich in Ausübung meiner Pflicht gehandelt habe.«

»Du bezeichnest es als deine Pflicht, meinen Großvater, meine Eltern und meine beiden Schwestern hinrichten zu lassen?« Alureds Stimme bebte.

»Sie waren Feinde des Reiches, und es war Krieg«, verteidigte sich Vigor.

»Meine beiden Schwestern waren fast noch Kinder. Sie hatten dir nichts getan.«

»Ich habe auf Winmars Befehl gehandelt. Dein Hass sollte sich auf ihn richten, nicht auf mich.«

»Und dies hier?«, fragte Alured und beugte sich über den Tisch, sodass Vigor die Narbe genau sehen konnte, die sich quer über sein Gesicht zog, von der Stirn bis zum Kinn. »Ist dies auch auf Winmars Befehl geschehen?«

»Du warst im Besitz von Informationen, die ich haben musste. Also habe ich getan, was dafür erforderlich war.«

»Genau deshalb«, kurrte Alured, »seid ihr Zwerge so verkommene Mistkerle geworden – weil sich jeder von euch kleinen Bastarden einredet, dass er nur tut, was ihm befohlen wurde. Euer Gewissen habt ihr alle tief im Berg vergraben, wo ihr es niemals wiederfindet.«

»Ich wünschte beinahe, es wäre so.«

»Was soll das heißen?«

»Dass jeder von uns mit dem leben muss, was er getan hat«, entgegnete Vigor, und die dunklen Augen von Winmars einstigem Folterknecht sahen Alured so offen und herausfordernd an, dass dieser nicht wusste, was er erwidern sollte.

»Seht mich an, Mensch«, fuhr Vigor daher fort, »ich bin nicht mehr der, der ich einmal war. Ich stehe nicht mehr auf Winmars Seite, habe mich offen gegen ihn gestellt – das macht uns zu Verbündeten.«

»Nein«, widersprach Alured entschieden. »Selbst wenn alles wahr wäre, was du mir erzählt hast, handelst du doch nur um deines eigenen Vorteils willen, weil du Winmar entmachten und selbst den Thron besteigen willst.«

»Was ist falsch daran? Die Gefahr für euch Menschen wäre vorüber, die Bedrohung beseitigt.«

»Tatsächlich? Oder hätten wir nur ein Übel mit einem anderen kuriert?«

Vigor lachte wieder. »Hast du dich eigentlich nie gefragt,

was es mit dem Kult auf sich hat, der in den Straßen dieser Stadt umgeht?«

»Was wohl?«, fragte Alured dagegen. »Es ist ein weiterer Beleg dafür, dass euer König den Verstand verloren hat.«

»Das hat er«, räumte Vigor ein, »aber darum allein geht es nicht. Winmar ist ein Emporkömmling, machtbesessen und grausam, aber er hätte all das niemals erreicht, wenn er nicht Hilfe gehabt hätte.«

»Ja«, stimmte Alured zu, »von Leuten wie dir.«

»Ich habe meinen Teil dazu beigetragen, Winmar auf den Thron zu bringen, weil ich ihn für einen fähigen Herrscher hielt. Aber ich habe mich geirrt, denn kaum hatte er die Macht errungen, hat er sie missbraucht und uns alle verraten. Winmars wahrer Verbündeter ist nicht sein Volk. Es ist eine dunkle Macht aus dem Inneren dieser Welt, deren höriger Diener er ist. Sie ist es in Wirklichkeit, die im Schlangenturm haust, sich verehren lässt und nach dem Blut unschuldiger Opfer dürstet.«

»Ach. Und weiter?«

»Dies ist nicht mehr der Krieg, in dem du und ich einst gekämpft haben, Mensch«, bekräftigte Vigor. »Hier geht es längst nicht mehr darum, ob Menschen oder Zwerge über Erdwelt herrschen – sondern darum, ob Erdwelt, wie wir es kennen, überhaupt noch Fortbestand haben kann. Dieser kurzsichtige Narr, der auf dem Zwergenthron sitzt, hat sich mit Mächten eingelassen, die er nicht im Ansatz versteht. In seinem Wahn bildet er sich ein, dass sie ihm dienstbar seien, dabei verhält es sich genau andersherum. Er hat ihnen Erdwelt zum Fraß vorgeworfen, und sie werden es verschlingen, wenn wir nichts unternehmen.«

»Wir? Du meinst uns beide?« Alured konnte nicht anders, als laut aufzulachen, die Situation war auf bizarre Weise komisch. »Abgesehen davon, dass ich lieber sterben würde als mit dir zusammenzuarbeiten: Was könnten ausgerechnet wir beide wohl dagegen tun?«

»Wir könnten versuchen, ins Innere der Festung zu gelangen und herauszufinden, was dort vor sich geht. Immerhin wurde Winmar seit fast zwei Jahren nicht mehr gesehen – wer weiß, ob er überhaupt noch am Leben ist? Zwei Jahre sind eine lange Zeit, nicht wahr?«

»Allerdings.« Alured nahm abermals einen Schluck Bier. »Was ist damals weiter passiert?«

»Was meinst du?«

»Damals, nachdem dich die Späher aus dem Sand gezogen, dir etwas zu essen gegeben und deine Wunden versorgt hatten«, kam Alured auf Vigors Bericht zurück. »Ich nehme an, sie brachten dich nach Möwenhall zurück? Du hast mir nicht erzählt, was weiter geschah.«

Auf Vigors Miene stand ein undurchdringliches Lächeln. »In der Tat. Da sie mich nicht erkannten, hielten sie mich für einen der Ihren und nahmen mich mit nach Möwenhall, wo ich mich von der Strapaze und meinen Verletzungen erholte. Ich bin ihnen noch heute zu Dank verpflichtet, dass sie es taten. Ein halbes Jahr später gelangte ich mit einem Handelsschiff nach Tirags Winmar. Seitdem bin ich hier.«

»Dann weißt du, dass es keinen Weg gibt, der aus der Stadt hinausführt«, sagte Alured. »Ebenso wenig, wie es einen Weg in den Turm gibt. Ich habe es mehrmals versucht – ohne Erfolg.«

»Weil du allein gewesen bist. Gemeinsam hingegen haben wir eine gute Chance, es zu schaffen«, war Vigor überzeugt. »Und ich habe einen Plan.«

»Ich ebenfalls. Ich werde dich töten«, kündigte Alured an.

»Ach ja?« Vigor hielt seinem Blick stand. »Warum hast du es dann nicht längst getan? Den Leuten hier wäre es vermutlich einerlei, sie sind mit anderen Dingen beschäftigt.

Aber ich will es dir sagen: Weil du genau weißt, dass ich recht habe. Weil dir klar ist, dass mein Wissen und meine Fähigkeiten dir helfen können, ob es dir gefällt oder nicht.«

»Unsinn.«

»Wir beide, Mensch, sind Fremde in einem fremden Land. Es ist nur natürlich, dass wir zusammenarbeiten.«

»Daran ist nichts, aber auch rein gar nichts Natürliches«, widersprach Alured entschieden.

»Nun, vielleicht auch nicht«, meinte Vigor achselzuckend. »Aber auch du willst wissen, was im Inneren des Feuerberges vor sich geht – oder etwa nicht?«

Alured starrte in den steinernen Bierkrug, als ob die Antwort dort zu finden wäre. Stattdessen entdeckte er eine fette Made, die sich auf dem Grund des Kruges ringelte. Das Bier war ebenso verdorben wie alles andere an diesem Ort.

»Also schön«, hörte er sich sagen, »ich werde mir deinen Plan anhören. Aber glaube nicht, dass sich dadurch irgendetwas ändert. Du bist der Mörder meiner Familie. Wenn diese Sache beendet ist, werde ich dich töten.«

»Wie ich schon sagte – das ist dein gutes Recht«, erwiderte Vigor.

Und das undeutbare Grinsen spielte noch immer um seine verwilderten, rotbärtigen Züge.

9

Als Dwethan zu sich kam, galt sein erster Gedanke seinen Gefährten. Daghan, Aryanwen, die beiden Krieger … Wo waren sie?

Gehetzt blickte er sich in der Dunkelheit um. Aber obgleich er kaum etwas erkennen konnte, wusste er instinktiv, dass seine Gefährten nicht bei ihm waren. Der modrige Geruch und das ferne Tropfen von Wasser ließen darauf schließen, dass er sich in einer Höhle befand. Er lag auf dem Boden, mit gefesselten Arm- und Fußgelenken.

Was war geschehen?

Er erinnerte sich an die Begegnung mit dem Gestaltwandler, daran, dass er ihnen gedroht hatte – dann erloschen seine Erinnerungen wie eine Flamme unter einem Wasserschwall. Was immer ihm widerfahren war, war so schnell gekommen, dass es ihm keine Gelegenheit gelassen hatte zu reagieren. Und das bedeutete, dass dabei Magie im Spiel gewesen sein musste.

In diesem Moment fühlte er sie. Sie war die ganze Zeit über da gewesen, aber erst in diesem Augenblick wurde er sich der Präsenz in vollem Umfang bewusst. Sie war nicht wirklich greifbar, jedoch unleugbar vorhanden, eine Aura, die er lange nicht mehr wahrgenommen hatte. Oder handelte es sich nur um eine Täuschung, ein Trugbild, so wie der Kobold eines gewesen war? Denn eigentlich konnte es nicht sein, war einfach nicht möglich! Wie, bei den Königen der alten Zeit, sollte ausgerechnet an diesem Ort …?

»Wie fühlt Ihr Euch?«

Die Stimme kam aus der Schwärze, die ihn umgab. Er drehte das Haupt nach der Richtung, aus der die Worte gekommen waren. Aber obwohl sich seine Augen allmählich an die Dunkelheit gewöhnten, konnte er nichts erkennen.

»Wie fühlt Ihr Euch?«, wiederholte die Stimme.

Sie gehörte einer Frau, und ihr Klang hatte etwas Fremdartiges. Nicht eines Akzents wegen, der auf eine fremdländische Herkunft hätte schließen lassen, sondern wegen ihrer Sprechweise, die seltsam tonlos war und zischelnd.

»Großartig«, gab Dwethan mürrisch bekannt. Es hallte wider, was seine anfängliche Vermutung bestätigte. Er schien sich tatsächlich in einem unterirdischen Gewölbe zu befinden.

»Sicher fragt Ihr Euch, wo Ihr seid.«

»Vor allen Dingen frage ich mich, wo meine Gefährten abgeblieben sind.«

»Sie befinden sich nicht weit von hier«, versicherte die Frau. »Und werden gut bewacht. Macht Euch also keine Hoffnungen, sie werden Euch nicht zu Hilfe kommen.«

»Damit hatte ich auch nicht gerechnet«, versicherte der Druide. »Wer seid Ihr? Warum haltet Ihr uns gefangen?«

»Die Fragen stelle ich«, stellte sie klar. »Wie ist Euer Name?«

»Man nennt mich Dwethan.«

»Ist das Euer wirklicher Name?«

»Warum fragt Ihr das?«

»Weil ich ahne, dass Ihr die Unwahrheit sagt. Meinesgleichen hat ein gewisses Talent darin, Unwahrheit zu erkennen, wenn sie uns begegnet.«

Die Stimme war jetzt näher. Dwethan starrte in die Dunkelheit. Noch immer konnte er nicht allzu viel erkennen, glaubte aber, eine Bewegung wahrzunehmen. Etwas glitt an ihm vorbei. Etwas, das groß war und von wulstiger Form und sich lautlos am Boden fortbewegte.

Wie ein ... Schlankenkörper.

»Wer seid Ihr?«, wollte Dwethan wissen. »*Was* seid Ihr?«

»Erwartet Ihr, dass ich Euch darauf antworte? Erklärt mir lieber, was Ihr hier zu schaffen habt. Warum habt Ihr Euch ins Schwarzgebirge verirrt?«

»Meine Gefährten und ich befinden uns auf einer geheimen Mission.«

»Mich zu finden und zu töten.«

»Nein.« Dwethan schüttelte das Haupt. »Ich weiß nicht einmal, wer Ihr seid.«

»Und Ihr erwartet, dass ich Euch das glaube? Wollt Ihr behaupten, Ihr hättet noch nie etwas von uns gehört?« Sie zischte verächtlich. »Die Namen, mit denen man uns bedenkt, sind ebenso einfallsreich wie vielfältig.«

»Mit Verlaub, werte Dame – weit her kann es mit Eurem Ruf nicht sein, denn mich hat er noch nicht ereilt.«

»Dann seid Ihr entweder lange nicht in dieser Gegend gewesen oder ein dreister Lügner.«

»Das Erste trifft zu.«

»Aber Ihr wart schon hier, habt Ihr behauptet. Eine weitere Lüge, die Euch das Leben kosten kann.«

»Früher«, gestand Dwethan. »Vor sehr langer Zeit.«

»Wie lange?«

Er zögerte. Es war offensichtlich, dass das Wesen, mit dem er sprach, keine gewöhnliche Frau war. Er musste wieder an die Aura denken, die er bei seinem Erwachen gespürt hatte. Auch jetzt konnte er sie noch immer wahrnehmen, unterschwellig, im Hintergrund, wie eine leise Melodie in der modrig feuchten Luft. Es bestand kein Zweifel – wer immer diese Kreatur war, sie befand sich im Besitz eines *crysalon*.

Nach all den Jahrhunderten …

»Wer seid Ihr?«, fragte Dwethan noch einmal.

»Das wisst Ihr inzwischen doch längst«, war sie überzeugt.

Wieder glitt etwas an ihm vorbei und berührte ihn für einen Moment, glatt und kalt.

Reptilienhaut!

»Einst«, sagte sie, »gab es viele von uns. Wir bewohnten das Gebiet der Nordsümpfe, wo wir in Frieden lebten und jagten. Dann kamen die Orks und begannen, uns das Gebiet jenseits des Gebirges streitig zu machen. Und da sie erbarmungslos und sehr viel zahlreicher waren als wir, verloren wir den Krieg. Uns blieb nichts, als uns in alle Winde zu zerstreuen, wo es unseren Feinden leichtfiel, uns zu töten – und wir hatten viele Feinde. Wohin auch immer wir kamen, waren wir verhasst. Die Zwerge mit ihrer angeborenen Furcht vor allem, was kriecht, erschlugen uns, wo immer sie uns antrafen. Die Elfen warfen uns vor, ihre Männer und Frauen zu verführen und ihre Blutlinien zu verunreinigen, und verfolgten uns unbarmherzig. So wurde unser Volk immer kleiner, bis nur noch ich übrig war. Ich zog mich aus der Welt zurück und verbarg mich an dunklen Orten in der Hoffnung, man würde meinesgleichen vergessen – und dieser Plan ist aufgegangen. Die Elfen sind nicht mehr hier, und die Menschen pflegen zuvorderst an sich selbst zu denken. Auf diese Weise wurde mein Volk zur Legende. Aber Ihr seid anders, alter Mann. Ihr wisst von unserer Existenz.«

Über Dwethan tauchte etwas im Halbdunkel auf – etwas, das er schemenhaft als die Umrisse einer Frau erkennen konnte. Ihre Augen jedoch, die in mattem Gelb leuchteten, waren die eines Reptils. Dwethan hielt den Atem an. Sein Blick glitt an ihrer schlanken, makellosen Gestalt herab, die an eine menschliche Frau erinnerte – nur, dass sie an den

Hüften in einen Schlangenkörper überging, der lautlos über den steinernen Boden glitt.

»Ihr seid eine Nathaira!«

»So nannte man uns einst. Meine Gefolgsleute werden deshalb die Nathiri genannt – die Kinder der Schlange. Dass Euch unser Name in der alten Sprache geläufig ist, belegt meine Vermutung«, erwiderte sie.

»Nämlich?«

»Dass Ihr ebenso wie ich selbst aus einer anderen Zeit stammt und vermutlich schon länger in dieser Welt weilt, als gut für Euch ist.«

»Ich habe manches gesehen«, bestätigte Dwethan ausweichend.

»Und das ist fraglos der Grund, warum Ihr ausgezogen seid, um Nagaya zu töten.«

»Das liegt nicht in meiner Absicht. Bis vor wenigen Augenblicken wusste ich nichts von Eurer Existenz. Und Ihr werdet mir zustimmen, dass dies eine wesentliche Voraussetzung dafür wäre, Eure Vernichtung zu betreiben.«

»Ihr seid ein schlechter Lügner!«

»Wenn Ihr der Ansicht seid, dass ich lüge, weshalb habt Ihr uns dann überhaupt gefangen nehmen lassen?«, fragte Dwethan. »Warum habt Ihr uns dann nicht gleich getötet?«

»Ihr Wissensdurst wird Schlangen oft zum Verhängnis«, antwortete Nagaya. »Die Pfeilgeschosse, die Euch trafen, waren mit meinem Gift getränkt, das schnell und zuverlässig tötet. In geringer Dosierung jedoch führt es nur zu sofortiger Ohnmacht. Wir wollten zuerst erfahren, mit wem wir es zu tun haben, ehe wir Euch töten. Vielleicht war das ein Fehler. Verlorene Zeit.«

»Wir? Sprecht Ihr von dem Gestaltwandler?«

»Lyrx gehört zu mir, so wie viele andere, die sich mir angeschlossen haben. Mehr als fünfhundert menschliche Männer und Frauen, denen alles genommen wurde und die nichts mehr zu verlieren haben. Die in die Sklaverei verkauft werden sollten wie ich selbst. Sie alle sind meine Kinder. Ich habe ihnen eine Heimat gegeben und beschütze sie.«

»So kämpfen wir womöglich gegen denselben Gegner.«

»Das glaube ich kaum, alter Mann«, zischte die Schlangenfrau. »Mein Kampf gilt den Sklavenjägern, die das Grenzland durchstreifen, auf der Suche nach Menschen, die durch den Krieg alles verloren haben. Sie nehmen sie gefangen und verkaufen sie in die Sklaverei nach Smerada.«

»Das ist verachtenswert«, gab Dwethan zu. »Aber mit diesen Leuten haben wir in der Tat nichts zu schaffen. Es gibt weit dunklere Mächte, die in Erdwelt ihr Unwesen treiben.«

»Den verrückten Zwerg Winmar.«

»Der Zwergenkönig ist groß und mächtig geworden, das ist wahr«, bestätigte der Druide. »Seit zwei Wintern haust er in Tirgas Anar, das er nach sich selbst benannt hat. Sein Größenwahn wird nur noch durch seine Grausamkeit übertroffen, und doch ist er nur ein einzelner Zahn des Drachen. Der wahre Feind, der Erdwelt in Wahrheit bedroht, ist noch um vieles gefährlicher und tödlicher.«

»Und Ihr wollt einen so mächtigen Feind aufhalten?«, fragte die Schlangenfrau spöttisch.

Dwethan holte tief Luft. »Der junge Krieger in meiner Begleitung ist Herzog Daghan von Ansun«, eröffnete er. »Die Frau an seiner Seite ist Königin Aryanwen, die rechtmäßige Herrscherin von Tirgaslan.«

»Nicht mein Herzog«, entgegnete Nagaya unbeeindruckt. »Und auch nicht meine Königin.«

»Aber die rechtmäßige Königin vieler aus Eurem Gefolge«, beharrte Dwethan. »Gemeinsam verkörpern die beiden die Hoffnung der Menschen, das Versprechen einer besseren Zukunft. Wichtiger noch als ein Versprechen ist aber dessen Erfüllung, eine Welt ohne Krieg und ohne Unrecht. Daghans und Aryanwens Kind ist der Schlüssel zu dieser neuen Welt, zu dieser Zukunft. Das Mädchen hat die Kraft, die Wunden des Krieges zu heilen und die Völker Erdwelts zu einen, auf dass die Dunkelheit endgültig vertrieben werde!«

»Ihr seid ein Träumer, alter Mann.«

»Vielleicht«, räumte Dwethan ein, »aber dieser Traum kann wahr werden. Alles steht und fällt mit dem Kind.«

»Und? Wo ist es?«

»Das wissen wir nicht. Es ist verschollen, seit vielen Monden. Zwei Orks haben es entführt.«

»Zwei Orks?«

Dwethan blickte forschend in das Halbdunkel. »Wisst Ihr, von welchen beiden ich spreche?«

Nagaya lachte auf. »Ich habe in meinem Leben so viele Unholde mit Gift gespickt, dass ich aufgehört habe, sie zu zählen. Geschweige denn, mich ihrer schäbigen Visagen zu entsinnen.«

»An diese beiden würdet Ihr Euch erinnern, seid dessen versichert.«

»Und um jenes Kindes willen seid Ihr hier, wollt Ihr behaupten?«

»Um es den Klauen der Unholde zu entreißen und seiner Bestimmung zuzuführen«, bestätigte Dewthan.

Für einen Augenblick herrschte Stille.

Dann brach Nagaya in schallendes Gelächter aus. »Ich glaube Euch kein Wort, alter Mann! Was für eine lächerliche Geschichte wollt Ihr mir erzählen? Wer würde um eines kleines Kindes willen die Grenze zur Modermark überschreiten und sich freiwillig in Todesgefahr begeben?«

»Es gibt Menschen, die so etwas tun.«

»Menschen sind feige.«

»Nicht, wenn es um die Liebe zu einem anderen Menschen geht«, konterte Dwethan. »Lasst meine Gefährten und mich frei, Nagaya, damit wir die Suche nach diesem Kind fortsetzen können. Noch gibt es Hoffnung, aber sie schwindet mit jedem Augenblick.«

»Ihr bittet mich um Eure Freilassung?« Die gelben Reptilienaugen starrten voller Unglauben. »Und warum sollte ich das tun? Aus Liebe?« Sie spie die Worte spöttisch aus.

»Wir haben Euch nichts getan«, brachte Dwethan in Erinnerung. »Und der Feind, gegen den wir kämpfen, ist auch der Eure, ob Ihr es wahrhaben wollt oder nicht.«

Die Schlangenfrau legte den Kopf schief und sah auf den Druiden herab. »Was könnt Ihr mir für Eure Freiheit anbieten?«

»Wir führen keine Besitztümer mit uns, die von Wert wären …«, entgegnete Dwethan.

»Und das, obwohl doch gekrönte Häupter in Eurer Gesellschaft reisen?«, erkundigte sich die Nathaira voller Spott.

»… jedoch kann ich Euch andere Hilfe anbieten«, fuhr der Druide unbeirrt fort.

»Welcher Art?«

Dwethan schürzte die Lippen, beschloss, alles auf eine Karte zu setzen. »Der Gegenstand«, sagte er nur. »Das Artefakt, das sich in Eurem Besitz befindet.«

Ein Zischen drang durch das Halbdunkel. »Was redet Ihr da?«

»Der Kristall«, wurde der Druide deutlicher, »ein Splitter von außergewöhnlicher Schönheit und Seltenheit.«

»Alter Mann«, flüsterte Nagaya, während sie ihn lautlos umrundete, den Oberkörper aufgerichtet, sich auf ihrem Schlangenkörper fortbewegend. »Ich habe noch keinem lebenden Wesen von der Existenz dieses Kristalls erzählt. Wie könnt ihr davon wissen?«

»Ich fühle ihn. Seine Präsenz.«

»Was seid Ihr also? Ein Zauberer?« Ein feindseliges Zischen entfuhr ihr.

»Ich weiß manches«, entgegnete Dwethan ausweichend. »Und deshalb spüre ich auch die verborgenen Kräfte, die Kristallen innewohnen.«

»Verborgene Kräfte?«

»Erzählt mir nicht, dass Ihr davon noch nie gehört habt. Jener Gegenstand befindet sich vermutlich schon sehr lange in Eurem Besitz. Ihr habt immer geahnt, dass er besondere Kräfte birgt, sie aber nie zu ergründen vermocht.«

»Woher wisst Ihr das alles?«

»Ich könnte Euch zeigen, was jener Kristall vermag. Im Gegenzug lasst Ihr meine Gefährten und mich frei.«

Die Schlangenfrau antwortete nicht sofort. Sie schien nachzudenken. »Jene verborgenen Kräfte«, erkundigte sie sich dann, »lassen sie sich als Waffe einsetzen?«

»Durchaus. Lasst uns gehen, dann werde ich Euch in alle Geheimnisse des Kristalls einweihen.«

»Ihr wollt mir Bedingungen diktieren, alter Mann? Ihr vergesst wohl, dass Ihr mein Gefangener seid?«

»Wie könnte ich das, auf dem Boden liegend und mit gefesselten Gliedern?«, konterte der Druide. »Ich biete Euch lediglich einen Handel an – und bitte Euch, Euren Teil der Abmachung einzuhalten.«

»Das wird nicht nötig sein«, widersprach die Schlangenfrau und glitt so nahe heran, dass er sie zum ersten Mal ganz sehen konnte: ihren schlangengleichen Rumpf, ihren schlanken Körper, die ebenso schönen wie kalten Gesichtszüge, in denen ein siegesgewisses aber freudloses Lächeln lag. Und ihre gelb leuchtenden Augen, die ihn taxierten, als wollten sie bis auf den Grund seiner Seele blicken. »Ich habe nicht all die Jahrhunderte überlebt, weil ich leichtfertig gewesen wäre oder auch nur nachgiebig, alter Mann. Ihr werdet mir das Geheimnis des Kristalls auch ohne Gegenleistung offenbaren.«

»Nein«, widersprach Dwethan. »Erst wenn meine Gefährten in Freiheit sind.«

»Ihr werdet tun, was ich verlange«, beharrte sie.

»Nein, ich …«

»Jetzt.« Ihre Stimme war zu einem Flüstern verblasst, das sich unaufhaltsam den Weg in seinen Kopf bahnte – und seinen Widerstand erstickte.

»Wie Ihr wünscht«, sagte er nur.

10

Die Geräusche, die die Kaldrone bei jedem Einzelnen ihrer schwerfälligen Schritte verursachte, gingen Bertin durch Mark und Bein. Und das, obwohl er selbst es war, der die Bewegungen der Kampfmaschine steuerte – von genau jenem Platz im Inneren der metallenen Kugel aus, der noch vor Kurzem die Wirkungsstätte eines Geists gewesen war. Jenes dunklen Schattens, der Gestalt genug gewesen war, um dieses Monstrum zu lenken, aber wiederum nicht Leben genug in sich gehabt hatte, um getötet werden zu können.

Was hatte es mit jener grimmen Schreckgestalt auf sich? Woher stammte sie? Und gab es einen Weg, sie zu bekämpfen? Dies waren die Fragen, die die Freiheitskämpfer umtrieben, so sehr, dass sie für eine Antwort ihr Leben riskierten.

Der Plan, den Bertin gefasst hatte, war so einfach wie gefährlich: Mit der Kaldrone als Tarnung wollten sie versuchen, in den gesicherten Kern der Festung einzudringen, ins dunkle Herz Gorta Ruuns, wo Ansgar und seine Alchemisten ihr Unwesen trieben. Es musste ihnen gelingen herauszufinden, was es mit jenen grässlichen Schattengestalten auf sich hatte, die Zukunft der Rebellion und damit des ganzen Zwergenvolks mochte davon abhängen. Wenn es überhaupt noch eine Zukunft gab.

König Winmar hatte sie alle verraten.

Vom einstigen Hoffnungsträger war er zur Schreckgestalt verkommen, das sein Volk misshandelte und die Traditionen mit Füßen trat. Vom fernen Tirgas Anar aus lenkte er die Geschicke Erdwelts. Gorta Ruun jedoch hatte er den Alchemisten überlassen, die auf dem besten Weg waren, einen Hort des Bösen daraus zu machen – und solange Bertin auch nur einen Funken Leben in sich wusste, würde er alles daransetzen, dies zu verhindern.

Wieder zischte es, als die Kaldrone einen rumpelnden Schritt vorwärts machte. Es hatte Bertin große Mühe gekostet zu erlernen, wie eine solche Kampfmaschine gesteuert wurde. Nicht nur große Körperkraft war dazu nötig, sondern auch ein gehöriges Maß an Willenskraft; fast kam es ihm vor, als würde die Kaldrone an seinem Innersten rühren und seine Kräfte aus ihm saugen wie ein Egel frisches Blut. Aber natürlich war das blanker Unfug.

Je länger der Marsch durch den dunklen, nur von den Laternen der Kaldrone beleuchteten Stollen dauerte, desto mehr wünschte sich Bertin, dem engen Gefängnis der Metallkugel zu entkommen und frische Luft zu atmen, die nicht mehr nach Eisen, Öl und Ruß roch. Mit wachsender Sehnsucht blickte er durch die Gitterstäbe des Visiers auf seine vier Gefährten, die vor der Kaldrone hermarschierten, bei jedem Schritt begleitet vom Klirren ihrer Ketten.

Hin und wieder blieb er stehen, um ihnen eine Pause zu gönnen, achtete jedoch darauf, dass sie sich nicht zu lange ausruhten. Je entkräfteter und erschöpfter seine Kameraden aussahen, desto besser würde das Täuschungsmanöver funktionieren.

Runward, der an der Spitze der kleinen Kolonne ging, hatte keinen Zweifel daran gelassen, dass er das Unternehmen für Wahnsinn hielt, war allerdings auch nicht davon abzubringen gewesen, sich daran zu beteiligen. Nicht viel anders verhielt es sich bei Dankrad und Dado, deren Loyalität und Treue zu ihrem Anführer ihren Mut bei Weitem übertraf. Lediglich Waldrada schien ohne Furcht zu sein – die Zwergin, die blaue Augen hatte und kastanienbraunes Haar, das üppig und ungebändigt unter ihrem Helm hervorquoll, schien fest entschlossen zu beweisen, wozu eine Frau fähig war. Soweit es Bertin betraf, hätte es einer solchen Demonstration allerdings nicht bedurft. Insgeheim schätzte er die beherzte Kämpferin mehr, als es für einen Anführer gut war.

Der Stollen verbreiterte sich, mündete auf eine Galerie, die an einem Schacht entlangführte. Zur Linken fiel der Fels lotrecht ab und verlor sich in dunkler Tiefe, das Gestein zur Rechten war mit Reliefs versehen, die verschiedene Szenen der glorreichen Geschichte des Zwergenvolks zeigten: den Sieg über die Orks am Schwarzkamm, den Fund der Lichtsteine durch König Gundal, den Tod Gruthins, des Gruthians Sohn, durch die Axt eines Unholds und noch viele mehr.

Als sie noch kleine Zwergenkinder gewesen waren, hatte Bertins Vater ihm und seinem Bruder jeden Abend vor dem Einschlafen diese alten Geschichten erzählt, und sie hatten einander geschworen, dass sie einst selbst zu Helden des Zwergenvolks werden wollten. Bertins Vater und sein Bruder waren tot, dahingemordet von Winmars Schergen, sodass es nun allein an Bertin war, diesen Schwur zu erfüllen. Und das, bei Gruthians Bart, würde er auch tun, mochte es kosten, was es wolle.

Die Balustrade endete vor der Brücke, die sich in weitem Bogen über den Abgrund spannte. Auf der anderen Seite befand sich das Steinschlagtor, einer der Zugänge zum inneren Kern der Festung. Seinen seltsam klingenden Namen hatte es von dem jahrtausendealten, jedoch noch immer funktionsfähigen Mechanismus, der oberhalb des Tores angebracht war und im Fall eines Angriffs eine Ladung todbringender Felsbrocken auf den Feind entlud. Falls die Wachen, die vor dem Tor postiert waren, Verdacht schöpften, wussten Bertin und seine Mitverschwörer also bereits ziemlich genau, was über sie hereinbrechen würde.

Und das im wörtlichen Sinn …

»Jetzt gilt es«, zischte er durch die Gitterstäbe des Visiers, während er einen Fuß vor den anderen setzte, um den Kampfkoloss über die Brücke zu lenken. Seine Gefährten ließen Köpfe und Schultern hängen, schleppten sich schwerfällig voran, die Ketten hinter sich herziehend. Alles kam darauf an, dass die Wachen auf die Täuschung hereinfielen.

Durch das Gitter konnte Bertin sie bereits erkennen – schwer gepanzerte Krieger, rund und vollgefressen wie Maden im Speck. Wer sich fragte, wo die Nahrungsmittel blieben, die den Bewohnern der äußeren Bezirke vorenthalten wurden, der brauchte sich nur die königlichen Wachen anzusehen. Einer – der Anführer des Trupps – hielt sogar eine Keule in der Hand, von der er hin und wieder abbiss, sein Bart triefte von Fett. Der Geruch des gebratenen Fleisches genügte, um Bertin vor Hunger und Zorn fast den Verstand verlieren zu lassen, und er war sicher, dass es seinen Leuten ebenso erging. Am liebsten hätte er beschwichtigend auf sie eingeredet, aber dazu war es zu spät, die Wachen hätten es mitbekommen. Er musste den Dingen ihren Lauf lassen und das Beste hoffen.

»Halt!«, rief der mit der Keule, als die Kaldrone bis auf zwanzig Schritte heran war. Mehrere Kieger traten an seine Seite, die ihre Hellebarden feindselig gesenkt hatten, und Bertin war sicher, dass oben hinter den Schießscharten noch Schützen mit Donnerbüchsen lauerten. Von der verderblichen Vorrichtung, die dem Steinschlagtor seinen Namen gegeben hatte, ganz zu schweigen.

Er kam der Aufforderung nach und blieb stehen. Die Kaldrone verharrte daraufhin ebenfalls, Dampf entwich aus ihren Gelenken. Gleichzeitig riss Bertin hart an der Kette, die die metallene Linke der Kampfmaschine umklammerte. Die vermeintlichen Gefangenen wurden brutal zurückgerissen und strauchelten, stürzten übereinander. Dankrad zog sich dabei eine Platzwunde am Kopf zu, was Bertin leidtat, das Theaterspiel aber nur noch echter machte.

»Die Losung«, verlangte der Anführer der Wachen – Bertin hatte ihm in Gedanken den Namen »Keule« gegeben – mit herausforderndem Blick zu wissen.

Bertin biss sich auf die Lippen.

Nun kam es darauf an …

»Die Losung«, verlangte Keule noch einmal.

Bertin schwieg.

»Sag, hörst du schlecht?«, fuhr ihn Keule an. Aufgrund seiner eng stehenden, kleinen Augen glaubte Bertin in ihm einen Abkömmling der Tiefenstein-Sippe zu erkennen, die sich Winmar von Beginn an angedient hatte. »Nenn mir das Losungswort – Lord Ansgars Befehl lautet, jeden zu töten, der die Losung nicht kennt.«

Bertin antwortete noch immer nicht.

Er konnte nur hoffen, dass sein Schweigen die gewünschte Wirkung zeigen würde – ebenso wie das rabenschwarze Gewand und die Maske, die er trug …

»Hauptmann!«, sprach jetzt einer der Wachsoldaten Keule an.

»Was?«

»Hast du das Zeichen nicht gesehen?«

Bertin wusste, worauf sich der Wächter bezog. An der Außenhülle der Kaldrone, unterhalb des Visiers, hatten ihre Erbauer eine Rune aufgemalt. Ihre Bedeutung kannte Bertin nicht, ganz offenbar entsprang sie dem geheimen Alphabet der Alchemisten. Doch schien sie mit jenem Wesen in

Verbindung zu stehen, das diese Kaldrone vor ihm gesteuert hatte.

Keule erstarrte, als er die Rune gewahrte, und vergaß sogar für einen Moment zu kauen. Das wenige, das von seinem Gesicht zu sehen war, wurde leichenblass, in seinen winzigen Augen zuckte es. »Du … du hast recht«, stellte er fest.

»Ich habe gehört, dass sie nicht sprechen«, fuhr der Wachmann fort, der davon auszugehen schien, dass der Steuermann der Kaldrone ihn nicht verstehen konnte. »Im Grunde sind sie noch nicht einmal wirklich zu sehen. Sie sind nichts weiter als … Schatten.«

Die Worte ihres Kameraden beunruhigten die Soldaten sichtlich. Unwillkürlich wichen sie ein wenig zurück, ihre Blicke richteten sich auf ihren Anführer, der die Keule in seiner Hand völlig vergessen zu haben schien.

»Bist du …«, begann er unbeholfen, »ich meine natürlich, seid *Ihr* … einer von denen?«

Bertin schwieg weiter. Aber in ihm begann die Hoffnung zu keimen, dass sein Plan aufgehen könnte.

»Es heißt, sie werden ausgeschickt, um in den Außenbezirken Jagd auf Aufständische zu machen«, sagte einer der Wächter halblaut. »Wir sollten ihn passieren lassen.«

»Und den Befehl missachten?«, fragte ein anderer dagegen.

»Gilt der Befehl auch für Geister?«

Bertin konnte die nackte Angst in den Augen der Krieger sehen, was ihm grimmige Genugtuung verschaffte. Offenbar fürchteten sich Ansgars Schergen jetzt schon vor ihren eigenen Verbündeten. Am liebsten hätte er spöttisch aufgelacht, aber er beherrschte sich, riss stattdessen noch einmal an der Kette, um den einfältigen Wachen klarzumachen, dass sie und er auf derselben Seite standen.

Ein breites Grinsen zeigte sich daraufhin in Keules verfetteten Zügen. »Aufständische«, sprach er Runward und die anderen an, »da habt ihr euch diesmal wohl mit dem Falschen angelegt. Das geschieht euch recht, ihr elendes Verräterpack, ihr Mörder am eigenen Volk!«

Nur mit Mühe konnte sich Bertin beherrschen – nicht wegen des Fausthiebs, den der Hauptmann auf Runward niedergehen ließ und der ganz offenkundig dem Zweck diente, sich beim schattenhaften Lenker der Kaldrone einzuschmeicheln. Sondern weil ausgerechnet derjenige, der hier satt und vollgefressen stand, weil er sich auf die Seite der Unterdrücker geschlagen hatte, sie als Mörder am eigenen Volk bezeichnete.

Es wäre ein Leichtes gewesen, den Hammer, den die Kaldrone in ihrer Rechten hielt, mal eben fallen zu lassen und das fettige Schandmaul damit für immer zum Schweigen zu bringen. Doch der Triumph wäre von kurzer Dauer gewesen.

Es ging um mehr, daran musste Bertin denken.

Also beherrschte er sich und riss stattdessen lieber noch einmal an der Kette, was Keule schallendes Gelächter entlockte – wohl weil er sich bestätigt fühlte.

Er gab Befehl, die Kaldrone passieren zu lassen, worauf sich das Fallgitter des Tores mit hässlichem Quietschen hob. Kurz darauf war der Weg frei, und stampfend setzte sich Bertin wieder in Bewegung, trieb seine Gefangenen durch das Spalier der Wächter.

Einen Augenblick lang befürchtete er, einer der Männer könnte einen Blick durch die Gitterstäbe erheischen und die Täuschung trotz seiner Verkleidung durchschauen, doch die Wachen waren so eingeschüchtert, dass sie alle den Blick senkten, als die Kaldrone sie passierte. Allen voran Keule, der es sich zum obersten Ziel gesetzt zu haben schien, ein williger Diener zu sein. So, dachte Bertin voller Bitterkeit, konnte man es in diesen Zeiten weit bringen.

An den Wachen vorbei passierten sie das Fallgitter und das Torhaus und gelangten in den inneren Bereich der Festung, den Bertin nicht mehr betreten hatte, seit Winmar seinen Bruder Dalfin hatte hinrichten lassen, indem er ihn mit flüssigem Silber übergoss.

Und Bertin hatte nicht vor, diesen Ort des Schreckens wieder zu verlassen, ehe er das Geheimnis der Schatten nicht ergründet hatte.

II

Dag kam zu sich, als er von groben Händen gepackt und in die Höhe gerissen wurde.

Einen Augenblick lang wähnte er sich in einem grässlichen Albtraum, ehe ihm bewusst wurde, dass alles wirklich war: Die Fesseln an seinen Handgelenken, der beißend modrige Geruch, der stechende Schmerz in seinem Nacken. Und auch der Lärm, der ihn umgab und in dem er plötzlich eine bekannte Stimme vernahm.

»Lasst mich los! Hört Ihr nicht? Ihr sollt Eure Finger von mir nehmen!«

»Aryanwen!« Dag brüllte ihren Namen, erschrak über den Klang seiner eigenen Stimme, die sich schwach und brüchig anhörte.

»Dag!«

»Wo bist du?«, rief er, während sie ihn stießen und schleppten, einem unbekannten Ziel entgegen.

»Ich bin hier«, kam es zurück, von irgendwo vor ihm.

Dem Geruch und dem Hall der Stimmen nach befanden sie sich in einem Gang oder Stollen. Schritte waren zu hören, die über feuchtes Gestein stampften, dazu das Geklirr von Kettenhemden. Wer immer ihre Häscher waren, sie waren gerüstet und vermutlich auch bewaffnet. Wie sie in ihre Gewalt geraten waren, konnte Dag nur vermuten. Er erinnerte sich an die Begegnung mit dem Gestaltwandler, und an den schmerzhaften Stich, den er verspürt hatte – danach war nichts mehr bis zum Augenblick seines Erwachens.

Ein Giftpfeil, mutmaßte er in Anbetracht seines schmerzenden Nackens. Allerdings ein Gift, das seine Wirkung im Bruchteil eines Augenblicks entfaltet hatte. Selbst Dwethan schien davon überrascht worden zu sein, sonst wären sie wohl nicht hier …

»Der Druide! Wo ist er?«, rief Dag.

»Am Arsch, so wie wir alle«, tönte es von hinter ihm.

Ferghas, unverkennbar.

»Lasst uns los!«, verlangte Dag und versuchte vergeblich, sich dem Griff seiner Bewacher zu entwinden. »Wer seid ihr? Was wollt ihr von uns?«

»Zwecklos, Junge«, kommentierte Ferghas düster. »Die reden nicht mit uns, kein Sterbenswort.«

»Wo ist der Druide?«

»Ich weiß es nicht.«

Dag horchte in sich hinein, versuchte zu erfühlen, was mit Dwethan geschehen war. War er noch am Leben? Aber Dag war zu verwirrt und zu aufgeregt, als dass er die Präsenz des Druiden hätte fühlen können. Furcht befiel ihn stattdessen, tiefe Sorge um seinen Mentor.

»Wo sind wir hier? Verdammt noch mal.«

Einmal mehr ließ ihn die Tatsache, dass er nichts sehen konnte, verzweifeln. Dann jedoch tat er, was Dwethan ihn gelehrt und was er während der letzten beiden Jahre in unzähligen bitteren Lektionen gelernt hatte: Er kämpfte seinen Zorn, seine Angst und all die anderen Emotionen nieder, die selbst Sehende blind zu machen pflegten, und konzentrierte sich auf das, was er mit den Sinnen wahrnehmen konnte – und das war eine Menge.

Im nächsten Moment wusste er, dass es um die zehn Bewacher waren, die sie durch den Stollen schleppten. Und dass sie sich noch immer inmitten des Walds befanden, jedoch in einem alten Gewölbe – die feuchte, nach Moder und Pilzen riechende Luft ließ keinen anderen Schluss zu. Der Boden war weich und bestand aus gestampfter Erde, Wände und Decke schienen aus Gestein zu bestehen, das Geräusche und Stimmen hart zurückwarf.

Plötzlich verstärkte sich der Hall, sie schienen ein größeres Gewölbe zu betreten – und was sie dort sahen, schien Dags Gefährten nicht zu gefallen. Aryanwen schrie auf, Ferghas und Henquist verfielen in wüste Beschimpfungen.

»Was habt ihr mit uns vor, feiges Pack?«

»Haltet das Maul!«, empfahl ihm jemand – Dag glaubte, die Stimme des Gestaltwandlers zu erkennen.

»Wollt ihr uns einfach verrecken lassen? So wie die anderen elenden Gestalten dort unten?«

Der beißende Gestank, der in dem Gewölbe herrschte, war Dag sofort aufgefallen – jetzt wurde ihm klar, was es war: der stechende Odem der Verwesung!

Die Gefangenen wurden nach vorn bugsiert. Dag konnte hören, wie sich seine Gefährten erbittert wehrten.

»Lasst das, ihr Hundesöhne!«, brüllte Ferghas.

Aryanwen schrie erneut auf.

Dag merkte, dass der Boden vor ihm jäh endete. Ein kalter Luftzug streifte ihn, und er begriff, dass er vor einem Abgrund stand. Wie tief das Loch war, vermochte er nicht zu beurteilen, aber der Gestank verstärkte sich, was Dag zu der Vermutung veranlasste, dass dort unten in der Grube die sterblichen Überreste bedauernswerter Vorgänger lagen …

»Dort!«, hörte er Aryanwen rufen. »Unter den Knochen bewegt sich etwas!« Sie schrie auf, und es quetschte ihm das Herz in der Brust, dass er ihr nicht beistehen konnte. Dafür war zu hören, wie sich jemand geräuschvoll übergab – Henquist.

»Verdammt, was ist das für eine scheußliche Kreatur?«, fragte Ferghas aufgebracht.

»Ein Höhlenmoloch«, lautete die ernüchternde Antwort. »Anders als die meisten Kreaturen Erdwelts pflegt er seine Speisen außerhalb seines Magens zu verdauen, indem er sie mit ätzender Säure überzieht, was einen ebenso langsamen wie qualvollen Tod zur Folge hat. Diese Kreatur wird also das Letzte sein, was euch auf dieser Welt begegnet.«

»Nein!«, schrie Dag. Soweit es ihn selbst betraf, sah er seinem Ende gefasst entgegen. Aber er wollte nicht, dass auch Aryanwen dieses grässliche Schicksal ereilte. Zum einen, weil er es nicht ertragen hätte, hilflos dabeistehen zu müssen. Zum anderen, weil ihre Suche nach ihrer Tochter dann endgültig gescheitert wäre ...

»Nein?«, fragte ihr Häscher zurück. Dag war sich inzwischen sicher, den Wechselbalg vor sich zu haben. Seine Gestalt mochte er verändern können, seine Stimme jedoch war unverwechselbar. »Ich denke nicht, dass ihr das zu entscheiden habt. Euer Leben war in dem Augenblick verwirkt, da ihr das Gebiet der Nathiri ohne Erlaubnis betreten habt.«

»Wir wollten eure Grenzen nicht verletzen, das war nicht unsere Absicht«, erklärte Dag.

»Um eure Unschuld zu beteuern, ist es zu spät«, klärte der Gestaltwandler ihn auf. »Nagaya hat eure Hinrichtung bereits angeordnet.«

»Nagaya?«

»Unserer Anführerin – eine der Letzten aus dem Geschlecht der Nathaira.«

Nathaira, echote es in Dags Kopf.

So hatte man einst eine Rasse von Schlangenwesen bezeichnet, die in grauer Vorzeit in Erdwelt existierten. In den geheimen Aufzeichnungen Königin Alannahs hatte er darüber gelesen. Doch schon zu deren Lebzeiten waren die Nathaira mehr Legende als Wahrheit gewesen. Was also verbarg sich dahinter?

»Ich verlange sie zu sprechen«, erklärte Dag.

Der andere schnaubte. »Glaubst du, Nagaya redet mit einem hergelaufenen Dieb und Meuchelmörder?«

»Ich bin weder das eine noch das andere«, stellte Dag klar. »Ich bin Daghan, Herzog und Erbe des Reiches von Ansun!«

»Was du nicht sagst«, erwiderte der Formwandler – Dag bezweifelte, dass er überhaupt wusste, wo Ansun lag. »Der Moloch wird dich trotzdem fressen, für ihn macht es keinen Unterschied.«

»Bitte nicht!«, flehte Aryanwen. »Wir sind auf der Suche nach unserem Kind!«

»Im Schwarzgebirge?« Der Wechselbalg lachte auf. »Fällt euch keine dümmere Geschichte ein?«

»Es ist die Wahrheit«, versicherte Dag. »Unsere Tochter wurde von zwei Orks verschleppt. Wir waren auf dem Weg in die Modermark, um sie zu befreien.«

»Und da hat euch der Weg ganz zufällig hierhergeführt?«

»Ihr habt uns gefunden«, brachte Dag in Erinnerung, »nicht umgekehrt. Wir sind nur Wanderer auf der Durchreise. Wir stellen keine Bedrohung für euch dar!«

»Bitte!«, fügte Aryanwen hinzu. »Hört auf ihn, er sagt die Wahrheit! Wenn ihr uns tötet, ist unser Kind verloren!« Ihre Stimme verhallte unter dem Gewölbe, jedes einzelne Wort ein Stich in Dags Herz.

»Es tut mir leid«, raunte er ihr zu, »so unendlich leid …«

»Du kannst nichts dafür«, schluchzte sie leise. Er wusste, dass ihre Tränen nicht ihr selbst galten, sondern ihrer Tochter, die ganz allein sein würde, umgeben von grünhäutigen Unholden und so einsam, wie ein menschliches Wesen überhaupt nur sein konnte. Niemals, niemals würden sie sie wieder im Arm halten, niemals würde sie ihre Eltern kennenlernen …

»Genug geredet«, entschied der Formwandler. »Stoßt sie hinab! Fangt mit dem Blinden an!«

»Nein!«, schrie Aryanwen. »Dag!«

»Es ist gut«, versuchte er sie zu beruhigen, während er hörte, wie jemand hinter ihn trat.

»Vorwärts«, sagte eine Frauenstimme unbarmherzig.

»Caria siwi, athan«, flüsterte Aryanwen neben ihm.

»Sha caria siwi, athana«, erwiderte er.

Dann stieß ihn jemand hart in den Rücken. Gestein rieselte unter seinen Stiefelspitzen und fiel in den Abgrund, und der der beißende Gestank des Todes stieg ihm aus der Tiefe entgegen.

12

»Folgt mir, alter Mann.«

Langsam, Schritt für Schritt, ging es in die Tiefe. Die Stufen, die einst angelegt worden waren, waren brüchig und von Wurzelwerk überwuchert, Wände und Decke von Schlinggewächsen überzogen.

Während Nagaya kein Problem damit hatte, sich auf dem steil abfallenden, unebenen Boden fortzubewegen, musste Dwethan sich vorsehen, um nicht auszugleiten oder zu stürzen. Seine Fesseln hatte man ihm abgenommen, dafür musste er eine Fackel halten, die ihm beim Abstieg hinderlich war. Soweit es die Schlangenfrau betraf, brauchte sie kaum Licht – ihre Reptilienaugen vermochten auch im Dunkeln zu sehen. Lautlos glitt sie dem Druiden voraus in die Tiefe.

»Zuvor hast du mich gefragt, wie eine Nathaira in den Besitz eines Elfenkristalls gelangen konnte«, berichtete sie dabei. »Ich will es dir verraten. Ihr Name war Tylo. Sie war eine Elfin. Ihre Familie siedelte in der Kolonie Gylan Dun, noch lange bevor die Orks kamen und sie zur Modermark machten. Aber auch damals war es schon ein wildes und raues Land voller drohender Gefahren. Als Tylo noch ein Mädchen war, wurde ihre Familie von einem Nathaira getötet, einem Schlangenmann, der von unseren Leuten wegen seiner abscheulichen Verbrechen geächtet und ausgestoßen worden war. Tylo aber war das gleichgültig – von diesem Tag an schwor sie allen Nathaira blutige Rache.«

Die Schlangenfrau unterbrach sich für einen Moment. »Ich weiß nicht mehr, wann wir uns zum ersten Mal begegneten. Aber die Jagd, die wir einander lieferten, währte beinahe ein Jahrhundert. Als es Tylo schließlich gelang, mich zu stellen, kam es zum Kampf. Ihre Waffe war ein Elfenkristall, dessen Kräfte sie gegen mich einsetzen wollte – und um ein Haar hätte sie damit Erfolg gehabt. Sie lockte mich in ein einsames Bauwerk in den Bergen, ein Grabmal aus der Zeit der Drachenkriege. Dort fiel sie über mich her. Ich war bereits besiegt, lag verwundet in meinem Blut – als Tylos Rachsucht ihr zum Verhängnis wurde.

Sie wollte meine Kopfhaut als Trophäe, wollte sich mit meinem Haar am Gürtel des Sieges brüsten. Doch in dem Augenblick, da sie sich mir näherte, biss ich zu. Ich brachte ihr nur eine leichte Verletzung bei, aber mein Gift reichte dennoch aus, um sie zu töten. Nicht schnell, sondern ganz langsam. Viele Tage lagen wir in jenem Gewölbe, umgeben von den Toten vergangener Jahrtausende und selbst zu Tode verwundet. In diesen Tagen machten wir unseren Frieden miteinander. Wir gingen beide davon aus, dass wir sterben würden, also machte es keinen Unterschied mehr, wer oder was wir gewesen waren oder wofür wir gekämpft haben mochten. Irgendwann verlor ich das Bewusstsein. Als ich wieder zu mir kam, war Tylo tot, ich selbst jedoch war zu meiner eigenen Überraschung noch am Leben. Tylo war an meinem Gift zugrunde gegangen, ich selbst jedoch hatte überlebt – ob durch die Kraft des Schicksals oder jene des Kristalls, vermag ich nicht zu sagen. Von diesem Tag an erholte ich mich rasch. Den Leichnam meiner Erzfeindin verbrannte ich nach Elfenart und empfand dabei tiefe Trauer. Denn obwohl Tylo mich gnadenlos gejagt hatte, hatte sie meinem Leben in diesen Jahren Ziel und Sinn gegeben … Den Elfenkristall jedoch versteckte ich an jenem Ort, denn nun wusste ich um seine geheime Kraft – und habe ihn aufbewahrt bis zum heutigen Tag.«

»Wie lange liegt das zurück?«, wollte Dwethan wissen.

»Viele Menschenalter.«

»Und dies ist das alte Grabmal?«

»In der Tat. Ich habe den Elfenkristall niemals entfernt – bis zum heutigen Tag. Du wirst mir dabei helfen, seine verborgene Macht zu ergründen.«

»Das werde ich«, versprach Dwethan bereitwillig.

Schweigend folgte der Druide der Schlangenfrau, bis der sich windende Stollen schließlich breiter wurde und in eine Höhle mündete. Dort fühlte Dwethan eine Präsenz, die so von Kraft und Energie durchdrungen war, als handelte es sich um ein lebendes, atmendes Wesen – dabei war es nur ein Gegenstand, der dort auf einem steinernen Sarkophag lag, etwa eine Elle lang, splitterförmig und glitzernd. In den umgebenden Fels waren Symbole gehauen, verschlungene Zeichen, die so alt waren, dass ihre Bedeutung im Lauf der Jahrtausende verloren gegangen war. Der Druide wusste nicht, wessen Grab dies war, ob es womöglich einem der hohen Elfen gehörte, die einst mit Miron nach Erdwelt gekommen waren und ihr Königreich errichtet hatten. Aber er spürte die Kraft, die von diesem Ort ausging – und von dem Splitter, der dort lag.

Ein Stück Elfenkristall.

Dwethan widerstand der Versuchung, sofort danach zu greifen. Er wusste nur zu gut, was ein Elfenkristall vermochte, und auch Nagaya schien es zu wissen, denn ihre Züge hatten einen besorgten Ausdruck angenommen.

»Vorsicht, alter Mann«, mahnte die Schlangenfrau.

»Keine Sorge.«

Dethan rammte die Fackel in einen Spalt im Boden, sodass sie stecken blieb und weiter ihren flackernden Schein verbreitete. Dann hob er die Arme, streckte sie mit den Handflächen nach unten aus und ging auf den Sarkophag zu, langsam, wie ein Schlafwandler.

Nagaya blieb misstrauisch. »Weißt du auch, was du da tust?«

Dwethan begann, leise Worte zu murmeln, Beschwörungsformeln, die er lange nicht mehr ausgesprochen hatte.

Je näher er dem Sarkophag kam, desto lauter sprach er die Worte. Seine Handflächen spürten die Wärme, die von dem Kristall ausging, er fühlte die Energie, die dem alten Artefakt innewohnte – und im nächsten Moment begann es zu leuchten. Zuerst war es nur ein mattes Glimmen, dann flammte helles Licht in der Höhle auf und ließ das Feuer der Fackel verblassen.

Nagaya zischte entsetzt, riss die Hände vors Gesicht, um ihre Reptilienaugen gegen die blendende Helligkeit zu schirmen – und Dwethan griff nach dem Kristall.

Es war, als würde ihn neue Kraft durchströmen.

Im Augenblick seines Erwachens war der Druide so schwach gewesen, dass es ihm nicht möglich gewesen war, auch nur einen geringen Zauber zu wirken – vermutlich eine Wirkung des Gifts, das man ihm verabreicht hatte. Nun jedoch fühlte er sich von neuer Kraft erfüllt, so als hätte er den Urgrund allen Seins berührt, die Quelle allen Lebens. Und er zögerte keinen Augenblick, diese neue gewonnene Kraft einzusetzen.

Er schloss die Augen und konzentrierte sich, wirkte das, was man in den alten Tagen einen *tartan* genannt hatte. Nagaya schrie auf, als der Gedankenstoß sie mit aller Härte traf. Sie wurde erfasst und gegen die Felswand geschleudert. Doch statt benommen daran herabzusinken, blieb sie daran haften, als würden unsichtbare Krallen sie festhalten. Nur das Ende ihres Schlangenkörpers blieb frei und peitschte wütend hin und her.

»Was habt Ihr getan?«, herrschte sie den Druiden an.

Dwethan hielt den Kristall mit beiden Händen vor der Brust. »Ihr glaubtet mich unter der Kontrolle Eurer Gedanken, doch Eure Macht verfängt bei mir nicht.«

»Ihr habt mich hintergangen«, zischte die Schlangenfrau und stieß ihre gespaltene Zunge hervor.

»So wie Ihr mich hintergangen habt«, entgegnete Dwethan. »Meine Gedanken vermag ich kraft meines Willens abzuschirmen. Bei mir ist Euer Zauber wirkungslos.«

»Verräter!«, spie die Nathaira giftig, und das im wörtlichen Sinn – eine gelblich grüne Flüssigkeit troff von ihren Lippen. Wo sie den Boden berührte, fraß sie sich zischend in das Gestein. »Ihr habt versprochen, mir die Macht des Kristalls zu offenbaren!«

»Nichts anderes bin ich im Begriff zu tun«, versicherte Dwethan trocken, »oder spürt Ihr sie nicht?«

Sie spuckte Gift in seine Richtung, wand sich, um dem unsichtbaren Griff zu entkommen – vergeblich. Der Wille des alten Zauberers hielt sie unnachgiebig fest.

»Worauf wartet Ihr noch?«, zischte sie. »Tötet mich! Darum geht es euch doch, oder nicht? Darum ist es euch die ganze Zeit gegangen. Ihr wollt Nagaya töten!«

»Nein«, wehrte Dwethan ab. »Alles, was wir wollen, ist unbehelligt dieses Gebiet durchqueren. Deshalb werdet Ihr meine Freunde jetzt freilassen, hört Ihr?«

»Das … kann ich nicht!«, stieß sie hervor.

»Warum nicht?«

»Weil sie bereits tot sind! Noch bevor ich zu Euch kam, gab ich den Befehl, sie in die Grube des Molochs zu stoßen!«

13

Los doch!«, drängte die Kriegerin, die hinter ihm stand. Dag konnte sich des Eindrucks nicht erwehren, dass er ihre Stimme kannte. Aus ferner Vergangenheit schien sie an sein Ohr zu dringen, und wenn er auch nicht zu sagen vermocht hätte, woher, so wusste er doch, dass sie ihm einst Mut zugesprochen hatte, in einem Augenblick höchster Bedrängnis …

»Catriona?«, fragte in diesem Moment Ferghas, dessen Stimme verriet, dass er seinen Augen nicht traute. »Bist du das, Nichte? Bist du das wirklich?«

»O-Onkel Ferghas!« Die Stimme der Kriegerin hatte sich verändert. Eben noch hatte sie kalt und abweisend geklungen. Jetzt verriet sie grenzenlose Überraschung.

»Nichte«, ließ sich Ferghas' vom Zetern heisere Stimme vernehmen, »bist du das wirklich? Oder spielt uns wieder ein verdammter Wechselbalg einen Streich?«

»Nein«, war Dag sich sicher.

Die Kriegerin, die hinter ihm stand und ihn um ein Haar in die Grube des Molochs gestoßen hätte, war keine andere als Catriona, die Tochter von Anghas Ca'Dur, dem Herrn des Roten Clans. Aber wie war das möglich? Zuletzt hatte er sie in den Hügellanden gesehen, beim Roten Turm von Tarnag – wie kam sie plötzlich hierher, an das andere Ende der bekannten Welt?

Dag, der begriff, dass er etwas Zeit gewonnen hatte, dem Tod zu entrinnen, wich einen Schritt vom Abgrund zurück.

Aryanwen eilte zu ihm, und sie schlossen einander in die Arme, hielten sich gegenseitig fest.

»Was hat das zu bedeuten?«, fragte Lyrx wütend.

»Ich kenne diese Leute«, stellte Catriona fest.

»Was ändert das? Haben wir sie etwa nicht auf unserem Territorium gefasst? Und waren sie nicht bewaffnet?«

»Das ist wahr. Aber sie wollen uns nichts Böses.«

»Woher weißt du das?«

»Dies ist Herzog Daghan, Erbe des Reiches von Ansun, und dies Ferghas Ca'Dur, der Bruder meines Vaters. Ich habe Seite an Seite mit diesen beiden gefochten, daher weiß ich, dass sie für dieselben Ziele einstehen wie wir und gegen Unrecht und Unterdrückung kämpfen.«

»Was heißt das schon?« Der Gestaltwandler spie verächtlich aus. »Ich habe im Lauf meines Lebens viele Könige und Herzöge kommen und gehen sehen. Die meisten von ihnen behaupteten, gegen Unrecht zu kämpfen – während sie ihr Volk unterdrückten.«

»Daghan nicht«, gab sich Catriona überzeugt.

»Nagaya hat ihre Hinrichtung befohlen.«

»Dann hat sie sich geirrt. Wir müssen mit ihr sprechen.«

»Du widersetzt dich ihrem Befehl?«

»In diesem Fall – ja.«

Schwerter fuhren aus den Scheiden, nicht nur ein paar, sondern wenigstens zwei Dutzend. Überall hörte Dag den Stahl singen, hinter ihnen lauerte der Abgrund – sie waren umzingelt.

»Aye«, brummte Ferghas. »Sieht böse aus.«

»Gib den Weg frei«, rief Catriona dem Gestaltwandler zu. Ohne Zögern hatte sie sich auf die Seite der Gefangenen geschlagen.

»Auf keinen Fall«, entgegnete Lyrx. »Ergib dich, oder du wirst mit den Gefangenen sterben.«

»Dazu bin ich bereit«, knurrte die junge Frau.

Dann ging die Meute auch schon zum Angriff über.

Dag konnte nicht sehen, was passierte, aber er hörte das Geschrei der Krieger und das Klirren der Klingen. Im einen Moment hatte es noch den Anschein gehabt, als wären sie gerettet – nun sorgte der Ansturm ihrer Gegner dafür, dass sie zurück an die Abbruchkante gedrängt wurden – und plötzlich ins Leere traten! Einen Augenblick lang rangen Dag und Aryanwen um das Gleichgewicht – dann stürzten sie in die Tiefe.

Beide schrien, als es plötzlich hinabging. Einen Augenblick war Dag überzeugt davon, sich beim Aufprall das Genick zu brechen – im nächsten Moment landete er in weichem Morast. Zwar wurde sein Sturz dadurch aufgefangen, doch der Gestank des Verfalls war so überwältigend, dass er Dag beinahe die Besinnung raubte. Wie von einer Feder geschnellt fuhr er hoch, wankte durch den knietiefen Matsch.

»Aryanwen«, rief er, »wo …?«

»Hier«, versicherte sie.

»Ich bin auch hier«, meldete Henquist, während Ferghas an einem Batzen Morast würgte, den er abbekommen hatte.

»Und ich ebenso«, fügte Catriona grimmig hinzu. »Und ich habe ein Schwert.«

»Das wird dir nichts nützen«, tönte Lyrx von oben herab. »Der Höhlenmoloch ist berüchtigt dafür, dass sein Kopf nachwächst, wenn man ihn abschlägt.«

»Gut, dass du mich daran erinnerst.« Die Hochländerin schwang ihre Klinge durch die Luft. »Das wollte ich schon immer mal ausprobieren.«

»Der Moloch! Er kommt!«, flüsterte Aryanwen atemlos.

Es gab ein grässliches Geräusch, wie wenn ein mit Knochen gefüllter Sack geschüttelt wurde, dazu das Schmatzen des Morasts, als sich die grässliche Kreatur heranwälzte. Dag fühlte sich an Gorta Ruun erinnert, an den Überfall der Höhlenwürmer. Panik wollte von ihm Besitz ergreifen, nur mit Mühe konnte er sie niederkämpfen.

»Los doch, komm!«, rief Catriona dem Moloch zu, während man weiter hören konnte, wie er sich auf seinen kurzen, kaum ausgebildeten Beinen heranschleppte.

»Vorsicht!«, schrie Henquist. »Sein Maul ... er speit Säure!«

Ein heiseres Zischen war zu vernehmen. Dag fuhr zu Aryanwen herum und beugte sich schützend über sie. Er wartete darauf, dass das Gift der Bestie ihn im Rücken treffen, dass es sich durch seine Kleidung und seine Haut fressen würde, bis es ihm schließlich das Fleisch von den Knochen brannte ...

Doch die ätzende Substanz verließ das Maul des Molochs nie. Ein Kampfschrei erklang – Catriona, die sich mit blanker Klinge auf die Bestie stürzte!

Es gab ein hässliches Geräusch, als die Klinge in das wabbelige Fleisch schnitt und eine gallertartige Flüssigkeit hervorplatzte, die die Gefährten besudelte. Ferghas sprang Catriona bei, mit bloßen Fäusten stürzte er sich auf die Bestie und versuchte, sie abzudrängen.

»Zurück mit dir«, stieß er zwischen zusammengebissenen Zähnen hervor. »Zurück ...«

Wieder stach Catriona zu, das grässliche Geräusch wiederholte sich – doch genau wie Lyrx gesagt hatte, war dem Höhlenmoloch mit herkömmlichen Waffen nicht beizukommen.

»Seine Wunden schließen sich!«, rief Catriona. »Seine Gliedmaßen ... sie wachsen nach! Ich kann nicht ... aaah!«

Ihre Worte gingen in einen lang anhaltenden Schrei über, als sie den Halt verlor und stürzte. Ihre Stimme wurde dumpf, offenbar war das Biest dabei, sich über sie hinwegzuwälzen!

»Catriona!«, schrie Dag und wollte los, um ihr beizustehen, aber Aryanwen hielt ihn zurück.

»Blieb hier!«, schärfte sie ihm ein.

»Aber ich muss ihr helfen!«

»Das kannst du nicht! Sie ist verloren!«

»Aber ich …«

Plötzlich war ein fauchendes Geräusch zu vernehmen. Dazu erfolgte ein Lichtblitz, so grell, dass sogar Dag ihn wahrnahm – und dann der Gestank von verbranntem Fleisch, so durchdringend, dass er den Verwesungsgeruch noch übertraf.

»Da-das Biest ist tot!«, rief Ferghas verblüfft. »Ein Lichtstrahl hat es bei lebendigem Leibe geröstet! Woher …?«

»Dwethan!«, rief Dag hoffnungsvoll.

»Seid unbesorgt«, drang die vertraute Stimme des Druiden von oben herab.

Jetzt konnte Dag auch die Gegenwart des alten Mannes fühlen. Aber etwas war anders als zuvor, so als ob seine Aura stärker geworden wäre.

Heller …

»Der Alte hat den Moloch getötet!«, rief Lyrx. »Dafür wird er bezahlen! Haut ihn in Stücke!«

»Nein!«, gebot eine andere Stimme, die geheimnisvoll klang und seltsam kehlig. Gleichzeitig fühlte Dag noch eine weitere Präsenz, und den bestürzten Reaktionen seiner Gefährten entnahm er, dass es Nagaya sein musste.

Dag versuchte, sie sich vor seinem geistigen Auge vorzustellen: ein Mischwesen, zur einen Hälfte Frau, zur anderen Schlange. Er hatte nie geglaubt, dass Kreaturen wie diese tatsächlich existierten. In den Aufzeichnungen Königin Alannahs war hin und wieder von ihnen die Rede gewesen, den *nath-aira*, wie sie ursprünglich geheißen hatten und was übersetzt »von der Schlange stammend« bedeutete. Zusammen mit den Drachen und den Riesen waren sie die ältesten

Wesen von Erdwelt, was Ehrfurcht und Angst zugleich hervorrief …

»Der fremde Zauberer darf seines Weges ziehen, ebenso wie seine Gefährten«, wies die Anführerin der Nathiri ihre Schützlinge an.

»Was?«, fragte Lyrx fassungslos. »Aber …«

»Sie sind nicht unsere Feinde, das weiß ich jetzt. Der alte Mann hat mein Leben geschont, obwohl es in seinen Händen lag – und obwohl er annehmen musste, dass ich seine Gefährten getötet hatte.«

»Rachsucht hat die Dinge noch nie zum Besseren verändert, aber schon oft zum Schlechteren«, entgegnete Dwethan. »Zudem habt Ihr nur getan, was Ihr für nötig hieltet, um Euch und Eure Gefolgsleute zu schützen.«

»Das ist nun nicht mehr notwendig«, entgegnete die Nathaira. »Senkt eure Waffen«, befahl sie ihren Leuten. »Wir sind unter Freunden.«

»Aye«, meinte Ferghas trocken. »Besser spät als gar nicht. Und vielleicht gibt es ja sogar eine Leiter, um uns aus diesem Loch herauszuholen …«

Eine Strickleiter wurde herabgelassen, an der die Gefährten nacheinander aus der Grube kletterten. Erleichtert schlossen Dag und Aryanwen einander in die Arme.

»Verzeiht«, sagte Catriona leise, die erschöpft und mitgenommen klang, ansonsten aber wohlbehalten schien. »Ich hätte euch beinahe nicht erkannt. Das alles liegt so lange zurück, und meine Erinnerungen daran sind so verschwommen, dass ich …«

»Da gibt es nichts zu verzeihen«, erwiderte Dag. »Du hast dich auf unsere Seite gestellt und dein Leben für uns eingesetzt, mehr kann niemand erwarten. Aber wie bist du hierhergeraten? Zuletzt haben wir uns in den Hügellanden gesehen, beim Turm deines Clans.«

»Nein, Daghan. In Wirklichkeit habe ich den Roten Turm zusammen mit dir verlassen.«

»Was soll das heißen?«

»Erinnerst du dich an Cailan, meinen Bruder?«

»Und?«, fragte Dag, obwohl er die Antwort bereits ahnte.

»Er und ich sind ein und dieselbe Person«, eröffnete Catriona ihm. »In Wahrheit bin ich es gewesen, die dich nach Gorta Ruun begleitet hat – und ich war es auch, die du zusammen mit Alured nach Smerada geschickt hast, um die Pläne des Zwergenkönigs auszukundschaften …«

Zwischengesang
Catrionas Lied

Zwei Jahre zuvor

Du da! Komm raus!«

Heiser drang der Befehl in den Kanalschacht, ein halbes Dutzend glühender Augenpaare starrte herab.

»Los doch, wird's bald, du Strolch? Oder müssen wir dir erst Beine machen?«

Catriona schalt sich selbst für ihre Unvorsicht. Sechs Tage und Nächte lang hatte sie in der Kanalisation von Smerada ausgehalten, hatte darauf gewartet, dass sich die Stimmung in der Stadt wieder beruhigte und sie eine Gelegenheit erhielt, ihrem feuchten, stinkenden Versteck zu entsteigen. Doch irgendwann hatte sie es nicht mehr ausgehalten. Die drückende Enge und der quälende Hunger hatten sie aus dem Röhrensystem getrieben, das unterhalb der Hauptstraßen der Handelsstadt verlief – und dabei war sie entdeckt worden.

Catriona hatte zu fliehen versucht, zurück in das dunkle, übel riechende Labyrinth, aber ein Trupp Wachsoldaten war ihr auf den Fersen geblieben, zusammen mit einer Meute von Bluthunden. Und schließlich hatten sie sie gestellt, in einem engen Schacht, aus dem es kein Entrinnen gab.

Das Gitter wurde entfernt. Laternenschein fiel von oben herab und erfasste sie. »Ich zähle bis drei!«, schnauzte der Anführer des Trupps. »Dann werden wir dich mit Armbrustbolzen spicken. Hast du verstanden, Kerl?«

Catriona verstand. Der einzige Trost war, dass die Wachen sie für einen Mann hielten.

Noch …

Sie ergriff die Hand, die sich ihr von oben entgegenstreckte, und kletterte aus dem Schacht. Oben hießen sie grimmige Mienen willkommen, deren Besitzer den grünen Rock der Stadtwache von Smerada trugen. Sie ergriffen Catriona und entwaffneten sie.

»Sieh an, was haben wir denn da?«, tönte der Anführer des Trupps, ein baumlanger Kerl mit wirrem schwarzem Haar und vorstehenden Zähnen. »Eine Kanalratte, die aufrecht auf zwei Beinen geht.«

Die anderen Wächter lachten derb. Catriona war klar, dass sie ihre Identität verbergen musste. Im Lauf der Zeit hatte sie viele Kniffe gelernt, wie sie ihr Gegenüber glauben machen konnte, sie wäre ein Mann. Eine davon war, es zu provozieren …

»Lieber Kanalratte als Lakai des Zwergenkönigs«, giftete sie zurück.

»Was redest du da, Bursche? Smerada ist eine freie Stadt!«

»Ja, und Pisse schmeckt hier nach Honig, und Scheiße hat die Farbe von Gold«, konterte sie gehässig. Wieder lachten die Wachleute – diesmal über ihren Anführer, was sich dieser nicht gefallen ließ. Seine behandschuhte Faust krachte in Catrionas Gesicht und schickte sie zu Boden.

Trotz des Schmerzes musste Anghas Ca'Durs Tochter sich ein Grinsen verkneifen. Der Gedanke, dass er in Wirklichkeit einer jungen Frau gegenüberstand, kam diesem Idioten jetzt ganz sicher nicht mehr in den Sinn …

»Warte Bursche«, donnerte er, »diese Unverschämtheiten werde ich dir austreiben. Wenn du erst im Käfig sitzt, wird dir das Lachen schon vergehen!«

»Aber Hauptmann«, wandte einer seiner Untergebenen ein, »wir müssen ihn zur Stadtwache bringen!«

»Und auf die Belohnung verzichten, die uns Ringelschwanz zahlt? Nie im Leben!«

»Und wenn der Kerl ein Spion ist?«

Der Hauptmann packte Catriona am Kragen ihrer ledernen Rüstung und riss sie zu sich empor. »Ein Spion?«, fragte er, während er sie durchdringend ansah. »Niemals! Das ist nur ein dreckiger kleiner Bastard, der irgendwas gestohlen hat und sich im Kanal verstecken wollte, bis Gras über die Sache gewachsen ist. War's nicht so?«

Catriona nickte – es schien ihr das Klügste zu sein.

»Na also, da habt ihr's. Schnürt ihn zusammen, Leute. Wir nehmen ihn mit.«

Die Wachen widersprachen nicht mehr. Mit geübten Griffen fesselten sie Catrionas Handgelenke und banden ihr einen Strick um den Hals, an dem sie geführt werden konnte wie die Bluthunde, die die Wächter dabeihatten.

Ihr Weg führte sie von der Hauptstraße weg durch eine Reihe enger Gassen. Die Abenddämmerung hatte eingesetzt, in der Ferne war Donner zu hören. Ein Gewitter braute sich über der reichen Handelsstadt zusammen, die am westlichen Ende der Ostsee lag und jetzt wie ausgestorben wirkte, nachdem sie noch vor wenigen Tagen aus allen Nähten geplatzt war.

Winmar, der Herrscher des Zwergenreichs, hatte samt riesigem Tross in Smerada Halt gemacht und war von hier aus in See gestochen – das Ziel konnte Catriona nur vermuten. Gemeinsam mit Alured, einem jungen Kämpfer aus dem Gefolge Daghans von Ansun, hatte sie herausfinden sollen, was der Zwergenkönig im Schilde führte; Alured hatte sich zu diesem Zweck an Bord eines der Zwergenschiffe geschlichen, sie selbst war in Smerada zurückgeblieben, um zu

Daghan zurückzukehren und ihm zu berichten. Aber dann hatten sich die Ereignisse überstürzt. Gerüchte von einem neuen Krieg hatten die Runde gemacht, von einer Seeschlacht an der Engwacht, nahe der Insel Olfar. Smeradas Tore waren daraufhin geschlossen worden, und Catriona war nichts anderes übrig geblieben, als sich in der Kanalisation zu verstecken – und nun war sie doch entdeckt worden beim Versuch, sich ein wenig Brot zu stehlen.

Sie verachtete sich selbst für ihre Unvorsicht.

Durch eine Reihe immer dunkler werdender Gassen gelangten sie in die Hafengegend. Die Kais, an denen sich noch vor wenigen Tagen zahllose Schiffe gedrängt hatten, standen jetzt leer, der Hafen wirkte wie ausgestorben. Nur hier und dort waren ein paar Betrunkene zu sehen, die in die nächste Taverne wankten, oder Huren, die ihre Reize feilboten.

Ihre Bewacher führten Catriona zu einem alten Lagerhaus. Nachdem der Hauptmann mehrmals an die Pforte geklopft hatte, wurde sie einen Spalt weit geöffnet.

»Hol Ringelschwanz«, sagte der Hauptmann in die Dunkelheit, die jenseits des Türspalts herrschte. »Wir haben neue Ware.«

Die Tür schloss sich. Als sie erneut aufging, tauchte darin ein Mann auf, der seinen Spitznamen zumindest nicht lange zu erklären brauchte. Runde Formen, kleine Augen sowie eine breite, nach oben gewölbte Nase verliehen seinen Zügen tatsächlich etwas von einem Schwein. Er und der Hauptmann tuschelten einige Worte, dann wechselte ein lederner Beutel mit klimperndem Inhalt seinen Besitzer.

»Ist immer ein Vergnügen, mit dir Geschäfte zu machen, Ringelschwanz«, beteuerte der Hauptmann grinsend und drückte dem Feisten Catrionas Halsstrick in die Hand. »Der Junge gehört dir.«

Schweinsgesicht grunzte eine Erwiderung, dann zerrte er Catriona in das Lagerhaus und verriegelte die Tür.

»Wohin bringst du mich?«, wollte sie wissen.

»Ah, ein stolzer Sohn der Hügellande«, erkannte Ringelschwanz an ihrem Akzent. »Keine Sorge, das werde ich dir schon bald ausgetrieben haben.«

»Was ist das hier?« Catriona sah sich suchend um, konnte jedoch nichts als mannsgroße Kisten erkennen, die sich übereinandertürmten. Die Luft war schlecht, es stank nach Schweiß und Exkrementen.

»Ein Handelslager – wenn auch für eine ganz besondere Ware«, lautete die Antwort. Schweinsgesicht entzündete eine Laterne, und Catriona sah nicht nur, dass die Vorderseiten der Kisten alle vergittert waren. Sie sah auch die elenden, ausgezehrten Gestalten, die hinter den Gitterstäben kauerten und sie aus leeren Augen anstarrten.

Männer.

Frauen.

Sogar Kinder.

Entsetzt fuhr Catriona zurück, doch der Strick um ihren Hals zog sich dadurch nur noch enger. Sie würgte.

»Wohin des Wegs?«, fragte Ringelschwanz mit breitem Grinsen. »Hast du was Besseres vor?«

»Du … du bist ein Sklavenhändler!«

»Ein wüstes Wort«, tadelte er sie. »Vor allem bin ich Geschäftsmann. Ich kaufe und verkaufe Waren wie andere auch. Nur dass meine eben lebendig sind.«

»Aber Sklavenhandel ist im Reich verboten!«

»In Tirgaslan gibt es keinen König mehr, der sich dafür interessieren würde. Und den Zwergen ist es ziemlich egal, ob wir uns gegenseitig verschachern oder nicht. Und was die Stadtoberen betrifft – die halten still, solange sie ihren Anteil bekommen.« Vor einem leeren Käfig, dessen

Gittertür halb offen stand, blieb er stehen. »Rein da«, verlangte er.

Catriona starrte ihn an.

Ihr war klar, dass etwas geschehen musste, andernfalls würde sich diese Gittertür womöglich für immer hinter ihr schließen.

»Nein«, erklärte sie kopfschüttelnd. »Ich will nicht.«

»Was?«

»Ich will nicht«, bekräftigte sie.

Das Schweinsgesicht verfinsterte sich. »Das ist doch die Höhe! Ich habe einen Preis für dich bezahlt, Junge! Ich habe dich rechtmäßig erworben. Du *musst* gefälligst wollen!«

»Ich bin niemandes Sklave«, zischte Catriona und vergaß vor Zorn beinahe, ihre Stimme zu verstellen. »Ich bin frei geboren, und so werde ich auch sterben!«

»Das kannst du vergessen! Ich habe fünfzig Smeras für dich bezahlt – sterben ist also nicht drin, geht das in deinen sturen Hochländer-Schädel?« Um seinen Worten Nachdruck zu verleihen, griff Ringelschwanz nach der Peitsche, die an seinem Gürtel hing – vielleicht war auch sie der Grund für seinen seltsamen Namen – und entrollte sie. Noch ehe er jedoch dazu kam, mit dem Leder auf Catriona einzuschlagen, ging diese bereits zum Gegenangriff über.

Mit bloßen, noch dazu gefesselten Händen und mit nichts bewaffnet als dem schieren Mut der Verzweiflung, stürzte sie sich auf den Sklavenhändler. Der Ansturm war so heftig, dass er Ringelschwanz von den Beinen riss. Im nächsten Moment lagen beide auf dem Boden, und eine wüste Keilerei entbrannte.

Als Kind hatte Catriona sich bisweilen mit jungen Hunden gebalgt, sehr zum Missfallen ihres Vaters, aber sie hatte wenig Erfahrung darin, jemandem im Handgemenge einen Vorteil abzutrotzen, zumal ihre Aufmerksamkeit auf etwas anderes gerichtet war. Entsprechend hart gingen Ringelschwanz' Prankenfäuste auf sie nieder und trafen sie gleich mehrmals hintereinander am Kopf.

Ihr Kiefer knackte, und sie sah Flecke vor Augen, worauf sie ihren Widerstand aufgab. Wehrlos ließ sie zu, dass ihr Besitzer sie packte, zum Käfig schleppte und hineinstieß. Mit einem hässlichen Geräusch fiel das Gitter zu, und der schwere Riegel wurde vorgeschoben und abgeschlossen.

»Das wäre ja noch schöner«, beschwerte sich Ringelschwanz, heftig aus seiner Rüsselnase blutend. »Für unsereins ist es schlimm genug, wenn Kunden über die Ware klagen – wo kommen wir denn hin, wenn jetzt auch noch die Ware selbst anfängt, aufmüpfig zu werden?«

Schwerfällig humpelte er davon und verschwand hinter den anderen Kisten. Catriona blieb benommen liegen. Sie hatte das Gefühl, dass jeder einzelne Knochen in ihrem Körper schmerzte. Warum, so fragte sie sich, hatte sie nicht auf ihren Vater gehört? Warum hatte sie alles darangesetzt, Daghan von Ansun auf seiner Mission zu begleiten, noch dazu als Mann verkleidet? Warum war sie nicht einfach zu Hause geblieben?

»Bist du in Ordnung?«

Sie brauchte einen Moment, um zu erkennen, dass die Frage ihr galt. Stöhnend richtete sie sich auf, soweit es die niedere Decke der Kiste zuließ, und spähte suchend hinaus.

»Hier bin ich.«

Catriona richtete ihren Blick nach oben. Hinter einer der Gittertüren stand eine Gestalt, die so klein war, dass sie aufrecht in ihrer Kiste stehen konnte. Catriona konnte sich nicht entsinnen, jemals eine so wundersame Kreatur gesehen zu haben. Sie war nur etwa zwei Ellen hoch, mit pausbäckigem Gesicht und Kleidung, die aussah, als ob sie aus Blättern bestünde.

»Dem hast du's aber ordentlich gegeben«, meinte der Knirps mit vor Sarkasmus triefender Stimme und schnitt eine Grimasse. »Alle Achtung, wirklich.«

»Willst du dich über mich lustig machen?« Catriona rieb ihren noch immer schmerzenden Kopf.

»So hatte ich mir das gedacht, ja.« Der Dreikäsehoch nickte. »Allzu viel zum Lachen haben wir hier nämlich nicht.«

»Wer bist du?«

»Mein Name ist Lyrx.«

»Und *was*, zum Henker, bist du?«

Der andere sah an sich herab. »Im Augenblick bin ich ein Kobold«, erklärte er. »Das ist praktisch, weil ich mir dann nicht den Kopf stoße. Aber wenn du willst«, fügte er grinsend hinzu, »kann ich auch etwas anderes sein.«

Zu Catrionas Verblüffung begann er sich zu verändern. Seine Gestalt wuchs an, seine Nase wurde klein und zierlich, das Kinn kantig, die Augen dunkel. Und von seinem Kopf wuchs plötzlich langes blondes Haar, das teils zu Zöpfen geflochten war. Catriona brauchte einen Moment, um zu begreifen, dass sie sich selbst gegenüberstand – ein Schauder befiel sie.

»Lass das!«, rief sie, worauf sich Lyrx wieder zurückverwandelte.

»Wie du willst«, meinte er. »Ist sowieso zu eng hier drin.«

»Du … bist ein Wechselbalg!«

»Warum sagt ihr Menschen das immer, als ob es etwas Unrechtes wäre, oder gar ein Fluch? Mein Vater war schließlich auch ein Mensch, genau wie du. Meine Mutter allerdings war eine Dryade – und ich bin das Ergebnis.«

»Und das nennst du keinen Fluch?«, fragte Catriona fassungslos. Als naturverbundener Tochter der Hügellande war ihr alles Magische und Übernatürliche zutiefst zuwider.

»Ich würde jederzeit mit ihm tauschen«, ließ sich eine andere Stimme vernehmen. In der dunklen Tiefe eines der großen Käfige tauchte eine albtraumhafte Gestalt auf. Catriona sah blasse Haut und langes Haar und nahm an, es mit einer jungen Frau zu tun zu haben, die nur wenig älter war als sie selbst – bis ihr klar wurde, dass der schlanke Oberkörper mit den bloßen Brüsten auf einem Schlangentorso ruhte! Obwohl zwei Eisengitter und mindestens zehn Schritte Abstand zwischen ihr und dem Schlangenwesen lagen, prallte Catriona entsetzt zurück. Dabei entfuhr ihr eine Verwünschung.

»Genau das meine ich«, sagte die Schlangenfrau, deren Arme auf den Rücken gefesselt und deren Augen verbunden waren. Ihre Stimme war rau und spröde, zugleich jedoch tief verletzlich. »Ich würde manches darum geben, mein Aussehen verändern zu können.«

»Was ist das hier?«, fragte Catriona, gleichermaßen erschrocken wie angewidert.

»Das Lager von Ringelschwanz, dem Sklavenhändler, wie du bereits herausgefunden hast«, antwortete Lyrx ohne Zögern. »Was auch immer du suchst, Freund, hier wirst du es finden – Schlangenfrauen, Gestaltwandler und andere Absonderlichkeiten.«

»Ich bin keine Absonderlichkeit«, stellte Catriona entrüstet klar. Ihre Freiheit mochte man ihr genommen haben, aber ihr Stolz war ihr geblieben.

Lyrx zuckte mit den schmalen Schultern. »Das kannst du dir ja einreden, wenn es dir hilft. Tatsache ist, dass du nur aus einem einzigen Grund in diesem Käfig bist: Weil Ringelschwanz eine gute Chance sieht, dich zu verkaufen.«

»Und das umso mehr, wenn er herausfindet, was du wirklich bist«, fügte die Schlangenfrau hinzu.

»Was soll das heißen?«, fuhr Catriona sie an.

»Dass du mir nichts vormachen kannst. Meine Augen mögen verbunden sein, mein Geruchssinn jedoch funktioniert ganz ausgezeichnet. Menschenfrauen zu wittern ist nicht weiter schwer, besonders, wenn sie ihre Mondzeit haben wie du.« Wie um zu belegen, über welch feinen Witterungssinn sie verfügte, ließ sie ihre Zunge vor- und zurückgleiten, die schmal und gespalten war.

Catriona fühlte Panik aufsteigen. »Bitte«, flüsterte sie. »Sagt es ihm nicht.«

»Keine Sorge. Aber er wird es von selbst herausfinden, früher oder später.«

»Bis dahin werde ich nicht mehr hier sein.«

»Ach nein?« Die Schlangenfrau beugte sich neugierig vor. »Weißt du, was mit Sklaven geschieht, die zu fliehen versuchen und dabei erwischt werden?«

»Ich kann es mir vorstellen.«

»Und das schreckt dich nicht?«

»Ich bin frei geboren«, sagte Catriona nur. »Das kann mir niemand nehmen.«

»Natürlich«, höhnte Lyrx. »Wenn es so weit ist, schlägst du einfach deinen Käfig kurz und klein und haust ab.«

»Nein«, widersprach Catriona giftig, »wenn es so weit ist, provoziere ich Ringelschwanz ein weiteres Mal und stehle ihm seine verdammten Schlüssel!«

»Sieh an«, meinte die Schlangenfrau.

»Soll das heißen, du hast dich von Ringelschwanz nur verprügeln lassen, um ihn auf die Probe zu stellen?«, fragte Lyrx bewundernd.

»Genau das.«

»Wie ist dein Name?«, wollte die Schlangenfrau wissen. Jede Geringschätzung war aus ihrer Stimme gewichen.

»Catriona Ca'Dur, Tochter des roten Clans.«

»Mein Name ist Nagaya«, stellte sich die Schlangenfrau vor. »Wenn du gehst, dann lass uns auch ebenfalls frei.«

»Warum sollte ich?«

»Weil«, gab Nagaya zur Antwort, »wenn du mir erst diese Augenbinde abgenommen hast, ich dir helfen kann, aus den Mauern dieser Stadt zu entkommen …«

14

Es dauerte noch eine Weile, bis sich eine passende Gelegenheit ergab, die Schlüssel des Sklavenhändlers zu stehlen«, brachte Catriona ihren Bericht zu Ende, »aber irgendwann war es schließlich so weit. Er verprügelte mich, weil ich ungehorsam gewesen war, und ich entwendete seine Schlüssel. Ich befreite Nagaya und Lyrx und schließlich auch alle anderen, die in dem Lagerhaus gefangen waren – insgesamt über einhundert Männer, Frauen und Kinder. Mit ihrem Blick und ihrer Gabe sorgte Nagaya dafür, dass die Wachen uns gehen ließen, und so entkamen wir unbehelligt aus Smerada, hinaus in die Nacht.«

»Und der Sklavenhändler?«, wollte Dag wissen. Inzwischen waren sie aus dem Loch gestiegen und hatten sich notdürftig vom Matsch gereinigt. Eine ganze Traube schaulustiger Höhlenbewohner hatte sich um sie versammelt, die wissen wollten, wer die fremden Besucher waren.

»Ist davongekommen«, erwiderte Catriona. »Schade, ich hätte ihm gerne den Wanst aufgeschlitzt.«

»Was ist dann geschehen?«

»Wir flohen nach Westen, der einzigen Himmelsrichtung, in der wir weder Verfolgung noch Bastionen der Zwerge zu fürchten brauchten. Wir durchquerten die Ebene von Scaria, und mit jedem Tag wurden wir mehr. Entlaufene Gefangene, Kriegsversehrte, Verstümmelte, Bauern, deren Häuser und Felder verwüstet waren – sie alle schlossen sich uns an. An den Hängen des Schwarzgebirges fanden wir schließlich

Zuflucht in dieser alten Grabanlage. Wir schlossen ein Bündnis, gründeten eine Gemeinschaft der Ausgestoßenen mit dem Ziel, uns gegenseitig zu schützen. Wir nannten uns ›Kinder der Schlange‹, und Nagaya wurde unsere Anführerin.«

»Aye«, sagte Ferghas leise, der sich ihren Bericht in Ruhe angehört hatte. »Aber du warst keine Ausgestoßene, Nichte. Du hattest eine Heimat, eine Familie. Warum bist du nicht zurückgekehrt?«

»Anfangs wollte ich das«, versicherte Catriona, »aber mit jedem Tag wurde der Wunsch schwächer, bis er schließlich ganz verblasste. Ich fürchte, ich habe euch alle vergessen – bis ich euch vorhin wiedersah. Da kam plötzlich alles zurück, alte Gefühle, alte Erinnerungen …«

»Nagayas Zauber«, meinte Dwethan.

»Aye«, stimmte Ferghas zu.

»Es ist wahr«, gestand die Nathaira. »Ich fühlte, dass du uns verlassen wolltest, Catriona, aber ich wollte nicht, dass das geschah. Also habe ich deinen Willen beeinflusst und dafür gesorgt, dass du bei uns bleibst.«

»Du hast meinen Willen beeinflusst?«, fragte Catriona vorwurfsvoll. »Du hast mich zu deiner Sklavin gemacht!«

»Das lag nicht in meiner Absicht, das musst du mir glauben. Ich hatte Angst, dass du nicht die Einzige sein könntest, die unsere Gemeinschaft verlässt … und dass ich dann wieder allein sein würde, so wie in all den Jahrhunderten zuvor.«

Catriona erwiderte nichts darauf.

Sicher war sie wütend, fühlte sich hintergangen und missbraucht – andererseits hatte sie der Nathaira ihre Flucht aus Smerada zu verdanken. Und eine Fügung des Schicksals hatte dafür gesorgt, dass sie ihren Gefährten dennoch wiederbegegnet war, allen Widrigkeiten zum Trotz.

»Aber warum?«, fragte Dag, der noch immer nicht begreifen konnte, dass er so gründlich getäuscht worden war. Niemals wäre ihm eingefallen, dass der draufgängerische Cailan in Wirklichkeit eine junge Frau gewesen war. Gewiss, die Ähnlichkeit der Stimmen hatte er bemerkt, aber das war bei Geschwistern nicht ungewöhnlich. Hatte er die Täuschung deswegen nicht bemerkt, weil er damals zu sehr damit beschäftigt gewesen war, sich im Selbstmitleid zu suhlen? Oder waren seine Fähigkeiten damals einfach noch nicht genügend ausgereift gewesen? »Warum hast du dich als dein Bruder ausgegeben? Wozu das alles?«

»Hättest du denn ein Mädchen mitgenommen?«, hielt Catriona dagegen. »Ich wollte mich bewähren.«

»Und Ferghas hat davon gewusst?«, fragte Aryanwen.

»Aye«, gab der Hochländer zu. »Anders als mein Bruder der alte Dickschädel habe ich von Beginn an gesehen, dass in Catrionas Brust das Herz eines Kriegers schlägt. Sie mag eine Frau sein, aber sie kann besser mit Klinge und Bogen umgehen als viele Krieger, die ich kenne. Ich wollte, dass sie endlich eine Chance bekommt, sich Ehre und Ruhm zu erwerben.«

Dag nickte. Erst jetzt wurde ihm klar, welche Verantwortung der alte Haudegen auf sich geladen hatte, indem er die Tochter des Stammeshäuptlings auf die Mission mitnahm. Und er begriff, warum sich Ferghas zunächst so dagegen gewehrt hatte, dass Alured und Cailan als Späher ausgesandt wurden. An diesem Tag hatten sie einander zum letzten Mal gesehen.

»Gibt es Nachricht von Alured?«, erkundigte sich Catriona leise. Dag glaubte, in ihrem Tonfall mehr zu erkennen als die bloße Sorge um einen Kameraden.

»Nein.« Er schüttelte den Kopf.

»Wir haben uns in Smerada getrennt«, erklärte sie. »Ich

sollte zu meinem Vater zurückkehren, während Alured sich an Bord eines Zwergenschiffes schleichen und Winmar über das Meer folgen wollte. Doch dann kam es zu jener Schlacht, und …«

»Wir haben nichts von ihm gehört«, erwiderte Dag leise. »Es tut mir leid. Aber ich verspreche dir, dass wir nach ihm suchen werden, sobald wir unser Kind gefunden haben.«

»Wir können die Suche also fortsetzen?«, fragte Aryanwen.

»Das können wir«, pflichtete Dwethan bei. »Und wir brauchen nicht mehr ziellos zu suchen.«

»Warum nicht?«

»Wegen dieses Gegenstandes, den ich in meinen Händen halte«, erklärte der Druide. »Es ist ein Elfenkristall.«

Aryanwen betrachtete ihn fasziniert. »So etwas habe ich noch nie gesehen.«

»Und ich schon sehr lange nicht mehr«, erwiderte Dwethan, und Dag begriff, dass dieser Elfenkristall der Grund dafür war, dass er die Gegenwart des alten Druiden plötzlich um so vieles deutlicher und stärker fühlen konnte.

Er rief sich ins Gedächtnis, was er in den Aufzeichnungen Königin Alannahs über Elfenkristalle gelesen hatte … Sie speicherten die Kraft des Lichts und der Schöpfung, bargen verborgene Kräfte für den, der sie zu nutzen verstand – und der alte Druide gehörte offenkundig zu jenen Eingeweihten …

»Er ist wunderschön«, flüsterte Aryanwen ergriffen. »An den Fernen Gestaden soll einst ein ganzer Palast existiert haben, der aus solchen Kristallen errichtet war.«

»Ich war auf jenem Eiland«, brachte Dag in Erinnerung. »Aber von solch einem Palast habe ich nichts gesehen.«

»Weil er zerstört wurde«, sagte Dwethan, »schon vor langer Zeit, im Zuge von Ereignissen, die …« Er verstummte plötzlich.

»Was ist?«, fragte Aryanwen. »Warum sprecht Ihr nicht weiter?«

»Weil nicht entscheidend ist, was einst war, sondern was kommt«, stellte der Druide klar. »Wir sollten unseren Blick auf wichtigere Dinge wenden. Nagaya, in deren Besitz sich dieser Kristall befindet, hat uns gestattet, ihn für unsere Suche zu benutzen.«

»Und wie?«, wollte Henquist wissen.

Der Druide zögerte einen Moment mit der Antwort.

»Indem er uns andere Orte zeigt«, erwiderte er dann rätselhaft, »und eine andere Zeit.«

15

»Scheiffe, tut daf weh.«

Dados Gesicht war schmerzverzerrt, während seine kurzen Finger dort in seinem Mund herumstocherten, wo sich noch vor Kurzem ein Eckzahn befunden hatte. Ein blutiges Rinnsal lief aus seinem Mundwinkel und sickerte durch seinen spärlichen Bart.

»Trag's mit Fassung«, empfahl Waldrada ihm ohne erkennbares Mitleid. »Dein Opfer hat uns den Einlass in den Festungskern gewährt. Du kannst stolz auf dich sein.«

Dado zog die Hand aus dem Mund und kniff die Lippen zusammen. Tränen nur mühsam unterdrückten Schmerzes standen ihm in den Augen. Ob er tatsächlich Stolz empfand, stand zu bezweifeln – hätte er die Wahl gehabt, hätte er seinen Eckzahn wohl lieber behalten, als ihn beim Sturz über die Fußeisen zu verlieren. Aber es stand außer Frage, dass die Vorstellung, die sie den Torwächtern geliefert hatten, damit noch um vieles wirklichkeitsnäher gewirkt hatte.

Noch ein gutes Stück waren sie dem Hauptstollen gefolgt. In den alten Tagen war dieser Bereich der Festung der am meisten belebte gewesen. Händler hatten in den Markthallen ihre Waren feilgeboten, Schmiede und Steinmetze sich auf dem Weg zu ihrer Arbeit getroffen. Nun gehörte der innerste Kern den Alchemisten, auf dass Ansgar – Lord Ansgar, wie er sich inzwischen nennen ließ – und seine verkommenen Schergen dort in Ruhe ihren Machenschaften nachgehen konnten.

»Wir hätten das längst tun sollen«, war Bertin überzeugt, während er Waffen aus der Kaldrone lud. Er hatte das Kampfgefährt in einem Seitengang abgestellt – ohne den Koloss an ihrer Seite mochten die Freiheitskämpfer zwar sehr viel verwundbarer sein, allerdings auch sehr viel weniger Aufmerksamkeit erregen. »Wir brauchen Klarheit, müssen endlich wissen, was hier unten vor sich geht. Nur so können wir Ansgar und seine Brut bekämpfen.«

»Sie bekämpfen, ja.« Runward schickte ihm einen düsteren Blick. »Das ist und bleibt Wahnsinn! Sieh uns doch nur einmal an. Wir haben nicht die geringste Aussicht, unseren Feinden beizukommen.«

»Warum hast du das nicht gleich gesagt?«, fragte Waldrada.

»Ich habe es gesagt.«

»Schon gut«, beschwichtigte Bertin seine Leute, während er sich selbst mit Donnerbüchse und Hammer bewaffnete. Dann schloss er sorgfältig das Einstiegsvisier der Kaldrone. Wenn jemand sie zufällig entdeckte, würde er womöglich noch nicht einmal sofort Verdacht schöpfen. Vielleicht sorgte das Runenzeichen ja sogar dafür, dass sich die Wachen von der Kaldrone fernhielten, weil sie annahmen, dass sich ein schweigender Schatten in ihrem Inneren befand.

Bertin sprang vom Trittbrett auf den Boden. Martog hängte er sich über die Schulter, die Donnerbüchse behielt er in den Händen, bereit, sie sprechen zu lassen.

»Welche Richtung?«, wollte Runward wissen.

»Zum Thronsaal. Je tiefer wir hineingelangen, desto besser.«

»Und wie kommen wir wieder heraus?«

»Darüber denken wir nach, wenn es so weit ist«, erwiderte Bertin grimmig.

»Also gar nicht.« Mit einem resignierenden Schnauben

wandte sich Runward ab und ging der kleinen Gruppe voraus.

Er schloss zu ihm auf, gefolgt von Waldrada und Dankrad. Dado, der noch immer seinem verlorenen Zahn nachtrauerte, bildete das Ende des kleinen Zuges.

Ihr Weg führte die fünf Zwerge tief hinein nach Gorta Ruun, durch die verlassenen, von Lichtsteinen spärlich beleuchteten Stollen. Das frohe Gelächter, das früher hier geherrscht hatte, war verstummt, ebenso wie die vielen Stimmen, deren Widerhall diese Stollen einst erfüllte.

»Wo sind eigentlich alle hin?«, fragte Dado und vergaß darüber sogar seinen Zahnschmerz. »Im Inneren Kern lebten einst Tausende von Zwergen.«

»Vertrieben.« Runward zuckte mit den Schultern. »Geflüchtet. Was weiß ich?«

»Als die Alchemisten an die Macht gelangten, flohen viele Zwerge mit ihren Familien aus dem Kern«, wusste Waldrada zu berichten. »Manche blieben auch und schickten lediglich ihre Frauen und Kinder zu Verwandten in die höher gelegenen Ebenen.«

»Bis Ansgar die Tore schließen und den inneren Kern abriegeln ließ«, fügte Bertin hinzu. »Seither sind die Tore geschlossen und werden von seinen Wachen kontrolliert.«

»Schön, und warum ist dann niemand hier?«, verlangte Runward zu wissen.

»Sei doch froh«, meinte Dankrad, »sonst hätte man uns längst entdeckt.«

»Aber ich würde trotzdem gerne wissen, wo sie alle geblieben sind.«

»Es war ein Fehler, erst jetzt hierherzukommen«, meinte Bertin. »Wir hätten schon viel früher nach dem Rechten sehen müssen, statt in den oberen Ebenen einen sinnlosen Kleinkrieg zu führen.«

»Sinnlos würde ich ihn nicht nennen«, meinte Dankrad. »Wir haben den Giftmischern ganz ordentlich zugesetzt.«

»Das dachten wir«, stimmte Bertin zu. »In Wirklichkeit waren es wirkungslose Nadelstiche, während sie hier unten weiter ungestört ihr Unwesen treiben konnten.«

»Komm schon, was soll das?«, redete Waldrada ihm zu. »Hör auf, dich mit Vorwürfen zu quälen. Du hast getan, was du konntest … was wir konnten.«

»In der Tat«, stimmte Runward grimmig zu. »Wären wir früher hergekommen, hätte man uns nur schon früher getötet.«

»Noch sind wir am Leben«, erinnerte ihn Bertin. Dennoch hatte auch er das Gefühl, dass ihn etwas niederdrückte, ein Gefühl ständiger Bedrohung, fast als ob sie von jemandem beobachtet wurden.

Oder von etwas …

Die Schattenwesen kamen ihm wieder in den Sinn. Im schwachen Leuchten, das die in regelmäßigen Abständen in den Boden eingelassenen Lichtsteine verbreiteten, blickte er sich argwöhnisch um, fasste den Schaft der Donnerbüchse fester. Waren sie womöglich bereits hier? Beobachteten sie sie? Lauerten auf eine günstige Gelegenheit um zuzuschlagen?

»Ich will nach Haufe«, drang Dados Stimme heiser vom Ende des Zuges.

»Wir *sind* zu Hause«, verbesserte Bertin.

Doch es klang alles andere als beruhigend.

16

Sie hatten sich in einem Nebengewölbe der uralten, aus Dutzenden von Höhlen bestehenden Grabanlage versammelt.

Die Wände waren mit Nischen versehen, die mit uralten Symbolen beschriftet waren und in denen die sterblichen Überreste einstmals mächtiger Elfenkrieger aufbewahrt wurden, in tönernen Urnen, deren kunstvolle Bearbeitung auch nach all den Jahrtausenden noch höchste Anerkennung abnötigte.

In der Mitte gab es einen steinernen Opfertisch, dorthin hatte Dwethan den Kristall gelegt; Dag und Aryanwen standen ihm am anderen Ende des Tisches gegenüber. Auch Ferghas, Henquist, Catriona und Lyrx waren zugegen, sowie Nagaya, die aufrecht auf ihrem eingerollten Schlangenkörper ruhte.

»In all den Jahren«, sagte sie, »habe ich immer geahnt, dass der Elfenkristall eine Bestimmung hat. Nun scheint sie sich endlich zu offenbaren.«

»Wir werden sehen«, antwortete Dwethan. »Die Fähigkeit, in die Zukunft zu blicken, ist keine leichte Gabe. Oft genug zeigt uns der Kristall nicht das, was wir sehen wollen, führt uns stattdessen in andere Orte und Zeiten. Es wird unser aller Anstrengung bedürfen, das Kind zu finden.«

»Was können wir dafür tun?«, fragte Aryanwen.

»Nehmt einander bei den Händen. Lasst uns einen Kreis formen, auf dass die Wirkung des Kristalls verstärkt werde.«

»Aber – ich bin kein Seher«, wandte Henquist ein.

»Aye«, stimmte Ferghas zu, »ich ebenfalls nicht. Wenn es einen Feind zu bekämpfen gilt, dann gebt mir eine Axt oder ein gutes Schwert. Aber von solchen Dingen habe ich keine Ahnung.«

»Die Urkraft des Kristalls ist das Leben«, entgegnete Dwethan ruhig, »und nur das Leben selbst vermag sie hervorzurufen. Es bedarf keiner besonderen Begabung, werte Freunde, außer des unerschüttlichen Lebenswillens, den ihr immer wieder bewiesen habt. Vertraut euch also dem Kristall an und lasst die Kraft fließen.«

Dag merkte, wie Aryanwen ihn an der Hand fasste. Mit der anderen griff er um sich und bekam Nagayas Hand zu fassen. Sie unterschied sich in nichts von der eines Menschen, mit einer Ausnahme: sie war eiskalt …

»Nun«, sagte Dwethan leise, »nachdem wir unseren Kreis aus Fleisch und Blut geformt haben, können wir versuchen, einen Blick durch die Nebel der Zeit zu wagen, an andere Orte, die noch weit entfernt sind.«

Dag glaubte zu fühlen, wie ihn etwas durchfloss, eine Energie, die er zuvor nie verspürt hatte. Im geheimen Buch von Königin Alannah hatte er manches Wundersame über Elfenkristalle gelesen, als Erfinder und Mann der Wissenschaft, als der er sich noch immer sah, widerstrebte es ihm allerdings, an Zauberei und andere übernatürliche Dinge zu glauben. Andererseits hatte er in den letzten Jahren genug erlebt, das er früher schlicht für unmöglich gehalten hätte.

Dwethan begann zu sprechen – oder war es Gesang, der aus dem Mund des Alten drang? Dag nahm an, dass es Altelfisch war, aber der Druide sprach es so schnell und flüssig, dass sich eine Art Sprechgesang ergab, in dem einzelne Worte nicht mehr zu erkennen waren. Dem Klang nach handelte es sich um uralte Beschwörungsformeln – und sie schienen zu wirken.

»Dag«, hauchte Aryanwen und drückte seine Hand. »Spürst du es?«

»Was?«

»Der Kristall ... er beginnt zu leuchten!«

Auch Dag konnte wahrnehmen, dass es in dem Gewölbe heller wurde. Im selben Maß, in dem das Leuchten des Kristalls zunahm, intensivierte sich auch Dewthans Beschwörung, bis sie zuletzt zu einem dumpfen Gesang anschwoll, der gleichwohl nichts Bedrohliches hatte. Für Dag hörte es sich vielmehr an, als hätte der sie umgebende Fels eine Stimme gefunden, als wäre es Erdwelt selbst, das den Elfenkristall beschwor, in einer Zeremonie, die so alt war wie der Kontinent selbst.

»Er versucht, mit dem Kristall zu verschmelzen«, flüsterte er. »Er will mit ihm eins werden.«

»Jetzt streckt er die Hand danach aus«, berichtete Aryanwen atemlos. »Gleich berührt er ihn ...«

Plötzlich überstürzten sich die Ereignisse.

Gleißender Lichtschein flammte auf, so hell, dass selbst Dag ihn wahrnahm, und für einen Moment hatte er das Gefühl, die Silhouette des Druiden darin zu sehen. Gleichzeitig schrie Dwethan gequält auf.

»Was ist geschehen?«, wollte Dag wissen.

»Das Licht des Kristalls«, stieß Aryanwen atemlos hervor. »Es ... es hat ihn eingehüllt. Er ist kaum noch zu erkennen!«

Dag versuchte, auf seine Weise zu sehen. Er konzentrierte sich, suchte den Druiden in all dem gleißenden Licht ...

... und prallte entsetzt zurück, als er ihn fand.

Bilder zuckten durch sein Bewusstsein, Eindrücke, von denen er wusste, dass sie aus ferner Vergangenheit stammten.

Ein junger Mann mit blasser Haut und asketischen Zügen … Das blonde Haar reichte ihm bis zu den Schultern, in seinen blauen Augen loderte eisiges Feuer.

Ein Elf, schoss es Dag durch den Kopf.

Plötzlich begann sich das Gesicht des Mannes zu verändern, wurde schwarz und unansehnlich, von Narben übersät … und im nächsten Moment war es verschwunden.

»Dwethan fühlt Schmerz, tiefen Schmerz«, stieß Dag hervor. Er wusste nicht, was das Trugbild zu bedeuten hatte, aber plötzlich überkam ihn grenzenlose Angst. »Wir müssen ihn da rausholen!«

Ohne über die Folgen nachzudenken, riss er sich von Aryanwen los und wollte vortreten, um Dwethan zu Hilfe zu eilen. Doch die andere Hand ließ ihn nicht los.

Nagaya …

»Tu es nicht«, sagte die Nathaira.

»Aber ich muss ihm helfen!«

»Du wirst sterben, das ist alles. Denke an das Kind, dem du ein Vater sein willst!«

Dag hielt inne. Dwethans Schreie waren inzwischen verstummt, aber das Licht war noch immer da, erfüllte das Gewölbe mit gleißendem Schein – wie lange, vermochte Dag nicht festzustellen.

Dauerte es eine Stunde?

Einen ganzen Tag?

Oder nur Augenblicke?

Es war, als hätte der Kristall die Zeit angehalten, als wäre die ganze Höhle ihr entrückt, so wie die Insel, auf der die Orks Balbok und Rammar rund fünf Jahrhunderte überdauert hatten. Hätte Dag sie doch für immer auf ihrem Eiland gelassen. Wäre dann alles anders gekommen?

Irgendwann erlosch das Licht, und die Grabkammer fiel in das alte, nur von Fackeln erhellte Halbdunkel zurück, das jetzt noch um vieles düsterer erschien als zuvor.

Zu seiner eigenen Verblüffung fand sich Dag auf dem Boden liegend wieder – offenbar hatte er das Bewusstsein verloren.

»Aryanwen?«

»Ich bin hier«, erklang es unmittelbar neben ihm. Dem Stöhnen entnahm er, dass es ihr ebenso ergangen war. Auch Catriona, Nagaya und die anderen gaben Lebenszeichen, sie alle schienen von der Macht des Elfenkristalls überwältigt worden zu sein – und Dwethan?

»Druide!«, rief Dag, während er sich am Tisch emporzog und auf die Beine raffte. »Wo seid Ihr?«

»Sorgt euch nicht«, kam es vom anderen Ende der steinernen Tafel zurück. Der alte Mann war hörbar erschöpft, schien aber wohlbehalten. »Es ist alles in Ordnung«, versicherte er. »Es geht mir gut. Nun, soweit es einem alten Mann gut gehen kann, der die Macht des Kristalls gespürt hat.«

»Wart Ihr erfolgreich?«, wollte Aryanwen wissen. »Konntet Ihr ...?«

»Dank der Hilfe des Kristalls habe ich an weit entfernte Orte geblickt.«

»Kommt schon, was habt Ihr gesehen?«, drängte Dag. »Habt Ihr eine Spur unseres Kindes gefunden?«

»Das habe ich.«

Völlige Stille trat ein.

Dag spürte, dass Aryanwens Hand nach der seinen suchte. Er ergriff sie und hielt sie fest.

»Und weiter?«, hauchte Aryanwen.

»Eure Tochter lebt«, eröffnete Dwethan, und Dag spürte, dass der alte Druide dabei lächelte. »Sie ist wohlauf und befindet sich noch immer in der Obhut der beiden Orks.«

»Den Ahnen sei gedankt«, schluchzte Aryanwen, deren Anspannung sich in heißen Tränen entlud. Sie umarmte Dag, erleichtert und voller Dankbarkeit – aber Dag ahnte, dass das noch nicht alles war. War da nicht ein gewisser Vorbehalt in der Stimme des Druiden zu hören gewesen?

»Was noch?«, hakte er nach. »Das ist nicht die ganze Wahrheit.«

»Du hast gelernt, dein Gehör gut zu nutzen«, anerkannte Dwethan. »Tatsächlich gibt es eine … unerwartete Entwicklung. Die Orks und das Kind sind nicht in der Modermark, wie wir dachten, sondern weit davon entfernt.«

Dag schnaubte. »Wo?«

»Jenseits des großen Gebirges«, war die niederschmetternde Antwort. »Im Ewigen Eis der Yngaia.«

»Was?« Aryanwen erschrak. »Seid Ihr sicher?«

»Anfangs wusste ich nicht einzuordnen, was der Kristall mir zeigte. Ich sah das Eis und spürte die Kälte, aber ich wusste nicht, wo ich mich befand – bis ich sie endlich erblickte: Die Ruinen des Eistempels von Shakara. Dorthin haben sich die Orks mit dem Kind zurückgezogen.«

»Wieso das denn, verdammt?«, knurrte Ferghas.

»Ich weiß es nicht.« Dwethan schüttelte den Kopf. »Die Handlungen der Unholde sind schwer zu durchschauen. Allzu oft ergeben sie keinen Sinn.«

»Vielleicht waren sie vor etwas auf der Flucht?«, gab Aryanwen zu bedenken.

»Und da gehen diese Idioten ausgerechnet dorthin, wo Eisbarbaren hausen und Frostriesen wüten und sogar das Wetter und das Land selbst unerbittliche Feinde sind?«, fragte Dag.

»Offensichtlich.«

Er stieß eine Verwünschung aus.

»Seien wir froh, dass wir endlich Gewissheit haben«, meinte Aryanwen. »Unser Kind ist am Leben, was mehr können wir uns wünschen? Wir werden nach Shakara gehen und es zurückholen.«

»Stellt euch das nicht zu einfach vor«, wandte Nagaya ein. »Der Weg nach Shakara ist weit und beschwerlich. Ein Marsch von acht Wochen, der Euch durch das Gebiet der Zwerge führt und über ihre Pässe – gut möglich, dass ihr es niemals schafft. Und wenn doch, erwarten euch auf der anderen Seite des Scharfgebirges nur noch mehr Gefahren.«

»Verdammte Unholde«, wetterte Dag. »Ich hätte sie aus dem Luftschiff werfen sollen, als ich die Gelegenheit dazu hatte, als überflüssigen Ballast, dann …« Er verstummte plötzlich. »Augenblick mal!«

»Was hast du?«, wollte Aryanwen wissen.

»Der Landweg nach Shakara mag weit und beschwerlich sein«, erwiderte Dag, »aber …«

»Aber?«, hakte Catriona nach, als er nicht weitersprach.

Dag zögerte. Eben noch schien ihm die Idee ein guter Einfall gewesen zu sein. Inzwischen hatte er den Verdacht, dass sie weniger seiner Erfindungsgabe als vielmehr schierer Verzweiflung entsprungen war … »Aber es gibt auch noch andere Wege, die uns offenstehen«, eröffnete er dennoch.

»Doch nicht etwa …?«, fragte Aryanwen.

»Es funktioniert, ich habe es mehrfach bewiesen«, brachte Dag in Erinnerung. »Ich habe wiederholt Schiffe gebaut, die durch die Luft geflogen sind, zuletzt bei der Schlacht um Ansun. Und ich bin damit über das Südmeer geflogen.«

»Aber noch niemals in so großer Höhe und bei solcher Kälte«, gab Aryanwen zu bedenken.

»Es käme auf einen Versuch an«, meinte Dag trotzig.

»Und woraus willst du dein Luftschiff bauen?«, fragte Dwethan, der ebenfalls zu zweifeln schien.

»Was wird dazu benötigt?«, wollte Nagaya wissen.

»Leichtes Holz, dazu Riemen und Seile«, erwiderte Dag.

»Das sollte keine Schwierigkeiten darstellen.«

»Und außerdem etwas, woraus sich die Luftblase fertigen lässt, ein Material, das ebenso leicht ist wie widerstandsfähig …«

»… wie meine abgestoßene Schlangenhaut«, sagte die Nathaira.

Dag nickte. »Möglicherweise.«

»Was immer wir für euch tun können, werden wir tun. Euer Feind ist auch der unsere.«

»Danke, Nagaya.« Dag streckte die Hand aus, und die Schlangenfrau ergriff sie.

»Das erste Mal, dass ich einem Menschen die Hand in Freundschaft reiche«, sagte sie dazu.

»Also gut, es ist beschlossen«, meinte Dwethan grimmig. »Wir werden versuchen, das Scharfgebirge auf dem Luftweg zu überwinden.«

»Ich möchte euch begleiten«, sagte Catriona.

»Geh«, stimmte Nagaya zu. »Es war falsch, dich zu halten. Und ich werde euch Lyrx als Begleiter mitgeben.«

»Mich?«, fragte der Gestaltwandler und klang ein wenig elend dabei. »Aber …«

»Deine Fähigkeit wird ihnen von großem Nutzen sein«, sagte die Nagaya zu ihm.

»Natürlich wird sie das«, entgegnete der Wechselbalg verärgert. Damit schien die Sache erledigt.

»Aye«, knurrte Ferghas, »dann geht die Suche also weiter.«

»In der Tat«, stimmte Dag zu. »Und zum ersten Mal haben wir eine verlässliche Spur.«

Obschon er erschöpft war, obwohl anstrengende Tage hinter ihnen lagen und vermutlich noch anstrengendere vor ihnen, obgleich sie dabei waren, sich in Todesgefahr zu begeben, fühlte er wieder Kraft und Zuversicht – und das nicht nur, weil Dwethan ihnen mithilfe des Elfenkristalls den Weg gewiesen hatte.

Sondern auch, weil er in dem Augenblick, da der Druide mit dem Kristall verschmolzen war, für einen kurzen Augenblick selbst ins ferne Shakara geblickt hatte.

Und er hatte das Kind ebenfalls gesehen.

BUCH II

Barawydi'y'cerac

(Brüder des Zorns)

I

Was für eine beshnorshte Idee, hierherzukommen! Was hast du zu deiner Verteidigung zu sagen, dämlicher *umbal*?«

Rammar gab sich alle Mühe, gegen den heulenden Wind anzuschreien, der über das weiße Ödland strich und wirbelnde Schneeflocken herantrug – bei seinem Bruder, der ein Stück vor ihm ging und das Gelände sondierte, kam dennoch nichts davon an. Entsprechend marschierte er einfach weiter, das mit einer Fellmütze bedeckte Haupt zwischen die schmalen Schultern gezogen und das kantige Kinn vorgereckt, um dem Wind auf diese Weise weniger Widerstand zu bieten.

»Wenn es so weitergeht, wird das ein ausgemachter Sturm«, zeterte Rammar weiter, der mit dem zottigen Fell, das um seinen feisten Körper gewickelt war, ein wenig wie ein Pelzknäuel auf zwei Beinen aussah – allerdings ein ziemlich großes. Auf seinem breiten Rücken trug er ein ebenfalls in Fell gewickeltes Bündel, aus dem das (in seinen Augen grottenhässliche) Gesichtchen eines Menschenkindes blickte. Inzwischen war das Mädchen zwei Jahre alt und hörte, zu Rammars höchstem Verdruss, noch immer auf den Namen Alannah … »Wenn der Schneesturm losbricht und wir immer noch hier draußen sind, werden wir elend erfrieren!«

Zumindest das hatte Balbok gehört. *»Korr«*, bestätigte der große Ork, dessen hagere Erscheinung das genaue Gegenteil von der seines Bruders war. »*Mathum* kann nicht weit weg sein. Vorhin waren seine Spuren noch zu sehen.«

»*Korr*«, äffte Rammar ihn missmutig nach, »und jetzt sind sie nicht mehr zu sehen! Ist ja auch kein Wunder bei dem Schneefall! Wer weiß, wo du uns hinführst, Halbhirn!«

Balbok legte den Kopf schief. Das spärliche Haar, das unter der Mütze hervorlugte, wehte im eisigen Wind. »Willst du lieber mit leerem Magen zurück zum Lager?«, fragte er dagegen.

»Und noch eine Nacht hungern? Das wäre ja noch schöner! Aber ich habe auch keine Lust, mir hier draußen den *asar* abzufrieren, geht das in deinen hässlichen Schädel?«

»... Schädel?«, echote die kleine Alannah auf Rammars Rücken.

»Dann kehr halt um«, meinte Balbok achselzuckend. »Ich komme nach, sobald ich *mathum* erlegt habe.«

Rammar schnitt eine Grimasse. Einerseits gefiel ihm der Gedanke, ins Lager zurückzukehren und sich dort an einem Feuer zu wärmen. Andererseits war der Schneefall inzwischen noch stärker geworden, sodass man kaum noch etwas sehen konnte. Nach fünfzig Schritten verschwand alles hinter einer weißen Wand aus Nebel und Schnee. Wenn Rammar ehrlich war, musste er sich eingestehen, dass er keine Ahnung mehr hatte, in welcher Richtung sich das Lager befand.

»*Douk*«, widersprach er deshalb. »Ich werde bei dir bleiben und dir helfen. Schließlich bist du ohne mich völlig hilflos. Aber ich warne dich, Hirntod! Wenn wir nicht zurückfinden, ist das einzig und allein deine Schuld, verstanden?«

»*Korr*«, erwiderte der Hagere nur, schulterte seinen *saparak** und ging weiter.

* traditionelle orkische Waffe

Rammar warf noch einen letzten misstrauischen Blick über die Schulter – und traute seinen eitrigen, blutunterlaufenen Augen nicht! Denn aus dem immer dichter werdenden Schneegestöber löste sich etwas, das aussah wie …

»Bei Borsh dem Stinkfisch«, stieß der dicke Ork hervor, der sich einen Augenblick lang fragte, ob sein Gehirn gerade vor Kälte einfror, oder ob er einfach nur zu viel Zeit an der Seite seines geistig minderbemittelten Bruders verbracht hatte. Denn das, was sich dort aus Schnee und Nebelschleiern schälte, war unzweifelhaft ein …

»Lonk!«, rief er aus. »Ein Schiff! Ein Schiff kommt auf uns zu! Hörst du mich nicht, du elender *umbal*?«

»… umbal?«

Erst Alannahs Echo brachte Balbok dazu, stehen zu bleiben und sich umzudrehen – und mit vor Schreck geweiteten Augen zu erkennen, dass sein Bruder recht hatte.

Aus dem dichten Schneetreiben kam tatsächlich etwas, das wie ein Schiff aussah, mit hoch aufragendem Rumpf und angetrieben von einem aus Tierhäuten bestehenden Segel, das schemenhaft darüber aufragte.

Einen Augenblick lang war auch Balbok wie gefangen von dem Anblick, zumal er an die Blutgaleere Kuruls des Donnerers denken musste – aber dann hörte er das wütende Kampfgebrüll, und ihm wurde klar, dass das Schiff, das dort scheinbar durch zu Eis erstarrte Wellen glitt, in Wirklichkeit ein Eissegler war. Das bevorzugte Fortbewegungsmittel der Milchgesichter, die diesen entlegenen Landstrich bewohnten, nämlich blutrünstige Eisbarbaren!

»Uh-oh«, entfuhr es ihm.

»Worauf wartest du noch, du langes Elend?«, rief Rammar, während er bereits herumfuhr und auf seinen kurzen Beinen die Flucht ergriff. »Lauf!«

Balbok tat, wie ihm geheißen, zumal aus dem Nebel etwas

herangeflogen kam und sich unmittelbar neben ihm in den Schnee bohrte – ein Speer!

Er packte den Schaft und zog ihn heraus, schleuderte ihn kurzerhand zurück. Ein erstickter Schrei zeugte davon, dass er getroffen hatte – nun hatte er noch einen Grund mehr, vor den Eisbarbaren die Flucht zu ergreifen. Da seine Beine sehr viel länger waren und er außerdem sehr viel weniger Gewicht zu tragen hatte, holte er seinen Bruder rasch ein.

»Du ... hast es ... gut ...«, stieß Rammar schnaufend hervor. »Ich muss ja ... auch noch ... das Balg tragen«, fügte er im Hinblick auf Alannah hinzu, die in der Trage auf seinem Rücken saß und den Ernst der Lage gar nicht mitbekam. Im Gegenteil schien sie alles für einen gelungenen Scherz ihrer grüngesichtigen Ziehväter zu halten. Sie gluckste erheitert, weil es so wild auf und ab ging, während ein Rudel Pfeile aus dem Nebel heranzuckte ...

Die Geschosse bohrten sich dort in den Schnee, wo sich eben noch die Füße der Orks befunden hatten. Die Eisbarbaren hatten ihr Segel seitlich in den Wind gebracht und versuchten nun, die Flüchtlinge zu überholen, um ihnen dann den Weg abzuschneiden.

Balbok reagierte mit einer Geistesgegenwart, die sogar seinem Bruder Anerkennung abnötigte. Er brach zur Seite aus, so schnell, dass Rammar Mühe hatte, ihm auf den Fersen zu bleiben.

»Warte ... gefälligst ... auf mich«, raunzte der Feiste, »wie soll ich ... sonst auf dich ... aufpassen?«

Unter dem Eindruck dieser Drohung verlangsamte Balbok seinen Schritt ein wenig, was Rammar allerdings nur dazu nutzte, ihn mit einer weiteren Schimpfkanonade zu überziehen.

»Das alles ... ist deine Schuld! Du wolltest ... unbedingt raus ... um zu jagen!«

»Du wolltest was zu fressen«, brachte Balbok in Erinnerung.

»Aber doch nicht gefressen *werden*!«, hielt Rammar dagegen. »Was glaubst du wohl ... werden die mit uns tun ... wenn sie uns kriegen? Ein Knochensack wie du ... hat ja nichts zu verlieren ... aber eine stattliche Erscheinung wie ich ...«

Von der rechten Seite erklang ein gellendes Heulen. Der Eissegler hatte sie eingeholt und änderte jetzt seinen Kurs, um ihnen den Weg abzuschneiden. Der Pfeilbeschuss hatte ausgesetzt, die Milchgesichter hatten offenbar beschlossen, ihre Beute lieber zu Tode zu hetzen ...

»Shnorsh!«, brüllte Rammar. »Balbok?«

»Rammar?«

»Unternimm gefälligst etwas ... sonst spreche ich nie wieder ... ein Wort mit dir ... du dämlicher Lulatsch!«

»... dämlicher Lulatsch!«

Balbok änderte daraufhin abermals seine Laufrichtung, während sein keuchender Bruder versuchte, ihm zu folgen. Der Eissegler jedoch kam immer näher, auf seinen Kufen glitt er pfeilschnell durch den Schnee.

Die Männer an Bord begannen höhnisch zu lachen, weil sie ihre Beute sicher glaubten, was Rammar dazu brachte, trotz seiner offenkundig knappen Atemluft in ein weiteres Lamento zu verfallen. »Das hast du ... nun davon! Ich habe dir gesagt ... dass es eine dämliche Idee ist ... hierherzukommen ... und das alles nur für einen Traum ... als ob sich irgendein Ghul dafür ... interessieren würde ... was ein hirntoter *umbal* wie du ... in der Nacht tr...«

Den Rest brachte er nicht mehr über die wulstigen Lippen, denn plötzlich gab der Boden unter seinen Füßen nach.

»Balbok!«, brüllte er noch, während er entsetzt sah, wie sein Bruder in eine Eisspalte fiel, die von Schnee bedeckt und im allgegenwärtigen Weiß nicht zu erkennen gewesen war – dann wurde er auch schon selbst davon verschlungen.

Rammar schrie wie eine angestochene Wildsau, während er stürzte. Zweimal überschlug er sich in der Luft, ehe er bäuchlings auftraf. Da seine Vorderseite gut gepolstert war, fiel die Landung entsprechend weich aus, vor allem für die kleine Alannah, die auf seinem Rücken vor Vergnügen johlte.

Allerdings schlug er ziemlich hart mit dem Kinn auf, und als er sich aufsetzte, um seine geschundenen Knochen zu sortieren, fühlte er einen ziemlich hässlichen Schmerz im Unterkiefer. In alter Gewohnheit wollte er in eine lautstarke Verwünschung ausbrechen, nur um festzustellen, dass sein Kiefer ihm nicht gehorchte. Was Rammar von sich gab, klang, als hätte er zu viel Blutbier getrunken, sein Kiefer hing herab wie der Schwanz eines toten Wargs. Erschrocken griff er sich an die Kinnlade und klappte sie auf und zu, was jedoch nichts brachte außer weiteren grässlichen Schmerzen. Offenbar hatte er sich den Kiefer ausgerenkt.

Rammar verfiel in wütendes Heulen.

»Warte«, meinte Balbok, der den Sturz ungleich besser überstanden hatte und auf den Beinen gelandet war. Kurzerhand ballte er die Faust, holte aus und schlug kraftvoll zu.

Rammar kam noch dazu, die Augen entsetzt aufzureißen, dann krachte es auch schon in seinem Kiefer. Heftiger Schmerz fuhr vom Kinn in den Nacken und von dort direkt in den großen Zeh, sodass dem dicken Ork blanker Zorn in die Adern schoss.

»Du dämlicher *umbal*!«, fuhr er seinen Bruder an. »Was hast du nun wieder ange…«

Er unterbrach sich, als ihm klar wurde, dass sein Unterkiefer offenbar wieder seinen Dienst versah. Er griff sich ans breite Kinn und prüfte den Sitz – alles an Ort und Stelle.

»Dein Glück«, knurrte Rammar säuerlich. »Aber ein *umbal* bleibst du trotzdem.«

»Natürlich«, machte Balbok nur.

»Schau dich doch nur einmal um«, forderte Rammar ihn auf, auf die sie umgebende Eishöhle deutend, in die sie unversehens gestürzt waren. Der Spalt war gut fünf Orklängen über ihnen als gezackter grauer Strich zu sehen. »Wie sollen wir jemals wieder hier rauskommen?«

»Das werden wir sehen«, meinte Balbok und kratzte sich am langen Kinn. »Erst mal sollten wir froh sein, dass wir den Milchgesichtern entkommen sind.«

»Und? Was nützt das, wenn wir hier unten festsitzen?«

»Fürs Erste sind wir jedenfalls sicher«, beharrte Balbok.

In diesem Moment war aus der Tiefe der Eishöhle ein dunkles, durchdringendes Knurren zu hören.

Alannah heulte erschrocken auf.

»Glaubst du das wirklich?«, fragte Rammar.

2

Sie waren den Stollen weiter gefolgt, hatten Tunnels und Säulengänge passiert, Brücken und Hallen, während sie sich weiter auf den Thronsaal zubewegten – und noch immer waren sie niemandem begegnet.

Das Gefühl von Bedrohung, das Bertin schon vorher wahrgenommen hatte, hatte sich noch verstärkt, und mit ihm der Eindruck, dass etwas Schreckliches vor sich ging an diesem Ort, der die Wiege des Zwergenvolks war. Die Frage, wohin all die Männer und Frauen verschwunden waren, die diese Hallen einst bevölkert hatten, war nach wie vor unbeantwortet, und je länger sie durch die verlassenen Stollen irrten, desto mehr fürchtete sich Bertin davor, die Antwort zu finden.

Seinen Gefährten ging es nicht anders. Dado wäre am liebsten umgekehrt, Runward schien ohnehin überzeugt davon zu sein, dass diese Expedition ins Herz der Finsternis ihrer aller Ende wäre; Waldrada und Dankrad leisteten Bertins Befehlen zwar widerspruchslos Folge, aber auch sie fühlten das Böse, das in diesen alten Stollen herrschte.

Als es ihnen schließlich begegnete, traf es sie dennoch unvorbereitet, denn es kam in gänzlich anderer Gestalt, als sie es angenommen hatten.

Ihre Waffen in den Händen, hatten die Freiheitskämpfer damit gerechnet, auf Widerstand zu stoßen – auf Wachen, Alchemisten, vielleicht sogar Kaldronen. Doch auf das, was ihnen aus der Tiefe des Stollens entgegenkam, waren sie nicht gefasst.

»Schritte«, zischte Bertin, der vorausgegangen war.

Seine Leute reagierten augenblicklich. Sie waren gewohnt, im Untergrund zu kämpfen und aus dem Verborgenen heraus zuzuschlagen. Vom einen Augenblick zum anderen ein Versteck zu finden und zu verschwinden, gehörte zum Einmaleins des täglichen Überlebens.

Während sich Waldrada und Dankrad zwischen zwei Säulen in eine Nische flüchteten, schlüpfte Runward hinter eine der großen Steinsanduhren, die überall in der Festung anzutreffen waren und dem Zwergenvolk in glücklicheren Tagen die Zeit angezeigt hatten. Von den *Tidveki*, den Zeitwächtern, deren Aufgabe es einst gewesen war, die Uhren in regelmäßigen Abständen zu drehen, fehlte jedoch jede Spur. Die Sanduhren waren verwaist und verfielen, genau wie alles andere.

Bertin überlegte kurz, wohin er sich flüchten sollte, dann hastete er einige Schritte zurück, packte Dado, der einmal mehr das Schlusslicht bildete, am Kragen und zog ihn in einen Seitenstollen. Dort verharrten sie, mit pochendem Herzen und sich eng an die steinerne Wand pressend, während sich die Schritte näherten.

Keine entschlossenen, stampfenden Schritte wie von kampfbereiten Kriegern. Auch war kein Klirren von Waffen oder Kettenhemden zu hören. Die Schritte waren langsam und schleppend, und je lauter sie wurden, desto weniger hatte Bertin eine Vorstellung davon, was sich da näherte.

Schatten wurden im Hauptgang sichtbar, aber sie sahen wenig bedrohlich aus – keine Silhouetten bis an die Zähne bewaffneter Krieger, die im Gleichschritt marschierten, vielmehr ein wirres Knäuel von Gestalten. Im Halbdunkel des Nebenstollens wechselten Bertin und Dado einen Blick. Keiner von ihnen konnte sich einen Reim auf all das machen.

Jetzt konnten sie heisere Atemzüge und leises Stöhnen

hören, und im nächsten Moment passierte der seltsame Tross den Seitengang. Bertin hielt den Atem an.

Es waren Gefangene.

Männer und Frauen, die gebückt gingen und deren Kleider in Fetzen hingen. Ihre Gesichter waren ausgemergelt, Haare und Bärte verfilzt und ungepflegt – vermutlich hatten sie schon längere Zeit im Kerker von Gorta Ruun zugebracht. Mehrere Wächter begleiteten sie, Kerkerknechte in ledernen Rüstungen, missgestaltete, bucklige Kerle mit Peitschen in den schwieligen Händen, die sie jedoch nicht einzusetzen brauchten – die Gefangenen setzten auch so einen Fuß vor den anderen, ihr Widerstand war längst gebrochen.

Der Anblick tat Bertin in der Seele weh.

Freie Zwerge versklavt zu sehen, noch dazu von ihresgleichen, machte ihn unsagbar wütend. Er spürte, wie sich sein Pulsschlag beschleunigte und heißes Kampfesblut in seine Adern schoss. Dado neben ihm erging es nicht anders – nur dass dem Jüngeren die Beherrschung fehlte.

Bertin konnte sehen, wie der Freund zusammenzuckte, nach der Klinge griff, die er über der Schulter trug – was für sie alle das Ende gewesen wäre.

Kurz entschlossen fiel er ihm in den Arm und hielt ihn fest, presste ihn gegen die Stollenwand, sodass er sich nicht mehr bewegen konnte. Als Dado protestieren wollte, hielt Bertin ihm den Mund zu, wofür ihn der Jüngere mit zornigen Blicken bedachte – aber er hielt still.

Reglos verharrten sie, bis der Zug der Gefangenen und ihrer Bewacher an der Stollenmündung vorbei war. Dann erst lockerte Bertin seinen Griff.

»Verdammt«, zischte Dado entrüstet. »Hast du den Alten denn nicht erkannt?«

»Welchen Alten?«, flüsterte Bertin zurück. Er hatte sich

die einzelnen Gefangenen nicht angesehen. Vielleicht auch, weil er den Anblick nicht ertragen hätte.

»Den in der dritten Reihe. Das ist Grimbald Firnstein, mein Oheim! Ich muss ihn befreien!«

Erneut wollte Dado sein Schwert zücken, aber Bertin hielt ihn abermals zurück. »Nein«, beschied er ihm leise. »Das musst du nicht.«

»Er ist von meinem Blut! Ich muss ihm helfen!«

»Nein«, sagte Bertin noch einmal. »Willst du uns alle verraten? Unsere Mission zum Scheitern verurteilen?«

Dado blitzte ihn zornig an und fletschte das Gebiss, was bedrohlich wirken sollte, infolge des fehlenden Eckzahns jedoch unfreiwillig komisch aussah. Die Rechte behielt er am Schwertgriff, und einen Augenblick lang schien er sich Bertins Befehl widersetzen zu wollen – aber dann ließ er seine Hand sinken und schüttelte resignierend den Kopf.

»Er ist mein Blut«, hauchte er.

»Ich weiß«, versicherte Bertin und legte ihm tröstend die Hand auf die Schulter. »Aber wir dürfen uns nicht leichtfertig verraten, hörst du?«

Der Jüngere nickte, wenn auch widerwillig.

Die Schritte der Gefangenen und ihrer Sklaventreiber waren den Stollen hinab verklungen. Runward, Waldrada und Dankrad verließen ihre Verstecke, in denen sie unentdeckt geblieben waren, und huschten zu ihrem Anführer in den Seitenstollen.

»Habt ihr das gesehen?«, knurrte Runward. »Allmählich wird mir klar, wo all die Leute abgeblieben sind.«

»Du meinst, alle wurden in den Kerker gesteckt?«, fragte die Zwergin.

»Was sonst?«

»Die Kerker von Gorta Ruun sind tief und groß«, erwiderte Bertin, »aber selbst sie würden nicht ausreichen, um alle Bewohner des Kerns gefangen zu setzen. Es muss noch etwas anderes dahinterstecken.«

»Ich will wissen, was das ist«, fauchte Dado in plötzlicher Entschlossenheit.

»Ich auch«, stimmte Bertin zu. »Wir werden dem Zug der Gefangenen in sicherem Abstand folgen.«

»Und dann?«, fragte Runward.

»Das weiß ich noch nicht«, gab Bertin zu. »Aber ich bin mir ziemlich sicher, dass am Ende ihres Weges die Antworten auf unsere Fragen warten.«

3

Die Augen des Mannes waren starr geradeaus gerichtet. Er öffnete den Mund und schien etwas sagen zu wollen, aber ein Blutschwall war alles, was über seine Lippen kam.

Dann brach er zusammen.

»Du ... hast ihn getötet«, entfuhr es Alured.

»Sehr scharfsinnig, Mensch«, anerkannte Vigor, der nach dem Ende der Gasse spähte, um sich zu vergewissern, dass ihnen niemand folgte.

»Aber ... so war es nicht abgemacht!«

»Was denn? Willst du noch mit ihm verhandeln?«

Alured starrte den Zwerg an. Äußerlich mochte Vigor sich verändert haben, mochten die Entbehrungen, die er in den vergangenen beiden Jahren ertragen hatte, sich in seiner abgemagerten Gestalt und seinen ausgemergelten Gesichtszügen niederschlagen; in seinem Inneren jedoch war der Zwerg noch immer dieselbe verkommene Kreatur, die er stets gewesen war, und noch immer schien er Gefallen daran zu finden, andere zu quälen und zu töten.

»Das war völlig überflüssig«, zischte Alured mit Blick auf den Leichnam, der vor ihm in der Gosse lag. »Dieser Mann hatte uns nichts getan!«

»Aber er hätte«, beharrte Vigor, während er sein Messer am Innenfutter seines Umhangs säuberte. »Oder zweifelst du etwa daran? Der Kerl war ein Fanatiker, man konnte es an seinen Augen sehen.«

Alured blickte auf die Augen des Mannes, die leblos und

gebrochen waren. Mitleid überkam ihn, obgleich er zugeben musste, dass Vigor recht hatte. Die Anhänger des Schattenkults waren ebenso rücksichtslos wie verblendet – dennoch widerstrebte es ihm, sie einfach in eine dunkle Gasse zu locken und ihnen dann ein Messer in den Leib zu rammen, wie Vigor es getan hatte.

»Nun hör schon auf, dich zu zieren«, forderte der Zwerg Alured auf. »Es war schwer genug, jemanden in deiner Größe zu finden. Also nimm dir den Umhang und was du sonst noch brauchst, und dann komm endlich.«

Alured spuckte angewidert aus. Aber wenn der Tod des Mannes irgendeinen Sinn haben sollte, musste er Vigors Aufforderung Folge leisten. Er bückte sich, nahm sowohl den Umhang als auch die Kopfbedeckung des Mannes an sich, eine Mütze mit weit herabhängenden Troddeln, wie die meisten Anhänger des Kultes sie trugen. Seine eigene Kleidung, die zerschlissen und vielfach ausgebessert war, ließ sich darunter gut verbergen, ebenso wie das blonde Haar, das ihn auf den ersten Blick als Fremden verriet.

»Geht doch«, meinte Vigor, nachdem Alured sein Verkleidungswerk beendet hatte. Er selbst hatte sich den Mantel eines der Zwergenpriester übergezogen – welches unrühmliche Ende dieser genommen hatte, wollte Alured lieber erst gar nicht wissen. Auch Vigor trug eine mit Troddeln besetzte Kappe, die reichlich albern an ihm wirkte. Trotz der Anspannung musste Alured lächeln.

»Was?«, fragte der Zwerg gereizt.

»Nichts. Die Kappe steht dir.«

»Nein, tut sie nicht, Mensch, das weiß ich genau. Aber sie ist meine Chance, um an Winmar heranzukommen – wenn ich dafür splitternackt vor den königlichen Wachen tanzen müsste, würde ich auch das ohne Zögern tun.«

Alured schnaubte, einigermaßen froh darüber, dass das

aller Voraussicht nach nicht notwendig sein würde. Der Anblick der barbusigen Zwergin hatte ihm fürs Erste voll und ganz gereicht.

»Bist du bereit?«, fragte Vigor. »Dann folge mir, Bekehrter.«

Für das Grinsen, das er seinen Worten folgen ließ, hätte Alured den Zwerg am liebsten getreten. Aber dazu war weder der rechte Zeitpunkt noch die passende Gelegenheit. Stattdessen folgte er Vigor aus der dunklen Gasse hinaus auf die Straße, die sich in engen Kehren hinauf zum Vorplatz des Schlangenturmes wand.

Sie waren nicht die Einzigen, die sich zum Turm begaben. In Scharen strömten die Einwohner von Tirgas Winmar an diesem Morgen zum Platz hinauf, denn es war ein weiterer Tag, an dem das Los darüber entscheiden würde, wer die Seinen verlassen und sich in den Feuerberg begeben musste, um dem Dunklen König zu huldigen, zu dem Winmar der Steinerne geworden war ... Oder saß in Wahrheit schon längst ein anderer auf dem Thron?

Niemand außerhalb der Festung hatte den Zwergenkönig zu Gesicht bekommen, seit er die Stadt zu seinem neuen Herrschersitz gemacht hatte – wer also konnte sagen, was sich in all der Zeit, die seither vergangen war, in den Tiefen des Berges zugetragen hatte?

Um es herauszufinden, war Alured eine Allianz mit dem Feind eingegangen, mit Vigor dem Folterer. Hätte ihm das jemand vor zwei Jahren gesagt, hätte er ihn schlicht für verrückt erklärt, aber seither hatte sich vieles geändert. Die Welt war komplizierter geworden.

Vor langen Jahren, als er zusammen mit Dag durch die Gärten des Palastes von Ansun getollt und sie mit Holzschwertern in den Händen imaginäre Orks gejagt hatten, waren die Dinge noch einfach gewesen; und selbst, als der

Krieg ausgebrochen und sich die Armee von Ansun sich gegen die Aggression durch die Zwerge hatte behaupten müssen, waren die Sympathien noch immer deutlich verteilt gewesen und die Verhältnisse klar zu durchschauen. Entsprechend genau hatte Alured gewusst, auf welcher Seite er zu stehen hatte.

Heute jedoch gab es kein Schwarz und Weiß mehr, die Welt war grau geworden. Der Feind, den es zu bekämpfen galt, war jener gesichtslose König, der dort im Inneren des Feuerberges hauste; doch Alureds neuer Verbündeter stand diesem an Bosheit und Niedertracht vermutlich in nichts nach. Einerseits verachtete sich Alured dafür, dass er mit Vigor paktierte; andererseits hatte er keine Wahl, wenn sein ebenso langes wie unfreiwilliges Exil in Tirgas Anar wenigstens im Nachhinein noch einen Sinn bekommen sollte.

Zu Hunderten kamen sie, aus allen Gassen, die auf den weiten, zur Talseite hin von mächtigen Pfeilern gestützten Vorplatz mündeten: Nicht nur Priester und ihre Anhänger, die sich aus Furcht oder Opportunismus dem Kult angeschlossen hatten, sondern auch all jene, die sich davor fürchteten, dass ihr Name aus dem großen tönernen Gefäß gezogen wurde, das auf dem in der Mitte des Platzes errichteten Podest stand. Mehrere Zwergenpriester hatten das Podest bestiegen, eskortiert von einer halben Hundertschaft mit Hellebarden bewaffneter Soldaten. Und einem Dutzend Kaldronen, die den Rückweg zum Haupttor sicherten und damit jeden Gedanken auf Rettung oder Flucht von vornherein aussichtslos erscheinen ließen.

In ihrer Verkleidung drängten sich Alured und sein ungeliebter Verbündeter bis dicht an das Podest. Anfangs befürchtete Alured noch, ihre Maskerade würde schnell durchschaut werden, aber alle waren zu sehr mit sich selbst beschäftigt, als dass sie sich um die beiden Neuankömmlinge

Gedanken gemacht hätten – die einen in ihren dunklen Gesängen versunken, die anderen bang zu Boden starrend, um nur ja nicht aufzufallen.

Die Lose, die sich im Topf befanden, bestanden nicht aus Papier, das in diesen Breiten aus Seide gefertigt wurde und schwer zu bekommen war, sondern aus Bruchstücken von Ton. Jeder Bürger, dessen man hatte habhaft werden können, war mit vorgehaltenen Waffen dazu gezwungen worden, seinen Namen in eine Scherbe zu ritzen. Alured hatte sich dieser Pflicht bislang erfolgreich entzogen, obschon er als jemand, der unter den gedrungenen, dunkelhaarigen Einwohnern der Stadt auf den ersten Blick als Fremder zu erkennen war, besonders gefährdet war. Und es entbehrte nicht einer gewissen Ironie, dass er, nachdem er monatelang alles unternommen hatte, damit sein Name nicht in den Lostopf geriet, nun im Begriff war, sich freiwillig in den Turm zu begeben, dessen Tor ihm wie ein großes hungriges Maul entgegenstarrte.

Als Vigor ihm seinen Plan zum ersten Mal auseinandergesetzt hatte, hatte Alured noch kategorisch den Kopf geschüttelt – bis er schließlich eingesehen hatte, dass es wohl die einzige Möglichkeit war, um unbehelligt in den Feuerberg zu gelangen. Auch er wollte schließlich wissen, was im Inneren vor sich ging und was Winmar dort trieb. Vielleicht ergab sich ja doch noch die Möglichkeit, Dag und die anderen darüber in Kenntnis zu setzen. Oder aber, das Übel selbst mit einem raschem Dolchstoß zu beseitigen.

Alured nahm an, dass Vigor ähnliche Gedanken hegte, aber er verzichtete, ihn danach zu fragen. Der Zwerg hätte ihm ohnehin nicht die Wahrheit gesagt.

Ich werde ihn töten, rief Alured sich wieder in Erinnerung. Wenn das alles vorbei ist, werde ich ihn töten.

Ein wilder Trommelwirbel erklang, den zwei der Zwergenkrieger entfesselten und der die Menge jäh zum Verstummen brachte. Aller Augen richteten sich nun auf die Bühne und den Zwerg, der dort stand und wie Vigor die Kappe der Priesterschaft trug, nur dass sie zusätzlich noch einen schwarzen Federbusch aufwies. Jedermann in Tirgas Anar kannte diesen Mann – es war Crodegang, gefürchteter Oberpriester des Schattenkults.

»Höret, Bürger von Tirgas Winmar, die ihr gekommen seid, wie unser geliebter Herrscher es befohlen hat«, begann der Zwerg mit dem Spitzbart und den buschigen Brauen seine gefürchtete Ansprache. »Wieder ist ein Tag gekommen, an dem das Los darüber bestimmen wird, wem unter euch die große Ehre zuteilwird, jenes Tor dort zu durchschreiten und unserem König mit einem persönlichen Opfer zu Diensten zu sein.«

Auf der anderen Seite der Rednerbühne gab es Tumult, als mehrere Anhänger des Kultes lautstark ihre Zustimmung hinausschrien. Crodegang wartete, bis sie sich wieder halbwegs beruhigt hatten, dann fuhr er fort: »An diesem Tag, Bürger von Tirgas Winmar, besteht für euch besonderer Grund zur Freude. Denn unser geliebter Herrscher hat festgesetzt, dass ihm heute nicht nur einer, sondern gleich zwei von euch zu Diensten sein sollen!«

Eisiges Schweigen herrschte auf dem Platz. Die Furcht, die in der Luft lag, war förmlich zu greifen.

»Zweifelt ihr etwa am Beschluss unseres geliebten Herrschers?«, fragte der Oberpriester in die Menge, wobei sich seine stechenden Augen zu Schlitzen verengten. »Ihr tätet gut daran, euch zu erinnern, dass der Dunkle König nicht nur euer Herrscher, sondern auch eure Gottheit ist! Dass ihr ihm euer Leben und eure gesamte Existenz verdankt, die er bei der Eroberung der Stadt mit Leichtigkeit hätte beenden können!«

Alured biss sich auf die Lippen.

Soweit er sich erinnerte, war Tirgas Anar nicht erobert worden, sondern hatte dem Zwergenkönig freiwillig die Tore geöffnet – eine Entscheidung, die die Bewohner der Stadt tausendfach bereut hatten.

»Ihr alle«, fuhr Crodegang fort, »könnt von Glück sagen, dass der König eure Stadt nicht einäschern ließ, um sie völlig neu zu errichten! Dass er den Elementen, die im Inneren des Berges wohnen, nicht befohlen hat, aus der Tiefe emporzusteigen und eure Häuser zu vernichten, wie es in der Vergangenheit mehrfach geschehen ist! Ihr solltet also nicht zögern, ihm die Opfer zu bringen, nach denen er verlangt – andernfalls werdet ihr seinen Zorn erregen!«

Drohend blickte er über die Menge, die sich auf dem Platz versammelt hatte. Niemand wagte es mehr zu widersprechen, die meisten hielten ihre Blicke ohnehin gesenkt.

Jeder wusste, was nun folgen würde.

Erneut erklang Trommelschlag, während Crodegang an die Urne trat und hineingriff. Kurzerhand zog er eine der Scherben hervor und las den Namen, der in der verschlungenen Schrift der Ostmenschen darauf geschrieben stand, mit lauter Stimme vor.

»Suvat Ramil!«

Einen Augenblick lang war nichts zu hören.

Dann erklang von weit hinten ein entsetzter Schrei.

»Nein, nicht! Nicht mein armer Sohn …!«

Eine Frau brach in Tränen aus, während eine Kaldrone sich bereits stampfend einen Weg durch die Menge bahnte. Obschon sie sich bereits dicht aneinanderdrängten und kaum noch Platz war, wichen die Leute zurück. Wer im Weg stand, wurde von der Kaldrone zermalmt, ohne dass sie nur einen Moment innehielt, entsprechend verängstigt war die Menge. Alured konnte nicht sehen, was dort hinten auf dem

Platz vor sich ging, aber den entsetzlichen Schreien nach zu urteilen konnte die Mutter nichts dagegen ausrichten, dass man ihr den Sohn von ihrer Seite riss.

Als die Kaldrone sich scheppernd wieder ihren Weg zur Bühne bahnte, schleifte sie einen jungen Mann hinter sich her, der gerade erst dem Knabenalter entwachsen war. Er war von schmächtiger Postur, hatte kurz geschnittenes schwarzes Haar, und in seinen dunklen Augen lag panische Furcht.

Kurzerhand rissen ihm die Priester die Kleider vom Leib und zogen ihm das graue »Hemd des Dieners« über, das mehr einem Leichenhemd ähnelte denn dem Gewand eines Servanten und nichts Gutes erahnen ließ.

Die einen behaupteten, die Auserwählten würden im Inneren des Berges in den feurigen Pfuhl gestürzt, der dort loderte. Andere wollten erfahren haben, dass die Opfer dem Dunklen König zum Fraß vorgeworfen wurden. Wenn es so war, dann war des Königs Appetit an diesem Tag noch nicht gestillt …

»Der zweite, dem heute das große Glück zuteilwird, in die Reihen der königlichen Dienerschaft aufgenommen zu werden«, tönte Crodegang weiter, »ist …« Er unterbrach sich und griff erneut in den Losbehälter.

Die Menge hielt den Atem an, und es wurde derart still, dass man eine Nadel fallen gehört hätte. Schon hatte der Priester nach einer weiteren Scherbe gegriffen und wollte den eingeritzten Namen vorlesen – als Alured die Hand hob.

»Ich melde mich freiwillig!«, rief er.

Der Oberpriester stutzte und sah in seine Richtung.

»Nehmt mich«, rief Alured noch einmal.

Jetzt wandten sich auch andere nach ihm um. Bedauern, Furcht, Dankbarkeit, all das glaubte Alured in ihren Mienen zu lesen.

»Du willst dem Dunklen König dienen? Mit deinem Leben?«, fragte Crodegang nach, mit einem verdutzten Ausdruck, der Alured insgeheim amüsierte. Es war selbst für ihn kaum vorstellbar, dass sich jemand freiwillig opferte, selbst unter den Anhängern des Kults. So etwas war noch nie vorgekommen.

»So ist es«, bestätigte Alured.

»Und was sind deine Gründe für diese … ehrenvolle Tat?«

»Ich habe erkannt, dass er der wahre Beherrscher dieser Welt ist«, log er ohne mit der Wimper zu zucken. »Einem edleren Zweck kann kein Leben dienen.«

»Du bist nicht von hier.«

»Nein«, gestand Alured das Offensichtliche. »Mein Name ist Logar, ich bin fremd in dieser Stadt.«

»Seit wann befindest du dich unter uns?«

»Seit geraumer Zeit, Herr.«

»Dann würde ich also deinen Namen in diesem Lostopf finden«, stellte Crodegang lauernd fest.

Alured zögerte einen Moment. Damit hatte er nicht gerechnet. Allerdings konnte er sich nicht vorstellen, dass der Oberpriester die Urne ausleeren und tatsächlich alle Scherben einer Überprüfung unterziehen würde.

»Natürlich, Herr«, bestätigte er. »Ich bin ein treuer Untertan. Fragt die anderen Bürger dieser Stadt, sie kennen mich als einen der Ihren.«

Crodegang starrte ihn an, seine Brauen hatten sich kritisch zusammengezogen. »Ist das wahr?«, wandte er sich dann an die Menge. »Wer kennt diesen Mann? Wer kann seinen guten Leumund bezeugen?«

Einen Augenblick lang herrschte Schweigen.

Dann bekundete jemand seine Zustimmung, dann noch ein zweiter, und schließlich meldeten immer mehr sich zu

Wort und beteuerten lebhaft, Alured als einen überaus ehrenwerten Mann und Mitbürger zu kennen – die Aussicht, dass das Losverfahren für diesen Tag beendet sein könnte, ließ sie alle zu seinen Bekannten und Freunden werden.

Alured lachte still in sich hinein.

Die Welt hatte sich vielleicht geändert, aber manche Dinge waren gleich geblieben. Auf den Überlebenswillen der Menschen war nach wie vor Verlass.

»Nun«, erklärte Crodegang zögerlich, »dann sei es. Komm herauf und lege deine Kleidung ab, auf dass dir das Gewand des Dieners übergezogen werden kann«, forderte er Alured auf. »Dein Dienst soll sogleich beginnen.«

»Ich danke dir«, erwiderte Alured und wollte Vigor, den er neben sich wähnte, ein verschwörerisches Grinsen schenken.

Doch der Zwerg war verschwunden.

Wohin, in aller Welt?

Der Plan war gewesen, dass er Alured als Priester verkleidet in die Festung begleiten und ihn bei erster sich bietender Gelegenheit befreien sollte – aber nun war er plötzlich fort! Was hatte das zu bedeuten?

Alured blieb keine Zeit mehr, sich darüber Gedanken zu machen. Es gab kein Zurück mehr. Schon waren zwei Priester heran, um ihn auf die Bühne zu holen und vor aller Augen zu entkleiden.

Und während sie ihn die Treppe hinaufbugsierten, befiel ihn das hässliche Gefühl, einen folgenschweren Fehler begangen zu haben.

4

»Ich hoffe, das war dein Magen.«

Balboks Worte verhallten in der Stille, die sich in der Eishöhle ausgebreitet hatte. Durch den Deckenspalt weit über ihnen drang fahles Tageslicht, der das jahrtausendealte Eis in Blau- und Grautönen schimmern ließ.

Obwohl es Rammar nicht besonders mochte, wenn Scherze über seinen Appetit oder gar über seine Leibesfülle gemacht wurden, wies er seinen Bruder nicht zurecht. Dafür war er viel zu sehr damit beschäftigt, mit den spitzen grünen Ohren zu lauschen – nur um im nächsten Moment ein neuerliches Knurren zu vernehmen, noch lauter, gefährlicher und entsetzlicher als das zuvor.

»*Shnorsh*«, knurrte Balbok.

»Wieso?«, wollte sein dicker Bruder unwirsch wissen. »Was ist das für ein Geräusch?«

»Weißt du noch? Wir haben *mathum* verfolgt.«

»Natürlich weiß ich das noch, ich bin ja nicht dämlich. Und?«

»Ich würde sagen«, antwortete Balbok, während erneut Gebrüll zu hören war, diesmal so laut und markerschütternd, dass es die Mägen der Orks zum Vibrieren brachte, »wir haben ihn gefunden!«

In diesem Augenblick löste sich aus der graublauen Tiefe der Höhle eine riesenhafte Kreatur, die Rammar zu einem schrillen Schrei veranlasste, einige Tonlagen zu hoch für einen Ork aus echtem Tod und Horn.

Schon früher waren sie Eisbären begegnet*, und Rammar erinnerte sich, dass es nicht die Sorte Tier war, die man kleinen Orks zum Spielen gab. Aber er hatte sie nicht so groß, so furchterregend und so gefährlich in Erinnerung – und das, obwohl bei ihrer letzten Begegnung noch Elfenkrieger auf dem Rücken der großen Tiere gesessen und sie unter Beschuss genommen hatten!

Eisbären – *mathum duuchg'hai*, wie sie in der Sprache der Orks hießen – waren in der Tat schreckliche Kreaturen, schon aufgrund ihrer ungeheuren Körpermasse, die selbst die von Rammar noch um ein Vielfaches übertraf. Stahlharte Muskeln arbeiteten unter zottig weißem Fell, die ungeheuren Leiber ruhten auf pfeilerdicken Beinen. Die Schädel waren vergleichsweise klein, die Mäuler dagegen von einschüchternder Größe, dazu angetan, einen ausgewachsenen Ork mit einem Happen zu verschlingen. Die messerscharfen Reißzähne ließen keinen Zweifel, dass diese Tiere vollendete Fressmaschinen waren. Damit hatten sie zwar etwas mit Rammar gemein, aber die Gemeinsamkeit war nicht ausreichend, als dass daraus irgendwelche Sympathien erwachsen wären.

Im Gegenteil, Rammar überzog die Kreatur mit Verwünschungen, während sie aus dem Dunkel der Höhle herantrabte – anders als sein Bruder, der schweigend dastand und den Angriff erwartete. Seinen *saparak* hatte er allerdings wieder in die Scheide auf seinem Rücken gesteckt, sodass Rammar annahm, dass sein Bruder nun völlig den Verstand verloren hatte. Aber wie sich zeigte, hatte Balbok einen Plan.

»Heda!«, rief er und winkte mit den langen Armen, wodurch er die Aufmerksamkeit des Eisbären auf sich zog. Prompt änderte das Tier die Laufrichtung und kam auf ihn zu ...

* siehe DIE RÜCKKEHR DER ORKS

… und Rammar kniff für einen Moment die Augen zu.

Als er sie wieder öffnete, lag sein Bruder nicht etwa zermatscht im Eis, wie er befürchtet hatte, sondern hatte den Angriff der Bestie unterlaufen und war nun dabei, an deren zottigem Fell auf ihren Rücken zu klettern. Alannah, die bei Rammar geblieben war, jubelte.

Der Eisbär, der erkannte, was sein Gegner vorhatte, begann sich zu gebärden wie ein wilder Eber. Mit einer Behändigkeit, die einem Tier dieser Größe kaum zuzutrauen war, schlug er mit den Hinterläufen aus, dann machte er einen Buckel und sprang lotrecht in die Luft – wäre das Gewölbe nicht so hoch gewesen, wäre Balbok an der Decke zerquetscht worden wie ein Insekt und dort vermutlich kleben geblieben. So aber schaffte er es, ins Genick der Kreatur zu gelangen und sich dort festzuklammern. Und im nächsten Moment – Rammar traute seinen Augen nicht – begann der hagere Ork das Tier zuzureiten, so als wäre es kein ausgewachsener Eisbär, der sich unter ihm befand, sondern nur ein harmloser Warg.

Mit vor Staunen weit offenem Maul wich Rammar zur Höhlenwand zurück. Er wusste beim besten Willen nicht, was er von dieser Aktion seines Bruders halten sollte. War es ein seltener Anfall von Genialität? Oder, was wesentlich wahrscheinlicher war, Irrsinn, der sich nun doch Bahn gebrochen hatte?

Das Schauspiel, das sich ihm bot, war in jedem Fall überwältigend, denn einen Ork im Nacken eines Eisbären sah man nicht alle Tage. Die eine Hand fest im zottigen Fell, den anderen Arm ausgestreckt, um das Gleichgewicht besser halten zu können, saß Balbok im Nacken des Tieres, als wäre er dort angekettet. In rasend schneller Folge ging es auf und ab, während der Eisbär brüllte und sich gebärdete wie von Sinnen. Bald sprang er hoch, bald drehte er sich, und mehrmals hatte es den Anschein, als würde Balbok den Halt verlieren und herunterfallen, was sein sicheres Ende gewesen wäre. Aber irgendwie schaffte er es immer wieder, sich im Nacken des Tieres zu behaupten, während Rammar nur staunend zusehen konnte und die kleine Alannah, die das alles für einen Riesenspaß hielt, vor Begeisterung in die Hände klatschte.

Als der Eisbär merkte, dass er seinen Reiter nicht abwerfen konnte, änderte er seine Vorgehensweise. Er duckte sich, reckte den Kopf nach vorn und begann, wild davonzugaloppieren, den Höhlengang hinab, durch den er gekommen war.

»Halt!«, schrie Rammar Bär und Bruder nach. »Wo wollt ihr denn hin?«

Fluchend begann er, ihnen hinterherzuwatscheln, wobei er völlig außer Atem geriet. Wie lange der irrwitzige Lauf durch den Eistunnel währte, vermochte er nicht zu sagen. Schnaufend setzte er einen Fuß vor den anderen, tröstete sich damit, dass das Vieh ja irgendwie in die Eishöhle gelangt war und es also auch einen Weg hinaus geben musste. Und wenn der Ausgang groß genug war für das Riesenvieh, dann hatte auch Rammar gute Chancen durchzupassen.

Trotz des Kindes auf seinem Rücken.

Scheußliches Gebrüll scholl plötzlich durch den Stollen, und Rammar glaubte, den heiseren Kriegsschrei seines Bruders zu erkennen. Für ihn stand fest, dass Balbok seinen letzten Kampf austrug, und für einen Moment erwog er, noch schneller zu laufen, um ihm zu Hilfe zu kommen. Aber zum einen war er bereits völlig außer Atem, und zum anderen würde er dann womöglich ebenfalls in Kuruls dunkler Grube enden, und danach verspürte er noch nicht das geringste Verlangen.

Er behielt sein Tempo also bei und folgte dem Verlauf des

Eistunnels, der stetig nach oben führte – und plötzlich flutete Rammar helles Tageslicht entgegen.

Er hatte den Höhlenausgang gefunden, den allerdings ein ziemlich großes Hindernis versperrte. Im Gegenlicht sah Rammar eine ungeheure Körpermasse, die über und über mit weißem Fell bedeckt war und augenscheinlich tot. Obendrauf saß ein hagerer Ork, seinen blutigen *saparak* in den Klauen.

Und machte ein langes Gesicht.

»Was ist los mit dir, Faulhirn?«, wetterte Rammar.

»Er war ein starkes Reittier und ein treuer Gefährte«, jammerte Balbok, »ich wollte ihn nicht töten.«

Rammar verdrehte die Augen. »Und warum hast du es dann getan?«

Balboks Miene erhellte sich etwas, dann rutschte er von dem leblosen Körper des Eisbären, den er offenbar durch einen gezielten Stoß ins Genick zur Strecke gebracht hatte. Die kleine Alannah kreischte vor Bewunderung.

»Fleisch«, meinte Balbok und verzog das Maul zu einem breiten Grinsen. »Wir alle haben Hunger. Und wir brauchen genügend Fleisch.«

»Fleisch! Fleisch!«, echote das Kind.

Rammar verdrehte die Augen.

»Irgendwie«, knurrte er, »war sie mir lieber, als sie noch Ziegenmilch getrunken hat.«

5

Dag hätte es nicht für möglich gehalten.

Nicht nach allem, was geschehen war, was er erlitten hatte und erduldet. Früher, als er noch jung und unerfahren gewesen war, hatte er sich eingebildet, dass sich der menschliche Geist jeder Herausforderung stellen, dass er jedes Hindernis überwinden und die Natur beherrschen könnte; die Welt war ihm nicht groß genug erschienen in jenen Tagen, und er hatte jeden verlacht, der ihm von Dingen wie Schicksal oder gar Fügung erzählt hatte. Der Mensch war seines eigenen Glückes Schmied, der Verstand das Werkzeug, das ihm gegeben war, um sich im Sturm der Geschichte zu behaupten.

Das war Dags Überzeugung gewesen – bis zu dem Tag, da er Aryanwen kennengelernt hatte.

Nie war er größerem Liebreiz, nie stärkerer Leidenschaft begegnet. Und indem sie ihm die geheimen Schriften Königin Alannahs offenbarte, hatte Tandelors Tochter ihn an Dingen teilhaben lassen, von denen er bis dahin keine Vorstellung gehabt hatte. Doch erst Dwethan war es gewesen, der Dag empfänglich gemacht hatte für das wahre Wesen der Welt. Der ihm klargemacht hatte, dass der Mensch nicht das Maß aller Dinge war, und es Mächte in Erdwelt gab, die sehr viel älter und mächtiger waren. Und es entbehrte nicht einer gewissen Ironie, dass Dag all dies erst zu sehen begonnen hatte, nachdem er sein Augenlicht verloren hatte.

Ein junger Narr war er gewesen, voller großer Ideen und

guter Ansätze, aber unfähig, sie in die Tat umzusetzen. Vermutlich war es das gewesen, was sein Vater, der Herzog von Ansun, stets an ihm bemängelt hatte.

Gleich mehrmals in seinem Leben war Dag versucht gewesen, den Mut zu verlieren und der Verzweiflung nachzugeben, zuletzt, als die Suche nach ihrem Kind erfolglos geblieben war und seine hilflose Wut und Frustration sich an einem wehrlosen alten Ork entladen hatten. Und doch hatte das Leben einmal mehr eine Wendung genommen, mit der Dag nicht gerechnet hatte. Ein Wink des Schicksals hatte ihnen einen neuen Pfad gewiesen, und diesem Pfad folgten sie nun, nicht in beschwerlichem Marsch und an den Erdboden gebunden, sondern hoch in den Lüften.

Drei Wochen waren vergangen.

Wochen, in denen Dag alles darangesetzt hatte, seinen verrückten Plan in die Tat umzusetzen. Das Ergebnis war das größte Luftschiff, das er je gebaut hatte – und wohl das erste, das diesen Namen tatsächlich verdiente.

Das Gefährt, mit dem Dag einst die südliche See überwunden hatte, um an den Ufern der Fernen Gestade nach den legendären Orks zu suchen, von denen die Aufzeichnungen Königin Alannahs berichteten*, war wenig mehr als eine mit heißer Luft gefüllte Blase gewesen, unförmig und den Launen der Winde ausgeliefert; und das fliegende Gebilde, das während der Schlacht um Ansun zum Einsatz gekommen war, war aus dem Mut der Verzweiflung heraus entstanden – und hatte entsprechend ausgesehen. Die Beschränkungen sowohl der Zeit als auch des Materials hatten Dags hochfliegenden Plänen enge Beschränkungen auferlegt – nun jedoch waren diese gefallen.

Die Schlangenhaut, die Nagaya abwarf, war hauchdünn

* siehe DIE HERRSCHAFT DER ORKS

und entsprechend leicht, dabei jedoch äußerst strapazierfähig. Und die unteren Sektionen der Grabanlage, in die sich die Nathaira zurückzuziehen pflegte, wenn sie sich häutete, waren buchstäblich voll davon. Nach zwei Tagen unermüdlichen Sammelns war klar gewesen, dass das Material für eine Luftblase von außergewöhnlicher Größe ausreichen würde, und mithilfe der Nathiri, die den Besuchern nicht länger mit Misstrauen begegneten, sondern sie in ihre Reihen aufgenommen hatten, hatten sich Dag und seine Freunde an den Bau des Fortbewegungsmittels gemacht, das sie nach Norden tragen sollte, über die schneebedeckten Gipfel des Scharfgebirges, geradewegs ins Ewige Eis der Weißen Wüste.

Nicht länger war es nur ein aus Stricken gewobenes Netz, das die Besatzung des Schiffes davor bewahrte, in bodenlose Tiefe zu stürzen; aus einem federleichten Holz, das in den Gipfelregionen des Schwarzgebirges wuchs, hatte Dag eine Art Rumpf bauen lassen, mit einem steil gewölbten Bug und zahlreichen Spanten, die mit Schlangenhaut überzogen waren. Die mit Bast umwickelten Duchten im Inneren der an die zwanzig Fuß langen Gondel sorgten für Stabilität und boten der Besatzung Platz zum Sitzen. In der Mitte war die Feuerstelle angebracht, von wo aus die heiße Luft in die riesige, aus Schlangenhaut gefertigte Blase aufsteigen würde. Diese war über dem Schiff befestigt und übertraf es an Länge und Volumen um ein Vielfaches.

Nach den Erfahrungen der vorangegangenen Modelle hatte Dag dieser Luftblase wiederum eine längliche Form gegeben, sodass sie wie ein riesiger fliegender Fisch aussah, und die darunterhängende Gondel war mit zwei seitlichen Windrudern versehen, um zu gewährleisten, dass das Schiff manövrieren konnte.

Die Besatzung zählte sieben Köpfe: Dag selbst und Aryanwen, dazu Dwethan, Henquist und Ferghas, der kein Hehl daraus machte, dass er der Konstruktion nicht traute und in ihr mehr eine Manifestation faulen Zaubers sah denn menschlicher Erfindungsgabe. Auch Catriona war dabei sowie Lyrx als offizieller Abgesandter der Nathiri. Dag nahm an, dass das Schiff auch noch ein oder zwei Besatzungsmitglieder mehr getragen hätte, hatte stattdessen aber lieber noch zusätzliche Vorräte und Holz an Bord genommen. Niemand wusste genau zu sagen, wie die Überquerung des Scharfgebirges verlaufen würde, noch ob sie überhaupt möglich war; sicher war nur, dass das Schiff und seine Besatzung auf dieser Fahrt großer Höhe, bitterer Kälte und gefährlichen Winden ausgesetzt sein würden, folglich musste Dag alles daransetzen, um sicherzustellen, dass sie die andere Seite wohlbehalten erreichten.

Während Dag selbst zusammen mit Dwethan und Aryanwen im Bug der Gondel saß, hockten Ferghas, Catriona, Henquist und Lyrx im Heck und wechselten sich darin ab, die Ruderwache zu übernehmen. Zudem musste das Feuer in der Esse am Brennen gehalten werden, damit die Luft in der Blase nicht abkühlte; tat sie es doch, verlor das Luftschiff rasch an Höhe, und daran konnte angesichts der Felsspitzen, die immer höher und schroffer aufragten, niemandem gelegen sein.

Sie waren dem Verlauf des Schwarzgebirges gefolgt, an dessen schmalen Graten entlang Richtung Norden, bis sich die Berge in der wilden, zerklüfteten Landschaft von Torgas Eingeweiden verloren hatten. Die von Zwergen besetzten Grenzfestungen hatten sie zu ihrer Rechten zurückgelassen und schwebten nun dem Nordwall entgegen, der sich wie eine riesige weiße Wand vor ihnen erhob. Die Temperaturen waren dramatisch gefallen, Schneeflocken fielen aus dem grauen Himmel und umtanzten das Schiff und seine frierende Besatzung.

»Das ist schweinekalt«, maulte Lyrx, während er die dürren Arme um seinen schmalen Oberkörper schlang und sich zu wärmen suchte, indem er sich auf Schulter und Oberarme schlug.

»Wenn dir jetzt schon kalt ist, was wirst du dann erst später sagen?«, knurrte Ferghas, der am Ruder hockte. Wie alle anderen trug auch er eines der Warg-Felle, die sie von den Nathiri bekommen hatten. Die Stimme des Hochländers war von Kälte belegt.

»Rede was du willst, Mensch, ich bin für diese Höhe einfach nicht gemacht«, beschwerte Lyrx sich weiter.

»Immer noch besser, hier zu sein, als da unten zu marschieren«, merkte Henquist an. »Seht euch das nur mal an. Zwischen den Wolkenfetzen kann man den Erdboden sehen, winzig klein und unscheinbar.«

»Ja«, stimmte Aryanwen zu. »Als wäre man der Welt und der Wirklichkeit entrückt.«

»Das stimmt«, pflichtete Dwethan bei, der sich erhoben hatte und vorn im Bug stand, sich mit beiden Händen an den knarrenden Tauen festhaltend, die hinauf zum Flugkörper führten. »Seht nur hinunter, meine Freunde – unwegsames, feindliches Land, so weit das Auge reicht. Was ihr dort erblickt, sind die Nordsümpfe, ein weites Marschland, bevölkert von Ghulen und anderen garstigen Kreaturen, vor denen sich selbst die Orks fürchten. Von dort zieht sich der Narbenpass an den Hängen des Nordwalls empor. Um diese Jahreszeit ist er noch tief verschneit – vermutlich, mein guter Lyrx, wärst du schon auf halber Strecke zusammengebrochen.«

»Und Ihr etwa nicht, alter Mann?«, knurrte der Gestaltwandler.

»Doch«, gab Dwethan unumwunden zu, wobei er milde lachte. »Aber ich beschwere mich auch nicht über unser Fortbewegungsmittel.«

»Wollt Ihr behaupten, dass Euch dieses Gefährt geheuer wäre?«, fragte Ferghas. »Hätte die Schöpfung gewollt, dass wir Menschen fliegen, hätte sie uns Flügel gegeben.«

»Vielleicht«, räumte der Druide ein. »Vielleicht hat sie den Menschen aber auch etwas gegeben, das noch besser ist als Flügel – nämlich Verstand und Erfindergeist.«

»Danke sehr«, meinte Dag grinsend.

»Und Ihr seid Euch auch wirklich sicher, was das Ziel dieser Reise betrifft?«, fragte Ferghas.

»Der Kristall lügt nicht«, war Dwethan überzeugt.

»Aye, anders als der verdammte Ork, den wir befragt haben.«

»Ich hätte nicht gedacht, dass er uns belügt«, gab Aryanwen zu. »Was er sagte, hörte sich für mich glaubwürdig an.«

»Weil Ihr es glauben wolltet«, wandte Henquist ein.

»Oder aber, er hat die Wahrheit gesagt und ist Balbok und Rammar tatsächlich begegnet«, gab Dag zu bedenken. »Womöglich hatten sie wirklich vor, in die Modermark zu gehen, haben es sich dann aber anders überlegt.«

»Warum sollten sie das tun?«

»Nun«, überlegte Dag, »vielleicht hatten sie eine Begegnung mit einem Schattendrachen oder ...«

»Nicht«, fiel Dwethan ihm ins Wort. »Sprich ihre Namen nicht aus. Nicht hier oben.«

»Warum nicht?«, wollte Aryanwen wissen.

»Weil man ihren Namen nicht nennen kann, ohne an sie zu denken«, entgegnete der Druide. »Noch weiß unser Feind nicht, dass wir hier sind, und das soll auch möglichst lange so bleiben.«

»Einen Moment«, rief Ferghas. »Was wollt Ihr damit sagen? Dass dieser Feind unsere Gedanken lesen kann?«

»Vielleicht noch nicht«, räumte Dwethan ein, »aber der Tag wird kommen. Zuerst war er nur eine ferne Bedrohung, so schattenhaft wie die Kreaturen, die er in die Welt schickte. Anfangs konnten sie sich nur in der Dunkelheit behaupten, später dann am hellen Tag – und inzwischen sind sie in der Lage, feste Gestalt anzunehmen. Sie sind seine Augen und seine Ohren, und irgendwann werden sie in der Lage sein, unser aller Gedanken zu erahnen. Das ist es, wonach unser Feind strebt – die absolute Kontrolle.«

»Woher wisst Ihr das alles?«, fragte Aryanwen. »Das klingt fast, als wärt Ihr diesem Feind schon einmal begegnet, als hättet Ihr schon früher gegen ihn gekämpft.«

»Ja und nein«, gab Dwethan zurück. »Ich habe gegen seine Diener gekämpft, gegen die Auswüchse, die sein dunkler Geist hervorgerufen hat, doch noch niemals gegen ihn selbst. Niemand, der auf Erden wandelt, hat das, denn zuletzt zeigte er sich in grauer Vorzeit, noch lange vor dem Ersten Krieg.«

»Wer ist es?«, wollte Aryanwen wissen.

»Ich werde den Namen hier nicht aussprechen, aus den Gründen, die ich euch genannt habe. Aber er ist es, der hinter allem steckt, das Böse, das in der Tiefe Erdwelts verborgen ist. Schon mehrmals hat es versucht, sich zu erheben und sich die Welt der Sterblichen zu unterwerfen, und jedes Mal wurde es wieder zurückgedrängt. Doch noch niemals, meine Freunde«, fügte der Druide hinzu, und Dag hatte den Eindruck, dass große Sorge, wenn nicht Furcht in seiner Stimme mitschwang, »ist es so stark gewesen wie in diesen Tagen.«

6

»Nein! Verdammt noch mal!«

In gebückter Haltung, den Schaft seiner Axt als Stemmeisen benutzend, versuchte Runward, die steinerne Pforte wieder zu öffnen, die sich soeben vor ihnen geschlossen hatte.

Es war ein aussichtsloses Unterfangen.

Im Gestein der Torflügel, die nach alter Art behauen und mit Verzierungen versehen waren, war nicht einmal mehr der Spalt zu erkennen, an dem sich die beiden Hälften wieder zusammengefügt hatten.

»Was nun?«, keuchte der Schmied, nachdem er frustriert von seinem Vorhaben abgelassen hatte.

Bertin und die anderen begegneten seiner Frage mit ratlosen Blicken. Eine ganze Weile lang waren sie dem Zug der Gefangenen gefolgt – natürlich mit aller Vorsicht und in gebührendem Abstand. Dies war ihnen nun zum Verhängnis geworden, denn als sie erkannt hatten, dass die Gefangenen ein Tor passierten, das sich hinter ihnen schloss, war es bereits zu spät gewesen. Zwar waren sie losgerannt, in der verzweifelten Hoffnung, vielleicht im letzten Moment noch hindurchschlüpfen zu können, aber auch das war vergeblich gewesen.

Mit tumber, zentnerschwerer Gleichgültigkeit hatten sich die Torhälften vor ihnen geschlossen. Ihre Mission, herauszufinden, was hier unten vor sich ging, war damit unversehens in einer Sackgasse gelandet.

Buchstäblich.

»Dieses Tor kriegen wir niemals auf«, prophezeite Dado düster. »Die Steinmetze der alten Zeit verstanden ihr Handwerk.«

»Leider«, stimmte Dankrad zu. »Elendes Pack.«

»Sie konnten ja nicht wissen, dass ihre Fertigkeiten einst für dunkle Zwecke missbraucht werden würden«, wandte Waldrada ein. »Statt zu zürnen, sollten wir lieber überlegen, was nun werden soll.«

»Ich bin schon dabei«, versicherte Bertin, der fieberhaft nachdachte. »Das Tor war offen, als die Gefangenen ankamen, also ist es vernünftig anzunehmen, dass es sich irgendwann wieder öffnen wird. Wir sollten abwarten.«

»Ein Stück den Gang hinab gab es eine kleine Halle mit einem Schöpfbrunnen«, brachte Dado in Erinnerung. »Dort könnten wir uns so lange ein wenig ausruhen.«

»Einverstanden«, stimmte Bertin zu, und auch die anderen hatten gegen eine Rast nichts einzuwenden. Sie legten die kurze Strecke zurück und suchten das Brunnenhaus auf, das wie die anderen Hallen verlassen war. Verwaiste Schöpfgefäße und steinerne Bänke waren die letzten stummen Zeugen der Betriebsamkeit, die hier einst geherrscht hatte.

Dankrad übernahm freiwillig die erste Wache und bezog am Eingang Stellung, von wo aus er auch das Tor im Auge behalten konnte. Die anderen legten ihre Waffen und Proviantbeutel ab und ließen sich auf den Bänken nieder, um sich ein wenig auszuruhen. Bertin trat an den Brunnen, aus dessen kreisförmiger Einfassung die Köpfe steinerner Wasserspeier lugten, und ließ den Eimer hinab.

Das leise Klirren der Kette war zu hören, dann, nach einer endlos scheinenden Weile, das Platschen des Eimers, das von der Schachtwand widerhallte. Bertin wartete, bis er sich gefüllt hatte, dann zog er ihn wieder herauf.

Das Wasser glitzerte im Schein der Lichtsteine und war kristallklar wie alles Wasser, das in Gorta Ruun geschöpft wurde. Bertin griff nach der kleinen Feldflasche, die er an seinem Gürtel trug, zog den Stopfen heraus und wollte sie in den Eimer tauchen, um sie zu füllen – als er plötzlich innehielt. Sein Instinkt riet ihm zur Vorsicht, und auch sein Verstand sagte ihm, dass er nicht vergessen durfte, wo sie sich befanden ... Statt gleich die ganze Flasche hineinzutauchen, füllte er nur eine hohle Hand. Er schnupperte daran, konnte jedoch nichts Verdächtiges erkennen, also nippte er vorsichtig – und spuckte das Wasser sofort wieder aus.

»Was ist?«, fragte Waldrada.

»Ist der Brunnen vergiftet?«, wollte Dado erschrocken wissen.

»Nein, das glaube ich nicht«, erwiderte Bertin und wischte sich mit dem Handrücken über den Mund. »Es schmeckt eher so, als ob ...« Er zögerte, als ihm klar wurde, wie verrückt das klingen musste, was er sagen wollte.

»Raus damit!«, hakte Runward nach.

»Nun ja, das Wasser von Gorta Ruun war stets ein Quell der Kraft und des Lebens, nicht wahr? Kühl und erfrischend wie ein Gebirgsfluss und klarer noch als der reinste Saphir ...«

»Und?«

Bertin schüttelte den Kopf. »Es ist handwarm, und es schmeckt schal und abgestanden. Gerade so, als ob ihm seine Kraft entzogen worden wäre.«

»Du meinst, die Alchemisten haben ...?« Waldrada kam nicht dazu, ihre Frage zu Ende zu stellen, denn aus dem Hauptgang drangen plötzlich Geräusche.

»Das Tor! Es öffnet sich wieder!«, meldete Dankrad.

Rasch nahmen Bertin und die anderen wieder ihr Gepäck und die Waffen auf und gesellten sich zu ihrem Gefährten, der am Durchgang Wache hielt.

Tatsächlich teilten sich die steinernen Torhälften wieder, bewegt von einem uralten Mechanismus, dessen steinerne Zahnräder knirschend ineinandergriffen und dessen an Ketten hängende Gegengewichte ein infernalisches Rasseln erzeugten. Kaum stand das Tor offen, regte sich etwas, und eine Kolonne gebückter Gestalten kam aus dem Dunkel.

Bertin und seine Gefährten brauchten einen Moment, um zu begreifen, dass dies die Gefangenen waren, denen sie gefolgt waren; schon zuvor hatten die Männer und Frauen schwach und ausgemergelt ausgesehen, war jeder Widerstand, so es ihn je gegeben hatte, gebrochen gewesen. Im Vergleich zu den elenden Gestalten jedoch, die nun durch das Tor krochen, waren sie noch von blühendem Leben erfüllt gewesen.

Nur wenige von ihnen konnten noch aufrecht gehen, und auch sie mussten die Wand zu Hilfe nehmen, um sich zu stützen; die meisten krochen auf allen vieren wie Tiere. Ihre Gesichter waren aschgrau, ihre Mienen ausdruckslos, der Blick ihrer Augen leer und in ungeahnte Ferne gerichtet, ein fahles gelbes Leuchten lag darin. Was auch immer diese Männer und Frauen einst zu fühlenden, empfindenden, denkenden Wesen gemacht hatte – es war ihnen genommen worden. Wächter gab es keine mehr. Die Gefangenen erweckten nicht den Eindruck, als ob sie ihrer noch bedurft hätten.

»Wie wandelnde Tote«, sprach Dado aus, was alle dachten.

Bertin spürte, wie ihn leises Grauen packte, das kalte Schauer über seinen Rücken jagte. Aber schon im nächsten Augenblick schlug dieses Grauen in blanke Wut um.

Wut auf jene, die diese furchtbare Veränderung bewirkt hatten, und das innerhalb kürzester Zeit.

Die Alchemisten …

Der Gedanke, dass diese geisterhaften Gestalten einst freie Söhne und Töchter des Berges gewesen waren, brachte ihn in Rage. Was auch immer Ansgar und seine Gefolgschaft jenseits dieses Tores trieben, es musste aufhören!

»Da ist Oheim Grimmbald!«, platzte Dado plötzlich heraus und deutete auf einen greisen Zwerg, der sich auf Händen und Knien voranzuschleppen suchte. Und noch ehe Bertin oder einer der anderen ihn zurückhalten konnte, war Dado auch schon hinausgehuscht, um seinem Anverwandten zu Hilfe zu eilen.

»Dado! Nicht!«, zischte Bertin noch, aber der Freund hörte nicht auf ihn. Bestürzung und Mitleid überwogen alle Vorsicht.

»Dieser Narr!«, schnauzte Runward. »Er wird uns alle verraten!«

Dado hatte seinen Onkel bereits erreicht und fiel bei ihm nieder, fasste ihn unter den Achseln, um ihn aufzunehmen und zu stützen. Doch der alte Zwerg schien ihn noch nicht einmal wirklich wahrzunehmen.

»Oheim Grimbald!«, sprach Dado deshalb auf ihn ein. »Kannst du mich hören? Ich bin es, Dado! Dein Neffe, weißt du noch …?«

Grimbald wandte das Haupt, dessen schlohweißes Haar wirr vom Kopf abstand. Nichts in seinen grauen, ausdruckslosen Zügen deutete darauf hin, dass er seinen Neffen erkannte. Kein Zucken, kein Lächeln. In seinen Augen war eine verstörende Leere, wie ein Blick in einen bodenlosen Abgrund.

»Oheim Grimbald?«, fragte Dado noch einmal. Als erneut keine Reaktion erfolgte, schien ihm klar zu werden, dass es nichts gab, das er noch tun konnte.

Er ließ von seinem Onkel ab und richtete sich wieder auf, und Grimbald zog mit den anderen weiter. Wohin, war nicht festzustellen, vermutlich wollten sie nur fort von hier, von diesem Ort, an dem ihnen so Schreckliches widerfahren war.

»Nun ja«, knurrte Runward und spuckte aus. »So langsam wird mir klar, was mit all den Leuten hier unten geschehen ist …«

7

Es gab tatsächlich kein Zurück mehr.

Als eines der beiden Opfer, die an diesem Tag bestimmt worden waren, gelangte Alured in den Schlangenturm.

Sosehr es ihn all die Jahre danach verlangt hatte, das große Tor hinter sich zu lassen und herauszufinden, was der Feind im Inneren des Berges trieb – nun, da es so weit war, bereute er seine Entscheidung wie keine zuvor, denn er wurde das Gefühl nicht los, dass er hereingelegt worden war.

Der Augenblick, in dem sie das Tor durchschritten, begleitet von einer Horde Zwergenpriester unter der Führung des fanatischen Crodegang, brannte sich in sein Gedächtnis ein. Es kam ihm vor, als würde er von einem Monstrum verschlungen, das unersättlichen Hunger nach Menschenleben verspürte.

Alles Grauenhafte, was Alured über den Schlangenturm gehört, was er sich darüber ausgemalt hatte, wurde von der Wirklichkeit noch übertroffen: Die Gänge, die zunächst in den Turm führten und sich dann von dort in die Tiefen des Berges erstreckten, waren weder von Menschenhand gemauert noch von Zwergen in den Fels getrieben worden. Vielmehr schien sie eine Laune der Natur geformt zu haben. Riesige Gewölbe, deren Wände und Decken ebenso glatt wie schwarz waren, muteten wie die Eingeweide eines gigantischen, urzeitlichen Ungeheuers an, beleuchtet von einem feurigen Schein, der aus der Tiefe heraufzudringen schien.

Dazu war ein beständiges Rumoren zu hören, allgegenwärtig und bedrohlich.

Alte Erzählungen berichteten, dass in diesen Hallen einst untote Zwerge ihr Unwesen getrieben hatten. Bislang hatte er das für Ammenmärchen gehalten. Nun allerdings, da er hier war, konnte er sich durchaus vorstellen, dass sich in diesen Stollen und Korridoren grässliche Dinge zugetragen hatten – und es noch immer taten.

Suvat, der Junge, auf den das Los gefallen war, schien ebenso zu empfinden. Gesenkten Hauptes ging er neben Alured her und schluchzte leise, während er Schritt zu halten versuchte.

»Komm schon«, raunte Alured ihm in der Sprache der Ostmenschen zu, von der er in den vergangenen zwei Jahren genug gelernt hatte, um sich zu verständigen. Sie hatte zudem den Vorteil, dass die meisten Zwerge sie weder verstanden noch aussprechen konnten. »Nimm dich zusammen, Junge.«

Suvat wandte das Haupt und blickte aus geröteten Augen zu ihm auf. »Wir … werden sterben«, flüsterte er. »Ich werde meine Mutter niemals wiedersehen.«

»Abwarten«, knurrte Alured. »Es ist erst vorbei, wenn es vorbei ist, verstanden?«

Er wusste nicht, ob man das Sprichwort bei den Ostmenschen kannte oder ob der Junge überhaupt verstand, was er ihm damit sagen wollte. Im Grunde wusste Alured nicht einmal, warum er es überhaupt sagte – denn ihm selbst war nicht viel besser zumute als dem Jungen.

»He, ihr da!« Einer der Zwergenpriester, die sie begleiteten, blieb stehen. In seiner Pranke hielt er eine Peitsche, die er entrollte. »Schweigt gefälligst, wenn ihr euch im Palast unseres Herrschers aufhaltet. Oder muss ich euch erst Respekt beibringen?« Die Peitsche knallte.

»Was habt ihr mit uns vor?«, wollte Alured wissen.

»Hast du nicht gehört, was ich gesagt habe, Mensch? Du sollst schweigen! Als Anhänger unserer Gemeinschaft solltest du das eigentlich wissen. Aber vielleicht brauchst du ja eine kleine Erinnerung.« Wieder zuckte und knallte die Peitsche – und diesmal hinterließ sie einen blutigen Striemen in Alureds Gesicht, der wie Feuer brannte.

Alured beschwerte sich nicht.

Aber er beschloss, sich das Gesicht des Mannes zu merken – auch wenn er vermutlich keine Gelegenheit erhalten würde, um sich bei ihm zu revanchieren.

Von Vigor war weit und breit nichts zu sehen. Der Bastard hatte sich aus dem Staub gemacht, nachdem er seinen menschlichen Verbündeten ans Messer geliefert hatte – und der war auch noch dumm genug gewesen, ihm dabei zu helfen. Alured überlegte, sich gegen seine Bewacher zur Wehr zu setzen und einen Fluchtversuch zu unternehmen. Aber gegen die erdrückende Übermacht hatte er keine Chance, ganz abgesehen davon, dass er an der Torwache und den Kaldronen, die dort postiert waren, nicht vorbeigekommen wäre.

Er musste abwarten.

Über eine breite Treppe gelangten sie noch weiter hinab. Was vom Schlangenturm zu sehen war, schien tatsächlich nur ein kleiner Teil der Anlage zu sein – tatsächlich erstreckte sie sich tief hinein in den Feuerberg. Kein Wunder, dachte Alured, dass sich Zwerge hier wohlfühlten.

Die Temperaturen stiegen an, und der Gestank von Schwefel durchzog die Gänge.

»Der Atem des Drachen«, flüsterte Suvat ängstlich. »Hier ist er noch lebendig.«

»Unsinn«, wehrte Alured ab. »Das sind nur Geschichten, die ...« Wieder knallte die Peitsche, er spürte beißenden Schmerz in seinem Genick.

»Schweigt!«, bellte der Zwerg dazu.

Sie passierten eine Reihe von Hallen und Gängen, in deren Verlauf Alured die Orientierung verlor. Selbst wenn es ihm jetzt gelungen wäre, seinen Bewachern zu entkommen, hätte er den Weg nach oben vermutlich nicht mehr gefunden. Ihr Marsch endete schließlich vor einem Tor, das mit Eisen vergittert war, einem Pferch für wilde Tiere gleich. Eine Tür war darin eingelassen, die Crodegang öffnete.

»Hinein, ehrenvolle Opfer!«, befahl der Oberpriester.

»Was ist dort unten?«, fragte Alured – mehr als eine Treppe, die steil bergab führte, war nicht zu erkennen. Der Rest des Gewölbes lag in Dunkelheit.

»Das werdet ihr zweifellos herausfinden«, beschied Crodegang ihm ebenso barsch wie ungerührt. »Fragt nicht, sondern dient, wie es eure Bestimmung ist.«

Alured trat vor, wohl ein wenig zu zögerlich für den Geschmack seiner Bewacher; denn plötzlich bekam er einen Tritt in den Rücken. Er konnte sich nicht halten und stürzte nach vorn in die ungewisse Schwärze.

Hart traf er auf den Stufen auf und überschlug sich. Den Kopf mit den Armen abschirmend, polterte er die Treppe hinab, an deren Fuß er benommen liegen blieb, den Geschmack von Blut auf den Lippen. Gedämpft nahm er wahr, wie die Gittertür wieder geschlossen wurde und die Zwerge sich entfernten.

Er hörte ein Stöhnen. Das musste Suvat sein.

Alured wand sich auf dem nackten Felsboden und hatte das Gefühl, dass jeder einzelne Knochen in seinem Leib gebrochen war. Glücklicherweise war dies nur der erste Eindruck – sein Körper wies eine Menge Prellungen und Blessuren auf, aber es schien nichts gebrochen zu sein.

»Bist du in Ordnung?«

Suvat kauerte bei ihm.

»Ich denke schon …« Alured rieb sich das schmerzende Genick.

»Wohin, in aller Welt, haben sie uns gesteckt?«

»Ich weiß es nicht«, gab Alured zurück.

»Wir sind nicht allein«, fügte der Junge leise hinzu.

Ächzend richtete sich Alured auf.

Tatsächlich.

Suvat und er waren nicht die Einzigen, die man in das Kellerloch gestoßen hatte.

Im spärlichen Feuerschein, der von oben durch das Gitter drang, waren noch weitere Gefangene zu sehen, die dicht gedrängt in der Höhle kauerten. Und es waren nicht nur eine Handvoll, oder ein Dutzend. Nach Alureds Schätzung waren es weit über hundert, alles Menschen. Es mussten diejenigen sein, auf die das Los zuvor gefallen war. Mit gewisser Erleichterung nahm Alured zur Kenntnis, dass sie noch am Leben waren.

»Ihr da.« Er winkte zu ihnen hinüber, aber es erfolgte keine Reaktion. »Sie hören uns nicht einmal.«

»Warum nicht? Was ist mit denen los?«

Alured raffte sich auf die Beine und ging auf die anderen Gefangenen zu, die reglos sitzen blieben. Die meisten von ihnen schienen ihn nicht einmal zu bemerken.

»Hallo«, sagte er noch einmal.

Weder bekam er Antwort, noch erfolgte sonst eine Reaktion. Die Mienen der Männer und Frauen waren wie erstarrt, ihre Augen leer und blicklos und von einem seltsam gelben Leuchten erfüllt, das an verlöschende Glut erinnerte.

»Was hat das zu bedeuten?«, flüsterte Suvat.

»Sie alle«, erwiderte Alured beklommen, »haben dem Dunklen König gedient.«

8

Es war Nacht geworden, doch der Himmel war wolkenlos, und der Mond und die Sterne sorgten dafür, dass sich blaues Licht über die Welt ergoss und die schneebedeckten Gipfel des Nordwalls glitzern ließ, als hätten Schmiede der Zwerge sie in grauer Vorzeit aus purem Silber geschaffen.

In großer Höhe zog das Luftschiff dahin, weit oberhalb der schroffen Felsen. Bei Tagesanbruch würde es die andere Seite der Berge erreichen und damit die große Eiswüste, jenseits derer sich der Tempel von Shakara befand.

Dag wusste nicht viel über den Tempel, außer dass er den Elfen in alter Zeit als Kultstätte gedient hatte und offenbar von großer Bedeutung für sie gewesen war. Königin Alannah erwähnte ihn mehrfach in ihren Aufzeichnungen, ohne auf seine nähere Bedeutung einzugehen – bisweilen hatte Dag beim Lesen des Buches sogar das Gefühl gehabt, dass sie etwas verheimlichte, dass es ein Geheimnis gab, das sich um Shakara rankte. Die Königin selbst hatte dort einst ihren Dienst als Priesterin versehen, ehe zwei gewisse Orks sie entführt und nach Süden gebracht hatten, natürlich ohne zu ahnen, dass sie damit den Beginn eines neuen Zeitalters heraufbeschworen.*

Seither jedoch war Shakara aus dem Bewusstsein der Menschen verschwunden – dass ihre Tochter ausgerechnet dort sein sollte, wollte Dag nicht recht in den Kopf. Aber

* nachzulesen in DIE RÜCKKEHR DER ORKS

der alte Dwethan war felsenfest überzeugt davon, und in der Vergangenheit hatte es sich immer wieder gezeigt, dass es klug war, dem Druiden zu vertrauen.

Die meisten an Bord des Schiffes schliefen, kauerten sich in Felle gehüllt auf den schmalen Trittbrettern, mit denen die Spanten beschlagen waren. Nur Catriona war wach, die die Ruderwache innehatte, und das Luftschiff steuerte. Und Dag, der einfach keinen Schlaf finden konnte.

Stattdessen hockte er mittschiffs an der Esse und legte Holz nach, wann immer sein Gefühl ihm sagte, dass die Intensität der Flammen nachließ. Eigentlich war dies die Aufgabe des Steuermanns, umso dankbarer war Catriona, dass er ihr die Arbeit abnahm.

»Du findest wohl keine Ruhe?«, erkundigte sie sich.

»Wie könnte ich?« Er legte den Kopf in den Nacken und tat so, als würde er am Flugkörper vorbei in den sternenübersäten Himmel blicken. Er hatte die Augenbinde abgenommen, und es war seltsam, zu wissen, dass sich die Gestirne in seinen Augen spiegelten und er sie doch nicht sehen konnte.

»Soll ich …?«

»Was?«, hakte er nach, als sie sich unterbrach.

»Nichts«, sagte sie. »Ich dachte nur, ich könnte dir vielleicht beschreiben, was ich sehe. Damit du …«

»Damit ich es mir besser vorstellen kann?«, fragte er.

»Mhm.«

Dag musste lächeln. »Ich bin nicht mehr der, der ich einst war, Catriona«, versicherte er. »Früher hätte ich dein Angebot sicher dankend angenommen. Aber inzwischen habe ich gelernt, auch ohne meine Augen zu sehen.«

»Wie das?«, wollte sie wissen.

»Mit allen anderen Sinnen«, erklärte er. »Der Geruch des Feuers zum Beispiel sagt mir, ob es noch heiß genug ist, an seinem Fauchen erkenne ich, ob wir Fahrt machen oder nicht. Im Augenblick kommen wir nur langsam voran, was bedeutet, dass wir ruhiges Wetter haben und der Himmel wolkenlos ist. Sterne sind über uns und der Neumond, und unter uns sind die Berge zu sehen. Ich weiß, dass Ferghas hier liegt«, fuhr er fort, auf die Ducht hinter sich deutend, »denn ich kann sein Schnarchen hören, so wie ich Lyrx' Anwesenheit riechen und Aryanwens Gegenwart spüren kann. Ich höre das Knarren der Seilzüge jedes Mal, wenn du das Ruder betätigst, nicht kraftvoll und ruckartig, wie Henquist es tut, sondern ganz sanft, im Takt des Windes. Und ich höre, wie du mit deinen Fingern einen leisen Rhythmus trommelst, vermutlich eine Weise des Hochlands.«

»Das ... ist wahr«, stellte Catriona verblüfft fest und hörte schlagartig zu trommeln auf.

»Mein Augenlicht mag man mir genommen haben«, erklärte Dag, »dafür erkenne ich vieles, was andere nicht zu sehen vermögen. Zum Beispiel die Anspannung in deiner Stimme, als du nach Alured fragtest.«

Das Steuer knackte leise. »Das hast du gehört?«

»Allerdings. Und ich frage mich, ob ...«

»Ich weiß, was du wissen willst«, versicherte sie.

»Und? Willst du es mir erzählen?«

Augenblicke vergingen, in denen nichts zu hören war außer dem Knarren der Seile und dem Fauchen des Feuers. Dag schnupperte, dann legte er wieder nach.

»Es passierte einfach«, begann Catriona unvermittelt. Sie sprach leise, flüsterte beinahe. »Während wir dem Zug der Zwerge folgten, fand Alured mein Geheimnis heraus. Zuerst war ich wütend darüber, aber inzwischen glaube ich, dass ...« Sie zögerte.

»Dass du dich ihm absichtlich zu erkennen gegeben hast?«

»Ja. Vielleicht ja ... Wir kamen uns näher, und wir verliebten uns … oder waren auch nur dumm. Wir waren beide einsam …«

»Deshalb waren eure Gefühle nicht weniger wahrhaftig«, wandte Dag ein.

»Das stimmt.«

Er wusste, dass sie ihn durch die lodernden Flammen hindurch ansah. Ebenso, wie er wusste, dass Tränen über ihre Wangen liefen.

»Ich möchte ihn wiedersehen«, hauchte sie.

»Ich weiß«, versicherte Dag. »Wenn all das hier vorüber ist, werden wir nach ihm suchen, das verspreche ich dir.«

»Glaubst du denn, er ist noch am Leben?«

Dag brauchte nicht lange nachzudenken. »Ja, das glaube ich«, versicherte er. »Irgendwo dort unten …«

9

Bertins Gesichtszüge waren wie versteinert. Herausfordernd blickte er in die Runde seiner Gefährten.

Noch immer befanden sie sich in dem Brunnenhaus, noch immer hatten sie den Schock der Begegnung mit den Gefangenen nicht verwunden. Keiner von ihnen wusste genau zu sagen, was die Alchemisten mit diesen Männern und Frauen angestellt hatten, noch welchem Zweck dieser Frevel diente; nur eines stand für Bertin unverrückbar fest: dass es enden musste.

Je eher, desto besser.

»Du verlangst viel«, stellte Runward fest. Der schwarzhaarige Schmied lehnte an der Umfassung des Brunnens, stützte sich auf einen der Wasserspeier. In den alten Tagen war man davon überzeugt gewesen, dass die in den Stein gehauenen Fratzen jedweden Schaden sowohl vom Brunnen als auch von der Quelle, die ihn nährte, fernhalten würden; ein Trugschluss, wie sich gezeigt hatte …

»Ich weiß«, versicherte Bertin. »Aber in meinen Augen ist es unsere beste Chance.«

»Was für eine Chance?«, begehrte Runward auf. »Doch nur, von diesen Schattenwesen massakriert zu werden. Oder, was noch schlimmer wäre, genauso zu enden wie diese elenden Gestalten, denen wir begegnet sind.«

»Worüber regst du dich auf?«, fragte Waldrada und stieß ihn von der Seite an. »Du hast doch ohnehin nicht damit gerechnet, dass wir lebend zurückkehren würden, oder? Jedenfalls hast du das die ganze Zeit über behauptet.«

Der Blick, den Runward ihr sandte, strafte seine eigenen Worte Lügen. Der Schmied gefiel sich zwar in der Rolle des Schwarzsehers, der stets vorgab, mit dem schlechtestmöglichen Ausgang zu rechnen und deshalb mit allen Wassern gewaschen zu sein; doch nun zeigte sich, dass dies lediglich seine Strategie war, mit der Furcht umzugehen, die jeden Kämpfer plagte. Auch Runward hatte darauf gehofft, diese Mission zu überleben und wohlbehalten ins Versteck des Widerstands zurückzukehren. Vielleicht sogar mehr als alle anderen.

»Ich kann keinen von euch dazu zwingen, mir zu folgen«, stellte Bertin klar, »aber mein Entschluss steht fest.«

»Und wer garantiert, dass wir nahe genug an Ansgar herangelangen werden, um ihn zu töten?«

»Niemand«, gab Bertin zu. »Aber wir sind hier im innersten Kern der Festung, keine fünf Ebenen mehr vom Thronsaal entfernt, und man hat uns noch nicht entdeckt. Eine solche Chance, dem Alchemistengezücht das frevlerische Haupt abzuschlagen, bekommen wir niemals wieder.«

»Aber wenn wir uns jetzt zurückziehen, könnten wir Verstärkung holen«, gab Runward zu bedenken. »Viele Krieger können mehr bewirken als wenige.«

»Aber auch an den Grenzen des inneren Kerns scheitern«, wandte Bertin kopfschüttelnd ein. »Das Steinschlagtor ist nur eines von vielen. Die Feuerpforte, der Donnerschlund, die Knochenwacht und das Tor der Ewigen Nacht – sie alle bergen tödliche Fallen für jeden Angreifer. Trolle und Orks sind über Jahrhunderte hinweg daran gescheitert, und auch den Kämpfern des Widerstands würde es nicht gelingen, in großer Anzahl in den Kern der Festung vorzudringen. Aber wir sind hier, meine Freunde. Wir haben es geschafft – und das müssen wir nutzen. Denn eine Gelegenheit wie diese bekommen wir nicht noch einmal.«

Wieder blickte er in die Runde der Gesichter, die nicht weniger steinern und unbewegt waren als seines. Waldrada war die Erste, die sich äußerte.

»Deine Argumente sind nachvollziehbar«, sagte die Zwergin bedächtig. »Ich denke, dass du recht hast. Und ich bin dabei.«

»Aber …«, wollte Runward einwenden.

»Willst du versuchen, es mir auszureden?«, fiel sie ihm ins Wort. »Ausgerechnet du, der du dich sonst stets so verwegen und todesmutig gibst?«

»Was Bertin vorschlägt, hat nichts mit Todesmut zu tun«, stellte der Gescholtene zähneknirschend klar, »sondern mit Selbstmord. Er ist von Hass und Schmerz zerfressen, seit Winmar seinen Vater verstümmeln und seinen Bruder hinrichten ließ, und sehnt sich nach dem Tod. Aber das bedeutet nicht, dass wir mit ihm sterben müssen.«

»Du irrst dich, Freund«, versicherte Bertin. »Mein Hass auf Ansgar und seine Bande mag so grenzenlos sein wie du beschreibst, und ich werde niemals die Worte finden, um den Schmerz auszudrücken, den ich empfinde. Aber weder sehne ich mich nach dem Tod, noch würde ich von meinen Leuten jemals ein sinnloses Opfer verlangen. So gut müsstest du mich nach allem, was wir zusammen durchgemacht haben, eigentlich kennen.«

»Versuch erst gar nicht, es mir auszureden, Runward«, fügte Waldrada hinzu, und Bertin bewunderte sie für ihre Gelassenheit und ihren Mut. »Mein Entschluss steht fest, und deiner sollte ebenfalls feststehen. Oder willst du dich von einem Weib beschämen lassen?«

»Ich gewiss nicht«, versicherte Dankrad und trat ebenfalls auf Bertins Seite.

»Das ist doch Wahnsinn!«, wandte Runward ein, der seine Position schwinden sah. »Was genau wollt ihr damit bewirken?«

»Das will ich dir sagen«, entgegnete Dankrad und deutete auf seine geschulterte Axt. »Wir gehen in den Thronsaal und spalten so viele Alchemistenschädel, wie nur irgend möglich. Und mit etwas Glück findet sich auch der von Ansgar darunter.«

»Er vor allem ist unser Ziel«, bekräftigte Bertin, »denn er ist das Oberhaupt der Brut und hat all die Frevel zu verantworten, die hier vor sich gehen.«

»Selbst wenn es euch gelingt, diesem Scheusal den Kopf abzuschlagen: glaubt ihr, dass sie kein neues Oberhaupt finden werden?«, fragte Runward spöttisch.

»Sicher, aber das wird Zeit in Anspruch nehmen«, räumte Bertin ein. »Zeit, in denen die Alchemisten führerlos und dadurch geschwächt sein werden. Dies ist die Stunde der Revolte. Wenn unser Volk überleben soll, muss es kämpfen, andernfalls wird es bald keine Zwerge mehr geben. Jedenfalls keine, die diesen Namen noch verdienen«, fügte er düster hinzu.

Runward schien unschlüssig.

Auf seine Axt gestützt stand er da und starrte zu Boden, als wäre die Entscheidung dort zu finden. Seiner verkniffenen Miene nach trug er einen inneren Kampf aus, wog das Für und Wider von Bertins Plan ab, konnte sich jedoch nicht dazu durchringen, ihm zuzustimmen. Ein beharrliches Kopfschütteln war alles, was er zustande brachte.

»Wie kannst du nur?«, flüsterte Waldrada.

»Lass ihn.« Bertin winkte ab. Es hatte keinen Sinn, jemanden zu einem Kommando wie diesem zu überreden. Ebenso wenig, wie es Sinn ergab, Runward für seine Entscheidung zu demütigen. »Einer von uns muss zurückgehen und die anderen über das in Kenntnis setzen, was hier vor sich geht. Eigentlich hatte ich Dado diese Aufgabe zugedacht, aber nun …«

»Wieso mir?«, erkundigte sich dieser empört.

»Weil du der Jüngste von uns bist«, beschied Bertin ihm leise. »Dein Leben soll noch nicht zu Ende sein.«

»Das hast du nicht zu entscheiden«, wandte Dado ein und wischte sich wütend über seinen Milchbart.

»Offensichtlich.« Bertin nickte, dann wandte er sich Runward zu. »Kehre zu unseren Leuten zurück, wenn du kannst. Berichte ihnen und den anderen Rebellen, was hier geschehen ist, und dass sie sich bereit machen sollen zum Kampf. Wenn Ansgar tot ist, werden wir den Drachenklang läuten.«

»Den Drachenklang?«, fragte Dankrad. »Aber die große Glocke wurde seit vielen Jahrhunderten nicht mehr geläutet!«

»Schon bald wird sie ihr Schweigen brechen«, kündigte Bertin an.

»Oder weiter schweigen bis zum Steinernen Gericht«, konterte Runward. »Euer Vorhaben ist aussichtslos, und Ihr wisst es.«

»Warten wir es ab. Wirst du also tun, was ich dir aufgebe?«

»Das werde ich«, versicherte Runward. »Aber ich bezweifle, dass eurer Mission Erfolg beschieden sein wird.«

»Das ist dein gutes Recht«, erwiderte Bertin gelassen.

»Sein gutes Recht?«, maulte Dado. »Ist das dein Ernst? Dieser Feigling tritt den Rückzug an, und alles, was dir dazu einfällt, ist, dass es sein gutes Recht …«

Weiter kam er nicht.

Bertins geballte, in einem ledernen Handschuh steckende Faust ging ohne Vorwarnung nieder und traf den Freund mit derartiger Wucht an der Schläfe, dass dieser sofort das Bewusstsein verlor. Dado fiel um wie ein nasser Sack und blieb reglos liegen.

»Was soll das?«, fragte Waldrada. »Der Junge sagt die Wahrheit.«

»Darum geht es nicht«, wehrte Bertin ab. »Ich will, dass er lebt. Er ist noch zu jung zum Sterben.«

»Das sieht er anders.«

»Das interessiert mich nicht. Ich bin mit Dado zusammen aufgewachsen, er ist wie ein Bruder für mich. Ich habe einen Bruder sterben sehen, das genügt.«

»Und jetzt?«, fragte Runward.

»Du wirst ihn mit dir nehmen«, ordnete Bertin an. »Warte, bis wir fort sind und sich das Tor hinter uns geschlossen hat, dann gieß ihm einen Eimer Wasser über den Kopf.«

»Aber …«

Bertins dunkle Augen verengten sich zu Schlitzen, während er auf den anderen zutrat. Obwohl Runward älter und kräftiger war als er und ihn um eine halbe Haupteslänge überragte, schien er in diesem Moment der Unterlegene zu sein. »Sag jetzt nicht, dass er dir bei deiner Flucht hinderlich sein wird, Runward Eisenherz, sondern mache deinem Namen Ehre, indem du zusätzlich zu deinem eigenen auch noch das Leben dieses Jungen rettest. Hast du mich verstanden?«

Runward hielt seinem stechenden Blick nicht lange stand. Der Tätowierte sah zu Boden und nickte dann.

»Leb wohl, Freund«, sagte Bertin. »Glück auf deinen Wegen, wohin sie dich auch führen.«

»Glück auch auf deinen Wegen«, entgegnete Runward und wandte sich Waldrada zu, die jedoch nicht mehr als ein Nicken für ihn übrighatte. Tränen standen in ihren Augen, nicht des Schmerzes über den Abschied, sondern der Enttäuschung.

»Komm mit uns«, flüsterte sie. »Noch kannst du es dir überlegen. Es ist gut und richtig, für seine Überzeugung mit dem Leben einzutreten.«

»Ich weiß«, versicherte Runward. »Aber wer ohne Überzeugung handelt, begeht einen Fehler.«

»Genug geplaudert«, knurrte Bertin. Er griff nach seiner Donnerbüchse und überprüfte sie. Dann warf er sich Martog über die Schulter und sandte den beiden Gefährten, die bei ihm bleiben würden, einen verwegenen Blick.

»Lasst uns gehen«, entschied er. »Seine Lordschaft erwartet uns.«

10

Sie brauchten einige Augenblicke, um sich von dem Schock zu erholen. So viele Gefangene sich auch in diesem Verlies befanden, in das die Zwerge sie gesteckt hatten – Alured und Suvat schienen die Einzigen zu sein, die darin wirklich am Leben waren.

»Was … was ist diesen Leuten widerfahren?«, fragte Suvat schaudernd. Der Junge zitterte am ganzen Körper.

»Wer weiß?« Alured zuckte mit den Schultern. »Sieht so aus, als ob …« Er verstummte, da seine Kenntnis der Ostsprache nicht ausreichte, um auszudrücken, was er meinte. Aber vermutlich hätte er sich auch in seiner eigenen Sprache damit schwergetan.

»… als ob sie ihren Willen zu leben verloren hätten«, ergänzte Suvat leise – und traf es damit ziemlich genau.

Diesen elenden Gestalten war alles genommen worden. Ihre Mienen waren unbewegt, so als wäre ihnen alles gleichgültig geworden, ihre Augen weit aufgerissen, der Blick jedoch leer, so als hätten sie unvorstellbares Grauen gesehen, und von einem unheimlichen Leuchten erfüllt. Nur leere Hüllen waren von ihnen übrig geblieben, die hier ein elendes Dasein fristeten. Ihre Schuldigkeit jedenfalls schienen die Diener des Dunklen Königs getan zu haben – zu welchem Zweck, war unbekannt.

»Dieser da. Er … hat einst in unserer Gasse gewohnt«, flüsterte Suvat und deutete auf einen kahlköpfigen Mann, der am Boden kauerte. »Und diese Frau dort hat in der

Reisküche am Viehmarkt gearbeitet. Ich erinnere mich an sie.«

»Tut mir leid, Junge«, knurrte Alured.

Schon für ihn war der Anblick der reglosen, wie in Trance befindlichen Gestalten nur schwer zu ertragen – um wie viel schlimmer musste es für diesen Jungen sein? Plötzlich fiel Alured auf, dass auch er zumindest eine unter den Gefangenen kannte. Es war die junge Frau, die er hatte retten wollen. Bis Vigor ihn zurückgehalten hatte.

»Vigor«, knurrte Alured voller Verachtung.

In Gedanken malte er sich aus, was er mit ihm tun würde, wenn er den verräterischen Zwerg zu fassen bekäme. Allerdings war das mehr als unwahrscheinlich. Stattdessen würden auch Alured und Suvat aller Wahrscheinlichkeit nach bald das Schicksal jener armen Kreaturen teilen und ebenso leeren Geistes dort sitzen, mit leeren, kalt leuchtenden Augen.

Was für ein Narr er doch gewesen war …

»Hörst du das?«, fragte Suvat plötzlich.

Alured nickte.

Schritte drangen vom Gang herab in das Verlies. Jemand näherte sich rasch.

»Sie kommen, um uns zu holen«, hauchte der Junge. Schweißperlen hatten sich auf seiner Stirn gebildet, die Lippen hatte er sich bereits blutig gebissen.

Alured hätte gerne widersprochen, aber natürlich hatte Suvat recht. Sie würden kommen, um sie aus ihrem Kerker zu zerren und ihnen dann dasselbe antun, das sie auch den anderen angetan hatten, was immer das sein mochte.

Ein Schatten war zu sehen, der über die steil abfallende Treppe in das Verlies fiel, und im nächsten Moment tauchte eine einzelne Gestalt oben am Gitter auf. Im Gegenlicht des Feuerscheins war nur ihre Silhouette zu sehen, aber an der

Mütze mit den Troddeln konnte man deutlich erkennen, dass es ein Zwergenpriester war.

Suvat sank auf die Knie und begann, um sein Leben zu flehen. Alured, dem klar war, dass dies nicht das Geringste nutzen würde, erhob sich, verschränkte demonstrativ die Arme vor der Brust und blickte dem Zwerg trotzig entgegen, der sich jetzt am Schloss der Gittertür zu schaffen machte.

»Mensch!«, rief er dazu. »Bist du da unten?«

Alured traute seinen Ohren nicht.

Denn es war Vigors Stimme.

»Mein böser Ork!«

Balboks staunender Ruf wurde von der hohen Decke und den aus Eis bestehenden Wänden dutzendfach zurückgeworfen.

Um diesen Ort zu sehen, um hierherzugelangen, hatten sie die Modermark verlassen – doch nun, da sie endlich da waren und ihren Fuß auf den ehrwürdigen Boden setzten, mussten die Orks feststellen, dass sich seit ihrem letzten Besuch einige Dinge verändert hatten.

Das Gewölbe, in dem sie sich befanden, war einst eine imposante Eingangshalle gewesen. Doch von der einstigen Pracht war nur noch wenig zu sehen. Die Säulen waren brüchig, die Balustraden teilweise eingestürzt, die Galerien herabgebrochen. Ganz abgesehen davon, dass weit und breit niemand zu sehen war, es dafür aber ziemlich streng roch.

»Was hast du erwartet, Faulhirn?«, fragte Rammar. »Die verdammten Schmalaugen haben die Welt vor zig Jahren verlassen. Kein Wunder, dass der Laden hier vor die Hunde gegangen ist.«

»Weißt du noch?«, fragte Balbok dennoch versonnen, der die kleine Alannah auf dem Rücken trug, zusammen mit mehreren Bündeln Eisbärensteaks. »Als wir auf der Suche nach der Karte waren? Als wir die Elfin von hier entführt haben?«

»Nun werd' bloß nicht gefühlsduselig«, riet ihm Rammar. »Muss ich dich daran erinnern, wie viel Ärger uns das Weibsstück eingetragen hat?«

»Trotzdem«, beharrte Balbok. »Wer hätte gedacht, dass wir jemals hierher zurückkehren?«

»Willst du, dass ich dir die Zähne einschlage?«, fragte Rammar verdrießlich. »Wessen dämliche Idee war es denn, hierherzukommen, nur eines dämlichen Traumes wegen?«

»Es war ein besonderer Traum«, betonte Balbok, einen Klauenfinger belehrend erhoben. »Die Elfin ist darin vorgekommen.«

»Und? Ich träume dauernd irgendwelches wirres Zeug. Vor allem, wenn ich abends zu viel gefressen habe. Aber deshalb lasse ich noch längst nicht alles stehen und liegen und ziehe bis ans Ende der Welt!«

»Du hättest nicht mitzukommen brauchen.«

»Du hättest nicht mäh mäh mäh«, äffte Rammar die langsame, bisweilen tatsächlich an ein blökendes Schaf erinnernde Sprechweise seines Bruders nach. »Ist das alles, was du zu deiner Verteidigung vorzubringen hast? Nachdem ich dir ans Ende der Welt gefolgt bin? Ich hatte eben keine Lust, allein in der Modermark herumzusitzen.«

»Hättest du's getan, wärst du inzwischen tot.«

»Wer sagt das?«

»Die Elfin, in meinem Traum«, erwiderte der hagere Ork im Brustton der Überzeugung. »Sie sagte, die Schattendrachen wären hinter dem Kind her.«

»Ach, gut zu wissen. Vielen Dank, garstige Elfin. Dann wär's richtig gewesen, ihnen das Balg zu geben und allein weiterzuziehen«, maulte Rammar. »Ich habe schließlich schon alle Klauen voll zu tun, meinen eigenen *asar* zu retten.«

»Kein Wunder, bei dem *asar*«, meinte Balbok halblaut.

»Hast du was gesagt, Schmalhirn?«

»*Douk*«, verneinte Balbok.

»Ich möchte das Leben endlich mal wieder in vollen Zügen genießen«, stellte Rammar klar. »Schließlich bin ich ein König auf meiner eigenen Insel.«

»Unserer Insel«, verbesserte Balbok.

»Ja doch. Und irgendwann werde ich dorthin wieder zurückkehren«, versicherte Rammar. »Mit dir oder ohne dich, du dämliches langes Elend! Aber vor allem«, er drehte den Kopf und wies auf Alannah, »ohne dich!«

Das Kind strahlte entzückt.

Balbok hob sichtlich unbeeindruckt die Schultern. Überhaupt reagierte er auf Rammars Schimpftiraden nicht mehr, wie dieser sich das gewünscht hätte. Der Grund dafür war offensichtlich – es lag an dem Menschenkind, das die beiden Orks mit sich herumschleppten, seit die garstige Königin es ihnen gegeben hatte. Auf eine Art, die Rammar nicht recht nachvollziehen konnte, herrschte zwischen dem Balg und seinem Bruder ein stilles Einvernehmen – vermutlich, sagte er sich, weil sich die Intelligenz Balboks mit der eines zweijährigen Kindes weitgehend die Waage hielt. Oft kam es vor, dass die beiden die Köpfe zusammensteckten und miteinander tuschelten, und meistens kicherten sie dann dämlich – natürlich auf seine Kosten. Wie satt er das allmählich hatte! Dabei waren sie ohne ihn doch völlig aufgeschmissen!

Nach ihrer Begegnung mit dem Eisbären und einem ausgiebigen Mahl waren die Orks weiter gen Norden marschiert, immer in die Richtung, die Balbok ihnen vorgab. Auf dem ganzen Weg war Rammar nicht müde geworden, seinem Bruder vorzuhalten, dass es vernünftiger gewesen wäre, den *mathum* nicht zu töten, sondern ihn als Reittier zu benutzen, wie die Schmalaugen es früher getan hatten. Dass er gleich am ersten Abend das rechte Hinterbein des Bären quasi im Alleingang verputzt hatte, überging der dicke Ork dabei geflissentlich.

Durch eine triste Landschaft aus riesigen, senkrecht aufragenden Eisnadeln waren sie schließlich an den Ort gelangt, den sie vor vielen Jahren tatsächlich schon einmal besucht hatten – damals im Auftrag des Zauberers Rurak, der sie auf hinterlistige Weise erpresst hatte. Andererseits, dachte Rammar missmutig, war er auch diesmal gewissermaßen dazu erpresst worden. Von seinem Bruder und einem Menschenkind, das ihm noch nicht einmal bis zur Gürtelschnalle reichte.

»Da sind wir nun also«, blaffte er, dass es von den Wänden widerhallte. »Und was nun?«

»Weiß nicht.« Balbok zuckte mit den Schultern und sah Rammar aus großen Augen an.

»Was soll das heißen?«

»Davon, was passiert, wenn wir angekommen sind, hat die Elfin nichts gesagt.«

Rammar schüttelte den Kopf wie ein nasser Hund, als könnte er so den Schwachsinn loswerden, mit den ihn sein Bruder mal wieder überschüttete. »Das ist ja mal wieder typisch für das Elfenweib. Soll das heißen, du hast keine Ahnung, was weiter passieren wird?«

»Douk.« Balbok schüttelte den Kopf.

»Warum hast du das nie erwähnt?«

»Du hast mich nie danach gefragt.«

Rammar seufzte laut. Es war einer der Augenblicke, in denen er sich unendlich erschöpft fühlte.

»Vielleicht hatte die Elfin nicht genügend Zeit, mir alles zu erklären«, rechtfertigte sich Balbok, ehe sein Bruder mit dem blanken *saparak* auf ihn losgehen konnte. »Sie hat nur gesagt, dass wir dorthin gehen sollen, wo wir einander zum ersten Mal begegneten, weil wir dort nämlich sicher wären. Die Schattendrachen fliegen nämlich nicht so weit nach Norden.«

»Die Elfin muss es ja wissen«, grunzte Rammar. Allerdings musste er zugestehen, dass sie, seit sie das Gebirge überquert hatten, tatsächlich keiner dieser Kreaturen mehr begegnet waren, die so finster und unheimlich waren, als kämen sie geradewegs aus Kuruls dunkler Grube geflattert.

»Wenn du mich fragst …«, begann Balbok.

»Ich frag dich aber nicht«, stellte Rammar klar. »Weil nur Blödsinn rauskommt, wenn du das Maul aufmachst.«

»Korr«, erklärte sich Balbok einverstanden und stellte das Paket mit den Eisbärensteaks ab. »Dann entscheide du, wie es weitergehen soll.«

»Ich?« Rammar deutete auf seine breite Brust. »Das wäre ja noch schöner! Du führst uns wegen deines dämlichen Traumes an das Ende der Welt, und ich soll dir helfen? Kommt überhaupt nicht infrage! Den *bru-mill*, den du uns da eingebrockt hast, wirst du ganz allein wieder auslöffeln!«

»Äh, *korr*«, meinte Balbok, schnürte die Bündel mit dem Eisbärenfleisch ab und ächzte. »Dann würde ich hier unser Lager aufschlagen, mich ausruhen und erst mal abwarten, bis wir …«

Ein Geräusch war zu hören.

Kein Knurren wie in der Höhle, eher ein lang gezogener Ruf oder Schrei, womöglich aus einer menschlichen Kehle.

»Frag mich jetzt bloß nicht, ob das mein Magen war«, warnte Rammar seinen Bruder.

Sie lauschten. Selbst Alannah, die neben ihnen auf dem Boden saß, beugte sich angespannt nach vorne.

Waren das nicht Schritte, die sie da hörten? Schlurfende Schritte auf glattem Eis?

»Nicht schon wieder Eisbarbaren«, stöhnte Rammar.

»Ich habe genug von Milchgesichtern, die hinter meinem Hüftspeck her sind.«

»*Douk*, keine Sorge«, versicherte Balbok. »Die Königin hat gesagt, dass wir hier völlig sicher …«

In diesem Moment erschien auf einer der halb herabgebrochenen Balustraden über ihnen ein Mensch.

Es war ein Eisbarbar, ohne Zweifel, bärtig und mit langem Haar und von Kopf bis Fuß in Fell gekleidet. Auf seinem Kopf ruhte ein gehörnter Helm, und sein Blick, fand Rammar, war beinahe so dämlich wie der von Balbok.

Einen Augenblick lang herrschte Schweigen.

Beide Seiten, Mensch und Orks, waren zu überrascht, um zu reagieren – dann öffnete sich der Mund des Barbaren zu einem Schrei, der seine Kehle jedoch nie verließ.

Denn Balboks *saparak* löste sich aus der Hand des hageren Orks, flog sich überschlagend zur Balustrade hinauf und grub sich in die Brust des Barbaren.

Der Mann breitete die Arme aus und kippte nach vorn, landete zwischen Balbok und Rammar auf dem Boden, wo er reglos liegen blieb.

»Was ist?«, fragte Balbok, während er seine Waffe zurückholte, die noch immer in der Brust des Kriegers steckte.

»Man müsste dich eigentlich erschlagen, weißt du das?«, fragte Rammar, während sich seine Schweinsäuglein zu ganz schmalen Schlitzen verengten. »Hast du nicht gerade noch versichert, uns droht hier keine Gefahr?«

»Na ja«, meinte Balbok, kratzte sich ein wenig verlegen am spärlich behaarten Hinterkopf. »Wenn ich es mir überlege, hat die Elfin eigentlich nichts von Eisbarbaren gesagt. Nur von Schattendrachen war die Rede.«

Rammar überlegte, ob er seinen Bruder auf der Stelle erwürgen oder ihm mit dem nackten grünen *asar* ins Gesicht springen sollte. Dass es nicht dazu kam, lag an dem Gebrüll, das plötzlich die alte Eingangshalle erfüllte – und von den Eisbarbaren rührte, die plötzlich auf der Balustrade erschienen. Nicht nur einer oder zwei – sondern Dutzende. Im nächsten Moment flogen Speere herab und bohrten sich dicht neben den Orks in das stumpfe Eis.

»Wo kommen die denn auf einmal her?«, fragte Balbok.

»Da fragst du noch? Die sind uns gefolgt!«, brüllte Rammar, während er bereits zu laufen begann, durch die Halle und tiefer hinein in den einstigen Tempel. »Nimm die Beine in die Klauen!«

Balbok griff hastig nach den Proviantbündeln.

»Lass sie liegen, Faulhirn«, schrie Rammar, »und lauf!«

»Faulhirn! Faulhirn!«, tönte Alannahs Echo.

Dann war nur noch das Gebrüll der Eisbarbaren zu hören, die in wilder Raserei von der Balustrade herabsprangen und die Verfolgung der beiden Orks aufnahmen.

Alured hätte nicht gedacht, dass er jemals froh sein würde, Vigors bärtige Visage zu erblicken.

»Zwerg«, knurrte er halb vorwurfsvoll und halb erleichtert, während er die Stufen zum Gitter emporstieg. »Da bist du ja! Ich dachte schon …«

»Was?«, fiel Vigor ihm ins Wort. »Dass ich dich verraten hätte?« Er lachte auf. »Dazu besteht kein Grund. Es erschien mir lediglich zu riskant, das Tor zusammen mit dir zu passieren, also …«

»Du hattest Angst, dass dein eigener Plan schiefgehen und der Oberpriester mich durchschauen könnte«, verbesserte Alured. »Deshalb hast du dich beizeiten verdrückt.«

»Ich bin hier, oder nicht?«, fragte der Zwerg. »Also worüber beschwerst du dich? Es war schwierig genug, dich hier unten zu finden.«

»Woher hast du die Schlüssel?«, wollte Alured wissen, auf den Bund in Vigors Händen deutend.

»Von einem Priesterbruder. Er hat sich nicht ganz freiwillig davon getrennt.« Er schlug den Umhang beiseite und deutete auf den Dolch, den er darunter trug. »Und jetzt komm endlich, Mensch. Wir haben schließlich nicht ewig Zeit. Wir müssen Winmar finden.«

»Du denkst, dass er doch noch am Leben ist?«

»Ich denke, dass *etwas von ihm* noch am Leben ist«, erwiderte Vigor ausweichend.

»Also schön.« Alured nickte Suvat, der ihm ein Stück weit die Treppe hinauf gefolgt war, auffordernd zu. »Komm mit, Junge.«

»Was soll das?«, fragte Vigor.

»Wir nehmen den Jungen mit.«

»Niemals.« Der Zwerg schüttelte kategorisch den Kopf, dass die Troddeln an der Mütze nur so hin und her flogen.

»Wenn er bleibt, ist er so gut wie tot«, gab Alured zu bedenken. »Dort unten im Kerker sind Menschen, die …«

»Und?«, fiel Vigor ihm barsch ins Wort. »Wenn unserer Mission Erfolg beschieden ist, ist all das hier womöglich schon bald zu Ende.«

»Das wird dem Jungen nichts mehr nützen. Wenn er hierbleibt, ist er verloren.«

»Gut möglich«, gab Vigor zu. »Aber das ändert nichts daran, dass wir ihn nicht brauchen können. Er wird uns nur hinderlich sein.«

»Ich werde dafür sorgen, dass das nicht geschieht«, beharrte Alured. »Weißt du noch, in dieser Spelunke, in die du mich geschleppt hattest? Als du sagtest, dass jeder von uns mit dem leben muss, was er getan hat?«

»Und?«

»Das ist deine Chance, einmal in deinem Leben etwas

nicht nur um deinetwillen zu tun, Zwerg«, beschied ihm Alured – und war selbst überrascht, welchen Eindruck seine Worte hinterließen. Vigor widersprach nicht, sondern schien nachzudenken. Dabei knirschte er mit den Zähnen, dass man hätte meinen mögen, er wolle sie in seinem Mund zu Staub zermahlen.

»Also gut«, erklärte er sich einverstanden. »Aber wenn dein Schützling auch nur einen falschen Laut von sich gibt, schneide ich ihm ohne Zögern die Kehle durch.«

»Verstanden«, sagte Alured nur.

Ein schiefes Grinsen huschte über Vigors bärtige Züge. »Wie schön, wenn Mensch und Zwerg sich einig sind.«

II

Den Nordwall hatten sie überwunden – von dem weiten, von Schnee und Eis bedeckten Land jedoch, das sich jenseits der Berge erstreckte und dem die Elfen den Namen *ýngaia* gegeben hatten, bekamen sie nichts zu sehen.

Dichte Wolken ballten sich am Himmel, die sich in tieferen Lagen mit Nebel mischten, dazu stürzten Myriaden Schneeflocken aus dem düsteren Grau, das sie umgab. Seit sie die letzten Gipfel überwunden hatten, hatten sie weder Sonne noch Sterne am Himmel ausgemacht, nichts, woran sie sich orientieren konnten. Wäre es nicht Dwethan gewesen, der vorn am Bug stand, den Stab aus Lindenholz in der Hand, und ihnen auf geheimnisvolle Weise den Weg wies, hätten sie sich in der nebligen Weite längst verirrt. Doch der Druide schien den Weg genau zu kennen; irgendetwas schien ihn zu rufen.

Seiner Weisung gemäß hielten sie Kurs und hatten zuletzt kein Holz mehr in die Esse gelegt. In der Folge war das Luftschiff in einem beständigen Sinkflug begriffen, nachdem es zuletzt zwei Tage lang fast ohne Unterbrechung geflogen war; gelandet waren die Gefährten nur, um Holz und Wasser an Bord zu nehmen, das wegen seines Gewichts nicht in unbegrenzter Menge mitgeführt werden konnte, und hin und wieder hatten sie auf dem Boden auch ihr Nachtlager aufgeschlagen. Wann immer Witterung und Sichtverhältnisse es zugelassen hatten, waren sie jedoch auch in der Nacht geflogen, ihrem fernen Ziel entgegen.

»Wie hoch sind wir noch?«

Catrionas Frage war berechtigt. Sie stand an der hölzernen Reling und spähte in die Tiefe, konnte durch die nebligen Schleier jedoch nichts erkennen. Ihr Blick verlor sich im wirbelnden Weiß.

»Aye, schwer zu sagen«, murmelte Ferghas. Niemand wagte es, laut zu sprechen, um Dwethan nicht in seiner Konzentration zu stören. Von den Anweisungen des Druiden hing alles ab.

Das Feuer in der Esse brannte inzwischen nur noch spärlich. Entsprechend rasch kühlte sich die Luft im Flugkörper ab, zumal in Anbetracht der herrschenden Temperaturen. Der Rumpf des Schiffes war mit einer Eisschicht überzogen, Eiszapfen hingen von den Seilen. Beides brachte zusätzliches Gewicht und sorgte dafür, dass das Luftschiff noch schneller sank. Begleitet von einem unheimlichen Rauschen glitt es durch den dichten Nebel.

»Ich hasse es, nicht zu wissen, wohin die Reise geht«, beschwerte sich Lyrx.

»Geht mir nicht anders«, stimmte Henquist zu.

»Es ist nicht mehr weit«, war Dwethan überzeugt. »Nicht mehr weit, meine Freunde …«

Dag spürte den Fahrtwind in seinem Haar, lauschte dem Knarren der Taue – und konnte plötzlich noch etwas anderes vernehmen.

Stimmen!

»Hört ihr das auch?«, erkundigte er sich bei seinen Gefährten.

»Aye, was meinst du?«

»Da ruft jemand!«

Die anderen lauschten angestrengt.

»Bist du sicher?«, fragte Henquist dann. »Ich meine, wo sollten hier oben Stimmen herko…?«

»Jetzt höre ich es auch!«, fiel Aryanwen ihm ins Wort.

»Ich ebenfalls«, stimmte Catriona zu – und im nächsten Moment erklang ein Ruf, der so laut war und durchdringend, dass niemand an Bord ihn mehr überhören konnte.

Dumpf und unheimlich hallte er durch den Nebel, ohne dass festzustellen gewesen wäre, aus welcher Richtung er kam.

»Was war das?«, fragte Lyrx in die Stille. »Ein Mensch oder ein Tier?«

»Möglicherweise ein wenig von beidem«, erwiderte Dwethan.

»Das gefällt mir nicht«, gab Ferghas zu und zückte geräuschvoll seine Klinge.

Der Ruf wiederholte sich, und es wurde klar, dass es sich nicht nur um einen Schrei handelte, sondern um Worte, die gebrüllt wurden …

»Nordmänner«, erkannte Dwethan. »Das ist ihre Sprache.«

»Aye«, räumte Ferghas ein, »aber wie in aller Welt kommen diese Barbaren …?«

»Da, der Nebel lichtet sich!«, rief Aryanwen.

»Bei allen Königen!«, schrie Henquist entsetzt. »Der Boden! Er ist schon ganz …«

In diesem Moment krachte es bereits – und das Luftschiff setzte auf.

Dass es beim Aufprall nicht zerschellte, lag allein an dem Eis, das den Rumpf überzog – die geringen Reibungskräfte sorgten dafür, dass die Gondel, von ihrem Flugkörper gezogen, in eine wilde Schlitterfahrt über das schneebedeckte Eis überging. Die Gefährten verloren den Halt und fielen im Inneren der Gondel wild durcheinander. Dag bekam irgendjemandes Fuß ins Gesicht, seine Halt suchenden Hände landeten in Lyrx' Nacken, der sich lautstark beschwerte. Einzig

Dwethan hielt sich vorn im Bug und schaffte es, den Schlingerkurs des Luftschiffs einigermaßen zu stabilisieren – wie er das anstellte, war Dag ein Rätsel.

»Wir brauchen mehr Holz!«, rief er und kroch über die Trittbretter zur Esse. »Facht das Feuer an! Die Luftblase muss wieder steigen! Rasch, ehe wir gegen ein Hindernis stoßen!«

Die Gefährten zögerten keinen Augenblick, legten Holzscheite nach und betätigten den großen Blasebalg, um die Glut noch zusätzlich anzufachen. Dag spürte die Hitze, die von den Flammen ausging, im Gesicht – doch noch reichte sie nicht aus, um den Flugkörper wieder vom Boden abheben zu lassen.

»Eisnadel voraus!«, meldete Dwethan vom Bug – und als wäre das noch nicht schlimm genug, waren plötzlich auch wieder die Stimmen der Nordmänner zu hören. Diesmal jedoch nicht unter, sondern hinter ihnen!

»Was zum Henker …?«

Aryanwen stieß einen Schrei aus, Ferghas eine herzhafte Verwünschung – und im nächsten Moment begriff auch Dag, was die Stunde geschlagen hatte: Ein Eissegler hatte ihre Verfolgung aufgenommen, bis unter den Rand mit feindseligen Barbaren bemannt.

Dag konnte sich gut vorstellen, wie das schiffsähnliche Gefährt aus dem Nebel kam, mit hoch aufragendem Bug, der mit dem geschnitzten Haupt einer Eisschlange versehen war, und den seitlichen Auslegern, die als Kufen dienten. Das Segel am Hauptmast blähte sich im Wind und sorgte dafür, dass der Segler rasch aufholte – und mit ihm auch seine grölende, geifernde, nach Blut dürstende Mannschaft. Grobschlächtige, mit Fellen und Kettenhemden bewehrte Krieger, mächtig an Körperkraft und gering an Verstand, mit mörderischen Äxten und Helmen, von denen spitze

Hörner aufragten, um jedweden Gegner schon durch den bloßen Anblick in die Flucht zu schlagen.

Catriona ließ sich davon nicht beeindrucken. Die Sehne ihres Bogens flirrte gleich mehrmals hintereinander und brachte todbringende Geschosse auf den Weg. Einige davon endeten wirkungslos im Bug des Eisseglers, andere gingen knapp darüber hinweg und töteten zwei Barbaren.

»Aye«, kommentierte Ferghas trocken. »Jetzt sind sie richtig wütend.«

»Sie holen auf!«, stellte Lyrx fest, der sich ebenfalls am Heck postiert hatte und seinen Bogen sprechen ließ – im Gegenzug begannen die Nordmänner, sie mit mörderischen Harpunen zu beschießen, die sie nach ihnen warfen – und das mit beängstigendem Geschick.

Dag merkte, wie dicht neben ihm etwas durch die dünne Wandung der Gondel brach und ihn nur um Haaresbreite verfehlte – die Schlangenhaut bot keinen Schutz gegen die Geschosse der Nordmänner! Die Gefährten mussten den Boden verlassen, und das so rasch wie möglich. Und sie mussten versuchen, die Eisbarbaren loszuwerden – denn wenn diese erst begriffen hatten, dass sie das fremde Schiff ganz einfach bezwingen konnten, indem sie den Flugkörper zerstörten, war alles verloren. Dag konnte nur hoffen, dass der tumbe Verstand der Nordmänner sie möglichst lang von dieser Erkenntnis abhalten würde …

»Die Eisnadel kommt näher!«, rief Dwethan vom Bug. »Wir halten immer noch darauf zu!«

»Wir müssen den Kurs ändern!«, schrie Lyrx.

»Ans Ruder!«, blaffte Ferghas.

»Nein!« Dag hob die Arme, gebot seinen Gefährten Einhalt. Zum einen war fraglich, ob das Ruder im Schnee überhaupt funktionieren würde, oder ob es nicht vielmehr nur Schaden nahm; zum anderen hatte er einen Plan …

»Mehr Feuer!«, wies er die anderen an. »Wir brauchen noch mehr Feuer! Füllt die Blase mit heißer Luft! Und werft allen Ballast ab, den wir nicht unbedingt brauchen! Wir müssen leichter werden!«

»Aber diese verdammte Eisnadel rückt immer näher«, wandte Ferghas ein, »wenn wir den Kurs nicht ändern ...«

»Ich weiß!«, fiel Dag ihm ins Wort, und das mit derartiger Endgültigkeit, dass sich der Clansmann seiner Anweisung fügte.

Weiter unter dem Beschuss der Eisbarbaren stehend, deren abenteuerliches Gefährt immer weiter aufholte und seinen dunklen Schatten auf die Gondel des Luftschiffs warf, taten die Gefährten, was ihr Anführer ihnen sagte. Eisbrocken hagelten zu ihnen herüber, und immer wieder auch Speere, die die Wandung der Gondel durchbohrten. Jedoch war keiner von ihnen gut genug gezielt, um einen der Insassen zu treffen. Die Eisbarbaren gerieten darauf außer sich vor Zorn. Wütendes Geschrei tönte von ihrem Segler herüber, und man brauchte keine hellseherische Gabe, um sich auszumalen, was geschehen würde, wenn sie die Gefährten einholten.

»Sie haben uns gleich«, stellte Catriona fest, die weiter ihre Pfeile auf Reisen schickte. »Sie sind nur noch fünf Schiffslängen entfernt!«

»Sie werden uns rammen!«, fügte Lyrx hinzu. Der Gestaltwandler hatte sich unter eine Ducht geflüchtet – entsprechend dumpf hörte sich seine Stimme an.

»Kaum«, widersprach Ferghas grimmig, »weil wir nämlich vorher den verdammten Eisblock rammen werden. Aber wir werden unsere Haut so teuer wie möglich verkaufen. Keiner dieser verdammten Barbaren soll sagen, dass ein Ca'Dur nicht zu kämpfen versteht.«

»Dazu wird es nicht kommen«, war Dag überzeugt. »Werft die Wasservorräte ab!«

»Die Wasservorräte? Aber …«

»Wir sind von Eis umgeben, wozu brauchen wir Wasser?«, fragte Dag mit entwaffnender Logik. Im nächsten Moment wurden die Lederschläuche bereits über Bord geworfen – und plötzlich ging ein Ruck durch die Gondel.

Die Seile, mit denen sie am Flugkörper befestigt war, strafften sich mit lautem Knarren – und im nächsten Moment verstummte das schleifende Geräusch, das die Gondel seit ihrer unfreiwilligen Landung begleitet hatte, und auch das Holpern hörte plötzlich auf.

»Wir heben ab!«, rief Catriona – und tatsächlich merkte Dag an dem Ziehen in seinem Magen, dass es plötzlich steil nach oben ging. Die heiße Luft trug die Gondel jäh empor, und derselbe Wind, der den Flugkörper eben noch wie ein riesiges Segel über die Ebene geweht hatte, sorgte jetzt dafür, dass das Luftschiff wieder Fahrt aufnahm.

Die Eisbarbaren jedoch trauten ihren Augen nicht.

Wütende Schreie drangen aus der Tiefe, Speere und andere Wurfgeschosse wurden der Gondel hinterhergeschleudert, allerdings ohne sie zu erreichen. Der Zorn darüber, dass ihnen eine bereits sicher geglaubte Beute entkam, noch dazu auf eine solch unerwartete Weise, nahm die ganze Aufmerksamkeit der Nordmänner in Anspruch – und das wurde ihnen zum Verhängnis.

Als ein hässliches Bersten und Krachen aus der Tiefe emporgedrang, war Dag sofort klar, was geschehen war.

»Der Eissegler!«, berichtete Lyrx aufgeregt. »Er ist auf den Eisblock getroffen! Der Rumpf ist geborsten! Der Mast kippt um wie ein gefällter Baum!«

Die Gefährten jubelten, froh über ihre unverhoffte Rettung. Dag fühlte die Dankbarkeit, die ihm von allen Seiten begegnete, spürte die Hände, die ihm auf die Schulter klopften – und den sanften Kuss Aryanwens auf seiner Wange.

»Das war verdammt knapp«, meinte Ferghas unter rauem Gelächter. »Und unser ehrwürdiger Druide hat die ganze Zeit über keinen Finger gerührt.«

»Wozu?«, fragte Dwethan gelassen zurück. »In meiner Vision habe ich uns in Shakara gesehen – folglich wusste ich, dass wir es schaffen würden.«

»Ist das Euer Ernst?«

»Willkommen in der *ýngaia*, meine Freunde«, sagte der Druide, anstatt zu antworten. »Willkommen im Ewigen Eis des Nurwinters.«

12

Es war gewiss keine angenehme Lage, in der sich die beiden Orks und ihr kleiner Schützling befanden.
Auf der Flucht vor den Eisbarbaren hatten sie sich in die höher gelegenen Stockwerke des Tempels zurückgezogen – ein lebensgefährliches Unterfangen. Nicht nur, weil sie ständig darauf gefasst sein mussten, von den Nordmännern entdeckt zu werden und um ihr Leben kämpfen zu müssen. Sondern auch, weil man auf Schritt und Tritt Gefahr lief, im stumpf gewordenen Eis des Bodens einzubrechen und in die Tiefe zu stürzen. Vor allem unter Rammars beträchtlicher Leibesfülle ächzte und knackte das Eis, als wollte es jeden Augenblick nachgeben.

Überhaupt hatte der Tempel, den die beiden Brüder als imposantes, trutziges Bauwerk in Erinnerung hatten, schon sehr viel bessere Zeiten gesehen. Von der einstmals glitzernden Pracht war nichts geblieben, der Zahn der Zeit hatte an den Säulen und Wänden genagt. Die Skulpturen waren allesamt unansehnlich geworden oder ganz zerfallen.

Mit dem Verfall dessen, was die Schmalaugen hinterlassen hatten, hätte Rammar gut leben können – viel schlimmer war der quälende Hunger, der den großen, aber leeren Magen des Orks schon wieder malträtierte, weil sie die Eisbärensteaks zurückgelassen hatten. Bemüht, den Eisbarbaren nicht in die Hände zu fallen, hielten sie sich nun schon geraume Zeit verborgen – ob es Stunden oder schon Tage waren, konnte Rammar nicht sagen. Er wusste nur, dass sein

Magen knurrte und er schon eine Weile nichts Vernünftiges mehr gegessen hatte. Und das nagte nicht nur an seinen Kräften, sondern auch an seinem Nervenkleid ...

»So ein *shnorsh*«, jammerte er, während er geschwächt auf dem eisigen Boden kauerte. Die Zunge hing ihm dabei aus einem Mundwinkel, bei jedem Wort, das er sprach, kräuselte Dampf aus Maul und Rüssel. »Wenn uns die Milchgesichter irgendwann finden, werden wir elend verhungert sein.«

»Pssst«, machte Balbok, der mit dem *saparak* in den Klauen Wache hielt. »Nicht so laut, sonst hören sie uns noch ...«

»Hören uns noch!«, meinte auch Alannah und legte demonstrativ den Zeigefinger auf die tadelnd gespitzten Lippen.

»Na und?«, maulte Rammar unwirsch. »Sollen sie doch ruhig kommen. Ein offener Kampf ist mir lieber, als hier langsam vor die Ghule zu gehen.«

»Du hast vor Kurzem einen halben Eisbären gefressen. Und siehst gar nicht aus wie jemand, der bald vor die Ghule geht«, wandte Balbok ein.

»So fühle ich mich aber«, beharrte sein Bruder und schnitt eine grüne Leidensmiene. »Siehst du nicht, wie dürr ich schon geworden bin?«

Balbok widersprach nicht, aber die Zweifel, die ihn ob Rammars noch immer recht beträchtlichem Bauchumfang überkamen, waren seinem langen Gesicht deutlich anzusehen.

»Was musstest du unseren letzten verbliebenen Proviant auch für das Kind aufheben?«, lamentierte Rammar weiter.

»Die Kleine musste doch was essen«, erwiderte Balbok mit Blick auf das Mädchen, das in ein Fell gewickelt auf dem Boden hockte und mit einem kleinen Warg spielte, den er ihr aus einem Stück Eisbärknochen geschnitzt hatte (und von dem Rammar spöttisch behauptet hatte, er sähe mehr wie Borsh der Stinkfisch aus).

»Die Kleine musste doch was essen«, echote Rammar gehässig. »Wer bist du denn? Ihre Mutter? Wenn ich so was schon höre! Dabei bist mal wieder nur du an allem schuld, Halbhirn! Hättest du unsere Eisbärensteaks nicht zurückgelassen, müsste ich jetzt nicht frieren und Hunger leiden.«

»Du hast gesagt, ich soll sie liegen lassen«, verteidigte sich Balbok mit langer Miene.

»Ich habe das Kind gemeint, nicht die Steaks«, blaffte Rammar – um es schon im nächsten Moment zu bereuen. Denn die kleine Alannah sah ihn entsetzt an – und begann dann fürchterlich zu weinen.

»Rammar!«, schimpfte Balbok.

»Was denn?«, grunzte Rammar. »Versteht hier niemand mehr einen guten orkischen Spaß? Komm schon, Kleine, hör auf damit. Ich hab's nicht so gemeint, *korr*? Es ist zwar wirklich alles Balboks Schuld, aber manchmal ist auch der alte Rammar ein ziemlich großer …«

»… umbal?«, vervollständigte das Kind schniefend und rieb sich die geröteten Augen.

»Korr«, bestätigte Rammar mit resignierendem Seufzen. »Manchmal bin ich ein großer *umbal.*«

Er schlug mit der geballten Faust auf den Boden, um zu signalisieren, dass das Thema damit auch beendet wäre – doch das hätte er besser nicht getan.

Denn es knackte im Eis, und von der Stelle, auf die Rammar gedroschen hatte, breitete sich ein Geflecht von Sprüngen über den Boden aus, spinnwebengleich und blitzschnell.

»Shnorsh«, sagte Balbok.

»Shnorsh«, echote Alannah.

Im nächsten Moment brach das Eis.

Es war, als würde den Orks und ihrem kleinen Schützling

der Boden unter den Füßen weggezogen. Von einem Augenblick zum anderen war da nichts mehr unter ihnen, und sie stürzten senkrecht in die Tiefe, zusammen mit Bruchstücken von über die Jahrhunderte stumpf und brüchig gewordenem Eis.

Noch im Fallen gelang es Balbok, Alannah aufzufangen – dann schlugen sie auch schon auf dem Boden auf, ein Stockwerk tiefer, in einem Gang, der sich kaum von dem vorigen unterschied.

Mit einer Ausnahme.

Dieser hier war voller Milchgesichter!

Die Eisbarbaren staunten nicht schlecht, als die von ihnen gesuchten Orks plötzlich vor ihren Augen herunterregneten. Balbok stand sofort wieder auf den Beinen, Alannah auf dem Arm, während sich Rammar fluchend unter den Trümmern herumwälzte und einen Moment brauchte, um sich wieder aufzurappeln.

Da gingen die Nordmänner auch schon zum Angriff über.

Hals über Kopf stürzten sie sich auf die Orks, blanke Mordlust in den Augen. Einen besonders übereifrigen Barbaren machte Balbok noch mit der Klinge des *saparak* bekannt, ehe er herumfuhr und die Flucht ergriff, Rammar hinterher, der sich schon mal auf den Weg gemacht hatte. Doch während die Eisbarbaren mit eisernen Stacheln beschlagene Stiefel trugen, die das Ausgleiten verhinderten, kamen die Orks auf dem glatten Boden nur langsam voran.

Es war aussichtslos.

Rammar, der kurz zurücksah und den Feind dicht hinter sich erblickte, verfiel in heiseres Gebrüll, und auch der kleinen Alannah war diesmal klar, dass dies kein Spiel war. Sie schrie aus Leibeskräften, während Balbok sie an seine schmale Brust drückte und mit dem eigenen Körper schützte. Über seine Schulter hinweg konnte sie die hassverzerrten, nach Blut dürstenden Mienen der Eisbarbaren sehen, und ihre Angst steigerte sich in Panik.

Die Krieger hoben ihre mörderischen, am Schaft mit Eisbärenfell umwickelten Speere, bereit zum Wurf …

»Aaah!«, keifte Rammar, der plötzlich über ungeahnte Kräfte verfügte und sogar schneller rannte als Balbok – vor den Speeren der Nordmänner würde es dennoch kein Entkommen geben »Sie werden uns aufspießen! Uns pfählen! Uns …«

Die Stimme versagte ihm, als die Geschosse die Hände der Krieger verließen und durch die kalte Luft zuckten, bereit, sich in den ungeschützten Rücken der flüchtenden Orks zu bohren …

… doch sie erreichten sie nicht.

Denn von einem Augenblick zum anderen erhob sich zwischen den Flüchtlingen und ihren Verfolgern eine Wand aus Eis, die sich urplötzlich in dem Stollen gebildet hatte.

»Was …?«

Verblüfft blieb Balbok stehen und wandte sich um, konnte jedoch nicht glauben, was er sah. Entsprechend groß waren seine gelben Augen, entsprechend lang seine Miene.

»Los doch, weiter«, drängte Rammar, der noch gar nicht begriffen hatte, was geschehen war. »Oder muss ich dir vielleicht erst …?«

Auch er schaute ziemlich verdattert drein, als er die massive Eiswand erblickte, die sich plötzlich zwischen ihnen und ihren Verfolgern befand.

»Wie, beim kopflosen Hirul …?«

Ungläubig trat er auf die Wand zu, in der die geworfenen Speere steckten und durch die noch schemenhaft die Umrisse der zeternden Eisbarbaren zu erkennen waren, die ebenso wenig wie die Orks begriffen, was geschehen war. Nur eins schien ihnen zu dämmern, nämlich dass ihnen die

Beute einmal mehr entkommen war. Als Rammar sah, wie sie darüber in helle Aufregung gerieten und vergeblich versuchten, die Eiswand mit ihren Äxten einzureißen, verfiel er in schadenfrohes Kichern.

»Da staunt ihr, was?«, rief er laut gegen die Wand. »Ihr dämlichen Milchgesichter, wenn ihr Rammar den Rasenden zu fassen kriegen wollt, müsst ihr schon ein wenig früher aufstehen, hört ihr?«

»Was ist das, Rammar?«, fragte Balbok, der Alannah noch immer auf dem Arm hatte. »Woher kommt plötzlich das ganze Eis?«

»Weiß ich nicht, und es ist mir auch egal«, versicherte der dicke Ork und rieb sich die grünen Klauen. »Hauptsache, es hält uns diese *umbal'hai* vom Leib.«

»Aber das … das …«

»Interessiert mich einen feuchten *shnorsh*«, stellte Rammar klar – und gemeinsam flüchteten sie den Gang hinab, froh darüber, den Eisbarbaren einmal mehr entgangen zu sein.

13

Keiner von ihnen wusste zu sagen, wie lange sie schon unter Tage weilten und die Katakomben des Feuerberges durchwanderten. Der Ort, den Winmar der Steinerne zu seinem Herrschersitz erkoren hatte, schien sich tief im Inneren des Berges zu befinden, weit unter dem Schlangenturm. Der Weg dorthin war eindeutig – sie brauchten nur den dumpfen, unheimlichen Lauten zu folgen, die durch die aus schwarzem, grobporigem Gestein bestehenden Höhlen hallten. Wo ihr Ursprung lag, davon waren Alured und Vigor überzeugt, würden sie auch den Dunklen König finden.

Wann immer die drei Eindringlinge Gefahr liefen, Zwergenpatrouillen oder Priestern zu begegnen, bogen sie in Nebengänge ab und hielten sich verborgen, bis die Bedrohung vorüber war. Da es unter Tage keinen Unterschied machte, ob es draußen Tag war oder Nacht, schliefen sie wenig und nur dann, wenn es sich nicht mehr vermeiden ließ; jeweils zwei von ihnen hielten dann Wache, während sich der dritte ein wenig Schlaf gönnen durfte. Anfangs misstraute Vigor Suvat und wollte nicht, dass sich dieser an den Wachschichten beteiligte. Aber der Junge erwies sich als ebenso aufmerksam wie zuverlässig, schon weil er selbst nicht den königlichen Schergen in die Hände fallen wollte.

Je weiter sie hinabgelangten, desto wärmer wurde es, was an den Lavaströmen lag, die die Höhlen durchzogen. Sie mussten durch den Ausbruch des Berges vor fünfhundert

Jahren entstanden sein, als er schon einmal Hort eines finsteren Kultes gewesen war. Hingen die Ereignisse von damals und jene von heute zusammen?, fragte sich Alured, während sie durch die bizarre, glutbeleuchtete Unterwelt wanderten, abgekämpft und müde. Ihre Kleider klebten schweißdurchtränkt an ihnen, quälender Durst brannte in ihren Kehlen. Und da war der beißende Gestank von Schwefel und anderen Dämpfen, der in der heißen Luft lag und sich mehr und mehr verdichtete. Alured war nicht wohl dabei, dass Suvat bereits Mühe hatte, sich auf den Beinen zu halten.

»Wie weit noch?«, fragte er Vigor.

»Woher soll ich das wissen?«

»Du weißt mehr, als du uns sagst.«

»Ich habe dir alles gesagt, was für dich von Belang ist, Mensch. Mehr brauchst du nicht zu wissen.«

»Was hat es mit diesem Ort auf sich? Und mit den Gefangenen, denen wir begegnet sind?«

»Was soll es schon mit ihnen auf sich haben?« Vigor zuckte mit den breiten Schultern. »Es gehört nicht viel dazu, den Verstand eines Menschen in den Wahnsinn zu befördern, ich habe es selbst oft genug getan.«

»Das allein war es nicht«, versicherte Alured. »Man hat diese Leute nicht nur ihres Verstandes, sondern auch ihres Willens beraubt, ihrer gesamten Lebensenergie. Und da war dieses unheimliche Leuchten in ihren Augen ...«

»Und wenn schon. Kümmere dich nicht darum.«

»Was ist mit ihnen geschehen? Weißt du es?«

Vigor blieb stehen und sah Alured an. »Und wenn ich es wüsste? Was hättest du davon, Mensch?«

»Wissen ist Macht«, brachte Alured in Erinnerung.

»Das ist wahr«, bestätigte der Zwerg nur – und ging einfach weiter. Alured und Suvat hatten trotz seiner kurzen Beine Mühe, mit ihm Schritt zu halten. Sein zwergischer

Organismus hatte offenbar sehr viel weniger Probleme, mit den Herausforderungen unter Tage zurechtzukommen.

»Wenn wir nicht bald etwas finden, werden wir umkehren müssen«, mahnte Alured. »Das Wasser, das du mitgebracht hattest, ist fast aufgebraucht.«

»Weil es für zwei gedacht war und nicht für drei. Ich hatte dich davor gewarnt, den Jungen mitzunehmen.«

»Hätte ich ihn einfach sterben lassen sollen?«

Der Blick, den Vigor ihm von der Seite sandte, war Antwort genug. »Dein Mitleid ist deine Schwäche, Mensch. Irgendwann wird sie dein Untergang sein.«

»Mit dir werde ich ganz sicher kein Mitleid haben«, versicherte Alured trocken.

»Wir werden sehen«, erwiderte der Zwerg und blieb stehen. Die Höhle, in der sie sich befanden, verfügte über zwei Ausgänge. Beide waren annähernd gleich beschaffen, und es war auch nicht festzustellen, in welchem der beiden Gänge die dumpfen Laute stärker waren.

»Was sollen wir tun?«, fragte Alured. »Uns trennen?«

»Nein.« Vigor trat vor und stellte sich in die Mitte, genau zwischen die beiden Gänge. Dann schloss er die Augen und schien sich zu konzentrieren. »Winmar«, flüsterte er leise. »Wo bist du …?«

Einige Augenblicke verstrichen.

Dann deutete der Zwerg entschlossen auf den linken Stollen. »Dieser da«, verkündete er.

»Was soll das? Sprichst du mit ihm?«

Vigor antwortete nicht.

Alured seufzte. »Also dieser Gang. Bist du sicher?«

Vigor nickte. »Absolut. Es ist nicht mehr weit.«

Und einmal mehr hatte Alured die Gewissheit, dass der Zwerg ihm längst nicht alles gesagt hatte, was er über diesen Ort und den Dunklen König wusste.

14

»Das soll ein Tempel sein?«

Ferghas sprach aus, was alle dachten – selbst Dag war enttäuscht über das, was die Gefährten sahen und Aryanwen ihm beschrieb: Ein riesiger Block aus Eis, der inmitten der weißen Ödnis der *ýngaia* aufragte. Obschon mächtig und von beeindruckender Größe, hatten sowohl die Nordwinde als auch der Zahn der Zeit dem Bauwerk heftig zugesetzt, das den letzten Überrest der einstmals mächtigen, von Türmen gekrönten Anlage darstellte.

»Das ist es – oder war es zumindest einmal«, bestätigte Dwethan. Ob der Druide enttäuscht war oder bestürzt, war seiner Stimme nicht anzumerken. »Glaubt es oder glaubt es nicht, meine Freunde, aber es hat eine Zeit gegeben, da ganz Erdwelt auf diesen Ort geblickt hat. Auf mancherlei Weise war er einst der Nabel der Welt.«

»Jetzt ist es ihr Arsch«, knurrte Ferghas leise.

»Ich mag aussehen wie ein gebrechlicher alter Mann«, erwiderte Dwethan, »aber mein Gehör funktioniert noch ganz ausgezeichnet.«

Nach der Begegnung mit den Eisbarbaren hatten sie das Luftschiff steigen lassen, bis der Flugkörper wieder in den Nebeln verschwunden war – die Gondel selbst jedoch hatten sie so belassen, dass man von ihr aus den Boden sehen konnte. So waren sie weiter gen Norden geflogen, dem Kurs folgend, den Dwethan ihnen vorgegeben hatte, und endlich waren die trutzigen Formen des Eistempels in der Ferne aufgetaucht.

Dag gab Befehl, das Luftschiff aus dem Wind zu drehen und seine Fahrt zu verlangsamen – schließlich wollten sie nicht mit dem Eisturm kollidieren, sondern unbeschadet davor landen.

Zusammen mit Dwethan und Aryanwen stand Dag vorn am Bug und hätte einmal mehr etwas darum gegeben, sehen zu können. Auch wenn der Eistempel alt und teils verfallen war, musste er noch immer von eindrucksvoller Größe sein, und er hätte ihn gern mit eigenen Augen betrachtet.

»Wer hätte das gedacht?«, murmelte Dwethan leise neben ihm.

»Was meint Ihr?«

»Dass ich noch einmal hierher zurückkehren würde.«

»Ihr seid also schon früher hier gewesen?«

»Viele Male«, bestätigte der alte Druide leise und, so schien es, von Erinnerungen überwältigt. »Aber die Zeiten ändern sich«, fügte er hinzu und murmelte einige Worte in altelfischer Sprache. Dag glaubte, das Wort *cyfail* herauszuhören, das »Freund« bedeutete, sowie das Wort *cethegar*, dessen Bedeutung er jedoch nicht kannte – oder war es gar kein Begriff, sondern ein Name?

»Verdammt«, ließ sich Henquist plötzlich vernehmen. »Wir sind nicht die Einzigen, die Shakara einen Besuch abstatten. Dort unten sind zwei Eissegler! Sie halten Kurs auf den Tempel!«

»Und da unten sind noch mehr!«, stellte Aryanwen fest »Ich zähle: zwei, vier, …«

»Sechs Schiffe«, stellte Ferghas fest, »dazu jede Menge Krieger! Wie es aussieht, haben sie den Eispalast gestürmt!«

Aryanwen fasste Dags Hand. »Alannah!«

»Das kann kein Zufall sein«, war Dwethan überzeugt.

»Was meint Ihr? Dass die Gegenseite bereits davon erfahren hat?« Dag fühlte Beklemmung.

»Die Nordmänner haben sich dem Zwergenreich unterworfen«, stellte Dwethan fest, »und die Zwerge wiederum unterstehen Winmars Befehl. Gut möglich, dass der Zwergenkönig Weisung gegeben hat, nach Eurer Tochter zu suchen – und dass die Eisbarbaren ihre Fährte aufgenommen haben.«

»Diese Strolche«, ereiferte sich Ferghas. »Falls sie sich an dem Kind vergreifen, werden sie meine Axt zu spüren bekommen!«

»Vorher werden wir wohl eher ihre Äxte zu spüren bekommen«, verbesserte Lyrx. »Ich sehe wenigstens hundert von denen. Und wer weiß, wie viele schon in den Tempel eingedrungen sind?«

»Das geht schief«, war sich auch Catriona sicher.

»Aber es muss eine Möglichkeit geben«, beharrte Aryanwen. »Wir können ihnen unser Kind doch nicht überlassen.«

»Nein«, gab Dwethan zu. »Aber gegen eine solch erdrückende Übermacht werden wir nicht lange bestehen – noch nicht einmal mithilfe magischer Kraft.«

Dag, der fieberhaft nachgedacht hatte, schnaubte geräuschvoll. »Dann werden wir eben nicht kämpfen«, verkündete er entschieden.

»Nicht kämpfen?« Er konnte das fassungslose Entsetzen in Aryanwens Stimme hören. »Aber …«

»Henquist«, wandte er sich dem Gefährten zu, der im Augenblick das Steuer bediente, »halte den Kurs! Wir fliegen genau auf den Tempel zu!«

»Verstanden.«

»Die anderen sorgen dafür, dass wir steigen«, wandte sich Dag an den Rest der Mannschaft.

»Was hast du vor?«, wollte Dwethan wissen.

»Wir landen auf dem Dach«, entgegnete Dag kurzerhand.

Lyrx schnappte nach Luft. »Hast du nicht gesehen, wie schmal …? Ich meine … du weißt schon, was ich meine!«

»Es ist möglich«, beharrte Dag, »ich habe einst ein ganz ähnliches Manöver geflogen und es fertiggebracht, auf der Plattform eines Wachturmes zu landen.«

»Aye«, brummte Ferghas. »Dann sollte das hier zu schaffen sein. Los doch, Leute! Ihr habt gehört, was er gesagt hat! Wir müssen an Höhe gewinnen!«

»Aber …«, ließ sich Lyrx noch einmal vernehmen.

»Ruhe!«, wies Dwethan ihn scharf zurecht, und Dag erläuterte in aller Kürze seinen Plan. Was geschehen würde, wenn es gelang, konnte er nur erahnen.

Er hörte die hektischen Schritte seiner Kameraden auf den Trittbrettern, spürte die Hitze des Feuers und das Rauschen des Windes. Er vernahm die panischen Schreie, die Lyrx hin und wieder ausstieß, während das Luftschiff dem gewaltigen Eisklotz entgegenraste, der einst eine mächtige Festung gewesen war, ein Tempel des alten Elfenreichs. Und hin und wieder glaubte Dag auch, aus der Tiefe die Schreie der Eisbarbaren zu hören, über deren Köpfe das eigentümliche Gefährt hinwegflog. Dag hatte das Gefühl, ihren heillosen Zorn zu spüren, aber auch ihre Furcht vor ihrem dunklen Gebieter, der im fernen Tirgas Winmar residierte und dessen Arm doch bis in den kalten Norden reichte …

Plötzlich erfasste eine eisige Bö die Gondel und schüttelte sie heftig. Einige der Gefährten schrien auf.

»Nur noch fünfzig Schritte Entfernung«, meldete Ferghas. »Noch vierzig … dreißig … zwanzig …«

»Jetzt!«, befahl Dag – und der Clansmann warf den behelfsmäßigen Anker, der aus wenig mehr als einer Doppelaxt und einem starken Tau bestand.

Mit einem knirschenden Geräusch grub sich das Blatt der

Axt in das Eis. Das Tau spannte sich mit lautem Knarren – und im nächsten Moment durchlief ein scharfer Ruck die Gondel des Luftschiffs.

»Aussteigen!«, ordnete Dag an, und wie es vereinbart worden war, sprangen Ferghas, Henquist, Lyrx und Catriona über Bord, um Ankerpflöcke in das Eis zu treiben und die Haltetaue des Luftschiffs daran zu verzurren. Nur wenige Augenblicke später war es gesichert, und auch Dag, Aryanwen und Dwethan verließen die Gondel. Das Eis knirschte unter ihren Füßen, bitterkalter Wind strich über das Plateau hinweg. Aus der Tiefe drang das Geschrei der Eisbarbaren herauf.

»Sie werden versuchen, heraufzugelangen«, mutmaßte Ferghas. »Und womöglich wird es ihnen sogar gelingen.«

»Wir werden Wachen zurücklassen, um das Schiff zu bewachen«, entschied Dag kurzerhand. »Henquist! Catriona!«

»Du kannst Dich auf uns verlassen«, versicherte die Tochter Ca'Durs. »Keiner dieser rohen Schreihälse wird seinen Fuß auf unser Schiff setzen, das verspreche ich dir.«

»Sehr gut. Und haltet die Glut in der Esse – es kann sein, dass wir rasch verschwinden müssen.«

»Verstanden.«

»Und wie kommen wir in den Tempel hinein?«, fragte Lyrx, der sich offenbar bereits umgesehen hatte. »Es gibt von hier aus keinen Weg ins Innere.«

»Noch nicht«, gab Dwethan zu. Durch den knirschenden Schnee entfernte er sich einige Schritte von ihnen, dann murmelte er leise Worte und stieß seinen Stab in den gefrorenen Boden. Einen Augenblick lang geschah nichts. Der hölzerne Stab steckte im Eis, und es hatte nicht den Anschein, als ob er irgendetwas bewirken würde.

Dann jedoch begann das Eis rings um den Stab mit lautem Zischen zu verdampfen. Ein Loch entstand, dessen Tiefe und Umfang beständig wuchsen, bis darunter schließlich ein Hohlraum auftauchte.

»Scheint ein Gang zu sein«, stellte Lyrx fest, der sich am Rand der Öffnung niedergelassen hatte und hinabspähte. Seine Stimme hallte von unten wider.

»Der Weg nach Shakara ist offen«, bestätigte Dwethan, dessen Stimme plötzlich vor jugendlichem Tatendrang bebte. »Worauf also warten wir?«

15

Sein Name war Gunan. Er war der Anführer der Horde, und das nicht von ungefähr. Die Haarschöpfe am Gürtel des Nordmannes, die aus Knochen gefertigte Brustplatte seiner Rüstung sowie die beiden Schädel, die als Schulterstücke dienten, waren die traurigen Überreste jener, die den tödlichen Fehler begangen hatten, ihn herauszufordern. Gunans Klinge und sein Totschläger, dem er den Namen *Nodbring* gegeben hatte, waren weithin gefürchtet, und wann immer jemand Widerworte gegen den Anführer erhob, musste er befürchten, vom Nachtbringer ereilt zu werden.

Doch an diesem Tag galt Gunans Zorn nicht etwa einem seiner Leute, der es wagte, gegen ihn aufzubegehren.

Sondern zwei Orks.

Es kam nur selten vor, dass sich Grünhäutige diesseits des Walls blicken ließen, und wenn doch, dann lebten sie meist nicht lange genug, um größeren Schaden anzurichten. Ihre Hauer pflegten als Halsketten zu enden, die Eiskrieger ihren Frauen als Geschenk darboten; ihre Schädel gaben, auf einen Spieß gesteckt und mit Talg gefüllt, halbwegs brauchbare Laternen ab. Warum Orks aber jenseits der Großen Berge so gefürchtet waren, entzog sich Gunans Kenntnis – sie waren unbedeutende Krachmacher, für die sich niemand sonderlich interessieren sollte.

Diese beiden Orks jedoch waren anders.

Denn sein Auftrag lautete, sie um jeden Preis zu fangen – und sie ärgerten ihn.

Nicht genug damit, dass die Grünhäute ihn und seine Leute schon eine ganze Weile lang zum Narren hielten; nun, da es ihnen endlich gelungen war, sie zu stellen, hatten sie sich in der alten Eisfestung verkrochen, die dem Anführer der Nordmänner gleich aus zwei Gründen verhasst war. Zum einen gab es Gerüchte, dass das alte Gemäuer verflucht wäre, und kein Nordmann legte sich gerne mit übernatürlichem Zauber an, der womöglich noch als alten Elfentagen stammte; zum anderen gab es eine Unzahl von Gängen und Stollen, die durch den alten Tempel führten, und einer von ihnen sah aus wie der andere. Jemanden zu suchen, der sich darin versteckte, stellte die Geduld jedes Kriegers auf eine harte Probe, und wenn Gunan etwas nicht hatte, dann war es Geduld.

Wäre es nach ihm selbst gegangen, hätte er die beiden Unholde davonkommen lassen; oder sie in ihrem Versteck einfach ausgeräuchert. Es lag keine Ehre darin, einen Ork zu töten, dafür waren sie entschieden zu schwach und ihre Haut zu grün. Aber dem Befehl, den er erhalten hatte, konnte sich niemand entziehen.

Denn er stammte von ganz oben.

Mit wehender Mähne, *Nodbring* in der einen und sein Schwert in der anderen Hand, stürmte er seinen Männern voraus durch die schmalen, aus Eis bestehenden Stollen. Ein unnatürlich blaues Licht beleuchtete das Innere des Tempels, das Gunan ebenso wenig gefiel wie das fortwährend Bersten und Knacken, das das uralte Bauwerk erfüllte. Anfangs hatten die Nordmänner in gewohnter Manier ihre Wut und ihre Kampfeslust laut hinausgebrüllt. Inzwischen jedoch waren sie verstummt.

Dieser Ort hatte etwas an sich, das auch den hartgesottensten Kriegern nicht gefallen wollte. Dennoch hatten sie keine andere Wahl, als hier zu sein, denn die Stimme hatte es ihnen befohlen. Der Dunkle König selbst, der jenseits des Walls herrschte und dem auch die Eiskrieger Treue geschworen hatten, hatte zu ihm gesprochen und ihm aufgegeben, nach einem Kind zu suchen.

Einem Menschenkind.

Einem Mädchen.

Gunan wusste nicht, was es mit dem Mädchen auf sich hatte und weshalb der dunkle Gebieter hinter ihm her war. Es war ihm auch gleichgültig, er hatte schon aus weit geringerem Anlass geraubt und gemordet und Säuglinge, die er für nicht wert erachtet hatte, in die Reihen der Eiskrieger aufgenommen zu werden, von der Brust ihrer Mütter gerissen und in der Weißen Wüste ausgesetzt. Aber der König hatte klargemacht, dass er dieses Kind unbedingt haben wollte.

Warum sich ausgerechnet zwei Unholde des kleinen Mädchens angenommen hatten, wusste der Anführer der Eisbarbaren ebenfalls nicht zu sagen. Vermutlich erhofften sie sich reiche Belohnung. Nun, *Nodbring* würde ihnen eine blutige Lektion erteilen.

Im Laufschritt durchmaßen die hünenhaften, in grobe Felle gehüllten Krieger die Stollen.

Gunan schnüffelte. Die Orks konnten nicht weit sein. Er konnte sie riechen, ihren abartigen Gestank. Vermutlich hatten sie sich verkrochen, der Fette und der Dürre, und standen mit dem Rücken zur Wand.

Ein siegesgewisses Grinsen huschte über Gunans Züge, wenn er daran dachte, dass er seine Klinge gleich in Orkblut baden würde. Dann würde er dem Willen des Dunklen Königs nachkommen, und womöglich würde ihn dieser zum Häuptling über ganz …

Der Stollen endete jäh, und die Eiskrieger platzten in ein Gewölbe, in das mehrere Gänge mündeten und durch dessen aus Eis bestehende Deckenkuppel blaues Tageslicht schimmerte. Jäh blieben Gunan und seine Kumpane stehen – denn vor ihnen auf dem Boden kauerte ein Kind.

Es war ein kleines Mädchen.

Und von den Orks war weit und breit nichts zu sehen!

Der Anführer der Nordmänner richtete sich auf, warf den Kopf in den Nacken und lachte so laut und dröhnend, dass es von der Kuppeldecke widerhallte. Die wilden Zotteln seines langen Haares bebten, und die Schädel an seinen Schultern schienen einen bizzaren Tanz zu vollführen.

»Schau an!«, dröhnte er in der harten Sprache seines Volkes. »Wenn das mal nicht unsere kleine Prinzessin ist! Wo hast du deine Beschützer gelassen, Kind?«

Das Mädchen blickte ihn aus großen, fragenden Augen an. Gunan verstand nicht viel von Bälgern – dieses hier mochte zwei oder drei Jahre alt sein. Er stampfte auf das Kind zu, bückte sich zu ihm hinunter und schnüffelte daran.

»Dafür, dass du deine Zeit mit zwei Unholden verbracht hast, riechst du halbwegs erträglich«, beschied er dem Mädchen, worauf seine Leute – insgesamt fünfzehn – in raues Gelächter ausbrachen. Dann steckte er das Schwert weg und griff mit der Pranke nach dem Mädchen, um es zu packen und es sich wie ein Stück Holz aufzuladen.

»Komm nur, kleine Göre«, meinte er dazu. »Zier dich nicht erst, du wirst mir eine schöne Belohnung einbr…«

Weiter kam Gunan nicht.

Denn in diesem Moment zuckte die rechte Hand des Kindes vor, und etwas blitzte grell auf – ehe es mit Wucht in seine Kehle fuhr.

Der Anführer der Nordmänner stand einen Augenblick lang wie vom Donner gerührt, während ein Schwall roten Blutes aus seiner offenen Kehle schoss, auf den eisigen Boden klatschte und dort sofort gefror.

Gunan, der schrecklichste und gefürchtetste aller Eiskrieger, starb in dem Bewusstsein, dass ein zweijähriges Kind ihn besiegt hatte – die Wahrheit erkannte er nicht. Denn als sich die blassen, unschuldigen Gesichtszüge des Kindes veränderten und seine kleine Gestalt sich auf geradezu gespenstische Weise veränderte, lag der Anführer der Eisbarbaren bereits leblos in seinem Blut.

16

»Zum Angriff!«

Dag hörte seine eigene Stimme, die von der hohen Decke widerhallte, und stürzte sich seinen Leuten voraus in den Kampf. Um den Anführer der Eisbarbaren brauchte er sich nicht mehr zu kümmern, den hatte Lyrx bereits erledigt – der Rest der Horde jedoch war noch da, und da die grobschlächtigen Hünen trampelten wie eine Herde brünftiger Ilfantodon-Bullen, hatte Dag das Gefühl, sie direkt vor Augen zu haben.

Der erste Gegner, auf den er traf, beging den verhängnisvollen Fehler, sich von Dags Augenbinde täuschen zu lassen. Statt seine Waffe zur Abwehr zu heben, stieß der Nordmann ein spöttisches Schnauben aus – das Dag genau verriet, wo sich der Kopf seines Gegners befand. Im nächsten Moment fuhr die messerscharfe Klinge mit vernichtender Wucht in die Halsbeuge des Kriegers, der röchelnd niederging.

Auch Dags Gefährten kämpften unerbittlich. Die Barbaren in eine Falle zu locken, war Lyrx' Idee gewesen – der Wechselbalg hatte einige Erfahrung darin, seine Fähigkeit dazu einzusetzen, arglose Gegner hinters Licht zu führen. Dass er die Gestalt eines kleinen Mädchens annehmen sollte, war hingegen auf Dwethans Betreiben zurückzuführen.

Aryanwen stieß einen Schrei aus, als sie die federleichte Klinge nach ihrem Gegner schwang. Der Eisbarbar stieß ein verächtliches Grunzen aus und schwang seine Keule – mit vernichtender Wucht, aber zu langsam und schwerfällig, um einer Mutter beizukommen, die um ihr Kind kämpfte. Blitzschnell stieß Aryanwens Klinge vor und durchbohrte die ungeschützte Kehle des Kriegers. Gurgelnd sank er nieder, während der nächste Gegner bereits heranstürmte.

Dag hörte das Pfeifen einer unförmigen Klinge und spürte den Luftzug, riss instinktiv seine eigene Waffe empor, um den Hieb zu blocken. Mit furchtbarer Kraft prallten die Waffen aufeinander, die Wucht drohte Dag von den Beinen zu reißen. Aber er hielt stand, und einen Herzschlag später ging Ferghas' Axt nieder und spaltete den Schädel des Kriegers.

Auch Dwethan kämpfte – die Schreie der Krieger, die er mit magischer Kraft an die aus Eis bestehenden Wände schmetterte, erfüllten das Gewölbe. Und Lyrx, der wieder seine ursprüngliche Gestalt angenommen hatte, fuhr wie ein Wirbelwind unter die Barbaren und durchschnitt Sehnen und Muskeln.

Der Kampf war ebenso blutig wie kurz.

Schon nach wenigen Minuten war er beendet, lagen die Nordmänner, die zum einen nicht mit Gegenwehr gerechnet und ihren Feind zum anderen völlig unterschätzt hatten, verwundet oder tot. Noch einmal stieß Dag seine Klinge nach vorn, durchbohrte die Brust eines Kriegers, der sich zunächst verwundet gestellt und dann von hinten an ihn herangeschlichen hatte. Die Verwünschung, mit der der Barbar seinen blinden Gegner hatte bedenken wollen, erstarb auf seinen Lippen.

Dann herrschte Stille.

Das schreckliche Schweigen nach dem Kampf, in der nichts zu hören war außer dem Stöhnen der Verwundeten und dem heftigen, kampfeswütigen Atem derer, die überlebt hatten.

Dag schüttelte sich.

Der Gestank des Blutes, das auf den Boden sickerte und dort dampfend gefror, war ihm beinahe unerträglich. Doch die Gefahr, von den Eisbarbaren gestellt und überwältigt zu werden, war einstweilen gebannt.

»Aye«, anerkannte Ferghas mit hörbarer Genugtuung. »Gute Arbeit, meine Freunde.«

»Grauenvoll«, sagte Aryanwen nur.

»Aber notwendig«, beharrte Dwethan. »Zum einen wird es eine Weile dauern, bis sie einen weiteren Kriegstrupp schicken. Zum anderen haben wir eine wichtige Erkenntnis gewonnen.«

»Und die wäre?«

»Dadurch, dass unser formwandelnder Freund die Gestalt eines kleinen Kindes angenommen hatte, wissen wir jetzt, dass es tatsächlich genau das ist, wonach die Barbaren suchen. Offenbar unterstehen auch sie bereits dem Einfluss unseres Feindes, der einen Weg gefunden haben muss, auch über lange Strecken und über Berge hinweg mit ihnen in Verbindung zu treten.«

»Wie?«, fragte Dag.

»Das Böse kennt viele Schliche, um zu den Sterblichen zu finden«, erwiderte der Druide, »selbst wenn es noch nicht in der Lage ist, ihnen stofflich zu erscheinen. Es spricht in Albträumen zu ihnen und beeinflusst ihren Willen – besonders dann, wenn der Geist schwach ist wie bei diesen hier.«

»Aber wenn sie noch immer hinter dem Kind her waren«, folgerte Aryanwen hoffnungsvoll, »muss das bedeuten, dass sie Alannah noch nicht gefunden haben.«

»Ganz recht«, stimmte Dwethan zu. »Eure Tochter verbirgt sich irgendwo in diesen Mauern, und wie es aussieht, hat uns die Vorsehung gerade zur rechten Zeit geschickt, um ...«

»Hört auf mit dem *shnorsh*!«, tönte es plötzlich hohl aus

einem der Gänge, die in das Gewölbe mündeten, mit einer Stimme, die Dag unter Tausenden sofort herausgekannt hätte. »Ist es das, was ihr Milchgesichter unter Hilfe versteht? Es hätte nicht viel gefehlt, und diese Kerle hätten uns den *asar* aufgerissen! Und warum habt ihr euch so viel Zeit gelassen?«

»Rammar …?«, stieß Aryanwen aus, und es war nicht mehr als ein Flüstern. Ihr ganzer Körper begann vor Aufregung zu zittern.

»Rammar, bist du es wirklich? Balbok?« Tränen liefen ihr über die Wangen.

»Darauf kannst du einen lassen, garstige Milchgesicht-Frau! »Warum sollten wir es auch nicht sein?«

»Wir … wir glaubten euch schon verloren!«, rief Aryanwen, und ihre Hand fasste die von Dag. »Und nun kommt ihr plötzlich aus diesem Eisstollen, in dem ihr euch versteckt hattet …«

»Schmarren, ein Ork aus echtem Tod und Horn versteckt sich nicht. Schon gar nicht vor …«

Plötzlich waren kleine, trippelnde Schritte auf dem Eis zu vernehmen. Nur mühsam konnte Aryanwen einen lauten Schrei unterdrücken. Sie atmete heftig, schaffte es jedoch, sich zu beherrschen. »A-Alannah?«, fragte sie stattdessen leise und so sanft sie es vermochte. »Meine kleine Alannah …«

Der Augenblick war voller Zauber. So als käme das Kind, das Aryanwen während der vergangenen zwei Jahre so schmerzlich vermisst, dem sie ihre ganze Liebe und Hingabe geschenkt hatte, in diesem Moment ein zweites Mal zur Welt. Dag konnte ihre ganze Hingabe fühlen, ihre Liebe, aber auch den überstandenen Schmerz. Und er versuchte, sich ihr Kind vorzustellen: Ihr blondes Haar, ihre blauen Augen, ihre zarte, zerbrechlich wirkende Gestalt.

Als Aryanwen ihre Tochter zuletzt gesehen hatte, war sie noch ganz klein gewesen. Sie hatte sie gerade erst zur Welt gebracht, als sie sich schon wieder von ihr hatte trennen müssen – wie glücklich war sie nun, dass sie sie endlich wiederhatte! Ganz deutlich nahm Dag die Welle der Zuneigung wahr, mit der Aryanwen ihr verlorenes Kind willkommen hieß – doch plötzlich war da auch Zurückhaltung, Vorsicht … vielleicht sogar ein wenig Furcht …

»Hallo Alannah«, sagte Aryanwen leise.

Das Kind antwortete nicht.

»K'achgosh-bonn'hai?«, wandte es sich stattdessen fragend an Balbok.

»Kuun'hai«, antwortete der.

»Korr«, erwiderte das Kind.

»Sie … spricht orkisch?«, fragte Aryanwen.

»Was hast du erwartet?«, schnauzte Rammar. »Dass sie in Elfenzunge lispelt?«

»W-was hat sie gesagt?«

»Sie hat gefragt, wer ihr seid.«

»Und was hat Balbok geantwortet?«

»Na, was wohl? Fremde«, erwiderte der dicke Ork kurzerhand.

»Aber …«

»Was hätte er denn sonst sagen sollen?«, blaffte Rammar. »Dass ihre Mutter und ihr Vater plötzlich aufgetaucht sind, nachdem sie sich zwei Winter lang einen feuchten *shnorsh* um sie gekümmert und in der Gesellschaft von zwei wilden Unholden zurückgelassen haben?«

»D-das ist nicht wahr«, beeilte sich Aryanwen zu versichern, »es war die einzige Möglichkeit, die mir geblieben war. Und wie ich sehen kann, habe ich die richtige Entscheidung getroffen. Ihr habt gut auf sie aufgepasst, bis zum heutigen Tag.«

»Auf deine Schmeicheleien können wir verzichten«, knurrte Rammar. »Hast du eine Ahnung, wie schwer es ist, sich mit einem kleinen Menschenkind durchzuschlagen? Trolle haben uns nach dem Leben getrachtet, Ghule und Warge nach unserem Blut gedürstet, von unseren eigenen Artgenossen ganz zu schweigen – und was habt ihr Milchgesichter in der Zwischenzeit gemacht?«

»Wir haben nach euch gesucht«, beteuerte Dag, »in jedem verdammten Winkel des Reiches. Aber wir haben keine Spur von Alannah oder von euch gefunden!«

»Natürlich nicht.« Rammar lachte. »Was wären wir für Orks, wenn wir so leicht zu finden wären? Wir mussten ja aufpassen, nicht von diesen Flugviechern geschnappt zu werden, die hinter der Kleinen her waren.«

»Den Schattendrachen?«, fragte Dwethan.

»Nenn sie, wie du willst, alter Knochensack. Wir Orks haben nur einen Namen dafür: *dhruurza**. Denn es steht ziemlich fest, dass so was nicht normal ist.«

»Korr«, pflichtete Balbok bei, und auch die kleine Alannah stimmte zu: *»Korr.«*

»Du meine Güte.« Aryanwen wischte sich die Tränen aus dem Gesicht. »Und warum ist sie so angezogen? Und weshalb sind ihre Haare zu einem solch merkwürdigen Busch gebunden?«

»Wir nennen das einen *faltash*«, erklärte Balbok. »Die meisten Orklinge haben das.«

»Sie ist aber kein Orkling, sondern ein kleiner Mensch«, wandte Dag ein.

»Damit wirst du leben müssen«, brummte Rammar. »Auch wenn sie eure Tochter ist, wird sie immer auch zu uns gehören.«

* ork. »Zauberei«

»Aber Rammar«, machte Balbok verblüfft. »Das klingt ganz so, als würdest du sie nicht mehr hergeben wollen.«

»So ein *shnorsh*«, bellte Rammar etwas zu laut zurück. »Was sollte ich an diesem verfressenen Menschenkind wohl finden?«

»Vielleicht magst du es?«, mutmaßte Dag.

»*Korr* – zum Frühstück.« Rammar straffte sich. »Also, das mit dem Kind hätten wir erledigt – wo ist das Essen?«

Dag wusste, dass Aryanwen ihn ansah. Fragend, bittend – doch er wusste nicht, was er tun sollte. So glücklich sie einerseits darüber waren, ihr Kind lebend und wohlbehalten anzutreffen, so befremdlich war, was aus ihr geworden war. Was hatten sie erwartet? Dass ihr Kind ihnen entgegenlaufen und sie überglücklich in die Arme schließen würde?

Wenn Dag ehrlich zu sich selbst war, musste er sich eingestehen, dass es genau das war, was er – und wohl auch Aryanwen – sich erhofft hatte. Aber natürlich war das blanker Unfug. Die kleine Alannah hatte ihre Mutter und ihren Vater nie kennengelernt, folglich waren es Fremde für sie, und natürlich hatte sie sich den Gepflogenheiten der beiden Gestalten angepasst, die sie an Elternstatt aufgezogen hatten.

Mehr oder weniger.

Es würde Zeit brauchen, um ihr zu erklären, wer ihre Eltern waren und warum sie in den ersten Jahren ihres Lebens nicht für sie da gewesen waren.

Zeit und Geduld.

Und Liebe …

»Was ist euch in der Zwischenzeit widerfahren?«, wollte er von den Orks wissen.

»Was glaubst du, Blindschleiche?«, blaffte Rammar. »Dass ich dir was vorsinge? Ich werde dir sagen, was geschehen ist: Wir haben in all der Zeit versucht, am Leben zu bleiben, und das war schwer genug. Und jetzt her mit eurem Proviant. Orks müssen essen.«

»*Korr*«, machte auch Balbok. »Wir haben alle Hunger, und wir haben einen weiten Weg hinter uns. Zuerst haben wir uns in Richtung Modermark durchgeschlagen, weil wir uns dort gut auskennen. Aber dann haben wir gesehen, dass unsere Heimat nicht mehr das ist, was sie früher mal war …«

»… blutrünstige *fulhok'hai*, wohin wir auch kamen«, ergänzte Rammar verdrießlich, »die das Kind am liebsten sofort in den nächsten *bru-mill* gegeben hätten. Einmal wurde sogar ein richtig anständiger Preis geboten, und ich hätte ein nagelneues Kettenhemd gekriegt, groß genug, um meine eindrucksvolle Gestalt zu bekleiden …«

»Aber?«, wollte Dag wissen.

»Eigentlich war der Handel schon beschlossen, als mein halbhirniger Bruder einen Traum hatte.«

»Was für ein Traum?« Dwethan horchte auf.

»Die Elfenkönigin ist mir im Schlaf erschienen«, erklärte der hagere Ork mit hörbar breitem Grinsen.

»Wer?«

»Na, das garstige Weib, nach dem ihr das Kind benannt habt, wer sonst?«, wurde Rammar deutlicher.

»Königin Alannah?«, fragte Aryanwen.

»*Korr*. Sie sagte, dass wir sterben würden, wenn wir in der Modermark blieben, und es einen Ort gebe, wo wir sicher seien. Wir sollten das Kind dorthin bringen, wo wir einander zum ersten Mal getroffen hätten – und das war nun mal hier«, erklärte Balbok.

Dag nickte – er erinnerte sich, in Königin Alanahs Aufzeichnungen darüber gelesen zu haben. »Und wegen dieses Traumes habt ihr euch gleich auf den Weg gemacht?«, fragte er ungläubig.

»Was faselst du, Mensch? Natürlich nicht«, brummte

Rammar. »Wir sind erst mal in der Modermark geblieben. Aber nachdem eine Horde Gnomen uns um ein Haar mit Pfeilen gespickt, ein Waldtroll uns beinahe halbiert und diese Schattenviecher uns fast bei lebendigem Leibe zerfetzt hätten, haben wir es uns anders überlegt.«

»All diese Kreaturen waren ebenfalls hinter dem Kind her«, stellte Dwethan fest.

»Du sagst es, Quacksalber. Alle suchen nach diesem Balg, es ist begehrter als das niemals leere Blutbier-Fass. Hierherzukommen, war eine verdammte Schinderei, das kann ich euch sagen«, tönte der feiste Ork weiter. »Nur gut, dass wir wussten, wo wir nach einem altem Zwergentunnel zu suchen hatten* – so sind wir auf die andere Seite gelangt, ohne über diese elenden Berge kraxeln zu müssen. Dort war es zwar so kalt, dass wir uns fast den *asar* abgefroren hätten, aber wir hatten unsere Ruhe vor diesen Viechern und waren halbwegs sicher – bis wir diesen hirnverfrorenen *umbal'hai* begegnet sind. Mit ihren Eisschiffen haben sie uns gejagt, als ob ein Preis auf unsere *koum'hai* ausgesetzt wäre.«

»Davon gehe ich aus«, bestätigte Dwethan trocken.

»Hm«, machte Balbok und kratzte sich geräuschvoll am spärlich behaarten Hinterkopf. »Was mein Kopf wohl wert ist, Rammar?«

»Mach die Augen zu, dann siehst du's«, beschied ihm sein Bruder mürrisch. »Das ganze Gerede interessiert mich einen feuchten *shnorsh*. Wir können von Glück sagen, dass wir noch am Leben sind, und das haben wir ganz gewiss nicht euch zu verdanken. Also schnappt euch das elende Balg und haut ab! Wir sind froh, wenn wir die kleine Zecke endlich los sind.«

»Das klang eben aber noch ganz anders«, sagte Balbok.

* vgl. DIE RÜCKKEHR DER ORKS

»Halt den Rand, Kleinhirn, wenn der König der Orks spricht«, gab Rammar bekannt. »Wir haben uns die ganze Zeit darauf gefreut, wieder richtige Orks sein zu können, oder nicht? Blutbier saufen und *bru-mill* fressen, weißt du noch?«

»Korr«, stimmte sein hagerer Bruder zu. Besonders überzeugt klang es allerdings nicht.

»Wir hauen von hier ab. Je eher, desto besser.«

»Aye, da stimme ich zu«, pflichtete Ferghas bei. »Wenn die Nordmänner draußen Verdacht schöpfen, werden noch mehr von ihnen kommen – und dann wird es unser Blut sein, das fließt.«

»Sehr wahrscheinlich«, pflichtete Dwethan ihm bei. »Doch bevor wir Shakara verlassen, haben Daghan und ich noch etwas zu erledigen.«

»Ach ja?«, fragte Dag, der zum ersten Mal davon hörte. »Und was, wenn ich fragen darf?«

»Das werde ich dir sagen, wenn es so weit ist. Wir brauchen eine Stunde.«

»Eine Stunde?«, begehrte Rammar auf. »Bis dahin werden wir uns doch noch den *asar* abfrieren!«

»Bei deinen Körpermaßen ist das unwahrscheinlich, Unhold«, konterte der Druide. »Du bist tatsächlich genauso fett, wie du mir geschildert wurdest.«

»Danke sehr.«

»Also lasst uns aufbrechen. Daghan kommt mit mir. Der Rest hält hier die Stellung.«

»Und wenn die Eisbarbaren kommen?«, wollte Lyrx wissen.

»Dann flieht ihr. Und wenn Daghan und ich bis in einer Stunde nicht zurück sind, flieht ihr ebenfalls. Kommt uns nicht suchen, es wäre vergeblich. Verlasst Shakara auf schnellstem Weg, hört ihr? Und blickt nicht zurück!«

»Keine Sorge«, versicherte Rammar.

Aryanwen hingegen war ganz anderer Meinung.

»Nein!«, widersprach sie. »Wir müssen zusammenbleiben! So sind wir am sichersten!«

»Es muss leider sein«, beharrte Dwethan.

»Verstanden«, bestätigte Dag. Warum er seinem Mentor derart bedingungslos vertraute, wusste er selbst nicht zu sagen. Vielleicht war es Instinkt. Vielleicht auch nur Gewohnheit. Er suchte Aryanwens Nähe und küsste sie sanft zum Abschied. »Gib auf dich acht«, schärfte er ihr ein. »Auf dich und auf unser Kind, hörst du?«

Sie nickte, war jedoch nicht in der Lage zu antworten. Dag küsste sie abermals, dann folgte er Dwethans festen Schritten, die aus dem Gewölbe in den Stollen führten, durch den die Eisbarbaren gekommen waren.

»Rammar?«, fragte Balbok hinter ihm.

»Was?«

»Ich hab die Augen jetzt zu. Aber ich sehe nichts …«

17

Vigor hatte ihnen vorausgesagt, dass es nicht mehr weit sein würde, aber Alured vertraute dem Zwerg bei Weitem nicht genug, um sich auf seine Worte zu verlassen. Entsprechend überrascht war er, als ihre Suche tatsächlich endete.

Nachdem sie einem langen, sich windenden Stollen gefolgt waren, dessen Wände von unzähligen Öffnungen, Nischen und Nebengängen durchsetzt waren, gelangten sie unvermittelt in eine Höhle von geradezu gigantischen Ausmaßen.

Sie war so weitläufig, dass das andere Ende nicht zu sehen war. Die Decke wölbte sich über ihnen wie drohende Wolken, bizarre Gesteinsformationen aus erkalteter Lava hingen herab, von denen manche aussahen, als wären es einst lebende Kreaturen gewesen.

Am bizarrsten jedoch war das Gebilde anzusehen, das im Zentrum der Höhle zu schweben schien und das ohne Zweifel der Ausgangspunkt des dumpfen Dröhnens war, das jetzt so stark war, dass es den Boden unter ihren Füßen erbeben ließ.

Erst beim näheren Hinsehen erkannte man, dass das Gebilde, an die hundert Mannslängen hoch, nicht wirklich schwebte, sondern von Hunderten teils dünner, teils stärkerer Streben in der Luft gehalten wurde, die es mit Wänden und Decke verbanden und wie das Ding selbst aus erstarrter Schlacke zu bestehen schienen. Ein wenig fühlte sich

Alured an eine Spinne erinnert, die in ihrem Netz saß und nur darauf wartete, dass ein wehrloses Opfer in ihre Fänge geriet.

Ein unglaublicher Zufall, eine Laune der Natur mochte dieses Ding beim letzten Ausbruch des Feuerberges geformt haben – vielleicht aber, dachte Alured beklommen, war es auch sehr viel mehr als das gewesen. Denn das riesige, wie eine stachelige Kugel anmutende Gebilde war nicht nur einfach ein monströser Klumpen. Fenster waren in das schwarze Material geschlagen, Wehrgänge und Brüstungen darauf errichtet worden. Darunter erstreckte sich ein gigantischer See aus flüssiger Lava, der sich über die gesamte Höhle erstreckte und es Angreifern unmöglich machte, näher heranzukommen.

Den einzigen Zugang schien einer der Stränge zu bilden, der als Brücke diente und sich vom Eingang der Höhle bis hinauf zu der schwarzen Zitadelle erstreckte, über das flüssige Gestein hinweg und durch von Dämpfen durchsetzte und vor Hitze flimmernde Luft.

Alured hielt den Atem an.

Dies also war das Domizil des Herrschers, in dessen Domäne sie eingedrungen waren.

Des Dunklen Königs.

»Wir sind am Ziel, endlich«, stieß Vigor hervor, dessen Augen im Widerschein der Lavaglut fiebrig glänzten. »Winmar ist dort, ich kann es fühlen. Gehen wir hinein und bringen es zu Ende.«

»Nein«, flüsterte Suvat und schüttelte erschrocken das Haupt. Der Junge war völlig verängstigt, zitterte am ganzen Körper. »Bitte nicht.«

»Willst du hierbleiben?«, fragte Alured. Er bedauerte, den Jungen an diesen Ort gebracht zu haben – andererseits war es besser, als ihn im Verlies zurückzulassen.

»N-Nein«, versicherte Suvat schnell. »Ich möchte bei dir bleiben, Bruder.«

Bruder …

Der Junge hatte sich angewohnt, ihn so zu nennen – und Alured, der seine Familie verloren hatte, ertappte sich dabei, dass er in Suvat tatsächlich so etwas wie einen kleinen Bruder sah, den er instinktiv beschützen wollte.

»Gut«, erklärte er sich einverstanden.

»Aber ich warne dich, Junge«, zischte Vigor. »Ein falscher Laut von dir, und ich schneide dir die Kehle durch. Hast du verstanden?«

Suvat nickte krampfhaft. Es bestand kein Zweifel, dass der Zwerg meinte, was er sagte.

»Das Tor wird bewacht«, stellte Alured fest, der über den Rand des großen Lavaklumpens spähte, hinter dem sie Zuflucht gesucht hatten. »Fünf Wächter, vielleicht auch mehr. Aber keine Kaldronen.«

»Mit denen werden wir fertig«, war Vigor überzeugt.

»Mit einem einzigen Dolch?« Alured hob die Brauen.

»Nicht nur.« Der Zwerg schlug den Umhang zurück, den er als Angehöriger des Priesterstandes trug. Verblüfft sah Alured, dass er auf seinem Rücken eine Axt trug, die unter dem Stoff verborgen gewesen war.

»Erstaunlich«, anerkannte Alured und nahm die Waffe an sich. »Warum hast du sie mir nicht früher gegeben?«

»Weil ich nicht riskieren wollte, dass du mir das Ding in den Rücken schlägst«, gab der Zwerg zurück. »Kannst du mit einer Zwergenaxt umgehen?«

»Ich bin ein Krieger aus Ansun«, knurrte Alured, »ich kann mit allem umgehen, was einen Schaft und eine Schneide hat.«

»Hoffen wir's. Unser größter Vorteil ist das Moment der Überraschung. Ich bin Priester, ihr seid meine Anhänger.

Auf diese Weise müssten wir nah genug an sie herankommen können.«

Alured nickte. »Worauf warten wir?«

Sie traten hinter ihrem Versteck hervor, Alured und Suvat voraus, Vigor dicht hinter ihnen, so als müsse er sie im Auge behalten. So betraten sie die aus erstarrter Schlacke bestehende Brücke, die sich kühn über den See aus leuchtender Lava spannte. Das Gestein war schwarz und von einer schimmernden, beinahe glasigen Beschaffenheit. Die Gestalten der drei ungleichen Gefährten spiegelten sich darin.

Je weiter sie sich dem schwarzen Klumpen näherten, der sich in der Mitte der Höhle ballte, desto heißer wurde es, und desto beißender die Dämpfe, die aus der brodelnden Tiefe aufstiegen. Die Luft flimmerte und ließ die schwebende Zitadelle noch grotesker erscheinen.

Die Wächter vor dem Tor hatten sie inzwischen entdeckt und stellten sich ihnen in den Weg. »Halt!«, riefen sie ihnen schon von Weitem entgegen, aber Alured ging einfach weiter. Die Kerle hielten Donnerbüchsen in ihren Händen, was bedeutete, dass sie nah genug an sie herankommen mussten, um sie zu erledigen …

»Ich bringe neue Diener für den Dunklen König!«, rief Vigor, um die Wachen in Sicherheit zu wiegen.

»Aber für heute wurde niemand angekündigt.«

»Diese beiden sind eine Ausnahme«, erklärte Vigor, während sie weitergingen. »Sie sind ein Geschenk des Oberpriesters Crodegang an seine Majestät.«

Der diensthabende Offizier, ein wahrer Hüne für einen Zwerg, der eine Tätowierung auf dem kahlen Schädel hatte, runzelte die Stirn. »Auch davon weiß ich nichts.«

»Du kannst dir vielleicht vorstellen, Soldat«, fragte Vigor, während er direkt auf ihn zutrat, »dass du viel zu unwichtig bist, als dass man dich über alles informieren würde?«

»Du wählst gefährliche Worte, Priester«, fuhr ihn der andere an. »Mein Name ist ...«

Sie erfuhren nie, wie der Mann hieß. Denn noch ehe die Worte seinen Mund verließen, steckte bereits Vigors Dolch in seiner Kehle. Dann ging alles blitzschnell.

Indem er sich herumdrehte, brachte Alured die Axt unter seinem Gewand hervor und hieb sie dem nächstbesten Wachsoldaten in die Brust. Blut brach hervor, das in der Hitze jedoch sofort verdunstete und grässlichen Gestank hinterließ. Der Zwerg lag noch nicht am Boden, als schon einer seiner Kameraden angriff. Alured zerrte noch an seiner Axt, um sie wieder freizubekommen, während der Zwerg mit gesenkter Hellebarde heranstürmte. Im letzten Moment warf sich Alured zur Seite, worauf ihn die rasiermesserscharfe Schneide nur um Haaresbreite verfehlte. Der Zwerg schoss mit der ganzen Wucht seines Angriffs über den Rand der Brücke hinaus und stürzte in die Tiefe. Schreiend fiel er der glühenden Lava entgegen, doch infolge der immensen Hitze ging sein Körper in Flammen auf, noch ehe er das flüssige Gestein erreicht hatte.

Jetzt hielt Alured die Axt wieder in den Händen, gerade rechtzeitig, um sie emporzureißen und den furchtbaren Hieb zu blocken, den ihm der nächste Angreifer beibringen wollte. Er stieß den Zwerg zurück, der die Zähne gefletscht hatte wie ein Raubtier und ihn hasserfüllt anstarrte – und dann die Axt nach Alureds Beinen schwang. Geistesgegenwärtig sprang Alured hoch und entkam so dem mörderischen Hieb. Die Landung schmerzte in seinen strapazierten Knochen, aber sogleich fuhr er wieder herum und trug seinerseits einen Ausfall vor, der den anderen in Bedrängnis brachte. Der Zwerg verfiel in wilde Verwünschungen und schwang seine Axt in einem weiten Kreis, dem Alured entging, indem er rasch zurücksprang. Der Zwerg, der den letzten Hieb nur unzureichend ausbalanciert hatte, geriet ins Wanken – worauf Suvat einen wilden Schrei ausstieß und sich mit bloßen Fäusten auf ihn stürzte.

»Nein!«, rief Alured entsetzt.

Da prallten die beiden bereits zusammen.

Mit dem Mut der Verzweiflung warf sich Suvat auf seinen völlig überraschten Gegner, der nun vollends das Gleichgewicht verlor. Beide taumelten dem Rand der Brücke entgegen – und im nächsten Moment trat der Zwerg bereits ins Leere. Mit einem gellenden Schrei auf den Lippen fiel er in den Abgrund, seinem unglücklichen Kameraden hinterher. Suvat versuchte noch, am Rand der Brücke innezuhalten, doch es gelang ihm nicht – er schwankte.

»Junge! Nein!«

Alured hatte die blutige Axt fallen gelassen und sich zu Boden geworfen. Bäuchlings schlitterte er über das glatte Gestein bis zu dessen Rand, als Suvat in die bodenlose Tiefe kippte – und bekam gerade noch seine Hände zu fassen!

Ein heftiger Ruck durchlief Alured, und er hatte das Gefühl, als würden ihm die Arme aus den Schultern gerissen. Wäre der Junge nicht so ein Leichtgewicht gewesen, hätte er sie vermutlich beide in den Abgrund gezerrt. So jedoch reichte Alureds Körpergewicht aus, um den Sturz aufzufangen und den Jungen davor zu bewahren, in das glühende Verderben zu stürzen, das unter ihnen brodelte.

»Bruder!«, rief Suvat in seiner Not.

Alured biss die Zähne zusammen, bot alle verbliebenen Kräfte auf, um den Jungen wieder zurück auf die Brücke zu ziehen. Stück für Stück zerrte er ihn herauf. Sein Pulsschlag begann zu hämmern, die Adern an seinen Schläfen schienen platzen zu wollen. Aber dann tauchte das Gesicht des Jungen über der Brückenkante auf, und das dankbare Lächeln darin schenkte Alured zusätzliche Kraft. Er warf sich herum, zog mit aller Kraft – und der Junge wälzte sich über die Kante und blieb erschöpft auf dem Rücken liegen.

»Seid ihr jetzt fertig?«, fragte Vigor. In seinen Händen hielt er eine Donnerbüchse, die er offenbar einer der Wachen abgenommen hatte.

»Hättest du uns nicht helfen können?«, fragte Alured dagegen, der sich schwer atmend wieder auf die Beine raffte und die Axt vom Boden auflas.

»Den Jungen zu retten, der uns nur Ärger macht?«, entgegnete der Zwerg, auf die beiden leblosen Körper deutend, die auf der Brücke lagen. Dann wandte er sich um und versetzte ihnen Tritte, sodass sie in der Tiefe verschwanden. »Der Weg ist frei«, erklärte er dann, nach dem offenen Tor deutend, das in die Schwarze Zitadelle führte.

»Kein Schloss?«, fragte Alured. »Kein Fallgitter?«

»Winmars Hochmut«, erklärte Vigor voller Überzeugung. »Er rechnet nicht damit, dass er hier unten angegriffen wird. Ein Irrtum, wie er schon bald feststellen wird.«

Die Donnerbüchse im Anschlag, trat der Zwerg in die dunkle Öffnung. Alured zog Suvat auf die Beine und klopfte ihm ermunternd auf die Schulter. Dann folgten sie ihrem kleinwüchsigen Gefährten ins Innere der bizarren Festung.

Der Gang, der sich vor ihnen erstreckte, führte in undurchdringliche Schwärze. Das Rumoren, das sie an diesen Ort geführt hatte, war hier so laut und gegenwärtig, als ob das Gestein selbst davon durchdrungen wäre. Bisweilen glaubte Alured sogar, in dem dumpfen Wummern unheilvolle Worte einer fremden und dunklen Sprache auszumachen.

Vorsichtig und mit erhobenen Waffen drangen die drei Eindringlinge weiter vor – als es plötzlich geschah.

Ohne Vorwarnung brach unmittelbar vor Alured und Suvat eine Wand aus glattem Gestein herab, die sich ihnen in den Weg stellte und den Gang versperrte.

Von einem Augenblick zum anderen waren sie von Vigor getrennt – und Alured konnte sich nicht vorstellen, dass dies nur ein unglücklicher Zufall gewesen sein sollte.

Er fuhr herum, wollte zurück zum Eingangstor – nur um zu sehen, dass Suvat und er nicht mehr allein waren.

Ein Dutzend bis an die Zähne bewaffneter Gestalten versperrte ihnen den Weg. Aber es waren weder Zwerge noch Menschen noch Orks oder andere in Erdwelt beheimatete Kreaturen, die sich ihnen entgegenstellten.

Sondern Schatten.

18

Dwethan schien sich gut auszukennen in den eisigen Gewölben und Kavernen, die zur Zeit der Elfen eine geweihte Stätte gewesen waren.

Während Aryanwen und die anderen im Kuppelsaal zurückgeblieben waren, der zu den tiefer gelegenen Stockwerken nur den einen Zugang besaß und entsprechend leicht zu verteidigen war, stiegen der Druide und Dag ins Innere des alten Bauwerks hinab – und Dag kam es vor, als würde er jedes Mal, wenn er einen Fuß vor den anderen setzte, gleichzeitig auch einen Schritt in die Vergangenheit tun.

Die eine Hand am Schwertgriff, die andere auf der Schulter Dwethans, durchwanderte er den ehrwürdigen Ort, der aus jeder eisigen Pore Geschichte zu atmen schien.

Hier war es gewesen, wo Königin Alannah ihren Dienst als Elfenpriesterin versehen hatte, lange bevor sie zur Herrscherin von Erdwelt geworden war; hier war sie zum ersten Mal Balbok und Rammar begegnet; und nirgendwo anders als hier hatte die Geschichte des Menschenreichs von Tirgaslan ihren Anfang genommen.

Aber Shakara schien noch weit mehr als nur ein geschichtsträchtiger Ort.

Dag hatte das Gefühl, eine geheimnisvolle Kraft zu spüren, die die alten Gänge erfüllte, und die zunahm, je weiter sie in den Eistempel vordrangen. Woher jene Kraft rührte, vermochte er nicht zu sagen, aber er war sicher, dass sie keine

Einbildung war – ebenso wenig wie die Stimmen, die er plötzlich hörte.

»Dwethan?«, flüsterte er.

»Ich höre sie«, versicherte der Druide. »Eisbarbaren. Sie scheinen die unteren Ebenen des Tempels bereits besetzt zu haben. Wir müssen uns vorsehen.«

Sie gingen weiter, noch mehr als zuvor darum bemüht, kein unnötiges Geräusch zu verursachen. Doch die Stimmen wurden nicht leiser, sondern lauter.

»Sie kommen hierher«, stellte Dag fest.

»Die Krieger des Nordens sind von einem bösen Willen beseelt. Rohe Gesellen waren es schon immer, streitsüchtig und derb in ihren Sitten. Aber nun gibt es eine gemeinsame Absicht, die sie lenkt, und das lässt sie noch gefährlicher werden.«

»Was sollen wir tun?«, fragte Dag. »Umkehren oder kämpfen?«

»Weder noch«, raunte der Druide ihm zu – und schob ihn unvermittelt in einen Nebengang, der sich zur Linken auftat. Dag folgte seinem Mentor bereitwillig, und schon nach wenigen Schritten konnte er hören, dass die Stimmen der Barbaren leiser wurden. »Vorsicht, Stufen«, murmelte Dwethan – dann ging es auch schon steil in die Tiefe.

»Ihr kennt Euch wirklich sehr gut aus«, anerkannte Dag.

»Wie ich bereits sagte – ich war schon früher hier.«

»Wie lange ist das her?«

»Viele Menschenalter«, gab Dwethan unumwunden zu.

»Ich verstehe Euch nicht, wie so oft«, erwiderte Dag. »Sprecht Ihr wieder einmal nur in Bildern? Oder meint Ihr diesmal tatsächlich, was Ihr sagt?«

»Gibt es da ein Unterschied?«, fragte der Druide schmunzelnd zurück.

»Für mich ja.«

»In diesem Fall sollte es dich trösten zu wissen, dass ich ein wenig mehr als ein gewöhnlicher Mann bin, wie du inzwischen fraglos festgestellt haben dürftest. Die Magie vermag manches.«

»Auch ein Leben zu verlängern?«

»Gewiss, mein Junge«, versicherte Dwethan leise. »Man muss nur bereit sein, einen Preis dafür zu bezahlen.«

Dag vermied es zu fragen, was der Alte damit meinte. Er ahnte, dass ihm die Antwort nicht gefallen würde.

»Was suchen wir dort unten?«, wollte er stattdessen wissen, während sie durch den Stollen gingen, der sich an die Treppe anschloss. Wände und Boden waren mit Eis überzogen, sodass sich Dag vorsehen musste, um nicht auszugleiten.

»Das wirst du sehen, wenn es so weit ist.«

»Sehr witzig.«

Der Druide seufzte. »Du weißt, was ich meine.«

»Was für ein Ort war dies einst? Ich meine, ich weiß, dass es ein Tempel war. Aber welchem Zweck diente er? Welche Götter wurden hier verehrt?«

»Keine Götter«, wehrte Dwethan ab. »Der Tempel von Shakara diente dem Erhalt der glorreichen Vergangenheit und der Wahrung der elfischen Traditionen.«

»Klingt sterbenslangweilig.«

»Für eine Rasse, die so jung ist wie die der Menschen, mag das zutreffen«, gab der Druide leicht säuerlich zurück. »Die elfischen Traditionen hingegen reichen mehr als dreißig Jahrtausende in die Vergangenheit, bis in die glorreichen Tage Glyndyrs und Parthalons. In dieser langen Zeit ist sehr viel mehr geschehen, als ein Sterblicher zu begreifen vermag. Auch dieser Tempel selbst ist wiederholt Schauplatz von Ereignissen gewesen, deren Auswirkungen ganz Erdwelt betrafen. Es ist historischer Boden, über den wir wandeln.«

»Ich weiß«, versicherte Dag, der sich plötzlich dumm und einfältig vorkam, wie ein kleines Kind. »Auch Königin Alannah ist einst hier gewesen, nicht wahr?«

»Allerdings. Sie war Hohepriesterin in Shakara, ehe sie von zwei gewissen Orks entführte wurde ... und den Kopfgeldjäger Corwyn traf, einen Menschen, der einst König werden sollte. Es ist eigenartig, welche Wendungen die Geschichte mitunter nimmt.«

»Ist das Zufall?«, fragte Dag. »Oder Schicksal?«

Dwethan blieb einen Moment lang stehen. »Was kümmert es dich?«, fragte er über die Schulter zurück. »In beiden Fällen sind es nicht die Sterblichen, die die Entscheidung treffen.«

»Dennoch ist da ein Unterschied«, beharrte Dag. »Der Zufall geschieht einfach so, weil er eben geschieht – das Schicksal hingegen folgt einem Plan, einer höheren Bestimmung.«

»Sieh an«, schmunzelte der Druide, während er langsam weiterging und den Weg durch den Stollen fortsetzte. »Was für einen schlauen Jungen habe ich doch aus jenem Loch im Wald gezogen. Oder sollten meine Lektionen allmählich Früchte tragen?«

»Aber wenn es dieses Schicksal gibt«, sponn Dag den Gedanken weiter, »dann kann es auch kein Zufall sein, dass die Orks gerade hierhergekommen sind, oder?«

»Das ist richtig – zumal es ein Traum gewesen ist, der sie hierhergeführt hat.«

»Ihr schenkt Rammars Worten Glauben?«

Dwethan lachte leise. »In den alten Tagen gab es ein Sprichwort – *baiwyd sha cre-una'y'margok bodanai cyfaila.*«

»Die Lüge und der Ork sind Freunde«, übersetzte Dag.

»Ganz recht. Gewöhnlich tut man gut daran, den Worten eines Unholds keinen Glauben zu schenken – in diesem

Fall jedoch ist es anders. Orks lügen vor allem dann, wenn es ihren Zwecken dient. Wenn sie sich dadurch einen Vorteil versprechen oder sich Beute erhoffen. Doch welchen Nutzen hätte Rammar davon, uns von Balboks Traum zu erzählen?«

»Keinen«, musste Dag zugeben.

»So ist es. Diesen Traum hat es folglich tatsächlich gegeben – und er ist kein Zufall gewesen, sondern wurde ihnen geschickt.«

»Geschickt? Von wem? Wollt Ihr sagen, dass es wirklich Königin Alannah gewesen ist, die Balbok im Traum erschien? Oder vielmehr ihr Geist?« Dag konnte ein leises Schaudern nicht unterdrücken.

»Was ist ein Geist anderes als die Essenz dessen, was einst gewesen ist?«, fragte Dwethan dagegen. »Nichts vergeht, mein Junge, alles bleibt erhalten. Diesem unabänderlichen Gesetz ist alles im Universum unterworfen, das Gute wie das Schlechte. Es ist der Grund, warum wir diesen Kampf führen – und es ist auch der Grund dafür, dass Thynias Geist noch immer gegenwärtig ist.«

»Thynia?«

»So lautete einst Alannahs Name«, entgegnete Dwethan und hielt erneut für einen Augenblick inne, indem seine Gedanken abzuschweifen schienen. »Vor langer, sehr langer Zeit«, fügte er leise hinzu.

Dag stutzte. Wenn er die Wehmut in der Stimme seines Mentors richtig deutete, dann … »Ihr habt sie gekannt!«, platzte er heraus.

»In der Tat, und es war ein großes Privileg«, bestätigte Dwethan ohne Zögern. »Wenngleich ich damals noch nicht wissen konnte, welch wichtige Rolle sie dereinst für Erdwelt spielen würde. Die Aufmerksamkeit haben andere für sich in Anspruch genommen, aber das ist häufig so. Es sind nicht zwangsläufig die lautesten Töne, die den Klang einer Melodie ausmachen.«

»Seid Ihr jetzt auch noch Musikant?«, fragte Dag.

»Das würde ich mir niemals anmaßen«, versicherte der Druide lachend. »Jeder sollte bei dem bleiben, was er gelernt hat.«

»Und Ihr … habt zaubern gelernt?«

»Gewissermaßen. Auch wenn ich es nicht so ausdrücken würde. Magie hat mehr mit dem wahren Wesen und dem Verstehen der Welt zu tun, als mit übernatürlichen Dingen.«

»Und wo habt Ihr das alles gelernt?«

»Es wird dich vielleicht überraschen, aber es ist genau hier gewesen, an diesem Ort … vor undenklich langer Zeit.«

»Hier? Ihr meint, in Shakara?«

»Genau das. Denn noch vor den Tagen, in denen dies ein Ort der Kontemplation und der Bewahrung der Vergangenheit wurde, gab es eine Zeit, da Shakara eine Festung war, eine Ordensburg, in der jene zusammenfanden, die das Schicksal mit *reghas* versehen hatte, einer magischen Gabe.«

»Einer magischen Gabe?« Verblüffung spiegelte sich in Dags Zügen. »Dann waren diese Leute Zauberer?«

»*Dwethanai* nannten sie sich – die Weisen. Bedauerlicherweise«, fügte der Druide hinzu, »waren sie nicht weise genug.«

»Aber es stimmt, dass hier einst Zauberer aus und ein gegangen sind? Magisch begabte Wesen?«

»In der Tat, und ihr Geist ist noch immer hier und durchdringt diese Ruine. Selbst nach all den Jahrhunderten erfüllt er noch diese alten Stollen und diese Hallen aus Eis. Womöglich hast du ihn bereits gespürt?«

Dag nickte schweigend. Das also war es, was er wahrnahm, jene unerklärliche Kraft …

»Nun?«, erkundigte sich Dwethan. »Bist du immer noch der Ansicht, dass dies ein langweiliger Ort sei?«

Dag schüttelte den Kopf.

»Das hatte ich auch nicht angenommen.«

»Und wohin gehen wir?«, wollte Dag wissen. »Wollt Ihr es mir jetzt verraten?«

»Gedulde dich noch einen Augenblick, Junge. Denn gleich sind wir am Ziel unserer kleinen Reise.«

Dag hatte plötzlich das Gefühl, vor innerer Spannung fast zu bersten. Von dem Augenblick an, da sie einander zum ersten Mal begegnet waren, war der Druide stets ein wahrer Meister darin gewesen, in Rätseln zu sprechen und sich in Andeutungen zu ergehen. Nun jedoch hatte Dag zum ersten Mal das Gefühl, dass er endlich Antworten erhalten würde. Vielleicht würde er nun endlich erfahren, was es mit all den dunklen Bildern und Anspielungen auf sich hatte, die Dwethan so gerne bemühte.

An diesem seltsamen, von uralter Magie durchdrungenen Ort schien alles möglich zu sein. Nicht nur, dass Dag und Aryanwen ihre Tochter nach langer Suche gefunden hatten. Vielleicht würde er hier auch endlich Erkenntnis erlangen.

Sie gingen noch einige Schritte weiter, dann konnte Dag hören, wie sich der Klang ihrer Schritte plötzlich veränderte. Wände und Decke schienen zurückzuweichen, der Raum weitete sich.

»Wir sind am Ziel«, sagte Dwethan, und der Widerhall seiner Stimme belegte, dass Dag richtig vermutet hatte.

Das Gewölbe, das sie soeben betreten hatte, musste riesig sein, mit einer hohen Decke und Wänden aus purem Eis.

»Wo sind wir?«, fragte Dag atemlos.

»In dem, was einst das Herz von Shakara war«, entgegnete der Druide, der um so vieles älter sein musste, als Dag es je für möglich gehalten hätte. »Dies war einst die Halle, in der der Rat der Zauberer zusammentrat, zur Zeit der Hochkönige der Elfen: Glyndyr der Prächtige, seine Nachfolger Eoghan und Parthalon; Sigwyn der Eroberer und Iliador der Träumer. Ihre gläsernen Statuen pflegten einst diese Halle zu säumen, doch es sind nur noch traurige Überreste davon geblieben; der Alabasterthron, auf dem die Priesterin einst saß, wurde von seinem Sockel gestoßen, die hehre Stätte entweiht. Und auch der Kristall, der einst in der Mitte dieser Halle schwebte und uns alle an die magische Macht Erdwelts gemahnte, ist nicht mehr.«

Gemessen an der Trauer, die aus Dwethans Worten sprach, war Dag fast erleichtert, nicht mit ansehen zu müssen, was aus dem einstmals stolzen Hort der Elfenmagie geworden war; stattdessen versuchte er, ihn sich vorzustellen, wie er einmal ausgesehen haben musste, vor langer Zeit ... Vorsichtig ging er einige Schritte. Unter seinen Stiefeln knirschte es dabei.

»Diese Scherben«, sagte er leise. »Ist das ...?«

»Es sind die Überreste des Kristalls, der hier einst schwebte«, bestätigte Dwethen, »und der beseelt war von der Macht des Annun, des allerersten und größten aller Elfenkristalle, von dem behauptet wurde, er wäre der Ursprung aller magischen Macht. Im Kampf gegen den Dunkelelfen wurde er zerstört, aber noch immer finden sich Spuren der Kraft, die ihn einst erfüllte. Besonders an diesem Ort.«

»Sind wir deshalb hier?«, fragte Dag. »Wegen dieser magischen Kraft?«

»Ja«, bestätigte der Druide. »Und nein.« Sein Umhang raschelte, als er daruntergriff und etwas zutage beförderte – etwas, das im nächsten Moment die Halle mit einem unirdischen Leuchten erfüllte, so klar und grell, dass selbst Dag es wahrnehmen konnte.

»Der Elfenkristall!«, stellte er verblüfft fest. »Ihr tragt ihn bei Euch?«

»Nagaya hat ihn mir zum Geschenk gemacht«, bestätigte Dwethan. »Sie ahnte wohl, dass er nicht für ihren Besitz bestimmt war. Um ihn zu gebrauchen, ist etwas mehr nötig als die bloße Absicht dazu.«

»Nämlich *reghas*«, mutmaßte Dag. »Die magische Gabe.«

»Du lernst schnell.«

»Wisst Ihr«, sagte Dag, »als wir bei den Nathiri waren, dort unten in jener Grabkammer, als Ihr die Macht des Kristalls beschwort ... da habe ich etwas gesehen.«

»Ich weiß«, sagte Dwethan nur. »Es war nur eine Frage der Zeit, wann sich deine Gabe offenbaren würde.«

»Mei-meine Gabe?«

»Warum denkst du, dass ich nach dir gesucht habe, Daghan von Ansun? Warum ich dich überhaupt finden konnte in jener Höhle, in der du dich in deinem Schmerz und deiner Furcht vor der Welt verkrochen hattest? Warum ich dich all die Dinge lehrte, die ich dir beigebracht habe? Und warum wir jetzt hier sind?«

Dag schwieg voller Erwartung.

»Vor langer Zeit«, erzählte Dwethan, »lebte ein Mensch namens Granock. Er war anders als du, in vieler Hinsicht, war ein Dieb und ein Herumtreiber – aber er hatte die magische Gabe. Er war der erste Mensch, der ein Weiser wurde. Oder ein Zauberer, wie du es wohl nennen würdest.«

»Ein Mensch wurde zum Zauberer?« Dag schüttelte den Kopf. Dergleichen hatte er noch nie gehört.

»So ist es. Auch Sterbliche können die Gabe entwickeln.«

»Das ist nicht möglich.«

»Kaum jemand weiß es, denn das Wissen um diese Dinge wurde geheim gehalten. Viele, die sich Druiden oder Alchemisten nennen, sind in Wahrheit Scharlatane oder frönen dunkler Wissenschaft – mit wahrer Magie haben sie nichts zu schaffen. Andere hingegen, die eine Gabe besitzen, verlieren darüber oft den Verstand, weil niemand sie lehrt, sie recht zu benutzen.«

»Und Ihr denkt, dass ich …?«

»Du besitzt die Gabe ebenfalls«, stimmte Dwethan zu. »Warum das so ist, vermag ich nicht zu sagen, doch in einer meiner Visionen ist es mir offenbar geworden – es war der Grund dafür, dass ich mich auf die Suche nach dir begab.«

»Ich bin gewiss kein Zauberer!«, wehrte Dag ab. »Im Gegenteil, ich bin ein Erfinder, ein Mann der Wissenschaft …«

»Wie kleingeistig zu glauben, dass das eine das andere ausschließt«, fiel Dwethan ihm ins Wort. »Magie ist lediglich die Wissenschaft von Dingen, die die Sterblichen nicht verstehen. Deshalb haben die Weisen der alten Tage auch nie behauptet, dass sie zaubern könnten, sondern nur, mehr vom Wesen der Welt zu wissen als andere. Hast du dich nie gefragt, woher all deine Ideen stammen? Warum du eines Tages mit dem Einfall erwacht bist, einen Stoffsack mit heißer Luft zu füllen und so die Kraft zu überwinden, die alles am Boden hält?«

»Ihr meint …?«

»Es steht außer Frage, dass du Visionen hattest. Von einer anderen Welt. Von der Zukunft.«

»Nun, da habt Ihr nicht unrecht. Das ist es gewesen, was mich immer angetrieben hat«, bestätigte Dag verblüfft. »Visionen von einer anderen, einer besseren Welt …«

»Wenn meine Vermutung richtig ist – und davon gehe ich aus – dann hattest du diese Visionen bereits als kleiner Junge. Bist du nicht stets ein wenig anders gewesen als andere? Hast du nicht auch am Tag von Dingen geträumt, die noch nicht waren? An Ideen geglaubt, die andere als Phantasterei abgetan haben?«

Dag überlegte. Vor allem sein Vater der Herzog hatte nie etwas anderes als groben Unfug in den Erfindungen seines Sohnes gesehen. Erst ganz am Ende seines Lebens hatte er Dag offenbart, wie stolz er dennoch auf ihn gewesen war …

»Ob es dir gefällt oder nicht«, riss Dwethan ihn aus seinen Gedanken, »du vermagst, an andere Orte und in andere Zeiten zu blicken, genau wie ich selbst. Es ist eine überaus seltende Gabe, die nur wenige Weise hatten – der bekannteste unter ihnen war Farawyn der Seher, der nicht nur dem Orden von Shakara angehörte, sondern in späteren Jahren auch König war.«

»Und warum erzählt Ihr mir das alles?«

»Weil offensichtlich ist, dass meine Kräfte zu Ende gehen, Daghan. Schon beim Kampf gegen die Schattendrachen habe ich es bemerkt und mehr noch in Nagayas Höhle, als ich nicht in der Lage war, mich gegen sie zur Wehr zu setzen – erst der Elfenkristall hat mich dazu befähigt. Ich weile schon sehr lange in dieser Welt und habe meine Kräfte oft gebrauchen müssen. Sie haben nachgelassen – und deshalb brauche ich dich, mein Junge.«

»Wofür?«

»Um einen Blick in die Zukunft zu werfen«, eröffnete Dwethan rundheraus. »Mithilfe dieses Kristalls und all der Scherben um uns herum, die alle deine Fähigkeiten um ein Vielfaches verstärken.«

»Alle meine Fähigkeiten«, wiederholte Dag nachdenklich. »Ihr behauptet, dass dieser spezielle Ort *alle* meine Fähigkeiten verstärkt – auch die körperlichen?«

Der Druide stieß ein Seufzen aus, mit dem er sich innerlich zu wappnen schien. Vermutlich verschränkte er auch die Arme vor der Brust. »Was genau willst du wissen?«

»Nun sagt schon: Könnte die Kraft dieses Ortes mir mein Augenlicht zurückgeben?«, fragte Dag.

»Der Elfenkristall vermag manches.«

»Danach habe ich nicht gefragt«, beharrte Dag. »Ich will wissen, ob er in der Lage ist, mich wieder sehend zu machen.«

»Bedenke, du hast doch erst zu sehen begonnen, als du dein Augenlicht verloren hast!«

»Keine Ausflüchte!«, schrie Dag, der es leid war, immer nur Rätsel zu hören. »Sag es mir, alter Mann: ja oder nein?«

Dwethan zögerte einen Moment.

»Ja«, antwortete er dann. »Aber dann wäre die Kraft der Scherben aufgebraucht, ein zweites Mal könnten sie dir nicht helfen. Du musst also eine Entscheidung treffen.«

Dag schnaubte verächtlich durch die Nase. »Was gibt es da zu entscheiden? Ich kann mein Augenlicht zurückgewinnen! Ich kann Aryanwen wiedersehen und zum ersten Mal meine Tochter erblicken, mein eigen Fleisch und Blut ...«

»... oder einen Blick in Zukunft von Erdwelt werfen, um zu sehen, was unser Feind vorhat und wie wir vielleicht eine Schwachstelle in seinen Plänen finden können«, konterte der Druide ruhig. »Ein Opfer im Dienst des Lichts ...«

»Nein«, wehrte Dag entschieden ab und wich unwillkürlich zurück. Die Scherben des Kristalls klirrten unter seinen Füßen. »Das könnt Ihr nicht von mir verlangen!«

»Das tue ich nicht«, versicherte Dwethan leise. »Du musst es von dir selbst verlangen – es ist deine Entscheidung.«

19

Komm.«

Vigor hatte seine Überraschung darüber, dass aus dem Nichts eine Wand aufgetaucht war, die ihn von einem Augenblick zum anderen von seinen Gefährten getrennt hatte, noch nicht verwunden, als er die Stimme hörte.

»Komm …«

Hörte er sie tatsächlich, so wie er das dumpfe Wummern hörte, das in Wahrheit eher ein Gesang zu sein schien, ein schauriger Gleichklang unzähliger, abgrundtiefer Stimmen? Oder war sie nur in seinem Kopf?

Vigor wusste es nicht mit Bestimmtheit zu sagen, und es machte auch keinen Unterschied. Viel schwerer wog, dass man die Eindringlinge offenbar bemerkt hatte.

Statt der Stimme zu folgen und ihrem Befehl zu gehorchen, wandte er sich der Wand zu, die so unvermittelt herabgebrochen war. Sie war massiv, bestand aus dem gleichen schwarzen Material wie die Brücke und die Festung selbst. Er schlug mit der Faust dagegen, aber es entstand kein Laut dabei. Daraufhin legte er sein Ohr an die Wand, lauschte, ob er von der anderen Seite etwas vernehmen konnte, aber der dumpfe, allgegenwärtige Gesang machte dies unmöglich.

»Verdammt«, knurrte der Zwerg in seinen Bart.

»Komm jetzt.« Die Stimme wurde ungeduldiger.

Vigor sah keine andere Möglichkeit, als sich ihr zu fügen, zumindest vorerst. Die Donnerbüchse in den Händen, an die er sich klammerte wie ein Ertrinkender an ein Stück Treibholz, ging er den Stollen hinab, in dem es gerade so viel Helligkeit gab, dass er sich noch zurechtfinden konnte. Als er an eine Kreuzung gelangte, vernahm er die Stimme erneut und wusste genau, wohin er sich zu wenden hatte.

»So ist es gut. Komm zu mir, mein Freund.«

Durch kreisrunde Tunnelröhren und über sich windende Treppen gelangte er immer tiefer in die Zitadelle, ohne auf ein anderes Lebewesen zu stoßen. Der riesige Schlackeklumpen, den der Dunkle König zu seinem Herrschersitz gemacht hatte, schien ansonsten unbewohnt zu sein.

Leer.

Tot.

Wo war der Hofstaat? Wo all die Speichellecker, mit denen sich Winmar der Steinerne stets so gerne umgeben hatte? Was würde Vigor am Ende dieses Weges erwarten?

Die Antwort war eine Höhle, die sich tief im Inneren der Zitadelle befand und mehr hoch war als breit. Eine ebenso schmale wie steile Treppe, die aus dem schwarzen Gestein gewachsen zu sein schien, führte zum Thron empor – jenem Thron, der einst im Herzen von Gorta Ruun gestanden und Sitz vieler mächtiger Zwergenkönige gewesen war.

Der Thron der Äxte.

Winmar hatte ihn mitgenommen, als er die alte Zwergenfeste verließ – schon das war ein Frevel ohnegleichen. Das ehrwürdige, aus den Äxten einstiger Herrscher geschmiedete Stück an diesem Ort wiederzufinden, war Verrat am Zwergenvolk.

Der Thron war unbesetzt.

Niemand saß darauf.

Dennoch hatte Vigor das Gefühl, dass er beobachtet wurde, deshalb senkte er den Blick und verbeugte sich ehrerbietig – die Donnerbüchse ließ er sinken, behielt sie jedoch in den Händen.

»Du bist hier«, sagte die Stimme, und erstmals gab Vigor ihr Antwort.

»Zu Euren Diensten, Majestät«, rief er laut. Doch von der hohen Decke kam kein Widerhall. Der dunkle Gesang schien alles andere zu verschlucken.

»Endlich bist du gekommen.«

»Ihr – habt mich erwartet?« Vigor bemühte sich, seine wachsende Nervosität zu verbergen, es gelang ihm jedoch nicht ganz. Woher kam diese Stimme, die er immerzu hörte? Warum zeigte sich ihr Besitzer nicht? Sein Zorn auf Winmar und dessen Sinn für Theatralik wuchs.

»Ganz recht. Ich habe auf dich gewartet, Vigor – oder sollte ich dich General Vigor nennen?«

Vigor war es, als hätte ihn ein Blitz getroffen.

Tatsächlich taumelte er, war für einen Moment benommen, während er hilflos zusehen musste, wie seine sorgsam geschmiedeten Rachepläne in sich zusammenfielen.

»Ma-Majestät?«, fragte er verunsichert.

Vigor seufzte, tief und ausgiebig. »Was hat mich verraten?«, wollte er wissen.

»Dein Hass«, entgegnete die Stimme nur.

»Wer seid Ihr?«, fragte Vigor, den wachsende Panik befiel. Er hatte die Kontrolle verloren, wusste nicht mehr, was er tun sollte. Ausgerechnet er, der das Heft des Handelns stets in seinen Händen gehalten, der alle um sich herum hintergangen und manipuliert hatte, war jetzt völlig hilflos … »Seid Ihr das, Winmar?«

Die Stimme lachte nur. *»Winmar ist nur ein Name.«*

»Ihr seid also nicht Winmar der Steinerne?«

»Ich bin es – und doch auch nicht.«

»Aber Ihr wisst, was er wusste?«, fragte Vigor. »Empfindet, was er empfand?«

»Wenn du wissen willst, ob ich mich an deinen Verrat erinnere –

ja, Vigor. Ich erinnere mich an jede Einzelheit davon. An deine Intrigen in Gorfta Ruun. An dein Bündnis mit Lavan. Und an die Schlacht auf hoher See.«

Vigor wusste nicht, was er darauf erwidern sollte. Betroffen blickte er zu Boden, worauf die Stimme erneut lachte.

»Du bist so einfach zu durchschauen. Ich wusste, du würdest kommen. Würdest nicht aufhören, deine Pläne zur Macht zu verfolgen. Würdest versuchen, Winmar den Steinernen vom Thron zu stoßen.«

»Aber nein«, beeilte sich Vigor zu versichern. Eine Strategie, nach der er vorgehen konnte, hatte er nicht mehr. Nun kam es nur noch darauf an zu überleben.

»Und wenn ich dir sage, dass ich dich schon seit Langem beobachte? Dass ich jeden deiner Schritte vorausgesehen habe? Und dass ich es war, der deine Schritte hierhergelenkt hat?«

»Aber dann verstehe ich es nicht«, gab Vigor zurück. »Wenn Ihr wolltet, dass ich zu Euch komme, wieso haben Eure Wachen dann versucht, mich aufzuhalten?«

»Du denkst, das *waren meine Wachen?«* Das Lachen der Stimme nahm einen bedrohlichen Unterton an. *»Du denkst, dass diese Witzfiguren alles sind, was ich aufzubieten vermag, um mich vor Ungeziefer wie dir zu schützen?«*

Vigor zuckte zusammen. »Nun, ich dachte ...«

»Ich musste dir das Gefühl geben, dass dein törichter kleiner Plan gelingt, dass die Initiative bei dir liegt«, erklärte die Stimme zu seiner Bestürzung. *»Die Wachen auf der Brücke waren der Köder, und du hast ihn bereitwillig geschluckt, so wie jeden anderen Köder, den ich ausgelegt habe. Wer, glaubst du, hat dich auf den Gedanken gebracht, in diese Zitadelle einzudringen? Wer hat dir eingeredet, dass die Hilfe des Menschen dazu nötig sei? Und wer hat dafür gesorgt, dass ihr euch im Inneren des Feuerberges nicht verirrt, sondern euren Weg hierherfindet?«*

»Ihr meint ...?« Vigor ging dem Gedanken nach, der ihn

zutiefst erschreckte. »Aber ich habe keine Stimme gehört«, wandte er ein. »Es war mein Wille, der uns führte!«

Die Stimme lachte erneut. *»Glaubst du, ich wäre nicht in der Lage, meine Absichten so zu tarnen, als ob es die deinen wären? Es ist die einfachste Art, euch Sterbliche zu lenken.«*

»Uns Sterbliche«, wiederholte Vigor entgeistert. Es stimmte, eines Tages war er mit diesem Plan im Kopf aufgewacht. Und während des Marsches durch die Katakomben des Turmes hatte er immer wieder das Gefühl gehabt, dass etwas ihn leitete. In seiner Eitelkeit hatte er sich eingeredet, dass es sein Instinkt wäre, auf den er sich stets so viel eingebildet hatte, sein Gespür für Winmar, den er so gut zu kennen glaubte wie niemanden sonst. Nur um jetzt festzustellen, dass er ihn wohl einmal mehr unterschätzt hatte …

»Dein Hass und deine Machtgier waren das Material«, fuhr die Stimme höhnisch fort. *»Ich brauchte es nur nach meinen Vorstellungen zu formen.«*

Vigor nickte, er fand keinen Grund mehr, an den Worten der Stimme zu zweifeln. Nur eine Frage blieb … »Und warum das alles?«, wollte er wissen. »Wenn Ihr gewusst habt, dass ich mich in der Stadt aufhalte, warum dann die ganze Mühe? Warum habt Ihr nicht einfach Eure Soldaten geschickt, um mich festzunehmen und hinrichten zu lassen?«

»Das ist die Einfalt der Sterblichen, dass sie sich alles so einfach vorstellen«, entgegnete die Stimme.

Vigor hielt es nicht mehr aus. In einem Anfall von Panik warf er die Donnerbüchse von sich und sank vor dem leeren Thron zu Boden. »Gnade, mein König!«, flehte er. »Ich weiß, dass ich gegen Euch gehandelt habe, gegen Eure Herrschaft und gegen Euren Willen – und dennoch vertraue ich auf Eure Großmut und ersuche Euch, Gnade vor Recht ergehen zu lassen! Ich kann Euch noch immer ein nützlicher Diener sein!«

»Das weiß ich – andernfalls wärst du nicht mehr am Leben!«

»Befehlt, mein Gebieter, und ich werde tun, was Ihr verlangt«, versicherte Vigor in seiner Not. »Soll ich Euch die beiden Menschen liefern, in deren Begleitung ich mich befand? Sagt es, und ich werde es ohne Zögern tun!«

»Du hast dich nicht geändert«, stellte die Stimme fest – und plötzlich hatte Vigor das Gefühl, dass sie von unmittelbar neben ihm kam. Noch immer am Boden kauernd, blickte er auf und sah, dass jemand vor ihm stand, eine gedrungene Gestalt …

»Winmar, mein Gebieter und König!«, hauchte er, blickte jedoch nicht auf – während seine Hand gleichzeitig zum Dolch an seinem Gürtel glitt.

»Du würdest alles tun?«, fragte die Stimme, in der Vigor jetzt deutlich die seines einstigen Königs zu erkennen glaubte.

»Alles«, versicherte er.

»Dann sieh mich an.«

Vigor tat so, als würde er zögern, in Wahrheit schloss sich seine Hand um den Griff des Dolchs. Dann hob er den Kopf, die Augen fest auf die gedrungene Gestalt geheftet – und blankes Entsetzen erfasste ihn, als er das Gesicht erblickte, das höhnisch grinsend auf ihn herabstarrte.

»Willkommen zurück, Vigor«, sagte der Dunkle König.

Und Vigors Entsetzen entlud sich in einem heiseren Schrei, der durch das hohe Gewölbe hallte – und den doch niemand hörte.

20

Die Entscheidung war gefallen.

Dag trat in das Licht, das von dem Elfenkristall ausging und das selbst seine Blindheit durchdrang. Er wartete darauf, dass es ihn einhüllen würde.

Dag hatte einen inneren Kampf geführt.

Die Möglichkeit vor Augen, endlich wieder sehen, endlich wieder ein normales Leben führen und an der Welt teilnehmen zu können, an all den kleinen, unscheinbaren Dingen, die ihm früher noch nicht einmal aufgefallen waren, hatte ihn überwältigt. Was scherte ihn Dwethans Gerede, was kümmerte ihn die Zukunft Erdwelts? Hatte er nicht genug Opfer gebracht? Hatte er nach allem, was geschehen war, nicht ein verdammtes Recht darauf, dadurch belohnt zu werden, dass er seine Sehkraft zurückerhielt? Was also gab es zu überlegen? Hätte nicht jeder andere an seiner Stelle auch so entschieden?

Die Sache war nur – Dag war nicht wie jeder andere.

Er fühlte die Verantwortung auf seinen Schultern, wusste, dass die Worte des Druiden keine leeren Drohungen waren. Die Gefahr, von der Dwethan sprach, existierte tatsächlich. Eine dunkle Macht war dabei, nach Erdwelt zu greifen, die Schattendrachen waren dafür ein sichtbares Zeichen. Und ihr Einfluss wuchs beständig, immer enger zog sie ihre Schlinge – bis sie irgendwann ganz Erdwelt ersticken würde.

Dag hatte keine konkrete Vorstellung davon, wie jenes Zeitalter der Dunkelheit aussehen würde, das den Sterblichen dann bevorstand. Aber er hatte den Krieg der Menschen gegen die Zwerge miterlebt und all die Schrecken, die damit einhergingen – und wenn all dies erst Vorboten des Unheils gewesen waren, das über Erdwelt hereinbrechen würde, wenn der dunkle Feind siegte, so war Dag sicher, dass er dies nicht erleben wollte. Schon nicht um Aryanwens und seiner Tochter willen.

Und so hatte er sich entschieden.

Ihm würden die Augen geöffnet werden – jedoch nicht für das, was ihn umgab. Nicht für die Menschen, die er liebte. Nicht für die Schönheit der Natur, für das Ewige Eis der *ýngaia*, die Majestät des Wallgebirges oder die grünen Hügel seiner Heimat Ansun. Die Ironie war bitter: Um seine Liebsten zu schützen, musste Dag darauf verzichten, sie mit eigenen Augen zu sehen.

Das Licht des Kristalls hüllte ihn ein, überzog ihn mit einer gleißenden Helligkeit, die ihn ganz zu durchdringen schien und ihm Angst machte.

»Was geschieht da?«, wollte er von Dwethan wissen, der ihm gegenüberstand und ihn an den Händen gefasst hatte, auf dass sich ihrer beider Fähigkeiten verbanden. Der Kristall schwebte zwischen ihnen, den Naturgesetzen zum Trotz von Kräften gehalten, die Dag nicht einmal ansatzweise verstand.

Noch immer bezweifelte er, dass er jene Fähigkeit besaß, von der Dwethan sprach. Andererseits sprach vieles dafür, dass der Druide recht hatte; vieles, das geschehen war und das sich Dag nicht hatte erklären können – bis heute. Sein ungeheurer Drang, die Welt zu verbessern und dem Fortschritt zum Sieg zu verhelfen, sein erstaunliches Geschick darin, sein verlorenes Sehvermögen, durch andere, ans Übernatürliche grenzende Wahrnehmungen zu ersetzen … War der tatsächliche Grund dafür, dass er *reghas* besaß und ohne es zu wissen schon sein ganzes Leben lang ein Weiser gewesen war? Ein Zauberer?

»Du zweifelst«, stellte Dwethan fest. Seine Stimme klang beschwörend. »Hör auf zu zweifeln, Junge, oder wir werden in unserem Bemühen scheitern! Dies ist nicht der Augenblick, um an den Fähigkeiten zu zweifeln, die du schon dein ganzes Leben lang benutzt!«

Dag fühlte sich ertappt, setzte alles daran, seine negativen Gedanken aufzugeben. Die Helligkeit des Kristalls half ihm dabei. Er öffnete sich ihr, ließ zu, dass sie ihn ganz und gar durchdrang, jede Pore seines Körpers – und schließlich auch seinen Geist, sodass die Helligkeit in Winkel seines Bewusstseins drang, die er zuvor noch nie wahrgenommen, geschweige denn betreten hatte.

»So ist es gut«, anerkannte Dwethan. »Kannst du die Kraft spüren, die von dem Kristall ausgeht? Kannst du fühlen, wie sie dich durchströmt? Wie sie dich zu Dingen befähigt, die du bislang noch nicht einmal erahnen konntest?«

Dag wollte zustimmen – als plötzlich Wind aufkam.

Mehr noch, ein Sturm brach los.

Wie das möglich war in einer Halle, die keine direkten Zugänge nach draußen besaß, entzog sich Dags Kenntnis, aber er hatte plötzlich das Gefühl, auf einer sturmumtosten Klippe zu stehen, so sehr zerrte der Wind an seinem Haar und an seiner Kleidung. Sein Umhang bauschte sich und flatterte, ringsum war ein helles Klirren zu vernehmen – die Splitter des Kristalls, die sich in die Luft erhoben und um die beiden Männer zu kreisen begannen, am Anfang nur ganz langsam. Dann jedoch, als der Wind immer noch stärker wurde und sich zu einem wahren Wirbelsturm entwickelte, in dessen Auge sich Dag und der Druide befanden, immer schneller und wilder.

Dag konnte das Rauschen hören, das Pfeifen der messerscharfen Kristallsplitter, die seinen Nacken nur knapp verfehlten. Er wollte schreien, wollte seine Furcht und seine plötzlich wiederkehrenden Zweifel laut hinausbrüllen, aber etwas hielt ihn davon ab. Dag wusste nicht zu sagen, ob es Dwethans Hände waren, die ihn hielten; ob ihm die Gegenwart seines Mentors Zuversicht gab, oder ob sein eigener schierer Wille ihn davon abhielt, sich in Furcht und Selbstzweifeln zu verlieren – doch im nächsten Moment war er überzeugt, nicht mehr in Shakara zu sein, sondern an einem anderen Ort, zu einer anderen Zeit.

Seine Beine standen nicht mehr fest auf dem Boden wie zuvor, er hatte das Gefühl zu schweben. Das grelle Licht umgab ihn noch immer, aber er hatte den Eindruck, jenseits des hellen Scheins einzelne Schemen zu erkennen, undeutliche Gestalten, die sich in fremden Zungen unterhielten.

Schatten einer fernen Zukunft ...

Dann erlosch das Licht, und Dag fand sich in düsterem Dunkel wieder. Noch immer kam es ihm vor, als würde er fliegen. Er schwebte durch Gänge und Stollen, die in massiven Fels getrieben waren, durch steinerne, von Säulen getragene Hallen und gewaltige Schluchten, über denen sich kühn geschwungene Brücken spannten. Dag war sofort klar, dass er hier schon einmal gewesen war.

Gorta Ruun!

Die Zwergenburg, die König Winmar inzwischen verlassen hatte, um seinen Herrschersitz im Osten zu errichten. Doch obwohl der Tyrann die tief unter das Scharfgebirge reichende Festung verlassen hatte, war Gorta Ruun nicht unbewohnt. Noch immer schienen Zwerge dort zu leben, Dag konnte sie sehen, auf den Brücken und den Balustraden ... aber etwas stimmte nicht.

Schweigen herrschte in Gorta Ruun.

Nicht ein einziges Wort war zu hören und kein Gelächter, und selbst der Klang der Hämmer, der die Festung einst erfüllt hatte, war verstummt. Die Zwerge, denen Dag begegnete, gingen gebeugt, die Gesichter unter ihren Bärten waren von Grauen gezeichnet, ein unirdisches Leuchten lag in ihren Augen.

Was war mit ihnen geschehen?

Dag bekam keine Antwort, dafür hatte er plötzlich das Gefühl, in einen tiefen Schacht zu stürzen. Kopfüber fiel er, während er wie von Sinnen schrie – oder bildete er sich das nur ein? Er hatte das Gefühl, das Bewusstsein zu verlieren. Wie eine Kerze flackerte es in dem Wind, der an ihm zerrte …

Als er wieder zu sich kam – wie viel Zeit mochte vergangen sein? – fand er sich in einer großen, von Kohlefeuern beleuchteten Höhle wieder, die sich tief unten befinden musste, in den geheimen Katakomben der Festung.

Nicht länger schwebend, sondern auf steinernem Boden, in einem Felsengewölbe, über dessen Wände unheimliche, riesige Schatten irrlichterten. Ihre Besitzer hingegen waren klein und unscheinbar – gedrungene Gestalten, die in schwere Kapuzenmäntel gehüllt waren.

Alchemisten, dachte Dag.

Dunkelzwerge, die sich dem Bösen verschrieben hatten und in den Katakomben von Gorta Ruun ihr Unwesen trieben, seit Winmar ihnen die Zwergenfestung überlassen hatte. Dag versuchte, sich ihnen zu nähern, um die Gesichter unter den Kapuzen zu erkennen, aber es gelang ihm nicht. Was er sah, blieb schemenhaft, aber es genügte, um zu erkennen, was die Alchemisten taten. Sie hatten sich vor einer Öffnung im Boden versammelt, die ihnen wie ein dunkler Schlund entgegenstarrte. Zuerst dachte Dag, dass die Vermummten im Begriff wären, in die Öffnung hinabzusteigen, aber das war nicht der Fall. Stattdessen begannen sie, Flüssigkeiten in die Tiefe zu gießen, Säuren und Essenzen, die sie in ihren Giftküchen zusammengemischt hatten.

Rauch stieg aus der Öffnung auf, worauf die Alchemisten in aufgeregtes Gemurmel verfielen und zurückwichen – und im nächsten Moment gab es dort unten in der Tiefe Feuer, das durch die Öffnung emporloderte. Aber es war nicht gelb oder orangerot, sondern grün, und es ging keinerlei Hitze davon aus. Dafür erhob der Anführer der Alchemisten seine Stimme und begann, etwas zu rufen, das die anderen Vermummten wiederholten. Zuerst verstand Dag nicht, was es zu bedeuten hatte, aber dann, als er genauer lauschte, wurde es ihm klar – und ein Schaudern rann ihm über den Rücken.

»Cyshguri ... cyshguri ... cyshguri ...«

Es war das Adyshan-Wort für »Schatten«, und sie wiederholten es wieder und wieder, so als ob sie eine bestimmte Absicht damit verfolgten – und noch während Dag rätselte, was es damit auf sich haben mochte, erwuchsen aus den grünen Flammen schattenhafte Gestalten, die sich zunächst nur als verschwommene Schemen abzeichneten, jedoch rasch Kontur gewannen – und schließlich aus den Flammen hervortraten, so als bestünden sie aus Fleisch und Blut, scheußliche Ausgeburten der Dunkelheit, deren Silhouetten stachelbewehrte Rüstungen und mörderische Waffen erkennen ließen.

»Cyshguri! Cyshguri!«, tönten die Vermummten.

Was dann geschah, konnte Dag nicht mehr erkennen.

Denn in diesem Moment war ihm, als würde er von einer unwiderstehlichen Kraft gepackt und fortgerissen. Er wollte nicht gehen, wollte lieber noch bleiben, um herauszufinden, wer diese rätselhaften Schattenwesen waren und was die Alchemisten im Schilde führten – doch es gab kein Halten.

Auf demselben Weg, auf dem er in die Höhle gelangt war, ging es zurück, durch den Schacht und die Gewölbe, durch Hallen und Stollen – und plötzlich wurde es dunkel.

Der Sturm hatte aufgehört.

Die Reise war zu Ende.

21

Vigor war aufgesprungen.
Am ganzen Körper zitternd wich er zurück.
Als Anführer der königlichen Geheimpolizei und oberster Folterknecht des Reiches hatte er viel Grässliches gesehen und nicht selten selbst den Befehl dazu gegeben – doch nichts davon war auch nur annähernd so schrecklich gewesen wie die Gestalt, der er sich gegenübersah.

Es war Winmar – und doch auch nicht.

Auf eine bizarre, verwerfliche Weise erinnerten ihre Haltung und Postur an den Zwergenkönig. Doch was war mit ihm geschehen? Welchen zerstörerischen Kräften war er ausgesetzt gewesen, dass sie ihn derart entstellt hatten?

Vom einstmals feisten Gesicht des Zwergenherrschers war nichts geblieben.

Glühende Hitze hatte nicht nur Haare und Bart verzehrt, sondern auch das Fleisch vom Knochen gebrannt, sodass nichts anderes mehr übrig war als ein kahler, rußgeschwärzter Schädel – aus dem gleichwohl das goldene Gebiss des Zwergenkönigs grinste. Auch von Winmars Händen waren nichts als blanke, rußgeschwärzte Knochen geblieben. Was immer ihm zugestoßen war, hatte ihn fast vollständig aufgezehrt und entsetzlich zugerichtet, aber nicht getötet. Dass er vor Vigor stand, aufrecht auf zwei Beinen, mit Rüstung und Umhang bekleidet, war unbegreiflich. Nichts als schierer Wille schien diese Gestalt am Leben zu halten, der als rote Glut in den leeren Augenhöhlen des Schädels glomm.

»Winmar, was …?«, stieß Vigor hervor. Den Dolch an seinem Gürtel hatte er angesichts des Grauens völlig vergessen.

»Ich sagte bereits, dieser Name ist bedeutungslos«, erklärte der Dunkle König. »Er war nur einer von vielen, die ich benutzt habe.«

»Wer …?«, stammelte Vigor, der sich noch immer nicht beruhigt hatte. Noch mehr als die grässliche Gestalt selbst entsetzte ihn die Tatsache, dass sie mit ihm sprach – wie, beim Herr der Hämmer, war das möglich? »Was …?«

»Urkaid Mock-Loor«, erwiderte die Gestalt. »In der vergessenen Sprache, die vor den Elfen in Erdwelt gesprochen wurde, bedeutet es, ›das Dunkel aus der Tiefe‹.«

»Ihr … Ihr habt Euch einen neuen Namen gewählt, Majestät?«

»Du Narr! Urkaid Mock-Loor hat sich den Zwerg, den du als Winmar den Steinernen kanntest, als seinen Diener ausgewählt, als sein Werkzeug, mit dessen Hilfe es ihm gelang, seinem Gefängnis zu entkommen.«

»Welchem Gefängnis?«

»In das ich einst verbannt wurde, vor vielen Zeitaltern. In feuriger Glut eingeschlossen, habe ich seither nach Freiheit gedürstet und nach Ausbruch verlangt. Mithilfe meines ergebenen Dieners, des Dunkelelfen Margok, wäre es mir mehrfach beinahe gelungen. Doch Margok wurde geschlagen und vernichtet – und so wandte ich mich an eine andere Rasse, um meine Rückkehr nach Erdwelt vorzubereiten. Eine Rasse, die ein Leben im Verborgenen fristete, unscheinbar und der Welt entrückt …«

»Ihr sprecht von den Zwergen«, erkannte Vigor.

»Ganz recht.« Erneut sah es aus, als ob die Schädelfratze grinste »Dein Volk lag am Boden, hatte seinen Einfluss und seine Selbstachtung verloren – bis Winmar der Steinerne kam. Wie bereit ihr wart, ihm zu folgen! Wie begeistert ihr für ihn in den Krieg gezogen seid! Welche Opfer ihr gebracht habt, um ihm Erdwelt zu Füßen zu legen.« Mock-Loor lachte. »Dabei bin in Wahrheit ich es stets gewesen, der zu ihm gesprochen und jeden Einzelnen seiner Schritte gelenkt hat – und es waren meine Befehle, nach denen er gehandelt hat.«

»Nein.« Vigor schüttelte den Kopf. Er konnte, wollte nicht glauben, was er da hörte, denn es bedeutete, dass auch er letztlich nicht mehr gewesen war als ein williges Werkzeug. Indem er Winmar zum Aufstieg verholfen hatte, hatte er gleichzeitig auch Mock-Loor gedient. »Das ist nicht wahr! Das kann nicht sein ...«

»Welchen Grund sollte ich haben, dich zu belügen, Zwerg? Du weißt mit der Wahrheit nichts anzufangen, warum also sollte ich sie dir vorenthalten?«

»Dann ... seid auch Ihr es gewesen, der den Umzug nach Tirgas Winmar veranlasst hat?«, fragte Vigor fassungslos.

»Gewiss. Die Stollen von Gorta Ruun reichen tief, aber nicht tief genug. Also befahl ich Winmar hierher, meinen bereitwilligen Diener, wo ich mit ihm zu einer Einheit verschmolz. Seither ist mein Geist nicht länger in der Glut gefangen, sondern nennt nach Jahrtausenden des Wartens wieder einen Körper sein Eigen.«

»Ihr ... Ihr seid ...«, begann Vigor vorsichtig.

»Glaubst du, das wüsste ich nicht? Winmars feister Körper hat im Zuge der Verschmelzung einigen Schaden genommen. Deshalb werde ich schon bald einen neuen Körper brauchen, den mein Geist beherrschen kann.«

»Nein!«, rief Vigor entsetzt und riss instinktiv die kurzen Arme empor, um sich zu schützen.«

»Glaubst du, ich würde einen Kadaver gegen einen anderen tauschen?«, fragte Mock-Loor geringschätzig. »Nein, mein furchtsamer Freund. Was ich brauche, ist ein neuer, junger Körper, dem genau wie mir die Kraft vergangener Jahrtausende innewohnt.«

»Was meint Ihr?«

»Das Kind«, erwiderte der Dunkle König.

»Welches Kind?«

»Das Kind Aryanwens von Tirgaslan. Elfenblut fließt in seinen Adern. Elfenblut, das verhindern wird, dass mein neuer Körper so aussieht wie dieser, nachdem sich mein Geist mit ihm verbunden hat.«

Vigor nickte beflissen. »Ich weiß von diesem Kind. Winmar hatte mich beauftragt, es zu töten – und seine Mutter mit ihm.«

»In der Tat – weil er in seiner Kleingeistigkeit fürchtete, dass das Kind ihm gefährlich werden könnte. Winmar hat nie begriffen, dass er nur eine Figur war in diesem Spiel. Ich hingegen wusste von Anfang an, dass nur das Kind mir einen neuen Körper geben kann.«

Vigor nickte, allmählich wurde ihm alles klar. »Deshalb habt Ihr Unholde ausgesandt, die nach dem Kind suchen sollten. Es ging nicht darum, es zu töten, sondern es zu fangen und zu Euch zu bringen …«

»Es trägt ein elfisches Erbe in sich, die Gabe der Erneuerung«, bestätigte Mock-Loor. »Deshalb muss ich dieses Kind haben.«

»Aber Ihr wisst nicht, wo es ist«, vermutete Vigor, der zu ahnen begann, weshalb er noch am Leben war.

»Meine Drachen überfliegen die Lande bei Tag und bei Nacht, aber sie konnten es noch nicht finden«, räumte Mock-Loor ein.

Vigor nickte – mit den Drachen waren wohl jene fliegenden Schattenkreaturen gemeit, die Winmar während der Seeschlacht an der Engwacht zu Hilfe gekommen waren.

Hätte Vigor gewusst, welch schrecklichen Verbündeten der Zwergenkönig hatte, hätte er sich ganz sicher nicht gegen ihn erhoben. Doch Vigor, der stets eine gute Nase dafür gehabt hatte, wann eine Situation dabei war, sich zu seinen Gunsten zu wenden, witterte Morgenluft …

»Ich könnte Euch helfen«, schlug er vor.

»Nein«, erwiderte Mock-Loor. »Du *wirst* mir helfen.«

»Natürlich.«

»Dein Auftrag wird es sein, zusammen mit deinem menschlichen Komplizen in die Westlande zurückzukehren und Aryanwen und ihr Kind zu finden. Und wenn du sie gefunden hast, wirst du die Mutter töten und das Kind unverzüglich zu mir bringen.«

»Ja, mein Gebieter«, versicherte Vigor und verbeugte sich tief – was er vor allen anderen Dingen verstand, war, dass er nicht bestraft werden sollte, dass er diese Zitadelle und diesen grässlichen Ort verlassen würde. Alles andere war ihm in diesem Augenblick gleichgültig.

»Du hast sowohl mich als auch Winmar schändlich hintergangen, Vigor.« Der Dunkle König trat auf ihn zu. Die Glut in den Augen schien stärker zu leuchten. »Das wird nicht noch einmal geschehen.«

»Nein, mein Gebieter«, versicherte Vigor und verbeugte sich tief. »Seid versichert, dass ich alles unternehmen werde, um die Königin zu finden und Euch das Kind zu übergeben. Ich bin Euer treuer Untertan und werde mich niemals wieder gegen Euch wenden.«

»Das weiß ich«, sagte Mock-Loor mit einem unheimlichen Tonfall, der Vigor hätte warnen sollen. Aber er tat es nicht, denn seine Erleichterung war in diesem Augenblick unermesslich und überwog sogar sein Misstrauen und seine Rachsucht.

Als die zu einer Klaue geformte Knochenhand des Dunklen Königs plötzlich vorzuckte, registrierte Vigor es noch nicht einmal – erst, als sie mit furchtbarer Gewalt seinen Brustkorb durchstieß.

Der Zwerg stand wie vom Donner gerührt, starrte mit vor Schreck geweiteten Augen auf den Arm, der in seiner Brust steckte, und auf das Blut, das hervorquoll und seine Kleidung färbte. Dann wandte er den Blick, starrte in namenlosem Entsetzen in das Schädelgesicht mit den glühenden Augen.

»Was ...?«, brachte er mühsam hervor.

»Ich weiß, dass du mich nicht noch einmal verraten wirst«, versicherte der Dunkle König, während seine Knochenhand in Vigors Eingeweiden wühlte, »denn dein Herz gehört mir.«

Und mit einem Ruck riss er das noch schlagende Organ aus der Brust des verräterischen Zwergs.

22

Dado wusste nicht, was erniedrigender war.

Die Enttäuschung darüber, dass Bertin ihn offenbar nicht für wert befunden hatte, mit ihm zu gehen und ihn auf dem Pfad der Rache zu begleiten; oder die Tatsache, dass er insgeheim eine gewisse Erleichterung darüber verspürte, dass er diesen Pfad, an dessen Ende der sichere Tod gelauert hätte, nun doch nicht beschritten hatte.

Ein Fausthieb hatte seinem Ansinnen ein Ende gesetzt, er hatte sich nicht dagegen wehren können. Als er erwacht war, hatte er in Runwards tätowiertes Antlitz geblickt und erfahren, dass seine Gefährten ohne ihn aufgebrochen waren.

Für einen Moment hatte er erwogen, ihnen hinterherzulaufen. Irgendwann würde sich das Tor wieder öffnen, spätestens dann konnte er ihre Verfolgung aufnehmen. Aber zum einen war es fraglich, ob er sie jemals finden würde, zum anderen hatte Bertin ihm unmissverständlich klargemacht, dass er ihn nicht dabeihaben wollte, aus welchem Grund auch immer.

Der Zorn über diese erlittene Schmach hatte ihn dazu bewogen, sich Runward anzuschließen, den ungleich weniger Gewissensbisse zu plagen schienen. Sein Drang, Leib und Leben zu retten, war deutlich ausgeprägter als sein Hass auf die Alchemisten – und wer vermochte zu sagen, ob er mit dieser Einstellung nicht richtiglag?

Wobei noch längst nicht sicher war, dass Runward und er

auch wirklich aus dem inneren Kern entkommen würden. Dazu mussten die beiden nämlich wieder an den Soldaten vorbei, die die Ausfallstore bewachten – und falls sie dabei entdeckt würden, hätte ihre letzte Stunde geschlagen.

Zumindest schien Runward einen Plan zu haben, was ihre Flucht betraf. Durch die leeren Korridore folgte Dado ihm zurück in jenen Seitenstollen, in dem sie die Kaldrone zurückgelassen hatten – und er öffnete das Visier und stieg kurzerhand in den Führerstand der Kampfmaschine.

Dado blieb stehen, sah ihn ungläubig an.

»Was?«, fragte der Schmied von seinem erhöhten Stand zurück.

»Du willst die Kaldrone stehlen.«

»Wie kann man etwas stehlen, das bereits gestohlen ist?«, fragte Runward dagegen, während er die Gurte um Hüfte und Beine anlegte und straffzog.

»Du weißt, was ich meine. Wenn Bertin und die anderen noch eine Chance haben sollen zu entkommen, dann …«

»Du bist ein Narr«, beschied der Tätowierte ihm unbarmherzig. »Bertin und die anderen brauchen diese Maschine nicht mehr, weil sie nämlich bald tot sein werden. Das war ihnen klar, als sie sich entschieden haben, und sie haben es dennoch getan. Die Kaldrone steht also zu unserer Verfügung, ob es dir gefällt oder nicht.«

Dado verzog das Gesicht. Es gefiel ihm ganz und gar nicht, aber es war höchstwahrscheinlich, dass der andere recht hatte. Bertin, Waldrada und Dankrad war klar gewesen, dass sie sich auf eine Reise ohne Wiederkehr begaben, und sie hatten nicht gewollt, dass er sie dabei begleitete. Natürlich hatten sie ihm damit das Leben gerettet, ihn zugleich aber auch tief gekränkt …

»Hör auf, so beleidigt zu schauen«, beschied Runward ihm barsch. »Ich kann mir denken, was dir durch den Kopf geht, Jungchen. Aber jetzt ist nicht die Zeit dafür. Manchmal muss man an sich selbst denken.«

»Du meinst, wie du jetzt?«

Runward knurrte. »Los, steig ein. Oder soll ich dich zurücklassen?«

Dado seufzte. Über die Trittstufen kletterte er ins Innere der Kaldrone, die eigentlich nur für einen Mann Besatzung gebaut war. An Hebeln und Steuervorrichtung vorbei musste er sich in die Nische in der Rückenwölbung zwängen, die eigentlich für die Bewaffnung und den Proviant des Steuermanns vorgesehen war. Mit zusammengebissenen Zähnen kauerte sich Dado hinein, während Runward das Einstiegsvisier schloss und den schwarzen Umhang überzog, der schon Bertin vor den Blicken der Wächter verborgen hatte. Vielleicht, so hofften sie, würde das Täuschungsmanöver auch ein zweites Mal gelingen.

»Bereit?«, fragte er dann.

»Bereit«, bestätigte Dado mit Unwohlsein. Er hatte sich in seiner Nische so gedreht, dass er über Runwards Schulter durch das Gitter spähen konnte. Daraufhin betätigte Runward den Zündstein, und unter ihnen, in den metallenen Eingeweiden der Kaldrone, sprang die Flamme an, die den Mechanismus anheizte.

Die Temperatur in den Kesseln stieg rasch an, ebenso wie der Druck, wie an den Skalen abzulesen war, die seitlich am Führerstand angebracht waren. Ein helles Zischen signalisierte schließlich, dass die Kaldrone abmarschbereit war. Runward setzte einen Fuß vor, und die klobige Kampfmaschine folgte bereitwillig seiner Bewegung.

Mit grässlichem Klirren und Quietschen, das sich innerhalb der Kaldrone noch infernalischer anhörte als außerhalb, setzte sich die Maschine in Marsch. Aus dem Seitenstollen stampfte sie in den Hauptgang und folgte diesem hinab bis zum Ende, dabei wankte sie auf ihren pfeilerartigen Beinen hin und her, dass Dado bald übel wurde.

Bei den immer weitersteigenden Temperaturen und dem Gestank, der sich im Inneren der Kaldrone ausbreitete, einer ekelerregenden Mischung aus Fett, fauligen Eiern und – so kam es Dado zumindest vor – angebranntem Zuckerkuchen, fühlte er sich von Augenblick zu Augenblick elender. Zwar hatte er den Tag über nicht viel gegessen, aber das wenige, das er am Morgen von seiner Ration zu sich genommen hatte, begann jetzt in seinem Magen hin und her zu schwappen.

Schweiß bildete sich auf seiner Stirn, und er presste die Lippen fest zusammen, bitter entschlossen, nichts aus seinem Mund entfleuchen zu lassen, zumal er sehen konnte, dass sie sich dem Torhaus näherten – und damit auch den Wachen, die dort postiert waren.

»Still jetzt«, zischte Runward, der nichts von den Nöten seines Gefährten ahnte.

Die Kaldrone stampfte auf die Wachen zu, die bis an die Zähne bewaffnet waren und Donnerbüchsen in ihren Händen hielten. Ein Hauptmann trat vor und verstellte den Weg. Es war ein anderer als zuvor, offenbar war die Wachmannschaft inzwischen abgelöst worden. Jetzt hatte ein ziemlich kleiner, gedrungener Kerl das Sagen, dessen Kopf direkt auf seinem Körper zu sitzen schien. Der Diensteifer, der aus seinen weit geöffneten Augen sprach, schien dafür umso größer zu sein.

»Halt!«, rief er und hob einen kurzen Arm. »Wie lautet dein Befehl?«

Runward hielt inne. Eine Antwort blieb er jedoch schuldig. Im Vertrauen darauf, dass die Maskerade genau wie beim ersten Mal ihren Zweck erfüllen würde, schwieg er – während Dado hinter ihm alle Mühe hatte, sein Frühstück am Emporkommen zu hindern.

»Hast du nicht gehört?«, rief der Hauptmann so laut, dass es das Zischen der Kaldrone übertönte. »Ich muss deinen Einsatzbefehl überprüfen!«

Runward schwieg.

Dado hielt den Atem an.

Gespannt beobachteten sie, wie die Wachen Blicke wechselten. Entrüstung zeigte sich in den bärtigen Zügen des Hauptmanns, der nicht gewohnt zu sein schien, dass jemand seiner Aufforderung nicht nachkam. Er öffnete den Mund und schien einen wütenden Befehl geben zu wollen, der für die Besatzung der Kaldrone sicher nicht von Vorteil gewesen wäre, als einer seiner Männer herantrat und ihm etwas ins Ohr flüsterte. Dado konnte nicht verstehen, was der Wächter sagte, aber der Blick des Hauptmanns fiel daraufhin auf die Rune an der Kaldrone und war gleich schon etwas weniger wütend.

»Bist du sicher?«, fragte er den Wachmann.

»Es könnte sein«, gab der Mann vorsichtig zurück. »Wie es heißt, werden es immer mehr.«

Der Hauptmann wandte sich wieder der Kaldrone zu. Seine Miene verriet jetzt deutliche Verunsicherung. Einen Augenblick zögerte er, schien zu überlegen, ob er auf das Vorzeigen des Einsatzbefehls bestehen sollte, entschied sich dann aber dagegen. »Das Gitter hoch«, befahl er und nickte dem Lenker der Kaldrone zu. »Ihr dürft passieren.« Und nach einer Pause fügte er hinzu: »Mächtiger Krieger.«

Dado atmete auf und hätte vor Erleichterung am liebsten laut geschrien. Schon hatte sich das Gitter gehoben, und Runward wollte den Kampfkoloss wieder in Marsch setzen, unter dem steinernen Bogen hindurch und hinaus auf die Brücke, die über den Abgrund führte. Für einen Augenblick sah es so aus, als würden sie unbehelligt entkommen … als Dados Magen erneut rebellierte, noch heftiger als zuvor.

Die Hitze, der Gestank, das Wanken am Rand des bodenlosen Abgrunds – all das war zu viel.

Obschon er die Lippen weiter mit Gewalt aufeinanderpresste, schoss etwas heiß und bitter seinen Schlund hinauf, füllte Mund und Rachen – und brach im nächsten Moment aus ihm hervor, begleitet von einem ebenso eindeutigen wie verräterischen Geräusch. Dass er sich geradewegs in Runwards Nacken übergab und dieser eine heisere Verwünschung ausstieß, spielte schon keine Rolle mehr. Denn auch die Wachen hatten mitbekommen, welch profane Laute aus dem Inneren der Kaldrone drangen.

»He!«, schrie jemand. »Da kotzt einer!«

»Was?«, brüllte der Hauptmann.

Dann überstürzten sich die Ereignisse.

Runward, dem klar war, dass nur noch sofortige Flucht ihre Hälse retten konnte, setzte die Kaldrone zischend in Gang und beschleunigte, bis die metallenen Beine des Gefährts in Laufschritt verfielen. Weiße Dampfwolken ausstoßend, setzte die Kampfmaschine über die Brücke, während es hinter ihr dumpf krachte.

Gleich mehrere Donnerbüchsen gaben Feuer, und ihre Eisenladungen fegten der Kaldrone hinterher und holten sie ein. Dado zuckte zusammen, als die metallene Kugel wie unter Glockenschlägen dröhnte; eines der Geschoss durchschlug gar die Panzerung und verfehlte die Insassen nur um Haaresbreite.

»Verdammt!«, zischte Dado. »Die werden uns treffen!«

Noch zwei, drei Schritte rannte Runward weiter, dann änderte er seine Taktik. So abrupt der Kampfkoloss es zuließ, blieb er stehen. Das Ende der Brücke mochte in greifbare Nähe gerückt sein, aber wenn die Wachen sie weiter unter Feuer nahmen, würden sie es dennoch nicht erreichen. Unter scheußlichem Quietschen riss er die Kaldrone herum, sodass sie ihre verletzliche Vorderseite den Schützen zuwandte, die auf der Brücke Stellung bezogen hatten.

»Was hast du vor?«, rief Dado entsetzt. »Willst du dich ihnen zum Kampf stellen? Die werden uns durchsieben, ehe du sie auch nur erreichen kannst!«

Einmal mehr gab Runward keine Antwort. Stattdessen ließ er den riesigen Hammer niedergehen, den die Kaldrone in ihrer eisernen Faust hielt, und drosch damit auf den Boden ein, auf dem sie standen.

»Hast du den Verstand verloren?«, schrie Dado, während der fürchterliche Stoß die Brücke erschütterte.

Aber Runward ließ sich nicht beirren.

Schon ging der Hammer ein zweites Mal nieder, mit derartiger Wucht, dass das alte Gestein darunter nachgab und sich in Windeseile Risse über die Brücke ausbreiteten. Die Schützen, die begriffen, was ihr Gegner vorhatte, gaben ihre Stellung auf und ergriffen die Flucht. Ihre Donnerbüchsen ließen sie teils treulos im Stich, und es half auch nicht, dass ihr diensteifriger Hauptmann sie zur Umkehr mahnte.

Runward schlug noch ein drittes Mal zu, dann lösten sich bereits die ersten Gesteinsbrocken – und im nächsten Moment brach der Mittelteil der Brücke, wo der Fels am schwächsten und zerbrechlichsten war.

Runward hatte die Kaldrone bereits gewendet und floh, so rasch er es vermochte. Dado hört ein schreckliches Knirschen, als die Brücke endgültig zerbrach und ihr Mittelteil lotrecht in die Tiefe stürzte – und mit ihm auch der Hauptmann, dessen gellender Schrei schaurig verhallte.

Einen Moment lang befürchtete Dado, dass sie nicht schnell genug sein und die andere Seite nicht mehr rechtzeitig erreichen würden, und er wartete schon darauf, dass die Pfeiler der Kaldrone jeden Augenblick ins Leere treten und die Tiefe auch sie verschlingen würde – doch einen Herzschlag später erreichten sie den schützenden Stollen auf der anderen Seite und tauchten in dessen beruhigende Dunkelheit ein.

Sie waren aus dem inneren Kern entkommen.

Doch zum Aufatmen bestand kein Grund – denn nun war ohne Zweifel die ganze Garnison auf den Beinen.

23

»Daghan? Kannst du mich hören, Junge?«

Einige Augenblicke lang wusste Dag nicht, woher die Stimme kam, oder wem sie gehörte. Noch immer hatte er das Gefühl, der Welt entrückt zu sein.

Zeitlos.

»Daghan, komm zu dir!«

Er wollte die Augen aufschlagen, um sich zu vergewissern, wo er sich befand – doch alles um ihn blieb dunkel. Da wurde ihm klar, dass die Vision zu Ende war.

Das Leuchten des Kristalls war erloschen, der Sturm hatte sich gelegt – und er war so blind wie zuvor.

»Wo …?«, stöhnte er mit brüchiger Stimme.

»In Sicherheit«, brummte ein raues Organ, das dennoch Besorgnis verriet.

Ferghas, registrierte Dag ein wenig verwirrt, während ihm gleichzeitig jemand sanft über das Haar strich. Er griff nach Aryanwens Hand und fasste sie, nun doch froh darüber, wieder im Hier und Jetzt zu sein.

Er versuchte, sich aufzurichten, helfende Hände reckten sich ihm entgegen. Ganz offenbar befand er sich nicht mehr in der Ratshalle, sondern wieder in der Kammer, in der sie gegen die Eisbarbaren gekämpft hatten. Wie Dwethan und er dorthin zurückgelangt waren, wusste er jedoch nicht zu sagen. Wie es aussah, hatte er wohl für eine Weile das Bewusstsein verloren …

»Geht es dir gut?«, erkundigte sich Aryanwen besorgt.

»I-ich glaube schon.« Dag nickte zaghaft. Ihm schwindelte, er hatte Mühe, die Sinne zu ordnen.

»Was hast du gesehen?«, wollte Dwethan wissen.

Dag zögerte.

»Berichte«, forderte der Druide ihn auf.

»Muss das denn jetzt gleich sein?«, fragte Aryanwen. »Lasst ihn sich erst ein wenig ausruhen.«

»Ich fürchte, dazu bleibt keine Zeit. Mit Visionen verhält es sich wie mit Träumen, die einen des Nachts überkommen. Nur unmittelbar nach dem Erwachen vermögen wir uns ihrer zu entsinnen.«

»Ich will es versuchen«, krächzte Dag, der noch immer am Boden kauerte, von seinen Gefährten umringt. »Ich … ich war in Gorta Ruun, in der alten Zwergenfeste. Das Böse herrscht dort, die Alchemisten haben die Herrschaft übernommen.«

»Das wissen wir bereits«, knurrte Ferghas. »Dafür hättest du nicht …«

»Schhh«, brachte Dwethan den Clansmann energisch zum Schweigen. »Was weiter?«

»Die Alchemisten haben … sie haben …« Dag unterbrach sich und suchte nach den passenden Worten. Er hätte manches darum gegeben, über Aryanwens Sprachgewandtheit zu verfügen und über ihr Geschick im Umgang mit Worten. »Ich war in einer Höhle, tief unter der Erde … es gab dort eine Öffnung, die in die Tiefe führt …«

»Der Stollen Zor«, nahm der Druide an.

»Was soll das sein?«, wollte Henquist wissen.

»Angeblich ein Stollen, den Winmar graben ließ, um so tief zu gelangen wie noch kein Zwerg vor ihm. Ich habe davon gehört, es bislang aber für eine Erfindung gehalten.«

»Aus dieser Öffnung«, fuhr Dag fort, »schlug Feuer. Es war grün, und es ging keine Hitze davon aus.«

»*Shnorsh*«, ließ sich Balbok vernehmen. »Das klingt nach *dhruurza*.«

»*Korr*«, stimmte Rammar zu. »Da hat das bescheuerte Halbhirn zur Ausnahme mal recht.«

»*Korr*«, wurde er von Alannah unterstützt.

»Was ist weiter passiert?«, wollte Dwethan dennoch wissen.

»In diesem Feuer«, fuhr Dag fort, »erschienen albtraumhafte Gestalten … sie waren bewaffnet und trugen grässliche Rüstungen und Kriegsbanner … während die Alchemisten immerzu etwas riefen.«

»Was haben sie gerufen? Kannst du dich erinnern?«

»Ich glaube, das Wort war *cyshguri*.«

»Das elfische Wort für ›Schatten‹«, übersetzte Aryanwen.

»Die Schattenlegion«, stieß Dwethan hervor, und er klang so entsetzt dabei, dass Dag eine Gänsehaut bekam. »Die Alchemisten wollen die Schattenlegion beschwören!«

»Was soll das sein?«, fragte Ferghas unwirsch.

»Ihr glücklichen Unwissenden«, erwiderte der Druide. »Vor langer, sehr langer Zeit, im dreizehnten Jahrtausend der Geschichtsschreibung, bevor die Menschen das Licht der Welt erblickten, tobte ein verheerender Krieg zwischen den Elfen und jenen, die sich von ihnen losgesagt hatten …«

»Die Dunkelelfen«, bestätigte Aryanwen. »Alte Legenden berichten davon.«

»Ja«, stimmte der Dwethan grimmig zu, »nur dass es keine bloßen Legenden sind. Von Überheblichkeit und Machtgier getrieben, verriet der Dunkelelf Qoray die Schöpfung und rief seine eigenen Kreaturen ins Leben.«

»Die Orks«, wusste Dag. »Aber ich dachte immer, das wäre nur eine Geschichte?«

»Wie bitte?«, schnaubte Rammar und stampfte so heftig mit dem Fuß auf, dass die eisigen Wände erzitterten.

»Keine Geschichte«, versicherte Dwethan. »Doch bevor Qoray die Unholde ins Leben rief und die *neidora*, grausame Echsenwesen, die er zu seinen Leibwächtern machte, trieb er dunkle, verwerfliche Experimente, bei denen er Kreaturen zum Leben erweckte, die diese Welt niemals hätten betreten dürfen – verdorbene, grässliche Wesen, willige Handlanger des Bösen. Die Gesetze der Natur missachtend, kreuzte er Trolle, Blutsauger, Warge und andere Kreaturen der Dunkelheit mit dem, was von den Drachen geblieben war – das Ergebnis waren die Hrongara, grässliche Wesen, aus Albträumen geboren, die den *baithin'y'arswyth* formte – die Legion des Schreckens. Das königliche Heer besiegte jene Armee in der Schlacht in den Nordsümpfen. Niemand wusste damals, dass sie unter dem Banner Qorays marschierte, und so konnte es geschehen, dass ihr Befehlshaber weiter sein frevlerisches Werk verrichten konnte. Er setzte seine Arbeit fort und mithilfe einiger Anhänger rief er schließlich die Orks ins Leben. Was jedoch die Hrongara betrifft, so hielt sich über die Jahrhunderte das hartnäckige Gerücht, dass ihre Körper zwar vernichtet seien, ihr böser Geist in der Tiefe jedoch weiterexistiere – und dass der Tag kommen würde, an dem sie wiederkehren und Furcht und Schrecken verbreiten würden …«

»… und die Alchemisten haben vor, diese Legion der Schatten zu entfesseln«, ergänzte Dag atemlos. Sein Pulsschlag hatte sich beschleunigt. Noch vor ein paar Jahren hätte er Dinge wie diese vermutlich als pure Phantasterei abgetan. Nach allem, was er gesehen hatte, konnte er das nicht mehr.

»Aber wie ist so etwas möglich?«, wollte Aryanwen wissen.

»Es ist möglich«, erklärte Dwethan, »weil in den Tiefen unserer Welt das uralte Böse lauert, das auch Qoray einst verdarb und ihn zum Dunkelelfen Margok werden ließ. Nun hat es erneut willige Diener gefunden und schickt sich an, die Welt der Sterblichen zu überrennen – und die Legion der Schatten scheint der Schlüssel dazu zu sein.«

»Eine Armee von Geistern«, sagte Ferghas.

»Geister heute, stoffliche Wesen morgen«, erwiderte Dwethan. »Je länger sie in unserer Welt weilen, desto mehr werden se zu einem Teil davon.«

»So wie die Schattendrachen«, folgerte Dag.

»Die Schattendrachen sind die Vorhut der Legion«, bejahte Dwethan. »Seit ihrem Auftauchen habe ich vermutet, was sich nun bestätigt hat – nämlich dass sie nur die Vorboten einer noch sehr viel größeren und schrecklicheren Bedrohung sind. Womöglich ist dies auch der wahre Grund dafür, dass Winmar der Zwergenfestung den Rücken gekehrt hat – damit die Alchemisten dort ein Tor zum Schattenreich öffnen konnten. Oder öffnen werden, um genau zu sein. Denn was du gesehen hast, ist noch nicht geschehen.«

»Wann wird es geschehen?«, fragte Dag. »Und muss es geschehen? Oder kann es noch verhindert werden?«

»Diese Frage ist so alt wie Erdwelt selbst, mein Junge. Ist die Zukunft festgelegt? Kann sie verhindert werden? Oder entsteht sie erst dadurch, dass wir sie zu verhindern suchen?«

»Hör auf, Knochensack!«, plärrte Rammar dazwischen. »Da schwirrt einem ja der Schädel!«

»Wenn es ein waltendes Schicksal gibt«, wandte Dag ein, des Zwischenrufs ungeachtet, »welchen Sinn hat es dann, sich dagegen aufzulehnen?«

»Die Herausforderung und zugleich das größte Mysterium«, erwiderte der Druide, »besteht darin, dass man niemals weiß, welchen Weg das Schicksal beschreiten wird. Vielleicht, meine Freunde, ist es ja auch unser Schicksal, all dies zu verhindern, noch ehe es geschieht. Aber wir müssen rasch handeln. Die Alchemisten treffen sicher schon Vorbereitungen und führen Experimente durch, jetzt, in diesem Augenblick! Womöglich sind die ersten Krieger aus dem Schattenreich bereits in unsere Welt gelangt!«

»Was sollen wir tun?«, fragte Dag und raffte sich schwerfällig auf die Beine.

»Gorta Ruun angreifen«, entgegnete Dwethan ruhig, »und die Alchemisten an der Durchführung ihrer Pläne hindern.«

»Aye«, knurrte Ferghas, »und sonst nichts?«

»Ihr sagt das, als ob es ganz einfach wäre«, meinte auch Catriona, die bislang geschwiegen hatte.

»Sicher nicht«, gab Dwethan zu. »Wir werden uns Verbündete suchen müssen.«

»Und an wen habt Ihr gedacht?«, wollte Dag wissen.

»An die Hügelclans.«

Dag lachte gequält auf. »Ich bin schon einmal dort gewesen, wie Ihr wisst, und ich habe nicht besonders gut dabei abgeschnitten. Warum sollten die Clanlords diesmal auf uns hören?«

»Weil wir nun jemanden bei uns haben, der für uns sprechen wird und dem sie Glauben schenken werden«, erwiderte der Druide voller Überzeugung.

»Warum seht Ihr mich an?«, fragte Catriona.

»Weil Ihr dieser Jemand seid«, erklärte der Alte schlicht. »Wenn eine Häuptlingstochter von der Bedrohung durch die Schatten und den dunklen Feind berichtet, werden die Clanführer keine andere Wahl haben, als ihren Worten zu glauben und entsprechend zu handeln.«

»Aber der Weg zurück zu den Hügellanden ist weit«, gab Dag zu bedenken. »Dorthin zu gelangen, wird Zeit in Anspruch nehmen, selbst mit einem Luftschiff. Zeit, von der Ihr selbst gesagt habt, dass wir sie nicht haben.«

»Deshalb sollten wir uns trennen«, schlug Dwethan vor. »Catriona sollte nach Tarnag zurückkehren, während der Rest von uns gegen Gorta Ruun zieht.«

»Um was zu tun?«, fragte Ferghas. »Uns an den Felsmauern der Zwergenfeste die Schädel einzurennen?«

»Es gibt Wege hinein.«

»Ich weiß, denn ich bin ebenfalls schon dort gewesen, Druide«, brachte der Clansmann in Erinnerung, »aber anders als Ihr verspüre ich kein Verlangen danach zurückzukehren.«

»Ich ebenfalls nicht«, versicherte Dag und tat so, als ob er seinen Blick über die um ihn versammelten Gefährten schweifen ließe, »denn ich habe meinen Vater dort verloren, und meine Erinnerungen an Gorta Ruun sind voller Schmerz. Aber wenn es nötig ist, so werde ich gehen.«

»Es ist nötig«, versicherte Dwethan.

»Und dieser Vision von dir ist zu vertrauen? Nichts für ungut, Junge, aber du bist nicht in der Lage, deine Hand vor Augen zu sehen, und nun plötzlich …«

»Deinen Verstand siehst du auch nicht, Ferghas«, sagte Dwethan, »und trotzdem gehst du davon aus, dass du welchen hast – mit Daghans Fähigkeit verhält es sich genauso.«

»Also schön.« Der alte Haudegen spuckte geräuschvoll aus. »Dann sei es. Ich bin dabei.«

»Ich ebenfalls«, stimmte Henquist zu.

»Wir können jede Schwerthand gebrauchen«, versicherte Dag. »Nur Aryanwen wird zusammen mit Catriona nach Tarnag zurückkehren.«

»Das kommt nicht infrage! Ich weiche nicht von deiner Seite! Das habe ich geschworen!«

»Ich weiß.« Dag nickte. »Aber dieser Schwur gilt nicht mehr. Die Dinge haben sich geändert, *adana*. Du hast jetzt noch jemanden, der dich braucht und für den du da sein musst.«

»Aber ich ...«

»Balbok könnte sich ja um den Menschling kümmern«, schlug der hagere Ork vor, »dann könntest du ...«

»Hast du jetzt auch noch dein letztes bisschen Verstand verloren?«, fiel Rammar ihm ins Wort. »Jetzt, wo wir das lästige kleine Ding endlich los sind?«

»Das ist eine gute Idee«, entschied Dwethan kurzerhand. »Balbok wird Aryanwen und Catriona als Beschützer begleiten.«

»Und ich?«, fragte Rammar.

»Du begleitest uns nach Gorta Ruun«, eröffnete Dag und konnte sich ein Grinsen nicht verkneifen.

»Bist du bescheuert, Herzogsöhnchen? Ich gehe doch nicht freiwillig dahin, wo Hutzelbärte faulen Zauber treiben!«

»Dann geh, wohin es dir beliebt.«

»*Korr*, das werden wir auch tun. Nicht wahr, Großer? Schließlich sind wir Könige auf unserer eigenen Insel!« Die Blicke des dicken Ork hatten sich auf seinen hageren Bruder geheftet, aber der antwortete nicht. »He, du langes Elend, ich hab dich was gefragt!«

»*Korr*, ich weiß«, kam es zurück. »Aber ich bleibe bei dem kleinen Menschling.«

»Du willst mich allein lassen? Nach allem, was ich für dich getan habe?«

»Du kannst ja mitkommen«, schlug Balbok vor.

»Das könnte dir so passen. Ich lasse mich von einem Faulhirn wie dir doch nicht erpressen!« Er schüttelte den Kopf, dass Speichel nach allen Seiten flog. »Da begleite ich noch eher die Milchgesichter zu den Hutzelbärten!«

»Bist du sicher?«, fragte Dag.

»Korr«, blaffte Rammar zurück. »Was soll die Frage?«

»Gut, wenn du darauf bestehst.« Dag nickte und lächelte in sich hinein. »Wir werden alle zusammen im Luftschiff reisen, der Auftrieb müsste ausreichen, um uns alle zu tragen.«

»Luftschiff«, schnappte Rammar. »Ohne mich! Ich hab mir geschworen, nie wieder in eins von diesen be*shnorsh*ten Dingern zu steigen!«

»Dann wirst du deinen Schwur brechen müssen – oder zu Fuß gehen«, beschied ihm Dag gelassen, da er ziemlich sicher war, wie die Entscheidung des für seine Faulheit berüchtigten Orks ausfallen würde.

»Und woher soll die heiße Luft kommen«, fragte Ferghas. »Unsere Holzvorräte sind fast aufgebraucht!«

»Die Eisbarbaren nutzen Fischtran als Brennstoff für ihre Feuer«, wusste Dwethan. »Ich könnte mir vorstellen, dass die Krieger, denen wir begegnet sind, ihren Vorrat nicht mehr brauchen.«

»Dann werden wir uns nach Einbruch der Dunkelheit an ihren Eissegler heranschleichen und die Ladung löschen«, erwiderte Dag entschlossen, »und noch ehe die anderen Nordmänner merken, was geschehen ist, sind wir bereits in die Lüfte entschwunden.«

»Wir sollten die Ostpassage nehmen«, regte Dwethan an. »Damit nehmen wir zwar einen Umweg in Kauf, aber wir umgehen auch die Dörfer der Eisbarbaren, die, wie wir inzwischen wissen, unter der Kontrolle des Feindes stehen. So können wir unsere Pläne noch vor ihm verbergen. Im Ostgebirge werden wir dann landen und uns trennen; von dort gelangt man rasch zu Tal, wenn man dem Lauf der Flüsse folgt.«

»Wir könnten uns ein Floß bauen und damit stromabwärts fahren«, schlug Catriona vor.

»Korr«, stimmte Balbok zu.

»Ohne mich«, wehrte Lyrx ab. »Dryaden sind von Natur aus wasserscheu, und ich bin der Sohn meiner Mutter ...«

»Keine Sorge«, versicherte Dag, »du brauchst nicht mit ihnen zu gehen.«

»Was soll das heißen?«

»Ich weiß, dass du Catriona treu ergeben bist, weil du ihr deine Freiheit und dein Leben verdankst«, erwiderte Dag, »aber in diesem Fall bitte ich dich um deine Freundschaft und Loyalität – denn in Gorta Ruun werden deine Fähigkeiten von unschätzbarem Wert für uns sein.«

»Er hat recht«, stimmte Catriona ohne Zögern zu. »Geh mit ihnen, Lyrx.«

»Wozu?« Der Gestaltwandler stieß ein misstrauisches, fast feindseliges Zischen aus. »Mit Verlaub, Herzog von Ansun, was geht mich dein Krieg an?«

»Das werde ich dir gerne erklären, mein unbedarfter Freund«, antwortete Dwethan an Dags Stelle. »Wenn es uns nicht gelingt, die Pläne der Alchemisten zu vereiteln, so werden sie die Schattenlegion entfesseln – und wenn erst Finsternis diese Welt überzieht und die Schatten auf dem Vormarsch sind, wird kein Mann, keine Frau und kein Kind in Erdwelt ihrem Blutdurst entgehen. Hast du noch mehr törichte Fragen?«

»N-nein«, versicherte Lyrx heiser.

»Dann ist es entschieden«, sagte der Druide, und niemand widersprach.

Tatsächlich jedoch konnte sich Dag des Gefühls nicht erwehren, dass all dies schon sehr viel früher entschieden worden war.

Das Schicksal Erdwelts hatte seinen Lauf genommen.

24

Dado war einigermaßen froh darüber, dass er den Inhalt seines Magens bereits von sich gegeben hatte. Wäre es nicht so gewesen, hätte er sich spätestens jetzt von seinem Frühstück getrennt. Der Gestank war so unerträglich, dass Dado und Runward nur durch den Mund atmen konnten, und selbst dabei wurde ihnen so übel, dass ihnen fast die Sinne schwanden.

Dennoch setzten sie weiter einen Fuß vor den anderen, wateten durch die Kloake, die ihnen bis zu den Knien reichte, sich darüber bewusst, dass dies der einzige Weg war.

Der einzige Weg zu entkommen.

Der einzige Weg zu überleben.

Die Zerstörung der Brücke hatte wie befürchtet die Garnison in Alarmzustand versetzt. Allenthalben wimmelte es von Wachsoldaten, die nach den Flüchtlingen suchten, sodass als einzige Fluchtmöglichkeit der Abwasserkanal geblieben war. Die Kaldrone hatten sie noch dazu benutzt, in die höher gelegenen Bereiche der Festung zu gelangen. Dann hatten sie sie zurückgelassen und sich in den Abwasserschacht geflüchtet. Hier würden die Wachen sicher zuletzt nach ihnen suchen – schon allein wegen des bestialischen Gestanks.

»Das ist nicht gut«, meinte Dado missmutig, während er hinter Runward her durch die schwarze Brühe stampfte. Die Laternen der Kaldrone hatten sie abmontiert und mitgenommen, die Leuchtsteine darin sorgten für mattes Licht.

»Was?«, fragte Runward über die Schulter.

»Unseretwegen herrscht Alarmzustand. Nun wird es für Bertin und die anderen sehr viel schwieriger, in den Thronsaal vorzudringen.«

»Erwartest du, dass ich mir darüber Gedanken mache? Zwergenhammer und die anderen wussten, worauf sie sich einlassen. Außerdem, vielleicht haben wir ihnen ja auch einen Gefallen getan, indem wir die Aufmerksamkeit der Wachen auf uns gezogen haben. Hast du daran schon gedacht?«

»Vielleicht«, räumte Dado ein. »Aber Ansgar wird erfahren, was am Steinschlagtor vorgefallen ist. Und dann wird er Vorsichtsmaßnahmen ergreifen, und ...«

»Hör auf, dir Sorgen zu machen, Grünschnabel«, fiel der Ältere ihm ins Wort, »wir haben selbst genug zu tun, um am Leben zu bleiben. Vor allem hör auf, so laut zu reden.«

Dado erschrak, daran hatte er nicht gedacht. »Was werden wir nun tun?«, erkundigte er sich mit deutlich gedämpfterer Stimme.

»Wir werden dem Tunnel folgen. Dann sehen wir weiter.«

»Aber der Tunnel führt aus der Festung hinaus!«

»Und?«

»Wir müssen zurück in unser Versteck, um den anderen zu berichten, was geschehen ist!«, war Dado überzeugt.

»Wir werden sehen.«

Dado blieb in der stinkenden Kloake stehen. »Was soll das heißen? Hast du etwa nicht vor, zu den anderen zurückzukehren?«

»Wir klären das später, verstanden? Erst müssen wir hier raus.« Unbeirrt ging Runward weiter.

»Aber Bertins Befehl war eindeutig! Er vertraut uns und verlässt sich auf uns!«

»Das weiß ich. Aber ich weiß auch, dass es da oben von Soldaten nur so wimmelt. Die Gefahr, dass wir beim Augsuchen des Verstecks gefasst werden und unsere Kameraden dadurch verraten, ist zu groß. Wir sollten uns also lieber still verhalten.«

»Ist das auch wirklich der Grund?«, fragte Dado spitz. »Oder gibt es noch einen anderen?«

»Ich weiß nicht, was du meinst.«

Dado blieb abermals stehen, die Arme vor der Brust verschränkt. »Vielleicht bist du ja auch nur zu feige, um zu den anderen zurückzukehren!«

»Du bist müde und erschöpft, Grünschnabel«, beschied ihm Runward, »deshalb werde ich diesen Blödsinn nicht ernst nehmen. Aber wenn du mir noch einmal in die Waden trittst, kann es sein, dass ich mich vergesse.«

»Ich habe dich nicht getreten«, versicherte Dado.

Nun blieb auch Runward stehen und wandte sich zu ihm um. »Was bei allen Königen habe ich dann gerade …?«

Er verstummte, als das Wasser zwischen ihnen plötzlich Wellen schlug. Unvermittelt hob sich etwas daraus empor, das schwarz war und lang und etwa so dick wie ein Oberarm. Es war glitschig und von Saugnäpfen übersät und ringelte sich unaufhörlich – ein Tentakel!

»Verdammt!«, rief Dado – während Runward bereits handelte.

Ansatzlos schwang er die Axt und durchtrennte den Fangarm. Das sich noch immer windende Ende plumpste in die dunkle Brühe. Der Stumpf hingegen, aus dem dunkles Blut schoss, wankte noch einen Moment hin und her, dann fiel er ebenfalls ins Wasser und verschwand.

»Was war das denn?«, fragte Dado erschrocken.

»Was weiß ich?«, erwiderte Runward schroff, während er sich zum Weitergehen wandte. »Jedenfalls werde ich nicht bleiben, um es herauszuf…«

In diesem Moment hörten sie hinter sich ein Plätschern,

so als ob sich etwas aus dem Wasser erhob. Etwas, das von beträchtlicher Größe sein musste.

Dado fuhr herum.

Im Lichtschein der Laterne sah er, dass noch mehr Tentakel aus der Kloake aufgetaucht waren, einer so schwarz, glitschig und widerwärtig wie der andere. Dado zählte fünf, zehn, zwanzig ... zu viele, um sie alle abzuschlagen!

»Lauf!«, rief Runward, und beide rannten so schnell sie konnten den Tunnel hinab, stampften durch die knietiefe Brühe, die aufspritzte und sie von Kopf bis Fuß besudelte. Aber das spielte keine Rolle mehr, die beiden Flüchtlinge wollten nur fort, den Tentakeln entkommen, die sie pfeilschnell verfolgten und nach ihnen tasteten.

»Da hinein«, zischte Runward und verschwand in einem Seitentunnel. Dado eilte ihm nach, dabei glitt er auf dem glitschigen Boden aus und wäre um ein Haar gestürzt. Gerade noch konnte er sich abfangen und hastete weiter, was immer beschwerlicher wurde, da sich ihre Kleider längst vollgesogen und bleiern an ihnen hingen.

Ein gehetzter Blick über die Schulter – Dado sah die Tentakel aus der dunklen Röhre kommen. Jeden Augenblick würden sie nach ihm greifen, würden sich die Saugnäpfe in seine Haut fressen, und dann ...

»Weiter, weiter!«, trieb er nicht nur Runward, sondern auch sich selbst zur Eile an, und sie bogen in einen weiteren Nebentunnel ab, der so niedrig war, dass sie nur noch gebückt laufen konnten. Wenn sie jedoch geglaubt hatten, die Tentakel dadurch loszuwerden, so hatten sie sich geirrt.

Welcher Kreatur die Fangarme auch immer gehörten, sie war wendig genug, um ihnen weiter zu folgen. Dado rannte, so schnell er konnte. Seine Axt ließ er fallen, sie war ihm auf der Flucht nur hinderlich. Die stinkende Luft gierig in seine Lungen saugend, rannte er, so schnell er nur konnte – und wusste doch, dass es nicht reichen würde. Schon jetzt hatte sich der Abstand zu Runward vergrößert. Nicht mehr lange, und seine Kräfte würden nachlassen.

Plötzlich ein Rauschen!

»Hörst du das?«, schrie Runward, dass es durch die Röhre hallte. »Das ist unsere Rettung!«

Rettung …

Das eine Wort genügte, um Dado noch einmal Kraft zu geben. Alles aus seinem geschundenen Körper holend, gelang es ihm, zu seinem Gefährten aufzuschließen. Das Rauschen hatte sich inzwischen zu einem Tosen gesteigert. Zwar wusste Dado nicht, woher es rührte, aber alles war ihm lieber, als von den Tentakeln gepackt zu werden, die jetzt ganz nah waren, kurz davor, sich um seine Beine zu wickeln …

Mit zusammengebissenen Zähnen hastete Dado weiter, gewillt, nicht aufzugeben – und verlor plötzlich den Boden unter den Füßen! Die Laterne ließ er fallen, versuchte panisch, sich irgendwo festzuhalten, doch seine Hände griffen nichts als leere Luft. Er wollte schreien, aber selbst das gelang ihm nicht, denn ein tosender Schwall stinkenden Abwassers erfasste ihn und riss ihn geradewegs in die Tiefe.

Dado wusste nicht, wie ihm geschah. Weder begriff er, was passiert war, noch hatte er mehr eine Ahnung, wo oben und wo unten war. Und noch ehe er sich darüber klar wurde, dass Runward und er das Ende des Tunnels erreicht hatten und nun zusammen mit allem anderen Unrat aus der Festung gespült würden, tauchte er auch schon in das Becken ein, das sich auf dem Grund des Sammelschachts befand.

Das Tosen verstummte jäh, Schwärze umgab ihn. Hätte er seinen Helm nicht längst verloren, hätte er sich ihn spätestens jetzt vom Kopf gerissen. Hastig begann er zu schwimmen, folgte den Luftblasen, die rings um ihn emporblubberten, und kam wieder an die Oberfläche. Wie groß das Becken war, vermochte er nicht zu sagen, denn es war stockdunkel. Er hörte nur das Rauschen von allen Seiten, wo die Kanäle ihren übel riechenden Inhalt ausspuckten – und plötzlich spürte er, wie ihn die Strömung erfasste. Anfangs versuchte er noch, dagegen anzuschwimmen, aber der Sog war so unwiderstehlich, dass Dado nichts dagegen tun konnte. Er gab seinen Widerstand auf, worauf ihn der Strudel erfasste.

»Luft anhalten!«, hörte er Runwards heisere Stimme noch rufen, und befolgte den Rat, obwohl er kaum noch Luft in den Lungen hatte – dann tauchte er auch schon unter.

Fast senkrecht wurde er hinabgesogen, hinein in die ungewisse Tiefe. Mit Armen und Beinen rudernd, versuchte Dado, sich in der Strömung zu behaupten. Um ihn herum waren nur noch Kälte und Schwärze – und die grässliche Vorstellung, dass ihnen die Kreatur womöglich gefolgt wäre, dass ihre Tentakel auch jetzt noch nach ihnen tasteten.

Dann überkam ihn der heftige Drang, zu atmen.

Dados Lungen begannen zu brennen. Fieberhaft versuchte er, sich zu beruhigen, aber es gelang ihm nicht. Panik überkam ihn, und er begann Flecke vor seinen Augen zu sehen. Waren sie dem Monstrum nur entkommen, um nun elend zu ertrinken?

Plötzlich Helligkeit ... ein Lichtstrahl, der in das trübe Wasser fiel ...

Dado setzte seine letzten Kräfte ein und schwamm, folgte dem hellen Schein, während er das Gefühl hatte, sein Brustkorb würde bersten.

Gleich, nur noch ein Augenblick ...

Im nächsten Moment durchstieß er die Oberfläche, genoss das Tageslicht, das ihm entgegenflutete, und sog die frische, reine Luft in seine Lungen, unendlich dankbar dafür, noch am Leben zu sein. Plötzlich fühlte er, wie etwas ihn am Arm packte – ein Tentakel!

Dado schrie auf und schlug um sich, gebärdete sich wie von Sinnen – bis eine schallende Ohrfeige in sein Gesicht klatschte. »Beruhige dich, Grünschnabel! Ich bin's!«

Dado riss die Augen auf – und blickte in Runwards tätowiertes Gesicht. »Komm … schon«, stieß er hervor, »sonst kriegt dich die Strömung, und du ersäufst.«

Dado holte alle Kraft aus sich heraus, die er noch aufzubieten in der Lage war, schwamm hinter Runward her, bis er Boden unter den Füßen spürte. Entkräftet schleppte er sich weiter, kroch auf allen vieren aus dem Wasser und über das Kiesbett. Im Ufergras blieb er erschöpft liegen – und vor Erschöpfung schwanden ihm die Sinne.

Als er wieder zu sich kam, hatte die Abenddämmerung bereits eingesetzt. Dado blinzelte, sah, dass er auf einer Lichtung lag, am Ufer eines plätschernden Flusses. Angesichts der schroffen Felswand, die unmittelbar vor ihm aufragte, nahm er an, dass es das Steilwasser war, das südwestlich von Gorta Ruun von den Gipfeln der Berge stürzte – und dabei ganz nebenbei auch die Hinterlassenschaften der Festungsbewohner mitnahm. Dado hatte sich nie gefragt, wohin das Zeug aus den Latrinen wanderte – jetzt wusste er es.

Und war ziemlich froh darüber …

»Geht es wieder?«

Dado rappelte sich auf. Runward saß neben ihm im Gras. Seine Rüstung hatte er abgelegt und sein Hemd ausgezogen, damit es trocknete. Den ekelhaften Gestank hatte das Steilwasser dankenswerterweise bereits von ihnen abgewaschen.

Dado nickte, noch immer zu erschöpft, vor allem aber zu überwältigt, um etwas Vernünftiges über die Lippen zu bringen. In all der Zeit, die er an Bertins Seite gegen die Alchemisten gekämpft hatte, war er manches Mal in Gefahr geraten. Noch niemals jedoch war er dem Tod so knapp entgangen wie an diesem Tag – und das gleich mehrmals hintereinander.

»Wir können nicht lange bleiben«, fuhr Runward fort, der sich immer wieder nervös umblickte. »Wir müssen uns ein Versteck suchen, wo wir die Nacht verbringen können.«

»Und morgen früh?«, fragte Dado.

»Das werden wir sehen, wenn es so weit ist.«

»Wir müssen zurück, das weißt du.«

»Nachdem wir gerade erst entkommen sind?« Der andere schüttelte den Kopf. »Ohne mich.«

»Aber Bertins Befehl lautete …«

»Bertin ist längst tot, genau wie die anderen«, brummte Runward.

»Das wissen wir nicht.«

»Du bist ein Träumer, Junge.«

»Lieber ein Träumer als ein Feigling.«

»Fängst du schon wieder damit an? Ich habe dir doch schon einmal gesagt, dass ich kein …«

Runward unterbrach sich in seiner Rede. Sein schwarzbärtiges Gesicht zog sich in die Länge, seine Augen weiteten sich, während er unverwandt auf Dado starrte.

»Was hast du?«, wollte dieser wissen. »Verträgst du die Wahrheit nicht?«

Runward schien etwas erwidern zu wollen, aber er konnte nicht. Stattdessen hob er die Hand und griff sich in den Nacken, wo er etwas zu ertasten schien. Er zog es heraus, wobei er schmerzvoll zusammenzuckte, und brachte die Hand wieder nach vorn, um es zu betrachten.

Es war ein kurzer Pfeil.

»Was …?«, wollte Dado fragen, als auch er einen Einstich spürte in seinem Nacken. Sein entsetzter Blick begegnete dem des Gefährten.

Dann brachen beide zusammen.

BUCH III

Peshurai'y'halashi

(Sünden der Väter)

I

Vor acht Tagen hatten sie Shakara verlassen, unbemerkt und im Schutz der Dunkelheit.

In Ermangelung von Holz, das im Ewigen Eis des Nurwinters eine Seltenheit war, hatten sie Tran verwendet. Die ölige Substanz, die die Nordmänner aus Eismeerquallen gewannen, hatte sich als guter und zuverlässiger Ersatz erwiesen, zumal sie bessere Brenneigenschaften hatte und höhere Temperaturen entwickelte als einfaches Holz.

Statt das Scharfgebirge zu überqueren, waren sie dem Verlauf des Nordwalls zunächst Richtung Osten gefolgt, ehe sie südlichen Kurs eingeschlagen und die Berge überquert hatten. Auf den Hochebenen des Ostgebirges brachten die Gefährten das Luftschiff schließlich zur Landung, in einer Schlucht, die es neugierigen Blicken entzog. Dort schlugen sie ihr Nachtlager auf und schliefen erstmals seit ihrer Abreise aus Shakara wieder auf festem Boden, wissend, dass der neue Tag die Stunde des Abschieds bringen würde.

Es war noch früh am Morgen. Die ganze Nacht über war in der Ferne leiser Donner zu hören gewesen, und graue Wolken hatten sich zwischen den umliegenden Gipfeln gedrängt wie Warge in einem zu engen Zwinger; jedoch erst als der neue Tag anbrach, setzte leichter Regen ein, der den grauen Fels und das spärliche gelbe Gras benetzte.

Aryanwen, die während der Nacht kaum Schlaf gefunden hatte und an dem kleinen Feuer saß, zog ihren Umhang enger um die Schultern. Ihr gegenüber saß Balbok, der die Lagerwache innehatte und mit langer, gleichmütiger Miene in die Flammen starrte. Neben ihm kauerte die kleine Alannah, vornübergebeugt und das kleine Haupt mit dem wirren Haar auf seinen Oberschenkel gebettet, und schlief tief und fest.

Sie so zu sehen, war für Aryanwen zugleich Schmerz und Trost. Trost, weil sie wusste, dass ihre Tochter während der letzten beiden Jahre nicht allein gewesen war und sie in der Auswahl ihrer beiden Ziehväter doch keine falsche Wahl getroffen hatte; Schmerz, weil sie sich fragte, ob Alannah nach der langen Zeit der Trennung jemals solches Vertrauen zu ihrer Mutter fassen würde, wie sie es zu den beiden Orks hatte.

Die übrigen Gefährten schliefen noch.

Daghan, Ferghas und Henquist lagen unweit der Feuerstelle in ihre Decken gehüllt. Ein befehlsmäßiges Dach, das sie am Abend errichtet hatten, hielt den Regen fern. Rammar war zum Schlafen an Bord des Luftschiffs geblieben – einerseits als Ballast, andererseits, weil sein infernalisches Schnarchen jeden davon abgehalten hätte, auch nur einen Augenblick lang Ruhe zu finden. Nur Dwethan war noch wach – als zweiter Posten hielt er oben am Eingang der Schlucht Wache. Aryanwen fragte sich bereits, ob der alte Druide überhaupt irgendwann Schlaf benötigte.

»Sie scheint dich zu mögen, Balbok«, meinte Aryanwen mit Blick auf ihr schlafendes Kind.

»Korr«, stimmte der Ork grinsend zu. »Wir haben ja auch viel Zeit mit ihr verbracht. Ich weiß noch genau, wie sie ihre erste Milch gekriegt hat. Ich hab' die Ziege zuerst halbiert, weil ich dachte, die Milch wär da drin.« Er kratzte sich nachdenklich am Hinterkopf, wodurch ihm der lederne Helm ins Gesicht rutschte – so ganz schien ihm das Prinzip des Melkens noch immer nicht einzuleuchten.

Aryanwen musste lächeln. »Ihr habt gut auf sie aufgepasst. Dafür danke ich euch.«

Balbok stierte weiter in die Flammen. Wie jeder Ork wusste er mit Dankbarkeit nichts anzufangen. »Am liebsten isst sie rohes Fleisch«, wusste er zu berichten. »Schlange, oder manchmal auch Gnom, wenn es welchen gibt.«

Aryanwen setzte sich auf. »Sie hat Gnom gegessen?«

»*Korr*, wie ein richtig großer Ork.« Mit väterlichem Stolz tätschelte er das schlafende Kind. »Man darf ihr bloß nicht zu viel davon geben, sonst muss der kleine Menschling …« Er überlegte kurz. *»Gul'dok«*, sagte er dann in Ermangelung des passenden Ausdrucks der Menschensprache und machte dazu ein eindeutiges Geräusch.

»Du meinst … rülpsen«, übersetzte Aryanwen zögerlich.

»Korr.« Er grinste. »Und wenn sie wütend wird, wirft sie gern mit Dingen um sich. Genau wie Rammar.«

»Wie schön.« Aryanwens Lächeln wurde gequält.

»Aber das tollste ist, dass sie schon genau weiß, wie man einen Gnomenschädel knackt. Und sie kann einen ganzen *knum* aufsaugen, ohne abzusetzen oder die Hände zu benutzen.«

»Wunderbar.« Aryanwen enthielt sich der Frage, was ein *knum* war. Die kleine Alannah schien von ihren Ziehvätern tatsächlich alles gelernt zu haben, was eine Prinzessin und zukünftige Königin wissen musste … »Ihr kennt sie so viel besser als ich«, sagte sie stattdessen. »Ich beneide dich, Balbok.«

»Rammar und ich sind ja auch die Einzigen, die sie kennt«, erklärte der Ork.

»Warum habt ihr nie versucht, Alannah zu mir zurückzubringen? Ich meine, ich bin euch wirklich dankbar dafür, dass ihr die ganze Zeit auf sie aufgepasst habt, aber warum …?«

»Am Anfang konnten wir nicht«, stellte Balbok klar. »Zu viele *nambal'hai**. Und zu viele von diesen fliegenden Viechern.«

»Schattendrachen.« Aryanwen nickte.

»Wir merkten, dass sie hinter dem kleinen Menschling her waren. Also sind wir dorthin gegangen, wo wir uns auskennen, in die Modermark.«

»Das verstehe ich. Aber als die Schattendrachen nicht mehr hinter euch her waren, hättet ihr versuchen können, gemeinsam mit Alannah zurückzukehren.«

»Aber wohin? Wir wussten ja nicht, wo ihr seid. Außerdem haben wir uns gedacht, dass du ganz froh bist, den Menschling los zu sein.«

»Nein«, widersprach Aryanwen entschieden und so streng, dass der große Ork den Kopf zwischen die schmalen Schultern zog. »Ihr habt ganz genau gewusst, dass Alannah mir mehr bedeutet als mein Leben. Der Grund warum ihr sie behalten habt, ist ein anderer. Einer, für den ich euch nicht einmal böse sein kann. Ihr habt sie lieb gewonnen. Ihr wolltet euch nicht mehr von ihr trennen. So ist es doch, oder nicht?«

»Schmarren, was redest du da für einen Unsinn, Menschenweib?«, polterte jemand, der aus dem morgendlichen Zwielicht heranstampfte und sich ungefragt zu ihnen ans Feuer setzte. Das heißt, eigentlich ließ er nur seine Körpermasse fallen, was für ein denkwürdiges Geräusch und einigen Funkenflug sorgte.

»Rammar.« Aryanwen nickte zur Begrüßung und lächelte ein wenig gequält. »Schon ausgeschlafen?«

»Aufgehört«, kam es misslaunig zurück. »Wie soll ich schlafen bei eurem Geschrei?«

»'tschuldigung«, brummte Balbok.

* orkisch »Feind«

»Und wie oft soll ich dir noch sagen, dass sich ein Ork aus echtem Tod und Horn nicht entschuldigt? Das sind wir nämlich, Menschin, ob es dir passt oder nicht. Und das heißt auch, dass wir für den ganzen sentimentalen Schmonzes von euch Milchgesichtern keine Ader haben, verstanden?«

»Natürlich«, erwiderte Aryanwen, die einsah, dass jeder Widerspruch sinnlos sein würde. Ein Lächeln konnte sie sich dennoch nicht verkneifen.

»Was grinst du denn so dämlich?«

»Nichts. Ich bin euch nur dankbar, das ist alles.«

»Einen feuchten *shnorsh* auf deinen Dank«, raunzte der Feiste weiter, der offenbar mit dem falschen Fuß aufgestanden war. Oder vielleicht, dachte Aryanwen, war dies ja auch seine ganz gewöhnliche Morgenlaune. »Wir haben alles getan, um einen guten Ork aus der Kleinen zu machen, nicht mehr und nicht weniger. Stimmts, kleiner *pochga*?«

Bei dieser Ansprache erwachte das Kind. Es hob den Kopf, rieb sich die Augen und fuhr sich durch das wirre Haar. Dann hielt es sich zuerst das rechte und dann das linke Nasenloch zu und blies den Inhalt jeweils geräuschvoll hinaus.

»Und das ist euch gelungen«, anerkannte Aryanwen säuerlich.

»Und ob«, stimmte Rammar zu und leerte seinen Rüssel auf dieselbe Art und Weise. Was sich daraus löste, war ungleich mehr als bei Alannahs kleinem Näschen, sodass sich das Kind ausschütten wollte vor Lachen. Ihr Haar flog in alle Richtungen, während sich Alannah vor Vergnügen auf die dünnen Schenkel klopfte.

»Sieh an, sogar euren Humor hat sie«, stellte Aryanwen fest. Und als wäre das noch nicht genug, sprang das Kind auf die Beine, kam um das Feuer herum und schmiegte sich an Rammars feisten, ausladenden Körper. »Nur gut, dass Orks keine Zuneigung empfinden.«

»Ihr ist kalt und sie will sich wärmen«, verteidigte Rammar seinen Standpunkt. »Ist ja auch kein Wunder so früh am Morgen. Ich friere mir selber fast den *asar* ab.«

»Dann wird dir der Abschied heute ja wahrscheinlich nicht schwerfallen«, fuhr Aryanwen fort.

Rammar schwieg einen Moment lang. »*Douk*, natürlich nicht. Nimm das Balg ruhig mit, dann ist endlich Ruhe.«

»Verstehe – und woher kommt dann das Wasser in deinen Augen, hartherziger Ork?«

»Welches Wasser?« Ramar grunzte unwirsch. »Das macht dieser verdammte Regen, ist doch klar.«

»Aber Rammar«, wandte Balbok ein. »Es regnet doch gar nicht mehr ...«

2

Der Anblick war erschütternd.

Es war lange her, seit Bertin Zwergenhammer den Thronsaal von Gorta Ruun betreten hatte.

Damals hatte Winmar der Steinerne hier Hof gehalten, und obwohl seine Herrschaft das Andenken der Ahnen entehrt und den Thron der Äxte entweiht hatte, war damals zumindest noch etwas von dem alten Geist zu spüren gewesen, der diese Hallen einst durchweht und dem Volk des Berges zu Größe und Ansehen verholfen hatte. Davon war nichts geblieben.

Die Alchemisten hatten den Thronsaal in einen Ort des Schreckens verwandelt, in ein Laboratorium des Grauens. Überall standen Tische mit Flaschen und Phiolen darauf – welchen dunklen Zwecken die Flüssigkeiten darin dienen mochten, konnte Bertin nur erahnen. Allenthalben brannten kleine Feuer, über denen Kessel und Tiegel hingen; darüber wuchsen monströse Apparaturen auf, metallene Rohre und gläserne Spiralen, durch die giftig bunte Flüssigkeiten flossen, um sich in großen Kolben zu sammeln. Wabernde Dämpfe stiegen dabei auf, die sich wie Gewitterwolken über der Halle ballten – die Statuen der alten Könige, die sich als steinerne Wächter um den Thronsaal scharten, waren nur bis zu den Hüften zu erkennen, der Rest steckte in der milchig gelben, vom Feuerschein beleuchteten Suppe. Das Gestein nicht nur der Statuen, sondern auch der Säulen und Wände war geschwärzt von Ruß und angegriffen von den ätzenden Dämpfen, die in der Luft lagen; der Gestank, der im Thronsaal herrschte, war entsprechend beißend. Dennoch wuselten überall zwischen den Tischen gedrungene, in dunkle Kapuzenmäntel gehüllte Gestalten umher, die bald hier, bald dort etwas zu verrichten hatten und dabei stets den Eindruck erweckten, als würde sie das, was sie dort taten, mit tiefer innerer Freude erfüllen.

Und inmitten all des dampfenden, brodelnden und zischenden Chaos erhob sich noch immer der Sockel, auf dem einst der Thron der Äxte gestanden hatte. Der Herrscherstuhl der Zwergenkönige war nicht mehr da, Winmar hatte ihn geraubt und in seine neue Hauptstadt mitgenommen. Dafür war ein anderer Sitz auf dem Podium errichtet worden, ein hölzernes, mit dunklen Symbolen versehenes Ungetüm. Darauf saß ein weiterer Zwerg, der eine Kapuze trug, und obwohl sie seine Züge verhüllte, hatte Bertin nicht den leisesten Zweifel daran, wen er dort vor sich hatte.

Ansgar.

Vom gewöhnlichen Giftmischer war er zum königlichen Hofalchemisten aufgestiegen, hatte Winmars Speichel geleckt, bis dieser ihn zu seinem engsten Vertrauten und schließlich zum Statthalter von Gorta Ruun gemacht hatte. Dass ausgerechnet ein Alchemist zum Herrn der Festung ernannt worden war, kam in Bertins Augen einer schallenden Ohrfeige gleich. Das Reich der Zwerge, dessen Fundament Gorta Ruun war, war durch beispiellosen Mut und ehrlicher Hände Arbeit entstanden – die Alchemisten verkörperten das genaue Gegenteil davon. Statt sich Stollen durch festes Felsgestein zu graben, suchten sie stets nach dem leichtesten Weg, um ihre Ziele zu erreichen, selbst wenn sie dafür verbotene Künste bemühen mussten.

Und dafür würden sie nun bezahlen …

»Haltet euch bereit«, wies er seine beiden Gefährten an,

die sich wie er hinter die Brüstung duckten, die die Halle umlief.

Nach Passieren des Tores hatten sie den direkten Weg zum Thronsaal eingeschlagen, allerdings schon bald Umwege in Kauf nehmen müssen, denn die Anzahl der Wachen hatte sprunghaft zugenommen, je näher die Eindringlinge dem Herzen von Gorta Ruun gekommen waren: Schwer bewaffnete Krieger patrouillierten in den Gängen, Kaldronen stampften durch die Hallen, und den Runenzeichen nach zu urteilen, mit denen sie versehen waren, wurden sie nicht von Wesen aus Fleisch und Blut gesteuert.

Bertin kannte die Gänge und Stollen des inneren Kerns gut genug, um alle Hindernisse zu umgehen; als Junge war er oft hier gewesen – sein Vater hatte seinen Bruder und ihn oft mitgenommen, wenn er für den Zwergenkönig Arbeiten zu verrichten hatte. Im Nachhinein war Bertin überaus dankbar dafür, dass sein Vater als einer der besten Steinmetze des Reiches Zutritt zu beinahe allen Bereichen der Festung gehabt hatte, sogar zur Küche, die sich eine Ebene unterhalb des Thronsaals befand. Von dort waren er und seine Gefährten nun ungesehen heraufgelangt, durch einen alten Transportschacht, der einst dazu da gewesen war, Bierfässer aus den Lagerhallen heraufzuhieven. Da Alchemisten keinen Wert auf leibliche Genüsse legten, war der Schacht verwaist und in Vergessenheit geraten – bis zum heutigen Tag.

Bertin fühlte, wie sich sein Herzschlag beschleunigte. Ihnen allen war klar, dass diese Gelegenheit einmalig war. So einfach und unbehelligt würde niemals wieder jemand in den Thronsaal gelangen. Wenn Ansgar und seinesgleichen erst gewarnt waren, würden sie alle nur denkbaren Vorsichtsmaßnahmen ergreifen. Das Attentat musste also gelingen.

Hier und jetzt!

Bertin suchte die Blicke seiner Gefährten.

Waldrada war gefasst wie immer. Wäre es nicht um ihre weichen Gesichtszüge und ihre rosigen, flaumbesetzten Wangen gewesen, hätte man die Zwergin in ihrer Rüstung und mit dem Helm auf dem Haupt für einen Krieger halten mögen. Dankrad neben ihr wirkte unruhig, beinahe verunsichert. Aber Bertin war überzeugt, dass auch er seine Pflicht erfüllen würde, dem Schwur gemäß, den sie geleistet hatten.

»Tod den Verrätern«, flüsterte Bertin.

»Tod den Alchemisten«, erwiderten beide wie aus einem Munde, und sie gaben einander die Hände, wünschten sich Glück für diesen letzten Waffengang.

Der Plan, den sie in aller Eile gefasst hatten, war denkbar einfach. Stufe eins sah vor, möglichst viel Verwirrung zu stiften. Stufe zwei betraf den Vermummten, der dort auf dem Thron der Äxte saß und der das Licht des neuen Tages nicht mehr erblicken durfte.

»Jetzt!«, gab Bertin den Befehl – und beide huschten in unterschiedlichen Richtungen davon, sich tief hinter die Balustrade duckend. Dankrads Ziel waren die fünf Posten, die am Eingangstor Wache hielten, benebelt von den giftigen Dämpfen, die die feuchtwarme Luft durchtränkten. Waldrada würde sich die Alchemisten vornehmen, die auf der anderen Seite der Halle an den Tischen standen, geschäftig miteinander tuschelten und ihre Gifte mischten, während Bertins Augen einzig und allein Ansgar galten.

Längst hatte er Martog bereitgelegt, sodass er ihn nur noch aufzunehmen brauchte, in seinen Händen lag die schwere Donnerbüchse, zündfertig geladen.

Der Schuss würde das Signal zum Angriff geben.

Bertin atmete tief ein und aus, wissend, dass von den nächsten Augenblicken alles abhängen würde. Sich mit aller

Macht zur Ruhe zwingend, legte er die Donnerbüchse an. Den langen, trichterförmigen Lauf schob er vorsichtig über den Rand der Balustrade, den Kolben presste er an seine Wange.

Er hielt den Atem an.

Er hatte den Mann auf dem Thronpodest genau im Visier. Nur noch einen Augenblick, sagte er sich, und Ansgar der Alchemist würde nur noch Erinnerung sein ...

Ein Grinsen der Genugtuung spielte um Bertins Züge, während seine Finger den Abzughebel umklammerten – und mit einem Ruck zurückzogen.

Der Zündstein gab Feuer, die Ladung krachte mit hellem Funkenschlag – und obwohl es von diesem Moment an blitzschnell ging, hatte Bertin das Gefühl, als würde sich alles mit unendlicher Langsamkeit abspielen.

Der Rückstoß des Schusses war so heftig, dass er Bertin zurücktaumeln ließ. Durch den Pulverdampf hatte er das Gefühl, das todbringende Geschoss davonfliegen zu sehen, ehe es einen Herzschlag später auf sein Ziel traf.

Der Mann auf dem Eichenstuhl zuckte, als etwas in seine linke Schulter schlug und sie förmlich zerfetzte. Blut spritzte auf, und ein entsetzlicher Schrei war zu hören, der wie Musik in Bertin Zwergenhammers Ohren klang. Die Donnerbüchse, von deren Krachen er noch ein schrilles Pfeifen im Ohr hatte, warf er von sich. Sie von Neuem zu laden, hätte zu lange gedauert, die Waffe war nutzlos geworden. Bei dem, was folgte, würde Martog Bertin sehr viel zuverlässigere Dienste leisten.

Schon hatte er nach dem Hammer gegriffen, setzte damit über die Balustrade und verfiel in wildes Kampfgebrüll. Auch von der rechten Seite drang lautes Geschrei herüber, dort war Dankrad aus seinem Versteck hervorgesprungen und wütete wie ein Berserker unter den Wächtern.

Bertin hörte die entsetzten Schreie der Krieger, sah aus dem Augenwinkel, wie eine Fontäne von Blut aufschoss und eine Klinge in hohem Bogen davonflog, um deren Griff sich noch die Hand ihres Besitzers klammerte.

Auf der anderen Seite war Waldrada zum Angriff übergegangen. Ihr Breitschwert, das sie mit tödlichem Geschick zu führen wusste, fuhr wie ein Blitz unter die Alchemisten und enthauptete gleich zwei von ihnen, ehe die Zwergin das Schwert in einem engen Kreis herumwirbelte und damit einen weiteren Giftmischer durchbohrte. Der Mann taumelte zurück und stieß gegen ein Behältnis, das er umriss, als er zu Boden ging – eine stinkende dunkle Flüssigkeit schwappte daraufhin über den Boden und begann sofort, sich in das Gestein zu fressen. Grüner Dampf stieg dabei auf, und der Alchemist, der inmitten des ätzenden Bades lag, verfiel in erbärmliches Geschrei, als seine eigene Rezeptur ihm das Fleisch von den Knochen fraß.

Bertin scherte sich nicht darum, seine Aufmerksamkeit gehörte einzig und allein der Gestalt auf dem Podest, die heftig aus ihrer Schulterwunde blutete und lauthals um Hilfe schrie. Gleich mehrere Wachen und Alchemisten waren auf dem Weg zu ihr, an ihnen musste Bertin vorbei.

Mit einem markerschütternden Schrei hob er den Zwergenhammer und schwang ihn hoch über dem Kopf, während er weiter auf das Thronpodest zurannte. Einer der Wächter sah ihn kommen und wollte sich ihm in den Weg stellen – ein törichter Fehler. Martog fällte ihn, ohne dass Bertin auch nur innehalten musste. Das nächste Opfer des Hammers war ein Alchemist, der einen fraglos vergifteten Dolch in den Händen hielt. Bertin stieß mit dem Schaft des Hammers zu und traf den Vermummten in die Magengrube, worauf er winselnd niederging. Dann war jedoch schon der nächste Wächter heran, und mit ihm hatte Bertin weniger leichtes Spiel.

Der Mann war mit Axt und Schild bewaffnet, und dem fiebrigen Glanz nach zu urteilen, der durch die Sehschlitze des Helmes blitzte, war er ein Fanatiker. Einer, der sich den Alchemisten nicht aus Notwendigkeit, sondern aus Überzeugung angeschlossen hatte, was Bertins Zorn nur noch größer machte.

Wieder schwang er den Hammer und trug einen Ausfall vor, den der andere jedoch mit dem Schild parierte. Zwar deformierte Martog das Metall, richtete jedoch keinen weiteren Schaden an. Der Wächter ging deshalb zum Gegenangriff über. Seine Axt kam Bertins Kehle gefährlich nahe – im letzten Moment brachte der Widerstandskämpfer den Hammer hoch und blockte den mörderischen Hieb mit dem Schaft. Augenblicke lang rangen die beiden Kontrahenten miteinander, dann stieß Bertin seinen Gegner zurück, wobei ihm seine Wut überbordende Kräfte verlieh. Der Wächter geriet ins Taumeln und stürzte rücklings zu Boden, geradewegs in die ätzende Brühe, die den Boden des Thronsaals überschwemmt hatte – nicht zuletzt, weil Waldrada noch weitere Fässer umgestoßen hatte, um für noch mehr Chaos unter Wachen und Alchemisten zu sorgen.

Der am Boden liegende Krieger verfiel in grässliches Geschrei, das allerdings nicht lange währte, denn Martog brachte es jäh zum Verstummen. In wilder Kampfeswut riss Bertin den Hammer wieder in die Höhe, dabei besudelte er sein Gesicht mit dem Blut seines Gegners. Bertin scherte sich nicht darum. Noch hatte Martog nicht das Blut des Mannes zu schmecken bekommen, dessentwegen sie gekommen waren …

Er hörte einen lauten Schrei und blickte über die Schulter, konnte sehen, dass Dankrad in Bedrängnis geraten war. Das Tor stand jetzt offen, und weitere Wachen stürmten herein, die ihren Kameraden zu Hilfe eilten. Das Moment der Überraschung war vertan, nun war der Feind im Vorteil.

Bertin war nur noch wenige Schrittlängen vom Thronpodest entfernt. Einen Alchemisten stieß er brutal zur Seite, zwei weitere wandten sich freiwillig die Flucht. Er erreichte das Podest und stürmte die Stufen hinauf – und stand schwer atmend vor dem Mann, der für all dies verantwortlich war.

Keuchend saß er vor ihm auf dem Eichenstuhl, die Kapuze auf dem Kopf und beide Hände auf die verletzte Schulter pressend. Das Geschoss hatte Fleisch und Knochen durchschlagen, Blut pulsierte aus der Wunde, die jedoch nicht tödlich gewesen war.

Bertin hob den Hammer – und zögerte.

Es erschien ihm plötzlich unehrenhaft, einen Mann zu erschlagen, der verwundet und hilflos vor ihm kauerte. Doch er brauchte nur an das zu denken, was dieser Mann bereits verbrochen hatte und fraglos noch verbrechen würde, um alle Zweifel fahren zu lassen.

»Für meinen Vater! Und für meinen Bruder!«, brüllte er – und schlug mit aller Kraft zu. Martog fuhr herab und zerschmetterte den Schädel unter der Kapuze.

Der Alchemist war sofort tot. Von der Wucht des Hiebes kippte sein Körper zur Seite und regte sich nicht mehr.

Keuchend und am ganzen Leibe bebend trat Bertin vor, griff nach der Kapuze und riss sie herab – um wie vom Schlag gerührt zu erstarren. Denn der Mann, dessen Schädel er soeben zerschmettert hatte und dessen Hirnmasse noch an der stumpfen Seite des Zwergenhammers klebte, war nicht Ansgar!

Es war ein anderer Alchemist, der sicher nicht weniger schuldig an dem war, was in Gorta Ruun vor sich ging, aber eben nur ein Handlanger, nicht das Oberhaupt der Brut!

Geschockt sah sich Bertin nach seinen Gefährten um.

Dankrad war verwundet. Er stand mit dem Rücken zur Wand, konnte die Axt kaum noch halten. Auch Waldrada war in Bedrängnis, von Alchemisten umzingelt, die sie mit ihren Giftklingen bedrohten.

Sollte alles vergeblich gewesen sein?

Hatte er und seine Gefährten sich sinnlos geopfert?

»Suchst du jemand bestimmten, Rebell?«

Bertin fuhr herum.

Am Fuß des Thronpodests war ein weiterer Vermummter aufgetaucht. Als er seine Kapuze zurückzog, kam darunter der kahle Schädel Ansgars des Frevlers zum Vorschein, ein breites Grinsen in den ebenso verhassten wie vertrauten Zügen.

»Du«, stieß Bertin voller Abscheu hervor.

»Nach all dem Chaos, das deine Rebellenfreunde auf der Steinschlagbrücke angerichtet haben, hast du wirklich Mut bewiesen, hier zu erscheinen. Das muss man dir lassen.«

Chaos? Steinschlagbrücke?

Bertin hatte keine Ahnung, wovon sein Erzfeind sprach, ließ es sich aber nicht anmerken. Stattdessen fletschte er die Zähne und knurrte wie ein Warg kurz vor dem Sprung.

»Mir war klar, dass ihr früher oder später den lächerlichen Versuch unternehmen würdet, zu mir zu gelangen«, näselte der Statthalter von Gorta Ruun unbeeindruckt weiter, während seine tief liegenden, fast schwarzen Augen Bertin geringschätzig taxierten. »Deshalb habe ich gewisse Vorsichtsmaßnahmen ergriffen. Zu Recht, wie man mit einem Blick auf meinen glücklosen Stellvertreter erkennen kann.«

»Das wird dir nichts nützen«, stieß Bertin hervor, der den Zwergenhammer abermals anhob und die Stufen herunterkam. »Deine Wachen sind noch anderweitig beschäftigt, und Martogs Durst ist noch längst nicht gestillt. Ich werde dich ...«

»Du wirst nichts dergleichen tun«, beschied ihm der Alchemist gelassen.

Bertin konnte in diesem Moment tatsächlich fühlen, dass sich etwas verändert hatte. Die schwüle, von giftigem Dampf geschwängerte Hitze, die den Thronsaal erfüllt hatte, war plötzlich klammer Kälte gewichen.

Tödlicher Kälte ...

Bertin verspürte das unwiderstehliche Bedürfnis, sich für einen Moment umzudrehen und hinter sich zu blicken ... Was er sah, entsetzte ihn so, dass er den Hammer jäh sinken ließ.

Schattenkrieger – und nicht nur einer diesmal.

Aus dem giftigen Dunst, der sich über der Halle ballte, sanken dunkle Schemen herab und verdichteten sich, nahmen die Gestalt fürchterlicher Kreaturen an. Obgleich Bertin nur ihre Silhouetten sehen konnte, war zu erkennen, wie missgestaltet sie waren, Ausgeburten einer wirren und grässlichen Phantasie.

»Nun?«, fragte Ansgar hämisch. »Was jetzt, mein rebellischer Freund?«

Noch immer auf den Stufen des Thronpodests stehend, hob Bertin Martog zur Abwehr, auch wenn er instinktiv wusste, dass der Hammers eines Vaters ihm diesmal nicht von Nutzen sein würde. Die Schattenkrieger quollen auf ihn zu, streckten ihre Klauen nach ihm aus, und er hieb zu – doch der Schlag des Hammers glitt geradewegs durch sie hindurch.

Die Krieger kamen näher, kreisten ihn ein. Dabei verdichteten sich ihre Körper immer noch mehr, wie eine schwarze Wand, die rings um ihn emporwuchs. Und mit der Schwärze kam die Angst.

In seiner Verzweiflung warf Bertin den Hammer von sich,

konnte nicht anders, als laut zu schreien, während sich die Dunkelheit um ihn schloss und ihn einhüllte.

Wie von fern konnte er Ansgars Gelächter hören, das ihn verhöhnte und verspottete.

Bis es schließlich zu Ende war.

3

Der Abschied lag zwei Tage zurück – der Schmerz jedoch war noch immer zu spüren.

Dag konnte nichts dagegen tun: Wann immer sich die Gelegenheit dazu bot, schweiften seine Gedanken ab und weilten bei Aryanwen und dem Kind … und die Reise in einem Luftschiff war voller solcher Gelegenheiten.

Gedankenverloren saß der junge Herzog vorn im Bug, umgeben von Stille und eisig kalter Luft, während seine Gefährten dafür sorgten, dass das Feuer nicht ausging und das Schiff seinen Kurs nach Südwesten fand. Sie hatten es hart an den Wind gebracht, sodass sie mit atemberaubender Geschwindigkeit reisten, Gorta Ruun entgegen – und womöglich ihrem Verderben. Aber diese Aussicht war es nicht, die Dag schreckte.

Wann immer Dag an den Abschied von Aryanwen und Alannah dachte, merkte er, wie ihm etwas die Kehle zuschnürte, eine panische, unterschwellige Furcht … Niemand wusste zu sagen, ob sie einander wiederbegegnen würden, alles schien so brüchig, so vergänglich in diesen Tagen. Er hätte manches darum gegeben, seine Frau und sein Kind in die Hügellande begleiten zu dürfen, doch es war offenkundig, dass ihm ein anderer Weg bestimmt war. Natürlich hätte er sich dagegen auflehnen, hätte seine eigenen Wünsche und Bedürfnisse vor seine Pflichten stellen können – aber wie hätte er seinen Lieben dann noch unter die Augen treten sollen? Und vor allem sich selbst?

»Nun?«

Über die Trittbretter, die unter seinen Füßen leise knarrten, kam Dwethan nach vorn zum Bug.

»Es geht mir gut«, versicherte Dag unaufgefordert. »Das wolltet Ihr doch hören, oder nicht?«

»Nein«, wehrte der Druide ab. »Ich will hören, dass du überzeugt bist von dem, was du tust. Dass du an diese Mission glaubst und an deine Berufung.«

»Das würde ich gerne«, versicherte Dag, »aber ich muss immerzu an sie denken, an den Augenblick, in dem ich sie vielleicht zum letzten Mal umarmt habe.«

»Das kannst du nicht wissen, mein Junge. Zumindest das hast du in deiner Vision nicht gesehen, und selbst wenn – die Zukunft ist noch nicht in Stein gemeißelt.«

»Es tut weh, alter Mann … so weh wie nichts anderes in meinem Leben.«

»Ich weiß, Junge. Glaub mir, ich weiß das nur zu gut. Auch ich musste einst allem, was ich kannte, den Rücken kehren, mich von denen verabschieden, die mir nahestanden.«

Dag hob den Blick, so als würde er Dwethan direkt ansehen. »Habt Ihr sie jemals wiedergesehen?«

»Nur einen von ihnen, sehr viel später.«

»Verstehe.« Dag schnitt eine Grimasse. »Vielen Dank, jetzt geht es mir bereits sehr viel besser.«

»Vielleicht tröstet es dich, wenn ich dir sage, dass du deinen Liebsten so am besten hilfst«, erwiderte der Druide mit ungewohnter Sanftmut in der Stimme.

»Indem ich sie im Stich lasse?«

»Das hast du nicht, und das weißt du auch. Der Kampf gegen die Schergen des Bösen wird in Gorta Ruun geführt, dort wirst du gebraucht.«

»Und wer sagt, dass Aryanwen und die kleine Alannah

mich nicht brauchen? Womöglich ist der Feind ihnen bereits auf den Fersen, jetzt, in diesem Augenblick.«

»Unwahrscheinlich«, wehrte Dwethan ab. »Die Blicke des Bösen reichen in weite Ferne, aber selbst sie vermögen nicht alles zu sehen. Die Chancen, dass Aryanwen und die anderen die Hügellande ungesehen erreichen, stehen nicht schlecht – zumal wir dafür sorgen werden, dass sich die Aufmerksamkeit unseres Feindes nach Gorta Ruun richtet.«

»Aber erst, wenn wir dort sind«, wandte Dag ein.

Der Druide lachte freudlos auf. »Der Feind wird nicht warten, bis wir Gorta Ruun erreicht haben. Er weiß längst, dass wir hier sind.«

»Glaubt Ihr?«

»Die Frage ist, nicht, was ich glaube – die Frage ist, was ich fühle. Dasselbe, das auch du fühlst.«

»Ich fühle nur Trauer.«

»Weil du dich ablenken lässt von deinem persönlichen Schmerz. Aber wenn du ihn einmal beiseitelässt, wenn du hinter den Vorhang der Trauer blickst, was empfindest du dann?«

Dag verspürte kein Verlangen danach, sich von seinem Schmerz zu lösen. Er wollte an Alannah und seine Tochter denken, hatte das Gefühl, es ihnen schuldig zu sein. Aber wenn er ehrlich zu sich selbst war, so war da noch etwas anderes. Eine Empfindung, die tiefer war und über bloße Traurigkeit weit hinausging. Abgrundtiefe Verzweiflung, die ihn erschaudern ließ …

»Was fühlst du?«, fragte Dwethan ihn noch einmal, eindringlich diesmal.

»Kälte«, entgegnete Dag.

»Korr«, plärrte Rammar von mittschiffs, der offenbar mitgehört hatte. »Auf diesem verdammten Schiff ist es so kalt, dass bald mein *asar* abfällt.«

»Wir fliegen gen Süden«, widersprach Dwethan. »Was euch frieren lässt, ist nicht die Witterung, meine Freunde.«

»Was ist es dann?«, wollte Dag wissen. Je tiefer er in sich hineinlauschte, desto deutlicher konnte er diese Kälte spüren.

»Es ist der Atem des Todes, der uns streift«, entgegnete Dwethan leise. »Der Feind hat uns ausgemacht. Er weiß, dass wir kommen.«

»Na großartig«, knurrte Rammar.

»Aye«, stimmte Ferghas von Achtern zu.

»Nicht mehr lange, und er wird uns seine Schergen schicken«, war Dwehan überzeugt.

»Und dann?«, fragte Rammar.

»Dann, meine Freunde, müssen wir kämpfen.«

Aryanwen konnte nicht anders, als an Dag zu denken.

Wann immer sie auf die kleine Alannah blickte, sah sie ihren Geliebten vor sich: Sie entdeckte ihn in den vertrauten Zügen ihrer Tochter, in der Farbe ihres pechschwarzen Haars und in der Art, wie sie bisweilen die Nase rümpfte, wenn ihr etwas nicht geheuer erschien.

Und jedes Mal, wenn Aryanwen an Dag denken musste, versetzte es ihr einen schmerzhaften Stich. Hatten seine Gefährten und er das Scharfgebirge bereits erreicht? Waren sie womöglich bereits angegriffen worden? Dem Feind in die Hände gefallen?

Sie rief sich selbst zu Ruhe.

Weder Dag noch sie selbst hatten etwas davon, wenn sie in Panik verfiel. Sie musste Ruhe bewahren, musste tun, was ihre Aufgabe war, nämlich sich um die kleine Alannah kümmern und versuchen, ihr wieder eine Mutter zu sein.

Auf diesem Kind, wurde der alte Dwethan niemals müde zu sagen, *ruht die Zukunft Erdwelts* – was schwer zu glauben war, wenn es einen Popel nach dem anderen aus seiner Nase zog und ihn im Anschluss daran genüsslich verspeiste.

»Alannah?«, fragte sie sanft.

Das Kind, das auf dem weichen Waldboden hockte, sah fragend zu ihr auf.

»Mut-ter«, diktierte sie ihr leise vor. »Kannst du das auch sagen? Mutter?«

»Muh«, machte das Mädchen.

»Mutter«, versuchte Aryanwen es noch einmal.

»Murt«, kam es zurück.

»Das bedeutet ›Mord‹«, erklärte Balbok, der unweit von ihnen im Gras kauerte und die Leinen festzog, mit denen die Balken zusammengebunden waren.

»Ich weiß inzwischen, was das heißt«, versicherte Aryanwen seufzend, die sich schon zu fragen begann, ob eine ans Orkische gewöhnte Kinderzunge überhaupt noch dazu in der Lage sein würde, jemals wieder wie ein Mensch zu sprechen.

»Mutter«, versuchte sie es dennoch unermüdlich weiter. »Ich bin deine Mutter, verstehst du?«

Das Kind sah sie an, nicht ablehnend oder gar feindselig, sondern vor allem ratlos. Es schien zu spüren, dass sie etwas von ihm wollte, auch wenn es wohl keine Ahnung hatte, was genau das eigentlich war. Und in Augenblicken der Bedrängnis, wenn es furchtsam war oder auch nur müde, flüchtete es sich zu Balbok, der es bereitwillig in Schutz nahm.

Aryanwen ertappte sich dabei, dass sie den Ork dafür hasste. Natürlich, sein Bruder und er hatten auf Alannah aufgepasst und ihr das Leben gerettet, und sie redete sich selbst ein, dass gekränkter Mutterstolz kein Gefühl war, auf das sie sich einlassen sollte. Dennoch konnte sie nicht anders, als brennende Eifersucht zu empfinden, wann immer sie Balbok und ihre Tochter zusammen sah. Zwischen den beiden herrschte ein stilles Einvernehmen, eine Vertrautheit, wie Aryanwen sie zwischen einem Menschen und einem Ork schlicht für unmöglich gehalten hätte. Dag pflegte zu sagen, dass nicht die Augen, sondern nur das Herz in der Lage wäre, die Wahrheit zu erkennen. Womöglich war Alannah der beste Beweis dafür …

»*Korr*«, verkündete Balbok und erhob sich wieder zu seiner vollen schlacksigen Größe. »Das Ding ist fertig. Und ihr seid sicher, dass es auf dem Wasser schwimmt?«

»Ziemlich«, versicherte Catriona, die ebenfalls dabeistand und Wache hielt. »Warum fragst du?«

»Weil Orks so was niemals bauen würden«, erklärte der hagere Unhold mit einem abfälligen Blick auf die aneinandergebundenen Stämme, die sie den Fluss hinabtragen sollten. »Wir bauen *kalumm'hai*.«

»Wie geht das?«, wollte Aryanwen wissen.

»Naja, man braucht dazu ein großes Tier, zum Beispiel einen Warg oder Ilfanten, aber zur Not geht auch ein Troll«, erklärte Balbok und ruderte mit den langen Armen, um zu veranschaulichen, was er meinte. »Zuerst nimmt man die Rippen und baut einen Rumpf daraus. Dann zieht man die Haut ab und verwendet sie, um …«

»So genau wollte ich es gar nicht wissen«, versicherte Aryanwen und winkte ab.

»Das Floß schwimmt auf jeden Fall«, meinte Catriona, die ebenfalls keinen Wert auf weitere Ausführungen zu legen schien. »Wir müssen es nur zu Wasser bringen.«

»*Korr*, das ist leicht«, knurrte Balbok, packte das Floß kurzerhand und schleppte es die Uferböschung hinab. Catriona folgte ihm, und auch Aryanwen, die auf einem Felsen gesessen und sich ein wenig ausgeruht hatte, erhob sich und wollte den beiden hinterher.

»Komm«, wies sie die kleine Alannah an, die noch immer auf dem Boden kauerte und mit einem Stein spielte.

Das Kind blickte auf und sah sie an, machte jedoch keine Anstalten, ihr zu folgen.

»Komm«, wiederholte Aryanwen und streckte demonstrativ die Hand nach ihrer Tochter aus – doch die legte nur den Kopf schief und sah sie herausfordernd an.

»Bitte«, sagte Aryanwen daraufhin.

Das Kind schüttelte den Kopf. Zu verstehen schien es sie immerhin.

Aryanwen seufzte und ging zu Alannah, forderte sie abermals auf, mit ihr zu kommen. Als sich das Mädchen noch immer weigerte, packte Aryanwen es am Handgelenk und wollte es einfach mitziehen – als sie einen stechenden Schmerz in ihrer Hand verspürte.

»Du … hast mich gebissen!?«, stellte sie mit einer Mischung aus Wut und Überraschung fest.

Das Mädchen kicherte schadenfroh – und klang dabei wie eine verkleinerte, und sehr viel dünnere, Ausgabe von Rammar.

Aryanwen war machtlos gegen die Tränen, die ihr in die Augen schossen. Tränen weniger des Zorns als vielmehr der Hilflosigkeit. Wenn überhaupt, dann war sie wütend auf sich selbst. Zwei Jahre lang hatte sie nach ihrer Tochter gesucht, und nun hatte sie das Gefühl, einer völlig Fremden gegenüberzustehen – und für dieses Gefühl verachtete sie sich selbst. Frustriert wischte sie sich die Tränen aus dem Gesicht, worüber Alannah nur noch mehr lachen musste.

Ein Unhold, schoss es Aryanwen durch den Kopf, wofür sie sich nur noch mehr verabscheute. *Aus ihr ist ein kleiner Unhold geworden … ein Ork aus echtem Tod und Horn.*

»Komm jetzt!«, sagte sie noch einmal, so streng sie es vermochte, aber das Kind weigerte sich nicht nur weiter, es warf sich auch noch auf den Boden, wiehernd vor Lachen.

»Wenn du jetzt nicht augenblicklich gehorchst«, rief Aryanwen in ihrem hilflosen Zorn, »dann werde ich dich ...«

»Komm, kleiner *pochga*!«, drang in diesem Moment Balboks Ruf vom Flussufer herauf.

Alannah sprang auf wie von einer wilden Schlange gebissen und folgte dem Ruf ihres Ziehvaters ohne Widerspruch.

Aryanwen war einen Augenblick lang fassungslos. Dann seufzte sie und folgte ihrer Tochter über die steile Böschung hinab zum Wasser. Es war ein reißender Wildfluss, der infolge der Regenfälle der letzten Tage stark angeschwollen war; das eisig kalte Wasser glitzerte im Sonnenlicht wie flüssiges Silber. Balbok hatte das Floß bereits eingesetzt und stand bis zu den Knien im Wasser, um es festzuhalten – die Kälte schien dem Ork nichts auszumachen.

Catriona bestieg das Floß als Erste, dann half sie Aryanwen an Bord, die sich ihrerseits kurzerhand die kleine Alannah auf den Arm lud. Das gefiel dem Kind ganz und gar nicht. Es schrie und zeterte und gebärdete sich so wild, dass ihre Mutter es wieder absetzen musste. Damit das Mädchen dennoch nicht über Bord ging, griff Aryanwen kurzerhand nach einem der Seile, die vom Floßbau übrig geblieben waren; das eine Ende schlang sie um den dünnen Körper der Kleinen, das andere gürtete sie sich selbst um.

»Es mag dir gefallen oder nicht, kleiner Schatz«, beschied sie ihr ebenso liebevoll wie resolut, »aber ich werde nicht zulassen, dass du ertrinkst. Hast du verstanden?«

Das Kind starrte sie an.

Es widersprach nicht, aber es war auch nicht zu ergründen, was es dachte. Vermutlich etwas Orkisches, mutmaßte Aryanwen, eine Verwünschung oder vielleicht auch ein Kochrezept mit menschlichen Zutaten ...

»Bereit?«, erkundigte sich Balbok.

»Bereit«, bestätigte Catriona, die sich am Bug postiert

hatte, eine lange Ruderstange in den Händen. Aryanwen, die sich zusammen mit Alannah im Mittelteil des Floßes niedergelassen hatte, gab Zeichen, dass auch sie so weit wäre.

»*Korr*«, meinte Balbok und sprang ebenfalls auf, worauf sich das aus Stämmen zusammengefügte Gefährt gefährlich nach achtern neigte. Catriona und er stießen das Floß vom Ufer ab, dann wurde es auch schon von der Strömung erfasst und davongetragen, dem Tal entgegen.

Vom Rauschen des Eisflusses begleitet, ging es durch den Wald, der bald aus Tannen, bald aus uralten Eichen bestand, und unter dichten Vorhängen aus Efeu hindurch, die bis dicht über das Wasser hingen. Irgendwann sprangen die Bäume zurück, und die Felsen nahmen zu, die den Fluss einengten und ihn noch schneller fließen ließen.

Das Rauschen des Flusses schwoll zu einem Tosen an. Catriona am Bug und Balbok achtern hatten jetzt alle Hände voll zu tun, das Floß auf Kurs zu halten und vor Zusammenstößen mit den Uferfelsen zu bewahren, die grau und trutzig zu beiden Seiten aufragten und sich schließlich zu steilen Wänden verdichteten.

Mit atemberaubender Geschwindigkeit ging es den Fluss hinab. Je höher die Felswände emporwuchsen, desto dunkler wurde es und desto bedrohlicher und durchdringender wurde das Tosen des Wassers. Gefährliche Strudel entstanden, die das Floß bald hierhin, bald dorthin drehten, während die Felswände immer noch enger zusammenrückten, bis auf wenige Schrittlängen.

Aryanwen blickte nach oben, auf den schmalen Streifen fahlblauen Himmels, der sich zwischen den gezackten Abbruchkanten abzeichnete, und wünschte sich, dass der mörderische Ritt über den Fluss möglichst bald zu Ende gehen mochte – als sie plötzlich eine Bewegung wahrzunehmen glaubte.

War da nicht für einen Moment etwas zu sehen gewesen, dort oben, hoch über ihnen, am rechten Felsabbruch?

Etwas, oder vielmehr … jemand?

Mehr als eine Silhouette hatte Aryanwen nicht entdecken können, und auch dieser Eindruck war mehr als flüchtig gewesen. Zu flüchtig, um wirklich sicher zu sein, dass …

Da!

Als erneut ein dunkler Umriss über der Schlucht erschien, der einem kleinwüchsigen Wesen mit leuchtenden Augen und einem geradezu grotesk großen Kopf gehörte, stieß Aryanwen einen heiseren Warnruf aus.

Alarmiert blickten Catriona und Balbok hinauf – von wo ihnen schon im nächsten Moment ein Rudel Pfeile entgegenzuckte. Die meisten der schlecht gezielten Geschosse gingen fehl und landeten zischend im Wasser. Nur eines traf das Floß und bohrte sich unmittelbar vor Aryanwen und dem Kind in das Holz, wo es bebend stecken blieb.

Die geringe Länge des Pfeils und seine primitive Bauart verrieten deutlich, wer die Schützen gewesen waren.

»Gnomen«, stieß Catriona hervor.

»Shnorsh«, sagte die kleine Alannah.

4

Als Alured erwachte, war nichts, wie er es erwartet hatte.

Weder war die Luft um ihn herum heiß noch von giftigen Dämpfen durchsetzt, sondern angenehm kühl und roch nach Salz und Tang. Zudem hatte er das Gefühl, ein leises Plätschern zu vernehmen, wie wenn Wellen gegen eine Bootswand schlugen. Und bewegte sich nicht der Boden, auf dem er lag?

Blinzelnd wollte er die Augen aufschlagen – nur um festzustellen, dass er sich nicht mehr unter Tage befand. Sonnenlicht blendete ihn, sodass er instinktiv die Hand vor die Augen nahm, um sie zu schirmen.

Wo, in aller Welt, war er?

Und wie war er hierhergekommen?

Stöhnend versuchte er, sich aufzurichten und etwas Ordnung in das Chaos seiner Gedanken zu bringen. Das Letzte, woran er sich erinnerte, war der Kampf gegen die Zwergenwachen auf der Brücke – ein Kampf, den Vigor und er rasch für sich entschieden hatten, vielleicht etwas zu rasch … dann der dunkle Stollen und die steinerne Wand, die unvermittelt zwischen ihnen herabgefallen war. Ob Zauberei dies bewirkt hatte oder eine der ausgeklügelten Fallen, die Zwerge wie niemand sonst zu bauen verstanden, wusste Alured nicht. Tatsache war, dass er sich an nichts erinnerte, was danach geschehen war. Ein großes dunkles Loch klaffte in seiner Erinnerung.

»Geht es dir gut, Bruder?«, fragte eine besorgte Stimme neben ihm.

»Suvat?«

Alured nahm die Hand vom Gesicht, blinzelte in das helle Tageslicht. Seine Augen tränten, aber er konnte den Jungen erkennen, der vor ihm kauerte und ihn mit einer Mischung aus Verwirrung und Besorgnis ansah. Alured fiel auf, dass er andere Kleidung trug – nicht mehr das Büßergewand, sondern eine Tunika mit einer leichten Rüstung aus Leder darüber. Zu seiner Verblüffung stellte Alured fest, dass auch er selbst eine solche Rüstung trug. Wann hatte er sie angelegt?

Nicht weniger verwundert betrachtete er das Schwert, das in der Scheide an seinem Gürtel steckte. Ganz abgesehen von dem kleinen Lederbeutel, der ebenfalls am Gürtel hing und mit einigen Silberstücken gefüllt war.

»Was … was ist geschehen?«, fragte Suvat, der ebenso ahnungslos zu sein schien und verwundert an sich herabblickte. »Ich kann mich an nichts erinnern.«

»Dann sind wir schon zu zweit«, versicherte Alured trocken, der in diesem Moment erst realisierte, wo sie waren: In einem kleinen Boot, umgeben von der dunkelblauen Weite des Meeres!

»Das … das kann doch nicht sein!« Er beugte sich nach draußen, steckte seine Hand in das Wasser, um sich zu vergewissern, dass er keiner Täuschung erlag – aber das Wasser war so echt und wirklich wie das Boot und er selbst. Und es roch und schmeckte salzig.

»Wie sind wir hierhergekommen?«, fragte Suvat, den Tränen nahe.

»Kann ich dir nicht sagen, Junge.« Alured schüttelte den Kopf. Einerseits hatte er nichts dagegen, nicht mehr dort unten in den Tiefen des Feuerberges gefangen zu sein – jedoch nicht zu wissen, wie er von dort wieder heraus und in dieses Boot gelangt war, war ziemlich beunruhigend.

»Sind wir geflohen?«

»Kann ich mir nicht vorstellen.«

»Dann …« Furcht legte sich wie ein dunkler Schatten über die Gesichtszüge des Jungen. »Sind wir womöglich tot? Ist dies die nächste Welt?«

Alured schüttelte den Kopf – ganz sicher konnte jedoch auch er nicht sein. In seiner Ratlosigkeit blickte er sich auf dem Boot um. Eine Plane aus gewachstem Tuch lag im Bug des Nachens und schien etwas zu bedecken. Was mochte das sein? Womöglich Vorräte? Wasser?

Vorsichtig, um auf dem schaukelnden Boden nicht das Gleichgewicht zu verlieren, erhob er sich und trat zu der Plane, schlug sie beiseite in der Hoffnung, darunter etwas zu entdecken, das ihnen vielleicht weiterhalf. Was er jedoch fand, entlockte Suvat einen Entsetzensschrei und ließ Alured jäh zurückprallen.

Es war Vigor.

Die Augen des Zwergs waren grässlich verdreht, sein bärtige Miene zu einer Maske des Grauens erstarrt. Sein Gewand war über und über mit Blut besudelt. In seiner Brust – dort, wo sich das Herz befunden hatte, klaffte ein faustgroßes Loch.

»Er ist auf jeden Fall tot«, knurrte Alured nur, während Suvat sich würgend übergab – nicht nur des schrecklichen Anblicks wegen, sondern auch wegen des Geruchs, den der Zwerg verströmte, nun, da die Plane entfernt war.

Einmal mehr versuchte sich Alured einen Reim auf all das zu machen, durchforstete seine Erinnerungen – ohne Erfolg. Weder wusste er, wie Suvat und er auf dieses Boot gelangt waren, noch wie es ihnen gelungen war, aus Tirgas Anar zu entkommen. Und er hatte auch keine Ahnung, wer oder was Winmars einstigem Folterknecht das Herz aus der Brust gerissen hatte.

Alured hatte nie etwas für Vigor übriggehabt – wie sollte er auch? Der Kerl hatte seine Familie ermorden lassen und ihn gefoltert, und Alured hatte geschworen, dass er ihn, wenn ihre Zusammenarbeit erst zu Ende wäre, höchstpersönlich vom Leben zum Tode befördern würde. Doch als er ihn nun vor sich sah, leblos und auf grausame Art verstümmelt, da überkam ihn ein kalter Schauder.

Auf diese Weise zu sterben, war grausam.

Selbst für Vigor.

Alured empfand kein Bedauern, aber, zu seiner eigenen Verblüffung, auch keine Genugtuung, obwohl er doch fest entschlossen gewesen war, den Zwerg zu töten, sobald ihre Zusammenarbeit beendet wäre. Was immer Vigor widerfahren war, schien sich während ihrer Flucht ereignet zu haben – hatte er ihnen womöglich dazu verholfen?

»Was ist nur geschehen, verdammt noch mal?« Alured sah Vigor fragend an. Nicht, dass er sich eine Antwort erwartet hätte, aber vielleicht einen Hinweis, irgendetwas, das darauf schließen ließ, was sich in der Zwischenzeit ereignet hatte.

Er bückte sich und durchsuchte den Leichnam, doch außer den Kleidern, die er am Leibe trug, hatte Vigor nichts bei sich, das irgendeinen Aufschluss gegeben hätte. Also tat Alured, was getan werden musste. Mit einem Nicken forderte er Suvat auf, ihm zu helfen, und gemeinsam beförderten sie den toten Zwerg in die See, in deren dunklen Fluten er sogleich versank.

Alured blickte ihm nach, bis er verschwunden war, erschüttert und verwirrt zugleich.

Vielleicht, sagte er sich, würden der Junge und er Vigor schon bald folgen, denn es gab an Bord weder Trinkwasser noch Proviant, und weder wussten sie, wo sie waren, noch wie lange sie sich schon auf See befanden. Wenn sie nicht bald auf Land stießen, würden sie elend verdursten, obschon sie von Wasser umgeben waren …

»Bruder!«, rief Suvat plötzlich.

»Was ist?«

»Sieh«, sagte der Junge, der im Bug kauerte, und deutete geradeaus.

Zuerst konnte Alured nichts erkennen – Suvats Augen schienen sehr viel besser zu sein als seine. Dann aber, als er sie mit der Hand schirmte und sich anstrengte, glaubte er, im fernen Dunst zwischen Himmel und Meer etwas zu erkennen …

»Land?«, fragte er unsicher.

»Eine Stadt«, verbesserte Suvat. »Ist … ist es …?«

»Nein«, wehrte Alured ab, der zur Sonne aufgesehen und grob die Himmelsrichtung festgestellt hatte. Er wartete, bis sich seine Augen an die Ferne und das grelle Licht gewöhnt hatten, dann konnte er endlich Einzelheiten erkennen: hohe Turme und glänzende Kuppeln, die die Stadt weithin sichtbar überragten.

»Das ist nicht Tirgas Winmar«, stellte er fest, erleichtert und verwundert zugleich. »Das ist Smerada. Von dort bin ich aufgebrochen, vor langer Zeit.«

»Und jetzt bist du wieder hier?«, fragte Suvat.

Alured nickte, nachdenklich, fassungslos. »Sieht ganz so aus, Junge. Sieht ganz so aus.«

5

»Gnomen!«

Catrionas Ruf übertönte das Rauschen des Flusses und scholl zum Rand der Schlucht hinauf – wo er von heiserem Kriegsgebrüll beantwortet wurde. Immer mehr der kleinwüchsigen, grünhäutigen Unholde tauchten jetzt dort oben auf.

»So weit im Osten?«, fragte Aryanwen, die Alannah an sich gezogen hatte und schützend ihre Arme um sie schlang, was die Kleine sich widerwillig gefallen ließ.

»Der Krieg hat neue Grenzen gezogen«, gab Catriona grimmig zurück, während Balbok und sie das Floß über den reißenden Fluss steuerten, an den schroffen Felsen vorbei und zwischen den eng stehenden Wänden hindurch. »Nichts ist mehr, wie es einmal gewesen ist.«

Wie um ihre Worte zu unterstreichen, zuckte ein weiteres Rudel Pfeile herab, deren Spitzen mit ziemlicher Sicherheit vergiftet waren. Und auf dem Floß waren die Gefährten den Geschossen hilflos ausgesetzt!

Die Gnomen schrien triumphierend, auch ihnen schien klar zu sein, dass ihre Opfer keine Chance hatten. Im Laufschritt rannten sie an der Abbruchkante entlang und folgten dem Floß, dabei gaben sie immer wieder Pfeile ab oder schleuderten Steine, von denen einer Balbok am Kopf traf. Trotz des Lederhelmes, den er trug, schrie der hagere Ork auf, was von schadenfrohem Gelächter quittiert wurde. Lachend und johlend rannten die Gnomen weiter – auch dass einer von ihnen an der Abbruchkante abrutschte, zeternd in die Tiefe fiel und kopfüber in den Fluss, wo er elend ertrank, tat ihrer Heiterkeit keinen Abbruch. Die Gnomen hatten Blut geleckt, und das bedeutete, dass sie erst von ihrer Beute ablassen würden, wenn diese tot war.

Je enger die Felswände zusammenrückten, desto schneller wurde die Strömung und desto rasanter die Fahrt – und damit nahm auch die Gefahr zu, dass das Floß gegen das steil aufragende Gestein stieß und dabei zerbrach. Catriona und Balbok setzten alles daran, dies zu verhindern, und vor allem der Ork bewies erstaunliches Geschick darin, das wie ein Korken auf und ab hüpfende Floß mit der Ruderstange zu dirigieren. Von den Pfeilen und Steinen, die rings um ihn niederprasselten, ließ er sich nicht beeindrucken – bis Aryanwen einen gellenden Warnschrei ausstieß.

»Dort! Der Fels ...!«

Ein Blick nach oben genügte den anderen, um zu erkennen, was Aryanwen meinte: Gleich ein ganzes Rudel Gnomen rückte mit hölzernen Stangen einem Felsbrocken zu Leibe, der gefährlich nah an der Abbruchkante lag. Was sie im Schilde führten, war nur zu klar: Sie wollten den Fels in die Tiefe stürzen lassen, genau in dem Moment, in dem das Floß die Stelle passierte!

»Verdammte Strolche!«, stieß Catriona hervor.

Sie hatte von ihrer Ruderstange abgelassen und stattdessen nach dem Bogen gegriffen. Trotz des unsicheren, glitschigen und unentwegt schaukelnden Bodens, auf dem sie stand, schickte sie einen Pfeil zum Rand der Schlucht hinauf, der blutige Ernte hielt.

Einer der Gnomenkrieger, die sich an dem Fels zu schaffen machten, wurde in den Rücken getroffen und kippte sich mehrmals überschlagend vom Fels – was seine Artgenossen jedoch nur zum Anlass nahmen, ihre Bemühungen noch zu verstärken. Schon bewegte sich der Fels, lösten sich kleine Gesteinsbrocken und prasselten vom Rand der Schlucht ins Wasser – und es zeichnete sich ab, dass der wuchtige, fast mannsgroße Brocken genau in dem Moment einschlagen würde, wenn das Floß die Engstelle passierte! Ein Zurück gab es nicht, dafür war die Stömung zu stark, und die glatten Felswände erlaubten es auch nicht, vorher an Land zu gehen.

Es blieb nur eine Möglichkeit ...

»Schneller!«, rief Aryanwen aus Leibeskräften. »Wir müssen noch schneller werden!«

Die Gefährten taten, was sie konnten. Mit aller Kraft stieß Balbok das Floß vom flachen Grund des Flusses ab und versuchte, auf diese Weise zusätzlich Fahrt zu machen, während Catriona und Aryanwen ihre Hände ins eiskalte Wasser tauchten und sie als Stechpaddel benutzten. Der Beschuss durch die Bogenschützen hatte ausgesetzt, die Gnomen schienen ganz auf die vernichtende Wirkung des Felsblocks zu vertrauen.

Aryanwen paddelte, so schnell sie konnte, während rings um das Floß das Wasser aufspritzte und sie und ihre Gefährten bis auf die Haut durchnässte. Alannah, die längst begriffen hatte, dass etwas nicht stimmte, war in Tränen ausgebrochen und schrie aus Leibeskräften, während Aryanwen nur von dem einen Gedanken beseelt war, ihr Kind zu retten.

Die Engstelle kam heran.

Der Felsblock hatte sich inzwischen vom Boden gelöst, befand sich am äußersten Rand der Abbruchkante. Jeden Augenblick würde er das Übergewicht bekommen, in die Tiefe stürzen und alles unter sich zermalmen ...

»Schneller!«

Aryanwen spürte ihre Hände schon nicht mehr im kalten Wasser, ihre Muskeln und Sehnen schienen reißen zu wollen. Doch die Königin von Tirgaslan biss die Zähne zusammen und paddelte weiter, dachte an ihr Kind und an Daghan, an all das, was sie hätten tun und was sie hätten sein können, wenn die Zeiten andere gewesen wären und der Krieg nicht alles zerstört hätte.

In diesem Moment löste sich der Felsen, und begleitet vom Triumphgeschrei der Gnomenkrieger stürzte er in die Tiefe …

Mit einem Aufschrei schreckte Dado in die Höhe.

Er hatte geträumt, und in diesem Traum war er noch einmal auf der Steinschlagbrücke gewesen, die unter ihm und Runward zusammenstürzte – mit dem Unterschied, dass sie es diesmal nicht geschafft hatten zu entkommen. Vergeblich hatten sie sich festzuhalten versucht, verzweifelt hatten sie geschrien – mit erschütternder Gleichgültigkeit hatte der gähnende Abgrund sie verschlungen …

Der junge Zwerg brauchte einige Augenblicke, um Traum und Wirklichkeit zu trennen. Offenbar befand er sich auf einer Lichtung im Wald. Sonnenlicht fiel durch das Dach der Nadelbäume und blendete ihn. Sein Herz schlug ihm bis zum Hals, während er hastig versuchte, seine Gedanken zu ordnen.

Die Flucht aus Gorta Ruun war gelungen … aber dann, am Ufer des Flusses, waren sie aus dem Hinterhalt angegriffen worden …

Instinktiv wollte sich Dado in den Nacken greifen, der sich dick und geschwollen anfühlte – aber er konnte nicht. Seine Arme und Beine waren gefesselt, dazu fühlte er bei jeder Bewegung einen dumpfen, pochenden Schmerz, der sich vom Nacken das ganze Rückgrat hinabzog. Vermutlich eine Nachwirkung des Gifts, mit dem die Pfeilspitze getränkt gewesen war.

Ein Stöhnen drang von der anderen Seite der Lichtung.

Dado drehte sich, so weit er es vermochte. Runward lag dort, zu einem nicht minder handlichen Bündel verschnürt, und auch er schien gerade erst zu erwachen. Der Tätowierte schlug die Augen auf und blinzelte, und es stand dieselbe Verwirrung darin zu lesen, die auch Dado empfunden hatte. Dann schien sich auch Runwards Verstand zu klären, und seine Erinnerung kehrte zurück – was ihn zu einer herzhaften Verwünschung veranlasste.

»Bei sämtlichen von Höhlentrollen verschissenen Kavernen«, grunzte er. »Was ist passiert? Wo sind wir hier?«

»Wir wurden überfallen«, gab Dado zur Antwort. »Und was unseren Aufenthaltsort betrifft, würde ich sagen, wir sind im Wald.«

»Klugscheißer«, maulte der andere verdrießlich und versuchte, sich aufzurichten. Das Gesicht, das er dabei machte, ließ vermuten, dass er dieselben Schmerzen hatte wie Dado. »So ein Mist. Da gelingt uns die Flucht aus Gorta Ruun – und dann laufen wir Ansgars Schergen direkt in die Arme.«

»Das glaube ich nicht«, wandte Dado ein.

»Was glaubst du nicht?«

»Dass es Ansgars Leute waren, die uns geschnappt haben. Wäre es so, hätten sie uns längst zurück nach Gorta Ruun gebracht. Und Zwergenkrieger pflegen auch nicht mit kleinen Giftpfeilen um sich zu schießen.«

»Auch wieder wahr«, musste Runward stöhnend zugeben. Er hatte es geschafft, sich aufzusetzen und lehnte jetzt mit dem Rücken am kahlen Stamm einer großen Fichte. »Aber wer war es dann? Es ist weit und breit niemand zu …«

»Das ist die Frage, nicht wahr?«

Die Stimme war aus ihrer Umgebung gekommen, von irgendwo hinter dem Vorhang aus dichtem Grün, der sie umgab. Und, was noch verwunderlicher war: es war eine Frau, die gesprochen hatte …

»Wer ist da?«, fragte Dado laut. »Zeigt Euch!«

»Alles zu seiner Zeit«, gab die Frau zurück, deren Stimme fremdartig klang.

»Warum habt Ihr uns gefangen?«

»Lasst mich überlegen ... vielleicht, weil Ihr Zwerge seid? Und damit meine erklärten Feinde?«

»Wer seid Ihr?«, wollte Dado abermals wissen. »Los, zeigt Euch uns! Oder habt Ihr Angst?«

Er rechnete nicht wirklich damit, dass sein vordergründiges Manöver, ihre Häscherin aus ihrem Versteck zu locken, von Erfolg gekrönt sein würde. Doch plötzlich teilte sich der dichte Farn, und eine Kreatur kroch hervor, die unwahrscheinlicher war als alles, was Runward oder er je zuvor erblickt hatte.

Aus den anmutigen Zügen einer jungen Frau blickten Augen, die so kalt und gelb waren wie die eines Reptils. Ihr Oberkörper, über dem sie einen metallenen, mit einem verschlungenen Symbol versehenen Brustpanzer trug, war schlank und wohlgeformt – nur um an den Hüften in den geschuppten, sich über den Boden windenden Körper einer Schlange überzugehen! Die Haut ihrer menschlichen Hälfte war von leicht gelblicher Farbe, ihr Haupt war kahl. Und sobald sie den Mund öffnete, sah man Giftzähne und eine gespaltene Zunge, die vermutlich der Grund dafür war, dass es so seltsam klang, wenn sie sprach.

Der Anblick war ebenso abstoßend wie faszinierend, wunderschön und schrecklich zugleich ...

»Ihr solltet eure Gesichter sehen«, sagte sie spöttisch. »Die Söhne der Berge sind noch nie sehr gut darin gewesen, etwas zu akzeptieren, das anders ist als sie. Im Zweifelsfall erschlagen sie es lieber, als den Versuch zu unternehmen, es zu verstehen.«

»Du ... du bist eine *Ormkja*«, stieß Dado hervor.

Er erinnerte sich an alte Sagen, in denen von den legendären Schlangenmenschen die Rede war, und in Gorta Ruun gab es ein Brunnenhaus mit einer Reliefdarstellung, die vom heldenhaften Kampf einiger Zwerge gegen eine Meute Ormkjar handelte. Als Junge hatte er es oft staunend betrachtet, doch die Wirklichkeit übertraf die bildliche Darstellung noch um ein Vielfaches. »I-ich wusste nicht …«, stammelte er.

»Was? Dass es uns tatsächlich gibt? Nun – wäre es nach deinesgleichen gegangen, Zwerg, so hätte man uns alle schon vor langer Zeit ausgerottet.«

»Und das wäre vermutlich auch besser gewesen«, knurrte Runward feindselig, dessen tätowierte Gesichtszüge sich vor Abscheu verzerrten. »Warum hältst du uns gefangen, Schlangenkreatur? Wir haben dir nichts getan!«

»Aber ihr hättet«, war die Ormkja überzeugt.

»Wenn du das glaubst, warum hast du uns dann nicht gleich umgebracht?«

»Vielleicht, weil wir nicht so sind wie ihr?«, fragte die Schlangenfrau dagegen.

»Wir?« Dado horchte auf. »Gibt es noch mehr von deiner Art?«

Sie wandte das schlanke Haupt und schickte ihm einen Blick, der ihn erschaudern ließ. »Weshalb willst du das wissen?«

»Verdammt, was soll das?«, begehrte Runward auf, noch ehe Dado antworten konnte. »Hör auf, mit uns zu spielen! Sag uns, was du von uns willst, oder bring uns gleich um.«

»Was denn, Zwerg? Hast du es so eilig mit dem Sterben? Vielleicht erwartest du ja, dass deine Alchemistenfreunde dich wieder zum Leben erwecken?«

»Die Alchemisten sind nicht unsere Freunde«, platzte Dado heraus.

Die Schlangenfrau fuhr herum. »Und du erwartest, dass ich dir das glaube? Ihr seid Zwerge, oder nicht?«

»Nicht alle Zwerge sind so wie Ansgar und seine Alchemisten«, verteidigte sich Dado empört. »Es gibt auch welche, die unter Einsatz ihres Lebens Widerstand leisten!«

»Und zu denen wollt ihr gehören?«

»Warum denkst du, sind wir zusammen mit allem Unrat aus Gorta Ruun gekommen?«, fragte Dado dagegen. »Bestimmt nicht, weil Lord Ansgar unser bester Freund wäre!«

»Verdammt, Grünschnabel«, polterte Runward. »Halt doch endlich das Maul! Ist dir noch nicht der Gedanke gekommen, dass das Schlangenweib ein Spion sein könnte?«

Dado holte scharf Luft – an diese Möglichkeit hatte er tatsächlich nicht gedacht. Prüfend sah er der Ormkja ins Gesicht. Er konnte nicht behaupten, dass der Blick der gelben Reptilienaugen besonders vertrauenerweckend war; es war mehr das Alter dieses Wesens, zu dem er instinktiv Vertrauen fasste. Die Schlangenfrau hatte womöglich schon gelebt, als noch die Sieben Könige unter dem Berg regierten. Die Erfahrungen und das Wissen, das sie im Lauf eines so langen Lebens gesammelt haben musste, versetzten sie sicher in die Lage, die Dinge neutral zu beurteilen. Jedenfalls war es das, was Dado hoffte …

»Mein Begleiter und ich gehören dem Widerstand an«, eröffnete er mit fester Stimme und sah der Ormkja dabei fest ins Gesicht. »Unser Anführer ist Bertin Zwergenhammer, vielleicht hast du schon von ihm gehört.«

»Narr!«, rief Runward aus. »Nun hast du uns alle verraten!«

Dado ließ sich nicht einschüchtern, sondern beschloss, auf seinen Instinkt zu vertrauen. »Mit Mühe ist meinem Begleiter und mir die Flucht aus dem inneren Kern der Festung gelungen«, fuhr er fort, sich darüber im Klaren, dass er alles auf eine Karte setzte, »aber viele unserer Freunde sind noch dort, und es ist unsere Aufgabe, sie vor einer großen Gefahr zu warnen. Deshalb müssen wir zurück.«

»So.« Die Schlangenfrau züngelte, während sie ihn taxierte. »Müsst ihr das.«

»Ja«, bestätigte Dado. »Wir sind nicht deine Feinde, du hast nichts von uns zu befürchten. Bitte lass uns frei, damit wir unseren Kampf fortsetzen können.«

»Narr!«, polterte Runward, noch ehe die Ormkja antworten konnte. »Glaubst du, dieses Biest lässt uns einfach so davonspazieren?« Er lachte freudlos auf.

Die Schlangenfrau überhörte den Einwand. Sie legte den Kopf schief, während sie Dado weiter betrachtete. Nicht mehr wütend wie zuvor, sondern, so schien es, eher nachdenklich. »Kennst du einen Weg ins Innere des Berges?«, fragte sie.

»Natürlich«, versicherte Dado.

»Wirst du das Maul halten?«, blaffte Runward. »Merkst du denn nicht, was sie vorhat? Sie ist unser Feind!«

»Könntest du mich und meine Gefährten führen?«, erkundigte sich das Schlangenwesen weiter.

»Bei allen Äxten! Hab ich's nicht gesagt?«

Nun wurde auch Dado misstrauisch. »Zu welchem Zweck wollt Ihr hinein?«, fragte er.

»Nicht, um deinem Volk zu schaden«, versicherte die Ormkja leise, »sondern nur jenen, die ihre Macht und ihr Wissen missbrauchen. Wenn du die Wahrheit gesagt hast, Zwerg, so haben wir dieselben Freunde – und denselben Feind.«

»Die Alchemisten?«, fragte Dado hoffnungsvoll, obwohl es fast zu einfach war, um wahr zu sein.

»Unsinn«, gab Runward die Antwort. »Sie erzählt dir nur, was du hören willst, damit du tust, was sie verlangt!«

»Unwissender!«, fuhr die Schlangenfrau ihn an und entblößte für einen Moment ihre Giftzähne. »Bildest du dir ein, ich müsste euresgleichen zu irgendetwas überreden? Ich könnte euch zwingen, wenn ich es wollte, und es würde mir nicht einmal Mühe bereiten.«

»Dann versuch es doch«, forderte Runward sie trotzig auf.

»Du bist von Misstrauen zerfressen«, stellte sie fest. »Auch ich war einst so wie du – bis ich erkennen durfte, dass nicht alle Kreaturen auf dieser Welt böswillig und feindselig sind.«

»Vielleicht«, gab der Schmied zu. »Unglücklicherweise ist das Gute in dieser Welt nur schwer vom Bösen zu unterscheiden.«

»Das ist wahr«, stimmte sie zu, während sie auf Dado zuglitt, der unwillkürlich zurückwich. »Sieh mir tief in die Augen«, verlangte sie.

»W-wozu?«

»Wir alle haben viel zu verlieren. Deshalb sollten wir sichergehen.«

»Wovon sprichst du?«

»Sieh mir in die Augen«, wiederholte die Schlangenfrau, und starrte ihn dabei so durchdringend an, dass er das Gefühl hatte, sich im rätselhaft schimmernden Gelb ihrer Reptilienaugen zu verlieren.

»D-der Blick der Ormkjar«, flüsterte er in Erinnerung an die alten Geschichten. »E-es ist also wahr? Ihr könnt anderen Kreaturen Euren Willen aufzwingen?«

»Oder in ihr Bewusstsein eindringen und sie dazu bringen, uns die Wahrheit zu sagen«, erwiderte die Schlangenfrau – und Dado hatte das Gefühl, in ihrem Blick zu versinken und in unergründliche Tiefe zu stürzen.

Ganz hinab … zum Grund der Wahrheit.

6

Aryanwen hielt die Augen geschlossen.

Auf den Stämmen des Floßes kniend, hatte sie sich über ihr Kind gebeugt, wissend, dass auch das die kleine Alannah nicht schützen würde, wenn der Felsblock einschlug und sie alle zerschmetterte.

Das Rauschen des Flusses dröhnte ihr im Ohr, die angstvollen Schreie des Kindes – und darüber das hässliche Pfeifen, das den Felsblock auf seinem Weg in die Tiefe begleitete. Aryanwen nahm wahr, wie sich die Schlucht über ihnen verdunkelte. Sie wartete auf den tödlichen Schlag, hoffte nur, dass es schnell gehen und ihrem Kind Qualen ersparen würde …

Da schlug der Felsen ein!

Mit entsetzlicher Wucht traf er aufs Wasser. Gischt spritzte auf und prasselte herab, durchnässte die Besatzung des Floßes bis auf die Knochen, ehe eine Welle das behelfsmäßige Gefährt erfasste und es flußabwärts davontrug – und erst in diesem Moment begriff Aryanwen, dass der Fels sie verfehlt hatte!

Sie richtete sich halb auf und blickte zurück, sah den Brocken in der Mitte des Flussbetts liegen und hörte das zornige Geschrei, das von der Abbruchkante herabdrang – die Gnomen, die ihr Pech nicht fassen konnten und völlig außer sich waren vor Zorn!

Ausgerechnet der sonst so einsilbige Balbok gewann als Erster die Sprache zurück. »Wir leben!«, stellte er zutreffend, aber wenig geistreich fest. »Die *umbal'hai* haben uns verfehlt!«

»Offenbar«, stimmte Catriona zu, raffte sich auf die Beine und griff wieder nach der Ruderstange – dem Felsblock mochten die Gefährten entgangen sein, doch die Verfolgungsjagd ging weiter. Unterhalb des Durchbruchs weitete sich das Flussbett wieder. Die Felsen sprangen zurück, zur Rechten war das Ufer dicht mit Bäumen bewachsen – auf deren Ästen im nächsten Moment noch mehr Gnomenkrieger auftauchten und aus dem dichten Grün heraus das Floß und seine Besatzung erneut unter Beschuss nahmen.

»Wir brauchen Deckung!«, rief Aryanwen inmitten des Pfeilhagels, der auf sie niederging – der einzige Schutz, der sich ihr bot, war der Proviantsack, den sie vor sich und Alannah packte. Schon staken zwei, drei Gnomenpfeile darin.

»Da drüben!« rief Balbok und deutete zum anderen Ufer.

Aryanwen spähte in die Richtung, die der Ork ihr bedeutete. Der Fluss hatte dort die Felsen unterspült und einen Überhang geschaffen, der Schutz vor Pfeilen und Wurfgeschossen bot. Kein ideales Versteck, aber besser als nichts!

»Nichts wie hin!«, stimmte Catriona zu und bemühte sich, das Floß mithilfe der Ruderstange zum Ufer zu dirigieren. Auch auf den Felsen oberhalb des Überhangs tauchten jetzt Gnomenkrieger auf, die mit Gesteinsbrocken warfen und ihre Speere auf die Gefährten schleuderten. Eines der Geschosse schlug unmittelbar neben Aryanwen ein und heftete ihren Umhang an das Holz. Alannah schrie entsetzt auf.

Mit quälender Langsamkeit bewegte sich das Floß über das Wasser. Während die Gnomen auf der einen Seite weiter mit Pfeilen schossen – zum Glück der Gefährten waren die Flugeigenschaften der Geschosse ebenso mäßig wie die Schießkünste der Bogenschützen –, schickten sich die Krieger auf der anderen Seite an, am Felsen herabzuklettern. Auf allen vieren krochen sie über das Gestein und sahen dabei wie riesige, vierbeinige Spinnen aus. Die grüne Haut, die sich über ihren sehnigen, knochigen Körpern spannte, glänzte im Licht der Nachmittagssonne, Blutdurst leuchtete in ihren Augen. Ihre Kleidung bestand aus Fellfetzen sowie aus dem, was sie arglosen Opfern abgenommen hatten, Teile von Rüstungen und Kettenhemden, die nicht selten viel zu groß für sie waren. Neben Bogen und Speeren nannten sie Dolche und Säbel ihr Eigen – gebogene, schartige Klingen, besudelt vom Blut argloser Opfer.

Aryanwen schauderte, zugleich ergriff zorniger Trotz von ihr Besitz. Sie hatte nicht zwei Jahre lang in allen Winkeln der Welt nach ihrem Kind gesucht, um es jetzt an diese mordlüsternen Wilden zu verlieren!

»Bleib hier«, schärfte sie Alannah ein und setzte sie in die Mitte des Floßes, während sie selbst nach Catrionas Bogen und Pfeilen griff. Blitzschnell legte sie eines der gefiederten Geschosse auf, zielte und schoss – und einer der Gnomen, die insektengleich über den Fels krochen, fand sich mit durchbohrter Brust im Wasser wieder.

Aryanwen brachte noch zwei weitere Pfeile auf den Weg, die einen weiteren Angreifer das Leben kosteten und seine Artgenossen zumindest so beeindruckte, dass sie ihre Kletterpartie für einen Moment unterbrachen – auf diese Weise gelangte das Floß unbehelligt in den Schutz des Überhangs.

Schlagartig wurde es dunkel. Das Plätschern des Flusses veränderte sich, das Geschrei der Gnomen blieb zurück.

»Das ist nicht nur ein Überhang«, stellte Catriona fest, die nur den Kopf einziehen musste, jedoch noch aufrecht stehen konnte – Balbok hingegen hatte hinknien müssen, um sich nicht das ohnehin schon lädierte Haupt zu stoßen. »Das scheint eine Höhle zu sein!«

Aryanwen blickte über die Schulter zurück. Es war nur eine Frage von Augenblicken, bis die Gnomenkrieger ihnen folgen und wieder angreifen würden. »Dann los«, drängte sie. »Bringt uns tiefer hinein!«

»Dann sitzen wir in der Falle«, wandte Catriona ein.

»Vielleicht – aber wir werden uns dort sehr viel länger halten können als hier draußen auf dem Floß.«

Dem konnte weder die Clansfrau noch der Ork widersprechen, also befolgten sie Alannahs Befehl. Schon nach wenigen Stößen wurde das Wasser jedoch so seicht, dass das Floß auf Grund lief. Die Gefährten sprangen von Bord, flüchteten sich in den dunklen Schlund, der ihnen aus dem Halbdunkel entgegenstarrte, Aryanwen und das Kind voraus, die anderen dichtauf.

Feuchte Kälte schlug ihnen entgegen. Bereits nach wenigen Schritten mussten die Gefährten gebückt gehen, weil der Felsengang, den der Fluss in jahrtausendelanger Arbeit ausgehöhlt hatte, immer flacher wurde – und nach einer Biegung endete er unvermittelt.

»Aus«, sagte Balbok nur.

Aryanwens Atem ging stoßweise. Ihre Schläfen pulsierten, und Blut rauschte in ihrem Kopf, während sie ihre Chancen abwog. Welche Möglichkeiten blieben ihnen?

Was hätte Dag an ihrer Stelle getan?

Das Geschrei vor der Höhle verstärkte sich, dann war das hundertfache Patschen kleiner nackter Füße zu hören.

»Sie kommen«, stellte Catriona fest.

»Korr«, bestätigte Balbok flüsternd und hob seinen *saparak*.

Die kleine Alannah hatte sich einmal mehr zu ihrem großen Beschützer geflüchtet und klammerte sich an sein rechtes Bein. Das kleine Gesicht hatte sie in der Armbeuge vergraben.

Alles in Aryanwen drängte danach, ihre Tochter in die Arme zu schließen, ihr Mut zuzusprechen und sie mir ihrer ganzen Liebe zu trösten. Doch wie konnte sie das? Das Kind erkannte sie nicht an, weder als Mutter noch sonst, und natürlich schenkte es ihr kein Vertrauen.

Das Geschrei der Gnomen schwoll an, ihre Schritte kamen näher – und Aryanwen traf eine Entscheidung.

»Bleib hier«, schärfte sie Balbok ein. »Egal, was geschieht.«

»Was hast du vor?«, fragte der Ork mit großen Augen.

»Ich werde sie aufhalten, so lange ich kann«, verkündete Aryanwen und zog ihr Schwert. »Gnomen sind rasend in ihrem Zorn, aber wenn der Blutzoll zu hoch wird, verpufft er schnell. Vielleicht kann ich sie vertreiben.«

»Sie werden dich in Stücke hacken«, wandte Catriona ein.

»Ich habe keine Wahl«, stellte Aryanwen klar.

»Dann komme ich mit dir«, verkündete die Tochter des Clans Ca'Dur entschlossen, den Bogen schussbereit in den Händen.

»Sollte ich das nicht lieber übernehmen?«, fragte Balbok.

»Nein.« Aryanwen schüttelte entschieden den Kopf. »Alannah vertraut dir. Und ob es mir gefällt oder nicht – sie hat dich lieb. Versprich mir, dass du auf sie aufpassen und immer für sie da sein wirst.«

Balbok blickte an sich herab, auf den kleinen Menschen, der sich an ihn klammerte und dabei am ganzen Körper zitterte.

»Korr«, sagte er nur.

Aryanwen nickte. Tränen traten ihr in die Augen. Sie beugte sich zu ihrer Tochter hinab und küsste sie auf die Stirn. »Ich liebe dich«, flüsterte sie dabei, »mehr als mein Leben.«

Damit wandte sie sich ab, und Catriona und sie gingen

zurück zum Höhleneingang. Das Gekeife der Gnomenkrieger scholl ihnen entgegen, und bereits an der Biegung verharrten die beiden Frauen – die Unholde hatten die Höhle bereits betreten. Die Umrisse bizarrer, halb nackter Körper zeichnete sich gegen das Tageslicht ab. Langsam kamen sie auf die beiden Frauen zu, mit leuchtenden Augen und gefletschten Zähnen, bereit und willens, sie zu zerfleischen.

Aryanwen und Catriona tauschten Blicke.

»Danke«, sagte Aryanwen.

Catriona nickte nur.

Dann ließ sie den Pfeil von der Sehne.

Das Geschoss zuckte durch die Luft und fällte den nächstbesten Gnom, der mit durchbohrter Kehle niedersank – daraufhin gingen seine Artgenossen zum Angriff über.

Unter wüstem Geschrei stürmten sie heran, ihre blanken Klingen schhwingend. Aryanwen hob ihr Schwert, bereit, es in die Reihen der Grünhäutigen fahren zu lassen und ihren letzten Kampf zu führen …

… doch etwas Unerwartetes geschah.

Im einen Augenblick stürmten die Gnomen noch auf die beiden Frauen zu – im nächsten rannten sie gegen eine Wand, die sich unvermittelt vor ihnen gebildet hatte.

Eine Wand aus purem, blankem Eis!

Es krachte dumpf, als die Unholde dagegenrannten. Verschwommen waren durch das Eis grüne Leiber und schmerzverzerrte Mienen zu erkennen, aber die Wand gab nicht nach. Unverrückbar wie ein Fels teilte sie den Gang, auch dann, als die Gnomen ein zweites, ein drittes und ein viertes Mal dagegen anrannten. Und auch ein Unbelehrbarer, der mit derartiger Wucht gegen das Hindernis sprang, dass sein Schädel platzte wie eine überreife Frucht und grüne Hirnmasse am Eis herabrann, die langsam gefror, konnte nichts daran ändern, dass die Wand stehen blieb.

Aryanwen und Catriona standen wie vom Donner gerührt. Sie sahen die Wand aus Eis, berührten sie mit den Händen, um sich zu vergewissern, dass sie tatsächlich da war – und konnten es doch nicht glauben.

»W-was ist das?«, fragte Catriona kopfschüttelnd. »Wie ist so etwas möglich?«

»Ich weiß es nicht«, versicherte Arynwen flüsternd, die ein Schauer durchrieselte. Dass sie gerettet waren, kam ihr in diesem Moment noch nicht einmal in den Sinn – wohl aber, dass etwas Bedeutsames geschehen war. Etwas, das den Lauf der Welt verändern würde …

Plötzlich merkte Aryanwen, wie jemand sie an ihrem Umhang zupfte. Sie blickte an sich herab – nur um in das verweinte Gesicht von Alannah zu blicken.

»Mein Kind«, hauchte sie verwundert, »was …?«

»Mut-ter«, hauchte das Mädchen leise.

7

Es war später Nachmittag, als Alured und Suvat die Bucht von Smerada erreichten.

Zunächst hatten sie sich von den Wellen tragen lassen, die ein günstiger Wind gen Westen getrieben hatte, dann hatten sie in Ermangelung eines Ruders ihre Arme zu Hilfe genommen, um den Nachen an Land zu bringen.

Zu Anfang, als die Türme und Kuppeln der Stadt nur eine ferne Verheißung gewesen waren, war sich Alured nicht sicher gewesen, ob sie nicht vielleicht doch nur eine Täuschung waren. Suvat hatte er nichts von seinen Bedenken gesagt, um ihn nicht zu beunruhigen, aber nach allem, was passiert war, war ihm dieser Gedanke keineswegs abwegig erschienen. Je näher sie der Stadt jedoch gekommen waren und je mehr Einzelheiten sich aus dem Dunst schälten, desto zuversichtlicher war Alured geworden – und jetzt, da sie die Schiffe sahen, die im Hafen vor Anker lagen, und das geschäftige Treiben an den Kais, fragte er sich, wie er überhaupt jemals an der Wirklichkeit dieses Ortes hatte zweifeln können.

Es war ein seltsames Gefühl, in Smerada an Land zu gehen – noch seltsamer jedoch war es, zum ersten Mal nach zwei Jahren wieder eine andere Luft zu atmen, wieder andere Menschen und Häuser zu sehen als die von Tirgas Anar. Die Erkenntnis, endlich wieder frei zu sein, sickerte in Alureds Bewusstsein und erfüllte ihn mit einer gewissen Euphorie – auch wenn er nach wie vor keine Ahnung hatte, wie er hierhergelangt war.

Kaum hatten sie das Boot an einem der Stege vertäut, sprach er den nächstbesten Hafenarbeiter an.

»Freund, auf ein Wort!«

Der Mann, ein bärtiger Hüne, der einen Sack über der Schulter trug, blieb stehen und sah ihn fragend an.

»Welcher Tag ist heute?«, wollte Alured von ihm wissen.

»Luntag«, kam es knurrend zurück.

»In welchem Monat?«

Die Art, wie der Hüne Alured ansah, ließ vermuten, dass er an seinem Verstand zweifelte. »Dem fünften«, erwiderte er dann. »War's das?«

Alured nickte, unfähig zu antworten.

»Was bedeutet das?«, wollte Suvat wissen, während der Arbeiter davonstampfte, zu einem der Lagerhäuser, die sich am Kai reihten.

»Das bedeutet, dass mehr als eine Woche vergangen ist, seit wir den Schlangenturm betraten«, erwiderte Alured und konnte ein Schaudern nicht unterdrücken. Einerseits hatte er schon vermutet, dass einige Zeit verstrichen sein musste – Zeit, in der sie ganz offenbar aus dem Feuerberg getürmt, ein Boot gestohlen und aus der Hauptstadt geflohen waren. Andererseits war es unheimlich, sich an nichts von alldem erinnern zu können. Eine ganze Woche war verstrichen, ohne dass Alured und Suvat sich auch nur des Geringsten entsinnen konnten!

Beinahe hätte sich Alured gewünscht, dass Vigor hier gewesen wäre. Der Zwerg war nicht nur seiner Brutalität wegen berüchtigt gewesen, sondern auch wegen seines Scharfsinns. Vielleicht hätte er sich einen Reim auf all das machen können.

Aber Vigor war tot. Alured musste mit dem vorliebnehmen, was er hatte, und das Beste aus seiner Lage machen – und genau das hatte er vor.

»Wohin gehst du?«, wollte Suvat wissen, als er mit festen Schritten losmarschierte. Der Junge hatte Mühe, zu ihm aufzuschließen.

»Ich muss etwas in Erfahrung bringen«, erwiderte Alured rätselhaft und schlug den Weg zur Stadtwache ein, die am Hafen eine Niederlassung unterhielt. Auf dem Weg dorthin machte er bei einem fliegenden Händler Halt, und kaufte für sich und Suvat Wasser, Käse, Fisch und Brot. Während sie aßen, wurde ihnen klar, wie ausgehungert sie gewesen waren – sollten sie seit einer Woche nichts mehr gegessen haben?

Beide merkten, dass ihnen die Mahlzeit verlorene Kräfte zurückbrachte. Dann suchten sie die Stadtwache auf.

Das Wachlokal befand sich im belebtesten Teil des Hafens, eingebettet zwischen Geschäften und Tavernen, in die die Seeleute ihre hart verdiente Heuer zu tragen pflegten. Davor herrschte geschäftiges Treiben: von Ochsen gezogene Karren, fliegende Händler, Kaufleute hoch zu Pferde, Kolonnen von Trägern, dazu Maulesel und sogar einige Kamele – sie alle wetteiferten um den begrenzten Platz, den die steingepflasterte Straße bot. In der Mitte der Straße waren eiserne Gitter verlegt, darunter verlief die Kanalisation der Stadt – ein Anblick, der bei Alured schmerzliche Erinnerungen weckte.

»Was wollt ihr?«

Der Offizier, der im Wachlokal Dienst hatte, sah sie beide herausfordernd an. Der Mann hatte es sich in einem hölzernen Stuhl gemütlich gemacht, den er zur zusätzlichen Bequemlichkeit bis zur Wand zurückgekippt hatte. Die Füße hatte er auf dem von Weinflecken übersäten Tisch. Sehr pflichtbewusst schien die Stadtwache von Smerada nicht gerade zu sein …

»Eine Auskunft«, erwiderte Alured.

»Wer bist du überhaupt?«

»Alured aus Ansun. Dies ist Suvat, mein Begleiter.«

»Ein Westmensch und ein Anarer.« Der Offizier, ein hagerer, dunkelhariger Mann mit tief liegenden Augen, rümpfte die Nase. »Was es nicht alles gibt.«

»Ich suche jemanden«, sagte Alured, den Spott in der Stimme des anderen überhörend.

»Tatsächlich?« Der Offizier schien wenig interessiert. »Und wen suchst du, Ansun?«

»Eine junge ... einen jungen Mann«, verbesserte sich Alured rasch.

»Noch einen?«

»Wir haben uns zuletzt vor zwei Jahren gesehen, als die Zwerge in der Stadt waren.«

Der andere lachte auf. »Und du erwartest, dass ich mich daran erinnere? Damals waren viele Leute in der Stadt, ganz Smerada war auf den Beinen.«

»Wenn Ihr Euch nicht erinnert«, beharrte Alured, »könnt Ihr ja vielleicht Eure Leute fragen. Der Name des jungen Mannes war Cailan Ca'Dur ...«

»Ein Hochländer demnach?« Der Offizier stutzte.

»Ja.« Alured nickte. »Wisst Ihr etwas über ihn? Wurde er vielleicht verhaftet oder ...?«

»Und wenn es so wäre?« In den tief liegenden Augen des anderen blitzte es begehrlich.

Er wusste etwas, das stand fest. Aber, das war Alured klar, er würde es nicht einfach so verraten.

Am liebsten hätte sich Alured den selbstgefälligen Kerl gegriffen und aus ihm herausgeprügelt, was er wusste. Aber in Anbetracht der anderen Stadtsoldaten, die sich sowohl im Wachlokal als auch draußen vor der Tür aufhielten, war das wenig ratsam. Stattdessen würde er wohl zu dem Mittel greifen müssen, das in Smerada am gebräuchlichsten war.

Kurzerhand griff er in den ledernen Beutel an seinem Gürtel, holte zwei Silberstücke heraus und legte sie auf den Tisch.

»Das ist ein Anfang«, anerkannte der Offizier. »Ich bin allerdings sicher, dass die Leute in Ansun noch sehr viel großzügiger ...«

Zähneknirschend griff Alured noch einmal in den Beutel und legte zwei weitere Silberstücke dazu. »Jetzt sprecht«, forderte er den Offizier auf.

Der andere strich das Geld ein und ließ es unter seinem grünen Rock verschwinden, dessen Brust das Wappen von Smerada zierte. Einen Augenblick befürchtete Alured schon, der Kerl würde ihn übers Ohr hauen. Aber dann brach der Offizier sein Schweigen. »Es war vor zwei Jahren«, berichtete er, »kurz nachdem die Zwerge die Stadt verlassen hatten. Smerada war damals voller Aasfresser, voller Diebespack und Gesindel, das gehofft hatte, vom Aufenthalt der Kurzen sein Scherflein abzubekommen, also hatte die Stadtwache alle Hände voll zu tun.«

»Und weiter?«, verlangte Alured zu wissen.

»Ich war damals noch ein einfacher Sergeant, der unter seinem Hauptmann diente. Bei einem unserer Rundgänge erwischten wir einen jungen Kerl, der sich in der Kanalisation versteckt hatte – einen Hochländer mit dunklem Haar, und ein ziemlicher Hitzkopf, wenn ich mich recht entsinne – womöglich ist es der, nach dem du suchst.«

Alured war bemüht, sich seine Anspannung nicht anmerken zu lassen. Es gelang ihm jedoch nur teilweise. »Was ist mit ihm geschehen?«, wollte er wissen.

»Wir haben ihn festgenommen. Ich schlug vor, ihn zur Stadtwache zu bringen, schließlich hätte er auch ein Spion aus den Südlanden sein können. Aber der Hauptmann lehnte ab – er hatte etwas anderes mit dem Jungen vor.«

Alured merkte, wie sich etwas in ihm verkrampfte. »Was?«, fragte er leise.

»Er hat ihn an Ringelschwanz verkauft.«

»Wer ist das?«

»Ein Sklavenhändler, der nicht weit von hier ein Geschäft betreibt.«

»Ein Sklavenhändler? Aber ... der Handel mit Menschen wurde verboten, schon vor langer Zeit!«

»Offiziell«, stimmte der Offizier zu. »Aber der Thron von Tirgaslan ist nicht mehr besetzt, und der König ist weit weg in Tirgas Winmar ...«

»Ich verstehe«, knurrte Alured. Nicht nur um den Eifer der Stadtwache von Smerada schien es nicht zum Besten bestellt zu sein. Auch mit ihrer Moral war es nicht weit her.

»Vielleicht tröstet es dich zu erfahren, dass mein alter Hauptmann nicht mehr unter uns weilt.«

»Was ist mit ihm geschehen?«

»Er war zu gierig«, eröffnete der Wachoffizier mit mattem Grinsen. »Wollte die Gewinne, die er einstrich, nicht mit den Untergebenen teilen. Da ist er eines Tages während seiner Wachschicht eingeschlafen und nicht mehr aufgewacht.«

»Sieh an«, sagte Alured nur.

Es gehörte nicht viel dazu, das Grinsen des anderen zu deuten – vermutlich war er selbst es gewesen, der seinen korrupten Vorgesetzten vergiftet oder im Schlaf ermeuchelt hatte. Allerdings nicht etwa zur Strafe für dessen Vergehen, sondern um ihn zu beerben ...

»Wo ist dieser Ringelschwanz?«, wollte er wissen.

»Für ein weiteres Silberstück verrate ich dir, wo du ihn findest«, versprach der Offizier. »Aber mach dir keine falsche Hoffnungen – der junge Kerl ist nicht mehr dort.«

»Woher weißt du das?«

»Weil Ringelschwanz ihn längst verkauft hat – ins Südreich oder in die Minen. Die Chancen, dass du ihn noch einmal wiedersiehst, stehen schlecht.«

Alured schürzte die Lippen. Einmal mehr verspürte er den Drang, dem anderen das Grinsen aus dem Gesicht zu schlagen, aber er beherrschte sich abermals. Stattdessen öffnete er – was ihn einige Überwindung kostete – ein weiteres Mal die Geldbörse und legte noch eine Münze auf den Tisch. Daraufhin sagte ihm der Hauptmann, wo sich Ringelschwanz' Lagerhaus befände, und Alured und Suvat verließen das Wachlokal.

»Dieser Mann, den du suchst«, sagte Suvat, als sie wieder draußen waren. Inzwischen war die Dunkelheit hereingebrochen. Der Widerschein wärmender Feuer drang aus den Tavernen, entlang der Kais wurden Feuerkörbe entzündet. Die Betriebsamkeit jedoch hatte kaum nachgelassen. Noch immer hatte man Probleme, einen Weg über die Straße zu finden.

»Was ist mit ihm?«

»Ist er ein Freund von dir?«, wollte der Junge aus Tirgas Winmar wissen.

»In der Art.« Alured nickte, während er die von dem Offizier beschriebene Richtung einschlug.

»Kanntest du ihn gut?«

»Ich denke ja.« Alured biss sich auf die Lippen. An Catriona zu denken, tat weh. Vor allem, weil er das Gefühl nicht loswurde, sie im Stich gelassen zu haben. Wenn Anghas Ca'Durs Tochter tatsächlich in die Sklaverei verkauft worden war, würde er sich das niemals verzeihen – und Anghas C'Dur würde es ihm ebenfalls nicht verzeihen …

»Dieser Ringelschwanz«, fuhr Suvat fort, wobei sich ziemlich drollig anhörte, wie er das Wort aussprach. »Was genau ist er? Das meiste von dem, was der Mann gesagt hat, habe ich nicht verstanden.«

»Ein Sklavenhändler«, erwiderte Alured grimmig, während sie eine weitere Straße überquerten. Vor ihnen reihten sich mehrere große Gebäude, deren Tore gut verschlossen waren – die Lagerhäuser.

»Und das bedeutet?«

»Dass er mit Ware handelt wie andere Kaufleute auch – nur dass seine Ware aus Menschen besteht«, erklärte Alured voller Abscheu.

»Dann ist er kein guter Mann«, sagte der Junge erschrocken.

»Wohl eher nicht.«

»Warum willst du dann zu ihm? Glaubst du denn, er wird dir sagen, wo du deinen Freund finden kannst?«

»Wir werden sehen«, erwiderte Alured trocken, während er den klimpernden Ledersack an seinem Gürtel schüttelte. »Ich denke, wir haben die richtigen Argumente, um einen Mann wie ihn zum Sprechen zu bringen.«

8

Die Dämmerung hatte bereits eingesetzt, als das kalte Grauen Gestalt annahm.

»Schattendrachen!«

Henquists Warnschrei besiegelte nur, was Dag bereits den ganzen Tag über vorausgeahnt hatte. Dennoch empfand er Erleichterung, denn nun hatte das Warten ein Ende.

»Aus welcher Richtung?«, wollte er wissen.

»Südosten«, entgegnete der Veteran, der die Reling an Backbord bestiegen hatte und Ausschau hielt. »Ich zähle zwei!«

»Vom Gebirge nähern sich ebenfalls zwei der Biester«, meldete Ferghas von der anderen Seite.

»Das ist ein gezielter Angriff«, war Dwethan überzeugt, der achtern am Steuer des Luftschiffs stand. »Möge das Schicksal uns beistehen.«

»Das glaubst auch nur du, dass uns das Schicksal beisteht, Knochensack«, maulte Rammar. »Ich kenne diese Viecher. Wenn wir nicht augenblicklich landen, werden sie uns in der Luft zerfetzen.«

»Dazu ist es zu spät«, stellte Dag klar. »Wir müssen uns ihnen zum Kampf stellen.«

»Wir müssen uns ihnen zum Kampf stellen«, echote der Ork, Dags Stimme und Tonfall imitierend. »Ich habe ja immer schon geahnt, dass du ein *umbal* bist. Aber jetzt wird mir klar, dass du völlig den Verstand verloren hast!«

»Keine Sorge, Unhold«, versicherte Dwethan. »Wir haben die Mittel, uns gegen die Schattendrachen zur Wehr zu setzen.«

»Aye, gegen einen«, stimmte Ferghas zu. »Aber jetzt haben wir es mit vieren von den Biestern zu tun! Und wir sind nicht unten am Boden, sondern hoch in den Lüften, das macht uns noch verletzlicher!«

»Und wenn schon«, knurrte Dag im Bestreben, seinen Leuten Mut zu machen. »Ihr habt gesehen, dass diese Kreaturen nicht unverwundbar sind. Sie können getötet werden!«

»Korr«, stimmte Rammar trocken zu. »Genau wie wir.«

In diesem Moment erklang der Schrei eines der Drachen – ein grässlicher Laut, wie keine andere Kreatur Erdwelts ihn zustande brachte und der dazu angetan war, jeden noch so tapferen Krieger vor Furcht in den Wahnsinn zu treiben.

»Sie greifen an!«, meldete Henquist.

»Auf die Verteidigungsposten!«, wies Dag seine Leute an und griff selbst nach Pfeil und Bogen. »Wir dürfen sie nicht herankommen lassen, sonst sind wir verloren.«

»Aye«, stimmte Ferghas zu, »heißen wir sie gebührend will…«

Der Rest ging in neuerlichem Geschrei unter. Dann erfüllte ein schreckliches Rauschen die Luft, und Dag konnte die Aura des Todes fühlen, die den Drachen vorauseilte. Er hörte, wie Dwethan leise Beschwörungsformeln murmelte. Die Kräfte des Druiden ließen nach, wie er selbst sagte – hoffentlich waren sie noch stark genug, um diesen Kampf zu bestehen.

Im nächsten Moment waren die Schattendrachen in Schussweite, und hoch in den Lüften entbrannte ein dramatischer Kampf um das Überleben.

Dwethan wirkte einen seiner unsichtbaren Fausthiebe, der den vordersten Angreifer im Flug traf und seinen Schädel zerschmetterte. Unter wildem Flügelschlag schmierte die Bestie ab und verschwand in der Tiefe, doch ihre Artgenossen waren sofort zur Stelle, um ihren Platz einzunehmen.

Noch ehe Dwethan einen zweiten Gedankenstoß wirken konnte, ließen die Gefährten die Pfeile von den Sehnen schnellen. Nicht nur Ferghas, Henquist und Lyrx schossen, auch Dag lenkte seinen Pfeil dorthin, wo er eine der Kreaturen vermutete – und konnte hören, wie die Geschosse ihr Ziel fanden. Die Schattendrachen schrien auf, weniger vor Schmerz als vielmehr vor Zorn über den Angriff, und zumindest einer von ihnen wurde nur einen Lidschlag später von einer energetischen Entladung getroffen, die Dwethan auf den Weg brachte und die die Ausgeburt des Bösen in grellem Licht verzehrte. Die verbliebenen beiden Drachen jedoch umkreisten das Luftschiff mit heiserem Geschrei und zogen die Flugbahn immer enger …

»Druide!«, rief Ferghas mit Donnerstimme, während Lyrx und er weitere Pfeile auf den Weg brachten.

»Ich gebe mein Bestes«, versicherte der Alte. »Nur fürchte ich, dass meine Kraft allmählich zu Ende geht.«

»Soll das ein Scherz sein?«, blaffte Rammar. »Reiß dich gefälligst zusammen, Knochensack, oder dieser Kampf wird unser letzter sein!«

»Ich kann sie noch schwächen, sie verletzlich machen – doch ich vermag sie nicht mehr zu töten.«

»Shnorsh«, fauchte der dicke Ork. »Wenn man nicht alles selber macht.«

Die Schattendrachen griffen wieder an, ihre Schwingen geißelten die Luft mit wuchtigen Schlägen. Noch einmal zielte Dag und ließ einen Pfeil von der Sehne, der sein Ziel jedoch zu verfehlen schien. Dag warf den Bogen von sich und zog sein Schwert, öffnete seine Sinne für die Eindrücke, die auf sie einprasselten.

Das Rauschen von Flügeln.

Ein heiserer Schrei von Ferghas.

Dann das Pfeifen seiner Axt, die ins Leere ging.

»Warte, du Bestie!«, brüllte der Clansmann. »Komm nur her, dann hacke ich dich in Stücke!«

Auch die anderen Gefährten verfielen in wildes Gebrüll, mit dem sie sich und den anderen Mut zu machen versuchten, während die Schattendrachen sie von beiden Seiten attackierten. Blitzschnell stießen die Bestien heran, schnappten mit ihren mörderischen Mäulern nach den Gefährten und schlugen mit ihren tödlichen Klauen zu. Dag fühlte die Aura der Vernichtung und duckte sich instinktiv, spürte, wie etwas über ihn hinwegwischte und dabei einige der Seile durchtrennte, mit denen die Gondel unterhalb des Flugkörpers befestigt war. Den Schwertgriff mit beiden Händen umfassend, stieß er zu in der Hoffnung, dem Schattendrachen eine Wunde beizubringen und ihn so von weiteren Attacken abzuhalten; aber die Kreatur flatterte zurück und brachte sich außer Reichweite der Klinge. Lyrx schoss einen Pfeil ab, der sein Ziel fand, doch es war nur ein Nadelstich, von dem sich die Bestie nicht beeindrucken ließ, ebenso wenig wie ihr Artgenosse, der das Luftschiff von achtern attackierte.

»Uchl-bhuurz!«, brüllte Rammar und schlug mehrmals hintereinander nach dem Angreifer, so schnell und heftig, dass er völlig außer Atem geriet. Die Verwünschung, die er dem Schattendrachen mit auf den Weg gab, wurde von einem heiseren Pfeifen begleitet, das an eine heiß gelaufene Kaldrone denken ließ.

Ferghas war dafür Erfolg beschieden – während Rammar die Aufmerksamkeit der Bestie auf sich zog, gelang es ihm, seine Axt tief ins schwarze Fleisch des Schattendrachen zu versenken. Die Kreatur schrie schmerzvoll auf, doch für

Triumph blieb keine Zeit – denn als sie erneut angriff, war ihre Zerstörungswut nur noch größer.

Ihr Maul schnappte nach der Gondel, grub sich in die Reling und riss ein Stück davon heraus. Die zwar widerstandsfähige, aber dünne Schlangenhaut, mit der der Rumpf bespannt war, riss sofort, sodass plötzlich ein Loch in der Seitenwand der Gondel klaffte – und Henquist um ein Haar ins Leere kippte.

Der Veteran konnte sich gerade noch an den Seilen festhalten, die unter der Beanspruchung knarrten – doch die Gefahr war noch nicht gebannt. Denn der Schattendrache griff abermals an, und diesmal schnappte sein weit geöffneter Schlund nicht nach der Gondel, sondern …

Henquist schrie entsetzlich, als sich die dolchartigen, nach innen gebogenen Zähne des Drachen in seine Leibesmitte bohrten. Im nächsten Moment hatte ihn das Untier auch schon aus der Takelage gepflückt und riss ihn mit.

»Henquist!«, brüllte Ferghas. »Das Mistvieh hat ihn!«

Dag konnte nichts sehen, aber er hörte das Gebrüll des Gefährten, der im Maul der Bestie steckte und wie von Sinnen schrie, bald hier, bald dort, bald oben und bald unten, je nachdem, wohin die Kreatur ihn trug.

»Wir müssen ihm helfen!«, schrie Lyrx außer sich. »So helft ihm doch …!«

Dag war klar, dass für den stolzen Krieger von Ansun, der schon unter seinem Vater gedient und der Familie des Herzogs ewige Treue geschworen hatte, jede Hilfe zu spät kommen würde. Selbst wenn es ihnen gelänge, ihn aus dem Maul des Schattendrachen zu befreien, würde das Gift des Untiers ihm ein ebenso sicheres wie qualvolles Ende bereiten …

Dag griff nach dem Bogen, legte einen Pfeil auf und spannte ihn. Zu zielen war nicht schwer, er brauchte nur den

Schreien zu folgen, die die abendliche Luft durchdrangen, voller Angst und Todesqual.

Dag ließ die Sehne los.

Der Pfeil schnellte davon – und die Schreie des Freundes erstarben.

Was weiter geschah, entzog sich Dags Kenntnis, und er wollte es auch nicht wissen. Ob der Drache Henquist verschlang oder seinen Leichnam ausspuckte, spielte keine Rolle. Die Qualen des Freundes hatten ein Ende, nur darauf kam es an – und womöglich würden seine Gefährten ihm schon bald folgen …

Die Schattendrachen waren erneut auf Distanz gegangen und umkreisten das Luftschiff. Mehr noch als zuvor hatte Dag jetzt den Eindruck, dass sie nur mit ihnen spielten, dass sie die Attacken nutzten, um die Verteidigung des Gegners zu prüfen. Diese Bestien waren sehr viel intelligenter als gewöhnliche Tiere. Ob dies an ihrer Herkunft lag oder an dem bösen Willen, der sie lenkte, wusste Dag nicht zu sagen. Aber eines war ihm klar: Wenn die Schattendrachen erst begriffen hatten, dass der Flugkörper, an dem das Luftschiff hing, die verwundbarste Stelle war, dann waren seine Gefährten und er verloren – und solange der Druide nicht wieder zu Kräften kam, gab es keine wirkungsvolle Abwehr …

»Dwethan!«, rief Dag und bahnte sich einen Weg zum Heck des Schiffes, wo der Alte noch am Ruder stand. »Der Kristall!«

»Nein!«, widersprach der Zauberer.

»Setzt ihn ein! Worauf wartet Ihr?«

»Ich kann nicht«, widersprach Dwethan entschieden. »Seine Kräfte werden noch gebraucht.«

»Allerdings«, bestätigte Dag, »hier und jetzt!«

»Das kann ich nicht tun! So war es nicht geplant! So habe ich es nicht vorhergesehen …«

»Ihr habt vieles nicht vorhergesehen«, konterte Dag. »Wenn wir nichts unternehmen, werden uns die Schattendrachen vernichten!«

»Da!«, schrie Ferghas, wie um Dags Worte zu bestätigen. »Sie greifen wieder an, von beiden Seiten gleichzeitig!«

Das Rauschen ihrer Schwingen war zu hören und ein scharfer Luftzug, mit dem die Kreaturen die kalte Luft in ihre Lungen sogen, bereit, ihren giftigen Pestatem auf die Besatzung des Luftschiffs zu speien.

9

Alured musste mehrmals tief ein- und ausatmen, ehe er an die Pforte des Lagerhauses klopfte. Nicht etwa, um Mut zu fassen, sondern um sich innerlich zu beruhigen.

Schließlich hieb er mit der Faust gegen das dicke Zedernholz – nicht zu zornig, um den Besitzer nicht zu erschrecken, aber energisch genug, um eine Reaktion zu erwirken. Prompt waren aus dem Inneren trippelnde Schritte zu hören, und ein Flügel der Pforte öffnete sich einen Spalt weit.

Kleine, kritisch verengte Augen blickten hervor. Die breite, nach oben gebogene Nase, die sich darunter befand, erinnerte Alured spontan an ein Schwein, was vermuten ließ, dass er den Herrn des Hauses vor sich hatte.

»Ringelschwanz?«, fragte er nur.

»Wer will das wissen?«

»Jemand, der ein Geschäft machen will«, erwiderte Alured und ließ den Beutel an seinem Gürtel klimpern. Sofort lag ein begehrlicher Glanz in den kleinen Augen. Dennoch zögerte Ringelschwanz, die Tür zu öffnen.

»Wer sagt mir, dass Ihr es ehrlich meint?«

Alured merkte, wie sein Blut erneut in Wallung geriet. Dieser Kerl handelte mit Menschen, und nun fragte er ihn, ob er es ehrlich meinte?

»Ihr könnt es auch bleiben lassen«, entgegnete er achselzuckend. »Ich bin sicher, ich finde auch andernorts in Smerada die … Ware, die meinen Zwecken dient.« Er machte

Anstalten, sich zum Gehen zu wenden, als der andere scharf Luft holte.

»Aber nicht in dieser Auswahl und Qualität«, versicherte er beflissen und zog die Tür so weit auf, dass Alured und Suvat eintreten konnten. »Verzeiht mir mein Misstrauen, Fremder. Aber in diesen Tagen kann man nicht vorsichtig genug sein.«

»Wem sagt Ihr das«, entgegnete Alured und trat grinsend ein – doch kaum hatte er die Schwelle übertreten, gefror ihm das Lächeln auf den Lippen. Denn im halbdunklen Inneren des Lagerhauses stank es nach Schweiß, Pisse – und nackter Angst.

»Willkommen in Ringelschwanz' Reich«, stellte sich der Händler beflissen vor, den das Geschäft mit dem Unglück anderer offenbar ziemlich wohlhabend gemacht hatte – Samt und Seide spannten sich über einem feisten Wanst. Der Kopf des Sklavenhändlers war fast kugelrund und völlig kahl. »Womit kann ich Euch dienen, fremde Freunde? Wenn Ihr zu mir gekommen seid, dann wisst Ihr, dass Ringelschwanz nur Ware vom Feinsten bietet.«

»Zum Beispiel?«, fragte Alured, während sie ihm eine schmale Gasse hinabfolgten, die sich zwischen bis unter die hohe Decke aufgestapelten Kisten erstreckte. Mannsgroße Kisten, die allesamt vergittert waren.

»Was immer Ihr wollt. Einen bereitwilligen Diener, der Euer Gepäck trägt? Einen Ork, der Eure Feinde das Fürchten lehrt? Oder«, fügte er mit wissendem Augenzwinkern hinzu, »vielleicht eine dunkelhäutige Schönheit aus dem Südreich, die Euch jeden – und ich meine wirklich jeden – Eurer Wünsche erfüllt?«

»Nein danke«, wehrte Alured ab, der alle Mühe hatte, in Anbetracht des sich bietenden Anblicks Ruhe zu bewahren. Hatte sich in dem Käfig dort nicht etwas bewegt? Und war dort nicht für einen Moment ein trauriges Augenpaar aus dem Dunkel aufgetaucht?

Suvat schien es ebenfalls zu sehen, denn er zuckte erschrocken zusammen. Furcht und Entsetzen standen in seinen Zügen, dennoch blieb er an Alureds Seite.

»Also?« Sie hatten die Mitte des Lagerhauses erreicht, um die sich Dutzende von Kisten in verschiedenen Abmessungen türmten. Einige davon waren so groß, dass ein ausgewachsener Ork hineinpasste, andere so schmal und klein, dass sich eigentlich nur Kinder darin befinden konnten. »Ihr habt die freie Auswahl, Freund!«, versprach Ringelschwanz großtuerisch. »Wonach steht Euch der Sinn?«

»Nach Söhnen und Töchtern des Hochlands«, eröffnete Alured.

»Oh!«, rief der Sklavenhändler verzückt. »Ihr beweist guten Geschmack und großen Sachverstand, junger Herr! Die Söhne des Hochlands sind kräftig und ausdauernd wie kaum jemand sonst, dazu von äußerst genügsamer Natur und deshalb sparsam im Unterhalt! Die Töchter des Hochlands hingegen sind nicht nur bekannt für ihr rotes Haar, sondern auch für ihr ungezügeltes Temperament, das einem Mann manch kurzweilige Nacht zu verbreiten vermag. Unglücklicherweise«, fügte er hinzu, wobei sich sein Gesicht bedauernd zerknitterte, »führe ich derzeit keine Hochländer im Angebot.«

»Ich dachte, Ihr hättet alles, was das Herz begehrt?«

»Hochländer sind schwer zu bekommen«, erklärte Ringelschwanz händeringend. »Sie einzufangen, ist äußerst gefährlich, denn die Clansleute sind kriegerisch und rachsüchtig. Sie schätzen es nicht, wenn man ihresgleichen entführt und in die Sklaverei verkauft.«

»Tatsächlich?« Alured hob eine Braue. »Kaum zu glauben.«

»Nicht wahr?«

»Aber Ihr hattet schon Hochländer im Angebot?«

»Einmal bislang – eine Frau.«

Alured zuckte innerlich zusammen. »Eine Frau?«

»In der Tat – und das war purer Zufall.«

»Inwiefern?«

»Warum wollt Ihr das wissen?«, fragte Ringelschwanz. Alured konnte das Misstrauen sehen, das sich plötzlich ins feiste Gesicht des Sklavenhändlers geschlichen hatte – und ihm war klar, dass der gesellige Teil der Unterhaltung vorüber war.

Schneller, als Ringelschwanz reagieren oder auch nur um Hilfe rufen konnte, hatte er die Spitze von Alureds Schwert an der Kehle. Der Sklavenhändler wich zurück, bis er mit dem Rücken gegen eine der Kisten stieß und nicht mehr weiterkonnte. »Das … kommt unerwartet«, gestand er mit gezwungen wirkendem Lächeln.

»Wenn du mir nicht sagst, was ich wissen will, geschehen noch sehr viel mehr unerwartete Dinge«, sagte Alured düster.

»W-was willst du von mir?«

»Auskünfte – über die Hochländerin, die bei dir war. Wann ist das gewesen?«

»Vo-vor zwei Wintern.«

»Wie war ihr Name?«

»D-das weiß ich nicht! Ich frage meine Ware grundsätzlich nicht nach ihrem Namen!«

»Und was hat es mit dem Zufall auf sich, von dem du gesprochen hast?«

Ringelschwanz kniff demonstrativ die Lippen zusammen, was ob seiner Rüsselnase ziemlich komisch aussah. Als Alured den Druck hinter der Schwertspitze abermals erhöhte und sich ein dünnes rotes Rinnsal löste, das sich seinen Weg über die Klinge suchte, ließ die Entschlossenheit des Sklavenhändler allerdings schlagartig nach.

»I-ich wusste gar nicht, dass es eine Frau war«, versicherte er stammelnd. »Man hat mir einen jungen Kerl verkauft, den ich in einen meiner Käfige steckte – dabei hätte mir von Anfang an dämmern sollen, dass ein solcher Ausbund an Widerspenstigkeit und Verschlagenheit eigentlich nur in einem Frauenkörper stecken kann!«

»Was ist passiert?«

»Sie hat sich meinen Befehlen widersetzt, wieder und wieder. Also habe ich sie aus ihrem Käfig geholt, um sie mit meiner Peitsche bekannt zu machen.«

»Du hast sie geschlagen?« Alureds Züge versteinerten. Sein Blick wurde kalt und erbarmungslos.

»Da wusste ich doch noch gar nicht, dass es eine Frau war!«, beteuerte der andere jammernd. »Das habe ich erst gemerkt, als sie die anderen Sklaven befreit hatte, einschließlich dieser verdammten Schlangenkreatur. Da erst begriff ich, was sie in Wirklichkeit war!«

»Moment«, verlangte Alured. Er konnte nicht behaupten, alles zu verstehen, was der Sklavenhändler von sich gab. Eines allerdings verstand er dafür umso deutlicher. »Soll das heißen, dass Catriona ... dass die Hochländerin geflohen ist?«

»Ihr kennt ihren Namen? Nicht nur sie ist in jener Nacht geflohen. Alle Sklaven sind damals abgehauen, mein ganzer Warenbestand, an die zehntausend Goldstücke wert! Nur das Lagerhaus ist mir geblieben! Um ein Haar wäre ich ruiniert gewesen!«

»Mir kommen gleich die Tränen«, versicherte Alured, der nicht wusste, was er zuerst empfinden sollte – Erleichterung über Catrionas Flucht oder Zorn über Ringelschwanz' Ruchlosigkeit. »Wohin sind die Sklaven geflohen?«

»Nun ... nach Westen«, lautete die Antwort.

»Du hast sie verfolgt?«

»Zuerst ja, aber Söldner sind teuer – und da ich keine Mittel mehr zur Verfügung hatte, um sie zu bezahlen ...«

»Ich verstehe.« Inzwischen hatte sich die Erleichterung in Alured Bahn gebrochen. Er grinste breit.

»I-ich habe dir alles gesagt«, versicherte Ringelschwanz. »Lässt du mich jetzt gehen?«

Alured nickte und nahm die Klinge herunter. »Dich – und alle anderen«, bestätigte er.

»Was soll das heißen?«

»Nimm deine Schlüssel und schließe die Käfige auf – und zwar alle.«

»Nein! Bitte nicht!« Entsetzen zeigte sich auf den Zügen des Sklavenhändlers, kaum weniger als vorhin, da es um Leib und Leben gegangen war. »Das könnt Ihr nicht tun, Fremder! Ihr zerstört meine Existenz!«

»Deine Existenz, Ringelschwanz«, erwiderte Alured, »hat viele andere Leben vernichtet. Schätze dich glücklich, wenn ich dich nicht noch mehr dafür bezahlen lasse.«

»B-bitte nicht«, stammelte der Sklavenhändler abermals. »Ihr stürzt mich in den Ruin! Mein neuer Warenbestand wurde mit geliehenem Geld bezahlt! Die Kaufmannsgilde von Smerada kennt kein Erbarmen, wenn es um die Rückzahlung von Schulden geht! Wenn ich meine Raten nicht pünktlich begleiche ...«

»Das ist dein Problem«, beschied Alured ihm unbarmherzig. »Du lässt die Gefangenen jetzt entweder frei oder ich durchbohre dich mit meiner Klinge. Es ist deine Entscheidung, Ringelschwanz.«

Der Sklavenhändler sah zu ihm auf, nun unverhohlen furchtsam. Seine kleinen Augen zuckten in ihren Höhlen, als würden sie nach einem Ausweg suchen. Offenbar wurden sie jedoch nicht fündig, denn schließlich griff er mit vor Angst zitternden Händen unter seinen Mantel und zog einen Schlüsselbund hervor, der mit einer Kette gesichert war. Dann trat er an den nächstbesten Käfig und schickte sich an, die Gittertür an der Vorderseite aufzuschließen.

»Er ist doch ein guter Mann«, kommentierte Suvat.

»Mit etwas Hilfestellung«, stimmte Alured zu, und beide grinsten – doch plötzlich verschwand jede Heiterkeit aus Suvats Zügen.

»Bruder!«, rief er laut.

Alured fuhr herum – nur um sich Ringelschwanz gegenüberzusehen, der auf ihn zusprang, einen Ausdruck der schieren Verzweiflung im Gesicht. Die Augen hatte er vor Hass weit aufgerissen – und in seiner Rechten hielt er einen Dolch, den er Alured in den ungeschützten Rücken hatte rammen wollen.

Instinktiv riss Alured das Schwert empor, das er noch in der Hand hatte – und da der Mann mit dem eigentümlichen Namen zu viel verzweifelte Wut in seinen Angriff gelegt hatte, als dass er ihn noch hätte stoppen können, rannte er mit derartiger Wucht in die Klinge, dass sie ihn durchstieß und in seinem Rücken wieder austrat.

Alured stand unbewegt, Suvat war kreidebleich geworden. Quälende Augenblicke lang hielt sich Ringelschwanz aufrecht, die Klinge in der Brust, auf die er voller Unglauben starrte.

»Bestand«, murmelte er dabei immer wieder, während Blut aus seinen Mundwinkeln rann. »Mein ganzer Bestand …«

Schließlich kippte er zurück und sank zu Boden, wo er ein elendes Ende fand. Alured stand über ihm, die blutige Klinge noch in der Hand, und atmete tief ein und aus.

»Narr«, sagte er leise.

Dann bückte er sich, nahm den Schlüsselbund und wollte ihn abreißen – doch die Kette hielt, gerade so, als ob sich Ringelschwanz auch noch im Tode daran klammerte. Es kostete ihn einige Mühe, die Kette abzureißen. Dann warf er Suvat den Schlüsselbund zu.

»Lass sie alle frei«, forderte er den Jungen auf.

Und der machte sich sogleich an die Arbeit.

IO

Dwethan! Der Kristall! Ihr müsst ihn einsetzen!«

»Nein!«, widersprach der Druide. »Der Kristall ist zu Höherem bestimmt, ich habe es vorausgesehen!«

»Aber Meister!«, schrie Dag, während die Schattendrachen von beiden Seiten heranschossen. Henquist hatten sie bereits getötet, nun sollte der Rest folgen ... »Wenn wir ihn nicht jetzt zum Einsatz bringen, dann vermutlich nie mehr!«

Dwethan blieb eine Antwort schuldig, und Dag wusste nicht, wie sich der Zauberer entscheiden würde.

Er hörte die entsetzten Schreie seiner Kameraden, stellte sich darauf ein, dass die Gondel jeden Augenblick schwer getroffen und in der Luft zerbersten würde, dass sie alle vom Pestatem der Bestien vergiftet oder von ihren Zähnen zermalmt würden ... doch es kam anders.

Der Stoß erfolgte tatsächlich, aber nicht so, wie Dag es erwartet hatte. Denn er kam nicht aus Richtung der beiden Angreifer, sondern von achtern.

Dieselbe unsichtbare Faust, die den ersten Schattendrachen zermalmt hatte, traf jetzt die Gondel an ihrem Heck und veranlasste das gesamte Luftschiff dazu, einen Satz nach vorn zu machen. Die Gefährten, die darauf nicht gefasst waren, fielen wild durcheinander. Rammar gab einen ganzen Wust an orkischen Verwünschungen von sich, während er von einer Seite auf die andere taumelte. Lyrx stieß einen spitzen Schrei aus, als er dort, wo der Rumpf beschädigt war, beinahe über Bord ging. Hätte Ferghas in diesem Moment nicht beherzt zugegriffen, hätte ihn nichts vor dem Sturz in die Tiefe bewahrt.

»Danke, Mensch«, würgte der Wechselbalg hervor.

In diesem Moment erklang unmittelbar hinter ihnen ein grässliches Kreischen, gefolgt von hektischem Flügelschlag. Dag spürte den Luftzug, roch den fürchterlichen Verwesungsgeruch, der von den Kreaturen der Finsternis ausging – und hörte, wie sich ihre Schreie plötzlich in der Tiefe verloren.

»Was ist passiert?«, wollte er wissen.

»Die Schatten«, erwiderte Ferghas, »sind in der Luft zusammengestoßen! Ihre Flügel haben sich ineinander verfangen, sie stürzen ab!«

Dag wandte sich zu Dwethan um, und etwas sagte ihm, dass das alte Schlitzohr von einem Ohr zum anderen grinste. »Ich habe den Kristall nicht benutzt«, stellte er klar. Er klang müde und abgekämpft, aber sehr zufrieden.

»Ihr seid stur, wisst Ihr das?«, fragte Dag.

»Nicht mehr als du«, gab der Druide zurück. »Mir war klar, dass meine Kräfte nicht mehr ausreichen würden, um beide Angreifer zu bekämpfen …«

»… also habt Ihr Eure verbliebene Kraft dazu benutzt, dem Luftschiff einen Stoß zu versetzen und es außer Gefahr zu bringen«, folgerte Dag. »Und die Bestien waren so in ihrer Raserei gefangen, dass sie ihr nicht mehr rechtzeitig Einhalt gebieten konnten.«

»Auf diese Weise haben sie sich gegenseitig ins Unheil gerissen«, bestätigte Dwethan.

Dag nickte. »Verzeiht, dass ich an Euch gezweifelt habe.«

»Da gibt es nichts zu verzeihen – ich habe selbst an mir gezweifelt, Junge.«

»Hättet Ihr den Kristall benutzt?«, wollte Dag wissen. »Ich meine, wenn Euch nichts anderes mehr eingefallen wäre?«

»Ich weiß es nicht«, gab der Druide offen zu. »Aber ich weiß, dass es immer mehr als nur einen Weg gibt. Vergiss das niemals, mein Junge. Es ist eine der wichtigsten Lektionen, die uns das Leben lehrt.«

»Ihr habt uns allen das Leben gerettet«, sagte Dag leise. »Danke.«

»War mir ein Vergnügen.«

Dag lächelte, dann wandte er sich den anderen Gefährten zu. »Wie schlimm ist es?«, verlangte er zu wissen, worauf Ferghas ihn in aller Eile über die Schäden aufklärte: ein großes Loch im Rumpf, mehrere gekappte Taue, dazu einige Risse in der Hülle des Flugkörpers. Wenn sie nicht doch noch riskieren wollten abzustürzen, mussten die Gefährten möglichst rasch zum Erdboden zurückkehren.

Ein einigermaßen sicheres Versteck zu finden, erwies sich in der Dämmerung als schwierig – sie fanden es schließlich auf einer Waldlichtung, die an einem Hang gelegen war, der jedoch flach genug war, um die Gondel darauf zur Landung zu bringen.

Indem sie das Feuer in der Esse löschten, brachten die Gefährten das Luftschiff zum Sinken. Mit leisem Rauschen glitt es durch den abendlichen Nebel, der vom Boden aufstieg. Dwethan steuerte, während Ferghas und Lyrx weiter die Augen offen hielten. Wer vermochte zu sagen, ob dort draußen in der Dämmerung nicht noch weitere Schattendrachen lauerten?

Gesprochen wurde nur das Nötigste.

Jeder der Gefährten war mit eigenen Gedanken beschäftigt, zu sehr steckte ihnen die Begegnung mit den Bestien noch in den Knochen – und der Verlust ihres Gefährten. Noch immer hatte Dag Henquists entsetzlichen Schrei in den Ohren, musste er an die letzten Augenblicke im Leben des Freundes denken – das er selbst beendet hatte. Ihm war klar, dass sein Vater ihm dafür auf die Schulter geklopft und ihm gesagt hätte, dass er nun endlich ein Mann geworden sei, und auch Henquist selbst hätte es sicher nicht anders gewollt. Die Sache war nur, dass Dag sich trotzdem elend fühlte. Einer seiner Männer war gestorben, einen sinnlosen und grausamen Tod, und daran würde sich Dag wohl niemals gewöhnen.

Das Luftschiff sank immer tiefer, der Dämmerung und den Baumwipfeln entgegen, die es schließlich schützend aufnahmen. Das Aufsetzen auf der leicht abschüssigen Wiese war härter als erwartet. Rammar, obschon von allen am besten gepolstert, verfiel erneut in eine Schimpfkanonade, in der sich wohl nicht so sehr sein Zorn über die missglückte Landung Bahn brach, als vielmehr die durchlittene Furcht.

»Ich habe gleich gewusst, dass es ein Fehler ist, mit euch zu kommen! Nicht viel hätte gefehlt, und die *uchl-bhuurz'hai* hätten uns den *asar* aufgerissen. Und wofür das alles? Für einen braunen *shnorsh*! Ihr Milchgesichter habt uns Orks noch nie etwas anderes als Ärger gebracht!«

Die Gondel wackelte heftig, als er von Bord sprang, und es folgte ein Geräusch, das nach einem sich im Dreck suhlenden Keiler klang – womöglich ein orkisches Ritual, vermutete Dag.

»Aye, zumindest in einer Hinsicht hat der Unhold recht«, pflichtete Ferghas bei, »es war verdammt knapp.«

»Das war es«, stimmte Dwethan zu, »und ich bedaure sehr, dass wir einen Kameraden verloren haben. Diese Schattendrachen haben uns gezielt angegriffen, und sie scheinen aus ihren Fehlern zu lernen … Wir werden uns künftig noch mehr vorsehen müssen. Am besten, wir legen nur noch kurze Distanzen mit dem Luftschiff zurück, wir können es nicht mehr riskieren …« Der Druide sprach nicht mehr weiter. »Was ist?«, wollte er stattdessen wissen.

»Ihr … habt Euch verändert«, stellte Ferghas fest. Befremden sprach aus der Feststellung, vielleicht auch ein wenig Beunruhigung.

»Nein«, wehrte Dwethan ab. »Ihr seht mich nur mit anderen Augen als zuvor.«

»Was soll das heißen?«, wollte Lyrx wissen, dem ebenfalls eine Veränderung aufgefallen zu sein schien.

Dwethan seufzte tief. »Dass ich seit der Konfrontation mit den Schattendrachen nicht mehr die Kraft habe, den Blendzauber aufrechtzuerhalten.«

»Den Blendzauber?«, fragte Dag verwirrt.

»Was heißt das?«, knurrte Ferghas. »Hast du uns getäuscht?«

»Nein … und ja«, lautete die verblüffende Antwort. »Ich tat es nicht, weil ich eine böse Absicht verfolgte, sondern nur, um euch vor zu viel Wissen zu bewahren.«

»Und … in welcher Hinsicht habt Ihr uns getäuscht?«, wollte Dag wissen.

»Da fragst du noch?« Rammar schien des Suhlens müde geworden zu sein und watschelte wieder herbei. »Ich habe von Anfang an gewusst, dass etwas nicht stimmt mit dem alten Knaben. Euch *umbal'hai* mag er getäuscht haben, aber nicht Rammar den schrecklich Rasenden!«

»W-wovon sprichst du?«, fragte Dag verwirrt.

»Diese schmalen Augen, die spitzen Ohren – der Knochensack ist ein Schmalauge!«

»E-ein Schmalauge?«, stammelte Dag. »Soll heißen, dass der Druide …?«

»Ganz richtig«, bestätigte Dwethan, noch ehe Dag die Frage zu Ende formulieren konnte. »Ich bin ein Elf, meine Freunde – der letzte in ganz Erdwelt.«

II

Als Bertin die Augen aufschlug, hätte er sich am liebsten gleich wieder in den hintersten Winkel seiner Ohnmacht verkrochen.

Er wusste weder, wie er hierhergelangt war, noch wo er sich befand – aber ihm war klar, dass dies der letzte Ort in ganz Erdwelt war, an dem er in diesem Augenblick sein wollte. Jeder einzelne Knochen in seinem Körper schmerzte, was daran lag, dass seine Handgelenke in Eisen lagen und er wie geschlachtetes Vieh von der Decke eines Gewölbes hing, das dunkel war und in dem es erbärmlich stank. Flackernde Feuer verbreiteten unwirklichen Schein. Schienen führten über den Boden, was vermuten ließ, dass sich das Gewölbe am Ende eines Minenstollens befand.

Und Bertin war nicht allein.

Auch Dankrad und Waldrada waren da, wie er in Ketten gelegt und von der Decke baumelnd. Dankrad blutete heftig aus einer Kopfwunde, die er im Kampf davongetragen hatte. Waldrada war zwar bei Bewusstsein, doch die Zwergin sah fürchterlich aus. Ihre Rüstung hatte man ihr genommen, ihre Kleider waren zerschlissen, das Gesicht von Blessuren übersät. Ganz offenbar war sie gefoltert worden – und der Mann, der dies fraglos zu verantworten hatte, stand vor ihnen und starrte sie grinsend an.

Am Leben.

Unversehrt.

Hohnlachend.

»Hast du dich entschlossen, unter die Lebenden zurückzukehren?«, erkundigte sich Ansgar bei Bertin. »Das ist mutig von dir – wenn auch nicht sehr klug.«

»Tu mir einen Gefallen«, würgte Bertin und spuckte das schale Blut aus, das er im Mund gehabt hatte, »und halte einfach dein verräterisches Maul.«

»Bertin Zwergenhammer«, sagte der Anführer der Alchemisten nur, die Beleidigung überging er. »Das ist doch dein Name, oder?«

Bertins Antwort bestand aus einer weiteren Ladung Blut, die er dem Oberhaupt der Alchemisten vor die Füße spuckte. Was Ansgar wusste, hatte er vermutlich von Waldrada erfahren, auf der Folterbank. Die Frage war, was sie noch preisgegeben hatte …

»Ihr Rebellen seid so störrisch, so uneinsichtig!«, ereiferte sich Ansgar. »Wärt ihr in der Lage, über eure Beschränktheit hinauszublicken, so würdet ihr begreifen, dass wir am Beginn eines neuen Zeitalters stehen, statt diesen sinnlosen Kampf zu führen gegen Dinge, die ihr doch nicht aufhalten könnt. Euer Blick ist rückwärtsgewandt – der Alchemie jedoch gehört die Zukunft! Donnerbüchsen, Zornbomben und dampfgetriebene Kampfmaschinen sind erst der Anfang! Wir haben das Tor zu einer neuen Zeit aufgestoßen, während ihr in der Vergangenheit verhaftet seid.«

»Und? Was ist schlecht daran?«, wandte Bertin mühsam ein. Jedes einzelne Wort kostete Kraft, aber er wollte die Rede des Verräters nicht unwidersprochen lassen. »Unserem Volk ist es einmal gut gegangen.«

»In der Vergangenheit war das Volk des Berges schwach«, widersprach der Anführer der Alchemisten. »Es hat erst wieder Bedeutung erlangt, als Winmar anfing, sich mit einer Macht zu verbünden, die ihm tatsächlich geben konnte, wonach er begehrte – obgleich ich fürchte, dass er die Möglichkeiten, die sich ihm boten, nie in vollem Umfang erkannt hat.«

»Anders als du«, mutmaßte Bertin mit beißendem Sarkasmus.

»Natürlich – denn ich vernehme die Stimme ebenso, wie unser geliebter Herrscher sie einst vernommen hat.«

»Die Stimme?« Bertin starrte Ansgar verständnislos an. In seinen Ohren hörte es sich an, als habe der Statthalter von Gorta Ruun den Verstand verloren – und vermutlich war genau das der Fall.

»Die Stimme aus der vergessenen Zeit … die Jahrtausende überdauert hat … die aus der Tiefe zu uns dringt«, erwiderte Ansgar, als würde das alles erklären. »Die Stimme, die all jene hören, die auserwählt sind und willens, in eine neue Zukunft zu schreiten!«

Bertin verzog das Gesicht, was ihm einige Schmerzen bereitete. Was er hörte, bestätigte nur seinen Verdacht, dass der Alchemist dem Wahnsinn verfallen war, genau wie Winmar vor ihm. Oder war da womöglich tatsächlich eine dunkle, unheimliche Macht, die hinter alldem stand und der sie verfallen waren?

»Winmars Fehler war seine Eitelkeit«, fuhr Ansgar fort. »Er glaubte, dass alles nur seinetwegen geschah, der typische Traum eines kleinen Mannes, dessen Verstand sich im Größenwahn verloren hat. Es blieb anderen überlassen, die Wahrheit hinter alldem zu sehen.«

»Alles, was ich sehe, ist ein kahlköpfiger dürrer Zwerg im Umhang, der hier steht und eine Menge Unsinn erzählt«, konterte Bertin.

»Weil du ebenso kleingeistig bist wie die meisten unseres Volkes«, hielt der Alchemist dagegen. »Ihr alle fürchtet euch davor, die Grenzen des Bekannten zu überschreiten, dabei ist genau das stets die Stärke unseres Volkes gewesen. In unbekannte Regionen sind wir vorgestoßen, haben tiefer hinabgegraben und immer tiefer …«

»Wo sind wir hier?«, wollte Waldrada wissen. »Ich kenne diesen Ort nicht!«

»Natürlich nicht, Weib. Es ist ein geheimer Stollen, den Winmar hat graben lassen, weil die Stimme es ihm befohlen hatte. Er hat ihn den Stollen Zor genannt, nach der vermeintlich letzten Rune des zwergischen Alphabets – dabei gibt es noch viele andere Zeichen, von denen allerdings nur noch wenige Eingeweihte etwas wissen.«

»Alchemistenpack! Giftmischer! Dunkelzwerge!«, begehrte Bertin auf. »Es gibt einen Grund, warum all diese Dinge vergessen wurden!«

»Aber sicher gibt es den – den Kleinmut der Zwerge und ihre Unfähigkeit, die Dinge in einem neutralen Licht zu sehen. Davon abgesehen, gibt es keinen Anlass, sich gegen dieses geheime Wissen zu wehren, denn es erweitert den Geist und macht uns mächtiger als alle anderen Kreaturen Erdwelts.«

»Aber es verdirbt uns auch!«, wandte Waldrada verzweifelt ein. »Wir Zwerge haben ganz Erdwelt in Angst und Schrecken gestürzt!«

»Was für ein geistloses Geschwätz!« Ansgar schüttelte den Kopf. »Du wärst besser bei deinen Kochtöpfen geblieben, Weib, davon verstehst du hoffentlich mehr.«

»Waldrada ist eine Kriegerin!«, widersprach Bertin wütend. »Sie hat im kleinen Finger mehr Ehre als du in deinem ganzen verkommenen Leib, du Speichellecker!«

»Dafür hältst du mich?« Ein gefährliches Grinsen spielte um die fahlen, im Fackelschein leuchtenden Gesichtszüge des Alchemisten. »Dann, fürchte ich, werde ich dir etwas zeigen müssen – nämlich wie es dem vermeintlichen Speichellecker mühelos gelingt, aus bisswütigen Aufständischen gehorsame Diener zu machen. Bringt den Verwundeten«, wandte er sich an seine Untergebenen, die in ihren schwarzen Kutten im Halbdunkel kaum auszumachen waren.

Sofort traten zwei von ihnen heran und ketteten den halb bewusstlosen Dankrad los, der, kaum von seinen Fesseln befreit, sofort zusammenbrach. Was auch immer sie mit ihm vorhatten, er würde es nicht überleben.

»Halt!«, rief Bertin und rasselte mit den eigenen Ketten, um auf sich aufmerksam zu machen. »Nehmt mich an seiner Stelle! Ich bin besser bei Kräften als er!«

»Wie edel von dir.« Ansgar nickte in geheuchelter Anerkennung. »Sei unbesorgt, ich werde mich auch deiner bald besinnen. Aber zunächst möchte ich, dass du dir etwas ansiehst, denn ich werde dir wahre Macht demonstrieren!«

Er rief seine Anhänger dabei, die sich in ihren schwarzen Roben um eine Öffnung versammelten, die in der Mitte des Gewölbes im Boden klaffte und die ganz offenbar eine jener Bomben gerissen hatte, die die Alchemisten zu bauen verstanden – Waffen von entsetzlicher Zerstörungskraft, die erstmals in der Schlacht um Ansun zum Einsatz gekommen waren und die Niederlage der Menschen besiegelt hatten.

Die Alchemisten verfielen in dumpfes Gemurmel – vermutlich eine Beschwörungsformel, die Bertin nicht verstand, weil sie in einer alten, vergessenen Sprache gehalten war. Und plötzlich – der Anführer des Widerstands traute seinen Augen nicht – begann die Schwärze in jenem Pfuhl zu wabern, so als bestünde sie nicht nur aus Dunkelheit, sondern wäre etwas Lebendiges.

»Was …?«, rief Waldrada, ebenso entsetzt wie Bertin selbst. Doch die einzige Antwort, die Ansgar ihnen gab, war höhnisches Gelächter.

Dann nickte er den beiden Kerlen zu, die Dankrad losgekettet hatten, und sie zogen ihn auf die Beine und führten ihn zu dem Pfuhl. Dankrad torkelte, konnte sich kaum auf den Beinen halten, und es zerriss Bertin das Herz in der Brust, den Freund so zu sehen.

»Nicht, lasst ihn!«, protestierte er aus Leibeskräften, aber niemand achtete auf ihn – und im nächsten Moment wurde Dankrad über die Abbruchkante in den Pfuhl gestoßen.

»Ihr Scheusale!«, schrie Waldrada außer sich und riss wie von Sinnen an ihren Fesseln. »Ihr elenden Scheusale!«

Ansgar lachte nur.

Im nächsten Augenblick loderten Flammen aus der Tiefe des Schachts empor, aber sie waren nicht orangerot, sondern giftig grün, und es ging keinerlei Hitze von ihnen aus. Dafür drangen Schrei aus der Tiefe – Dankrad! Was auch immer dort unten vor sich ging, er litt grässliche Qualen.

»Hört damit auf!«, schrie Waldrada so laut, dass sich ihre Stimme überschlug. »Hört sofort damit auf …!«

Tatsächlich verstummten die Schreie nach einer Weile, aber Bertin bezweifelte, dass dies ein gutes Zeichen war. Auch das Gemurmel der Alchemisten hatte ausgesetzt, und aller Augen waren wie gebannt auf den Pfuhl gerichtet, in dessen wabernden Flammen sich plötzlich etwas regte!

Eine Hand erschien, die sich an den schroffen Abbruch klammerte, dann eine zweite … und schließlich kam die Gestalt eines Zwergs aus der Tiefe empor, der sich mühsam am schroffen Gestein heraufzog.

»Dankrad!«, rief Waldrada hoffnungsvoll, und auch Bertin wollte aufatmen – doch was dort aus der Öffnung kroch, hatte mit ihrem Gefährten nicht mehr viel gemein.

Binnen Augenblicken schien Dankrad um Jahrzehnte gealtert zu sein. Sein Haar und Bart waren grau und stumpf, die Haut hatte die Farbe von Asche angenommen – und in seinen ausdruckslosen Augen lag ein kaltes gelbes Leuchten.

Wie ein widerwärtiges Insekt krabbelte er aus dem Loch

und den grünen Flammen, schleppte sich unter Aufbietung seiner letzten Kräfte noch ein Stück weit über den Boden, ehe er zusammenbrach.

»Dankrad!«, rief Waldrada, und Bertin riss instinktiv an seinen Fesseln, um dem Freund zu Hilfe zu kommen – doch die Eisen schnitten dadurch nur noch tiefer in seine Gelenke und bereiteten ihm höllische Schmerzen.

Er sog nach Luft, um Ansgar und die anderen Alchemisten mit üblen Beschimpfungen zu überziehen – als noch etwas aus den Flammen kam. Etwas, das zunächst keine feste Kontur hatte, sondern nur wie schwarzer Rauch aussah, sich jedoch im nächsten Moment verdichtete. Und wie schon im Thronsaal sah sich Bertin einem furchterregenden Schemen gegenüber, einem Schatten mit glühenden Augen, der eine schwere Rüstung und eine mörderische Axt trug – und er begriff.

Dieser Schattenkrieger hatte dort unten in jenem Loch gelauert. Und er war zum Leben erwacht, weil Dankrads Leben ein jähes Ende gefunden hatte. Diese Schemen, einer wie der andere, ernährten sich von der Lebenskraft jener, die ihnen zugeführt wurden! Das war das dunkle Geheimnis von Gorta Ruun – und die Antwort auf die Frage, was mit jenen Elenden geschehen war, denen sie im Stollen begegnet waren.

Ihr Geist und ihr Lebenswille waren ihnen genommen, Schattenkämpfer an ihrer Stelle ins Dasein gerufen worden, die Präsenzen dunkler Krieger, die vermutlich schon vor unendlich langer Zeit ihr Leben gelassen hatten, in Schlachten, die am Anbeginn der Geschichte geschlagen worden waren, als Gut und Böse um den Besitz von Erdwelt kämpften …

»Ah«, machte Ansgar voller Genugtuung. »Deiner Reaktion entnehme ich, dass du langsam zu verstehen beginnst, Bertin, Sohn des Drogo. Was auch immer Winmar getan hat, es war nur der Anfang. Dies, mein rebellischer Freund«, erklärte er, auf den Schatten deutend, der sich drohend vor ihnen aufbaute, »ist wahre Macht – die Macht, die Schatten der Vergangenheit zurückkehren und eine neue Herrschaft errichten zu lassen.«

»Du bist wahnsinnig!«, schrie Bertin ihn an, von Entsetzen geschüttelt. »Du hast nicht nur deine eigene Art verraten, sondern alle Sterblichen!«

»Der Stimme gehört die Zukunft«, hielt der Alchemist dagegen, »das zu leugnen wäre Wahnsinn. Dies ist erst der Anfang. Schon bald werden wir noch mehr Krieger ins Leben rufen, eine ganze Legion unbesiegbarer Schatten!«

»Wahnsinniger! Für jede dieser Kreaturen muss ein Sohn oder eine Tochter des Berges das Leben lassen!«

»So hat es die Stimme befohlen«, gestand Ansgar mitleidlos. »Der Fortschritt verlangt Opfer – und es gibt nichts, das sich ihm entgegenstellen kann.«

12

Nagaya.

Als Dado aus der Trance erwachte, in die er kopfüber gestürzt war wie in einen tiefen Brunnenschacht, war dieser Name das Erste, was ihm in den Sinn kam.

Nagaya.

So hieß die geheimnisvolle Schlangenfrau, in deren Gewalt sich Runward und er befanden. Irgendwann, während sie in seine Gedanken eingedrungen war, war ihm das offenbar geworden – an mehr jedoch konnte er sich nicht erinnern. Weder vermochte er zu sagen, wie lange der Zustand gedauert hatte, in den ihn der Blick der Schlangenfrau versetzt hatte, noch konnte er sich entsinnen, was genau er gesagt und ihr verraten hatte.

Er schlug die Augen auf, blinzelte in das Tageslicht. Runward kauerte noch immer an der Fichte. Die tätowierte Miene war verkniffen, sein Blick stur geradeaus gerichtet.

»Runward, ich ...«, begann Dado – doch der Schmied schüttelte nur den Kopf.

»Schweig«, beschied er ihm hart. »Du hast schon genug ausgeplaudert, Verräter!«

Die Worte schmerzten. Die Frage, was genau geschehen war und wie viel er Nagaya verraten hatte, beschäftigte Dado jetzt noch mehr als zuvor. Er blickte sich auf der Lichtung um, aber sie waren allein. Die Schlangenfrau war verschwunden, und Dado wusste nicht, ob er darüber bestürzt oder erleichtert sein sollte. »Runward«, versuchte er eine Erklärung, »du weißt nicht, wie das ist. Sie … sie war in meinem Kopf. Ich hatte keine Wahl.«

»Man hat immer die Wahl.«

»Und das sagst ausgerechnet du? Nachdem du dich geweigert hast, Bertin und die anderen zu begleiten? Nachdem du nach unserer Flucht nicht einmal zurückkehren wolltest?«

Jetzt wandte der andere doch den Blick und sah Dado direkt an. »Was ich getan habe, tat ich zu unser aller Wohl.«

»Zu unser aller Wohl? Du hast die anderen im Stich gelassen!«

»Ich habe getan, was ich für richtig hielt. Ich sah keinen Sinn darin, mein Leben für eine Mission wegzuwerfen, die von Anfang an nicht die geringste Aussicht auf Erfolg hatte. Und ich habe auch nie behauptet, dass ich nicht zum Widerstand zurückkehren will. Aber bisweilen ist es besser, seine Wunden zu lecken und Kräfte zu sammeln, ehe man wieder auf das Schlachtfeld zurückkehrt. Du hingegen hast unseren Freunden in Gorta Ruun Schaden zugefügt.«

»Wodurch? Die Schlangenfrau ist nicht unser Feind!«

»Und das glaubst du ihr?« Runward lachte auf. »Ihre ganze Erscheinung stinkt nach schwarzer Magie, nach dem dunklen Zauber, den die Alchemisten treiben – und du hast ihr alles verraten! Unsere Anzahl, unsere Stärke, unsere Verstecke, unsere Namen – einfach alles.«

Dado biss sich auf die Lippen.

Er war sich nicht darüber im Klaren gewesen, dass es so weit gegangen war. Es war, als hätte er nicht nur seine Waffen, sondern auch noch Schild und Rüstung verloren. Nun war er ohne Schutz – ebenso wie jene, die ihm vertraut hatten …

»Ich habe lediglich meinen Hals gerettet«, knurrte Runward. »Bertin und die anderen waren ohnehin verloren, mit oder ohne meine Hilfe. Du hingegen hast alle verraten – und es wird dir noch nicht einmal etwas nützen. Denn wenn das Schlangenweib mit uns fertig ist, wird es uns töten, das steht fest.«

»D-das wollte ich nicht«, beteuerte Dado.

»Natürlich nicht. Die größten Katastrophen geschehen oft aus bester Absicht. So viel zu deinen Idealen, Jungchen.«

Dado biss sich auf die Lippen. Tränen standen ihm in den Augen, er wusste nicht, was er sagen sollte, um sich zu rechtfertigen. »Wo ist sie?«, fragte er schließlich.

»Weiß nicht.« Der Schmied zuckte mit den breiten Schultern.

»Ist sie schon lange weg?«

»Lange genug, um Ansgars Schergen zu berichten, was du ihr gesagt hast. Vermutlich sind sie schon unterwegs.«

»Das wollte ich nicht«, wiederholte Dado und schloss die Augen, in denen heiße Tränen brannten. »Das wollte ich wirklich nicht.«

»Ein Held zu sein, ist wohl nicht so einfach, wie du dir das vorgestellt hast, was?« Runward lachte voller Bitterkeit, als sich das Gebüsch ringsum plötzlich teilte.

Zwei Dutzend abgerissene Gestalten traten aus dem Unterholz, die grüne Waldkleidung oder lederne Rüstungen trugen. Bewaffnet waren sie mit Klingen und Speeren, aber auch mit Bogen und Blasrohren, die zweifellos jene giftgetränkten Pfeile enthielten, die die Flüchtlinge zu Beginn niedergestreckt hatten. Ihre Mienen waren mit Ruß geschwärzt, um sie im Wald vor neugierigen Blicken zu verbergen. Am meisten verblüffte Dado jedoch, dass sie keine Zwerge waren, sondern Menschen. Menschen, die ausgezehrt wirkten, von denen viele missgestaltet waren oder verkrüppelt – und aus deren Mienen doch eiserne Entschlossenheit blickte.

»Wer seid ihr?«, wollte er wissen. »Eine Räuberbande?«

Eine Antwort erhielt er nicht, dafür kam noch eine Gestalt aus dem Dickicht – Nagaya. Lautlos glitt die Schlangenfrau in den Kreis der Bewaffneten und wandte sich den beiden Zwergen zu. Dado hatte das Gefühl, dass ihr Blick wohlwollender war als zuvor. Ein Rest von Feindseligkeit allerdings war geblieben – oder lag es nur daran, dass er sich nicht recht an die gelben Reptilienaugen gewöhnen konnte, die ihn aus dem Gesicht einer Menschenfrau ansahen?

»Und?«, fragte er. »Hast du erfahren, was du wissen wolltest?«

»Allerdings.« Sie nickte. »Ich weiß jetzt, dass du die Wahrheit gesprochen hast. Ihr beide gehört tatsächlich dem Widerstand gegen die Alchemisten an, und Bertin Zwergenhammer ist euer Anführer.«

»Und was nun? Wirst du uns an Ansgar verraten?«

Die Schlangenfrau lachte auf, dann wandte sie sich Runward zu. »Allem Anschein nach, Zwerg, ist dein Gift noch um vieles wirkungsvoller als das meine.«

»Was meinst du damit?«

»Misstrauen, Hass und Zwietracht – diese Gifte verspritzt ihr allenthalben, und sie richten größeren Schaden an, als meine Art es jemals könnte. Und doch wurden wir gejagt und verfolgt. Sei dankbar, Zwerg, dass ich bei dir nicht die Maßstäbe anlege, nach denen du andere bemisst.«

Runward erwiderte nichts darauf. Seine tätowierte Miene war noch verkniffener als zuvor.

»Dann – stehst du nicht in Ansgars Diensten?«, fragte Dado hoffnungsvoll.

»Habe ich dir nicht meinen Namen genannt?«, fragte die Schlangenfrau dagegen, als würde das alles erklären.

»Nagaya.« Er nickte.

»Dies«, stellte sie die Bewaffneten vor, »sind Nagayas Kinder, die Nathiri. Es sind Ausgestoßene – entlaufene Sklaven, zu Unrecht Verfolgte, Kriegsflüchtlinge und andere. Menschen, denen alles genommen wurde und die außer ihrem Leben nichts mehr zu verlieren haben, genau wie ihr. Bei mir haben sie eine neue Heimat gefunden und einen neuen Lebenssinn.«

»Nämlich?«, wollte Dado wissen.

»Sich an ihren Peinigern zu rächen.«

»Du sprichst von den Alchemisten?«

»Das Unrecht in Erdwelt hat viele Namen«, erwiderte die Ormkja ausweichend. »Die Streitigkeiten von euch Zwergen haben mich nie besonders interessiert. Doch dann musste ich erfahren, dass Gorta Ruun der Schlüssel ist.«

»Der Schlüssel?« Dado hob die buschigen Brauen. »Wofür?«

»Um das Böse zu bekämpfen, das sich in Erdwelt breitgemacht hat«, entgegnete sie. »Unser Krieg gilt denselben Mächten, denen auch euer Krieg gilt.«

»Also – werdet ihr uns freilassen?«, fragte Dado hoffnungsvoll.

»Wenn ihr uns dafür in die Festung bringt.«

»Was wollt ihr dort?« Dado blickte sich auf der Lichtung um. »Ihr seid zu wenige. Ansgars Wachen werden euch niedermetzeln, ehe ihr auch nur …«

»Das überlasse ruhig mir«, versicherte Nagaya.

»Von wegen«, ereiferte sich Runward. »Du führst doch etwas im Schilde, Schlangenweib! Was willst du in Gorta Ruun?«

»Ein Tor öffnen«, erwiderte die Ormkja schlicht. »Für jene, die nach uns kommen.«

»Von wem sprichst du? In wessen Diensten stehst du?«

Nagaya straffte sich und hob stolz das Haupt. »Eine Nathaira steht in niemands Diensten«, stellte sie klar. »Aber ich habe Verbündete – und sie haben herausgefunden, dass

Gorta Ruun die Wurzel des Übels ist! Das Loch, aus dem all die Ratten kriechen, die Erdwelt zu verseuchen drohen.«

»Da-das verstehe ich nicht«, beteuerte Dado, der sich fragte, ob ein Zusammenhang zu dem bestand, was seine Gefährten und er im inneren Kern gesehen und erlebt hatten. Aber konnte er deshalb einer feindlichen Macht Zugang zu seiner Heimat gestatten? »Wer sind eure Verbündeten?«

»Dwethan der Zauberer.«

»Nie von ihm gehört«, knurrte Runward.

»Und Daghan, der Sohn und Erbe des Reiches Ansun – und Freund eures Anführers Bertin Zwergenhammer!«

»Pah!«, machte Runward. »Was für eine dreiste Lüge! Als ob Bertin unter den Menschen Freunde hätte!«

»Sie sagt die Wahrheit«, versicherte Dado aufgeregt. »Vor etwa zwei Wintern begegnete Bertin einer Schar von Menschen, die sich nach Gorta Ruun geschlichen hatten und denen er zur Flucht verhalf.* Ihr Anführer war ein Mann namens Daghan von Ansun.«

»Woher weißt du das?«

»Daghan selbst hat es mir erzählt«, erwiderte Dado, der plötzlich unsagbare Erleichterung verspürte. »Aber – wenn du wusstest, dass Daghan und Bertin Freunde sind, warum hast du nichts davon gesagt?«, wandte er sich an Nagaya.

»Hättet ihr mir denn geglaubt?«, fragte die Schlangenfrau berechtigterweise dagegen. »Außerdem musste auch ich zuerst sichergehen, wer ihr beide seid.«

»Und Daghan von Ansun will Gorta Ruun angreifen?«

»Ja.«

»Woher weißt du das? Wo ist er?«

»Er ist auf dem Weg hierher«, versicherte die Schlangenfrau. »Und der Zauberer hat mir aufgetragen, einen Weg ins

* siehe DIE KÖNIGE

Innere von Gorta Ruun zu finden und ein Tor für die Angreifer zu öffnen. Nur deshalb bin ich hier.«

»Ich verstehe.« Dado nickte, und selbst Runward widersprach nicht mehr. Plötzlich schien alles Sinn zu ergeben …

»Werdet ihr uns helfen?«, wollte sie wissen und sah die beiden Zwerge herausfordernd an.

Dado brauchte nicht lange zu überlegen.

»Das werden wir«, versicherte er. »Und nicht nur wir.«

13

Es ist also schon einmal passiert?«

Aryanwen glaubte, nicht recht zu hören. Fragend sah sie Balbok ins schmale grüne Gesicht.

»*Korr*«, bestätigte der Ork, wobei nicht recht zu erkennen war, ob er sich dafür schämte oder stolz darauf war, etwas zu wissen, das die anderen nicht wussten.

»Wann? Und wo?«

»In Shakara«, eröffnete Balbok. »Diese barbarischen Milchgesichter waren Rammar und mir auf den Fersen, und sie hätten uns gekriegt, wenn da nicht plötzlich eine Wand gewesen wäre – eine Wand aus purem *duuchg*.«

»Aus Eis«, übersetzte Catriona, während sie der kleinen Gruppe vorausging und ihre Klinge dazu benutzte, einen Weg durch das dichte Unterholz zu bahnen.

Die Gnomen hatten noch eine ganze Weile lang erfolglos versucht, die Wand aus Eis einzureißen. Und da sie zwar ebenso gefährliche wie grausame, aber auch ziemlich einfältige Kreaturen waren, hatten sie sich bei Einbruch der Dunkelheit zurückgezogen – auf die Idee, es mit Feuer zu versuchen, waren sie glücklicherweise nicht gekommen.

Über Nacht war der Eisblock so weit geschmolzen, dass Balbok ihn beiseiteschieben konnte. Der Ork war der Erste gewesen, der sich aus der Höhle gewagt und nachgesehen hatte, ob die Luft rein war. Tatsächlich war von den Gnomen nichts mehr zu sehen gewesen – eingeschüchtert hatten sie das Weite gesucht. Das Floß hatten sie mitgenommen, aber nach den schlechten Erfahrungen des Vortags hätten die Gefährten es ohnehin nicht mehr benutzt. Stattdessen hatten sie ihren Weg nach Süden zu Fuß fortgesetzt in der Hoffnung, nicht noch mehr Kreaturen zu begegnen, die ihnen nach dem Leben trachteten. Diese Hoffnung war bislang aufgegangen – die Frage allerdings, was es gewesen war, das sie in jener Höhle vor dem Blutdurst der Gnomen bewahrt hatte, blieb bestehen …

»Wenn so etwas schon einmal geschehen ist«, sponn Aryanwen den Gedanken weiter, »wenn schon einmal solch ein Schild aus Eis aufgetaucht ist, um euch vor Schaden zu bewahren, so muss es einen Zusammenhang geben.«

»Korr«, stimmte Balbok zu – das leuchtete selbst ihm ein. »Aber du brauchst mich nicht so anzusehen, Königin. Ich habe ganz bestimmt nichts damit zu tun. Ich«, erklärte er und deutete dabei auf seine schmale Brust, »bin nämlich ein Ork aus echtem Tod und Horn – und wir verabscheuen jede Art von *dhruurza*.«

»Ich weiß«, versicherte Aryanwen, die hinter dem großen Unhold ging und die Nachhut der kleinen Gruppe bildete. »Ich weiß, dass Orks nichts übrighaben für Zauberei. Aber wenn es schon einmal geschehen ist und du es nicht gewesen bist, dann würde das bedeuten, dass …« Sie sprach nicht weiter, blickte stattdessen zweifelnd zu ihrer Tochter hinauf, die von Balbok auf dem Rücken getragen wurde.

»Mutter … Mama«, krähte Alannah von ihrem hohen Sitz herab. Ein unschuldiges Lächeln lag dabei auf ihren fein geschnittenen Zügen.

Aryanwen holte tief Luft, sog die warme Frühlingsluft in ihre Lungen. Konnte es tatsächlich sein? War es möglich?

Sie musste ihren Verdacht überprüfen.

Auf der Stelle.

»Können wir eine Pause einlegen?«, fragte sie.

Catriona vorn an der Spitze blieb stehen. Mit einem Blick zum Himmel schätzte sie die Tageszeit.

»Die Jagdgründe der Gnomen haben wir inzwischen wohl hinter uns gelassen«, überlegte sie. »In zwei bis drei Tagen müssten wir den Blaufluss erreichen, in den das Eiswasser mündet, von dort ist es nicht mehr weit bis Suln. Dann wird der Marsch weniger beschwerlich ... Einverstanden, suchen wir uns eine Lichtung und gönnen uns ein wenig Rast.«

Sie gingen noch ein kurzes Stück, bis sie einen Platz fanden, den die Clanskriegerin als geeignet erachtete. Die beiden Frauen ließen die Proviantsäcke sinken, die sie bei sich trugen, und Balbok stellte die Trage ab und ließ die kleine Alannah herausklettern. Dann setzte sich der Ork ins weiche Moos und begann mit gleichmütiger Miene, den *saparak* zu schleifen, während Catriona auf die Überreste eines abgestorbenen Baumes kletterte, von wo sie die nähere Umgebung im Blick behalten konnte. Auch Aryanwen ließ sich nieder, obwohl es ihr eigentlich gar nicht darum ging, sich auszuruhen.

Ihr Interesse galt einzig und allein ihrer Tochter ...

»Balbok«, bat sie den Ork, »könntest du bitte für mich übersetzen?«

»Korr«, erklärte der Unhold, der sich zur Stärkung ein Stück Pökelfleisch ins Maul geschoben hatte, auf dem er geräuschvoll herumbiss. »Aber ich glaube, dass sie dich auch so schon ganz gut versteht.«

»Wir werden sehen«, meinte Aryanwen und wandte sich an das Kind. »Alannah?«

Das Mädchen, das mit tapsigen Schritten umhergelaufen war und die Lichtung in Augenschein genommen hatte, kam zu ihr.

»Als wir in dieser Höhle waren und die bösen Gnomen

kamen«, begann sie, und Balbok übersetzte – worauf Alannah etwas auf Orkisch erwiderte. Etwas, das nicht sehr freundlich klang.

»Was hat sie gesagt?«, wollte Aryanwen wissen.

»Das übersetze ich lieber nicht«, wehrte Balbok ab. »Das hat sie von Rammar – und es ist wenig schmeichelhaft für Gnomen«, fügte er erklärend hinzu.

»Ich verstehe.« Aryanwen nickte. »Also«, fing sie noch einmal von vorn an, wobei Balbok wieder übersetzte, »als die Gnomen kamen, da hat uns etwas gerettet, weißt du noch? Ganz plötzlich war da eine Wand aus Eis.«

»Duuchg«, bestätigte das Kind nickend.

Balbok holte Luft, um zu übersetzen, aber Aryanwen winkte ab – dieses Wort kannte sie inzwischen. »Weißt du, woher das Eis so plötzlich gekommen ist?«, fragte sie ihre Tochter.

Alannahs Näschen kräuselte sich, während sie angestrengt nachzudenken schien. *»Douk«*, sagte sie dann und schüttelte den Kopf.

»Weißt du es wirklich nicht? Oder willst du es nur nicht sagen?«

»Douk«, wiederholte das Kind ebenso einsilbig wie rätselhaft.

»Ich frage dich das«, eröffnete Aryanwen leise, »weil ich glaube, dass … dass du es gewesen bist. Du hast das Eis gemacht, nicht wahr?«

»Alannah?« Das Mädchen hob fragend die Brauen und deutete auf sich selbst, womit es belegte, dass Balboks Vermutung richtig war – es schien die Menschensprache bereits ganz gut zu verstehen.

»Ja«, bestätigte Aryanwen. »Ich glaube, dass du das getan hast – wenn ich auch nicht weiß, wie. Ich denke, dass du etwas ganz Besonderes bist, mein Kind«, fügte sie hinzu, worauf die Kleine mit den Schultern zuckte und eine drollige Schnute zog, so als könnte sie kein Wässerchen trüben.

»Ist das dein Ernst?«, fragte Catriona von ihrem hohen Sitz herab.

»Und ob«, versicherte Aryanwen. »Mir ist klar, wie verrückt sich das anhören muss. Aber es ist die einzig logische Schlussfolgerung.« Sie wandte sich wieder dem Kind zu und sah es herausfordernd an. »Kannst du noch einmal Eis machen? Für mich? Gleich hier?«

Alannah legte den Kopf schief. Ihr schien klar zu sein, dass man etwas von ihr erwartete, denn sie zierte sich sichtlich. Dann hielt sie sich ein Nasenloch zu – und blies geräuschvoll einen Batzen Rotz auf den Boden.

Catriona lachte auf.

»Also, Eis ist das nicht«, stellte Balbok fest.

»Nein«, räumte Aryanwen ein. »Kannst du es noch einmal versuchen? Bitte, es ist sehr wichtig!« Sie sah Alannah eindringlich an, die jedoch offenkundig nicht wusste, was von ihr verlangt wurde. Verwirrung stand in ihrem Gesichtchen.

»Ist schon gut«, wehrte Aryanwen ab, die sich plötzlich töricht vorkam. »Vielleicht war es auch eine dämliche Idee. Du kannst jedenfalls nichts dafür, es ist meine …«

»Vorsicht!«, rief Catriona plötzlich – und warf etwas vom Baum herab, das lang war und zischelte …

Eine Schlange!

Aryanwen sprang auf, als das Reptil vor ihr auf dem Boden landete, nur eine Armlänge von Alannah entfernt. Schon richtete sich die Schlange auf, schien jeden Augenblick zubeißen zu wollen – als sie erstarrte.

Eis umhüllte ihren dünnen Körper von einem Moment zum anderen. Eis, das seinen Ursprung offenbar in dem kleinen Mädchen hatte, das auf der Lichtung stand, die Augen starr auf das Reptil gerichtet und die Arme nach ihm ausgestreckt.

»Sieh an«, sagte Catriona nur.

»Hast du den Verstand verloren?«, fuhr Aryanwen sie an, die den Schrecken selbst noch nicht überwunden hatte.

»Der Biss dieser Natter ist nicht tödlich«, rechtfertigte sich die Hochländerin. »Außerdem dachte ich, du wolltest die Wahrheit herausfinden? Jetzt kennst du sie.«

»Aber das heißt nicht, dass …«

»Wie auch immer Alannah das zustande bringt, was auch immer dafür verantwortlich ist – sie kann es nicht bewusst kontrollieren«, stellte Catriona fest. »Vermutlich weiß sie noch nicht einmal wirklich, wozu sie in der Lage ist. Aber wenn sie und die Ihren bedroht werden, so verteidigt sie sich.«

»Korr«, bestätigte Balbok mit stolzem Grinsen. »Sie ist eben ein richtiger Ork.«

Aryanwen beugte sich zu ihrer Tochter hinab, nahm ihre kleinen Hände in ihre und sah Alannah voller Liebe und Erstaunen an. Nichts an der schmächtigen kleinen Gestalt mit dem wirren Haar und den sonnengebräunten Zügen deutete darauf hin, dass sie mit einer derartigen Fähigkeit behaftet war. Im Gegenteil, ihr Blick verriet, dass sie sich selbst wohl am meisten darüber erschrocken hatte. Vermutlich war ihr tatsächlich nicht bewusst, was sie da tat.

»Schon gut«, sprach Aryanwen ebenso sanft und wie beruhigend auf sie ein. »Es ist alles gut, mein Liebling. Da ist nichts, worüber du dir Sorgen machen müsstest. Ich weiß nicht, woher diese Gabe kommt oder aus welchem Grund du mit ihr gesegnet bist. Aber ich bin sicher, dass die Vorsehung dabei ihre Hand im Spiel hatte.«

14

Sie hatten alle befreit.

Kaum waren die Käfige geöffnet, hatten sich auch schon deren Insassen gezeigt – Männer, Frauen, Kinder, die das Pech gehabt hatten, zur falschen Zeit am falschen Ort zu sein und Ringelschwanz' Häschern in die Falle zu gehen. Sogar ein paar Orks und einige Gnomen waren darunter, die jedoch allesamt zu erleichtert über ihre Befreiung gewesen waren, als dass sie auf den Gedanken gekommen wären, übereinander herzufallen. Einige hatten sofort die Flucht ergriffen; andere, die offenbar schon länger in Gefangenschaft gewesen waren, hatten nicht gewusst, was sie mit ihrer zurückgewonnenen Freiheit anfangen sollten. Alured hatte ihnen keine Wahl gelassen, sie hinausgescheucht und das Lagerhaus kurzerhand in Brand gesteckt. Die hell lodernden Flammen, die das nächtliche Smerada erhellt und die Brandwache alarmiert hatten, hatten nicht nur die nötige Verwirrung gestiftet, sodass die befreiten Sklaven fliehen konnten; sie hatten auch ein weithin sichtbares Signal gesetzt. Ein Zeichen dafür, dass keine Kreatur das Recht hatte, einer anderen so etwas anzutun.

Der Gedanke, dass die Frau, die er liebte, ebenfalls in einem solchen Käfig gehaust und all dies hatte durchmachen müssen, war Alured unerträglich. Sein einziger Trost war, dass Catriona nicht in die Sklaverei verkauft worden, sondern dass auch ihr die Flucht gelungen war. Also machte Alured sich auf den Weg nach Norden. Zwar hatte Ringelschwanz behauptet, dass die Sklaven nach Westen geflohen wären, doch seither waren zwei Jahre vergangen. Alured war sicher, dass Catriona sich inzwischen wieder zu Hause bei ihrem Vater befand, in der Sicherheit des Roten Turmes.

Darüber, wie Suvat und er nach Smerada gelangt waren, dachte er inzwischen kaum noch nach. Catriona war am Leben, alles andere war ihm gleichgültig, und er brannte darauf, sie wiederzusehen. Jeden Gedanken daran, dass ihr etwas zugestoßen sein könnte, erstickte er im Keim. Nach Monaten der Hoffnungslosigkeit und des Exils in Tirgas Anar hatte er endlich wieder etwas, woran er glauben konnte und was ihm Mut machte. Und er hatte nicht vor, es sich gleich wieder nehmen zu lassen.

Sie hatten Smerada in nördlicher Richtung verlassen und folgten der Straße, die die »Perle der Ostsee« mit den nördlichen Handelswegen verband. Noch ehe die Straße Ansun erreichte, würde Alured sich gen Osten wenden und die Hügellande durchqueren, um so möglichst rasch das östliche Hochland zu erreichen, wo der Rote Clan sein Territorium hatte. Daran, was er tun würde, wenn Catriona nicht dort war, verschwendete er keinen Gedanken.

Sie *musste* dort sein …

»Ich hätte nie gedacht, dass Erdwelt so groß ist«, staunte Suvat, während sie über die Straße ritten, an den Uferklippen entlang. Zur Linken säumte ein Pinienwald die Straße, zur Rechten bot sich ein atemberaubender Ausblick auf die weite, glitzernde Wasserfläche der See.

»Erdwelt ist sogar noch sehr viel größer«, beschied Alured dem Jungen, der hinter ihm auf dem Rücken des Pferdes saß, das sie in Smerada gekauft hatten. Das Geld hätte auch für zwei Maultiere gereicht, aber da Suvat nicht reiten konnte, hatte Alured kurzerhand entschieden, dass sie sich ein Reittier teilen würden. »Es existieren Länder und Orte, von denen du nicht zu träumen wagst, und Wunder, die du nicht für möglich halten würdest.«

»Zum Beispiel?«, wollte der Junge neugierig wissen.

»Die Wasserfälle von Ansun«, entgegnete Alured, während er sich wehmütig an die alte Heimat erinnerte, die nun in der Hand der Zwerge war. »Wenn abends das Licht der untergehenden Sonne darauffällt, hat man den Eindruck, als würde sich flüssiges Gold aus dem Scharfgebirge ergießen. Oder der Nordwall und seine gewaltigen Hänge aus Eis, die auch im Sommer nicht schmelzen. Oder der Wald von Trowna und seine Haine, die noch auf die Zeit der Elfen zurückgehen.«

»Hast du alle diese Orte besucht?«

»Nicht alle, nein.«

»Aber ich würde sie gerne sehen«, erklärte Suvat versonnen. »Ich würde sie alle gerne sehen.«

»Vielleicht wirst du das, wenn das hier vorbei ist – aber vorerst gibt es Wichtigeres zu tun.«

»Geht es um diese Frau? Catriona?«

»Auch«, räumte Alured ein.

»Und um deine Freunde, nicht wahr?«, fragte Suvat. »Daghan und Aryanwen.«

Alured richtete sich im Sattel auf und blickte verwundert hinter sich. »Woher kennst du ihre Namen?«, fragte er – soweit er sich erinnerte, hatte er Suvat nie etwas darüber erzählt. Schon deshalb nicht, weil er ihn nicht zum Mitwisser von Dingen hatte machen wollen, die ihm schaden konnten, falls sie gefasst würden …

»Du … hast diese Namen öfter erwähnt«, entgegnete Suvat ein wenig beschämt. »Also nahm ich an, dass sie dir wichtig sind.«

»Wann soll das gewesen sein?«, fragte Alured scharf.

»Im Schlaf«, rückte der Junge kleinlaut heraus. »Bitte verzeih, Bruder, ich wollte dich nicht belauschen. Aber wenn du schläfst, murmelst du diese Namen wieder und wieder vor dich hin, fast wie ein Mantra, das man im Tempel betet …«

Alured biss sich auf die Lippen. Eigentlich hatte er gedacht, dass er die Vergangenheit hinter sich gelassen hatte, aber das war wohl nicht der Fall. »Schon gut«, beschwichtigte er, »du hast recht, diese Leute sind meine Freunde – und genau wie ich kämpfen auch sie gegen König Winmar und seine dunkle Macht.«

»Wer sind sie?«

Alured biss sich auf die Lippen. Es hatte keinen Sinn, dem Jungen die Wahrheit tagsüber vorzuenthalten, wenn sie ihm nachts so leicht über die Lippen ging. »Daghan ist der Sohn Herzog Osberts und damit der rechtmäßige Erbe des Throns des Reiches Ansun – und seine Geliebte Aryanwen ist die Tochter König Tandelors und somit die Erbin der Krone von Tirgaslan. Wenn sie eines Tages den Thron besteigen und das Erbe ihrer Väter antreten, so werden die Reiche der Menschen wieder vereint sein, und eine Zeit des Friedens wird anbrechen – falls es jemals dazu kommt. Ich muss die beiden warnen und ihnen von den Dingen berichten, die ich in Tirgas Winmar gesehen habe, vom Schattenkult um dem Dunklen König und von den Menschenopfern, die ihm dargebracht werden. Womöglich wissen sie nichts von diesen Dingen und der Bedrohung, die im Osten erwächst.«

»Und du glaubst, dass sie ebenfalls in Tarnag sein werden?«

»Ich weiß es nicht«, gab Alured zurück. »Aber wenn nicht, wird man dort wissen, wo ich sie finde.«

»Und wenn sie …?«, begann Suvat, aber Alured ließ ihn gar nicht erst ausreden.

»Schweig«, zischte er, »ich will das nicht hören. Sie sind am Leben, und es geht ihnen gut. Hast du verstanden?«

»Verzeih«, bat der Junge abermals. »Ihr seid wohl gute Freunde, Daghan und du?«

»Die besten«, versicherte Alured. »Daghan ist der Herzog von Ansun und damit mein Lehensherr. Aber wir sind auch zusammen aufgewachsen, deshalb ist er wie ein Bruder für mich.«

»Wenn er dein Bruder ist, dann ist er auch mein Bruder«, erklärte Suvat feierlich.

Alured musste lächeln. Die unerschütterliche Treue des Jungen rührte ihn. Vielleicht auch, weil sie ihn an sich selbst erinnerte, vor vielen Jahren … »Hast du kein Heimweh?«, erkundigte er sich. »Willst du nicht zurück zu deiner Mutter?«

»Doch«, versicherte Suvat, »denn ich liebe sie mehr als jeden anderen Menschen auf dieser Welt. Aber genau aus diesem Grund kann ich noch nicht zurückkehren.«

»Was meinst du?«

»Du hast mir das Leben gerettet, Bruder«, erklärte der Junge, »und das gleich mehrmals. Unsere Sitten verlangen es, dass ich bei dir bleibe und die Schuld begleiche.«

»Das brauchst du nicht«, versicherte Alured und drehte sich abermals im Sattel um, um dem Jungen in seine wachen, dunklen Augen zu sehen. »Ich habe keine Familie mehr, du hingegen schon. Wenn du zurückwillst, kann ich das gut verstehen. Ich entbinde dich von deiner Schuld.«

»Das kannst du nicht«, entgegnete Suvat gelassen. »Kehrte ich unverrichteter Dinge zurück, würde ich nicht nur Schande über mich bringen, sondern auch über die Frau, die mich geboren hat – und das kann ich nicht zulassen.«

»Das verstehe ich«, versicherte Alured. »Dann bleib, so lange du möchtest. Aber ich muss dich warnen, mein Freund – sich in diesen Tagen gegen den König aufzulehnen, ist ein gefährliches Geschäft. Ich kann dir nicht versprechen, dass …«

Er verstummte und zog die Zügel an.

Das Pferd, das über die gestampfte Straße getrabt war, kam abrupt zum Stehen.

»Was?«, fragte Suvat flüsternd.

Alured verharrte lauschend.

Er hatte geglaubt, etwas zu hören, ein unheimliches Rauschen wie von dumpfem Flügelschlag …

Einem spontanen Gefühl vertrauend, lenkte er das Pferd von der Straße weg in den Schutz der Pinien, deren weit herabhängende, immergrüne Äste Tier und Reiter vor neugierigen Blicken schützten. Plötzlich fiel ein Schatten auf sie, ein Dunkel, das sie nicht nur sehen, sondern auch fühlen konnten – und als der grässliche Schrei erklang, wusste Alured bereits, dass sie es mit einem Schattendrachen zu tun hatten. Mit einer jener geflügelten, tödlichen Kreaturen, die in der Schlacht an der Engwacht die Entscheidung herbeigeführt und das Ende König Lavans und seiner Flotte besiegelt hatten.

Alured fühlte dieselbe heillose Furcht, die er auch auf dem Schiff verspürt hatte, und es kostete ihn Beherrschung, sie nicht laut hinauszubrüllen. Suvat war in Reglosigkeit erstarrt. Schutz suchend klammerte er sich an Alured, am ganzen Körper zitternd.

Das Rauschen hatte ausgesetzt – der Schatten jedoch blieb bestehen. Offenbar hatte sich die Kreatur oben auf einem der Baumwipfel niedergelassen, an den sie sich klammerte und von wo aus sie mit Argusaugen um sich spähte. Alured konnte nur hoffen, dass das Gewirr der Äste dicht genug sein würde, um ihn und Suvat vor den Blicken des Schattendrachens zu bewahren.

Quälende Stille trat ein, die schwer auf ihnen lastete.

Augenblicke dehnten sich zu Ewigkeiten.

Suvat hielt es nicht mehr aus. »Sie wird uns töten«, wimmerte er. »Dieses Ungeheuer wird uns töten!«

»Das wird es nicht«, flüsterte Alured. »Aber du musst dich still verhalten, hörst du?«

Suvat hörte ihn vermutlich, aber die Furcht des Jungen war größer als alle Vernunft. Statt zu schweigen und darauf zu warten, dass der Schattendrache weiterzog, verfiel er in dumpfes Gemurmel – ein Gebet.

»Still«, zischte Alured. »Das Biest kann uns hören!«

Doch Suvat war nicht in der Lage, darauf zu reagieren. In seiner Not klammerte er sich an das Letzte, das ihm geblieben war, flehte die alten Gottheiten von Arun um Beistand an – vergeblich. Die Äste über ihnen raschelten, und im nächsten Moment brach ein scheußliches schwarzes Haupt mit glühenden Augen und mörderischen Fängen hindurch!

»Verdammt!«

Alured, der auf der Hut gewesen war, gab dem Pferd die Sporen. Das Tier, das die vernichtende Präsenz des Schattens vermutlich noch deutlicher spürte als die Menschen, wieherte und wollte sich panisch aufbäumen, doch Alured behielt die Kontrolle. Er riss den Schecken herum, und wie von einem Katapult geschleudert schoss er die Straße hinab davon.

Mit fürchterlichem Fauchen brach das Monstrum daraufhin durch die Äste, entfaltete die Schwingen und nahm die Verfolgung auf. Pfeilschnell flog es hinter dem Schecken her, den Alured mit allen Mitteln zur Eile antrieb.

Eine wilde Flucht begann.

Dicht über den Hals des Pferdes gebeugt, dessen Hufe den gestampften Boden nicht mehr zu berühren, sondern einfach darüber hinwegzufliegen schienen, jagten Alured und Suvat die Küstenstraße hinab, zur einen Seite der Wald, zur anderen die glitzernde See. Doch so schnell der Schecke auch sein und so sehr Alured ihn auch antreiben mochte – der Schattendrache war noch schneller!

Unter grässlichem Kreischen schoss er hinter ihnen her, getrieben vom Schlag seiner dunklen Schwingen. In dichtem Abstand glitt er über dem Boden, den langen Hals vorgereckt und das fürchterliche Maul weit aufgerissen, bereit, um jeden Augenblick zuzubeißen!

Suvat schrie in wilder Panik, Alured suchte verzweifelt nach einem Ausweg. Wenn sie auf der Straße blieben, würden sie in wenigen Augenblicken tot sein …

Ohne den Schecken zu zügeln, ließ er ihn zur linken Seite ausbrechen, trieb ihn zwischen die Bäume. Instinktiv verlangsamte das Tier seinen halsbrecherischen Lauf, um nicht über Wurzeln und umgestürzte Stämme zu stürzen – während hinter ihm der Schattendrache mit furchtbarer Wucht in das Gewirr der Bäume fegte. Ein paar kleinere Stämme riss er um, und Alured fürchtete schon, er würde sie noch zu fassen bekommen – aber dann steckte die Bestie plötzlich im Unterholz fest und kam nicht mehr weiter.

Zwar reckte sie ihr hässliches Haupt vor und schnappte nach Ross und Reitern, doch ihr Hals war nicht lang genug, und ihre Kiefer bissen ins Leere. Unter wütendem Kreischen schlug sie mit den Flügeln, um wieder freizukommen, dann schwang sie sich wieder in die Luft.

Alured trieb das Tier noch weiter in den Wald, dann wies er Suvat an, abzusteigen. Das Pferd am Zügel führend, drangen sie ins dichte Unterholz vor, wo sie reglos verharrten, heftig atmend und mit pochenden Herzen, zitternd vor irrationaler, namenloser Angst.

Die ersten Augenblicke waren die schwersten.

Furchtsam blickten die beiden nach oben, warteten darauf, dass jeden Augenblick wieder das furchtbare Haupt der Bestie durch das grüne Dach brechen würde.

Aber nichts geschah.

Alured und Suvat harrten weiter aus, zählten die Sekunden.

Und schließlich stellten sie fest, dass der Schatten über dem Wald verschwunden war. Jäh legte sich ihre Furcht, und sie waren wieder zu klaren Gedanken fähig.

»Das war ziemlich knapp«, kommentierte Alured und griff nach der Feldflasche, um seine vor Furcht ausgetrocknete Kehle zu befeuchten.

»E-es tut mir leid«, sagte Suvat und blickte betreten zu Boden. »Ich konnte nicht anders, ich ...«

Alured seufzte. Eben noch war er entschlossen gewesen, den Jungen wegen seines Verhaltens zur Rede zu stellen – schließlich war er es gewesen, der den Schattendrachen auf sie aufmerksam gemacht und sie damit um ein Haar ans Messer geliefert hätte. Aber wie er so vor ihm stand, den Blick gesenkt und mit hängenden Schultern, da konnte er nicht anders, als ihm zu verzeihen. Suvat wusste, was er falsch gemacht hatte, Alured war sicher, dass es nicht wieder vorkommen würde.

»Schon gut«, sagte er deshalb.

»Wi-wirklich?«

Alured nickte und hielt ihm die Feldflasche hin. Der Junge nahm sie dankbar entgegen und trank.

Die schreckliche Wahrheit ahnte keiner von ihnen.

15

Sie waren noch am Leben – und Bertin Zwergenhammer wusste nicht zu sagen, ob dies ein Privileg war oder eine Strafe.

Hilflos hatten Waldrada und er mit ansehen müssen, wie ihr treuer Freund und Gefährte vor ihren Augen zu einem Schatten geworden, wie seine Lebensenergie von etwas übernommen worden war, das die Bezeichnung Kreatur kaum verdiente, war es doch nicht mehr als eine Ansammlung von Dunkelheit, ein Schemen aus ferner Vergangenheit, der wider jede Natur ins Diesseits zurückgekehrt war.

Weder Bertin noch Waldrada fanden Worte dafür. Schweigend kauerten sie im schummrigen Halbdunkel der Zelle, an deren Wand sie gekettet waren, während die schrecklichen Bilder wieder und wieder vor ihrem inneren Auge vorbeizogen. Und jedes Mal waren sie so hilflos wie zuvor.

Waldrada weinte leise.

Es war das erste Mal, dass er, Bertin, die Kriegerin, die stets so stark und ihnen allen ein Vorbild gewesen war, so verzagt erlebte, und es zerquetschte ihm fast das Herz vor Schmerz, während er sich gleichzeitig Vorwürfe machte.

»Ich hätte euch niemals mitnehmen dürfen«, sagte er leise. »Ihr wart meine Gefährten, habt mir vertraut – und ich habe euch in den sicheren Tod geführt.«

»Lass es gut sein«, erwiderte die Zwergin. »Wir alle wussten, worauf wir uns einlassen. Dankrad ebenso wie ich selbst. Es war unsere Entscheidung.«

»Euer Leben für eure Freunde einzusetzen, für den Widerstand«, stimmte Bertin zu. »Aber nicht, in eine Falle der Alchemisten zu laufen und einen sinnlosen Tod zu sterben. Das habt ihr nicht verdient.«

»Niemand hat das verdient«, gab sie zu. »Aber auch du kannst nicht immer alles voraussehen, Bertin Zwergenhammer.«

Bertin biss sich auf die Lippen. Waldradas Worte trösteten ihn nicht, im Gegenteil. Sie machten alles nur noch schlimmer. »Runward hatte recht«, flüsterte er. »Es war aussichtslos, von Anfang an. Ich hätte es sehen müssen, aber mein Durst nach Rache hat mich blind gemacht.«

»Nicht dein Durst nach Rache – sondern die Aussicht, etwas verändern zu können. Dieser Blindheit bin auch ich erlegen.«

Er wandte den Blick, sah im spärlichen Licht, wie sie sich ein Lächeln abrang, um ihn zu trösten. Tränen der Rührung und der Dankbarkeit brannten heiß in seinen Augen, und er kniff sie zusammen, um zu verhindern, dass sie sich einen Weg über seine Wangen suchten.

»Wir wollten herausfinden, was Ansgar und seine Handlanger hier unten treiben«, fügte Waldrada hinzu. »Jetzt wissen wir es.«

»Allerdings.« Bertin nickte. »Nur nützt uns dieses Wissen jetzt nichts mehr. Ich hätte nicht gedacht, dass sie so weit gehen.«

»Jene Stimme, von der Ansgar sprach, hat ihn bis ins Mark verdorben. Nicht länger ist er ein Wesen aus Fleisch und Blut, sondern ein Werkzeug des Bösen, das alles tun wird, was sein Herr ihm befiehlt.«

»Glaubst du, was er über diese Stimme erzählt hat? Dass auch Winmar nur ihr Diener war?«

»Anfangs dachte ich, dass Ansgar lediglich den Verstand

verloren hätte«, gab Waldrada zu. »Aber was er mit Dankrad getan hat … diese leere Hülle, zu der er wurde … das fahle Leuchten in seinen Augen … und dann jene grässliche Gestalt, die dem Schlund entstieg! Alchemisten wären zu so etwas nicht fähig. Sie sind Magier und Giftmischer, betreiben verbotene Künste und bauen verderbliche Maschinen. Aber um so etwas zu bewirken, ist mehr dunkler Zauber nötig, als Ansgar und seine Brut jemals aufbringen werden.«

»Du glaubst also an Zauberei?«

»Mein Leben lang habe ich daran gezweifelt«, versicherte die Zwergin. »Aber nach allem, was ich gesehen habe, kann ich das nicht länger. Ich fürchte«, fügte sie flüsternd hinzu, »dass wir den Feind unterschätzt haben. Es war niemals nur Winmar allein oder Ansgar und seine Alchemisten. Stets hat noch etwas anderes im Hintergrund gewirkt. Etwas Uraltes, Böses.«

Bertin erschauderte. Zwar hatte er schon ähnliche Gedanken gehabt, aber zu hören, wie Waldrada sie offen aussprach, machte die Bedrohung noch bewusster – und seinen Irrtum noch fataler. Warum nur hatte er das nicht früher erkannt? Hatte es nicht Anzeichen genug dafür gegeben?

Winmars offenkundigen Größenwahn.

Seinen Fortgang aus Gorta Ruun.

Die Herrschaft der Alchemisten.

»Nur eines verstehe ich nicht«, sagte Waldrada in das Halbdunkel. »Warum sind wir hier? Warum hat Ansgar uns nicht ebenfalls in diesen Pfuhl gestoßen?«

»Das habe ich mich auch schon gefragt«, versicherte Bertin.

Die Zwergin sah ihn fragend an.

»Ich weiß es nicht«, gab er offen zu. »Vielleicht hat Ansgar noch etwas anderes mit uns vor.«

»Und das wäre?«

Bertin sah ihr ins Gesicht. Erneut musste er mit den Tränen kämpfen. »Ich bin mir nicht sicher«, erwiderte er leise, »ob wir das wissen wollen.«

16

Drei Tage nach dem Vorfall mit der Schlange erreichten Aryanwen und ihre Begleiter den Blaufluss.

Der Wasserlauf, der sich aus mehreren Zuflüssen speiste und seinen Namen nach der tiefblauen Färbung hatte, die er im Licht der frühen Morgenstunden annahm, verlief in südöstlicher Richtung an den Ausläufern der Berge entlang, ehe er die Stadt Suln durchfloss.

Die Gefährten verspürten kein Verlangen danach, Suln einen Besuch abzustatten, da es unter der Kontrolle der Zwerge stand, und der Befehlshaber dort sicher nur zu erpicht darauf wäre, die flüchtige Königin von Tirgaslan in seine Gewalt zu bekommen. Allerdings waren ihre Vorräte inzwischen fast aufgebraucht, und in Suln gab es alles, was sie benötigten, um auch noch das letzte Stück Weges zu bewältigen.

Die Wahl fiel auf Catriona.

Eine Hochländerin würde in einer Stadt der Hügellande sehr weit weniger Aufsehen erregen als ein Unhold oder eine Westfrau, die noch dazu ein Kind bei sich hatte, das orkisch sprach; zudem war Catriona mit den Gepflogenheiten und Gebräuchen der Leute am besten vertraut und konnte sich deshalb leichter unter sie mischen. Trotzdem hatte Aryanwen kein gutes Gefühl dabei gehabt, die Tochter des Clans Ca'Dur alleine gehen zu lassen.

In einer aufgelassenen Handelsstation, die wohl vor vielen Jahren Opfer eines Überfalls von Clansleuten geworden war, hatten sie ihr Lager aufgeschlagen. Nur mehr die Grundmauern waren von dem einstmals wehrhaften Gebäude übrig, und auch sie waren von Schlinggewächsen und Moos überwuchert. Immerhin boten die Mauerreste, die sich inmitten einer Ansammlung großer alter Weiden befanden, einen gewissen Schutz vor neugierigen Blicken und ließen sich im Zweifelsfall auch besser verteidigen als ein Lagerplatz auf freiem Feld.

»Hoffentlich geht alles gut«, meinte Aryanwen, während sie damit beschäftigt war, ihre Tochter zu füttern – allerdings verweigerte das Kind beharrlich die Nahrungsaufnahme. Die Lippen fest zusammengepresst, schüttelte es nur den Kopf.

»Douk, douk«, sagte es immerzu – und auch Aryanwen wusste inzwischen, was das bedeutete.

»Keine Sorge«, erwiderte Balbok, der sich so gesetzt hatte, dass er über die Reste der Mauer blicken und die Umgebung im Auge behalten konnte. »Eine Menschenfrau weiß sich schon zu helfen. Überhaupt seid ihr Menschenfrauen …«

»Was?«, hakte Aryanwen nach, als der große Ork nicht weitersprach.

»Naja«, meinte Balbok und rieb sich nachdenklich das lange Kinn, »natürlich seid ihr nicht so schön wie Orkinnen und riecht nicht so gut. Und ihr seid auch nicht so stark, deshalb könnt ihr lange nicht so gut kämpfen wie sie. Und ihr versteht auch nichts davon, Blutbier zu brauen oder Gnomensülze einzukochen …«

»Aber?«, unterbrach Aryanwen ein wenig ungeduldig die Aufzählung ihrer Mängel.

»… aber ihr seid ganz schön *rag*«, fuhr der Unhold fort, und das Gesicht, das er dabei machte, ließ vermuten, dass es sich um ein Kompliment handelte.

»Danke sehr«, meinte Aryanwen.

»Gern geschehen.«

»*Rag, rag*«, echote Alannah und schnitt dabei Grimassen, dass Aryanwen sich nicht mehr ganz sicher war, ob es sich tatsächlich um ein Kompliment gehandelt hatte.

»Was soll ich nur tun, Balbok?«, fragte sie in ihrer Ratlosigkeit. »Alannah will einfach nicht essen.«

»Aber du musst doch etwas essen, kleiner *pochga*«, meinte Balbok mit belehrender Miene. »Wie willst du denn sonst so groß und stark werden wie ich?«

Das Kind blieb unbeeindruckt; mit in die Hüften gestemmten Ärmchen stand es da und schüttelte beharrlich den Kopf.

»Vielleicht ist ihr das Fleisch zu salzig«, überlegte er. »Als kleiner Orkling mochte ich kein Salz. Vielleicht geht es Menschenkindern genauso.«

»Meinst du?« Aryanwen hob eine Braue – einen Versuch war es immerhin wert. Sie griff nach dem Wasserschlauch und spülte das Stück Pökelfleisch, das Alannah so vehement verschmähte, sorgfältig damit ab. Dann hielt sie es dem Mädchen wieder hin, das die Lippen jedoch weiter geschlossen hielt und den Kopf schüttelte.

»Das war's auch nicht«, seufzte Aryanwen.

»Oder vielleicht ist ihr das Fleisch zu *rag*?«, mutmaßte Balbok weiter.

»Das ist schon wieder dieses Wort … was bedeutet es?«

»*Rag* ist, wenn man etwas gut beißen muss, um es kleinzukriegen«, erklärte der Ork unbedarft. »Und da Alannah noch nicht alle ihre Zähne hat …«

»*Rag* bedeutet ›zäh‹?«, hakte Aryanwen nach.

»Wie ein gegerbter Trollhintern«, bestätigte Balbok. »Als Alannah noch so klein war, dass sie die Knorpel in der Blutwurst nicht beißen konnte, habe ich ihr das Essen immer vorgekaut«, erklärte Balbok weiter.

»Du hast was getan?«

»Es gebissen, bis es ganz zermatscht war, und es ihr dann gegeben«, lautete die schlichte Antwort.

Aryanwen wand sich innerlich vor Abscheu. Allein der Gedanke, dass die gelben Hauer des Orks auf etwas herumgekaut hatten, das er dann später Alannah in den Mund geschoben hatte, drehte ihr den Magen um. Aber es schien funktioniert zu haben. Das Mädchen war nachweislich nicht verhungert und erfreute sich bester Gesundheit.

Vielleicht also …

Aryanwen seufzte. Was für eine Mutter war sie, wenn ein Unhold ihr Ratschläge geben musste, wie sie ihr Kind zu füttern hatte? Gewissensbisse und Frustration setzten ihr gleichermaßen zu, während sie das vom Salz befreite Stück Fleisch nahm, ein Stück davon abbiss und es eine Weile kaute. Dann griff sie sich in den Mund, nahm den Brei heraus und hielt ihn Alannah hin – die ihn prompt nahm und mit leuchtenden Augen vertilgte.

»Bog«, stellte sie fest.

»Das bedeutet …«, setzte Balbok an.

»… ›weich‹«, riet Aryanwen und seufzte abermals, während sie schon den nächsten Bissen kaute.

Wie lange, fragte sie sich, würde es wohl dauern, bis sie für sich akzeptiert hatte, dass ihr Kind bei zwei Unholden aufgewachsen war und wohl immer ein wenig von einem kleinen Ork an sich haben würde – und wie lange würde es dauern, bis Alannah sie tatsächlich als ihre Mutter ansah?

Aryanwen gab ihr den nächsten Batzen Fleisch. Das Kind nahm die Nahrung dankbar entgegen, schenkte ihr sogar ein Lächeln, was Aryanwen dazu ermutigte die Hand auszustrecken und zärtlich Alannahs wirres Haar zu streicheln. Das Mädchen ließ sie gewähren, und für einen Augenblick hatte Aryanwen tatsächlich das Gefühl, dass da etwas war zwischen ihnen, ein Band, das in den vergangenen beiden Jahren zwar sträflich vernachlässigt worden war, aber niemals aufgehört hatte zu existieren …

Doch schon einen Atemzug später war die Idylle vorbei.

Balbok sprang auf.

»Jemand kommt«, gab er bekannt, noch ehe Aryanwen fragen konnte, und zückte den *saparak*.

Alannah, die die Veränderung sofort wahrgenommen hatte, erstarrte in ihrer Bewegung. »Schhh«, machte Aryanwen beruhigend, während sie sich fieberhaft nach einem Versteck für das Kind umblickte. Sie fand es unter einem Mauervorsprung, von dem grüner Efeu herabwuchs.

»Hierhinein«, wies sie ihre Tochter an – und diesmal gehorchte Alannah ohne Zögern. Aryanwen hauchte ihr einen flüchtigen Kuss auf die Stirn. Dann ließ sie den Vorhang aus Efeu wieder herabfallen und griff nach Pfeil und Bogen.

Sie hatte das Geschoss noch nicht auf der Sehne, als sich das Grün des Waldes teilte und mehrere Reiter erschienen.

Aryanwen atmete innerlich auf, als sie sah, dass es keine Zwerge, sondern Menschen waren – friedfertig allerdings sahen auch sie nicht gerade aus.

Die Männer trugen Rüstungen und Helme aus Leder und waren mit Äxten und Lanzen bewaffnet. Einige trugen auch runde Holzschilde, die mit Tiersymbolen bemalt waren. Ihrer Kleidung und ihrem langen, teils zu Zöpfen geflochtenen Haar nach handelte es sich um Hochländer. Allerdings nicht um Angehörige des Clans Ca'Dur …

»Was habt Ihr hier zu suchen?«, fragte der Anführer des Trupps, ein sehniger Mann, der an die fünfzig Winter alt sein mochte und grimmig unter dem Rand seines Helmes hervorschaute. Ein flachsblonder Bart zierte seine Oberlippe, dessen gezwirbelte Enden weit herabhingen.

Aryanwen erhob sich halb aus ihrer Deckung hinter der

Mauer. Den Bogen behielt sie in den Händen. »Wir sind Wanderer auf der Durchreise«, stellte sie sich und Balbok vor.

»Wanderer! Auf der Durchreise!«, echote der Mann, dessen harter Hochland-Akzent unüberhörbar war. »Und das von einer Westfrau in Begleitung eines Orks!«

»Daran ist nichts Verbotenes, oder?«

»Wie man es nimmt.« Der Anführer wog sein behelmtes Haupt hin und her. »Diese Ruine befindet sich jenseits der Grenze zum Gebiet des Clans Ca'Bra, das ihr somit widerrechtlich betreten habt.«

»Des Purpurclans?«, fragte Aryanwen, worauf sich die Augen des anderen zu Schlitzen verengten.

»Was weiß eine Westfrau über den Purpurclan?«, wollte er wissen.

»Jedenfalls genug, um zu wissen, dass die Clans des Hochlands nach wie vor in Freiheit leben und sich den Zwergen noch nicht unterworfen haben. Mein Begleiter und ich sind hier, um bei ihnen Zuflucht zu suchen und uns einem ihrer Clans anzuschließen.«

»Welchem?«

»Dem Roten Clan«, eröffnete Aryanwen rundheraus, wissend, dass Rot und Purpur einander nicht gerade gewogen waren. Aber sie hoffte, damit zumindest etwas Respekt zu gewinnen.

Der Bärtige jedoch lachte nur.

»Lord Anghas wird dir etwas husten, Weib. Und dem Unhold erst recht.«

»Wir werden sehen.«

Aryanwens Gelassenheit schien den anderen misstrauisch zu machen. »Was macht dich so sicher, Weib?«, fragte er. »Ich kann mir beim besten Willen nicht helfen, irgendetwas stimmt nicht mit dir. Am besten, wir nehmen dich und den Unhold mit.«

»Nein!« Aryanwen verlor jäh ihre Beherrschung, verstohlen spähte sie nach dem Mauervorsprung. »Bitte nicht, wir sind nur auf der Durchreise …«

»Vielleicht ja«, stimmte der andere zu, »vielleicht aber auch nicht – und in diesem Fall wird der alte Anghas womöglich ein hübsches Lösegeld springen lassen. Wenn schon nicht für die Grünhaut, dann doch wenigstens für dich.«

»Es hat sich nichts geändert, nicht wahr?«, fragte Aryanwen, sich zur Ruhe zwingend.

»Was meinst du?«

»Die Clans fallen noch immer übereinander her, bemüht, sich gegenseitig einen Vorteil abzutrotzen. Aber damit wird es schon bald vorbei sein, das versichere ich dir.«

»Sag, Weib, willst du mir drohen?«

Aryanwen richtete sich zur ihrer vollen Größe auf und straffte sich. »Mein Name ist Aryanwen«, stellte sie sich vor. »Ich bin die Tochter König Tandelors und rechtmäßige Erbin der Krone von Tirgaslan.«

»Angenehm«, meinte der Bärtige unbeeindruckt, »und ich bin der Amazonenkönig aus dem Smaragdwald.«

»Ich scherze nicht«, stellte Aryanwen klar. »Geleite mich zum Clan Ca'Dur, und ich werde dafür Sorge tragen, dass dir eine größere Belohnung zuteilwird, als der Häuptling des Roten Clans sie jemals als Lösegeld entrichten könnte.«

Der Clansmann sah zuerst sie fragend an, dann den Ork – und schüttelte den Kopf. »Schöne Worte«, anerkannte er, »allerdings nicht sehr vertrauenswürdig. Wer sagt mir denn, dass es keine Falle ist, in die du mich lockst?« Er schüttelte abermals den Kopf und schien für sich eine Entscheidung zu treffen. »Männer, nehmt sie gefangen. Wenn sie sich widersetzen, tötet sie.«

Ohne Zögern kamen die Krieger dem Befehl nach. Wortlos stiegen sie aus den Sätteln, ihre Äxte in den Händen.

Aryanwen überlegte, ob sie Widerstand leisten sollten, aber es war zwecklos. Vielleicht konnten Balbok und sie ein paar der Männer niederstrecken, dann jedoch würden sie selbst getötet, und Alannah wäre dann allein …

Sie bemerkte den fragenden Blick, den Balbok ihr sandte, und beantwortete ihn mit einem Kopfschütteln. Daraufhin ließ der Ork seine Waffe sinken, was die fremden Krieger dazu ermutigte, über die Ummauerung zu steigen.

Sie hatten sie noch nicht überwunden, als ein lauter Ruf erklang: »Haltet ein, Männer des Clans Ca'Bra – oder ihr müsst euch einen neuen Häuptling suchen!«

Alle sahen nach oben, von wo die Stimme gekommen war – und erblickten zu ihrem Erstaunen eine junge Frau, die auf dem knorrigen Ast einer Weide stand. Der Bogen in ihren Händen war schussbereit gespannt, der Pfeil zielte geradewegs auf die Brust des Anführers.

»Verdammt, wer …?«

»Sag bloß, du erkennst mich nicht mehr«, rief Catriona herab, »denn ich erinnere mich deiner noch ganz genau, Niall Ca'Bra, Häuptling des Purpurclans – und ich muss gestehen, dass du in den letzten Jahren nicht schöner geworden bist.«

Aryanwen hielt den Atem an.

Sie hatten es also nicht nur mit irgendeinem Unterführer der Purpurnen zu tun – sondern mit dem Clanslord persönlich!

»Weib, wer bist du?«, blaffte er hinauf. Sein Pferd schien seine Wut und Unruhe zu spüren und tänzelte schnaubend hin und her.

»Das letzte Mal, als wir uns gesehen haben, hast du meinem Vater vorgeworfen, er und seine Leute hätten dir zehn Fass Bier gestohlen«, half Catriona seiner Erinnerung auf die Sprünge.

»Anghas' Tochter!«, fiel es Lord Niall wie Schuppen von den Augen.

»Catriona Ca'Dur«, bestätigte Catriona.

»Ich erinnere mich an dich.« Der Anführer des Purpurclans grinste freudlos. »Du warst schon damals ein stures und widerspenstiges Miststück.«

»Wie schön.« Catrionas Miene zeigte keine Regung. »Du wirst dich meiner noch ungleich besser entsinnen, wenn mein Pfeil in deiner Brust steckt.«

»Du wagst es …?«

»Und du wagst es, meine Freunde zu bedrohen?«

Niall Ca'Durs Blick glitt von Catriona zu seinen Leuten, die ihn unschlüssig ansahen, dann zu Aryanwen und schließlich wieder zu Catriona zurück. »Es ist also wahr, was diese Frau behauptet?«, fragte er. »Ist sie, wer sie zu sein vorgibt?«

»Allerdings.«

Die Mundwinkel unter dem blonden Bart verzogen sich verächtlich. »Fürwahr, dein Vater hat die schlechte Angewohnheit, sich mit den falschen Freunden zu umgeben.«

»Das ist seine Sache.«

»Nicht, wenn diese Freunde unser Gebiet durchqueren wollen«, schränkte der Clanslord ein. »So gut solltest du die Gesetze der Clans kennen.«

»Sie sind mir bekannt«, versicherte Catriona, »und ich verspreche dir, dass du entschädigt wirst. Bring uns zu meinem Vater, wie Königin Aryanwen es vorgeschlagen hat, und du wirst dafür reich belohnt.«

»Das könnte ich wohl«, stimmte Lord Niall zu. »Oder ich nehme euch alle miteinander gefangen und verdopple das Lösegeld, das ich deinem Vater dafür abpressen kann …«

»… oder«, legte Catriona ungerührt noch eine weitere Alternative vor, »ich durchbohre deinen gierigen Schlund hier und jetzt mit einem Pfeil und lasse deine Leute dabei zusehen, wie du verblutest.«

»Schieß – und du bist tot.«

»Schon möglich – aber du auch, Niall. Denn wie du schon sagtest, bin ich ein stures und widerspenstiges Miststück!«

Die Zeit schien stillzustehen.

Aryanwens Blicke flogen zwischen Catriona und dem Anführer des Purpurclans hin und her. Keiner von beiden regte sich, sodass quälende Augenblicke lang nicht zu erkennen war, was geschehen würde.

Aryanwens Blick glitt zu dem Mauervorsprung, wo ihre Tochter kauerte und sich ganz still verhielt. In Gedanken schickte sie eine Bitte an Elfenkönigin Alannah, dass sie ihrer Nachkommin, die ihren Namen trug, beistehen möge …

»Also gut«, erklärte sich Niall Ca'Bra einverstanden. »Du hast gewonnen.«

Catriona ließ den Bogen nicht sinken.

»Schwöre es.«

»Bei der Ehre meines Clans«, bestätigte Ca'Bra, worauf Catriona die Sehne entspannte und den Bogen sinken ließ – ein solcher Eid schien unter den Stämmen des Hochlands höchste Vertrauenswürdigkeit zu genießen. »Ich werde euch unversehrt nach Tarnag bringen – den Roten Turm habe ich ohnehin schon lange nicht mehr gesehen.«

»Du wirst ihn nicht nur von außen, sondern auch von innen sehen, Niall Ca'Bra«, versicherte Catriona, ehe sie von ihrem Ast herabsprang und mit katzenhafter Geschmeidigkeit auf dem weichen Boden landete. »Denn mein Vater wird dich nicht nur reich belohnen, sondern auch wichtige Dinge mit dir besprechen wollen. Ebenso wie mit den anderen Anführern.«

»Und was für Dinge sollen das sein, mutige Tochter Anghas'?«

»Dinge, die die Zukunft unserer Welt betreffen«, erwiderte Aryanwen an Catrionas Stelle.

Niall seufzte. »Hatten wir über diese Dinge nicht schon gesprochen?«

»Das habt Ihr«, versicherte Aryanwen mit fester Stimme, »doch seither hat sich viel geändert. Der Sturm, von dem Daghan von Ansun Euch vor zwei Jahren berichtete, ist nicht mehr nur eine ferne Bedrohung, Lord Niall – er ist bereits losgebrochen. Und er wird uns alle verschlingen, wenn wir nichts unternehmen.«

17

Die Ungewissheit endete jäh.

Ein Trupp von Zwergenkriegern erschien im Kerker, die Bertin und Waldrada aus ihrer Zelle holten und abführten. Wohin es ging, verschwieg man ihnen, doch Bertin kannte den Stollen, in den die Wachen sie führten, und eine dunkle Vorahnung begann in ihm zu wachsen, nagend wie ein Geschwür.

Er konnte nur hoffen, dass er sich irrte, schon um Waldradas Willen, die neben ihm schritt und den Kopf hocherhoben trug, ungeachtet der Ketten, des zerschlissenen Gewandes und der Gewalt, die man ihr angetan hatte. Einmal mehr bewunderte Bertin sie für ihre Schönheit und Würde, die sie selbst jetzt noch ausstrahlte, und für ihre Tapferkeit. Aber er wusste nur zu gut, dass jede Tapferkeit ihre Grenzen hatte – auch die Waldradas.

Als sie die Brücke betraten, wurde seine Vorahnung zur Gewissheit, aber noch immer wehrte er sich dagegen, widersetzte sich dem Gedanken, dass er dasselbe schreckliche Ende nehmen würde wie sein Bruder. Die ganze Zeit über hatte er sich gefragt, warum Ansgar ihn und Waldrada nicht ebenfalls in den Pfuhl gestürzt und sie zu Schattenkriegern gemacht hatte.

Jetzt wurde es ihm klar. Er spürte den Luftzug, der ihnen entgegendrang, und den furchtbaren Gestank, der auch jetzt noch, nach all der Zeit, in dem Gewölbe hing. Und im nächsten Moment traten sie hinaus in die Weite des Kessels.

Es war ihre ungewöhnliche Form, die dieser Höhle ihren Namen gegeben hatte: Ein gewaltiger Trichter, der wie ein natürliches Amphitheater wirkte, noch größer und prunkvoller als jenes in Ansun. Entsprechend war der Kessel schon in grauer Vorzeit als Ort der Zusammenkunft genutzt worden; später dann hatten Steinmetze und Baumeister die oberen Felshänge zu Rängen umgearbeitet, auf denen zu den Glanzzeiten des Zwergenreichs Tausende von Zuschauern Platz gefunden und den Wettkämpfen beigewohnt hatten, die in der Arena stattfanden.

Auch jetzt drängten sich Zuschauer auf den Rängen, aber weder jubelten sie noch war ihren ausgemergelten Mienen Freude anzusehen. Ganz offenbar waren sie nur hier, weil Ansgars Kaldronen sie in den noch bewohnten Vierteln zusammengetrieben hatten. Jeder von ihnen wusste, was sie zu sehen bekommen würden – und niemand war erpicht darauf. Angst herrschte allenthalben, Bertin konnte sie fühlen – und wurde selbst davon erfasst.

Als kleiner Zwergenjunge war er oft im Kessel gewesen, um seinem Vater Drogo zuzusehen, wenn er an den Steinhauer-Meisterschaften teilgenommen hatte. Bertin war so stolz auf seinen Vater gewesen, hatte ihn angefeuert und schließlich immer wieder seinen Sieg bejubelt.

Als er das letzte Mal hier gewesen war, hatte es keinen Grund zum Jubeln gegeben.

Nur zu Trauer und Schmerz …

Die Brücke, die in den Kessel führte und bis hinab in die Arena reichte, wurde von kunstvoll gearbeiteten Lichtstein-Laternen gesäumt. Dazwischen erhoben sich jeweils Statuen, die mannsgroß waren und so aussahen, als wären sie der Phantasie eines kranken Geistes entsprungen.

Die Wahrheit war noch viel grauenvoller.

Bertin konnte nicht anders, als auf die grotesken Formen

zu starren, durch deren Spalier sie schritten. Unter Hunderttausenden hätte er ihn erkannt.

Jener dort war es!

Der Anblick verursachte Bertin Übelkeit, selbst nach all der Zeit, die vergangen war. Anders als die meisten der Statuen hatte diese die Arme nicht ausgebreitet; der Mund in den grässlich deformierten Zügen jedoch war zu einem Schrei aufgerissen, dessen schrecklichen Klang Bertin noch immer im Ohr hatte. Er war einer der Gründe dafür, dass er sich dem Widerstand angeschlossen hatte. Mit anderen Worten: der Grund dafür, dass er hier war.

Der Kreis war dabei, sich zu schließen.

Der Trupp mit den Gefangenen erreichte die Arena. In die Mitte des von Felswänden umgebenen Runds war ein Gitterrost eingelassen, das von erstarrtem Silber überzogen war. Bertin wusste, woher es rührte, so wie jeder in der Arena es wusste. Auch Waldrada.

»Nein«, flüsterte die Zwergin.

Die Gefangenen wurden bereits erwartet, von einem Pulk von Alchemisten, die dort in ihren schwarzen Roben standen und ihnen entgegenblickten. Mehr als Bärte und blitzende Augenpaare waren unter den Kapuzen nicht zu erkennen.

Der Trupp kam zum Stehen.

Die Gefangenen wurden vorgeführt, und einer der Alchemisten nahm die Kapuze ab. Es war Ansgar persönlich, in seinen bleichen Zügen lag ein schadenfrohes Grinsen.

»Willkommen, meine Freunde«, heuchelte er.

»Das also hast du mit uns vor«, sagte Bertin nur.

Der Alchemist nickte. »Ich habe mir gedacht, dass es eine gute Idee wäre, die beiden Brüder wieder zusammenzuführen, nachdem sie so lange getrennt waren. Das muss doch sehr schmerzlich für dich gewesen sein, oder nicht?«

Bertin knirschte mit den Zähnen. Hätte er die Möglichkeit gehabt, hätte er sich auf den Alchemisten gestürzt und ihn mit bloßen Händen erwürgt, ungeachtet der Konsequenzen. Doch seine beiden Bewacher hielten ihn unnachgiebig fest. Ansgar, der die hilflose Aggression seines Gegenübers zu spüren schien, lachte nur.

»Gut«, meinte er, »ich gebe es zu – meine Gründe sind nicht so selbstlos, wie es den Anschein haben mag. Es geht mir auch darum, an dir, Bertin Zwergenhammer, ein Exempel zu statuieren. Du und dein Hammer« – er deutete auf Martog, den einer seiner Schergen in den Händen hielt, mit dem Hammerkopf nach unten, weil er viel zu schwer war für ihn –, »seid zum Symbol des Widerstands geworden. Eines Widerstands, den die Stimme weder dulden kann noch will. Aus diesem Grund habe ich die Anweisung erhalten, dir und deiner Gefährtin vor aller Augen dieselbe Behandlung angedeihen zu lassen, die auch schon deinem Bruder widerfuhr. Alle sollen sehen, welche Strafe jenen widerfährt, die sich gegen uns auflehnen!«

Waldrada erwiderte nichts darauf, aber Bertin konnte sehen, wie sie neben ihm zusammenzuckte.

»Macht mit mir, was ihr wollt«, knurrte er deshalb, »aber lasst meine Gefährtin am Leben!«

Die blassen Züge des Alchemisten zogen sich in gespieltem Erstaunen in die Länge. »Sollte ich etwas übersehen haben? Ist diese Verräterin etwa mehr für dich als nur eine weitere Mitverschwörerin?«

Bertin biss sich auf die Lippen, schalt sich selbst einen elenden Narren. Die ganze Zeit über hatte er seine Gefühle für Waldrada geleugnet und sie verborgen, schon weil er gewusst hatte, dass er es sich als Anführer nicht leisten konnte, Zuneigung für eine Untergebene zu empfinden. Und ausgerechnet nun, im Angesicht des Feindes, hatte er sich verraten!

Ein entsetzlicher Fehler …

»Was bildest du dir nun wieder ein, Giftmischer?«, fuhr Bertin ihn an – doch das Interesse des Alchemisten war geweckt. Die Blicke seiner dunklen Augen zuckten zwischen seinen beiden Gefangenen hin und her. Was er dabei dachte, war nicht zu erkennen.

»Eigentlich«, überlegte er dann laut, »hatte ich dir den Vortritt zugedacht, Bertin, des Drogos Sohn. Aber so, wie die Dinge liegen, glaube ich, dass es für dich noch unterhaltsamer sein wird, wenn du zuerst deiner Komplizin zusehen musst!«

Bertin schüttelte verzweifelt den Kopf, wand sich im Griff seiner Bewacher. »Das wirst du nicht tun! Nimm mich zuerst! Mich, hörst du?«

Doch einmal mehr war höhnisches Gelächter Ansgars einzige Antwort. Mit einem Nicken befahl er seinen Schergen, Waldrada zu ergreifen. Sie packten die Zwergin und rissen sie von Bertins Seite, schleppten sie in die Mitte des Runds, um sie an das eiserne Bodengitter zu ketten.

Die Zwergin leistete keinen Widerstand, bemühte sich einmal mehr um Fassung – in ihren Augen jedoch lag ein Ausdruck von Panik, den Bertin noch nie zuvor bei ihr gesehen hatte und der ihn bis ins Mark traf.

»Nein!«, brüllte er wiederum und stemmte sich gegen die Ketten. »Nehmt mich! Nehmt mich an ihrer Stelle! Lasst sie frei, ich bitte euch …«

»Was bist du bereit, dafür zu tun?«, fragte Ansgar.

»Macht mit mir, was ihr wollt«, erbot sich Bertin, »aber Waldrada lasst gehen!«

»Dein Leben gehört mir bereits, Rebell, damit kannst du nicht mehr verhandeln. Aber du könntest mir die Namen deiner Mitverschwörer verraten. Ihre Stärke, ihre Bewaffnung – und ihren Aufenthaltsort!«

»Nein, Bertin!«, rief Waldrada nun. »Tu das nicht! Das ist es nicht wert!«

»Aber ich ... ich kann nicht zusehen, wie ... wie du ...«

»Es war meine Entscheidung«, versicherte sie tapfer, während sie mit den Tränen rang. »Ehre mein Opfer, indem du sie respektierst.«

»Willst du das wirklich?«, fragte Ansgar und sah Bertin an. »Willst du wirklich dabeistehen und zusehen, wie die Frau, die du ... liebst, vor deinen Augen bei lebendigem Leibe verbrennt? Vielleicht weißt du es ja noch nicht – aber sie liebt dich ebenso sehr. Als ich sie folterte, hat sie uns nichts verraten als deinen bloßen Namen. Um dich zu schützen, hat sie Schmerz und Erniedrigung ertragen – zu solcher Torheit ist nur Liebe fähig.«

Tränen schossen in Bertins Augen. Er konnte sie nicht länger zurückhalten, und es war ihm gleichgültig. Sein Blick suchte Waldrada, die zurücksah, wehmütig und voller Bedauern. Zu einer anderen Zeit, unter anderen Bedingungen, hätten sie einander ihre Liebe womöglich gestanden. Aber in dieser Zeit und Welt war kein Platz dafür.

»E...es tut mir leid«, versicherte er stammelnd.

»Mir tut es auch leid«, erwiderte sie – während hoch über ihrem Kopf der große Topf ausgeschwenkt und von einem knirschenden Räderwerk betriebenen Flaschenzug langsam herabgelassen wurde.

Der Topf, der das flüssige Silber enthielt.

18

Das Tor der Ewigen Nacht trug seinen Namen zu Recht. So wie alle anderen Pforten, die in den inneren Kern von Gorta Ruun führten und geschlossen waren, seit König Winmar die Festung verlassen und die Alchemisten die Macht übernommen hatten, war es nicht nur durch Gitter und schwere Riegel gesichert, sondern noch durch eine weitere Eigenschaft, die einen feindlichen Angriff erschweren oder gar verhindern sollte. In diesem Fall war es absolute, schwärzeste Dunkelheit.

Nachdem Dado und Runward zugestimmt hatten, Nagaya und ihre Krieger nach Gorta Ruun zu führen – der eine bereitwillig, der andere noch immer widerstrebend –, hatten sie der Schlangenfrau die einzelnen Tore aufgezählt, und Nagaya hatte sich ohne Zögern für das Tor der Ewigen Nacht entschieden. Für gewöhnliche Sterbliche mochte die völlige Dunkelheit, die um das Tor herrschte, ein kaum zu überwindendes Hindernis darstellen – für eine Ormkja, die das Sehvermögen eines Reptils hatte, war es willkommenes Terrain.

Durch einen der verborgenen Eingänge, die nur den Kämpfern des Widerstands bekannt waren, waren sie nach Gorta Ruun gelangt. Und indem sie ihnen die geheimen Pfade offenbarten, auf denen sich die Rebellen auf ihren Streifzügen durch die Festung zu bewegen pflegten, hatten Dado und Runward Nagaya und ihre Krieger – insgesamt über einhundert Mann – durch die Außenbereiche der Zwergenfestung zum inneren Kern geführt.

Zwar war sich Dado inzwischen fast sicher, dass er der Schlangenfrau vertrauen konnte, jedoch hatte er davor zurückgeschreckt, ihr das Versteck in den erkalteten Schmerzöfen zu offenbaren. Stattdessen hatte sich Runward von ihnen getrennt, um ihre Kameraden über all das in Kenntnis zu setzen, was sich seit ihrem Aufbruch ereignet hatte; denn wenn es stimmte, was Nagaya behauptete, und tatsächlich ein Angriff auf die Zwergenfestung bevorstand, so musste auch der Widerstand bereit sein zum Kampf. Und das nicht nur, um den Alchemisten und ihrem dunklen Treiben ein Ende zu bereiten – tief in seinem Herzen hegte Dado auch die Hoffnung, dass Bertin und die anderen noch am Leben sein könnten …

»Und das ist alles?«, zischelte die Ormkja, die neben ihm hinter dem Felsen kauerte und hinaus in die Schwärze spähte – eine Schwärze, in der Dado die Hand nicht vor den Augen erkennen konnte. Der spärliche Schein der Leuchtsteine, der den Stollen erhellte, verlor sich schon nach wenigen Schritten, jenseits davon herrschte finsterste Nacht. Nur der kalte Luftzug aus der Tiefe wies auf den tiefen Abgrund hin, der irgendwo vor ihnen klaffte und nur darauf wartete, sie zu verschlingen.

»Mir reicht es ehrlich gesagt«, gab Dado eingeschüchtert zurück. »Die Brücke, die über die Schlucht führt, ist schmal und hat keine Brüstung. Außerdem ist sie von Löchern durchsetzt. Und auf der anderen Seite ist das Tor, das von Kriegern der *morkjar* bewacht wird.«

»Was sind das für Kerle?«

»Zwerge, die in den untersten Ebenen der Festung aufgewachsen sind und die noch nie das Tageslicht gesehen haben«, erklärte Dado flüsternd. »Ihre Haut und ihr Haar sind so weiß wie Mondmilch, und ihre Augen haben sich so sehr an die Dunkelheit gewöhnt, dass sie in fast völliger Schwärze zu sehen vermögen. Sie lauern dort in der Dunkelheit, bereit, mit lautlosen Pfeilen auf alles zu schießen, das sich über die Brücke nähert. Wer auch immer ein Licht entzündet und die Losung nicht kennt, ist des Todes.«

»Und kennen wir die Losung?«, fragte Nagaya.

»Nein.«

»Gut«, meinte die Schlangenfrau unbeeindruckt. »Dann sollten sie mich wohl besser nicht sehen.«

»Was hast du vor?«, wollte Dado wissen.

Die Ormkja antwortete nicht. Lautlos glitt sie vom Felsen zurück zu ihren Leuten, die sich zu beiden Seiten des Stollens versteckten, und gab einige zischelnde Befehle. Sodann schlich sie davon, und schon nach wenigen Augenblicken hatte Dado sie in der Dunkelheit aus den Augen verloren. Zwei ihrer Krieger schlichen lautlos zum Felsen und nahmen ihren Platz ein.

»Was hat sie vor?«, fragte Dado noch einmal.

»Sie öffnet das Tor.«

»Ganz allein? Aber ...«

»Wir sollen hierbleiben und warten. Egal, was geschieht.«

»Warten?«, fragte Dado. »Worauf?«

»Sie sagt, wir werden es wissen, wenn es so weit ist.«

Dado seufzte. Was blieb ihm anderes übrig, als sich zu fügen? Auch wenn ihm alles andere als wohl dabei war.

Mit pochendem Herzen duckte er sich hinter den Felsen, während er sich vorzustellen versuchte, was draußen auf der Brücke vor sich ging. Da Nagaya nicht riskieren konnte, sich über die Brücke zu nähern – die *morkjar* hätten sie sonst entdeckt – war sie gezwungen, sich unterhalb davon zu bewegen. Die Vorstellung, wie sie sich an den nackten Felsen klammerte und sich mit ihrem Schlangenkörper Stück für Stück voranbewegte, über dem bodenlosen Abgrund hängend, trieb ihm kalten Schweiß auf die Stirn.

Quälende Augenblicke vergingen. Dados Atem wurde unruhig, ging nur noch stoßweise. Was geschah dort in der Dunkelheit? Hatte Nagaya bereits die andere Seite erreicht?

Wenn es ihr gelang, so würde sie vermutlich versuchen, an der Felswand empor durch eine der Schießscharten zu kriechen und so in den Rücken der Wachen zu gelangen – und dann? Mit einer von ihnen würde die Schlangenfrau fertigwerden, vermutlich auch noch mit zweien oder dreien. Aber was, wenn es ein Dutzend war?

Die vielen Unwägbarkeiten schlugen ihm auf den Magen, und einmal mehr wurde ihm übel. In Erinnerung an das Debakel in der Kaldrone zwang er sich, an etwas anderes zu denken, und tatsächlich gelang es ihm, seine in Aufruhr geratenen Magensäfte wieder etwas zu beruhigen.

Dado und die Nathiri warteten.

Warteten.

Und warteten.

Dann konnten sie es hören.

Kampflärm!

Das Klirren von Äxten und Schwertern, dazu die Schreie der Verwundeten! Offenbar war Nagaya entdeckt worden, und es tobte ein Kampf auf Leben und Tod!

Bestürzt wandte Dado den Blick, nahm an, dass ihre Leute aufspringen und ihrer Anführerin zu Hilfe eilen würden, aber nichts dergleichen geschah. Die Nathiri verharrten in ihrem Versteck, ihren rußgeschwärzten Mienen war keine Regung anzumerken. Dado erinnerte sich an den Befehl, den die Schlangenfrau ihnen gegeben hatte.

Warten.

Egal, was geschieht …

Der Kampflärm ebbte ab, und schließlich verstummte er ganz. Beklemmendes Schweigen kehrte ein, das eine halbe

Ewigkeit zu währen schien – bis in der Dunkelheit ein Licht aufflammte.

Es war ein schmaler, senkrecht verlaufender Streifen, der sich jedoch rasch verbreiterte – und Dado wurde klar, dass es das Tor war, das sich öffnete. Fast gleichzeitig hob sich ratternd das Fallgitter. Der Lichtschein wurde stärker und beleuchtete die Brücke, die wie ein Schemen aus der Finsternis auftauchte – sie erinnerte Dado an einen alten Käse, so sehr war sie von Löchern durchsetzt.

Dann tauchte eine eindrucksvolle Silhouette in der nun offen stehenden Pforte auf – Nagaya. Die Umrisse der Schlangenfrau zeichneten sich im Gegenlicht ab, und als sie die Hand hob, war dies für ihre Leute das Zeichen zum Aufbruch. Ohne Zögern lösten sie sich aus ihren Verstecken und huschten über die Brücke, die Löcher meidend, die nun deutlich zu sehen waren. Dado war bei den Ersten, die auf der anderen Seite anlangten. Atemlos passierte er das Tor, seine Klinge in der Hand – doch wie er erkennen musste, war da kein Gegner mehr, der ihnen aufgelauert hätte.

Jenseits des Tores konnte man im Halbdunkel die leblosen Körper der *morkjar*-Wächter liegen sehen: Zwergenkrieger in voller Rüstung, mit bleicher Haut und weißem Haar. Es waren viele von ihnen, wenigstens zwei Dutzend – und sie alle waren tot. Sofort schwärmten die Nathiri aus, um die Waffen der Toten an sich zu nehmen – und die Lautlosigkeit und das Geschick, mit dem sie vorgingen, ließen vermuten, dass sie dies nicht zum ersten Mal taten.

»Wie … wie hast du das gemacht?«, fragte Dado Nagaya, die, auf ihrem eingerollten Schlangenkörper ruhend, inmitten all der Toten kauerte und nicht einmal eine Waffe in den Händen hielt. »Was ist diesen Männern widerfahren?«

»Ihre eigene Dummheit«, entgegnete die Ormkja leise, »und ihre Wut.«

Jetzt erst sah Dado, dass die Wunden, an denen die Männer gestorben waren, von Zwergenwaffen stammten: Einige waren aus nächster Nähe von Pfeilen niedergestreckt worden, andere von Äxten ereilt, wieder andere von Kriegshämmern erschlagen worden. »Die ... die Wachen haben sich gegenseitig umgebracht«, stellte er verblüfft fest.

»In der Tat.«

»Hast ... du sie dazu gebracht?«

»Es gehörte nicht viel dazu«, erwiderte Nagaya, und es klang fast traurig. »Wie ich schon sagte, ihre Dummheit und ihre Wut haben diese Männer umgebracht – ihre Unwissenheit über meinesgleichen und ihre Aggression gegen jedwedes Leben. Ich musste nur zum Vorschein bringen, was in ihnen war – zu Mördern an ihresgleichen waren sie schon viel früher geworden.«

»Ich verstehe«, erwiderte Dado schauernd, froh darüber, sich die Ormkja nicht zur Feindin gemacht zu haben. »Und was passiert als Nächstes?«

»Wir halten das Tor besetzt und warten.«

»Worauf? Auf Daghan?« Dado schüttelte den Kopf. »Wie soll er wissen, dass wir hier sind? Und wie den Weg hierherfinden?«

Nagaya lächelte nur.

»Es gibt einen Weg«, versicherte sie.

»Welchen denn?« Dado schüttelte verständnislos den Kopf.

Statt zu antworten, blickte die Schlangenfrau zur Höhlendecke hinauf. »Vertrau mir«, flüsterte sie.

19

Das Verderben schwebte über ihnen.

Ganz langsam kam es herab, begleitet vom grässlichen Rasseln der Ketten. Eine silbrig flirrende Dampfwolke schwebte darüber, die zauberhaft anzusehen war – und doch war sie der Vorbote eines grausamen Todes.

Bertins Herzschlag raste.

Unentwegt zuckten seine Blicke zwischen dem Behälter mit dem flüssigen Silber und Waldrada hin und her, die dort auf dem Gitter stand, reglos und mit starrer Miene. Offenbar hatte sie sich in ihr Schicksal gefügt, hatte akzeptiert, dass sich das Behältnis jeden Augenblick neigen und kochendes Verderben auf sie herabregnen lassen würde.

Die Bilder vom Tod seines Bruders Dalfin, der dasselbe grausame Ende gefunden hatte, waren Bertin wieder so gegenwärtig wie lange nicht mehr. Man hatte deutlich sehen können, wie die Hitze des Silbers Dalfins Kleidung und sein Haar entzündet hatte, ehe es sich in seine Haut einbrannte. Die entsetzlichen Schreie Dalfins hatte Bertin nie vergessen. Mit ansehen zu müssen, wie auch Waldrada ein solch grausames Ende fand, brachte ihn fast um den Verstand.

Ihm war übel, seine Gedanken drehten sich im Kreis.

Was konnte er Ansgar noch gestehen, was ihm anbieten, dass er Gnade walten lassen und Waldrada diese furchtbare Strafe erlassen würde? Vermutlich nichts. Man brauchte den Anführer der Alchemisten nur anzusehen – das Grinsen in seinen totenblassen Zügen verriet deutlich, dass er jeden einzelnen Augenblick genoss, dass er den Moment, in dem das Silber herabplätschern und der Rebellin ein qualvolles Ende bereiten würde, geradezu herbeisehnte.

Und dennoch – Bertin konnte nicht noch einmal dabei zusehen, wie ein Mensch, den er liebte, vor seinen Augen ein solch grässliches Ende fand! Sein Blick glitt zur Brücke hinauf, von wo die Überreste seines Bruders als groteske Skulptur zurückstarrten.

Niemals, niemals wieder!

»Nein!«, brüllte er so laut, dass es durch das weite Rund des Kessels hallte. »Hört auf damit! Ich gebe euch, was ihr wollt!«

Ansgar wirkte fast enttäuscht. Unwirsch hob er die Hand und gab dem Schergen, der die Vorrichtung bediente, ein Zeichen. Der Behälter mit dem Silber verharrte in der Luft. Die Ketten hielten knackend an, der Schmelztopf schwang hin und her.

»Du willst mir etwas sagen?«, fragte Ansgar mit bohrendem Blick.

»Ich … ich möchte verhandeln«, stieß Bertin aufgeregt hervor.

»Zum Verhandeln ist es zu spät, Rebell. Erfülle meine Forderung und sage mir, was du weißt, oder deine Freundin hier wird sterben!«

»Nein, Bertin!«, rief Waldrada. »Tu das nicht! Das bin ich nicht wert! Niemand ist das wert!«

»Aber ich … ich …«

»Verrate mir die Namen und den Aufenthalt deiner Mitverschwörer«, verlangte Ansgar, »jetzt gleich, oder es wird zu spät sein. Willst du das?«

Bertin schüttelte den Kopf.

»Willst du das?«

»Nein!«, schrie Bertin, der das Gefühl hatte, innerlich zerrissen zu werden. Seine Zuneigung für Waldrada und seine Verpflichtung seinen Leuten gegenüber lieferten sich einen heftigen Widerstreit. Was sollte er nur tun? Er wusste, dass er ein Leben nicht gegen das vieler aufwiegen durfte, ebenso, wie er wusste, dass Waldrada ihn abgrundtief hassen würde, wenn ihre Rettung mit dem Blut ihrer Kameraden erkauft wurde. Aber er konnte auch nicht einfach zusehen, nicht noch einmal ...

In seiner Hilflosigkeit riss er an seinen Ketten, in der vagen Hoffnung, dass seine Verzweiflung ihm die Kraft geben würde, sie zu sprengen. Doch derlei Dinge geschahen wohl nur in den alten Geschichten, die sein Vater Dalfin und ihm erzählt hatte – an diesem Tag gab das Eisen keinen Fingerbreit nach, und alles, was Bertin erreichte, war das spöttische Gelächter Ansgars und seiner Schergen.

»Aus dem Zwergenhammer«, konstatierte der Anführer der Alchemisten, »ist wohl ein Hämmerchen geworden!«

Bertin war es gleichgültig. Er sah zu den Rängen hinauf, suchte den Blick der Zuschauer – doch in ihren Mienen erblickte er nichts als Furcht und Verzweiflung. Von ihnen war weder Hilfe noch Trost zu erwarten.

Also gab es nur einen Weg.

»Komm schon, Ansgar!«, rief Waldrada in diesem Augenblick. »Du elender Bastard, worauf wartest du?«

»Nein!«, rief Bertin entsetzt, dem nur zu klar war, was sie vorhatte. »Tu das nicht!«

»Bist du nicht Manns genug, das Urteil zu vollstrecken?«, tönte die Zwergin weiter – woher sie den Mut dazu nahm, war Bertin ein Rätsel. Ihre Miene war von Zorn gerötet, der Blick ihrer blauen Augen klar und stechend. »Was soll das Volk von dir denken, wenn du jetzt zögerst, Ansgar? Ist das die Botschaft, die du ihm vermitteln willst? Dass deine Härte versagt, wenn es gegen eine Frau geht? Vielleicht ist das ja auch der Grund, warum du diesen weiten Mantel trägst – weil sich darunter weder Schwanz noch Eier befinden!«

Bislang hatte es den Anschein gehabt, dass ihre Beschimpfungen an Ansgar abperlten wie Wassertropfen von einem Schild aus Zwergensilber. Die letzte Bemerkung jedoch trieb dem Alchemisten die Zornesröte ins Gesicht. Seine kleinen Augen, die sonst so tief in ihren Höhlen lagen, riss er weit auf, dazu fletschte er die Zähne wie ein tollwütiger Warg.

»Du willst das lose Maul gestopft kriegen, Weib?«, zeterte er keifend. »Das kannst du haben!«

»Nein!«, schrie Bertin noch einmal – aber es war zu spät.

Ansgars Rechte zuckte bereits empor, um seinen Schergen das Zeichen zu geben, den Topf mit dem flüssigen Silber zu kippen und den Inhalt auf Waldrada herabzuschütten – als ein gellender Ruf erklang.

»Lord Ansgar! Lord Ansgar!«

Der Angesprochene war so in Rage, dass er einen Augenblick brauchte, um zu reagieren. »Bist du von Sinnen?«, brüllte er dann den Boten an, der im Laufschritt die Rampe herabgelaufen kam. »Willst du auch unter flüssigem Silber enden, Bursche?«

»N-nein, Euer Lordschaft!« Der Bote, der völlig außer sich war, warf sich spontan zu Boden. »Es ist nur …«

»Was?«, herrschte Ansgar ihn an. »Was kann so wichtig sein, dass du es wagst, mich in diesem Augenblick zu stören?«

Die Antwort war so kurz wie überzeugend.

»Wir werden angegriffen, Sire!«

20

»Dort ist es! Wir haben es geschafft!«
Dwethans Ausruf kam einer Erlösung gleich.
Dag atmete innerlich auf. Nachdem sie zuletzt nur noch kurze Distanzen geflogen waren, stets auf der Hut vor den Schattendrachen, hatten sie das Ziel ihrer Reise nun endlich erreicht. Gorta Ruun, die Festung der Zwerge.

Schon zweimal war Dag hier gewesen, und keiner dieser Aufenthalte war erfreulich verlaufen. Wäre es nach ihm gegangen, wäre er an den Ort, an dem sein Vater und er gefangen gehalten worden waren, ganz gewiss nicht mehr zurückgekehrt, aber das Schicksal hatte anders entschieden. Die Bilder, die er während seiner Vision in Shakara gesehen hatte, waren ihm nicht mehr aus dem Kopf gegangen. Er wollte um jeden Preis verhindern, was sie ihm gezeigt hatten – und dazu musste er zurück an diesen Ort des Schreckens.

»Wo denn?«, rief Lyrx, der ebenfalls vorn am Bug stand. »Ich kann nichts erkennen!«

»Die Festung der Zwerge ist nicht wie andere Burgen«, stimmte Dwethan zu. »Von den Pforten und ein paar Türmen abgesehen, ist sie unsichtbar, denn sie befindet sich im Inneren des Berges. Von seinen Felsen geschützt, reicht sie tief nach Erdwelt hinein – zu tief, wie manche behaupten. Die Gier der Zwerge hat schon manches aus dem Dunkel der Welt emporgehoben, das besser dortgeblieben wäre. Aber so schlimm wie diesmal ist es noch nie gewesen. Diesmal, meine Freunde, geht es um alles.«

Niemand an Bord der Gondel widersprach.

Seit offenbar geworden war, dass Dwethan sie alle getäuscht hatte und er in Wahrheit ungleich mehr war als ein kauziger alter Mann, der in manchen magischen Geheimnissen bewandert war, wurde seinen Worten noch mehr Bedeutung beigemessen als zuvor. Ferghas widersprach nicht mehr, und selbst Rammar hatte damit aufgehört, den Alten einen Knochensack zu schimpfen.

Auch Dag musste zugeben, dass Dwethans Enthüllung ihn tief beeindruckt hatte. Einerseits kränkte es ihn, dass sein Mentor ihm diese wichtige Information vorenthalten hatte, andererseits war die Neuigkeit so aufregend, dass es jedes andere Gefühl bei Weitem überwog. Dwethan war ein Elf, was bedeuten musste, dass er seit wenigstens fünf Jahrhunderten auf Erden weilte – in Anbetracht seiner Kenntnisse und des ungeheuren Erfahrungsschatzes, aus dem er schöpfte, vermutlich sogar noch sehr viel länger. Aus der Überlieferung wusste Dag natürlich, dass Elfen nicht in dem Sinne alterten, wie Menschen es taten, dennoch war es wie ein Schock, auf jemanden zu treffen, der schon so viel gesehen und erlebt hatte. Und in gewisser Hinsicht war es auch tröstlich, denn mehr noch als zuvor hatte Dag das Gefühl, dass er Dwethan vertrauen konnte und dass der alte Zauberer wusste, was er tat – und den anderen schien es ebenso zu gehen.

»Kennt ihr einen Weg hinein?«, fragte Ferghas, der das Ruder bediente. »Das letzte Mal haben wir uns durch die von Höhlenwürmern verseuchten Lüftungsschächte geschlichen, das möchte ich nicht wiederholen.«

»Keine Sorge«, versicherte Dwethan. »Für denjenigen, der sich wie ein Vogel durch die Luft zu bewegen weiß, hält Gorta Ruun noch mehr Eingänge offen. Siehst du jenen Felsen dort, der sich hoch wie ein Turm in den Himmel erhebt? Mit den schneegekrönten Zinnen aus Granit?«

»Was ist damit?«

»Auf ihn halte zu – es ist ein erloschener Schornstein, durch den wir ins Innere der Festung gelangen werden.«

»Aye«, bestätigte der Clansmann, wobei nicht zu erkennen war, was er von Dwethans Vorhaben hielt. Dag konnte das Knarren der Seile hören, als Ferghas das Luftschiff drehte.

»Wie ist unser Plan?«, fragte er den Zauberer.

»Welcher Plan?«, fragte dieser grinsend zurück.

»Ihr wisst, was ich meine.«

»Allerdings – und doch kann ich dir auf deine Frage keine Antwort geben, mein Junge. Denn diesmal existiert kein Plan. Zu vieles, das ich vorausgesehen habe, ist nicht eingetreten – und manches, das ich gesehen habe, ist nie geschehen. Die Zukunft ist undurchschaubar geworden, die Wirklichkeit brüchig – nur eines ist sicher: Dass wir der Macht, die dort unten in der Tiefe wirkt, Einhalt gebieten müssen.«

»Also ist das unser Plan.« Dag nickte grimmig.

»Mein Junge, es entbehrt nicht einer gewissen Ironie, wenn dies jemand sagt, der so lange auf Erden geweilt hat wie ich – aber ich wünschte, ich hätte mehr Zeit gehabt. Mehr Zeit, um Pläne zu machen und mehr Zeit, um sie in die Tat umzusetzen. Ich habe einen guten Teil meines Lebens damit verschleudert, unerkannt umherzuziehen, voller Verbitterung über die Vergangenheit und voller Angst vor der Zukunft.«

»Ihr und Angst?«, fragte Dag ungläubig.

»Du hast gesehen, was Visionen bewirken können.«

»Das ist wahr«, musste Dag zugeben. »Und warum habt Ihr Eure Zurückhaltung aufgegeben? Welche Eurer Visionen hat Eure Meinung geändert?«

»Visionen sind nur ein Teil der Wahrheit. Die Menschen waren es, die mich dazu bewogen haben, mein Exil aufzugeben und in das Geschehen einzugreifen. Denn bei allen Fehlern, die ihr Menschen begeht, habt ihr immer wieder gezeigt, dass ihr auch fähig seid, aus euren Fehlern zu lernen und auch über Gräben hinweg zueinanderzufinden – und genau das ist es, was Erdwelt braucht. Die Elfen sind gescheitert, weil sie sich stets alleine wähnten und glaubten, das Schicksal der ganzen Welt auf ihren Schultern tragen zu müssen. Die Menschen hingegen wissen um ihre Schwäche, und das ist ihre Stärke. Vergiss das niemals, Junge, ganz egal, was geschieht.«

»Egal was geschieht?« Die Art und Weise, wie Dwethan das sagte, gefiel Dag nicht. Wusste der Alte etwas, wovon er Dag nichts sagte? Hatte er in seinen Visionen etwas gesehen, das er bewusst für sich behielt? »Meister, ich …«

»In der Kürze der Zeit habe ich versucht, dich zu lehren, was ich konnte«, fiel Dwethan ihm ins Wort. »Alles andere liegt nun bei dir, ich kann dich nicht länger begleiten.«

»Nicht länger?« Dag spürte, wie sich etwas in ihm verkrampfte. »Was meint Ihr damit? Ich …«

»Shnorsh!«, ließ sich Rammar plötzlich von mittschiffs vernehmen. »Diese Biester kehren zurück und es sind … *verdammt viele* von ihnen!«

»Schattendrachen«, bestätigte Dwethan. Der Klang seiner Stimme verriet, dass auch er erschrocken war. »Wenigstens ein Dutzend!«

»Wie weit noch bis zum Ziel?«, wollte Dag wissen.

»Noch etwas mehr als einhundert Schritte«, meldete Lyrx.

»Anker bereit machen!«, befahl Dag und sprang auf.

»Korr«, knurrte Rammar.

»Wir haben nur den einen Wurf«, schärfte Dag dem dicken Ork ein. »Wenn er danebengeht, dann …«

»Wirst du wohl dein hässliches Maul halten, Mensch?«, fuhr Rammar ihn an. »Als ob ich nicht wüsste, was dann geschieht!«

»Siebzig Schritte«, vermeldete Lyrx.

Die Schattendrachen holten auf. Dag konnte jetzt das Rauschen ihrer Schwingen vernehmen, und im nächsten Augenblick erklang ihr markerschütterndes Geschrei. Die Gefährten zuckten zusammen wie unter Peitschenhieben, Panik wollte in ihnen aufsteigen.

»Ruhig, ganz ruhig«, mahnte Dwethan, aber es klang nicht sehr überzeugend.

»Fünfzig«, meldete Lyrx.

»Sie haben uns entdeckt! Sie greifen an!«, rief Ferghas.

»Bogenschützen«, befahl Dwethan. »Vielleicht können wir so ein wenig Zeit gewinnen!«

Dag wandte den Kopf in Richtung des Zauberers.

»Nein«, beantwortete der die Frage, noch ehe Dag sie ausgesprochen hatte. »Die Kraft des Kristalls wird anderweitig benötigt. Wir brauchen sie so notwendig wie die Luft zum Atmen.«

»Dreißig!«

Pfeile schwirrten von Ferghas' und Lyrx' Bogen – als Reaktion glaubte Dag etwas zu hören, das wie Gelächter klang. Oder war es nur das Heulen des Ostwinds?

»Bereit, Unhold?«, fragte Dwethan.

»Ja doch«, knurrte es zwischen zusammengebissenen Kiefern zurück.

»Zwanzig!«

Wieder schnellten Bogensehnen, das Kreischen der Schattendrachen kam sprunghaft näher.

»Zehn!«

»Jetzt!«, wies Dwethan an.

Dag hörte, wie Rammar keuchte und den Anker warf.

Einen Lidschlag lang war nichts zu vernehmen außer dem Pfeifen des Windes und dem Kreischen der Bestien – dann ein metallischer Klang, und im nächsten Moment ging ein heftiger Ruck durch die Gondel des Luftschiffs, der Dag fast von den Beinen riss.

»Angekommen«, bemerkte Ferghas trocken.

»Na, wie habe ich das gemacht?«, wollte Rammar Beifall heischend wissen, aber niemand achtete auf ihn. »Von mir aus«, maulte er, »dann eben nicht. Aber Rammar der schrecklich Rasende hat euch gerade allen den *asar* gerettet, nur damit das klar ist!«

»Los doch! Über Bord!«, brüllte Dwethan über das Kreischen der Bestien und das Rauschen ihrer Schwingen hinweg.

»Was werden wir unten finden?«, fragte Dag.

»Freunde«, erwiderte der Zauberer nur.

»Soll das ein Witz sein?«

»Ein Elf scherzt nur, um zu belehren«, antwortete Dwethan schmunzelnd.

Wäre Lord Ansgars Gesicht eine Landkarte gewesen – man hätte den Weg, den er ging, genau verfolgen können: Von den höchsten Gipfeln des Triumphs durch die Wüste des Zorns bis hin zum tiefen Meer der Fassungslosigkeit.

Augenblicke stand der Statthalter von Gorta Ruun nur da, während sich in seiner bleichen Miene all die Empfindungen spiegelten, die ihm in diesem Augenblick durch den Kopf gingen – Überraschung, Verwirrung, Unglaube.

Vor allem aber Zorn …

»Erkläre dich, Nichtswürdiger, oder ich fülle dich mit Silber auf, bevor du den nächsten Atemzug holst«, donnerte er mit wutbebender Stimme dem Boten entgegen, der sich vor ihm auf dem Boden wand.

»Feindliche Kämpfer sind eingedrungen«, erstattete der Zwergenkrieger Bericht, »durch das Tor der Ewigen Nacht ...«

»Das ist unmöglich.«

»Aber es ist die ... Wahrheit«, stotterte der Bote.

Ansgar hielt einen Moment inne. Der Silbertopf hing nach wie vor direkt über dem Haupt Waldradas.

»Und wie ist das geschehen?«

»Ich weiß es nicht, Euer Lordschaft!«

»Was für Kämpfer? Rebellen? Aufständische?«

»I-Ich glaube nicht, Euer Lordschaft. A-angeblich handelt es sich um Menschen ...«

»Menschen? Was haben Menschen hier zu suchen? Die Heere der Menschheit wurden besiegt! Wie können sie uns hier angreifen?«

»I-ich weiß nicht ...«

»Dummkopf! Tölpel!«, schrie Ansgar außer sich vor Wut. »Unfähig seid ihr, einer wie der andere! Zieht alle Krieger zusammen! Schickt den Eindringlingen alles entgegen, was wir haben!«

»Jawohl, Sire«, bestätigte der Bote, noch immer ehrerbietig am Boden liegend. Erst als Ansgar sich von ihm abwandte, sprang er auf und hastete die Rampe der Brücke hinauf, um den Befehl des Statthalters weiterzugeben.

»Und ihr«, wandte sich Ansgar mit blitzenden Augen an seine Alchemisten, während er die beiden Zwerge fast vergessen zu haben schien, »ruft die Schatten herbei, damit sie die Kaldronen bemannen. Lasst uns zu Ende bringen, wozu Winmar nicht in der Lage war. Diesmal werden wir unseren Feind nicht nur verstümmeln, wir werden ihn vernichten. Lasst diese dreisten Menschen, die es wagen, sich gegen uns aufzulehnen, nur kommen. Der Macht der Schatten haben sie nichts entgegenzusetzen!«

21

Als das Seil sich plötzlich spannte, ging ein heftiger Ruck durch Dags Körper, der ihm die Luft aus den Lungen presste und ihn kurzzeitig die Orientierung verlieren ließ. Einen Augenblick später fand er sich am Seil hängend wieder, hin und her baumelnd wie ein Pendel.

Im Bemühen, sich irgendwo festzuhalten, griff er um sich, tastete die Felswand, die völlig glatt gehauen war, jedoch mit einer dicken Schicht einer schmierigen Substanz überzogen. Gleichzeitig stieg ihm der strenge Geruch von Verbranntem in die Nase – natürlich, dies war ein Kamin, dämmerte es seinem durchgeschüttelten Verstand.

»Dag, hierher!«, rief jemand.

Zwar hallte das Echo der Stimme durch den Schacht, sodass er sie nicht eindeutig lokalisieren konnte, aber es schien ihm logisch, dass sie von unter ihm gekommen war. Und es war Ferghas, der gesprochen hatte.

»Ich bin hier«, bestätigte der Clansmann, »einige Mannslängen unter dir. Du musst den Strick durchschneiden!«

Dag überlegte nicht lange. Mit einer Hand griff er nach dem Dolch an seinem Gürtel und durchschnitt das Seil ein Stück oberhalb der Schlinge, die um seine Brust lag.

Ein reißendes Geräusch, und es ging hinab.

Die Landung war sehr viel weicher, als Dag es erwartet hatte – er fiel in etwas, das leicht war und leise knirschte, wenn er sich darin bewegte.

Asche …

Er zerrte den Rest des Stricks von sich und raffte sich auf die Beine, was inmitten des Aschebergs nicht gerade einfach war. Ferghas' helfende Hand packte die seine und zog ihn heraus. Dag versuchte sich vorzustellen, wie der Clansmann wohl aussehen mochte, über und über voller Ruß.

»Alles gut überstanden?«, erkundigte er sich.

Dag nickte nur.

»Dann komm.«

Ferghas zog ihn in einen Stollen, der sich an den Schornstein anzuschließen schien – die Geräusche veränderten sich, waren jetzt näher und unmittelbarer. Dort trafen sie auf die anderen.

»Da bist du ja endlich, Herzogsöhnchen«, schnauzte Rammar zur Begrüßung. »Wir haben schließlich nicht den ganzen Tag Zeit, um draufzugehen.«

»Was jetzt?«, wollte Lyrx wissen.

»Wir warten«, antwortete Dwethan.

»Und worauf?«

»Wir warten«, wiederholte der Zauberer.

Dag zog sein Schwert, die anderen taten es ihm gleich. Wieder zurück in Gorta Ruun zu sein, weckte Erinnerungen – und kaum eine davon war angenehm. Unwillkürlich musste Dag an seinen Vater denken, an den verzweifelten Versuch, ihn aus dem Kerker der Zwergenfestung zu befreien – und an das ebenso heldenhafte wie grausame Ende, das der Herzog von Ansun gefunden hatte.* Die Stollen waren dieselben, und auch die Bedrückung, die Dag empfand, war genau wie damals – eines jedoch hatte sich geändert.

Damals hatte Dag nicht gewusst, wofür er kämpfte, war hilflos gewesen in seiner Blindheit, getrieben wie ein Blatt im Wind. Diesmal jedoch wusste er ganz genau, warum er

* siehe DIE KÖNIGE

hier war und worin seine Mission bestand. Und das nicht nur, weil er ein anderer war als damals, weil er gelernt hatte, seine verbliebenen Sinne zu schärfen und sich in dieser feindseligen Welt zu behaupten. Sondern auch, weil er mit Dwethans Hilfe einen Schritt in eine noch größere Welt getan und in die Zukunft gesehen hatte.

Noch immer wusste Dag nicht, was er davon halten sollte – besaß er tatsächlich eine Gabe, wie der Zauberer behauptete? Oder hatte die Macht des Kristalls all dies bewirkt? Was auch immer es gewesen sein mochte, Dag konnte die Bilder seiner Vision noch immer deutlich vor Augen sehen, die grässlichen Schemen, die der Unterwelt entsprungen waren, die Legion der Schatten – und seine Entschlossenheit zu verhindern, dass es jemals dazu kam, war ungebrochen.

Aus der Tiefe des Stollens waren plötzlich Schritte zu vernehmen, das hastige Trampeln kurzer Beine, begleitet vom Klirren schwerer Rüstungen.

»Zwerge«, knurrte Ferghas. »Sie haben unsere Fackeln gesehen und kommen auf uns zu.«

»Sind das die Freunde, auf die wir warten?«, wollte Lyrx wissen.

»Feinde!«, scholl es in diesem Moment mit lauter Stimme durch den Felsengang. »Vernichtet sie!«

»Dazu wird es eher nicht kommen«, gab Dwethan trocken zur Antwort.

22

Chaos war ausgebrochen.

Die Nachricht, dass Menschen in Gorta Ruun eingedrungen waren, hatte für Panik unter den Alchemisten gesorgt, die berühmt waren für ihre Verschlagenheit und ihr geheimes Wissen – aber nicht unbedingt für ihren Mut.

»Feiglinge!«, brüllte Ansgar außer sich vor Wut, als seine Handlanger die Flucht ergriffen. »Elende Feiglinge ...!«

Auch die beiden Wächter, die Bertin in Schach gehalten hatten, schienen plötzlich verunsichert. Und Bertin konnte endlich handeln.

Obwohl seine Hand- und Fußgelenke nach wie vor gefesselt waren, stürzte er sich auf seine Bewacher. Den einen rempelte er so hart, dass er das Gleichgewicht verlor und stürzte. Der andere stieß eine Verwünschung aus und schwang seine Axt in Bertins Richtung.

Der Freiheitskämpfer entging dem vernichtenden Hieb, indem er sich rasch duckte. Als der Krieger ein zweites Mal zuschlagen wollte, riss Bertin die gefesselten Hände empor und fing den Hieb mit der Kette ab. Augenblicke lang rangen er und sein Häscher miteinander, begleitet von Ansgars keifendem Geschrei, der die sofortige Tötung der Gefangenen verlangte.

Bertin ließ sich davon nicht beeindrucken.

Jäh gab er den Widerstand auf und sprang zurück, sodass sein Gegner nach vorn taumelte. Die Axt fiel herab, Bertin wich ihr mühelos aus – und im nächsten Moment war er auch schon hinter seinem Bewacher, schlang ihm die Kette seiner Handfesseln um den Hals und zog erbarmumgslos zu.

Der Zwerg ließ seine Axt fallen und vollführte wilde Bewegungen, die immer fahriger wurden, je länger er keine Luft bekam. Mit zusammengebissenen Zähnen hielt Bertin aus, schnitt seinem Gegner die Luftzufuhr ab.

»Das Silber!«, hörte Bertin Ansgar schreien. »Schüttet endlich das Silber herab, ihr Idioten! Worauf wartet ihr?«

Aus dem Augenwinkel nahm Bertin eine Bewegung wahr – der andere Wächter, der sich inzwischen wieder auf die Beine gerappelt hatte! Blitzschnell fuhr er herum, den zappelnden Gegner riss er mit – und mit furchtbarer Gewalt fuhr der Axthieb, der eigentlich ihm gegolten hatte, in den Brustkorb des Zwergs, dessen wilde Gebärden jäh endeten.

Der andere Wächter verfiel in heiseres Gebrüll. Wütend riss er die Axt aus der Brust seines toten Kameraden, um ein zweites Mal zuzuschlagen. Bertin nutzte den Augenblick, um sich zu bücken und die herrenlose Waffe vom Boden aufzulesen. Er wartete nicht, bis der andere heran war, sondern warf sie kurzerhand – die schwere Axt überschlug sich in der Luft, traf seinen Gegner in die linke Schulter und riss ihn zu Boden. Keuchend wirbelte Bertin herum – nur um zu sehen, wie der Schmelztopf über Waldrada baumelte, sich viel zu schnell neigte!

»Neeein!«, brüllte Bertin aus Leibeskräften und wollte zu ihr eilen, aber die Fußfesseln ließen nur kleine Schritte zu. Seine Beine verhedderten sich in den Fesseln, und er taumelte und schlug bäuchlings zu Boden, stieß sich das Kinn blutig. Er wollte sich wieder aufraffen, als er sah, dass es zu spät war – das Silber war an der Ausgussnase! Schon kroch es vor, und ein Tropfen löste sich, fiel senkrecht herab – und traf Waldrada an der Schulter!

Sie schrie auf, als das flüssige Metall ihre Haut verbrannte, und Bertin hatte das Gefühl, den Schmerz am eigenen Leibe zu fühlen …

Plötzlich war ein fürchterliches Krachen zu hören.

Bertin zuckte zusammen – nur um festzustellen, dass sich der Topf nicht weiter geneigt hatte. In schräger Position hing er an den Ketten, in einem höchst labilen Gleichgewicht. Der Zwerg, der den Flaschenzug von seinem hohen Führerstand aus bediente, schien nicht weniger überrascht zu sein als Bertin. Er stand wie vom Donner gerührt, während er ungläubig auf den Behälter mit dem flüssigen Silber starrte – und im nächsten Moment rann ihm Blut aus den Mundwinkeln.

Er ließ den Hebel der Vorrichtung los und kippte nach vorn ins Leere, stürzte zwanzig Schritte tief, ehe er mit hässlichem Geräusch auf den Boden schlug – und Bertin begriff, dass der Knall, den er gehört hatte, der Schuss einer Donnerbüchse gewesen war.

Fast gleichzeitig wurde der Kessel von markerschütterndem Geschrei erfüllt, und über die Brücke und die Rampe, die in die Arena führte, stürmte eine Horde bis an die Zähne bewaffneter Zwerge herab. Bertin konnte sein Glück kaum fassen, als er seine Widerstandskämpfer erkannte. Und – Bertin traute seinen Augen nicht! – Kein anderer als Runward führte sie an!

»Vorwärts!«, brüllte der Tätowierte, während er seine Axt kreisen ließ und einen Wächter fällte, der den Fehler beging, sich ihm in den Weg zu stellen. »Tod den Verrätern!«

Bertin wollte aufatmen – jedoch zu früh.

Ansgar, der begriff, dass das Ende seiner Herrschaft angebrochen war, fuhr herum und hastete zu der Leiter, die an der Felswand emporführte, geradewegs zum Führerstand des Flaschenzugs. Nur noch ein einziges Ziel schien ihn zu beseelen: Waldrada zu töten!

»Ansgar!«

Bertin schrie den Namen seines Erzfeindes, während er erneut losstürzte. Die Eisenschellen schnitten in seine Fußgelenke, dass es schon nach wenigen Schritten blutete, aber er gab nicht auf. Mit zusammengebissenen Zähnen hastete er auf die Leiter zu, die der Anführer der Alchemisten bereits zur Hälfte erklommen hatte!

Endlich langte auch Bertin bei der Leiter an – da der Abstand der Fußfesseln zueinander nicht ausreichte, um die Sprossen abwechselnd zu erklimmen, musste er sich mit den Händen an den Holmen festhalten und von Sprosse zu Sprosse springen, was entsetzlich viel Kraft kostete. Doch die Gewissheit, dass es um Waldradas Leben ging, trieb ihn an, und während unter ihm in der Arena ein blutiger Kampf zwischen den Wachen der Alchemisten und den Freiheitskämpfern entbrannte, gelang es Bertin, zu Ansgar aufzuschließen.

Er griff nach oben, bekam einen Zipfel von dessen schwarzer Robe zu fassen, doch der Alchemist riss sich los und trat mit aller Kraft nach seinem Verfolger. Bertin fühlte heißen Schmerz, als einer der Tritte in seinem Gesicht landete. Seine Nase brach mit leisem Knacken, und ein Schwall von Blut brach daraus hervor – doch Bertin ließ sich nicht abschütteln.

Den Schmerz herunterschluckend kletterte er weiter, während Ansgar bereits dabei war, die Plattform des Führerstandes zu erklimmen und nach den Hebeln zu greifen …

»Bertin!«

Waldradas gellender Ruf verlieh Bertin zusätzliche Kräfte. Mit einem todesmutigen Sprung nahm er die letzten Sprossen, warf sich mit dem Oberkörper auf die Plattform – und bekam Ansgars Fußgelenk zu fassen, nur den Bruchteil eines Augenblicks, ehe dieser den Hebel umlegen wollte.

Der Alchemist wollte laut schreien, als er zurückgerissen wurde und mit dem Gesicht voraus auf die metallene Plattform schlug, doch der Aufprall ließ die Luft aus den Lungen entweichen und sorgte dafür, dass nur ein Keuchen zu hören war. Bertin packte den Gürtel des Alchemisten und zog daran, wollte seinen Erzfeind von der Plattform zerren. Ansgar wehrte sich mit allen Mitteln, trat und schlug mit Fäusten um sich – und zückte im nächsten Moment den Dolch.

Bertin wich der Klinge geistesgegenwärtig aus. Er bezweifelte nicht, dass sie in irgendeine jener verderblichen Mixturen getaucht worden war, die die Alchemisten im Thronsaal zubereiteten – und dass schon ein winziger Schnitt genügte, um elend daran zugrunde zu gehen.

Sofort trug Ansgar eine zweite Attacke vor, den Griff des Dolches mit beiden Händen umklammernd, die graubleiche Miene hasserfüllt verzerrt. Bertin hatte keine Chance, den Hieb abzuwehren, stattdessen packte er kurzerhand Ansgars Bein, sprang von der Sprosse, auf der er gestanden hatte, und ließ sich am Holm in die Tiefe gleiten.

Es ging so schnell, dass der Alchemist gar nicht begriff, wie ihm geschah. Festhalten konnte er sich nicht, weil er den Dolch noch in den Händen hatte und zu sehr darauf erpicht war, seinen Gegner zu töten. Ohne Halt schoss er über die Plattform hinaus. Bertin, der sich einige Sprossen später wieder abgefangen hatte, entließ ihn aus seinem Griff – und so stürzte der Statthalter von Gorta Ruun in die Tiefe, schreiend und von seiner schwarzen Robe umflattert, ehe er mit hässlichem Klatschen auf den steinernen Boden aufschlug und in grotesker Verrenkung liegen blieb.

Mit pochendem Herzen kletterte Bertin hinab, um nun, da die Gefahr gebannt war, endlich Waldrada zu befreien und seinen Kameraden zu Hilfe zu eilen – doch wie er feststellen musste, war der Kampf um den Kessel bereits zu Ende.

Wer von den Alchemisten und ihren Wachen nicht die Flucht ergriffen hatte, lag entweder in seinem Blut oder war gefangen genommen worden. Und Runward hatte seine schwere Axt bereits dazu benutzt, Waldrada von ihren Ketten zu befreien.

Als sie Bertin erblickte, stürzte sie ihrer Verletzung ungeachtet auf ihn zu und schlang ihre Arme um ihn, und er erwiderte ihre Umarmung, die innig war und voll dankbarer Zuneigung.

Keiner von ihnen sprach ein Wort – das übernahm Runward, der grinsend hinzutrat, die Axt lässig über der Schulter. »Also ehrlich gesagt«, meinte der Tätowierte grinsend, »hätte ich nicht gedacht, dass wir uns noch einmal wiedersehen.«

»Ich auch nicht«, gab Bertin zu, nachdem er Waldrada wieder aus seinen Armen entlassen hatte. »Wie …?«

»Viel ist in der Zwischenzeit geschehen«, erwiderte Runward grimmig. »Auf unserer Flucht sind Dado und ich Kriegern der Menschen begegnet, die sich mit uns verbündet haben, um den Tyrannen zu bekämpfen. Ihr Anführer ist Daghan von Ansun.«

»Daghan«, echote Bertin ungläubig, der diese glückliche Fügung kaum fassen konnte. Natürlich erinnerte er sich an den Sohn des Herzogs von Ansun, der der erste und bislang einzige Mensch war, dem er in Freundschaft die Hand gereicht hatte. Bertin hatte ihm einst das Leben gerettet – und Daghan hätte sich keinen besseren Zeitpunkt aussuchen können, um seine Schuld zu begleichen.

Bertin hielt Runward seine Fesseln hin, damit er auch sie durchtrennte. Dann blickte er sich suchend nach Martog um.

Der Hammer lag herrenlos am Boden.

Der Alchemist, der ihn gehalten hatte, lag mit durchlöcherter Brust daneben – der Schuss einer Donnerbüchse hatte ihn niedergestreckt.

Bertin hob den Hammer auf, der ihm stets so wertvolle Dienste geleistet hatte. Er küsste das kalte Metall und hatte das Gefühl, dass ihn dabei neue Lebenskraft durchströmte.

»Waldrada«, wandte er sich an die Zwergin, die ihre Hand auf die Verbrennung an ihrer Schulter presste. »Wird es gehen?«

Sie biss die Zähne zusammen und nickte.

»Dann nimm unsere Leute und führe sie zu Daghan, um ihm im Kampf beizustehen. Runward – du alarmierst die anderen Widerstandsnester. Sag ihnen, die Stunde des Kampfes ist gekommen.«

»Verstanden«, bestätigte der Schmied. »Und was wirst du tun?«

Bertin antwortete nicht. Stattdessen richtete er den Blick zu den Rängen des Kessels empor. Einige der Zuschauer waren geflohen, die meisten jedoch hatten auf ihren Plätzen ausgeharrt und waren Zeugen des kurzen aber heftigen Kampfes geworden. Entsetzen spiegelte sich in ihren Zügen, die Furcht vor der Strafe, die über sie alle hereinbrechen würde …

»Zwergenbrüder!«, rief Bertin laut, und die natürliche Form des Kessels verstärkte seine Stimme, sodass sie bis hinauf zum Rand zu hören war. »Bürger von Gorta Ruun, hört mich an! Ich bin Bertin Zwergenhammer, des Drogos Sohn! Die Zeit ist gekommen, um gemeinsam aufzustehen und zu den Waffen zu greifen, um das Joch der Tyrannei abzuschütteln! Lord Ansgar, der uns alle verraten und unsere Heimat an eine dunkle Macht verkauft hat, ist tot!«, fügte er hinzu, auf den leblosen Körper des obersten Alchemisten deutend. »Er kann euch nicht mehr gefährlich werden, aber seine Schergen treiben noch immer ihr Unwesen in Gorta

Ruun. Sorgen wir dafür, dass sie diesen Tag nicht vergessen und vertreiben wir sie für immer aus unserer Heimat!«

Er stieß den Hammer hoch in die Luft.

»Dies«, verkündete er dazu, »ist Martog, der Hammer meines Vaters! Einst dazu geschmiedet, einem Bildhauer zu dienen und dem Stein neue Form zu geben, ist er in meiner Hand zur Waffe geworden, zum Symbol unserer Freiheit! Dieser Hammer, meine Freunde, steht für das, was einst gewesen ist und was wieder werden kann, wenn wir jetzt zusammenstehen und Seite an Seite gegen unsere Unterdrücker kämpfen! Ich weiß, dass ihr Angst habt, meine Freunde, und ich weiß auch, dass ihr die Finsternis fürchtet, die Ansgar und seine Brut entfesselt haben – doch wenn es jemals eine Chance gab, die Herrschaft der Alchemisten abzuschütteln und ihren dunklen Zauber zu brechen, dann hier und jetzt! Kommt mit mir und kämpft, meine Brüder! Für jene von uns, die die Herrschaft der Alchemisten mit einem grausamen Tod bezahlen mussten! Für eure Kinder, die in einer friedlicheren, besseren Welt aufwachsen sollen! Und für unsere Freiheit!«

Das letzte Wort verklang, und Bertin stand inmitten des gewaltigen Runds, schweigend und allein.

Einen quälenden Augenblick lang blieb es still, und Bertin glaubte schon, seine Rede würde unerwidert verhallen. Doch dann begann es irgendwo ganz leise, grollte wie ferner Donner durch die Reihen, um schließlich anzuschwellen und ihm aus Hunderten von Kehlen entgegenzuschallen, einem alten Kriegsgesang gleich, wie die Helden aus den Tagen der Sieben Könige ihn vor der Schlacht angestimmt hatten.

»Frei-heit! Frei-heit! Frei-heit …!«

23

Dag spürte die Agression seines Gegners einen Lidschlag, ehe er dessen Klinge zu spüren bekommen hätte – blitzschnell riss er sein Schwert empor und blockte den mörderischen Hieb, den der andere ihm hatte beibringen wollen.

Der Zwerg stieß ein wütendes Knurren aus und wirbelte um seine Achse, um sein Schwert – dem charakteristischen Pfeifen nach ein Orkschnitter mit breiter Klinge – ein zweites Mal nach Daghan zu schwingen. Dag kannte die zwergische Kampfweise inzwischen gut genug, um vorauszusehen, dass bei einem Kampf gegen Menschen die zweite Attacke stets den Beinen galt – so als stellte der Größenunterschied kein Hindernis mehr dar, wenn der Gegner erst auf ein handliches Maß zurechtgestutzt war. Entsprechend senkte Dag die Klinge, und wieder traf Stahl auf Stahl, was der Zwerg mit einem ärgerlichen Grunzen quittierte. Dag trat genau dorthin, von wo das Grunzen gekommen war, und traf den Krieger mitten im Gesicht. Der Zwerg geriet ins Taumeln, und Dag hieb zu.

Was genau er durchtrennte, wusste er nicht, aber sein Gegner verfiel in helles Winseln. Da der Zwerg nicht um Gnade rief, Dag seine Mordlust jedoch noch immer fühlen konnte, blieb ihm nichts, als ein weiteres Mal zuzuschlagen – worauf das Winseln jäh verstummte.

»Dag! Vorsicht!«, rief Ferghas, der neben ihm stand und sich unter heftigem Keuchen zur Wehr setzte. »Diese kleinen Bastarde werden immer dreister – und es werden immer mehr!«

»*Korr*, da muss irgendwo ein Nest sein«, stimmte Rammar, der auf der anderen Seite stand, nicht minder keuchend zu. »Ich war gleich dagegen, mitten in die Zwergenfestung zu marschieren, aber ihr wolltet ja nicht auf mich hören! Wäre ich nur zu Hause auf meiner Insel geblieben.«

»Ein bisschen spät, um das zu bedauern«, keuchte Dag.

»Halt bloß den Rand, Herzogsöhnchen – du bist es schließlich gewesen, der mich dazu überredet hat, mein Königreich zu verlassen. Du und mein hirntoter Bruder, den ich jetzt wahrscheinlich nie wiedersehen werde.«

»Na also«, bemerkte Lyrx trocken. »Dann hat all das hier doch wenigstens etwas Gutes.«

»Schnauze, du Gnom«, fuhr Rammar ihn an, der unter heftigen Atemzügen seinen *saparak* tanzen ließ. »Warum machst du dich nicht nützlich und hältst uns die Hutzelbärte vom Hals, indem du dich zur Abwechslung mal in was richtig Großes verwandelst? Vielleicht in einen Troll oder einen Warg oder …«

»Kann ich nicht«, beschied Lyrx ihm knapp. »Außerdem ist es nicht immer von Vorteil, groß zu sein – sieh doch an!«

»Was meinst du damit, du kleiner … Arrrgh!«

Rammar schrie schmerzvoll auf, etwas musste ihn getroffen haben. Und als wäre dies das Signal gewesen, den Eindringlingen noch mehr zuzusetzen, drangen die Zwerge noch unerbittlicher auf sie ein. Der Stollen war erfüllt von ihrem Kriegsgebrüll und vom Geklirr der Äxte und Schwerter – und vom Vernichtungswillen, der die Zwergenkrieger beseelte und den Dag beinahe körperlich spüren konnte.

Sein Schwert mit beiden Händen führend, drosch er auf seinen Widersacher ein, ohne jedoch einen entscheidenden

Treffer zu landen – und der Druck, mit dem die Verteidiger gegen die Gefährten anstürmten, nahm noch zu.

»Wir können nicht mehr lange standhalten!«, rief Ferghas.

»Zurück! Zurück!«, rief Dwethan.

Dag war überzeugt, dass der Zauberer sein Bestes gab. Gleich zu Beginn des Angriffs hatte er einige Gedankenstöße gewirkt und die Gegner damit zurückgeworfen, doch inzwischen waren seine magischen Kräfte fast aufgezehrt, sodass nur die blanke Klinge blieb, um sich gegen die Zwerge zur Wehr zu setzen – der Elfenkristall, das hatte Dag inzwischen begriffen, war zu einem anderen Zweck bestimmt, und Dwethan wäre lieber gestorben, als seinen Auftrag zu verraten.

Schulter an Schulter wichen die Gefährten zurück, bis es nicht mehr weiterging. Sie standen mit dem Rücken zur Wand, buchstäblich, und fochten um ihr Leben.

Lyrx schrie gequält auf, als er verwundet wurde, Rammar ließ einige orkische Verwünschungen vernehmen. Dag selbst trug eine Schnittwunde am Arm davon, als er nicht schnell genug reagierte. Sie alle waren erschöpft von den Strapazen der Reise, es war nur noch eine Frage der Zeit, bis der Erste von ihnen fallen würde – und dann würde es schnell gehen.

Dags Gedanken wanderten gen Osten, zu Aryanwen und Alannah, und er hoffte, dass zumindest sie ihr Ziel erreicht hatten … Dann stürmte auch schon der nächste Angreifer auf ihn ein, und er musste all seine Fertigkeiten aufwenden, um ihn sich vom Hals zu halten. Dag wartete beinahe darauf, dass die Klinge des anderen seine Deckung durchdringen und bis zum Heft in seinen Leib fahren würde – doch etwas Unerwartetes geschah.

Entsetztes Geschrei drang plötzlich aus den Reihen der Gegner, und ein gefährliches Zischen war zu vernehmen, das von Dutzender winzig kleiner Pfeile stammte. Der Ansturm der Zwerge kam zu einem jähen Halt.

»Sie sind hier!«, rief Dwethan triumphierend. »Unsere Freunde sind gekommen!«

»Na...Nagaya?«, fragte Lyrx voller Unglauben.

Eine Antwort bekam er nicht, denn der Lärm des Kampfes, der nun entbrannte, übertönte alles andere. Die Zwerge, die sich eben noch in der Überzahl wähnten, sahen sich plötzlich einem Angriff in ihrem Rücken ausgesetzt. Und da Uneinigkeit herrschte, nach welcher Seite sie sich verteidigen sollten, brach in ihren Reihen Chaos aus – das wiederum die Gefährten nutzten, um sich Luft zu verschaffen.

»Wartet, ihr kleinen *Shnorsh*er!«, brüllte Rammar, der nun wieder Oberwasser hatte und seinen *saparak* wie eine Sense schwenkte, zum Leidwesen einiger Zwerge, die ihm unvorsichtigerweise den Rücken zugewandt hatten. Der dicke Ork kannte keine Gnade, mit hässlichem Knirschen schnitt seine Klinge durch Sehnen, Fleisch und Knochen. »Das wird euch lehren, euch nicht noch einmal mit Rammar dem schrecklich Rasenden anzulegen!«

Der Kampf war ebenso kurz wie heftig.

Wer von den Zwergenkriegern noch auf den Beinen stand, der wurde entweder gefangen genommen oder flüchtete durch einen der Nebenstollen – sie zu verfolgen, wäre ein hoffnungsloses Unterfangen gewesen, dafür kannten die Bewohner von Gorta Ruun die Gänge ihrer Festung einfach zu gut. Sollten sie ruhig Verstärkung rufen – bis diese eintraf, würden Dag und seine Gefährten nicht mehr hier sein.

»Nagaya, gute Freundin!«, grüßte Dwethan die Schlangenfrau, die im Augenblick höchster Bedrängnis mit ihren Leuten zu Hilfe gekommen war – Dag, der damit am allerwenigsten gerechnet hatte, kam es wie ein Wunder vor.

»Zauberer«, erwiderte die Nathaira mit ihrer zischelnden

Stimme – aus ihrem Mund klang es nicht abwertend, sondern respektvoll, beinahe bewundernd. »Du hast das Blendwerk also aufgegeben und zeigst dich nun so, wie du tatsächlich bist?«

»Und wie du mich die ganze Zeit über gesehen hast«, erwiderte der Alte lachend.

»Wie ... wie ist das möglich?«, fragte Dag verblüfft. »Ich meine, woher wusste Nagaya, dass ...?«

»Dank ihrer Fähigkeiten und der meinen«, gab Dwethan zur Antwort. »Selbst über die weite Entfernung hinweg sind wir einander gedanklich verbunden geblieben, und ich habe sie über alles in Kenntnis gesetzt, was auf unserer langen Reise geschehen ist.«

»Und auch über das, was noch geschehen wird?«, fragte Dag in Anspielung auf die Vision, die er in Shakara gehabt hatte.

»Auch das«, bestätigte die Nathaira. »Daraufhin habe ich meine Kinder um mich gesammelt und bin mit ihnen nach Gorta Ruun aufgebrochen, um euch im Kampf gegen die Dunkelheit beizustehen.«

»Und das hast du meisterlich getan«, bestätigte Dwethan feierlich. »Ich danke dir, werte Freundin.«

»Nicht ich allein war es, die euch zu Hilfe kam. Die Nathiri hatten Helfer, deren tapferer Einsatz beweist, dass nicht alle Söhne und Töchter des Berges dem Bösen verfallen sind. Dies«, stellte Nagaya vor, »ist Dado, ein Kämpfer des Widerstands, der uns sehr geholfen hat. Und dies ist Waldrada, eine weitere Kriegerin aus den Reihen der Rebellen. Beide sind Gefolgsleute Bertin Zwergenhammers, des Drogos Sohn.«

»Bertin? Drogos Sohn?« Dag horchte auf.

Konnte das ein Zufall sein?

Er kannte diesen Namen! Bei ihrem letzten Aufenthalt in

Gorta Ruun hatte ihnen ein Zwerg namens Bertin zur Flucht verholfen …

»Unser Anführer entbietet dir seine Grüße, Daghan von Ansun«, erwiderte die Zwergin, die in sanftem Alt sprach. »Er erinnert sich gut an die Begegnung mit dir und heißt dich in Gorta Ruun willkommen. Und er dankt dir für deine Hilfe.«

»Wir haben zu danken«, versicherte Dag. »Wärt ihr nicht zur Stelle gewesen …«

»Das verhält sich umgekehrt nicht anders«, versicherte Waldrada. Dag wusste nicht, wie sie das meinte, aber es schien ihr ernst damit zu sein. »Aber ich bringe gute Nachricht: Ansgar, der Anführer der Alchemisten und königliche Statthalter von Gorta Ruun, ist tot. Überall in der Stadt und der Festung brechen in diesem Augenblick Aufstände aus.«

»Das sind gute Nachrichten«, anerkannte Dwethan. »Doch wenn es uns nicht gelingt, das zu verhindern, was uns über die Zukunft offenbart wurde, so wird dieser Triumph nur von kurzer Dauer sein.«

»Was habt ihr gesehen?«, wollte die Zwergin wissen.

»Es … war tief unter der Erde«, berichtete Dag. »Dort gab es einen Schlund, der ins Innere von Erdwelt führte, tief hinab, und aus dem grüne Flammen schlugen …«

»Ein Schlund? Grüne Flammen?« Die Furcht, die aus Waldradas Worten sprach, machte deutlich, dass sie nicht zum ersten Mal von diesen Dingen hörte.

»Weißt du, wovon ich spreche?«, fragte Dag vorsichtig.

»Ich fürchte ja«, bestätigte sie. »Der Ort, den du suchst, befindet sich an der tiefsten Stelle von Gorta Ruun, ganz unten, im Stollen Zor. Schreckliche Dinge gehen dort vor sich, Daghan von Ansun«, fügte sie schaudernd hinzu. »Dinge, die …«

»Das wissen wir«, versicherte Dwethan. »Kannst du uns hinführen?«

Waldrada brauchte einen Moment, um zu antworten.

»Ja«, erwiderte sie dann entschlossen.

24

Wie unbegreiflich das Schicksal war.

Das letzte Mal, als Bertin Zwergenhammer den Thronsaal von Gorta Ruun betreten hatte, war er der festen Überzeugung gewesen, ihn niemals wieder zu verlassen – nun war er auf dem Weg dorthin zurück!

An der Spitze einer Meute von knapp vierhundert Zwergen, die sich in aller Eile mit dem bewaffnet hatten, was die Wachen in der Arena zurückgelassen hatten, stürmte er in das Herz Gorta Ruuns, entschlossen, die Herrschaft der Alchemisten endgültig zu beenden. Die Chancen dafür standen ungleich besser als bei seinem letzten Besuch.

Die Wachen, die an der Pforte zum Thronsaal ihren Dienst versahen, wurden von dem Angriff völlig überrascht. Zwar hatten sie mitbekommen, dass in einigen Teilen der Festung gekämpft wurde, doch hatten sie keine Ahnung, was genau dort vor sich ging. Und auch die Verstärkung, die sie in aller Eile hinzugerufen hatten, reichte bei Weitem nicht aus, um dem Druck der Horde standzuhalten, die gegen das Tor anrannte.

Den ersten Wächter, der so unklug war, sich ihnen in den Weg zu stellen – ein Hauptmann, der seinen Bart nach Alchemistenart gestutzt hatte – fällte Bertin persönlich. Mit einem heiseren Schrei schwang er Martog, und der Hammer durchdrang nicht nur den Schild des Hauptmanns, sondern auch noch dessen Helm und zerschmetterte seinen Schädel.

Blutüberströmt sank der Wächter nieder, was den Aufständischen die letzten Hemmungen nahm. Selbst diejenigen unter ihnen, die bislang noch zögerlich gewesen waren, sich dem Druck der Masse gebeugt hatten, obwohl sie sich insgeheim aus Furcht vor den Alchemisten und ihrer Macht am liebsten verkrochen hätten, gingen jetzt unter lautem Gebrüll zum Angriff über. Die Wachen am Tor – keine einfachen Soldaten, sondern Lord Ansgars Leibgarde, handverlesene Krieger, die den Alchemisten Treue bis in den Tod geschworen hatten – ergriffen nicht die Flucht, sondern behaupteten ihre Stellung. Mit angelegten Donnerbüchsen empfingen sie die Aufständischen, feuerten ruchlos in die Masse.

Die Büchsen krachten, und einige der Männer und Frauen, die in der vordersten Reihe stürmten, brachen getroffen zusammen – doch gemessen an der Anzahl der Angreifer waren nur wenige Opfer zu beklagen, entsprechend kam der Sturmlauf nicht ins Stocken. Noch während die Wachen versuchten, ihre Waffen ein zweites Mal zu laden, waren Bertin und seine Streiter bei ihnen. Mit einem Schlag in die Magengrube überzeugte Margok einen Wachsoldaten, keinen weiteren Schuss abzugeben, und auch die übrigen Wächter, obschon altgediente Krieger und bis an die Zähne bewaffnet, vermochten gegen die schiere Übermacht nichts auszurichten. Einer nach dem anderen sank mit durchbohrter Brust oder zerschmettertem Schädel nieder – und die Aufständischen standen vor dem Tor.

Natürlich war es verschlossen und von innen verriegelt worden – die Vorstellung, wie die Alchemisten, die das Volk der Zwerge über Jahre hinweg in Angst und Schrecken versetzt hatten, nun hinter dieser Tür kauerten und selbst um ihr Leben fürchteten, erfüllte Bertin mit grimmiger Genugtuung.

Es dauerte nicht lange, bis einige besonders kräftige Männer ihre Hämmer dazu benutzten, eine der Säulen, die den

Gang säumten, herauszubrechen. Indem sie sie als Rammbock zweckentfremdeten, rannten sie gegen das Tor zum Thronsaal an, angefeuert von ihren Kameraden.

Es krachte fürchterlich, als der Marmor gegen das uralte Eichenholz stieß, die Türflügel bebten in ihren Angeln.

Noch zweimal wiederholten die Angreifer den Vorgang, dann begann das Mauerwerk zu bröckeln. Das Geschrei der Leute wurde noch lauter und fordernder. Alle wollten jetzt in den Thronsaal und es zu Ende bringen, jeder Einzelne witterte, dass in diesen Augenblicken Geschichte geschrieben wurde.

Noch ein Ansturm, ein Bersten und Krachen – und die Türflügel brachen aus den Angeln. Die Aufständischen verfielen in lauten Jubel und drängten hinein.

Bertin war bei den Ersten, die über die Trümmer der Tür stiegen. In den Nebeln von Staub, die aufgestiegen waren, konnten sie zunächst nichts erkennen. Dann tauchten die Umrisse von Wachsoldaten auf.

Zündfunken flogen, und wieder krachten Schüsse – ein junger Zwerg, der unmittelbar neben Bertin stand, wurde getroffen und brach mit einem kehligen Aufschrei zusammen. Sofort rückte der nächste Aufständische an seine Stelle – die Revolte war bereits zu weit gegangen, als dass einzelne Schüsse sie noch hätten aufhalten können. Weitere Schüsse fielen, und das Geschrei von Getroffenen war zu hören, beißender Pulverdampf vermischte sich mit dem Staub und senkte sich wie ein weißes Leichentuch über die Szenerie. Ein Wächter tauchte auf, mit dem sich Bertin einen kurzen aber heftigen Schlagabtausch lieferte, ehe ein Pulk Aufständischer ihn förmlich über den Haufen rannte.

Dann war der Widerstand der Wachen auch schon gebrochen, und das zornige Volk fiel in den Thronsaal ein. Hämmer und Äxte gingen nieder, zertrümmerten die Tische und die gläsernen Apparaturen, die daraufstanden, ehe sie mit furchtbarer Gewalt auf deren Besitzer niedergingen. Jahrelang hatten die Zwerge von Gorta Ruun in Furcht und Unterdrückung gelebt, waren so eingeschüchtert worden, dass sie beinahe vergessen hatten, wer sie waren und was ihre Freiheit ihnen einst bedeutet hatte. Nun erinnerten sie sich, und ihr Zorn über das, was man ihnen angetan hatte, entlud sich in einem Ausbruch blutiger Gewalt.

Allenthalben konnte Bertin sehen, wie um ihr Leben flehende Alchemisten erschlagen oder gezwungen wurden, ihr eigenes Gebräu zu trinken – meist gingen sie elend daran zugrunde. Bertin konnte nicht behaupten, dass ihm dieses Vorgehen gefiel, aber er hätte auch nicht gewusst, was er dagegen unternehmen sollte. Über Jahre hatten die Alchemisten die Bevölkerung in Angst versetzt, hatten im Auftrag einer dunklen Macht verbotene Experimente an ihr durchgeführt und freie Zwerge in geistlose Schatten verwandelt. Nun bekamen sie die Vergeltung dafür.

Es war fürchterlich.

Blut färbte schon bald den ehrwürdigen Steinboden des Thronsaals, vermischte sich mit den ätzenden Säuren, und noch immer ging das Morden weiter. Gefangene wurden nicht gemacht, wohl auch, weil man ganz sichergehen wollte, dass die Gefahr durch die Alchemisten ein für alle Mal gebannt war.

Erst als der Letzte von ihnen seiner Strafe zugeführt war, beruhigte sich der furchtbare Zorn der Masse. Der Staub und der Pulverdampf legten sich und gaben den Blick frei auf eine schaurige Szenerie.

Trümmer übersäten den Thronsaal, dazwischen lagen leblose, schwarz gewandete Körper. Und überall standen Männer und Frauen, die blutige Klingen in den Händen hielten und in diesem Moment den Eindruck vermittelten, aus einem grässlichen Albtraum zu erwachen. Verloren standen sie da und blickten sich um, so als wären sie selbst erschrocken über das, was sie getan hatten – aber auch erleichtert, dass es vorüber war.

Bertin, der das leere Thronpodest bestiegen hatte, um sich einen Überblick zu verschaffen, nickte grimmig.

»Zwergenschwestern und Zwergenbrüder«, verschaffte er sich Gehör. »Mit der Waffe in der Hand habt ihr euch eure Freiheit zurückgeholt! Niemand darf das Volk des Berges jemals wieder unterdrücken, weder hier in Gorta Ruun, noch sonst wo!«

»Niemand!«, brüllte ein kräftiger Zwerg mit blutbesudeltem Bart und stieß seine Klinge hoch, und zahllose Kehlen fielen in seinen Schrei mit ein. Jedem war klar, dass Bertins Drohung keinem anderen als Winmar galt, ihrem verräterischen König, der die Herrschaft der Alchemisten zu verantworten hatte und im fernen Anar auf dem Thron der Äxte saß.

Winmar war gelungen, was vor ihm noch kein König geschafft hatte: Sein eigenes Volk gegen sich aufzubringen und zur Rebellion zu zwingen. Dergleichen hatte es in der Geschichte Erdwelts noch nie gegeben, doch im Grunde waren es nur die Geister, die Winmar selbst hervorgerufen hatte. Er war es gewesen, der das eigentlich friedliebende Volk der Zwerge in den Krieg gegen seine Nachbarn gedrängt und ihm eingeredet hatte, dass es dazu ausersehen sei, über Erdwelt zu herrschen. Viele, die nun im Thronsaal standen, waren ihm einst bereitwillig gefolgt, doch nun konnten sie nicht mehr anders, als ihren Irrtum einzusehen. Sie hatten ihre Lektion gelernt, auf die denkbar bitterste Weise …

»Bertin Zwergenhammer!«, rief plötzlich jemand aus der Masse. »Unser neuer König!«

»Nein«, beschwichtigte Bertin erschrocken, »das kann ich nicht! Ich bin der Sohn von einem Steinmetz!«

»Wenn schon«, rief ein anderer. »Winmar war ein einfacher Soldat, ehe er König wurde!«

»Er hat recht«, stimmte eine Zwergin zu und begann erneut einen Sprechgesang zu skandieren, der allerdings nicht so zögerlich begann wie der Letzte, sondern laut und fordernd. »Ber-tin! Ber-tin! Ber-tin ...!«

Bertin hob erneut den Hammer Martog, um der Menge Einhalt zu gebieten, der Sprechgesang ebbte darauf ein wenig ab. »Ich weiß euer Vertrauen zu schätzen«, versicherte er, »und ich biete euch gerne an, euch in die Freiheit zu führen. Aber ich ...«

Er unterbrach sich jäh, als ein gellender Schrei erklang. Blankes Entsetzen schwang darin mit.

Alle, auch Bertin, blickten erschrocken zum Tor – nur um die Kaldrone zu sehen, die dort erschien, schnaubend und stampfend, ihre beiden Äxte zum Schlag erhoben. Hinter ihr im Gang drängten sich noch weitere Kampfmaschinen.

Dutzende von ihnen.

Und sie alle trugen das Zeichen der Rune, die besagte, dass es keine Wesen aus Fleisch und Blut waren, die die Kampfkolosse steuerten ...

25

Der Stollen Zor, wie Waldrada ihn genannt hatte, war ein schier endlos scheinendes Gedärm von Felsengang, das sich steil abfallend in die dunkle Tiefe erstreckte.

Das größte Stück des Weges hatten die Gefährten in einem der Minenwagen zurückgelegt, mit denen die Zwerge Werkzeuge und Material zu befördern pflegten. Die Wagen, die nicht von Tieren gezogen, sondern von einer dampfenden Maschine angetrieben wurden, waren nicht bewacht gewesen – die Aufmerksamkeit der Soldaten wurde andernorts in der Festung dringender benötigt.

So waren sie rasch und unbehelligt in die untersten Regionen Gorta Ruuns vorgedrungen: Dag und Dwethan, Ferghas, Lyrx, Catriona und Rammar, dazu Nagaya mit einer Handvoll ihrer Getreuen und die tapfere Waldrada. Wohin die Reise ging, wusste mit Ausnahme der Zwergin niemand zu sagen – als der Wagen allerdings zum Stillstand kam und die Gefährten ihn verließen, erkannte Dag das Böse, das in diesen Höhlen lauerte, beinahe so deutlich, als könnte er es direkt vor sich sehen.

»Warum fahren wir nicht weiter?«, fragte Rammar, dem der Gedanke, zu Fuß zu gehen, nicht sehr zu behagen schien.

»Wegen der Wachen«, erwiderte Waldrada. »Und wegen des Tores, das sicher verschlossen ist.«

»Das klingt ja nach einem tollen Plan«, stieß der Ork hervor. »Seid ihr sicher, dass wir nicht lieber umkehren sollten?«

»Ganz sicher«, erwiderte Dag.

»Das sagst du bloß, weil du noch nie so weit unten gewesen bist«, erwiderte Rammar. »Das lange Elend und ich aber schon. Man hatte uns zur Zwangsarbeit verdonnert, und ich hatte immer das Gefühl, dass dort in der Dunkelheit etwas lauert.«

»Und dieses Gefühl, Unhold, hat dich nicht getrogen«, versicherte Waldrada düster. Sie ging den Gefährten voraus, und mit jedem Schritt wurde das Gefühl der Bedrohung stärker. Dag wollte sich fragend an Dwethan wenden, aber der Zauberer kam ihm zuvor.

»Ich weiß«, versicherte er nur. »Ich fühle es auch.«

»Was fühlst du?«, blaffte Rammar von hinten.

»Die Furcht«, erklärte Dwethan offen. »Dieser Ort ist davon durchdrungen wie ein nasser Schwamm von Wasser. Grässliche Dinge sind hier geschehen.«

»Korr«, stimmte der Ork verdrossen zu, »und ich kann dir sagen, dass noch mehr grässliche Dinge geschehen werden, wenn sich herausstellt, dass du uns in den Untergang führst. Ich bin Rammar der schrecklich Rasende, und ich habe bestimmt nicht den weiten Weg hierhergemacht, um mir in irgendeinem dunklen Loch den *asar* aufreißen zu lassen, geht das in eure Schädel? Ihr dämlichen Schmalaugen, Milchgesichter, Hutzelbärte oder was ihr sonst noch alles seid …«

Dag seufzte – jeder der Gefährten hatte wohl seine eigene Methode, mit der Angst umzugehen.

Rammars Lamento dauerte an und begleitete sie durch den dunklen, nur vom Schein ihrer Fackeln beleuchteten Gang. Und dann, als das Gefühl der Bedrohung schier unerträglich wurde, so stark, dass Dag kaum noch einen klaren Gedanken fassen konnte, erreichten sie das Ende des Stollens.

Und waren plötzlich nicht mehr allein.

»Zum Angriff!«, hörte Dag Dwethan rufen – und die Ereignisse überstürzten sich.

Ringsum war plötzlich das Klirren von Waffen zu hören, als sich die Gefährten auf die Zwergenkrieger stürzten, die das Ende des Stollens Zor bewachten. »Weiter mit euch!«, rief Ferghas mit lauter Stimme, »wir werden allein mit ihnen fertig …!«

Jemand packte Dag am Arm und zog ihn fort, das Klirren der Waffen fiel hinter ihnen zurück, ebenso wie die Präsenzen der kämpfenden Gefährten und ihrer Gegner. Nur noch Dag, Dwethan und Nagaya waren übrig. Und Waldrada, die sie führte.

Steil ging es hinab, und Dag glaubte etwas zu hören, das sich wie dumpfes Gemurmel anhörte, ein Singsang in einer fremden, bösen Sprache …

Plötzlich blieb Waldrada stehen. »Das Tor ist verschlossen. Was jetzt?«

»Tritt zur Seite, Zwergin«, verlangte Dwethan. »Wir sind nicht so weit gegangen, um uns nun aufhalten zu lassen.«

Dag fühlte die Eruption von Stärke, als der Alte einen seiner Gedankenstöße wirkte – und die Torflügel mit lautem Krachen aufflogen.

»Vorwärts!«, rief der Zauberer, und sie stürmten los, durch das Tor in das Gewölbe, das sich jenseits davon befand und in dem der Stollen Zor endete.

Obwohl Dag nichts sehen konnte, spürte er, dass er schon einmal an diesem Ort gewesen war, denn es fühlte sich genauso an wie in der Vision, die er gehabt hatte: Die Gerüche, die Geräusche, die Atmosphäre von Angst – alles stimmte überein.

Entsprechend genau wusste er, wie das Gewölbe aussah, mit dem schroffen Felsgestein, das es umgab, und der Öffnung in der Mitte, aus der den Gefährten so viel Verderbtheit und Schwärze entgegenschlug, dass es körperlich schmerzte.

»Bei Sigwyns Erben!«, rief Dwethan aus, Entsetzen in der Stimme. »Es hat bereits begonnen!«

»Eindringlinge!«, schrie der Alchemist, der als einsamer Wächter in der Höhle seinen Dienst versah. »Frevler, die ihr es wagt, euren Fuß auf diesen Boden zu se…«

Weiter sprach er nicht – Nagaya bereitete seinem Redefluss ein jähes Ende. Der Weg zum Schlund war frei – doch in diesem Augenblick bewahrheitete sich Dwethans Befürchtung. Die grünen Flammen, die Dag in seiner Vision gesehen hatte, schlugen plötzlich aus der Öffnung im Boden, und dunkle, unheimliche Schemen erschienen, die sich aus schwarzem Rauch zu formen schienen, Monstren aus einer fernen Vergangenheit.

Vor seinem geistigen Auge sah Dag ihre Fratzen, ihre Blicke, die ihm den Verstand rauben wollten, ihre mörderischen Waffen, die nur aus Rauch und Bosheit bestanden und dennoch zu töten vermochten, denn ein neuer Wille erfüllte sie.

»Sie haben es getan«, flüsterte Dwethan, von Grauen geschüttelt. »Für jeden dieser Schatten wurde ein Sterblicher geopfert. Es müssen Hunderte von ihnen gewesen sein!«

Aus dem Schlund drang etwas, das wie Gelächter klang, und Dag konnte fühlen, wie die Schattenkrieger aus der Tiefe emporquollen und zusehends Gestalt gewannen – und ihm dämmerte die grässliche Erkenntnis, dass seine Gefährten und er zu spät gekommen waren.

Die Legion der Schatten war entfesselt!

Panik war ausgebrochen.

Die Zwerge, die das Pech hatten, der Kaldrone am nächsten zu stehen, waren einen grausamen Tod gestorben, als die

Kampfmaschine ihre Axt schwang und gleich mehrere Aufständische tötete.

Die anderen Zwerge verfielen in Geschrei und wichen zurück, rannten einander dabei gegenseitig über den Haufen – die Kaldronen jedoch rückten erbarmungslos vor. Viele, die vor ihnen flüchteten, fanden unter ihren stampfenden Beinen ein grässliches Ende, andere wurden von den mörderischen Waffen ereilt, mit denen die Kampfmaschinen um sich hieben.

Vergeblich versuchte Bertin, Widerstand zu organisieren – Verzweiflung griff um sich, gegen die es kein Mittel gab, denn nicht nur die Kaldronen selbst verbreiteten blanke Furcht, sondern auch jene, die sie lenkten.

Nun, da Bertin wusste, wie die Schattenkrieger entstanden, entsetzten sie ihn noch mehr als zuvor. Denn keines der Wesen, die die Kampfmaschinen steuerten, die in immer größerer Anzahl in den Thronsaal einfielen und alles unter sich zermalmten, existierte aus sich selbst heraus. Sondern weil es einem Zwerg, womöglich einem Nachbarn, einem Freund, einem geliebten Menschen, die Lebensenergie geraubt hatte.

Wut ergriff Besitz von Bertin.

Martog in den Händen, sprang er vom Thronpodest, schritt den Kaldronen mutig entgegen. Einige der Aufständischen nahmen sich ein Beispiel an ihm und hielten in ihrer Flucht inne, schlossen sich ihm an.

»Folgt mir!«, rief Bertin mit lauter Stimme. »Wir müssen die Kaldronen ablenken, damit die anderen fliehen können!«

»Für König Bertin!«, gab irgendwer die Losung aus, die aus heiseren Kehlen beantwortet wurde.

»Für König Bertin!«

Bertin war es einerlei. Ganz sicher, dachte er mit freudlosem Grinsen, würde er als derjenige Monarch in die Geschichte des Zwergenvolkes eingehen, dessen Herrschaft am kürzesten gewährt hatte.

Sie standen den Kaldronen gegenüber – ein versprengtes Häuflein mit Hämmern, Äxten und Donnerbüchsen bewaffneter Zwerge gegen ein ganzes Heer stählerner Kolosse, die praktisch unverwundbar waren. Man brauchte kein Wahrsager zu sein, um vorauszusehen, wie dieser Kampf ausgehen würde, aber womöglich konnten sie etwas Zeit gewinnen.

Bertin dachte an Waldrada und daran, dass er ihr Ehre machen wollte. Dann stieß er einen markerschütternden Kriegsschrei aus, hob den Hammer und stürmte damit auf die nächstbeste Kaldrone zu. Seine Leute fielen in das Gebrüll mit ein und folgten ihm.

Donnerbüchsen krachten und durchschlugen die Wandung der Kaldrone, ohne jedoch nennenswerten Schaden anzurichten. Dann waren die Angreifer in Reichweite des Kampfgefährts, und sie ließ ihre riesige Axt niedergehen. Mit furchtbarer Gewalt fiel das schwere Blatt herab, verfehlte die Angreifer jedoch. Dafür drosch Bertin auf den Waffenarm der Kaldrone ein. Stahl traf auf Stahl, Funken flogen.

Dann krachte der andere Arm der Kampfmaschine herab und erschlug gleich zwei Zwerge mit dem mörderischen Kriegshammer. Blut spritzte und besudelte die Maschine, die davon keine Notiz nahm. Unter heiserem Gebrüll, mit dem er sich selbst Mut machen wollte, schlug Bertin weiter auf das mechanische Gelenk ein, bis es aus seiner Verankerung brach. Ihres linken Waffenarmes beraubt, verlor die Kaldrone für einen Moment das Gleichgewicht und geriet ins Taumeln, was von Bertins Leuten wie ein Sieg gefeiert wurde. Indem sie es ihrem Anführer gleichtaten, fielen sie über den anderen Waffenarm her, und Bertin sah sich nach dem nächsten Gegner um – als ihn etwas mit furchtbarer Wucht traf.

Er merkte noch, wie er von den Beinen gerissen wurde, dann verlor er für einen Moment das Bewusstsein. Als er wieder zu sich kam, lag er rücklings auf dem Boden in einem See von Blut. Entsetzt schoss er empor, weil er dachte, es wäre sein eigenes, aber er selbst war unverletzt, abgesehen von seinen schmerzenden Knochen – dafür sah er die Kaldrone, die ihm den grässlichen Hieb versetzt hatte, auf sich zukommen, den Hammer zum finalen Schlag erhoben.

Gehetzt blickte sich Bertin um, sah Martog in einigen Schritten Entfernung am Boden liegen. Er musste ihn beim Sturz verloren haben.

Bertin sprang auf, um sich seine Waffe zu holen, aber in der Hast glitt er auf dem glitschigen Boden aus und fiel wieder hin. Er hatte sich noch nicht wieder aufgerichtet, als ein heiseres Zischen über ihm erklang.

Die Kaldrone war heran!

Bertin blickte auf – und der riesige Hammer fiel auf ihn herab.

26

Der Augenblick war gekommen.

Dwethan hatte es vorausgesehen.

Seine Visionen hatten ihm nicht gezeigt, wie es dazu kommen würde, zumal seine Kräfte in letzter Zeit sprunghaft nachgelassen hatten, eine Reaktion sowohl auf sein beträchtliches Alter als auch auf die Präsenz des Bösen, die in der Welt so stark geworden war wie seit den Tagen Margoks nicht mehr. Aber ihm war klar gewesen, dass er dieses letzte Opfer bringen musste, nicht nur, um Erdwelt zu retten und den Freunden, die er unter den Menschen gefunden hatte, einen letzten Gefallen zu erweisen. Sondern auch, um für die Fehler, die er einst begangen hatte, zu büßen und Vergangenheit und Gegenwart miteinander auszusöhnen.

Eine andere Möglichkeit gab es nicht.

Entschlossen griff der Weise unter sein Gewand, nahm den Kristall, den er so lange und durch so viele Gefahren bei sich getragen hatte, ohne ihn zu benutzen – und das alles nur für diesen Augenblick. Nun endlich war es so weit.

Den Kristall, der in seinen Händen grell zu leuchten begann, wie eine Fackel erhoben, trat Dwethan auf die Öffnung zu, aus dessen grünem Flammenmeer die Schatten der Vergangenheit quollen. Von der Lebenskraft sterblicher Opfer beseelt, hatten sie wieder Gestalt angenommen und würden Erdwelt erneut verwüsten, so wie sie es schon einmal getan hatten. Damals war ihnen Einhalt geboten worden, und auch diesmal durften sie nicht obsiegen …

»Zauberer, was tust du?«, hörte er Nagayas entsetzten Ruf, doch er ließ sich davon nicht aufhalten.

Unbeirrt ging er weiter auf die Schatten zu, deren unheimliche Augen ihm entgegenstarrten. Er hatte gehofft, dass seine Gefährten und er noch rechtzeitig eintreffen würden, um das Tor zu verschließen, das die Alchemisten geöffnet hatten, doch diese Hoffnung hatte sich zerschlagen. Also musste er tun, was getan werden musste …

»Meister, nein!«

Auch Daghan hatte begriffen, was vor sich ging. Dwethan fühlte etwas, das er lange nicht empfunden hatte, nicht seit den Tagen Granocks. Eine tiefe Verbundenheit, wie sie nur in der Nähe von Menschen zu verspüren war. Eine Empfindung von höchst einfacher Natur, und doch tröstender als jeder Sinnspruch und jeder Lehrsatz, den elfische Philosphie im Lauf von Jahrtausenden hervorgebracht hatte.

Es kostete Dwethan Überwindung, sich loszureißen, offenbar war das Band, das zwischen ihm und dem jungen Herzog von Ansun entstanden war, doch sehr viel stärker, als er es sich hatte eingestehen wollen. Er konnte nur hoffen, dass der Junge erkennen würde, was in ihm steckte, und der Macht des Bösen trotzen. Zu gerne hätte der Zauberer ihn weiter begleitet, als sein Lehrer und Mentor, denn er hatte gesehen, was die Zukunft bringen würde, und wenn Daghan von Ansun etwas gut gebrauchen konnte, dann war es ein Freund … aber Daghan musste tun, was die Vorsehung für ihn bestimmt hatte – und er, Dwethan der Weise, würde sein Schicksal erfüllen.

»Dwethan! Nicht! Der Kristall …!«

Er hörte Dags warnenden Ruf, aber es war zu spät. Denn in diesem Moment erreichte der Zauberer den schwarzen Rauch, der aus dem Feuer quoll, und trat hinein.

Dunkelheit umgab ihn von einem Augenblick zum anderen, aus der scheußliche Fratzen starrten – und plötzlich spürte er, dass ihn etwas am Weiterkommen hinderte, die geballte Macht der Schatten, die ihm ihre Dolche und Schwerter, ihre Piken und Speere entgegenreckten, bereit, nicht nur seinen Körper, sondern auch seinen Geist damit zu durchbohren.

Dwethan war darauf gefasst gewesen.

»So endet es also, und es beginnt …«, dachte er, und in einem letzten Ausbruch von Konzentration wandte er alle magische Kraft auf, die ihm verblieben war. Der Kristall in seinen Händen leuchtete so grell und blendend, dass er die Dunkelheit und die Schatten vertrieb, die kreischend und heulend die Flucht ergriffen.

Der Weg war frei.

Noch ein, zwei Schritte ging der Zauberer, dann erreichte er den Rand des Schlunds und sprang geradewegs in das lodernde Grün der Flammen. Der Kristall in seinen Händen zerbarst in einer gewaltigen Explosion, die das Feuer vernichtete und somit auch die Schatten, die es warf. Blendende Helligkeit flammte auf und breitete sich nach allen Seiten aus, verzehrte mit ihrer reinen Kraft alles Böse, dessen sie habhaft werden konnte. Dann erlosch sie wieder …

Und es war vorbei.

In dem Moment, in dem der Hammer fiel, warf sich Bertin auf die Knie und schirmte instinktiv den Kopf mit den Händen.

Im nächsten Augenblick schalt er sich, wie lächerlich sinnlos dies wäre.

Und noch einen Lidschlag später fragte er sich, warum er diesen Gedanken überhaupt noch hatte.

Warum hatte der Hammer ihn nicht längst erschlagen?

Die Hände noch immer über dem Kopf, blickte er zaghaft

auf und konnte nicht glauben, was er sah: Der Hammer schwebte über ihm, aber er bewegte sich nicht mehr! Nur wenige Handbreit über Bertins Kopf hatte die Kaldrone in ihrem Schlag innegehalten und regte sich nicht mehr.

Und nicht nur sie.

Auch die anderen Kaldronen waren inmitten ihrer Bewegung erstarrt, eine infolgedessen sogar von den Beinen gekippt und rollte nun wie ein riesiger metallener Ball über den Boden, eine bizarre Spur aus Blut hinterlassend.

»Was bei den sieben Säulen …?«

Bertin erhob sich, noch immer ein wenig zaghaft, aber vage Hoffnung schöpfend. Irgendetwas schien geschehen zu sein. Etwas, das die Kaldronen aufgehalten hatte.

»Sie … sind tot?«, sagte jemand unsicher.

Hier und dort erklang ein Triumphschrei, aber niemand wollte einstimmen. Die Zwerge trauten dem Frieden nicht, zumal niemand sagen konnte, was tatsächlich vorgefallen war. Womöglich war auch alles nur eine List der Kaldronen, die jeden Augenblick wieder mit furchtbarer Gewalt losschlagen würden.

»B-Bertin?«, fragte jemand vorsichtig.

»Ich weiß es nicht«, gab Bertin kopfschüttelnd zu, misstrauisch auf die reglosen Kampfkolosse blickend. Was nicht wirklich lebte, konnte schließlich auch nicht tot sein.

Er ging zu Martog und las ihn vom Boden auf, schlug damit nach dem Frontvisier der Kaldrone, das mit metallischem Klang aufsprang und einen Blick ins Innere gewährte.

Nichts war zu sehen.

Die Kaldrone war verlassen.

»Seht nur!«, rief einer von Bertins Mitstreitern und deutete nach oben, wo eine dunkle Wolke dabei war zu entschwinden. Eine Wolke, in der Bertin hier und dort noch einzelne Gestalten auszumachen glaubte.

Die Schattenkrieger – sie flüchteten!

Wie war das möglich? Was war geschehen?

Bertin wusste es nicht, und in diesem Moment war es ihm auch einerlei, denn plötzlich merkte er, wie ihn ein Gefühl von unsagbarer Euphorie erfüllte.

Erleichterung durchdrang ihn und eine Lebensfreude, wie er sie lange nicht verspürt hatte – und die Gewissheit, dass dieser Tag tatsächlich in die Geschichte des Zwergenvolkes eingehen würde als der Tag, an dem Gorta Ruun aus den Klauen des Bösen befreit worden war.

»Sieg!«, rief er und stieß Martog triumphierend in die Luft, und aus vielen Kehlen scholl es zurück, so laut und durchdringend, dass es an den Säulen der alten Könige bis zu den Gipfeln des Berges empordrang.

»Sieg!«

27

Sechs Wochen später

Mehr als ein Mond war seit den Ereignissen von Gorta Ruun vergangen – Wochen, in denen Dag alles darangesetzt hatte, den Widerstand gegen den Dunklen König zu organisieren und das Erbe Dwethans des Zauberers fortzuführen.

Lange noch hatte er an jenem Tag ausgeharrt, in den dunklen Kavernen des Stollens Zor. Er hatte nicht glauben können oder wollen, dass Dwethan verloren war und nicht mehr zurückkommen sollte. Atemlos hatte er miterlebt, wie sein alter Freund und Mentor todesmutig in die Öffnung sprang, den Schattengeistern entgegen, die aus den grünen Flammen quollen.

Er hatte Dwethans Angst gespürt, seinen Zorn – aber auch seine Macht. Indem der Zauberer alles aufbot, was er je gewesen war und seine eigene Existenz aufgab, hatte er dem Elfenkristall seine ganze Macht entlockt – und diese hatte dafür gesorgt, dass das Tor zur Unterwelt, das die Alchemisten leichtfertig geöffnet hatten, wieder geschlossen worden war. Die Flammen waren erloschen, und mit ihnen auch die Schatten, und die Geister der Vergangenheit waren zurückgestürzt in jenen dunklen Pfuhl, dem sie entsprungen waren.

Die Gefahr war gebannt worden, die Zwergenfestung nicht länger ein Hort des Bösen – doch der Preis, zu dem dieser Sieg erkauft worden war, war hoch gewesen.

Vielleicht zu hoch.

Dag ärgerte sich über sich selbst, denn erst jetzt, da sein alter Mentor nicht mehr an seiner Seite war, wurde ihm bewusst, was er an ihm gehabt hatte. Wie oft hatte er sich beschwert, wenn Dwethan ihm immer neue Rätsel aufgetischt hatte oder ihm Fragen gestellt, wo er sich Antworten erhofft hatte. Doch nun, da der kauzige alte Mann nicht mehr unter ihnen weilte, wurde ihm erst klar, wie viel Kraft und Stärke er aus seiner Gegenwart bezogen hatte, wie viel Wissen und Weisheit – und wie stark das Band zwischen ihnen tatsächlich gewesen war. Vielleicht, dachte Dag traurig, war es das Schicksal des Menschen, manches erst dann wirklich zu schätzen, wenn es nicht mehr da war …

Jemand schlug die Eingangsplane des Zeltes beiseite und trat ein. Nicht nur an den Geräuschen, die er hörte – weiche, beherrschte Schritte und dazu rasche, trippelnde –, sondern auch an ihren Präsenzen erkannte er sofort, wer die beiden Besucher waren. Er wandte sich um, ein Lächeln im Gesicht.

»Aryanwen! Alannah!«

Die Frau, die er liebte, umarmte ihn und küsste ihn zart auf den Mund. Die Kunde, dass sie und ihre Begleiter Tarnag unversehrt erreicht hatten, hatte ihn über den Verlust Dwethans hinweggetröstet, und auch jetzt gab ihm die Gegenwart seiner Familie Ruhe und inneren Frieden. Beides konnte er gut brauchen.

»Wie steht es?«, erkundigte sich Aryanwen. »Bist du bereit?«

»So bereit, wie ich sein kann.«

Sie entließ ihn aus ihrer Umarmung und trat einen Schritt zurück, schien ihn von Kopf bis Fuß zu mustern.

»Die Rüstung meines Vaters«, erklärte er hilflos und ein wenig verlegen. Noch immer hatte er das Gefühl, dass die aus einem samtenen Rock und eiserner Brünne bestehende

Rüstung, die sich im Besitz der Zwerge von Gorta Ruun befunden und die Bertin Zwergenhammer ihm geschenkt hatte, ein ganzes Stück zu groß für ihn war – doch Aryanwen schien anderer Ansicht zu sein.

»Sie steht dir gut«, anerkannte sie.

»Meinst du wirklich?«

»Es ist die Rüstung eines Anführers – und wenn du uns nicht anführst, Daghan, wird es niemand sonst tun.«

Es gab ein Dutzend Gründe, aus denen er gerne widersprochen hätte, aber er tat es nicht. Vielleicht lag es an seiner Herkunft, vielleicht an seiner Blindheit, vielleicht an den jüngsten Geschehnissen, vielleicht auch an allem zusammen, dass die Wahl auf ihn gefallen war.

Aus irgendeiner Laune heraus hatte es dem Schicksal gefallen, ausgerechnet ihn, der er nie so hatte sein wollen wie sein Vater, der er eigentlich nur ein Erfinder hatte sein wollen, ein Mann der Wissenschaft, zum Hoffnungsträger von Erdwelt zu machen, zu demjenigen, auf dessen Schulter die Last der Verantwortung ruhte – oder vielleicht war es ja auch mehr gewesen als eine bloße Laune. Vielleicht war ihm dieser Weg ja auch vorherbestimmt gewesen – das war es wohl, was der alte Fuchs Dwethan gesagt hätte.

Dag bückte sich und breitete die Arme aus, worauf ein ebenso kleines wie federleichtes Wesen auf ihn zusprang und sich an ihn klammerte.

»Vater!«

Er nahm Alannah auf den Arm und hob sie hoch, küsste sie auf die Wange. Sosehr er einerseits bedauerte, sie nicht mit den Augen sehen zu können, so dankbar war er dafür, die Wachheit ihres Geistes spüren zu können, ihr unschuldiges, unverfälschtes Wesen und die Energie, die sie verströmte. Dass ihre Tischmanieren noch sehr zu wünschen übrig ließen, dass sie sämtliche Verwünschungen der Orksprache beherrschte und bisweilen Geräusche von sich gab wie ein ausgewachsener Unhold, darüber sah er gerne hinweg. Wichtig war nur, dass sie endlich vereint waren und eine Familie sein konnten.

Wenigstens vorerst …

Noch jemand trat in das Zelt.

»Sie warten«, erstattete Catriona Meldung.

»Ich weiß.« Dag nickte.

Er küsste Alannah abermals, dann setzte er sie wieder auf dem Boden ab. Noch einmal überprüfte er den Sitz seines Umhangs und des Schwertes an seiner Seite, dann trat er den beiden Frauen voraus aus dem Zelt ins Freie.

Die Wachen, die vor dem Zelt postiert waren – Krieger des Clans Ca'Dur ebenso wie Angehörige der Nathiri, verbeugten sich, als er an ihnen vorbeiging und auf das hölzerne Podest trat, das vor dem Zelt errichtet worden war.

Dag konnte nichts sehen, aber er spürte die freudige Erwartung, die ihm entgegenschlug – und Ferghas hatte ihm genau erklärt, wer an welchem Platz sein Lager aufgeschlagen hatte.

Zur Linken des Hügels, auf dem das Zelt des Anführers errichtet worden war, sodass man es von allen Seiten sehen konnte, hatten die Clans des Hochlands Posten bezogen – nicht nur die stolzen Krieger von Ca'Dur, die Catriona in einer flammenden Rede dazu aufgerufen hatte, gen Westen zu ziehen und sich Dag in seinem Kampf um die Freiheit anzuschließen, sondern auch die anderen Häuser, allen voran der Purpurclan unter Lord Niall Ca'Bra. Sie alle hatten ihre Krieger geschickt, sodass allein sie rund dreitausend Kämpfer stellten, vorwiegend Reiter und Bogenschützen.

Auf der rechten Seite lagerten die Zwerge, und obwohl es viele waren, war jedermann schmerzlich bewusst, dass dies nur die kläglichen Überreste dessen waren, was einstmals ein starkes und bedeutendes Volk gewesen war. Krieg, Hunger, Kerkerhaft und nicht zuletzt die Schattengeister hatten zahllose Söhne und Töchter des Berges das Leben gekostet – die Überlebenden jedoch hatten sich eingefunden, um an diesem Tag, in dieser bedeutenden Stunde dabei zu sein. Neben den Kämpfern der verschiedenen Widerstandsnester, die insgesamt rund zweihundert zählten, hatte Bertin eine Streitmacht von zwölfhundert Freiwilligen aufgeboten, von denen die meisten zwar keine Krieger waren, deren Mut und Tatendrang die fehlende Erfahrung jedoch aufwogen; dazu kamen rund dreihundert Soldaten, die in den Diensten der Alchemisten gestanden hatten. Bertin, den die Zwerge zu ihrem neuen König bestimmt hatten, hatte ihnen Amnestie gewährt unter der Voraussetzung, dass sie künftig im seinem Heer dienten – eine Entscheidung, die nicht allen gefiel, aber in Anbetracht der Herausforderungen, vor denen sie standen, konnten die Anführer der freien Völker nicht wählerisch sein.

Die Mitte des Hangs, der sich vor dem Feldherrenzelt erstreckte, nahmen jene ein, die weder dem einen noch dem anderen Lager zugehörten und dennoch ihren Beitrag dazu leisten wollten, Erdwelt zu befreien: Die Nathiri, deren schlangenhafte Anführerin neben Dag auf dem Podest weilte, zusammen mit Catriona, ihrem Vater und den übrigen Clanlords; aber auch einfache Menschen, Bauern und Handwerker, Bürger aus Stadt und Land – und sogar eine Handvoll Orks, die zwar vermutlich nur die Aussicht auf reiche Beute lockte, aber Balbok und Rammar, hatten darauf bestanden, dass auch eine Abordnung der Modermark das Heer der Freien verstärken sollte.

Nach ihrem Wiedersehen, das Balbok mit einem glücklichen Lächeln, Rammar hingegen nur mit einem ebenso knatternden wie stinkenden *pochga* quittiert hatte, hatte Dag die beiden Orks zu Alannahs offiziellen Leibwächtern ernannt – auf diese Weise waren sie ständig in ihrer Nähe und niemand brauchte auf jemanden zu verzichten. Obendrein hatten die beiden Unholde in den vergangenen zwei Jahren eindrucksvoll bewiesen, dass sich das Mädchen keine treueren und besseren Beschützer wünschen konnte als sie.

Dag, der symbolhaft seinen Blick über die Menge der Versammelten schweifen ließ, über das »Heer der Fünftausend«, wie es bereits genannt wurde, trat nach vorn an die hölzerne Reling, die das Podest umgab.

»Meine Freunde«, sprach er laut und mit klarer Stimme. »Viele von euch kennen mich. Mit manchen von euch habe ich Seite an Seite gekämpft, habe mit ihnen gelitten und geblutet. Denjenigen unter euch, die mich noch nicht kennen, kann ich nur sagen: Daghan von Ansun ist niemand, der eine Konfrontation sucht. Ich war glücklich in Ansun, als Sohn meines Vaters, und habe die Zeit damit verbracht, an der Zukunft zu arbeiten. Einer Zukunft, die Winmar der Steinerne zerstört hat – und nicht er allein! Wie wir inzwischen wissen, meine Freunde, stand und steht Winmar, den sie jetzt den ›Dunklen König‹ nennen, unter dem Einfluss einer uralten und bösen Macht aus dem Inneren unserer Welt. Sie war es, die das Volk der Zwerge mit ihrer Gier verdorben und Erdwelt in den blutigen Krieg gestürzt hat, der so viele unserer Leute das Leben gekostet und zum Untergang unserer Reiche geführt hat, während jene dunkle Macht zur Herrschaft aufgestiegen ist und nun vom fernen Feuerberg aus die Geschicke der Welt zu lenken sucht.

In Gorta Ruun haben wir einen Vorgeschmack davon bekommen, was geschieht, wenn jene Macht obsiegt – ein Zeitalter der Finsternis wird dann anbrechen, in dem das Leben nichts mehr wert sein wird und Tod und Zerstörung regieren. Durch das heldenhafte Opfer des Zauberers

Dwethan, der mein Lehrer und Mentor war, konnte die Invasion der Finsternis noch einmal verhindert werden, aber der Dunkle König wird diesen Rückschlag nicht auf sich sitzen lassen. Er wird erneut versuchen, seine Legion der Schatten zu entfesseln und die Welt zu überrennen – und es wird unsere Aufgabe sein, uns zu widersetzen.

Dies kann aber nur gelingen, wenn wir alle zusammenstehen – aus diesem Grund sind wir alle hier und heute zusammengekommen: Um die Zwietracht, die unsere Völker und Häuser entzweit hat, endgültig zu begraben und das Bündnis zu erneuern, das einst zwischen den Völkern der Menschen und Zwerge Bestand hatte. Ich will nicht leugnen, dass es manches gibt, das uns trennt, meine Freunde, und dass der Krieg auf allen Seiten viel Bitterkeit hinterlassen hat. Aber wenn wir bestehen wollen, wenn wir überleben wollen in dem Sturm, der über Erdwelt hinwegfegt, dann haben wir keine andere Wahl, als die Vergangenheit hinter uns zu lassen und einander die Hand in Freundschaft zu reichen. Um dies feierlich zu besiegeln, sind wir hier.«

Dag wandte sich um und vernahm Schritte auf den hölzernen Planken des Podests, als König Bertin herantrat. In seiner Begleitung war Waldrada, die tapfere Zwergenkriegerin, die er zu seiner Königin gemacht hatte. Runward und Dado, seine unentwegten Gesellen, bildeten die Ehrengarde.

»Wir Zwerge«, ergriff nun Bertin das Wort, »sind uns unserer Rolle und Verantwortung in der Geschichte sehr wohl bewusst. Wir wissen, dass wir Schuld auf uns geladen haben und bitten die Völker Erdwelts nicht nur um Verzeihung, sondern auch um eine Möglichkeit, Wiedergutmachung zu üben. Mit unserem Blut wollen wir dafür einstehen, dass Erdwelt nicht in Chaos und Unfreiheit versinkt und andere Völker das ertragen müssen, was die Söhne und

Töchter des Berges erdulden mussten. Deshalb bin ich hier. Schon einmal habe ich Herzog Daghan meine Hand in Freundschaft gereicht, und ich werde es heute wieder tun, vor aller Augen. Da unsere Völker unterschiedliche Gebräuche hegen, haben wir uns entschieden, unsere Freundschaft auf beiderlei Art zu bezeugen, so wie es bei jedem Sitte ist.«

Er wandte sich um und wartete, bis Dado ihm etwas überreicht hatte, das offenbar ziemlich schwer war. Die Anstrengung war seiner Stimme anzumerken, als er fortfuhr: »Dies ist der Krug der Könige! In den alten Tagen wurde er aus demselben Gestein gehauen, auf dem sich Gorta Ruun erhebt. Schon in der Zeit der Sieben Könige diente er dazu, Bündnisse zu besiegeln. Wer dieses Gefäß teilt, so heißt es, ist einander in ewiger Freundschaft zugetan. Noch niemals haben eines Menschen Lippen den Krug der Könige berührt – hier und heute wird es zum ersten Mal geschehen!«

Er verstummte und nahm einen tiefen Schluck, ehe er das Gefäß, das tatsächlich von großem Gewicht war, an Dag weiterreichte, der ebenfalls daraus trank – ein altgelagertes Bier, stark und würzig. Dag wischte sich mit dem Handrücken den Schaum von den Lippen und nickte Bertin billigend zu – damit war der zwergischen Zeremonie Genüge getan.

»Bei uns Menschen!«, rief Dag, »wird ein besonderer Bund der Freundschaft von jeher dadurch besiegelt, dass wir unser Blut vermischen!« Er zückte kurzerhand seinen Dolch und schnitt sich damit quer über die Fläche seiner rechten Hand. Dann reichte er ihn an Aryanwen weiter, die es ihm gleichtat, während gleichzeitig auch Bertin und Waldrada ihre Handflächen ritzten – auf diese Weise würden nicht nur die beiden Männer, sondern auch ihre Gefährtinnen in die Allianz mit eingebunden sein.

Sodann traten alle vier in die Mitte der Plattform, und sowohl die Männer als auch die Frauen legten die Handflächen aneinander. Ihre Arme überkreuzten sich dabei, sodass ein Stern entstand – ein Stern, geformt aus Blut und Fleisch und gutem Willen.

»Von Bruder zu Bruder«, sagte Dag zu Bertin, der die Worte wiederholte.

»Von Schwester zu Schwester«, sagte Aryanwen zu Waldrada, die die Worte ebenfalls wiederholte.

Dann lösten sie sich voneinander, und als sie sich wieder dem Volk zuwandten, brach aus fünftausend Kehlen Jubel los.

Dag lächelte, und zum ersten Mal nach Dwethans Tod fiel es ihm nicht einmal schwer. Was auch immer die Zukunft bringen würde, dieser Tag würde als Fest der Freude in die Annalen von Erdwelt eingehen.

Der endgültige Kampf gegen den Dunklen König jedoch stand noch bevor.

Epilog

Das schreckliche Antlitz war ihm noch immer gegenwärtig, ebenso wie der Schmerz.

Die Knochenhand, die sich in seine Eingeweide gewühlt und ihm das Herz aus der Brust gerissen hatte ... Unauslöschlich hatte sich das Bild des faustgroßen, noch pulsierenden Organs in sein Bewusstsein eingebrannt – aber warum war er noch am Leben?

Jäh wurde Vigor bewusst, dass er schlief und träumte.

Vermutlich, sagte er sich, war alles nur ein grässlicher Albtraum gewesen, die Expedition ins Herz der Finsternis ebenso wie die grässliche Begegnung mit dem, was aus Winmar dem Steinernen geworden war ... Aber warum erinnerte er sich dann so überaus lebhaft daran? Warum roch er noch immer den Gestank von Schwefel und geronnenem Blut, spürte die unerträgliche Hitze, die dort in jener Höhle geherrscht hatte?

Er zwang sich die Augen zu öffnen.

Es war Nacht.

Er lag auf einer Decke, die er am Boden ausgerollt hatte, unweit der Feuerstelle, in der noch schwache Glut glomm. Wolken standen am Himmel, die Sterne waren nicht zu sehen.

Vigor setzte sich auf. Es ging leicht – allzu leicht für jemanden, der kein Herz mehr in der Brust hatte. Was, beim großen Hammer, war nur geschehen?

Er erinnerte sich an die Worte des Dunklen Königs. An

das Kind Aryanwens, das er um jeden Preis finden sollte, und an seinen Treueschwur, den er erneuert hatte, um seinem alten und neuen Herrscher zu Diensten zu sein.

Es hatte einen Moment gegeben, da hatte Vigor tatsächlich geglaubt, dass er die Dinge einmal mehr in seinem Sinn beeinflussen und Winmar dazu bringen könnte, ihm zu verzeihen – ein Moment, der jäh endete, als der Grausame seinen Brustkorb zerfetzte. Und doch saß er jetzt hier am Feuer, lebendig und ganz offenbar mit einem schlagenden Herzen …

» Kannst du nicht schlafen?«

Die Stimme ließ ihn herumfahren. Alured von Ansun trat aus dem Unterholz, der Mensch, den Vigor zu einem Helfer gemacht hatte. Etwas an der Art, wie Alured ihn ansah, ließ Vigor stutzig werden. Jegliche Distanz war aus seinem Blick gewichen, ebenso wie das Misstrauen und der nur mühsam beherrschte Hass, den Vigor stets in den Augen des Menschen gefunden hatte.

»Geht es dir gut, Bruder?«, erkundigte er sich jetzt.

Bruder?

Was für ein seltsamer Traum war dies? Wieso sprach ihn der Mensch, dessen Familie er getötet und dem er unbeschreibliche Qualen zugefügt hatte, so vertraulich an? Hatte Alured nicht geschworen, ihn zu töten, sobald all dies beendet wäre …?

»Meine Wache ist zu Ende, du bist dran«, beschied Alured ihm lapidar und ließ sich auf der anderen Seite der Feuerstelle nieder, hüllte sich in seine Decke.

»I-in Ordnung«, erwiderte Vigor – doch die Stimme, die dies sagte, war nicht seine!

Erschrocken schüttelte er die Decke ab und sprang auf, als hätte eine giftige Schlange ihn gebissen. Die Trägheit, die er bisweilen und vor allem in den Winternächten in seinen alternden Knochen gespürt hatte, war plötzlich verschwunden. Mehr noch, alles fühlte sich anders an, seine Arme, seine Beine, sein ganzer Körper, gerade so, als ob …

Vigor erstarrte, als er an sich herabblickte und den mageren Körper eines jungen Menschen erblickte, samt den dazugehörigen, ebenso langen wie dürren Gliedern.

Er kannte diesen Körper. Er gehörte dem nichtsnutzigen Jungen, den er am liebsten tot gesehen hätte.

Die Erkenntnis traf Vigor wie ein Hammerschlag.

Sein Geist war noch am Leben.

Im Körper eines anderen.

Und Alured ahnte offenbar nichts davon.

Vigor bewegte die Hand vor Augen, die so fremd war und ihm dennoch gehorchte.

Er lächelte in sich hinein.

Sein altes Dasein war vorüber. Doch ein neues hatte begonnen. Und sein Auftrag hatte sich nicht geändert.

Er bestand noch immer darin, das Kind zu rauben, das die Hoffnungen Erdwelts auf seinen schmalen Schultern trug.

ADYSHAN – DIE GEHEIME SPRACHE

Anhang A

Grammatikalische Anmerkungen

Auch nach dem *farwyla*, dem mythenumrankten Weggang der Elfen aus Erdwelt, hat sich die elfische Sprache in verschiedenen Bereichen der Gesellschaft noch lange erhalten, vor allem in den Kreisen Eingeweihter und Gelehrter, die sie sowohl zu Unterricht und Lehre als auch zur Niederschrift neuer Erkenntnisse nutzten – die Bezeichnung *ádyshan* (alternativ auch *áthysan*)ist daher für diese spezielle Form des Neuelfischen gebräuchlich, deren wichtigste Eigenheiten nachfolgend kurz erläutert werden sollen.

Anders als das klassische Hochelfisch, das in den Gedichten Varsurs oder Noribas überliefert wurde und nach dem grammatischen Standardwerk Bloythans *Tarfuraith* genannt wird, stellt das Neuelfische ein sehr viel weniger geschlossenes Sprachgebilde dar, das zahlreiche Lehnwörter aus anderen Idiomen Erdwelts übernommen hat, so vor allem aus der Sprache der Westmenschen sowie, durch das Wirken alchemistischer Geheimbünde während des Dritten Krieges, auch aus der Zwergensprache. In einigen Gegenden Trownas, wo auch weit über den *farwyla* hinaus noch Elfisch gesprochen wurde – beispielsweise in den Gebieten der alten Elfenhaine – hat sich das sogenannte Vulgärelfisch entwickelt, das ebenfalls Wörter und Grammatik der Menschensprachen mit denen der Elfensprache mischt, jedoch lediglich mündlich tradiert wurde. Entsprechend verschmolz es im Lauf der Jahrhunderte mit anderen Sprachen, wohingegen sich das in zahlreichen Werken schriftlich erhaltene

Adyshan nahezu unverändert erhalten hat und noch immer erlernt werden kann.

Gegenüber dem Hochelfischen weist Adyshan einige Lautveränderungen auf, die wohl darauf zurückzuführen sind, dass die den Elfen nachfolgenden Benutzer der Sprache – im Wesentlichen Menschen und Zwerge – nicht über das Geschick elfischer Zungen verfügten und manche Feinheit in der Aussprache daher verloren ging. Einer gewissen Abstumpfung des gesprochenen Wortes folgte daher alsbald deren schriftliche Angleichung, sodass der im Hochelfischen weitverbreitete Laut *–th–* schließlich zu *–d–* wurde und das stimmhafte *–v–* zum stimmlosen *–w–* verallgemeinert. Auch die Unterscheidung der verschiedenen Zischlaute der Elfensprache ging verloren, so wurde das stimmhafte *–s–* bzw. *–ss–* des *Tarfuraith* häufig zu einem stimmlosen *–sh–*. Eine Ausnahme bildet das *–st–* wie z. B. in *cestail* (Burg), das in einigen Worten unverändert erhalten blieb. Obwohl die Schreibung beibehalten wurde, ist außerdem davon auszugehen, dass der elfische Singlaut c in späterer Zeit als *k* ausgesprochen wurde, was der Sprache insgesamt einen eher nüchternen und weniger poetischen Klang verlieh als in der Zeit der Hochelfen.

Substantive

Die natürliche Geschlechtsbestimmung des Elfischen wurde im *Adyshan* weitgehend beibehalten, durch das Anhängen der weiblichen Endung *–a* an die entsprechenden Substantive bisweilen sogar noch weiter betont. Die Anzahl sinnstiftender Suffixe hat sich gegenüber der Hochsprache reduziert, ebenso wie die grammatikalischen Formen der Deklination und Pluralbildung. So wird die Mehrzahl im *Adyshan* gemeinhin durch Anhängen des Buchstabens *–i* ausgedrückt, unabhängig von der klassischen, nach dem Wortstamm unterschiedenen Pluralbildung:

Hochelfisch/Tarfuraith:

codan – der Baum	*codana* – die Bäume
fahila – das Blatt	*fahilai* – die Blätter
tirgas – die Stadt	*tirgai* – die Städte

Neuelfisch/Adyshan:

codan – der Baum	*codani* – die Bäume
fahila – das Blatt	*fahili* – die Blätter
tirgasha – die Stadt	*tirgashai* – die Städte

Die Deklination der Substantive erfolgt nach folgendem, gegenüber der Hochsprache leicht vereinfachtem Prinzip, das gleichlautend auch für die Pluralform gilt:

Nominativ	*reghash*	die Gabe
Genitiv	*reghashy*	der Gabe
Dativ	*reghashta*	der Gabe
Akkusativ	*reghashtan*	die Gabe

Der im Hochelfischen anzutreffende Lokativ wird im Neuelfischen nicht mehr verwendet. Ortsbezeichnungen werden hier durch einfache Voranstellung der Präposition gebildet, z. B. *dai tandaiar* – »in der Tiefe«.

Verben

Die tradierte Infinitiv-Endung *–u* blieb auch im *Adyshan* erhalten, ebenso wie die Konjugation einzelner Tätigkeitswörter:

1. Person Singular	*far-a*	ich mache
2. Person Singular	*far-ain*	du machst
3. Person Singular	*far-an*	er macht
1. Person Plural	*far-awen*	wir machen

2. Person Plural	*far-anai*	ihr macht
3. Person Plural	*far-anor*	sie machen

Infolge zunehmender grammatikalischer Verwässerung werden in der Spätzeit allerdings auch eigentlich unregelmäßige Verben wie *bodu* (»sein«) regelkonform konjugiert:

1. Person Singular	*dwa*	Ich bin
2. Person Singular	*dwain*	du bist
3. Person Singular	*dwan*	er ist
1. Person Plural	*dwawen*	wir sind
2. Person Plural	*dwanai*	ihr seid
3. Person Plural	*dwanor*	sie sind

Das Partizip Präsens wird im *Adyshan* durch Anfügen der Silbe *-ash* an den Stamm gebildet, das Partizip Perfekt Passiv durch Anhängen der Silbe *-un*. Die im Hochelfischen beliebte substantivische oder adjektivische Verwendung des Partizips ist auch in der Gelehrtensprache gebräuchlich.

Die vielen verschiedenen Vergangenheitsformen, die die Hochsprache Lindragels kannte und die gemeinhin als Spiegel des differenzierten elfischen Zeitbegriffs gedeutet wurden, haben sich nicht bis in die Spätzeit erhalten; lediglich die einfachste Form der Vergangenheitsbildung, nämlich die Verbindung des Verbs w*andu* »haben« mit dem Partizip Perfekt Passiv findet sich in den Werken des *Adyshan*, ein deutliches Zeichen für den sprachlichen Niedergang jener Tage, z. B. w*anda cinun* »ich habe gesungen«.

Adjektive

Bei den Eigenschaftswörtern haben sich die Regeln der Hochsprache weitgehend erhalten, wohl weil sie einfach sind und einem klaren Prinzip folgen: Sowohl reine Adjektive als auch solche, die als Partizipien aus Verben gebildet werden, enden auf –a und werden dem dazugehörigen Substantiv entsprechend mitdekliniert. Die Steigerungsform wird oft auch durch eine mehrfache Wiederholung des Adjektivs ausgedrückt: Das Hochelfische *mavurálara* »größer« z.B. wird im Adyshan häufig durch die Wendung *marwur-marwura* ersetzt.

Zahlwörter

Die vielfältigen Bedeutungsebenen, die Zahlwörter in der Hochsprache einnehmen konnten, sind in der Spätzeit fast alle verloren gegangen, lediglich die Alchemisten können für sich in Anspruch nehmen, noch einige der alten Zahlenrätsel zu kennen. Weniger Eingeweihte benutzen die Zahlwörter nur im wörtlichen Sinn ihrer Bedeutung:

dim	Null	*dwaideg*	zwanzig
yn	eins	*tirdeg*	dreißig
dwai	zwei	*pandeg*	vierzig
tir	drei	*pumdeg*	fünfzig
panwar	vier	*shideg*	sechzig
pum	fünf	*shaideg*	siebzig
shiw	sechs	*waideg*	achtzig
shaid	sieben	*nadeg*	neunzig
waid	acht	*(yn)cynt*	hundert
narn	neun	*(yn)myl*	tausend
(yn)deg	zehn		

Adyshan, die Elfensprache aus der Zeit des Dritten Krieges, unterscheidet sich in vielerlei Hinsicht von der alten Hochsprache. Der wesentlichste Unterschied sind jedoch weder die lautlichen Veränderungen noch die grammatikalischen Vereinfachungen, sondern ist im Wesen der Sprache selbst zu suchen: Während die Elfen des Goldenen Zeitalters den Dingen nicht einfach Namen gaben, sondern sie ihrem ursprünglichen Wesen nach benannten, wurden die Worte später nur noch als Bezeichnungen betrachtet: Einen Baum nannte man *codan* und einen Berg *mainidan* – für die Hochelfen w a r der Baum *codan* und der Berg *mainidan*. Diesen wohl wichtigsten Unterschied erkannt und seine Bedeutung in vollem Umfang erfasst zu haben, können selbst unter den Gelehrten und Alchemisten der Spätzeit nur sehr wenige behaupten.

Anhang B

Wörterverzeichnis

acayr	Anker
adan	Flügel
adan	Verlobter/ Versprochener
adana	Verlobte/ Versprochene
ádana	geflügelt
aderyn	Vogel
adro	Meister, Lehrer
ádrodan	Lehre
adu	versprechen
ádyshdan	Ausbildung, Erziehung
ádyshu	lehren, unterrichten
ádyshyr	Lehrer
afon	Fluss
agarash	Schnitt, Einschnitt
ai	nach
ai'…'ma	dieser
aid	Elfisch (Sprache)
aimladu	kämpfen
alaric	Schwan
am	über, (einen Sachverhalt) betreffend
amber	Erdwelt
amweldu	besuchen
amweldyr	Besucher
an	nein, nicht
anádalu	atmen
angan	Mangel, Not
anghénwil	Unhold
angóvoru	vergessen
ángowor	Vergessen (Bann)
anmarwa	unsterblich
anmarwor	untoter Krieger
anmarwura	untot
anmeltid	verbotener Bannspruch
anrydan	Ehre, auch: Ehrerweisung
anturaid	Abenteuer
anwyla	schön
ar-aderyn	Silbervogel (Elster)
ar-aragu	öffnen
ar-aragyr	(Pforten-) Öffner
arf	Waffe
arfordir	Küste
argaifysh	Krise, Gefahr
argura	verloren
arian	Silber, Geld
arshwyd	Schrecken
arwen	fertig, auch: Genug!
arwen-hun	allein
arwidan	Zeichen
arwynidan	Anführer
ashbryd	Geist
ashgafana	leicht
ashgur	Schule, Ausbildung
ashguran	Schüler
atgyf	Erinnerung

awyr	Luft
baidin	Armee, Legion
baigwidan	Bedrohung
baigwidu	[be]drohen
baiwu	leben
baiwudan	Leben
baiwyd	Lüge
barawyd	Bruder
barn	Schmutz, Dreck
barwydor	Schlacht
bashgan	Junge, auch: Diener
blain	vor (Ort)
blodyn	Blume, Blüte
bodu	sein
bór	Bär
bóriash	Eisbär
bradan	Verrat
bradu	verraten
bradyr	Verräter
breudan	Traum
breudu	träumen
breudyr	Träumer
brunta	schmutzig
budúgolaid	Sieg
budúgolu	siegreich
bur	Magen
byshgédena	Gebäck
cacena	Kuchen
calo	Schloss, Riegel
calón	Herz
calu	[ab]schließen
carash	Kern
cariad	Liebe
cariu	lieben
caron	Krone
carryg	Stein
carryg-fin	Grenzstein
cartral	Heim, Hort
cashnog	Hass
cedad	Wand, Mauer
cefail	Pferd
cefanor	hinter
celfaídyd	Kunst
celfaídydian	Künstler
cenfígena	Neid
cerac	Wut, Zorn
cerasha	wütend, zornig
cerwyd'rash	Wanderer
cerwydru	wandern
cestail	Burg
cimad	Hilfe
cimadu	helfen
Cinu	singen
Cinu'rash/ cinu'ra	Sänger/ Sängerin
cinudan	Lied, Gesang
cnawyd	Fleisch
codan	Baum
codana	Wald
codíalash	Sonnenaufgang
coracda	Krokodil
cranu	beben
cranudan	Beben, Erschütterung
Crēu	erschaffen
crēudan	Erschaffung, Schöpfung
crēun	Geschöpf, Kreatur
crēuna	Kreatur
crēuna'y'margok	Ork (wörtl. »Margoks Kreatur«)
cryshalon	Kristall
cudíu	verbergen
cuduna	das Verborgene
cwyshta	Suche, Frage

cwyshta'rash	Suchender
cwyshtu	suchen
cyfail	Freund
cyfárshaid	Begrüßung
cylell	Messer
cyn	(be)vor
cyngarash	Rat, Ratsrunde
cynlun	Plan, Vorhaben
cynta	Erster, Erste
cyrraid	Ankunft
cyrru	ankommen, eintreffen
cyshgur	Schatten
cyshyltaid	Verbindung
dacdan	Flucht
dai	in
daifarníalash	Urteilsspruch
daifodur	Zukunft
dail	Rache, Rachsucht
dailánwad	Einfluss, Beeinflussung
daínacu	fliehen
dainysh	nachts
daiórgryn	Erdbeben
daishaimyg	Vorstellungskraft, Einbildung
daishwelu	zurückkehren
dalu	fangen, gefangen nehmen
daludan	Gefangennahme, Haft
damwan	Unfall
dand	Zahn
dardan	Anfang, Beginn
darganfaidan	Entdeckung
darganfodu	entdecken
daru	anfangen, beginnen
derwyn	Eiche
deshru	beginnen
dgelan	Feind
díffroa	ernst, ernsthaft
diffrofur	Ernst
dígydaid	Zufall
dim	nichts
dinash	Stadt
dinishtrio	Zerstörung
diogala	wohlbehalten, sicher
diwed	Ende (zeitlich, auch im übertragenen Sinn)
dodainur	Rückkehr
dorwa	böse
dorwadan	Bosheit, das Böse
dorwy	durch
dorwysh	Tür, Zugang
dorysh	über (örtlich)
dragda	Drache
dragnadh	untoter Drache
du	Schwarz, Schwärze
dufanor	Tiefe, auch: tiefe Schlucht, Abgrund
dugyash	Düsterland
dun	Besitz
dun'rash	Besitzer
dur	Stahl
dwa	schwarz
dwaímarash	Ostsee
dwaira	östlich, ost-
dwáirafon	Ostfluss

dwairan	Osten
dwar	Wasser
dwarwa	Zwerg
dwed	weise
dweda	Weisheit
dwedan	Weiser, Zauberer
dwedana	Zauberin
dyd	Tag
dyna	Elf
dynia	Eisblume
dynu	blühen
Dyr	Süden
dyrfraida	vollendet, vollkommen
dysbardan	Übertragung
dyshbard	(Unterrichts-) Klasse
dyshbardu	übergeben, übertragen
dyshgu	lernen
effru	erwachen
effrudan	Erwachen, Erweckung
eilíalash	Augenblick, Moment
eriod	immer
eriod	niemals
érshaila	schrecklich
esha	geheim
eshadan	Geheimnis
eshamuin	Geheimname (unter Vertrauten)
ewailysh	Wille
fad	Weg
fahila	Blatt
fal	wie (Vergleich)
faru	geben, machen
farun	(bestehend, gemacht) aus
Farwyl!	Lebe wohl!
farwyla	Abschied
farwylu	sich verabschieden, Lebewohl sagen
fendu	finden
filu	können
fin	Grenze
flash	Blitz
flashfyn	Zauberstab
fyn	Stab
gaer	Wort
gaffro	Bock
gaida	mit
galar	Trauer
galaru	trauern
galwalash	Ruf, Berufung
ganed	Mädchen
garu	gehen
garudan	(Fort-)Gang
gem	Spiel
genu	gebären
genyra	Gebärende
gladan	Schwert
gladian	Schwertkämpfer
gladu	fechten
glain	Tal
glan	Ufer, Küste
glarn	Regen
glian	Gestade
gobaid	Hoffnung
gorfénnur	Vergangenheit
gorwal	Horizont
graim	Gewalt, (zerstörerische) Kraft

graima	gewalttätig, zerstörerisch
gwahard	Verbot
gwahárdana	verbotenes (magisches) Wissen
gwahardu	verbieten
gwaid	Arbeit
gwaid	Blut
gwaila	schlecht, schäbig
gwair	Heu
gwal	Irrtum, Fehler
gwarshu	wachen, hüten
gwarshura	Hüterin
gwashanaid	Diener
gwashanaidu	dienen
gwawur	Dämmerung
gwyr	Wahrheit
gwyra	wahr
gyalash	Land
gyburdaid	Wissen
gydian	Seher
gydu	sehen
gyla	westlich, west-
gylafon	Westfluss
gylan	Möwe
gylan	Westen
gynt	Wind
gyrdaro	Kampf, Scharmützel
gystash	Gast
gyta	wild
gytai	Wildmenschen
gywar	Mensch
gywara	menschlich
gywardan	Menschlichkeit
ha'ur	Sonne
halash	Vater

hanash	Geschichte, Erzählung
hanashu	(zur Unterhaltung) erzählen
hanasu'rash	Geschichtenerzähler
haul	Recht
hedfanu	fliegen
hedfánudan	Flug
hedwalash	Frieden
hena	alt
holt'ras	Splitter
holtu	spalten, splittern
hud	Zauber, Magie
hunlef	Albtraum
ías	Eis
ilaish	Stimme
ilfantodon	Elefant
ilfúldur	Elfenbein
kaldron	Kessel
labhur	(Fremd-) Sprache
lafanor	Klinge
laiffro	Buch
laigalash	Auge
laigurena	Ratte
laima	schwerwiegend, weitreichend
larn	Hand
larwun	Alarm, Notsignal
larwunu	alarmieren
leidor	Dieb
lewalash	Mond
lhur	Zeit
lidairt	Pforte, Tor
lofrudaied	Mord
long	Schiff

lu	(positive) Kraft, Energie
lyn	Eid, Schwur
lynca	glücklich, vom Glück gelenkt
lyshgu	brennen
lysgudan	Brand
machlud	Sonnen-untergang
madau	vergeben
madaudan	Vergebung
maewa	Empfindung, Gefühl
mainidan	Berg
mainídian	Gebirge
mainidian minogai	Scharfgebirge
mainídian ’y‘codíalas	Ostgebirge
maiwu	fühlen
maiwudan	Gefühl
manam	Mutter
maras	Meer
mardwail	Hammer
marwent	Friedhof
marwu	sterben
marwura	tot
marwuraid	Tod
marwuraida	tödlich
mawura	groß
mélin	Mühle
meltid	Fluch
menter	Handel
menterian	Händler
métel	Metall
milwar	Soldat, auch: Legionär
minoga	scharf, spitz
moir	derart, so
mola	kahl
muin	Name
nada	Schlange
nadh	nicht mehr
nahad	mein Vater (respektvolle Anrede)
negéshidan	Bote
negysh	Botschaft
neidor	Reptil
new‘rash	Gestaltwandler, Wechselbalg
newida	neu
newidu	ändern, wechseln
niwur	Nebel
nodu	nackt
nysh	Nacht
nysha	nächtlich
odan	unter (Ort)
ogyf	Höhle
ou	aus, von … her, von
paisgodyn	Fisch
paisgodyn’rash	Fischer
pal	Kugel, Ball
parádan	Vorbereitung
parádu	vorbereiten
parur	bereit
parura	Bereitschaft
pawyshal	Gewicht
pêl	Ball
pela	weit (entfernt), fern
pelai glian	die Fernen Gestade
pelaidryn	Strahl
pena	Ende (örtlich)

penambar	Ende der Welt
penderfad	Entscheidung
penderfadu	entscheiden
penderu	nachdenken, erwägen
peraig	Gefahr
peraiga	gefährlich
peshur	Sünde
plaigu	biegen
pon	Schmerz
prayf	Prüfung
prysh	Preis
rain	Netz
reghash	Geschenk, Gabe
rhiw	Geschlechtsakt
rhulan	Herrscher
rhulu	herrschen, befehlen
rhuludan	Herrschaft
rhyfal	Krieg
rhyfal'rash	Krieger
rhyfan'rash	Fremder
rhyfana	fremd-(artig)
rodgash	Feuersbrunst, Feuer
ryd	Freiheit
rydan	Befreiung
rydu	befreien
sha	und
shafailu	(still-) stehen
shafailudan	Stand
shaiaralu	sprechen
shaiaraludan	Gespräch
shaid	Pfeil
shaidyr	Bogenschütze
shairalash	Sprache
sherena	Stern
sherentir	Dreistern
shgrud	Sturm-(wind)
shimu	wissen, lernen
shiwerwa	bitter
Shumai!	Guten Tag!
shun	Ton, Klang
shunu	klingen
shwaidog	Offizier
shyndod	Überraschung
shiwi	dich
shwaraiu	spielen
ta	oder
tafur	Zunge
tagyr	Tiger
taid	Dunkelheit
taida	dunkel
tailu	schinden, quälen, auch milit. drillen, schleifen
tailyr	Schleifer
taingu	schwören
tampyla	Tempel
tandaiar	Untergrund, Tiefe
tarash	Donner
tardan	Schlag, Stoß
taríalash	Bruch, Zerwürfnis
tarian	Schild
taru	schlagen, treffen
tawalian	Heiler
tawalu	beruhigen, auch: heilen
tawálwalash	Stille
tingan	Schicksal
tirdand	Dreizack, sagenumwobene Waffe Norguds
tirgash	Festung, befestigte Stadt

trafodu	verhandeln
trafodúdan	Verhandlung
tragwyda	ewig
tragwydur	Ewigkeit
tro	Biegung
trobwyn	Wendepunkt, (unerwartete) Wendung
trowna	geschützt, sicher
tryashal	Versuchung
tu	dick, fett
tubur	Fettwanst
tur	Turm
twailu	täuschen, betrügen
twailudan	Täuschung
twar	König
ucyngarash	Ältestenrat
una	einig
unu	einigen
unu	vereinen
unudan	Bündnis, Einheit
unudan	Vereinigung
ur	Spur, Fährte
ura	Letzter, Letzte
usha	hoch
wandu	haben
ymadawaid	Aufbruch
ymadu	aufbrechen, abreisen
ymarfa	Übung
ymarfu	üben
ymgaingaru	beraten
ymgaingarudan	Beratung
ymlain	voraus
ymlid	unter (Menge)
ymoshuriad	Angriff
yna	auf, bei, an
yngaia	»Nurwinter«, Ewiges Eis
ynig	einzig, nur
ynur	zurück
ysh	wenn, falls

EISWÜSTE
FALKENJOCH
NORDWALL
NARBENPASS
NORD-
SÜMPFE
SCHARFA
GEBIRGE
ORGAS
EINGEWEIDE
GORTA RUUN
SUNDARIL
TAIK
REIC
FURT
ANDARIL
GRENZFORTS
BLUTSEE
BASTION
DER ZWERGE
URQUA
MOWEN
BUCHT
SMARADA
OLFAR
FURT
SCHWARZGEBIRGE
GRENZFLUSS
WINMARS
OSTFLUSS
RUINENSTADT

HOCHLAND
SULN
AG
H
HAMMERMOOR
SMARAGDSEE
SMARAGD WALD
ASUQAT
ÖDNIS
TIGRAS WINMAR
OSTSEE
PFEILER DES TODES
GRENZE

ENTDECKE
NEUE WELTEN
MIT PIPER FANTASY
Mach mit und gestalte deine eigene Welt!
PIPER
www.piper-fantasy.de